U0515015

《江西省哲学社会科学成果文库》编辑委员会

主　任　　祝黄河

成　员（按姓氏笔划为序）

万建强　　王　晖　　何友良　　吴永明　　杨宇军

陈小青　　陈东有　　陈石俊　　祝黄河　　胡春晓

涂宗财　　黄万林　　蒋金法　　谢明勇　　熊　建

江西省哲学社会科学成果文库

JIANGXISHENG ZHEXUE SHEHUI KEXUE
CHENGGUO WENKU

"故事"的多重讲述与文艺化大众

——"十七年"长篇战争小说的文本发生学现象

THE "STORY" OF MULTIPLE NARRATIVE AND
THE WORKS OF EDUCATING THE PUBLIC

龚奎林　著

社会科学文献出版社
SOCIAL SCIENCES ACADEMIC PRESS (CHINA)

教育部人文社科规划青年基金
（编号：10YJC751020）成果

江西省社科规划项目（编号：11WX52）成果

总　序

　　作为人类探索世界和改造世界的精神成果，社会科学承载着"认识世界、传承文明、创新理论、资政育人、服务社会"的特殊使命，在中国进入全面建成小康社会的关键时期，以创新的社会科学成果引领全民共同开创中国特色社会主义事业新局面，为经济、政治、社会、文化和生态的全面协调发展提供强有力的思想保证、精神动力、理论支撑和智力支持，这是时代发展对社会科学的基本要求，也是社会科学进一步繁荣发展的内在要求。

　　江西素有"物华天宝，人杰地灵"之美称。千百年来，勤劳、勇敢、智慧的江西人民，在这片富饶美丽的大地上，创造了灿烂的历史文化，在中华民族文明史上书写了辉煌的篇章。在这片自古就有"文章节义之邦"盛誉的赣鄱大地上，文化昌盛，人文荟萃，名人辈出，群星璀璨，他们创造的灿若星辰的文化经典，承载着中华文明成果，汇入了中华民族的不朽史册。作为当代江西人，作为当代江西社会科学工作者，我们有责任继往开来，不断推出新的成果。今天，我们已经站在了新的历史起点上，面临许多新情况、新问题，需要我们给出科学的答案。汲取历史文明的精华，适应新形势、新变化、新任务的要求，创造出今日江西的辉煌，是每一个社会科学工作者的愿望和孜孜以求的目标。

　　社会科学推动历史发展的主要价值在于推动社会进步、提升文明水平、提高人的素质。然而，社会科学的自身特性又决定了它只有得到民众的认同并为其所掌握，才会变成认识和改造自然与社会的巨大物质力量。因此，社会科学的繁荣发展和其作用的发挥，离不开其成果的运用、交流与广泛传播。

　　为充分发挥哲学社会科学研究优秀成果和优秀人才的示范带动作用，促进江西省哲学社会科学进一步繁荣发展，我们设立了江西省哲学社会科学成果出版资助项目，全力打造《江西省哲学社会科学成果文库》。

　　《江西省哲学社会科学成果文库》由江西省社会科学界联合会设立，资助江西省哲学社会科学工作者的优秀著作出版。该文库每年评审一次，通过作者申报和同行专家严格评审的程序，每年资助出版30部左右代表江西现阶段社会科学研究前沿水平、体现江西社会科学界学术创造力的优秀著作。

　　《江西省哲学社会科学成果文库》涵盖整个社会科学领域，收入文库的都是具有较高价值的学术著作和具有思想性、科学性、艺术性的社会科学普及和成果转化推广著作，并按照"统一标识、统一封面、统一版式、统一标准"的总体要求组织出版。希望通过持之以恒地组织出版，持续推出江西社会科学研究的最新优秀成果，不断提升江西社会科学的影响力，逐步形成学术品牌，展示江西社会科学工作者的群体气势，为增强江西的综合实力发挥积极作用。

祝黄河

2013 年 6 月

序

孙先科[*]

　　新中国的成立是一个重大的历史事件，它标志着巨大的、波澜壮阔的社会变革的开始，加之在新中国成立后国际国内政治形势的翻云覆雨，"十七年"文学的发生语境是极其复杂的，甚至可以用波诡云谲来形容，这从一个重要的方面可以解释作品发表以后被反复修改的"无定稿现象"。基于相似的原因与意识形态普及的需要，"十七年"文学作品不仅被反复修改，而且被反复"改编"——以戏剧、电影、电视、戏曲、曲艺、连环画、插图等不同的艺术形式对原作不断地"重述"。而长篇小说具有巨大的生活容量，包含着丰富的社会信息，与语境有更复杂的关联；且长篇小说的创作周期长，过程艰难，定型化程度高；就形态学特征而言，长篇小说具有更大的敞开性、未完结性。因此，长篇小说也具有更大的修改、改编的可能与必要。事实的确如此，"十七年"的长篇小说的修改、改编不仅十分普遍、规模巨大，而且跨越了不同的历史时期，成为一个不可忽略的文艺现象。

　　基于上述原因，在2007年我以"经典与经典的'重述'——'十七年'经典长篇小说的修改、续写、改编及其历史阐释"为题申报了国家社会科学基金并得到资助，奎林是此课题组的主要成员。在设计课题时，

---

* 作者为河南大学中国现当代文学研究中心主任、博士生导师、河南师范大学副校长。

我的主要想法是以"重述"作为切入点，将二度、三度创作与初文本相比照，以文献为基础进行文本阐释和历史阐释。考虑到可行性，我选择了有代表性的 12 部长篇小说，而"重述"形式也主要考虑的是影视改编。

这种将文献考校、文本阐释与历史阐释结合起来的思路显然非常吻合奎林的学术兴趣，他不仅承担了课题中的部分内容，而且将其作为博士学位论文的选题方向。经过几年的辛苦努力，他顺利完成了博士学位论文的写作，以《"故事"的多重讲述与文艺化大众——"十七年"长篇战争小说的文本发生学现象研究》为题提交答辩，论文受到了答辩委员会的高度评价。这部书稿就是他在博士论文基础上集中、精炼、提高的成果。

尽管全书是承续上文提到的那一课题而来，但目前的这一书稿比最初的设计是有所突破的，放到"十七年"文学研究序列中是有创新性的。依我之意有下列几点。

第一，标题中的"文艺化大众"是这部书稿的一个关键词，尽管书稿中直接涉及它的文字并不多，作者也未对它作详细的知识考古与辩白，但它却标指出作者研究的一个重要视角和基本的逻辑判断，即一个"故事"之所以被反复讲述，是因为创作者遵从意识形态的导引，通过"通俗化"的改写、改编完成对大众的"训化"。"重述"现象之所以频繁地发生，它不是偶然地、单一权力作用的结果，而是主流意识形态、作者与读者共同"合谋"完成的一场文学盛宴。这一思路比单一的称赞或指责都更加接近实际。

第二，"文本发生学现象"研究显然就是对文艺如何"化大众"的路径与方法进行具体的研究。作者将长篇战争小说的版本修改、艺术改编及传播推广放在具体的历史语境中，从历时性与共时性的交叉场域进行知识考古和社会历史分析，研究版本修改与艺术改编发生的历史动因及其与革命伦理变革的复杂博弈关系。这一研究思路是颇为新颖的，也显示了作者求真务实的学风。

第三，在资料的搜集、梳理方面下了大功夫，尤其是在曲艺、戏曲、连环画的改编方面用力甚勤，搜罗到了丰富的资料，对于"化大众"的研究起到了非常有力的支撑，显示了作者扎实的资料爬梳与分析能力。与目前学界涉及此论题时多以电影、电视剧为支撑材料相比，又不能不说是一个有分量的突破。

　　文本发生学研究是一个复杂的论域，既涉及历史的复杂性也涉及理论的复杂性；文体与文类之间的转换可做历史研究，又不能不涉及理论与美学问题。对于一个崭露头角的年轻学人来说，进入如此复杂的学术领域是难免出现粗疏、遗漏和偏误的。希望奎林在日益精进的同时，也祈望同行师友示误指瑕！

　　是为序。

2013 年 10 月 1 日

目　　录

上编　"十七年"长篇战争小说的文本发生：
革命起源与革命意义的经典化
生产和通俗化传播

中编 线性时间下的"如何"流变——"十七年"
　　　长篇战争小说的文本发生学现象个案研究

下编　空间场景中的"如何"变幻——"十七年"长篇战争小说的文本发生学现象研究

前　　言

在中外文学史中，我们都能够看到许多作品在出版前后经过了作者的反复修改，从而形成多个有差异的版本。而且，其中很多优秀作品在随后的历史变迁中又被改编为各种艺术样式广为流传。"十七年"革命历史小说尤为如此，作者和改编者通过对革命故事的裁剪、润色与修整形成多重故事讲述和复调对话场域。在对话中他们的最终目的就是文艺化大众，但形式的变异也导致了文本的变异，这种异质化的内涵就需要重读。如果说版本修改是作者的自我行为，那么后一种艺术改编可以说是他者行为。尽管艺术改编也可能由作者自身来作为编剧，例如1956年生产的电影《铁道游击队》就是作者刘知侠担任编剧并改编的。但是，在拍摄中导演通常根据历史语境对电影剧本进行调整，电影呈现的依然是导演的修改特性。所以，本文把作者的版本修改称作革命意义的"重述"①，而把他者进行的艺术改编与传播叫做"转述"。这种"重述"与"转述"都是围绕具体作品的文学发生和流变过程，这种现象笔者把它概括为文本发生学现象。因此，我们有必要把小说的修改版本以及艺术样式改编的各个叙事指称文本进行互文性意义比较，因为文本内的差异和艺术样式改编的形式

---

① "重述"这个词语来自孙先科教授2007年度国家社会科学研究基金项目"经典与经典的'重述'——'十七年'经典长篇小说的修改、续写、改编及其历史阐释"，笔者在此引用，感谢孙老师。

及内容都是在意识形态话语运作机制下产生的，其文艺化大众的意义功能较为显明。通过这种差异性比较，我们能够在统一的文化象征结构中获取隐秘的逻辑意义。因为这种文学参与公共政治和革命伦理的象征结构"不仅表达社会中支配性的结构，而且更为关键的，是帮助建构并再生产了这种结构……象征结构正是通过权力场域（field）与文化场域之间结构性同源而塑造日常的意识和支配的支柱关系。"① 文化象征资本的话语重构意味着作家和文艺工作者在革命伦理的规训下，必须通过文化象征符码和革命意象体系去建构文学文本，进而产生革命与读者所需要的相关知识。

因此，本文研究对象就是"十七年"长篇战争小说的文本发生学现象，不仅关注同一文本的不同表述所形成的革命话语"重述"与"转述"，考察"重述"与"转述"的意义生成的差异与缝隙，更要穿越表述背后的话语情境和历史语境，追问作者和艺术改编者为何要进行版本修改方面的重述和艺术改编的转述。这种重述和转述是如何作为一种被不断打造的知识形态生成的？这种文化资本的更迭背后的权力博弈是怎样的？从而寻找不同艺术版本之间的复调对话的可能和文本间性。下面对本文的问题意识和研究思路进行具体阐述。

一 研究对象与研究现状

（一）研究对象："十七年"长篇战争小说的文本发生学现象

"枪杆子里出政权"是共产党建立新秩序的法宝，新生的政权消灭了反动腐败的国民党政权，成为中国大陆政权的唯一合法继承者和领导者，并用"中华人民共和国"国号取代了原来的"中华民国"，用天干纪年取代了原来的民国纪年。新中国政权必须借助国家机器建构自己的合法性依据，使民众了解"政权更迭"的必然性、有效性和优势性。这就要求一方面通过政治权力清剿"匪特"和"反革命"，形成和平稳定的环境

---

① 〔美〕罗伊克·华康德：《从意识形态到象征暴力——马克思与布迪厄著作中的文化、阶级与意识》，褚思真编译，载《中国社会科学评论》2003 年第 2 卷（总第 3 期）。

来发展民生；另一方面，通过马列主义毛泽东思想的上层建筑的扩张，建构国家意识形态机器的合法性话语，在文化、哲学、艺术、个体思想等领域进行一系列的"清理"与"改造"工程，使之走向文化政治的有效性统一。所谓"合法性"用哈贝马斯的话来说就是："合法性意味着，对于某种要求作为正确的和公正的存在物而被认可的政治秩序来说，有着一些好的根据。一个合法的秩序应该得到承认。合法性意味着某种政治秩序被认可的价值——这个定义强调了合法性乃是某种可争论的有效性要求，统治秩序的稳定性也依赖于自身（至少）在事实上的被承认"。[①] 所以，为了奠定共产党领导的人民政权被认可的合法性价值基础，通过文学尤其是战争小说的意义诉求告诉民众新中国是如何诞生以及共产党自建立以来是如何为民请命和如何拯救民族的，并通过典型艺术形象向读者宣传、普及有关共产党及新政权从形成到建立的历史知识。于是，革命文艺工作者通过文学想象及虚构与革命历史重合，进行国家意识形态的生产和推广，在文艺大众化的基础上实现文艺化大众的目的。

　　同时，作为通过武力对抗的战争不仅改写着历史的叙述和社会的变迁，而且改写着政治的角逐和个体命运的惶惑。战争带来的不仅是社会的动荡、生命的消失以及物质毁坏，更带来了人的心灵伤害、精神恐惧以及命运迷茫的无可归依感，笼罩在战争阴影中的个体生命及其悲欢离合的生命体验如同血色黄昏令人无法平静。随着革命起义夺取的新政权的诞生和战争的结束，战争文艺开始成为颂扬式宣教功能的号手。这些从生与死的战火硝烟中走出来的战士、军队随军记者和部队文艺工作者，甚至直接担任过军队指挥的干部，他们经历了太多的生离死别，他们既是战争的目击者，也是战争的参与者。对战争中民众和战士的生活与情感有着深切的体验，也积蓄了大量的战争素材，特殊的战争经历使他们通过小说，把昨日战争的艰难和今日胜利的来之不易表达出来。不仅纪念那些还没有看到胜利就已经捐躯的战友，更反映共产党取代国民党政权的合法性与优越性，也表达出自己对党的无限忠心，而且在精神心理学意义上满足了他们对于文化/文学的敬畏与梦想。于是，在政治的鼓励与暗示之下，他们通过自

---

① 〔德〕哈贝马斯：《交往与社会进化》，张博树译，重庆出版社，1989，第184页。

己对革命历史的回忆、记录、整理进入文本创作。正如周扬在第一次文代会上直截了当地呼吁作家："假如说，在全国战争正在剧烈进行的时候，有资格记录这个伟大战争场面的作者，今天也许还在火线上战斗，他还顾不上写，那么，现在正是时候了，全中国人民迫切地希望看到描写这个战争的第一部、第二部以至许多部的伟大作品！它们将要不但写出指战员的勇敢，而且还要写出他们的智慧、他们的战术思想，要写出毛主席的军事思想如何在人民军队中贯彻，这将成为中国人民解放斗争历史的最有价值的艺术的记载。"① 所以，以战争为主题的文艺蕴含着浓郁的爱国主义情怀、奉献精神和牺牲精神，对鼓舞人民建设新中国和教育下一代有着非常重要的意义，也就成为"十七年"文学出版业中最为显著的类型。在许多影响较大的文艺丛书中，战争文艺占了重头戏。如新华书店出版发行的"中国人民文艺丛书"，生活·读书·新知三联书店、人民文学出版社出版发行的"文艺建设丛书"以及解放军总政治部文化部出版编审处组织编写的"解放军文艺丛书"等，受到读者热捧，这对经历过战争但没有创作经历的文艺工作者来说更具有典范的作用。而《红旗飘飘》《志愿军一日》、纪念解放军建军30周年等革命回忆录以及其他各种文艺竞赛的大型文化工程无疑促进了战争小说的创作，产生了许多战争小说，如《新儿女英雄传》《风云初记》《保卫延安》《铁道游击队》《红日》《林海雪原》《敌后武工队》《战斗的青春》《烈火金刚》《苦菜花》《迎春花》《平原枪声》等②相继出现。

---

① 周扬：《新的人民的文艺》，《人民文学》创刊号，1949 年 10 月号，《周扬文集》第 1 卷，人民文学出版社，1984，第 512～513 页。

② 其他小说在后面的图表中列出，另外还有《黄继光》《祖国的儿子黄继光》《杨连第》《董存瑞的故事》《一个普通战士的成长》《盼望》等战争传记小说，这类直接描述武装斗争的小说笔者称之为"主战争小说"。本文主要探讨这一类型小说。另外还有一些小说尽管穿插着武装对立的战争，但这只是为提供特定语境和出场背景的次要内容，主要还是叙述人物成长，以及越狱、地下斗争等内容，如罗广斌和杨益言的《红岩》、杨沫的《青春之歌》、高云览的《小城春秋》、梁斌的《红旗谱》、杨朔的《三千里江山》、张良孟的《儿女风尘记》《三辈儿》、曾秀苍的《太阳从东方升起》、李乔的《欢笑的金沙江》、碧野的《阳光灿烂照天山》、纪宁的《红心向太阳》、袁静的《红色交通线》、冀汸的《走夜路的人们》、谷峪的《石爱妞的命运》、林予的《塞上烽烟》、老舍的《无名高地有了名》、李六如的《六十年的变迁》（一、二卷）等，笔者把这类小说称之为"次战争小说"，或者说，它们属于革命历史小说。

战争对永恒秩序进行强势整合，与和平构成了社会发展的年轮，故成为文学的母题之一。透过战争，人可以发现生存的本相，从而审视自身存在的合理性与终极性。因此，战争小说①是以两个或多个不同政治主张的武装派别直接进行对抗，以夺取胜利的一方压倒另一方的战争过程为载体，反映战争中人的命运、情感、道德、行为、意志的小说。但是，任何一个个体都是在特定历史语境下，在事件与空间构建的时空场中生存，人、文学、战争都离不开政治的制约。这类小说遵循着战争文化惯性中累积的二元对立思维模式，致使在主体建构和人性建构的层次上"一边倒"，消解了文学的复杂性。于是，战争小说成为政治权力背影下的单一化情节模式："我方必胜，并代表正义；敌方必败，并代表邪恶"，其人物的心理变化，以及命运、情感等打上了阶级属性的烙印。此类小说传播迅捷、异常畅销。可以说，在"十七年"文学中，战争小说占了很大篇幅，而长篇战争小说又是其中的重头戏。一般而言，我们把不超过10万字的小说称为中篇小说，而10万字以上的称为长篇小说。两者最主要的区别还由小说容量和篇幅大小、结构复杂程度来决定。在"十七年"时期，同一个版本在1956年以前的繁体竖排印刷和1956年以后的横排印刷方面，其版权页字数往往不同。而且，有的小说十四五万字，在文学刊物连载或单行本印刷时仍然称为"中篇小说"，例如，任大星的13.8万字的《野妹子》，作者自己也认为是中篇小说。② 因此，本论文统一把达到或超过10万字的小说都叫做长篇小说，虽然文学不是按数字推算，但还是按照常规进行规范，即使如9万多字的战争小说《松毛岭下》③ 依然是中篇小说。长篇战争小说的篇幅，更能细致、具体地传递出新中国诞生的艰难性和共产党领导革命的必然性。

而长篇战争小说颇受欢迎还有一个重要原因，那就是革命的受众。当时社会主体主要是阅读水平较低的工农兵和有阅读水平的知识分子，他们迫切需要知道从共产党建立到新中国成立这一段历史，以丰富自己原有的

---

① 如果说黄子平把"十七年"小说定义为革命历史小说成立的话，那么在某种意义上说革命历史小说就是战争小说。
② 任大星：《野妹子》，百花文艺出版社，1978，第256页。
③ 钟廉芳、张春熙：《松毛岭下》，上海文艺出版社，1960。

文化知识储备。前者大约是文盲或者半文盲的文化水准,他们在扫盲中开始速成识字,但也只能接受一种形象生动的故事讲述来植入相关革命记忆。后者包括革命知识分子和爱国知识分子,前者掌管着文化生产和传播的权力,在革命阅历和革命意志上与作家或者作品中的革命者达到精神同构。他们不仅愿意阅读革命同道写出的小说文本,而且更愿意以自身经历去构思文本创作,而对广大爱国知识分子来说,需要阅读党和国家的相关政策以自我改造,更需要弥补自己的革命知识。革命战争小说的出现无疑为这些读者提供了具象化的"精神食粮"和生动的"革命知识"。这种革命教育是必需的。

因此,在革命伦理的政治文化一体化规范下,生动又通俗的文学作品已经成为另一种"历史教科书"。"十七年"文学包括战争小说构成了具有"历史代述"功能的历史书,而新政权更是需要吻合政治变化的文学描述,于是两者产生重构。这种知识的生产、修改、改编与传播便维系着国家意识形态的建构与运作过程。作为执政党的合法性想象,新民主主义革命重大历史事件通过文学的确认与传播使之成为确定的历史事实和知识构成,这就要求作家对历史记忆、现实体验的叙述与时代话语相一致。所以,在20世纪50~70年代的中国大陆文学中,文学更多的是承担教育功能。当然,任何一个时代的文学都具有意识形态的宣传和教育功能。周作人在《中国新文学源流》中说道,中国文学是由言志派和载道派构成,两者相互轮流替换。这说明"载道"自古以来一直是文学诉求的一种方式和目的。但这并不能否定文学的审美性、文学性以及启蒙性意义,或者说这两种功能本来就是相辅相成的。只是1949年以后的文学生产已经开始对文学审美性等进行祛魅,而建构起意识形态功能的意义所指,战争小说不仅是作家审视人生和世界的审美窗口,而且是能更好地承载阶级斗争和革命主题的"工具场",文学的审美现代性已经被政治启蒙性所替换。因此,以工农兵为代表的无产阶级英雄与反动派成为小说文本中意义诉求的两个象征符码。人性善恶的天性与战争的复杂在革命伦理的规训中走向简单和纯净,二元对立思维模式和战时共产主义文学规范是文学的逻辑起点。在文本中形成了陈思和所说的"我军"与"敌军"两大语言系统,人成为进步与落伍、光明与黑暗、抗争与挨打、解放与堕落的两极符号。

而对这一时期战争小说而言，意识形态谋求对新生政权合法性的印证，读者则在咀嚼战争的固定程式中体验到快意恩仇。于是，战争小说也就成为"十七年"民众最为喜爱的一种文学诉求样式。

而且，"十七年"长篇战争小说借助版本修改、艺术改编与传播等受到不断推广，才在文学上表现出了洪子诚所概括的"当代文学一体化"现象和陈思和所论述的"共名"状态。例如《红日》，自 1957 年在《延河》等刊物上选载后，经解放军总政治部文化部审定，作为解放军文艺丛书之一由中国青年出版社 1957 年 7 月初版，并在中央人民广播电台的长篇小说连播节目里播讲。初版后，先后于 1959 年、1964 年作了重大的改动，其中 1964 年的二次修改本改动最大，1978 年第 20 次印刷时，恢复了 1964 年版本。然而随着思想的进一步解放，1980 年第 21 次印刷时，则放弃了 1964 年的版本，恢复了 1959 年的修订版，此后所有版本都是以 1959 年修订本为蓝本，总印数达 200 多万册。在艺术改编方面，《红日》经历了电影、连环画、电视等多种艺术改编，传播很广。

不仅小说《红日》如此，几乎所有的"十七年"长篇战争小说都经历了反复修改再出版和各种艺术样式改编的过程。1949～1966 年被改编成电影、戏剧的小说还有《林海雪原》《敌后武工队》《铁道游击队》《苦菜花》《新儿女英雄传》等。这些作品也被改编成连环画（包括电影连环画、戏曲话剧连环画和绘画连环画），成为当时群众和少年儿童的主要阅读来源，其印刷数量惊人，大多是几十万甚至上百万册。但是"文革"时期，"十七年"长篇战争小说几乎全部被贬成"毒草"，作家也受到批判，只剩下样板戏《智取威虎山》等极少数作品。但是，这种语境在十一届三中全会和改革开放之后逐渐改变。随着"文革"的结束，在 1976～1978 年间，"两个凡是"的思想依然在文艺界中萦绕。此时大部分在"文革"中被贬成"毒草"的作品开始复出。在改革开放的 20 世纪 80 年代，外来文化和中国传统文化以及现代的革命文化相互激荡，不仅活跃了思想，也活跃了与社会和思想相融合的文学。五四思想启蒙传统被重新激活，文学的审美性和人文性逐渐取代了新中国成立以来文学被赋予的工具性，而与政治紧密结合的"十七年"文艺开始逐步淡出观众视野。读者已经不满足于简单的革命故事讲述，他们似乎需要的是"人之所以为人"以及充满人性张力的新文艺。所以，20世纪80年代中期以来，读者更愿意关注具有思想启蒙传统的新时期文学。

随后，20世纪90年代市场经济和消费文化的全面复兴替代了20世纪50年代建构的革命价值体系和20世纪80年代出现的精神启蒙传统，文艺逐渐走向边缘化。在外来文化和金钱诱惑下，人们原有的精神信仰和伦理价值体系开始被替换，金钱崇拜和消费文化日益成为关注的焦点，受众在欲望化、快餐化、读图化的时代更注重享受。同时，伴随而来的是民主价值的推进、国家文化机制的转轨、市场经济体制的确立和价值多元体系的建立。在这一系列多米诺骨牌效应的基础上，大众文化崛起并挑战着国家意识形态和精英文化的权威地位，欲望化泛滥叙事开始出现。而且视觉文化已经成了我们生活中必不可少的重要组成部分。因为作为视觉文化符号传播系统的影视契合了消费时代读者的视听需求，况且视觉享受比阅读思考更为快乐而轻松，文学被边缘化。于是，"十七年"小说的红色经典影视改编成为多方共赢的方式。红色题材影视剧本身就来源于具有革命意义和革命起源价值系统的长篇战争小说，所提供的图像符号和视听语言集娱乐性、思想性、革命英雄主义、爱国主义和教育性于一体，具有寓教于乐、潜移默化的改造功能。不仅可以使受众了解新中国成立的艰辛历程和改革开放的来之不易，还可以通过革命者对崇高愿景的追求进行爱国主义教育，从而树立起价值信仰中的一道丰碑。所以，"十七年"长篇战争小说在20世纪90年代以来获得了大量的影视改编的机会。演化出一场"红色经典"改编浪潮。在革命故事讲述中，日常生活与爱情人性成为影视改编中新的生长点。

所以，许多长篇战争小说从文本起点的初版本或初刊本便面临着被不断修改的事实。随着时间的推移更是经历了多次修改和多种艺术样式的改编与传播，这种现象在"十七年"非常普遍，笔者把它称为"文本发生学现象"①。也就是说，文本发生学现象是指小说文本传播过

---

① 早在20世纪70年代以来法国批评家皮埃尔—马克·德比亚齐在著作《文本发生学》中提出"发生校勘学"或"文本发生学"（Génétique textuelle）的研究范式，具体说来，通过考察和梳理由草稿或准备性资料到手稿，再到前编辑、编辑，前出版、出版阶段的前文本孕育过程，从而"观察处于初始状态的作品那种饱满而又生动的结（转下页注）

程的流变轨迹，即前文本成为出版的文本之后的后续发展和演变的动态过程。

因此，本文的研究对象就是"十七年"长篇战争小说的文本发生学现象。我们可以用一条线索来显示战争小说的现象发生过程：作为原点的五六十年代战争小说文本——大众传播——版本修改——进入语文课本和文学史的入史教育——艺术样式的传播与改编。因此，本文的文本发生学现象研究①主要是研究战争小说的发生、发展、变化与变异的过程，即初刊初版的出现、版本的后续修改、各种艺术样式的传播和影视改编等在重述与转述过程中的差异。因为一个文本诞生以后，它并不是始终处于凝固的静止的状态，而是在各种内外压力之下由生产、流通、接受、反馈组合而成的运动变异的状态。这种状态包括版本修改（有作者自愿的修改，也有无奈的修改，还有编辑或他人代劳的修改）、艺术改编、传播推广（依托各种传播媒介进行文本传播，如印刷版本、报刊发表、民间曲艺、话剧、戏曲、绘画、音乐、连环画、影视宣传、广播连播、评书、大中小学教科书等进行宣传）等。因此，文本的后续发展和演变的动态过程是值得我们探究的。我们需要关注文本出现之后的发展变化与文本变异的历史过程，考察文本出现之后以怎样的样式与状态继续使文本发生各种变异？也就是说，文本发生学现象研究是考察文本生成以及围绕原文本发生的各种变异活动而形成的各种文本形态之间的版本间性和复

（接上页注①）构，观察其发展、变化，观察作品逐渐形成的过程。"应该说，这种范式考察的是小说出版前的诞生过程，通过对小说初版样本出版前的过程进行校勘式考察，进而对作品的起源进行理论诠释，寻找变动、冲突、补充的可能，扩大并更新对文本的认识，由此重新找到作品制作的秘密，试图揭示和解释作者创作的独特性，被认为是一种"手抄本的阐释学"。"文学手稿的分析原则要求尽可能多地关注作家的写作、行为、情感及犹豫的举动，主张的是要通过一系列的草稿和编写工作来发现作品的文本。对这些草稿和编写工作分析的目的呢？就是为了更好地理解作品：了解写作的内在情况，作家隐秘的意图、手段、创作方法，经过反复酝酿而最终又被删除掉的部分，作家保留的部分和发挥的地方。"（皮埃尔—马克·德比亚齐：《文本发生学》，天津人民出版社，2005，第2～3页）当然这主要是对手稿到初版的前文本过程进行分析，把前文本视为一个独立的诗学空间，也有的翻译者把这种文本发生学翻译成"渊源批评"。

① 这个概念不仅对新文学以来直至当下的现当代文学研究有直接的借鉴意义，还对古典小说如《封神榜》《说岳全传》以及四大古典小说的当下研究有借鉴意义。

调意义的研究，追寻的是"重述"与"转述"的意义生成的差异与缝隙。所以，作为一种系统的整体的研究路径，文本发生学现象研究就是对文本发生变异进行追踪考察。从版本修改、传播策略、影视艺术改编等层面对叙事文本（包括文字文本和图像文本）的版本间性和复调意义进行研究，而"十七年"长篇战争小说的文本发生学现象显然提供了这一研究的阐释空间。正如福柯所说："为了弄清楚什么是文学，我不会去研究它的内在结构。我更愿去了解某种被遗忘、被忽视的非文学的话语是怎样通过一系列的运动和过程进入到文学领域中去的。这里面发生了什么呢？什么东西被削除了？一种话语①被认作是文学的时候，它受到了怎样的修改。"② 这是本文所要研究的问题，那么研究之前首先要了解和研究现状。

（二）研究现状

"十七年"长篇战争小说的文本发生学现象是已然的事实。然而，相关的研究却并未呈现，即使有战争小说的版本修改、传播策略与影视连环画改编的研究情况，也是非常零星的、分散的，没有从一种整体性和线性流动视角进行研究。尽管由于研究语境、方法的变化，出现了不少关于"十七年"文学重读并卓有成绩的学术论文和专著：如程光炜的《文学想象与文学国家》、黄子平的《"灰阑"中的叙述》、董之林的《追忆燃情岁月——50 年代小说艺术类型论》《旧梦新知——"十七年"小说论稿》、李杨的《50～70 年代中国文学经典再解读》、蓝爱国的《解构"十七年"》、余岱宗的《被规训的激情——论 1950、1960 年代的红色小说》、吴秀明主编的《"十七年"文学历史评价与人文阐释》、郭冰茹的《"十七年"小说的叙事张力》、唐小兵主编的《再解读：大众文艺与意识形态》、陈顺馨的《中国当代文学的叙事与性别》、李遇春的《权力·主

---

① 话语是指在语言单位基础上某种陈述的内涵，"话语是关涉社会、政治和文化形成的语言的用法——它既折射了社会秩序的语言，也形成了社会秩序，以及形成了个人与社会互动的语言"（The Discourse Reader）（参见朱国华《文学与权力——文学合法性批判考察》，华东师范大学出版社，2006，第 4 页脚注）。

② 〔法〕福柯：《词与物：人文科学考古学》，莫伟民译，上海三联书店，2001，第 393 页。

体·话语——20世纪40～70年代中国文学研究》①、陈翠平的博士论文
《身体、革命与性别——"十七年"小说中的女性书写》、洪子诚的《中
国当代文学史》和陈思和主编的《中国当代文学史教程》等。而在具体
的战争小说研究方面则出现了刘为钦的博士论文《建国初期抗日战争题
材长篇小说论（1949.7～1955.12）》及朱向前的《军旅文学史论》、陈思
广的《战争本体的艺术转化——二十世纪下半叶中国战争小说创作论》、
房福贤的《中国抗日战争小说史论》等。②另外，福建师范大学席扬教授
及其指导的博士生和山东师范大学朱德发教授及其指导的博士生等也正在
从事战争叙事和英雄形象研究。这些专著或论文试图回到历史深处去揭示
它们的生产机制和意义结构，去暴露现存文本中被遗忘、被遮蔽、被涂饰
的历史多元复杂性，揭示文本内部的叙事系统与意义系统所存在的裂隙与
冲突，从而重新阐释这一特定时代的文本。应该说，对于推动"十七年"
文学研究是非常有积极意义的。

　　尽管"十七年"文学研究越来越热，重读经典和文本价值重估成为
步入文学的途径。但是，不少研究重视的是在西方文论话语语境下的文本
重读研究，在进入历史语境的视野中往往也有所遮蔽，虽然常读常新，但
往往如过眼烟云。而且很多研究对作品的分析没有相对应的版本，以致引
用文本张冠李戴，使得不少研究结论出现片面或者错讹。同时，他们也很
少关注"十七年"长篇战争小说的文本发生学现象，没有对文学的版本
修改、艺术样式传播与故事改编进行系统研究，而只有零星的少数研究论
文。

　　例如，在文学版本研究方面，现代文学一直有史料研究传统。而当代
文学的史料研究较少，这与学科的沉淀有关，也与"十七年"文学的政
治敏感性有关。虽然早在1962年，刚毅以《革命烈士诗抄》的初版本和
增订本为例，提出了"十七年"文艺版本的重要性。认为应从两方面重
视版本价值："一方面是提高版本价值，即不断严格出书的标准，提高每

---

①　这13本著作分别由河南大学出版社、上海文艺出版社、河南人民出版社、广西师范大
　　学出版社、山东教育出版社、华东师范大学出版社、上海三联书店、浙江大学出版社、
　　岳麓书社、北京大学出版社、华中师范大学出版社出版。
②　这3本专著分别由东方出版社、巴蜀书社、黄河出版社出版。

版书的内容质量；另一方面是要尽力保持已版的版本价值。"① 但被关注的非常少，只有李亦冰的《更上一层楼——从〈在茫茫的草原上〉到〈茫茫的草原〉》②谈到版本修改问题。当然不少作家在小说修改后再版时会在前言或者后记里进行版本修改说明，或者专门撰文解释。如李英儒的《关于〈野火春风斗古城〉——从创作到修改》、雪克的《〈战斗的青春〉作了哪些修改》、刘流的《为什么修改〈烈火金钢〉》、吴强的《〈红日〉二次修订本前言》、杜鹏程的《〈保卫延安〉的写作及其他——重印后记》等。③ 当代文学的版本学研究真正开始出现则是在 20 世纪 80 年代，如吴恭俭的《谈〈武陵山下〉的两个版本》、郭文静的《〈红旗谱〉新旧版本的比较》、潘旭澜的《关于〈保卫延安〉重写刍议》、赵俊的《〈在和平的日子里〉的版本嬗变与情节典型化》、张羽的《关于〈红岩〉书稿的修改》、冯肖华的《新版〈创业史〉修改旨意初探》、胡光凡的《从手稿和版本看周立波对〈暴风骤雨〉的修改》、宋建新的《从比较看不同——评丁玲〈太阳照在桑干河上〉修改的失误》、龚明德的《〈太阳照在桑干河上〉版本变迁》等。④ 他们开始从版本校勘角度去考察"十七年"小说文本变异的内容、意义与原因。虽然关注的只是单一的小说文本，但为本文的研究提供了借鉴的思路。

到了 21 世纪，出现了一些当代文学版本学研究的新成果，如郭剑敏的博士论文《革命·历史·叙事——中国当代革命历史小说（1949～1966）的意义生成》专门有两章论述《红岩》的小说生成和《青春之歌》的文本修改，对革命意义的提纯进行了归纳。金宏宇的《中国现代长篇小说名著校评》主要是研究现代文学版本，其中也对《青春之歌》和《创业史》进行校对，发现洁化叙事是作家们在修改过程中对意识形态的

---

① 刚毅：《保持版本价值》，《人民日报》1962 年 8 月 10 日，第 4 版。
② 发表于《草原》1964 年第 6 期。
③ 这 5 篇文章分别发表在《人民文学》1960 年第 7 期；《读书》1960 年第 13 期；《河北文学》1964 年第 8 期；《人民日报》1978 年 7 月 20 日，第 3 版；《延河》1979 年第 3 期（后收入人民文学出版社 1979 年 4 月出版的《保卫延安》）。
④ 这 9 篇论文分别发表在《湘潭大学学报》1980 年第 3 期；《河北师范大学学报》1983 年第 3 期；《复旦学报》1983 年第 6 期；《西北大学学报》1986 年第 2 期；《编辑之友》1987 年第 1 期；《宝鸡文理学院学报》1987 年第 2 期；《社会科学战线》1987 年第 4 期；《江汉论坛》1989 年第 10 期；《新文学史料》1991 年第 1 期。

主动皈依，并在《新文学的版本批评》中提出了"版本批评"新概念。其他如黄发有的《中国当代文学的版本问题》①等。他们就当代文学的版本修改问题进行了阐释。孙先科根据文本相关联的日记等各种侧面材料，首度以考古和索隐的方式重新解读《青春之歌》和江华的原型形象。笔者认为，《青春之歌》的创作、修改、续作以及江华形象的文本变更史"揭示的是知识分子在 20 世纪下半期生存的历史，也是知识分子自我认知、自我成长的心灵的历史，一个知识分子主体的成长史，也是知识分子的启蒙话语被压抑、扭曲、存活、延伸的历史。通过这一文化文本，也让我们看到，知识分子的启蒙话语和无产阶级的革命话语在当代的文学叙事中是如此复杂地纠缠在一起"。② 这种考证式的版本研究方法值得从事当代文学史料学研究者学习。这些现有的研究成果告诫我们，研究者以一种什么样的立场、姿态、方法、模式进入作品，获取阐释的有效性，是至关重要的。

再如艺术改编，孟悦的《〈白毛女〉演变的启示——兼论延安文艺的历史多质性》给研究者带来一篇视角新颖、文笔精美的文章。该文主要考察《白毛女》从最初的民间故事到歌剧、到电影，再到芭蕾舞剧的发展演变过程及不同文本之间在情节模式上的变化，进行了独到的分析与阐释。可以说，这是最早进行文本发生学研究的"雏形"，反响很大。从"白毛仙姑"的民间故事到延安鲁艺版的歌剧，再到 1950 年东北电影制片厂拍成电影的过程，不仅讲述了旧社会把人逼成鬼、新社会把鬼变成人，白毛女的革命成长的过程，更是一个文化资本如何被征用转型的过程。孟悦重点指出了在从歌剧到电影的过程中，《白毛女》内在的情节重心已发生了由民间伦理秩序的冲突向以"情"为主题的转移。而 1964 年上海舞蹈学校又将歌剧《白毛女》搬上了芭蕾舞台，舞剧《白毛女》大大地剔除了前两个文本中的非政治细节，将其"提纯"为一部直接表现阶级压迫与反阶级压迫的剧作。孟悦考察《白毛女》文本的演化过程后认为，它是"一部几经加工修改，从乡民之口，经文人之手，向政治文

① 该文发表在《文艺评论》2004 年第 5 期。
② 孙先科：《〈青春之歌〉的版本、续集与江华形象的再评价》，《河南大学学报》2005 年第 2 期。

化中心流传迁移的作品"。① 可以说，观察一个文本的生成与演变，对生产文学作品的权力话语机制进行考察，能清晰地呈现出文本内部意识形态话语的修辞功能，同时也在一定程度上将这些经典文本所承载的革命历史生活内容真正地还原为叙事。孟悦的研究为本书的研究提供了一个可资借鉴的范例。

姚丹的北京大学博士论文《从小说〈林海雪原〉到革命样板戏〈智取威虎山〉——对当代一个文学现象的个案考察》②，给笔者提供了一个参照的窗口。她在这篇论文中专门考察不同艺术门类对同一题材进行改编后的变化及原因，并由此探讨这种变化，与时代思潮和艺术门类自身特性及拟想读者（观众）期待之间的关系。姚丹通过版本史料考证发现在《林海雪原》的传播、改编过程中，作品的个性越来越稀薄，人物身上的"杂质"越来越被"净化"，群体对之改造的力量越来越强大，"党的领导"和"群众的力量"越来越强化。为论证编辑批评的权力，姚丹对该小说责任编辑龙世辉修改的第二版（人民文学出版社 1959 年 9 月版）版本进行了比较和分析。因为题材选择的原因并没有对第三版（作家出版社 1962 年 9 月出版）、第四版等各种版本的修改进行比较和分析。而且她在版本考察过程中，更多的是使用第二手资料即李频的传记文学《龙世辉的编辑生涯——从〈林海雪原〉到〈芙蓉镇〉的编审历程》，来考察第二个版本（即 1959 年人民文学出版社出版的由编辑龙世辉在没有征得作者同意的情况下而自行修改的修订本《林海雪原》，随后曲波批评并状告了龙世辉，在以后的《林海雪原》的版本印行中，再没有使用龙世辉修改的这个版本。当然，这是有点遗憾，作者与编辑的一段美好佳话最后不得不破裂）的编辑修改过程，从而忽视了作者曲波的个体能动性和主观意愿的修改诉求。诚然，"十七年"小说有很多业余作者和革命作者，他们的文化水准、创作积累、个人素养可能存在不足，他们的作品出版无法

---

① 孟悦：《〈白毛女〉演变的启示——兼论延安文艺的历史多质性》，王晓明编《二十世纪中国文学史论》（修订本），东方出版中心，2003，第 205 页。

② 笔者所见的姚丹的这篇博士论文是未刊本，收藏于国家图书馆，由北京大学钱理群教授指导，其部分成果散见于《中国现代文学研究丛刊》等刊物中。后该论文以《"革命中国"的通俗表征与主体建构：〈林海雪原〉及其衍生文本考察》为题于 2011 年 5 月由北京大学出版社出版。

离开出版社编辑的修改和推介，甚至可以说作品中的不少内容就是以编辑的想法和编辑与作者的商量结果来修改的。但是，我们并不能以编辑的自身语言来看待问题，更何况编辑龙世辉与曲波的关系已经出现裂痕，这个时候如果我们单纯去采用李频引用的龙世辉的说法就显得不太客观。因为每个人的思维方式以及叙述话语随着自身所处立场的变化而变化，传记作者或者研究者往往会对自己的传主或研究对象进行美化和拔高，从而忽视或者掩盖一些客观情况，这已是不争的事实。李频的这本书也有此通病，因此姚丹在没有他证的情况下对李频研究内容的引用是比较冒险的。因为李频的研究只是一个孤证，这就需要采纳原始资料即龙世辉和曲波自身的说法，并综合李频等第三者或第四者的研究内容进行相互印证，如此可能就会更加准确周全。同时，姚丹重点考察了样板戏《智取威虎山》的修改原则以及推广、传播方式，即1967年版本是如何在矛盾中，尤其是在江青的指示下修改成型的。由于该戏是逐渐建构起来的动态艺术文本，上海京剧团进行了反复改编，形成了5个定稿版本，即1958年版本、1964年版本、1967年版本、1969年《红旗》刊载本、1970年最后定稿版本。它们的差异是非常明显的，姚丹没有全面地对1958年京剧对小说的修改和随后京剧到1970年样板戏定稿本之间的版本修改进行分析，缺少了一种动态的考察，即小说是如何改编成1958年的京剧，并何以一步步走向并最后完全成为"革命样板戏"的。这种经典化过程与其版本修改有着千丝万缕的复杂纠葛。但是，姚丹因为研究的需要简化了"丰富"的复杂性，也可能出于研究的侧重，使得论文的逻辑严密性出现了一定的不足。但毋庸置疑，姚丹的研究对本书有着重要的启示意义。

90年代以来的影视怎样改编，成了时下讨论的热点。2004年5月23日中国文联、中国剧协、中国影协、中国视协共同召开了改编"红色经典"创作座谈会，与会者反对解构和戏说红色经典。广电总局连续下文《关于认真对待"红色经典"改编电视剧有关问题的通知》和《关于"红色经典"改编电视剧审查管理的通知》，严审红色经典改编的影视剧，防止恶搞、情欲化和戏说化影视的出现。《当代电影》2005年第6期发表了苗棣主持的一组以电视剧《林海雪原》等作品为主要参照文本的笔谈文章，其中熊文泉发现文艺生产中存在泾渭分明的三种调节系统：国家调控、艺术自律和市场调节系统，三者之间存在相互冲突与共荣的关系。戴清等从《林海雪原》原著与电视剧改编文本的叙事差异入手进行分析，认为电视剧《林海雪原》赋予了经典文本以新的叙事形态，显示了不同艺术媒介相应的艺术思维与审美规律。从"十七年"文艺的"英雄崇拜"到新世纪的"消费革命"，呈现出中国一元政治意识形态到大众文化消费逻辑占统治地位的多元文化格局的重大变迁，"红色改编"正是多种话语交织、对话、博弈的重要领地。对此持不同意见的青年学者赵勇则在《南方文坛》发表文章《谁在守护红色经典》，从社会学、心理学角度进行分析，颇有启示意义。

从上述研究现状来看，"十七年"长篇战争小说的文本发生学研究，目前还没有学者进行综合性的整体性研究，大多是不成体系的单篇论文，无法获知文本与历史之间博弈的复杂全貌。这为笔者的研究提供了一种创新性的契机和视角。

众所周知，"十七年"文学的版本修改之大、传播推广样式之丰、艺术样式改编之广，确实是从古到今任何一个时期都无法比拟的。所以，对此进行研究是比较富有新意且阐释空间颇大的课题，笔者试图借鉴孟悦、金宏宇、孙先科、姚丹等研究者提供的研究理论和学术成果去思考长篇战争小说的文本发生学现象，从而站在前人的肩膀上进行较为独立性的思考。

二 研究目的与研究意义

从古到今任何一个文学文本的诞生都涉及生产流通、消费接受等问题。但由于时代语境、印刷技术和媒体技术的变革，不同时代的作品其指向也不一样。例如，古典文学需要进行版本真伪考据，进入20世纪之后古典作品依然面临着艺术样式改编以及流通等问题；而通过现代汉语传递现代情绪的现当代文学更是面临着版本修改、艺术样式传播等问题。也就是说，20世纪作为一个"现代性"植入的时代，新传媒技术的拓展、历史的变革、审美形态的置换、权力规训的深入和时代语境的变化使得20世纪中国文学越来越走向一种多样性格局，出现了很多"修改本"和艺术样式改编（如电影、戏剧、连环画等）。新中国成立后尤为如此，几乎所有的古典文学、现代文学、当代文学等经典作品在新的意识形态询唤下重新修改、生产、改编和传播。因此，在这种版本变迁的演绎和诠释过程中，出现了很多"缝隙"值得我们去探究。

这就要求我们重点研究这些文本是如何诞生、修改、传播和改编的，以及为什么这样修改、传播和改编，从而在文本、作家、时代语境、文化思潮与政治的权力规训和编辑、读者相互照应的间性缝隙中寻找作家、文学与社会、历史、政治的博弈、规训、间离的关系，并进一步挖掘作家在革命伦理规训下的有意无意的心理暗示，揭示出历史文本背后的生产运作的流通机制和意义结构，暴露出现存文本中被遗忘、被压抑、被遮蔽、被涂饰的异质、混乱、憧憬和历史多元复杂性，从而在文本话语场的缝隙间重新阐释文本，丰富作品解读。

因此，通过长篇战争小说的文本发生学现象研究可以发现文艺大众化、文艺化大众和国家意识形态的微观互动规律，进而修复国家意识形态的内部范畴与具体措施。文艺大众化有两种模式：一种是从 20 世纪 40 年代以来文艺为政治服务首先为工农兵服务的经典化模式，在革命、阶级的意义诉求上呈现的是"文艺化大众"，即通过文艺感化、规训大众；另外一种则是本原意义上不附加任何过度的意识形态呈现游戏狂欢意义上的文艺大众化，即每个个体感受文艺给人带来的快乐和愉悦。同时，我们必须明确是"谁的文艺"的大众化。谁的"文艺大众化"，文艺为何大众化，文艺如何大众化，是文艺大众化还是文艺化大众的问题。因此，这就涉及作家为谁写作、意识形态对作家的制约、读者如何阅读文本等诸多问题。显然，50 年代至今的文本发生学呈现的更是一种"文艺化大众"的意义。而且，五六十年代的文艺大众化与 90 年代以来革命历史小说的影视改编的文艺大众化的目的、意义、价值评判标准等都不一样。前者应该属于承载国家意识形态的文艺化大众，后者才是真正具有原生态意义场景的文艺大众化。以革命者的个体情感、欲望为切入口来反思、消解或者拒绝原有的文艺目的和附加价值标准，并满足大众文化消费语境下读者的欲望愿景和乌托邦幻想，从而达到精神的娱乐自足和心灵自由的快感。尽管文学的自由审美特性有可能构成对意识形态的消解与对抗，但"十七年"文艺

显然无法绕开政治赋予的国家意识形态。所以，"十七年"长篇战争小说
文本的生产、修改、出版以及各种艺术样式改编的生产和发行都是一种国
家意识形态的传播方式。通过文本生产流通方式传播、推广国家意识形
态，进而实现文艺大众化和文艺化大众的目的，使个体处于永远的绝对的
革命伦理和国家意识形态当中。形成"国家意识形态——作家——文
学——读者——国家意识形态"的逻辑顺序。于是，文学成为国家意识
形态的文化载体，或者说文学本身就是意识形态。正如伊格尔顿所说：
"文学是意识形态的生产。每一文本都在自身中内含一个有关它如何、由
谁及为谁而生产的意识形态密码。每一文本都隐含地设置了自己的假定读
者。"① 为了革命文化秩序的建立和适应革命战时的文化需求，自延安文
艺整风以来，我们要求文艺完全成为表达和宣示意识形态的媒介和载体，
因为《在延安文艺座谈会上的讲话》的中心议题是文艺"为群众"以及
"如何为群众"服务。《在延安文艺座谈会上的讲话》（以下简称《讲
话》）反映了一种孕育于解放区的新意识形态，表达自己并使自己充分合
法化的要求。因为它看重现实主义在表达、传播意识形态过程中的作用和
表现：文艺必须为政治服务尤其是为工农兵服务。正如毛泽东所说："无
产阶级的文学艺术是无产阶级整个革命事业的一部分，如同列宁所说，是
整个革命机器中的'齿轮与螺丝钉'。"因此，党的文艺工作必须"服从
党在一定革命时期内所规定的革命任务"。② 所以，以《讲话》为代表的
意识形态对作家和文学进行"询唤"（interpellate）③，使其臣服既定的一
统意识形态体系。第一次全国文学艺术界代表大会确定《讲话》的方向
就是新中国的文艺的方向。与《讲话》对立、不满或不站在同一战线的
异己文艺人士在二元对立思维模式下遭到权威的政治文化的精神批判，通
过符合意识形态要求的革命话语的整合，从而接纳、拥护和附和新中国文
艺所代表的国家意识形态。

---

① 马驰：《"新马克思主义"文论》，山东教育出版社，1998，第236页。

② 毛泽东：《在延安文艺座谈会上的讲话》，人民文学出版社，1958，第70页。

③ 〔法〕路易·阿尔都塞：《意识形态与意识形态国家机器》，《当代电影》1987年第3、4
期。"询唤"是西方马克思主义哲学家路易·阿尔都塞提出的概念，意指意识形态招募
对其臣服的个体成为实践该意识形态的主体，以确保该意识形态产生效果或发挥功能
作用。

而且，通过这种动态化的研究路径可以穿越表意的文化符码，透过话语与叙事背后的象征性隐喻符码抵达"十七年"文化和当代文化场域。也就是说，考察"十七年"长篇战争小说文本的生成与演变，对生产文学作品的权力话语机制、文本的生产流通和叙事的差异，不仅能够深入到作家有意识或无意识的意图中，展露作家的心理机制的痕迹；还能清晰地呈现出文本内部意识形态话语的修辞功能，同时也在一定程度上将这些经典文本所承载的革命历史生活内容真正还原为叙事，从而扩大并更新对作品的认识。因为文艺传播通过生产流通机制以及文艺样式的多样化传播和文艺大众化的普及、推广，把国家意识形态的唯一性与确定性传播到革命大众群体的个体思维定势和集体无意识当中，使民众对国家权力意志和革命伦理话语产生一种信服感和崇拜感。而那些没有达到这一目标的作品，则通过文本内容的反复修改来完成意识形态的规训。这些修改现象本身包含着丰富的文学史信息，修改本与初版本之间所存在的裂隙，成为沉淀特定历史时期文艺活动信息的场域与符码，反映了作品写作年代的国家意识形态话语对作家个人话语的制约与修正。例如鲁迅编辑《〈中国新文学大系〉小说二集序》时坚持用初刊文："自编的集子里的有些文章，和先前在期刊上发表的，字句往往有些不同，这当然是作者自己添削的，但这里却有时采了初稿，因为我觉得加了修饰之后，也未必一定比质朴的初稿好。"① 而唐弢主编《中国现代文学史》时规定使用材料必须用初版本。贾植芳先生20世纪80年代初主编《巴金研究专集》坚持选用初刊文稿，巴金甚至拿出20世纪60年代的一篇初刊稿给编选者以示支持。② 唯有如此，才能保存历史的真实风貌，洞察丰富的时代气息。因为各小说的初版本与修订再版本在内容上有诸多不协调的异文之处，人物形象往往偏离作家的写作初衷与原有的形象的发展轨道。所以，孙犁认为："如果我们读书，不只读作家的发表之作，还有机会去研究他们的修改过程，对我们一定有更多的好处，可惜这方面的资料和书籍，很少很少。"③

---

① 鲁迅：《〈中国新文学大系〉小说二集序》，《鲁迅文集》第6卷，黑龙江人民出版社，1995，第216页。
② 陈思和：《犬耕集》，上海远东出版社，1996，第37页。
③ 孙犁：《谈改稿》，《孙犁全集》第7集，人民文学出版社，2004，第196页。

所以，本文研究实际上还有助于重写文学史的深入与丰富。遗憾的是，文学史写作一直忽略了跨度为半个世纪的轰轰烈烈的文艺传播、文学版本变迁史和艺术样式改编这一文学发生学现象。文学史家的文学史写作在作品版本和文本发生学层面上关注不够，文学史编写缺乏版本意识。随意翻开一本文学史，都可以发现其中所引用的作品版本的谬误，虽然在20世纪80年代初期编写的《中国当代文学史初稿》，张钟、洪子诚等人编写的《当代中国文学概观》对《青春之歌》等小说的修改有所论述，但绝大部分文学史都遗忘了这种修改变迁过程。而目前的"重写文学史"也只是成为文学史家对文学边界、文学史边界的"纯文学""纯文学史"立场的所谓坚守，即注重文本细读之后的作品新阐释，而缺少资料方面的梳理和分析。如果不研究文学版本、文本修改和艺术多样化生产，"重写文学史"只能是在老路上徘徊。因为文学史的撰写必须论述作品的版本问题，对作品的版本进行具体的、历史的、动态的评述，遗漏任何内容改动的版本都是对作品史的不尊重。这为本文研究提供了颇为厚实的创新基础和可以展开的平台。从这个角度来说，现在还没有出现真正意义上的"文学史"。而通过文本发生学现象研究来倡导学术研究的版本意识和源流考辨，不仅有助于史料学风的扎实推广和小说的汇校，还可以实现文学史的真正重写。

总之，通过系统的文本发生学研究，了解文学创作发生、出版、传播、改编的内在情况以及伴随这一系列变化的作家的隐秘意图、手段和方法，考察文本删除、保留、增加内容的原因、意义及优缺点，从而进入作品发生变异时的隐秘空间，寻找再解读的可能。不仅可以考察文学自身的出版、传播、改编等文本生产、流通、接受的过程，也可以了解文学生产制度、文学与政治、文学与历史的关系，更重要的是考察文艺大众化、文艺化大众与国家意识形态传播的互动关系。而且，通过这个全新的角度，丰富和深化对文本的解读，满足我们的幻想和内心的需求，对当代文学史的重写也有重要的帮助和启示意义，更有助于小说的研究、汇校和文学史的重写。

三 研究方法与本文结构

因为新中国作家在政治意识形态的强势规范下，文学创作的功利性与目的性和战时文化观念的二元对立思维模式产生重构，导致人物的英雄主义与理想主义成为"十七年"时期文学的主色调。同时，这种功利性极强的大一统式的战时文化观念的惯性遗传又产生了一些教条和僵硬的道德律令，制约新中国成立以来的文学生产，导致文学创作走向偏激。尤其是这些作家没有反思战争对人类和文化的伤害，不敢正视战争对人性的价值剥夺与残酷毁灭，对人的命运、灵魂和日常生活及其合理欲望不做任何探索，缺乏对破碎的家庭、残缺的人生以及失去亲人的苦痛等悲剧意义进行独立审视，所有的故事结局几乎都是大团圆和胜利的结局。所以，长篇战争小说有人物形象刻画呆滞、叙述语言简单、叙事策略单一、价值判断二元对立、美学匮乏等缺陷，普遍存在"缺乏思想深度，结构也比较松散""有的近于速写""人物塑造流于浮泛"的问题。① 我们不能否认，这些小说之所以能够吸引读者也有它们可圈可点的地方，甚至可以说，它们代表了那个特定时代的精气神。这种矛盾是什么原因造成的？作为任何一个个体来说，人性是很复杂的，为什么复杂的人性在这些小说中被简单化了，作家的执著追求、复杂心理、犹豫的情感呈现出怎样的文化心理样态？这一系列问题都是我们应该去探究的。我们虽然不能说存在就是合理的，但是存在自然有存在的理由，它应该在具体语境中存在相对的合理性。如果我们否定"十七年"文学，那是因为我们没有找到其存在的理由。正如董之林所说："如果一个时代发生了问题，那么应该怎样理解那个时代的文学？谁应该为那个时代的问题负主要责任？"② 另外，"十七年"文学和作家在主动迎合意识形态与保护自己的生存困境中不得不去采取一种灵活的生活姿态，我们可以批评这些人具有"人格软骨症"。但是，如果是我们自己处在那种政治化语境中我们又该如何化解自己的困境呢？当我们用现在的思维、眼光去要求那个时代的作家和作品，能否全面客观呢？是否准确呢？这都值得我们怀疑。所以，本文研究首先进入历史语境重返事物本体的现象学自身，通过解剖历史的因缘际会体悟作家对时代的整体把握和文学想象，尽量呈现被过滤后的复杂多变的自身原貌和

---

① 张钟、洪子诚：《中国当代文学》，北京大学出版社，1988，第 255 页。
② 董之林：《史与言——"当代小说十七年"纵论》，《江海学刊》2003 年第 6 期。

"十七年"文学的复杂意义。在儒家治国传统和国民无意识集体思维构成的中国文化语境中，载道文学自古以来就是中国文学的重要组成部分。当我们以西方的观点观察中国的文化时，我们不能忘记中国的语境，更不能认为西方的就是好的，我们只能吸收西方好的质素去完善我们自己的特质。更何况，历史是不能假设也无法重新开始，只有在经验的基础上完善文艺创作的价值属性才是可取的。

"诗无达诂"和"一千个读者有一千个哈姆雷特"告诉我们，作为文学阐释，因研究者/读者的理论素养、知识储备、研究角度、功能目标等不同而导致同一个对象研究的结果/效果也是千差万别的。更重要的是，文学自身的意义是多重的，任何一个自足的文本往往具有异质化、多义性、复杂性、流动性和不确定性等特质。在生产、传播和改编的过程中，多种话语、文化、力量在历史、作家、意识形态与文本之间相互渗透、摩擦、调整、对话、转换、冲突、妥协和纠缠迎拒。自然，"十七年"文学也是如此，我们既要尊重这些文学和作家，也要看到他们自身的不足和局限，我们更需要设身处地去思考"他们之所以为他们"的生存处境，而不是想当然地以我们的现在的思维和境况去要求前人。因此我们在进行文本阐释和价值重估时，价值倾向、价值立场、主体姿态不能过度单一化和决断化，更不能先验地确定一种因果悬置，而应去除二元对立的思考方式和价值判断，既不是片面肯定文本，也不是单纯否定文本，而是深入到历史原初的细节场景和矛盾张力中，抽丝剥茧、条分缕析、具体问题具体分析，寻找问题的源头。因此，文学作品、报刊、作家创作、日记、传记、回忆录、研究文章、作家年表、著作目录、经验谈、手稿、书信、写作计划、草稿、印刷作品的修改校样、传记、评传、口述史等资料都是我们从事研究所应考察和关注的对象，是研究作品和版本的重要佐证。韦勒克和沃伦在《文学理论》中强调文学研究的第一步是版本校勘与选择，这为本书写作提供了依据。本书关注的焦点不仅是原著自身不断重写的版本变化这一维度产生的各种内外问题，还应关注这些原著如何不断被各种文学艺术进行重述、"转译"，以适应社会政治文化和文学的变迁，满足艺术领导者和受众的"文学想象"和期待视野。同时需要关注传播机构、传播制度、传播媒介、传播方式，因为编辑、接受者（读者、评论家、改编者、传抄者）对小说版本的变迁有着直接的改造功能，作者不得不按读者口味、批评家情趣、国家意识形态以及社会主义现实主义（后来包括革命现实主义和革命浪漫主义的结合）的艺术成规删改自己的作品。

因此，本论题采用历史的追索、线性的还原、史料的爬梳与理论阐释相结合的方法，通过梳理小说版本的源流谱系，比较其不同版本和不同改编艺术文本，找出修改内容，考察其改变动因以及差异的意义，挖掘演变进程中的动态性、复杂性规律，为"十七年"文学研究和当代文学史的重写提供更具体的佐证资料，厘清原有研究的误读，以打开被尘封的多文本复调和多义性张力的互文世界。正如金宏宇所说："这种研究应该是朴学学术话语与现代文论话语的整合，是实证性研究与阐释性研究的整合。新文学的版本批评首先要利用版本学、校勘学、目录学、考据学的知识和技术，还要借助创作学、文本发生学、语言学、修辞学、观念史学的研究经验，也要运用传播学、接受学、阐释学的理论和方法。"① 这就要求笔者通过文学史料的爬梳回到历史的原初语境中，注重小说版本研究与文本研究、实证性研究和阐释性研究、版本修改与艺术改编研究的结合，对历史的同情的理解，坚持尊重历史、尊重作家在特殊时代的文学抉择的人文主义价值立场，坚持史料梳理和理论阐释相结合、历史原初和当下主体意识相结合、外部研究与内部研究相结合，借鉴版本学、考据学、语言修辞学、阐释学等理论进行交叉学科研究，才能有比较妥当的认识，进而纠正当代文学研究中重理论阐释、轻史料探询的学术疏离现象。为此，需要从"中立状态"② 观照这批小说的发展变迁，既要批判性地审视它们的弱点，也要同情它们在特定语境中的无助与孤独。毕竟，任何一个人或事物，都是政治和权力双重压抑下的产物。正如金岳霖所说："同情一种学说与赞成那一种学说，根本是两件事"。③ 也就是说，"同情"是指研究者想方设法设身处地与研究对象获得一种视界的融合和心灵的沟通，从而理解研究对象特定时期的特定抉择，而不是单纯地站在21世纪的角度去俯视20

① 金宏宇：《新文学的版本批评》，武汉大学出版社，2007，第50页。
② 即跳出国家霸权话语对个体的规训和制约，但这是很难的，很多时候我们不得不回到国家话语当中，这是令当下研究者颇为尴尬的学术困境。
③ 金岳霖：《审查报告二》，参见冯友兰《中国哲学史》（附录），中华书局，1961。

世纪中期全世界民族解放浪潮风起云涌下的特定文本。用 21 世纪的思维观念去审视 20 世纪人的思想境界，任何一种苛求或怂恿都是无力的。

所以，本论题将涉及文本发生学、版本校勘学、传播学、文学社会学、阐释学、福柯的知识考古学和权力谱系学、葛兰西的社会主义文化霸权和阿尔都塞的意识形态询唤等理论方法，尤其是借鉴西方马克思主义意识形态理论成果去审视这些特殊文本。但笔者并不想简单套用西方理论，而是希望面对文本对象寻找他山之石的普适性、有效性和合理性，毕竟西方理论与中国当代经验是有非常大的距离。所以，希望从具体的小说文本出发，根据自己的阅读体验和想象性经验设身处地地借鉴和比照各种理论成果，建构一个新的经验世界和文本秩序，并在这种互为他者的审视中获得价值评判意义上的自为性，如此才能寻找到更为广阔的话语空间。

那么，在具体研究的思路上，我们需要进行文本发生学的史料梳理与意义阐释，从文本发生学现象概述、版本内容校勘与阐释、艺术样式改编与传播推广等视角进行研究。版本校勘主要是采用初版本与修订本进行比较的对校方法，从而获得异同。而这主要是来自校勘学家陈垣在《校勘学释例》中提出"校法四例"，即对校、本校、他校、理校四种校勘方法。而对进行校勘学研究的学者来说，对校是最常用的一种。陈垣对此进行解释："对校法，即以同书之祖本或别本堆读，遇不同之处，则注于其旁。刘向《别录》所谓'一人持本，一人读书，若怨家相对'者，即此法也。此法最简便，最稳当，纯属机械法。其主旨在校异同，不校是非，故其短处在不负责任，虽祖本或有讹，亦照式录之；而其长处则在不参己见，得此校本，可知祖本或别本之本来面目。故凡校一书，必须先用对校法，然后再用其他校法。"陈垣先生的这一研究方法成为古典文献学研究的金科玉律，同样也可以在现当代文学研究的版本校勘学中使用，而且不仅在版本间通用，就是在小说文本与艺术改编的不同艺术文本的校勘中也可以使用。但不同于古典校勘的是，本书主要通过初版本与第一修订本、第一修订本与第二修订本、第二修订本与第三修订本以及小说版本与各种艺术改编文本这样一种线性时间修改下的版本对校法，去寻找版本修改迁移与特定时间的复杂对话场。而艺术样式改编文本研究则主要包括如下四个探询角度：（1）全民教育的教材：植入于国文课本、语文课本、大学语文课本、大学文学史课本；（2）评书、广播、读书等说唱艺术；（3）电影、连环画、电视等视觉艺术；（4）戏曲、话剧等表演艺术。由于本书着重点是小说文本内容的变迁，因此涉及研究的更多是小说文本、各种艺术样式改编后的文艺曲本（各种戏曲、曲艺等改编后的文本）、脚本（如连环画脚本等）、剧本（如影视话剧等剧本）以及导演进行摄制时的影视分镜头剧本的内容，即对长篇战争小说与各种艺术样式改编后的文本（包括上面所说的曲本、脚本、剧本、分镜头剧本等）进行文本意义上的校勘分析。

所以，本书结构主要分为前言、上编（三章）、中编（三章）、下编（四章）和余论四个部分，主要从历时性和共时性的时空场域视角对"'十七年'长篇战争小说"的文本发生学现象进行分析，侧重从版本修改与艺术改编两个维度进行文本发生学现象演变规律的探讨。

前言对"十七年"长篇战争小说在半个世纪以来的传播进行了问题归纳，建立了"文本发生学现象"这一概念，明确了论文的研究对象与问题意识。由此重点阐释与界定本论文的核心概念"战争小说""版本校勘""艺术改编"和"文本发生学现象"及"文本发生学现象研究"的理论内核，梳理了研究现状、研究目的与研究意义，确立本论文研究的必要性、有效性与创新性，进而针对此问题确立了研究的视角、层次、方法与价值立场。

本书上编试图对文本发生学的起点和语境进行必要的外围梳理。主要阐释"十七年"长篇战争小说文本如何发生的问题，即革命起源与革命意义如何经典化生产和通俗化传播的过程，革命作家的"少共"精神、军人规范、侠客梦和青年气质等生命体验和创作特质与社会舆论导向建构起战争小说的经典化生产与打造，并在此基础上通过文艺报刊、艺术改编、教材教育等进行通俗化传播。于是，产生了文本发生学现象。

中编主要以3部长篇战争小说《保卫延安》《红日》和《苦菜花》①

---

① 这里需要说明的是，由于作家手稿或者出版社初版校样个人无法找到，因此，作为文本的研究起点就是初版本和初刊文，例如《解放军文艺》1954年1、2月号只载《保卫延安》的两章《沙家店》《潘龙镇》，《人民文学》1955年2月号只载《保卫延安》的一章《长城线上》，而非全部。那么我们就得以人民文学出版社1954年10月出版的初版本《保卫延安》为文本发生学研究的逻辑起点，但我们依然可以与初刊的部分文本进行异文对校。《解放军文艺》1953年7月号选载的《铁道游击队》的《票车上的战斗》和《解放军文艺》1957年4月号选载的《红日》的《吐丝口》也是如此。

为个案研究对象,从半个世纪来的文本发生学现象的变迁轨迹考察版本生成、版本校勘、艺术改编和意义传播等问题,并以此进行文本阐释。《保卫延安》版本修改的核心就是使艺术更加完善,使英雄群像更加生动丰满,而艺术改编则是由20世纪50年代重基层英雄形象塑造转向新时期以来的高级指挥者形象塑造。这种文本发生学策略的重心转移是随着历史评价与文艺观念的互动而变化的。在不同时期,《红日》的版本修改与艺术改编在人性萌动与革命伦理的互为消长中进行取舍。而《苦菜花》的版本修改与艺术改编则呈现出家族叙事、三角恋爱与革命伦理的多重变奏与取舍。

本书下编则是遵循论从史出的原则,根据上编历时性的个案考察,总结演绎出"十七年"共时性的文本状态和文本发生规律。即从"十七年"长篇战争小说的修辞策略、正文本修改、副文本变迁、艺术改编策略四个角度进行探询,重点研究"十七年"长篇战争小说的革命伦理、历史代述、神话隐喻与审美裂隙的修辞功能,并对小说正文本的修改原因、修改内容和小说副文本的封面画、插图画、内容提要、引语、序言、繁简字、版型等内容进行总体考察,同时对不同时期、不同艺术样式的改编策略进行挖掘。

总之,"十七年"长篇战争小说的文本发生学现象,在社会主义核心价值体系的建构中依然在发挥作用,对其研究也永远是未完成状态,永远有着新鲜的血液和可阐释的空间。因此,文本艺术样态的再次转型、大众传媒的全面介入、手稿等新资料的挖掘出现以及作家及作品档案的开禁等,都会给文本发生学现象研究带来更深、更广、更丰富的阐释空间。因此,笔者在结语中也提出当下语境中的红色资源再利用和现当代文献学学科建构的可能与设想。

上 编
"十七年"长篇战争
小说的文本发生：革命
起源与革命意义的经典化
生产和通俗化传播

为了确立革命起源的通俗化传播与革命意义的经典化生产，"十七年"长篇战争小说自发表和出版开始，就在社会主义现代民族国家的建构进程中被不断重述和转述，通过版本修改和艺术改编获得经典化生产的"入场券"。所以，当一个初版本作品流通之后，极易受到国内外政治处境的变化，以及作家自身对作品的期待等因素的制约。因此，作品也不得不开始发生各种变化，以适应众权力的需求，不仅是版本的"主动"或"被动"的不断修改，而且还通过大众化传播工具进行艺术改编与传播。这就形成了一个革命故事的多重讲述，进而多角度全方位进行文艺化大众。

第一章　革命起源与革命意义的
经典化生产

第一节　作家的革命体验与创作特质

1949 年，新中国成立。"新"不仅是一种认识的差异，更是一种价值判断和政治分野的象征，这就需要重新建立新的命名谱系、话语原则与文化资本。而新政权的建立基础主要是工农兵，他们的文化程度虽然不高，但由于忠诚而且作战勇敢，成为新政权建立的"开国功臣"。这就要求作品的主要刻画对象是工农兵，其次作品的叙述者只能是工农兵作家，没有进行思想改造的作家是没有资格也没有机会进行创作的。而从战火中走来的作家都是年轻的革命者，不仅具有革命知识分子化的政治党性，更具有少共精神、军人规范、侠客梦和青年气质。这种身份使他们完成了革命起源和革命意义的经典化文化资本的生产。之所以说他们是"兵作家"，首先，在毛泽东的《讲话》中认为要建立一支文艺军队，也就是说每个革命的文艺工作者都是一个文艺兵。其次，这些文艺工作者都是革命者，从1930 年代开始都一直在解放区和军队参加革命工作，解放区也基本上是军事化管理。所以，实质上这些作家在战争年代都是军人，就是 1949 年后政局较为稳定的时候，他们很多都还在军队里。当然也有一部分转业到地方工作，但当年戎马生涯的岁月以及十余年来养成的军人思维惯性是无法抹掉的，军人思想已经根深蒂固。因此，作为高度政治化的武装集团的一分子的兵作家，对上级制定的文艺政策必然会坚决地贯彻与执行，任何与之不符的越轨行为都必须驱除。他们在执行文艺政策中更愿意把自己的亲身经历以及战友们的丰功伟绩通过文艺的形式告诉后人，以无愧于烽烟滚滚的革命时代。

第一，乡村政治的迁徙和少共精神的改造。现代文学名家如鲁迅、郭沫若、郁达夫、矛盾、巴金、老舍、曹禺、田汉、张爱玲、张恨水等大多经历过传统私塾教育和新兴高等教育，从地域上来说很多来自江苏、浙江、四川、北京等经济文化发达地区。这些地方本身就是新文化起源的地方，而且他们的家庭颇为殷实（当然有不少贫寒之子通过自强不息而进入上层知识分子群体），在传统的学而优则仕的诗教传家的文化传承下，都具有高学历或者海外留学背景。因此，他们的知识背景、阅历视野、人文素养、思想人格等方面都已经形成独立的传统。自然，他们的文学创作大多远离乡土进入经济文化较为发达的都市或者海外，这使得他们的创作视野和写作技巧都先胜一筹。而"十七年"作家大多来自与革命的发生地关系非常密切且颇为贫穷的农村，朱毛井冈山会师之后转移到江西赣南、福建闽西建立中华苏维埃政权。随后长征经过贵州等地到达陕西。国共合作抗日后，共产党领导的八路军、新四军、抗日联军等大多在华北如山西、河北、内蒙古、河南和东北等省以及安徽苏北等地。而解放战争的几大战役又大多在东北、华北、华中等地展开。这些地方都是最为"乡土"的地方。费孝通曾经以"乡土中国"作为研究中国农民生存状态的历史框架，他认为，"乡土中国"带有极大的封闭性和自足性，并由此带来了中国乡村文化鲜明的特色："不流动是从人和空间的关系上说的，从人和人在空间的排列关系上说就是孤立和隔膜。孤立和隔膜并不是以个人为单位的，而是以住在一处的集团为单位的。"① "十七年"作家恰恰大多来自这种古老的不流动的乡土中国，极少数经历过私塾教育和高等教育，海外留学和国内读完大学的非常少，大学肄业的也不多，而且多是农村贫寒之子，家穷无法读书，兵荒马乱之中也无以为生。因此，当革命潮流一旦汹涌而起，这些年轻人在阶级观念的导引和革命战争的裹挟之下离开家

---

① 费孝通：《乡土中国生育制度》，北京大学出版社，1998，第8页。

乡、走上前线、奔向全国，即使是城市青年，也开始乡村化改造，把自己的一切都交给了无产阶级革命。由于他们很多是农村无产者，当走投无路之际以及与财富拥有者阶层的对立无法和解的时候，暴力对抗是最原始的本能反应。按照马斯洛需求层次理论来说，生存和安全需要是人类最底层的需求，只有在这个基础上，人类的爱、属性、尊重、认知、自我价值实现等需要才能够实现。于是，革命成为一种与剥削者对抗的号召也契合了他们内心的原始欲求。因此，"十七年"作家是在革命洪流中加入了共产党领导的各级组织中成长为坚定的革命者。他们游离于传统的都市空间和乡村空间，在战场空间中经历恐惧、死亡，把自己献给了革命的战火。笔者对他们的经历、受教育情况、小说作品及版权页做了系统梳理（见表1），从中可以发现长篇战争小说作家基本上都是在十八九岁成为共产党员，而到了新中国成立后他们虽然大多是老革命，但年龄并不大。也就是说，在他们的年轻心灵上，充满了改造人类和世界的勇气与决心，形成了为民请命的少共精神。因此，围绕中国革命历史的文学叙述和艺术想象自然就是一种少共精神的青春想象。

由于他们绝大部分是少共，也就具有了党性的恒定性。冯雪峰曾对党性进行了界定，认为党性"是宇宙观的最高表现，也是人民性、阶级性和革命实践性的最高的集中表现。"① 这种党性赋予作家的功能是通过文艺叙事培养民众的"工农兵"本质和话语主体性的言说权力，使外在于民众的某种意识、文化和国家话语主体的观念积淀在大众的日常生活和行为中并在他们头脑中成为某种习俗和无意识，进而影响他们的行为规范、价值取向和人生态度。我们可以用如下几个术语概括他们的等价职能：文艺工作者/革命知识分子/灵魂工程师/识道分子/布道者，而且这种价值符号系统和身份识别话语系统也走入日常生活和文本世界中。在现代文学中，绝大部分作家为了呈现与传统封建关系的决绝，都是用笔名或者改名创作，以致读者对其笔名的知晓度远远大于对其真名的认知程度，如文学大师鲁迅、郭沫若、茅盾、巴金、老舍、曹禺等皆是如此。

---

① 冯雪峰：《中国文学中从古典现实主义到社会主义现实主义的发展的一个轮廓》，《文艺报》1952年第17期。

而在"十七年"时期，依然有很多作家通过用笔名或者改名进行创作，尽管有的改名是他们在经历了残酷战争之后，为了在对敌斗争中保存自己的一种策略，但更多的是表达自己与封建关系的决绝，更是与过去的决裂，隐喻着作家找到共产党后在政治各层面的新的追求，其新名更加昂扬、光明、激越。如《东线》的作者寒风原名李运平，1937年"卢沟桥事变"后，日寇铁蹄肆意践踏我大好河山，激起了全国人民的抗战热潮。年仅19岁的李运平伫立易水河畔，高诵"风萧萧兮易水寒，壮士一去兮不复还"的悲壮诗句，决心投身疆场，报效祖国，不赶走日寇绝不回还。当即改名寒风，以此表达坚强的抗日志向，不仅参加战斗，而且写了很多作品，陈赓大将曾高度评价他："要了解我们二野的战史吗？看寒风的作品吧，他都写了。"许多作家都是普通的工农兵，他们在共产党的指引下逐渐成长为坚强的革命战士和人民作家，他们感受到一种"阶级"的温暖。因此通过改名来确立和证明自己的志趣与追求，表白自己的革命向往，从而建立对新的革命目标的认同，这种认同往往又是与政治认同相一致，因而新的命名也就具有了可阐释的空间。例如孙犁原名孙树勋，抗战初期，孙树勋希望自己要像牛犁地一样在文学中默默耕耘，为革命添砖加瓦，于是改名孙犁。孙犁的朋友张学新就曾经对孙犁的笔名进行探究，认为："犁，耕具，耕用牛。像老牛耕田一样，他意识到文学事业也是一种艰苦的劳作。人们知道有个孙犁，谁也不管他原来的名字了……孙犁出身冀中农村，对农民、对土地，怀有特殊的爱，特殊的感情。他要像耕牛、老农那样，在中国的文学园地上，辛勤耕耘，劳作终生。"[①] 所以，从旧名字到新名的确立，其实就是一个知识分子经过革命和战争历练之后的成长过程。白刃是王寄生的笔名，1940年八路军攻打山东白彦，战斗异常惨烈，展开了一场激烈的白刃肉搏战，让随军记者王寄生深受感动。随即他在《时事通讯》上发表了以此为素材的通讯《在观察所》。因为战斗发生在白彦，又是白刃战，为了纪念那场激战以及英勇献身的战友，就署名叫"白刃"。这名字在战报上迅速传开，而本名却逐渐淡出了受众视野。

---

① 张学新：《孙犁笔名浅识》，《新文学史料》1998年第2期。

第二，兵作家的军人规范和学养资源。每个个体有自己的局限和困境，特别是面对生存的偶然、荒谬、脆弱与无妄之灾时，个体往往将自己置身于群体之中，以获取群体价值、意义与勇气，进而面对生死逆境。这些参加八路军的个体进入群体之后自然获得了群体的力量支撑。根据表1所统计的作者的个人经历、阅读视野以及受教育情况来看，"十七年"作家自身的文化水平不高，绝大部分没有接受过正规的写作训练和知识储备教育，只上过小学，甚至小学还没有毕业，只是在革命战争的集体生活中逐渐学会了识字和一般文化，极少数人接受过良好的中学、大学教育。但是他们大多是革命斗争和革命战争的亲历者，亲身经历过抗日战争、解放战争、抗美援朝等战争，亲身经历是这个时期革命历史小说的创作源泉。杜鹏程在解放战争中曾作为随军记者，深入连队底层，亲历了延安保卫战以及西北战场上其他重大战役，从而也为《保卫延安》的创作提供了第一手资料，他说要写出一部"对得起死者和生者的艺术作品"；《林海雪原》的作者曲波在解放战争初期曾亲自率领一支小分队，深入牡丹江地区的林海雪原进行剿匪，经过近半年的艰苦斗争，才歼灭了顽匪，这是作家创作的重要生活基础；刘知侠与鲁南地区的铁道游击队曾一起战斗、生活过，下笔也就更加有声有色；而当过军区文化部长的吴强写出了《红日》；有着地下党斗争经验的李英儒写出了《野火春风斗古城》；《敌后武工队》中的魏强、贾政率领的敌后武工队，神出鬼没，令敌军无不闻之丧胆，作者冯志本人就是抗战时期冀中九分区敌后武工队小队长，当年曾屡立战功，小说中的人物多以自己的战友为原型。可以说，他们的人生经历都是在革命与启蒙的双重变奏中成长的，① 成为兵作家的军人同时又是军队体制规范的执行者，他们首先是战士，其次才是文艺工作者。大部分作家是军队的战斗员、宣传队员、文工团员以及随军记者，这种短促、紧张的战争状态只能要求他们创作一些短小、生动、活泼和有鼓动性、宣传性或对敌人具有讽刺性的文学艺术作品如歌曲、快板、评书等。如赵树理在谈到他的职业转换时就说："我在抗日战争初期是作农村宣传的，后来作了职业的写作者只能说是'转业'。从做这种工作中来的作者，往往要

---

① "革命与启蒙的双重变奏"的观点是刘思谦教授上课时所讲述，在此转引，感谢刘老师。

求配合当前的政治任务，而且要求速效。"① 因此，他们的学养资源只能在艰苦的战争中，通过对马列理论、上级文件、鼓动性宣传文字材料的学习，以及革命具体实践，通过故事性非常强的作品，如战争小说或话剧等，尤其是对苏联文学的自学而来。这种政治导向型和鼓动实用性特点注定了他们的学习或创作都是从简单开始，而且注定了其实用性、战斗性和鼓动性的特点。正如王愿坚在 1978 年 7 月参加当代文学学术讨论会筹备会议时所说："我们这一茬子人，大体经历是共同的，开步走的情况也大体是相同的。我是宣传队员、文工队员、记者；杜鹏程当过记者、文书等；王汶石很长时间是文工团员；茹志娟也是文工团员。都不外是宣传员、记者等，这种经历势必使他们和战争生活结合起来，亲身参与这生活，在这生活中找到自己的位置，做工作，就必然接触那英雄时代的英雄人物。"② 所以，这些作家自身的人生体验和革命成长记忆与文学叙述中的革命者成长产生了重构，吴强、刘知侠、杜鹏程、曲波、徐光耀等战争小说作家，都是经历了革命战火洗礼的兼具革命文艺工作者与革命战士于一身的革命战争亲历者。当年那种艰苦卓绝的革命战争生活以及奋勇抗敌、转战疆场的人生经历构成了他们独具特色的人生记忆，也成为他们进行文学创作具有天然优势的文学素材和创作资源。在战争年代，战士与作家的这两种职业的互动，强化了他们的革命经历和为革命服务的体制化反映。这就促使这些作者在创作中优先考虑文艺的宣传作用，因而在素材处理、人物塑造等方面自觉地向优秀革命者典型形象靠拢，许多作品也都具有生动的故事、曲折的情节、真挚的情感和鲜活的革命形象。

当然，他们都汲取和借鉴了苏联文学的创作技巧，其阅读视野也是苏维埃化。例如《日日夜夜》等苏联小说曾作为八路军、新四军和后来的解放军的必读书目，而《铁流》等小说又成为这些半文人性质的革命者的阅读来源。所以周扬 1952 年就认为："现在苏联的文学、艺术和电影已经不只是作为中国作家和艺术工作者的学习的范例，而且是作为以共产主

---

① 赵树理：《〈三里湾〉写作前后》，《文艺报》1955 年第 19 期；《长篇小说创作经验谈》，湖南人民出版社，1981，第 40 页。

② 武汉师范学院中文系编《关于当代文艺问题的内部讲话》，内部参考材料，1979 年 7 月印，第 345 页。

义思想教育和鼓舞广大中国人民的强大精神力量，成为中国人民新的文化生活的不可缺少的最宝贵的内容了。苏联的作品，如《铁流》《毁灭》《士敏土》《静静的顿河》《被开垦的处女地》《钢铁是怎样炼成的》《青年近卫军》《日日夜夜》《俄罗斯人》《前线》等，早已为中国广大读者所熟悉。苏联的文学作品中所描写的苏联人民的高尚典型，已经不仅被千千万万的中国读者所热爱，而且永远活在中国人民的心中了。保尔·柯察金、丹娘、马特洛索夫和奥列格已经成为我国无数青年的表率。"① 这也就是说，很多以苏联国内战争和卫国战争为主题的战争作品在解放区和新中国流传，除周扬所说的作品外，其他还有《保卫察里津》《夏伯阳》《卓娅和舒拉的故事》《恐惧与无畏》《团的儿子》《斯大林格勒保卫战》等优秀战争小说经典。苏联的这些小说在人性的悲剧层面往往独树一帜，它们积极对战争进行反思，正视战争对人性的价值剥夺与残酷毁灭，对人的命运、灵魂和日常生活及其合理欲望进行探索。应该说，一直奉苏联文学为圭臬的新中国作家尽力向苏联文学学习，尤其是在人物形象的典型性塑造技巧方面和故事的胜利结局方面，但同时有意回避苏联卫国战争小说中战争对人性的毁灭以及面临战争的恐惧的积极反思，忽视苏联文学的独立价值取向。所以，他们学养资源有点先天不足和后天不足，这也注定了"十七年"时期的战争小说的概念化和呆板化等缺陷。

　　第三，作家的侠客梦。对于知识分子或作家而言，他们的知识分子的政治启蒙情怀和拯救天下苍生的英雄情结总是激荡着自己的心灵，尽管"文人士大夫"情结是中国知识分子在儒教传统影响下的梦寐以求的目标，"先天下之忧而忧，后天下之乐而乐"是他们夺取功名之前的志向，但一旦金榜题名，行政权力的潜规则以及其他各种因素又改造着这些知识分子。事实上，每个人的内心都有着侠义的情怀。知识分子的文学创作很多是在现实生活中无法满足的愿望，而不得不在文学的虚构中实现。弗洛伊德认为，梦是人的欲望没有满足的补偿，文学也是一种梦的补偿。人永远向往英雄梦想，当自己没有经历的时候可以幻想，当自己经历那种传奇色彩的战争的时候，英雄梦想就成为自己进行文学创作的一种源动力，而

---

① 周扬：《社会主义现实主义——中国文学前进的道路》，《人民日报》1953 年 1 月 11 日。

这种源动力又契合了国家意识形态话语的需求。于是，就形成了这些军人作家的侠客梦想。在森森大千世界中，个体是如此的渺小和无助，我们每个人都是弱者，从出生，就生活在巨大的恐惧之中，也就充满了自卑。我们都能够感受到个体的无助和孤独，我们渴望获得他者的力量支持和自我的信心调整而走向超越。于是，人与人的交往和结盟便成为人类冲破生存困境的一种决绝的行为。自然，集体性的团结便成为每一个渴望超越的生存弱者而战胜社会困境的首选方法，例如结社的团体、政党、联盟都是如此。这对于生活在困境中底层的百姓来说尤其重要。马斯洛需求层次理论认为，人的需求是分层次的，生存的需要、爱的需要、属性的需要、自我价值实现的需要。尽管这种层层递进的关系未必符合日常生活的发展，但是马斯洛的理论至少表明了人的最基本的需求。经济地位决定了人的社会地位，人只有生存才能获得发展和更高层次的追求需要。所以，对底层民众来说，生存是第一位的，当个体的生存受到威胁的时候，个体就有可能通过结盟获得所属团体的支持。共产党领导的革命自然成为普通民众在困顿时期的救助者，普通民众参与了这一革命之后，自然也就获得了他者的支持，从而结束了自己被动无助、孤独恐惧的处境。同时，孤独无望的个体也最易成为反抗的主体。当他们的利益受到严重威胁，生存资料无法满足最简单的衣食住行的时候，那种除暴安良、杀富济贫的最原始的暴力思维自然就出现了。

1950 年 8 月 1 日出版的《人民文学》第 2 卷第 4 期登载了读者徐康的来信，他认为应该多写革命战争和人民军队，因为"革命战争的英勇史迹和革命战士的英雄形象，对于一切工作岗位的人们都有莫大的教育意义"。（第 90～91 页）这其实就向作家提出了读者的要求。因为读者也具有侠客梦式的英雄崇拜情结，战争小说一方面具有真实性，另一方面具有英雄性，故能够满足读者的好奇心和阅读快感，对人类潜存的欲望进行替代性补偿。因此，平民对于英雄的期待与仰慕，满足了人们对未经历过历史的心理补偿以及对当下生活的精神超越。《林海雪原》中"天王盖地虎，宝塔镇河妖"的土匪黑话满足了读者的好奇，而铁道游击队的江湖好汉和兄弟义气使民众为之钦羡，他们深入敌穴，短兵相接，出奇制胜，其传奇性战斗事迹和侠义豪爽的个人风格更是让读者兴奋不已。可以说，通俗易懂的战争小说一直是读者对文艺工作者的诉求。

第四，创作者的青年气质和故事讲述的教化功能。战争创伤赋予了这些青年战士作家一种英雄情结，因此，激情、豪迈、刚强成为这群经历战火烽烟的青年人的革命气质。同时，对牺牲的战友的悲痛、感伤又成为他们刚中有柔的青年气质。因此，青春的记忆与抒情在革命中获得同质化的建构，从而建构起革命的新青年。所以，这些长篇战争小说可以说是作家的回忆性创作，具有对战友的缅怀情结和思念补偿的功能。徐光耀曾认为："斗争的激剧、残酷、壮烈，不仅激发了人们的昂扬斗志、崇高品德，也极大地密切了军民、军政、同志之间的血肉联系，大家在救亡图存、为共产主义奋斗的光辉理想照耀下，前仆后继，视死如归，把流血牺牲当做家常便饭。英雄故事和动人业绩，日日年年，层出不穷，昨天还并肩言笑，挽臂高歌，今儿一颗子弹飞来，便成永诀，这虽司空见惯，却又痛裂肝肠。事后回想，他们不为升官，不为发财，枕砖头，吃小米，在强敌面前，昂首挺胸，迸溅鲜血，依然迈过一堆堆尸体，往来穿行于枪林弹雨之中，这精神，这品格，能不令人崇仰敬佩，产生感激奋励之情吗？……对先烈的缅怀，久而久之，那些与自己最亲密、最熟悉的死者，便会在心灵中复活，那些黄泉白骨，就又幻化出往日的音容笑貌，勃勃英姿，那爱国主义、革命英雄主义的巨大声音，就会呼吼起来，震撼着你的神经，唤醒你的良知，使你彻夜难眠，坐立不安，倘不把他们的精神风采化在纸上，就对不起自己的良心。于是，写作欲望就难于阻止了。"① 在战争当中，每个人都必须面对死亡，这是作为军人的前提，那么必须"勇猛""置之死地而后生"。他们在战争中看到了很多为了革命战争而牺牲的英雄，他们的英雄故事自然激励或者感染了这些更加敏感的文艺工作者，他们都是自己的兄弟姐妹。他们的英雄主义和爱国主义激励了他们，这些兵作家以战友和自己的故事为主题，创造出很多作品，使战争文学发挥了空前的组织、宣传、教育与鼓舞人民的作用。所以，军人出身的这些作家愿意把自己以及周围的战友的英雄事迹进行叙述，而且写作的目的也是十分明确的。古立高回忆自己的文学创作时说："一九三七年我入伍时

---

① 徐光耀：《〈小兵张嘎〉是如何写成的》，《文史精华》1994 年第 1 期。

才 14 岁，是一个少年人；到一九四九年调离部队，整整 12 年，已经度过了我的青年时期。在部队这 12 年，我做过宣传员、干事、指导员、教导员、宣教科副科长……长期地和我们的指战员一起行军、作战、整训、学习、生活；但更多的时间，我是在部队文艺工作的岗位上。写作是我的本职。写作的目的是十分明确的：作品必须鼓舞人，激励人，教育人，促进并提高部队指战员和广大人民群众的思想觉悟和革命斗志，以更有力地打击敌人，消灭敌人。我就是在这样的思想指导下进行创作的。我什么体裁都写，只要它发光，发热，能起战斗作用……我的这些作品，绝不高超；但我忠实地记述了这个伟大军队的部分生活，描绘了一些可敬可爱的指战员的形象。那时同志和同志之间，充满着阶级的情谊……回忆起来，一切的一切，是多么使人怀恋啊！愿我军的光荣传统永远保持，万代流传。"①因此，对激情岁月的记忆总是出现在许多革命作家的作品中。王燎荧在谈论革命传奇小说时认为："在激烈的革命斗争中常常出现一些出乎意料的事件、异常勇敢的人物和出奇制胜的行为，等等。就是当事人也往往事后吃惊，非在平常的日子里所能想象。这种人和事随即传播开来，听者当作神奇的故事来听，传者当作神奇的故事来传，因而被赋予了传说的性质。"②

1949 年以后，这些参加革命的具有青年气质的年轻革命干部和军人成为了保家卫国的"革命功臣"。为了让革命后代牢牢记住打下江山的不易，战争小说成为革命历史教育的教材。这些战争小说"可作为当代的通俗小说，讲究人物和故事情节的趣味性，文字浅显易懂，比较适合大众读者的文化需求。"③ 1951 年北京大学著名学者孙楷第教授撰写了长篇论文《中国短篇小说的发展与艺术上的特点》。认为中国短篇白话小说有三个艺术特点："一是故事的；二是说白兼念诵的；三是宣讲的。故事是内容；说白兼念诵是形式；宣讲是语言。"而这三个特点在 50 年代依然有效："现在写小说，要教育人民，要为人民服务。这个理论，颠扑不破，

---

① 古立高：《永远向着前面·后记》，解放军文艺出版社，1981，第 430 ~ 432 页。
② 王燎荧：《我的印象和感想》，《文学研究》1958 年第 2 期。
③ 董之林：《旧梦新知——"十七年"小说论稿》，广西师范大学出版社，2004，第 151 页。

稍微通道理的人，都不反对。不过，我想，人民是喜欢听故事的，并且听故事已经习惯了。我们要教育人民，必须通过故事去教育。故事组织得越好，教育人民的效果越大……在听讲故事中间，不知不觉受了感动。不管是如何教育，至少在宣讲的故事中，已经成功。这一点我觉得可以供热心作短篇小说的同志们参考。"① 于胜白谈到《王大成翻身记》的写作动机时认为："在志愿军文工团期间，了解了一位战斗英雄的成长历史，我很想以这位英雄的历史素材为基础，写成一篇小说，向人们控诉旧社会的黑暗，但对怎样写小说却又一窍不通……后来在行军途中，便常常把它当成故事，讲给文工团的小同志们听，并且有意识地观察他们的内心反应，而后根据不同的反应，不断替它添枝加叶，想逐渐使这个故事完整起来……这篇东西本是以真人真事为基础的，经过几次修改变动，已经不是真人真事了。但其中类似的人物和类似的事件，在当时的社会里却实在不少。"②

综上所述，"十七年"长篇战争小说作家本能地成为国家意识形态和权力话语的信奉者和维护者，他们当然需要与国家意识形态进行共谋，实践着其无产阶级制度和人民民主专政的合法性和天然性功能。这些兵作家严格按照指导思想和政治指令进行文学创作。而文学艺术又是一种特殊的精神生产，它往往在一定层面上跳出作家自身的理论预设和逻辑架构，从而在隐形层面露出他本来要遮蔽的思想"裂缝"，进而成为后来者审视特定时代社会文化秩序的活化石范本。尤其是文学所透露出的经验，往往给读者一种似是而非的双重审美标准。因为个体经验是在人生成长与生活经历相互磨合过程中产生的并与生命感觉相互沟通的一种体认，这种体认是建构在人与人的身体之上的。

第二节　战争小说的诞生

邵荃麟认为，革命战争"在反动统治时期的国民党统治区域，几乎

① 孙楷第：《中国白话小说的发展与艺术上的特点》，《文艺报》1951 年第 4 卷第 3 期。
② 于胜白：《王大成翻身记》，作家出版社，1958，第 231～233 页。

是不可能被反映到文学作品中间来的，现在我们却要去补足文学史上这段空白，使我们的人民能够历史地去认识革命过程和当代现实的联系，从那些可歌可泣的斗争的感召中获得对社会主义建设的更大信心和热情。"① 这段话其实是要求作家对战争进行文本叙述，其目的就在通过这类小说告诉民众新中国政权的合法性，进而通过战争叙述和文本修辞对民众进行意识形态宣传。兵作家经历的坎坷人生体验和革命斗争成为他们永生难忘的记忆，并激发他们倾诉的欲望和写作情怀。因此，当环境允许时，他们才"有可能将自己在刚过去的动荡年代所获得的生活积累和历史感受转化为叙事和艺术的情思，而刚刚获得和平幸福感的广大读者也自然会对为换取今日生活的那些浴血奋战的历史场景产生强烈的了解欲望。"② 在革命性的动力号召下，将燃情岁月描绘在笔端，通过文艺对社会公众进行革命传统教育，宣传主流意识形态和文艺政策，因为"作家的主要任务，并不是传播技术知识或生产经验，而是改造和提高人们的品质和德性，激发和鼓舞人们革命的精神力量。文学，如果离开了这样的目的，就等于放弃了它的责任。作家如果忘记了这样的目的，他就根本谈不到教育人民，更谈不到'以社会主义思想去教育人民'了"。③ 所以，他们的作品既洋溢着革命浪漫主义激情，又具有浓郁的生活气息和现场感。同时，作家怀着对历史的敬畏与社会的强烈责任感从事创作，自觉追求"宏大叙事"和"史诗"品格。冯雪峰认为《保卫延安》是"英雄史诗的一部初稿"，《红日》被认为是"又一部描写战争的史诗性作品"。而且作家的创作态度也非常严谨，大多十年如一日反复修改作品，《保卫延安》历时数年，九易其稿。但更多的作品在艺术审美层面打了折扣，因为作品中革命伦理取代了亲情伦理和道德伦理，淡化了人与人之间的正常关系与伦常交往，使得英雄人物模式化、单一化。过分强调生活的再现而忽视文艺虚构的想象性，工具性代替了艺术创作技巧，使作品缺乏动人的审美价值。因为"时代要求作家首先作出政治选择，一旦作家服从于时代要求，政治的功

---

① 邵荃麟：《文学十年历程》，作家出版社，1960，第37页。
② 黄修己：《20世纪中国文学史》（下），中山大学出版社，2004，第40页。
③ 柳：《不要辜负了这光荣称号》，《人民文学》1953年第3期。

利性必然要排斥艺术的纯正性。"①

同时，奖励机制也一直推动着革命文艺经典化的诞生，引导文艺工作者向优秀作家和优秀作品学习是其主要目的。"十七年"时期的出版体制、教育体制、文艺体制、传播体制纳入了"事业单位"编制。出版业工作者、文艺工作者、教育工作者等都成为文学家和艺术家联合会、作家协会、学校和文化出版部门等单位的"公家人"和"国家干部"，享受着"行政级别"规定的工资、住房、公费医疗等"国家福利"。对一些作家而言，在工资之外还有稿酬收入，因为稿酬计算主要根据著作的性质、质量、字数及印数，畅销作品的稿酬尤其高。这对于年轻作家或者渴望成为作家的文艺爱好者来说是个颇大的诱惑，尽管他们可能都愿意奉献自己的青春与激情给新生的共和国，但对于利益的充分满足显然也是对自己的一个奖赏性的交代。当一个文艺工作者的作品被出版社尤其是权威出版社出版之后，不仅是个人名誉、政治身份、作者权力得到确认，而且个体的稿费收入也非常丰厚。如果畅销，不仅在稿酬上，而且在政治声望、权利名誉上也会获得优越感。

所以，在1949～1966年中，许多革命文艺工作者积极创作，把革命起源和革命意义植入具有中国气派的小说，出版了300余部长篇小说。其中战争题材小说有110部左右（排除了新中国成立前出版的《吕梁英雄传》②和许多英雄传记小说如《黄继光》等）；另外200篇则主要是农村题材、个体成长题材、工业题材、社会主义建设题材和非战争军旅题材等长篇小说，如《青春之歌》《三里湾》《小城春秋》《六十年的变迁》《山乡巨变》《创业史》《红岩》《红旗谱》《清江壮歌》等。表1主要统计了"十七年"时期长篇战争小说创作中作者的个人经历、阅读视野、受教育情况以及作品出版时间、版权页情况，从而在共时性和历史性角度对这一批小说有大致的脉络线索（见表1）③。

总之，当新中国一成立，新政权就充分调动各种宣传教育手段向广大

---

① 孟繁华、程光炜：《中国当代文学发展史》，人民文学出版社，2004，第68页。
② 因为《吕梁英雄传》于1945年在《晋绥大众报》发表，并在1946年开始出版前37回。
③ 当时的人民币面额较大，1万元等于1955年起新发行的新人民币1元。该表书目主要是根据笔者在国家图书馆、河南大学图书馆以及孔夫子旧书网等资料统计。

表1 "十七年"时期长篇战争小说出版情况

出版时间	作品作者	个人简介（经历、阅读视野以及受教育情况）	版权页以及备注
1949年9月	《新儿女英雄传》袁静（1914～1999年）、孔厥（1917～1966年）	原名袁行庄，北京人，大学肄业。1949年后任天津市文联副主席等职。江苏苏州人。大学毕业，在延安鲁艺、冀中《人民日报》编辑等职。因所谓"生活问题"故开除党籍并服刑，"文革"中自尽，后平反昭雪。	1. 1949年5月25日至7月12日《人民日报》连载。2. 海燕书店1949年9月初版。彦涵插图，发行人俞鸿模，328页。
1949年9月	《腹地》王林（1909～1984年）	河北衡水人，22岁加入共产党。肄业于青岛大学外文系，师从梁实秋。沈从文，在《大公报》文艺副刊《现代杂志》等刊物发表小说，1935年沈从文为其长篇《幽僻的陈庄》作序。后参加抗日战争。历任火线剧社社长、冀中文协主任，天津市文联副主席等职。	新华书店1949年9月初版，1950年3月印，1万册，527页，14.3元。
1949年	《燕宿崖》周而复（1914～2004年）	江苏南京人。自幼入私塾，背诵古文、学书法，1938年大学毕业后去延安参加八路军，25岁加入中国共产党，1946年任新华社特派员赴华北等地采访。同年去香港主编刊物。1949年后任中共上海市文联副主席、文化部副部长等职。	新文艺出版社1949年初版。
1950年6月	《平原烈火》徐光耀（1925～）	河北雄县人，13岁参加八路军并加入中国共产党。1945年起，做随军记者和军报编辑。1947年在华北联大文学系学习。28岁中央文学研究所毕业并加入中国作协，任河北文联书记等职。	生活·读书·新知三联书店1950年6月初版，300页，收入人文建设丛书第一辑，7000册。
1950年7月	《领导》李尔重（1913～2009年）	河北丰润人，16岁加入共青团，19岁加入中国共产党。北京大学哲学系毕业，留学日本。历任八路军冀南军区政治部宣传部长、武装部长、军分区政委、铁道兵团宣传部长，参加东北剿匪和辽沈、平津战役。1949年后任省市领导。	文艺建设丛书第一辑，生活·读书·新知三联书店1950年7月第1版11月3印，3万册，9.8元，282页。
1950年8月	《我们的力量是无敌的》碧野（1916～2008年）	中共党员，原名黄潮洋，广东大埔人，高中肄业。1935年加入浪花社等组织，参加河北抗日游击队，1948年到华北大学任教。1952年任武汉文联创作员，湖北文协副主席等职。	新华书店1950年8月初版（中国人民文艺丛书系列），434页，4000册。

续表

出版时间	作品作者	个人简介(经历,阅读视野以及受教育情况)	版权页以及备注
1950年9月	《海上练兵记》戴夫(1914~1990年)	原名吴焕章,江苏泰县人,中学毕业。1937年参加八路军。历任山西决死纵队三纵队宣传科长,冀鲁边军区《前线报》主编,东北民主联军6纵队宣传部副部长,解放军总政治部文化部处长,扬州军分区政委,江苏作协副主席等职。	工人出版社1950年9月初版,208页,1万册,7.8元。
1950年11月	《在斗争的路上》夏阳(1922~2002年)	原名李进,江苏泰州人。高二弃学参加革命,20岁加入共产党。历任中共泰州区委书记,紫石县委组织部长等职。1949年后历任江苏省文化局局长,《雨花》杂志主编等职。	新华书店华东总分店1950年11月初版,文艺创作丛书编辑委员会编,465页。
1950年	《粮籽》艾明之(1925~)	原名黄志坤,广东英德人。高中肄业后做过中学教师,书店编辑。25岁加入共产党。历任上海第三钢铁厂副厂长,《萌芽》主编。1953年加入中国作家协会。	文化出版社1950年初版,401页。
1950年	《浅野三郎》哈华(1918~1981年)	原名钟坚,四川郫县人,20岁加入共产党。历任129师军校教员,新四军参谋等职。1949年后任上海作家协会副主席等职务。	1950年初版。
1950年	《老桑树下的故事》方纪(1919~1998年)	河北束鹿人,原名冯骥,1935年北京大学史学系半工半读,与牧等建立"沙风文艺社"。17岁入党并参加"左联",后任红军抗日军游击队第五大队政委。1939年到延安,参加延安文艺座谈会,在热河省文联等工作,担任前线随军记者。1949年后任中共天津市委宣传部副部长等职。	生活·读书·新知三联书店1950年初版,作家出版社1954年8月第1版第1印,2.1万册,10.7万字,5400元,186页。
1951年4月	《锻练》陈佰非(生平不详)	该小说收入武汉人民艺术出版社编辑的《人民艺术丛刊》第三辑。	上海杂志出版社1951年4月初版,246页,1.1万元。
1951年6月	《战斗在长江三角洲》艾煊(1922~2001年)	原名光道,安徽舒城人,18岁参加新四军并加入共产党。历任抗日军政大学八分校校刊《新华日报》副刊主编等职,曾报道涟水、莱芜、孟良崮、淮海、渡江等战役,1949年后任江苏省文艺部门领导。	收入文艺创作丛书。华东人民出版社1951年6月初版,8000册,224页。英乔插图。

续表

出版时间	作品作者	个人简介（经历、阅读视野以及受教育情况）	版权页以及备注
1951年8月	《又仅是开始》郭光（1917~1995年）	河北蠡县人，中学毕业。21岁参加革命并加入中国共产党，历任冀中警备团宣传股长，师政治部宣传科长，西北军区政治部副主任。《解放军文艺》副组长等职。	收入人文艺建设丛书，人民文学出版社1951年8月初版，1万册，1.2万元，351页。
1951年9月	《铜墙铁壁》柳青（1916~1978年）	原名刘蕴华，陕西吴堡人，师范学校毕业。阅读鲁新文学作品，翻译英文小说，20岁加入共产党。历任编辑，随军《中国青年报》等职。新中国成立后，历任《中国青年报》文艺部主任、西安作协副主任等职。1952年落户长安县兼中共长安县委副书记。	人民文学出版社1951年9月初版，1万册，348页。
1951年10月至1963年6月	《风云初记》孙犁（1913~2002年）	原名孙树勋，河北安平人，小学开始阅读《封神演义》等古典名著，高中毕业到北京的大学旁听，爱中国古典文学，西方小说创作理论和鲁迅等"五四"作家影响。29岁加入共产党，任教于冀中抗战学院和华北联大，任《晋察冀日报》副刊《文艺周刊》主编，1944年在延安鲁艺学习和工作。1949年主编《天津日报》副刊《文艺周刊》。	收入人文艺建设丛书，人民文学出版社第1集，1万册初版，9000元，237页；1953年4月人民文学出版社初版第2集，2万册，5000元，173页，林浦插图；第3集由作家出版社1963年6月初版，8.4万字，4万，0.38元，152页。1963年版《风云初记》合集，27.2万字，8万册，1.2元，418页。
1951年	《战斗到明天》白刃（1918~）	福建晋江人，原名王寄生，14岁南洋谋生，菲律宾华侨中学肄业，阅读新文学和古典文学，20岁入延安抗大学习，21岁参军，随军记者，参加过立沈、平津等战役。1949年后任中南军区和总政创作员等职。	中南军区政治部1951年版，作家出版社1958年8月初版，5.2万册，1.1元，27.8万字，379页。
1953年3月	《地道战》李克（1923~）、李微含（1922~1985年）	李克，中共党员，河北蠡县人，历任军事干事，华北军政大学员，八路军"火线剧社""宣传队"等职。1949年转业至北京市文联。李微含，中共党员，大学毕业。1939年入延安鲁迅师范学习，历任延安抗战剧团演员，《北京文艺》编辑。1956年加入中国作家协会。	新文艺出版社1953年3月上海初版10月上海第3次印刷0.8万册，累印4.4万册，16.43万字，9600元，351页。

续表

出版时间	作品作者	个人简介（经历、阅读视野以及受教育情况）	版权页以及备注
1954年1月	《铁道游击队》知侠（1918～1991年）	原名刘兆麟。河南卫辉人。中学毕业,喜爱中国古典文学。20岁加入共产党,1939年延安抗日军政大学毕业后到山东沂蒙根据地,任《山东文化》副主编等,并随同铁道游击队战斗。1948年作为随军记者参加淮海战役。1949年专业山东省文联,主编《山东文学》。为写《铁道游击队》专门研究《水浒传》的写法。1979年著中篇小说《芳林嫂》。历任上海作协党组书记,山东文联主席等职。	新文艺出版社1954年1月初版,2.5万字,2.26万元,640页。封面设计:罗工柳。
1954年1月	《战斗在滹沱河上》李英儒（1913～1989年）	书法家,河北清苑人,幼读私塾,1930年考入保定志存中学,历任八路军记者、编辑、团长,并长期地下斗争,29岁入党,1946年调任华北军区政治部科长。1949年后任天津陆军医院党委书记,总政文化部创作组组长等职。	作家出版社1954年1月初版1956年3月第4次印刷,2500册,0.79元,17.5万字,307页。
1954年3月	《战斗在大清河北》叶一峰（1911～2000年）	广东新会人。中共党员,中国大学肄业,1938年到解放区并入陕北公学学习。历任华北区火线剧社大抗大教师、华北军区干部。解放军文艺丛书编辑部长等职。	中国青年出版社1954年3月初版,15.1万字,6万册,252页,7600元。收入解放军文艺丛书。
1954年5月	《笑破临津江》海默（1923～1968年）	原名张泽藩。山东黄县人。高中毕业后在华北文工团演员,天津市文工团创作部主任等职。1953年加入中国共产党,历任中南文工团本创作所北京电影制片厂编剧等职。	作家出版社1954年5月初版,17.2万字,5万册,8600元,300页。
1954年6月	《保卫延安》杜鹏程（1921～1991年）	陕西韩城人。24岁加入共产党。1934年起任乡村学校半工半读,1937年参加八路军并在军队随营学校、鲁迅师范和延安大学学习,喜欢阅读新文学作品,中国古典文学名著、苏俄文学等。1947年任陕西野战军随军记者。1951年任新华社新疆分社社长,陕西作协副主席等职。	解放军文艺丛书,人民文学出版社1954年6月初版,34.7万字,10万册,16500元,608页。由于小说描绘了彭德怀的形象,1959年后被查禁。

续表

出版时间	作品作者	个人简介（经历、阅读视野以及受教育情况）	版权页以及备注
1954年9月	《淮河边上的儿女》陈登科（1919~1998年）	江苏涟水人，21岁参加新四军，26岁加入中国共产党，由文盲自学成才，1949年加入中国作家协会，1950年毕业于中央文学研究所。历任《盐阜大众报》和新华社合肥分社记者，安徽作协主席，《清明》主编等职。	作家出版社1954年9月初版1955年4月第4次印刷，17.6万字，1万册，308页，0.88元，封面画：茹辛。
1954年12月	《走向胜利》周洁夫（1917~1966年）	浙江镇海人。21岁参加八路军，22岁加入中国共产党。曾任八路军总政治部宣传部干事，东北民主联军《自卫报》记者，《战士报》总编辑。1949年后，加入中国作协，历任中南军区政治部创作员，《战士报》副社长，解放军文艺杂志社副总编辑等职，获三级自由勋章。1966年8月25日，含冤自杀身亡。	解放军文艺丛书编辑部编，新文艺出版社1954年12月初版1印，12.08万册，328页，9800元。1966年2月1版1印，320页，0.74元，4万册。
1955年2月	《东线》冀汸（1919~2003年）	原名李运平，满族，河北易县人，师范学校毕业。20岁参加八路军，30岁加入共产党，历任决死队宣传员、团教育股长。新华社记者等职。参加淮海、渡江、西南等战役并立特等功。1951年后历任西南军区创作员，解放军文艺杂志社编辑，总政治部创作员，八一电影制片厂编剧等职。	人民文学出版社1955年12月初版4.6万册，36.9万字，1.63元，505页，解放军文艺丛书编辑部编。封面图：茹辛（中国第一部以抗美援朝为题材的长篇小说）。
1955年4月	《变天记》张宾（1926~ ）	河北博野人。小学文化，12岁参加革命，14岁参加八路军，15岁毕业于华北抗日联大。历任博野县儿童团长、区委书记，游击队指导员，县武工队政委。蔡哈尔省团委副书记，768厂党委书记等职。1955年加入中国作协。	通俗读物出版社1955年4月初版1印，4万册，1.25元，32.7万字，422页，王永恒插画。
1955年4月	《红河波浪》苏策（1921~ ）	北京人，中学文化，16岁参加八路军，18岁加入中国共产党，历任县公安局主任，纵队宣传科长，文工团政委，1949年后历任县政委，西藏军区、西南军区文化部长等职，1957年被打成右派。	解放军文艺丛书编辑部编，新文艺出版社1955年4月初版1印，10万字，4.05万册，0.5元，172页。
1956年4月	《人民在战斗》俞林（1918~1986年）	河北河间人。原名赵冠章。燕京大学肄业，22岁加入中国作家协会，历任中共中南文艺学院副院长，《长江文艺》副主编，《人民文学》副主编，中共江西省委宣传部副部长等职。	作家出版社1956年4月1印，4.5万册，22.2万字，0.95元，304页，1957年被禁；人民文学出版社1982年11月初版。

续表

出版时间	作品作者	个人简介（经历、阅读视野以及受教育情况）	版权页以及备注
1956年6月	《战斗在沂蒙山区》王安友（1923～1991年）	山东日照人，1942年参加革命，任区委书记、报社通讯员，20岁加入中国共产党。1951年加入中国作协，县委宣传部长，山东作协副主席等职。	新文艺出版社1956年6月初版1印，4万册，0.9元，23.4万字，298页。
1956年8月	《越扑越旺的烈火》杨明（1922～2002年）	江苏如皋人，中共党员。16岁从事抗日救亡运动，历任南通军分区政治部宣传干事，南通县人民武装连长、区队长，苏北特务5团、警备2团政治委员、边防82团政委，上海体委主任等职。	新文艺出版社1956年6月初版，194页。
1956年9月	《戈壁滩上的风云》杨尚武（1925～1989年）	河北无极人，中共党员。16岁参加八路军，历任抗大七分校学员，排长，军宣教干事等职。1949年后任西北军区创作员，八一电影制片厂编剧等职，中国作协会员。	解放军文艺出版社1956年9月初版，10.4万字，0.42元，160页。
1956年10月	《燃烧的土地》韶华（1925～）	原名周玉铭，河南淇县人。15岁参加革命，18岁加入共产党。曾任鲁豫警卫队文化教员，《西满日报》记者等；1949年后，历任东北文艺副主编，省文艺处长，辽宁作协副主席等职，1954年加入中国作协。	中国青年出版社1956年10月初版，1万册，22.7万字，1.1元，299页。封面设计：袁运甫，景媛，素雁捅图。
1956年10月	《祖国的儿子黄继光》黎明（1926～1996年）	山东乳山人，原名王吉林。师范学校肄业，结业后历任山东军区政东干部学校，《星火燎原》编辑，总政文化部电影处长等职。1982年加入中国作协。	人民文学出版社1956年10月初版，3万册，1元，23.4万字。收入解放军文艺丛书。
1956年12月	《三八线上的凯歌》和谷岩（1924～2011年）	河北曲阳人。13岁参加八路军，14岁加入共产党。1942年毕业于华北联合大学。历任宣传员，刷社刷队长，编辑等职。1949年后任志愿军政治部《解放军报》副社长等职。1955年毕业于中央文学研究所，1956年加入中国作协。	收入解放军文艺丛书，人民文学出版社1956年12月初版，2万册，30万字，1.3元，412页。封面画用伍义端原作；《他们过了"三八"线》。
1957年1月	《竹妮》司丁（1921～）	原名申如连，陕西米脂人，1938年在延安公学学习，同年开始发表作品，1939年在鲁艺文学系学习。历任晋察冀妇联宣传部长，抗敌剧社文艺组长，抗联会宣传部长等职。	中国青年出版社1957年初版，0.85元，1.5万册，20.3万字，283页。封面设计：李茅。

续表

出版时间	作品作者	个人简介（经历，阅读视野以及受教育情况）	版权页以及备注
1957年4月	《在茫茫的草原上》玛拉沁夫（1930～）	辽宁吐默特旗人，中共党员，小学肄业。15岁参加内蒙古骑兵支队。1952年入中央文学讲习所学习，1954年加入中国作家协会，历任内蒙古作协副主席，文化局副局长，《草原》主编，中国作协书记，《民族文学》主编等职。	作家出版社1957年4月初版1印，22万字，1.5万册，1元，304页。
1957年5月	《黄继光》韩希梁（1922～2000年）	湖北枣阳人，中共党员，16岁参加八路军，18岁入党，任新华社记者，炮兵连指导员，营教导员等职，参加孟良崮、淮海等战役，1949年后任华东军区创作员，志愿军总政治部创作处主任，总政治部作家，八一电影制片厂编剧等职。	中国青年出版社1957年5月初版，2.7万册，1.2元，25.2万字，349页，封面和作面图和插图：阿孔德，收入解放军文艺丛书。
1957年6月	《怒涛》路基（1920～2000年）	江苏松江人，中共党员，中学毕业。1941年参加新四军，历任译电员，编辑，敌工站组长，武装宣传队长，师政治部副主任。1949年后在浙江文联任职。1980年加入中国作协。	新文艺出版社1957年6月初版1印，18.8万字，4万册，0.8元，301页，收入解放军文艺丛书。封面设计：程勋苕。
1957年7月	《红日》吴强（1910～1990年）	江苏涟水人，1933年加入"左联"，1936年入河南大学，阅读古典名著，外国作品，革命文学。1938年弃学从戎。29岁加入共产党，担任新四军文艺科长，苏中军区政治部副部长，华东野战军六纵队宣教部部长等职，参加莱芜、淮海等战役。1949年后历任上海文艺界领导人。	收入解放军文艺丛书，中国青年出版社1957年7月初版，37.8万字，4.5万册，1.6元，532页，武金陵设计封面；1959年9月第2版；1978年8月20印。
1957年9月	《大江南北》顾潺浩	作者情况不详。	新文艺出版社1957年9月初版1印，27.8万字，5.3万册，414页，1.3元。
1957年9月	《林海雪原》曲波（1923～2002年）	山东龙口人，小学失学，熟读古典小说，15岁参加八路军，17岁加入共产党，历任剧团教员，连填指导员等职。1944年任军区报社记者。1950年因许多苏联文学作品。1946年任团政委哈尔滨车辆厂党委书记。负重伤转业任齐齐哈尔车辆厂，昔日的战斗生活和战友的英雄事迹，使他不能忘怀，以顾强毅力业余创作。	作家出版社1957年9月初版，39.6万字，5万册，1.8元，543页。封面设计：古一舟。后修版改由人民文学出版社1959年9月第1版；1978年1月根据1964年1月第3版印。

续表

出版时间	作品作者	个人简介（经历、阅读视野以及受教育情况）	版权页以及备注
1957年11月	《英雄的柴米河》刘冬（1922～2007年）	中共党员,江苏泗阳人,画家、学者。1949年后历任中共连云港市委宣传部部长、江苏工业干部学校副校长等职。1957年被错划为右派。后任《丽花》编辑、江苏省社会科学院文学所所长等职。	新文艺出版社1957年11月初版1印,2.8万册,0.85元,19.7万字,280页。封面题字:胡小石;封面设计:亚明。
1966年已出版未发行	《桥隆飙》曲波	《后记》:"1966年5月《桥隆飙》印成之后,尚未发行,叛徒江青、彭的支持下,利用其篡得的特权,从人民文学出版社,调去4本,看后立即宣判:'《桥隆飙》是株大毒草！曲波的问题很大！'紧接着,我工作单位一机部的造反派头头拿去200余本,进行批斗。"	人民文学出版社1979年2月初版,10万册,502页,32.6万字,0.96元。
1957年9月	《红军不怕远征难》陈靖（1918～2002年）、黎白（1930～）	陈靖,贵州瓮安县人。17岁加入红军,并参加长征,18岁加入共产党,历任红军剧团音乐队队长、八路军宣传队长、军区宣传科长、团政委、军政治部主任等职。新中国成立后任炮兵、防空部队政治部主任等职为开国中将。出身于书香世家的黎白,湖南湘潭人,14岁参加革命工作,16岁入党,1958年加入中国作家协会。	中国青年出版社1957年9月初版,封面设计:韩恕。275页,7.6万册,20万字,0.95元。
1957年	《站起来的人民》王林（1909～1984年）	如前。	中国青年出版社1957年,侯逸民插图,266页。
1958年12月	《蹋平东海万顷浪》陆柱国（1928～）	河南宜阳人,洛阳师范学校肄业。1948年参加解放军,次年加入中国共产党,任新华社前线记者,参加淮海、渡江等战役。新中国成立后历任总政创作员,八一电影厂领导等职。	解放军文艺1958年12月初版,266页;1980年,350页。
1958年1月	《风雪儿女》张忠运、马令勋	作者情况不详。	作家出版社1958年1月初版,3.25万册,23.8万字,1.1元,收入解放军文艺丛书,339页。封面设计:王朱宪。

出版时间	作品作者	个人简介（经历、阅读视野以及受教育情况）	版权页以及备注
1958 年 1 月	《苦菜花》冯德英（1935～）	山东牟平人。父母兄妹都是献身革命事业的共产党员，受家庭影响，6 岁人抗战小学，9 岁当儿童团长，14 岁参军后阅读大量名著，19 岁业余创作《苦菜花》，21 岁加入共产党。历任排长，空军政治部创作部创作员，山东省作协主席等职。	解放军文艺社 1958 年 1 月第 1 版，508 页，37.8 万字，张德育插图；吴建封面设计。1978 年 3 月第 2 版；人民文学出版社 1959 年第 1 版。
1958 年 1 月	《在县委的部落里》郭国甫（1926～）	江西永修人，高中毕业，1947 年发表作品，1949 年参军，历任新华社记者，《江西文艺》编辑，江西作协副主席等职。1962 年加入中国作家协会。	作家出版社 1958 年 1 月初版，2 万册，26.6 万字，379 页，1.2 元，收入解放军文艺丛书。
1958 年 3 月	《大青山的地下》张少庭	作者情况不详。	中国青年出版社 1958 年 3 月初版，收入解放军文艺丛书后该书改名为《无声的战场》。
1958 年 7 月	《山河志》张雷	如前。	中国青年出版社 1958 年 7 月初版，31.6 万字，5 万册，0.96 元，379 页。
1958 年 8 月	《王大成翻身记》于眶白	在私塾和学堂读过书，做过工，小学教师，参加解放军并入朝作战，回国后在北京某部队机关工作。	作家出版社 1958 年 8 月初版，13.4 万字，4.7 万册，0.58 元，233 页。
1958 年 9 月	《烈火金刚》刘流（1914～1977 年）	原名刘其庚，河北献县人，热爱民间艺术，曾在南京炮兵学校学习，参加过东北抗日义勇军，1938 年加入中共党，鼓词等，任晋察冀军区侦察科长等职。1949 年在保定市文联任职。	中国青年出版社 1958 年 9 月初版，563 页；1963 年 12 月第 2 版；1978 年 11 月第 9 次印刷。
1958 年 8 月	《战斗的青春》雪克（1919～1987 年）	原名孙振，笔名雪克，河北献县人。20 岁加入中国共产党。1949 年后在国务院、中国文联、天津市文联、天津音乐学院、天津市社会科学院文学所等处任职。	新文艺出版社 1958 年 9 月初版普及本，32.9 万字，12 万册，0.85 元，489 页。

续表

出版时间	作品作者	个人简介（经历,阅读视野以及受教育情况）	版权页以及备注
1958年8月	《红旗插上大门岛》孙景瑞(1929～)	河北新城人。中共党员。1949年清华大学中文系毕业并参加解放军。历任新华社第四野战军分社记者,《解放军报》创作员等职,总政治部文艺创作室及广州军区文艺创作室创作员。1959年3月加入中国作协。曾获中南军区八一文艺奖、总政治部解放军文艺优秀奖。	新文艺出版社1958年8月初版普及本,33.9万字,董生辰绘图,5万册,503页,0.9元。1962年分为上下册,收入上海文艺出版社初版的收获文艺丛书,钱君匋装帧。
1958年8月	《祖国的屏障》周洁夫	如前。	作家出版社1958年8月初版,10.8万字,2.6万册,0.55元,198页。
1958年9月	《山城》西虹(1921～2012年)	原名宁保棣,山西原平人,1938年加入共产党,同年加入八路军。历任延安八路军留守兵团烽火剧团宣传员,第四野战军宣传战士,总政文化部创作员,解放军报社记者及文化刊主编等职。	作家出版社1958年9月初版,4.6万册,14.7万字,0.61元,202页。
1958年9月	《草原烽火》乌兰巴干(1928～2005年)	内蒙古科尔沁人。1945年参加革命工作,曾任内蒙古文联副主席,有长篇小说《草原烽火》《科尔沁战火》等。	中国青年出版社1958年9月初版,3.3万册,0.93元,494页。封面设计:黄胄。
1958年9月	《粮食采购队》孙景瑞	如前。	新文艺出版社1958年9月初版,2万册,0.75元,17.1万字,243页。
1958年6月	《保定外围八路》冯志(1923～1968年)	原名马禄祥,河北静海人。中共党员,小学文化,喜欢评书,15岁参加吕正操将军领导的八路军并集中学习,曾任班长、排长、武工队长等职籍。1949年后历任新华社河北分社记者,河北人民广播电台文艺部副主任等职。1962年后加入中国作家协会。	河北人民出版社1958年6月初版,10.7万字,2.5万册,0.42元。
1958年11月	《敌后武工队》冯志	如前。	解放军文艺社1958年11月初版,8万册,1.3元,33万字,404页,梁玉龙插图,刘硕仁设计封面。

续表

出版时间	作品作者	个人简介（经历，阅读视野以及受教育情况）	版权页以及备注
1958 年 11 月	《杨连第》轻影	作者情况不详。	工人出版社 1958 年 11 月初版，0.48 元，10 万册，167 页，4 万册。娄彬绘图。
1958 年 12 月	《野火春风斗古城》李英儒（1913～1989 年）	河北保定人，大学肄业，喜欢神官野史，武侠惊险和神奇怪诞小说，1938 年参加八路军担任军史。儿女情长，记者。1942 年，担任步兵团团长的李英儒接受上级任务，和妻子张淑义潜入河北省敌工科科长。中共中央华北局联络部第一处处长。1946 年后调任华北军区政治部敌工科科长。	1949 年后任天津某陆军医院政委兼党委书记，1961 年调任总政治部文化部创作组组长。作家出版社 1958 年 12 月初版 31.2 万字，10 万册，1.2 元，445 页。封面设计：王荣宪。
1958 年 12 月	《杨根思》望昊	原名王昊，江苏江阴人。中共党员。1941 年肄业于上海光实中学。后参加新四军，历任战地服务团团员，团政治处宣传股长。师宣传科长。军政治部宣传处副处长等职，1949 年历任南京军区所部领导。1960 年加入中国作协。	收入解放军文艺丛书，中国青年出版社 1958 年初版，2 万册，0.82 元，305 页。沈云瑞设计封面。1959 年 6 月第 2 次印刷增加顾炳鑫的插图。
1958 年	《夜莺部队》哈华	如前。	上海文艺出版社 1958 年初版。
1958 年	《屹立的群峰》古立高（1923～2007 年）	原名顾立高，笔名立高。中共党员。1937 年参加八路军，小学毕业。1941 年入华北文艺学院学习。在部队做过演员，创作员，担任过营教导员，宣传科长。1949 年加入中国作家协会。1955 年毕业于中央高级党校。	第 1,2 部，作家出版社 1958 年 5 月初版，4 万册，2.4 元，53.8 万字，771 页。
1959 年 2 月	长篇评书《灵泉洞》①赵树理（1906～1970 年）	原名赵树礼，山西沁水人，从小喜爱民间曲艺，戏剧和民间乐曲，山西第四师范学校毕业，1937 年入党，历任乡村教师，区长。曲艺协会主席等职。"文革"中被迫害致死。	作家出版社 1959 年 2 月初版，7 万册，0.37 元，6.6 万字，122 页。插图：古元。封面设计：姜士楼。
1959 年 3 月	《金沙江畔》陈靖（1918～）	苗族，贵州瓮安人。他的苗族母亲"会唱千首山歌，能讲百个故事"，在其童年和少年生活中留下了深刻的印象和影响。1934 年 9 月，贺龙，任弼时率红二方面军路过家乡时参军。	北京出版社 1959 年 3 月初版，140 页，10.2 万字，0.44 元，11.8 万册。

续表

出版时间	作品 作者	个人简介（经历，阅读视野以及受教育情况）	版权页以及备注
1959年7月	《西辽河传》杨大群（1927～）	辽宁新民人，中共党员。1948年肄业于东北行政学院。1950年参加解放军，历任东北军区防空军军事学校政治系主任教员，沈阳军区空军政治部创作组组长，辽宁作协副主席等职。1979年加入中国作家协会。	解放军文艺出版社1959年7月初版，5万册，1元，23.1万字，283页。封面设计和插图：路坦。
1959年9月	《当乌云密布的时候》萧玉（1927～2006年）	原名子忠福，山东文登人，小学毕业，13岁参加八路军，17岁入党，历任宣传队副队长，连指导员，军级报纸编辑等职，1962年开始任广州军区政治部文艺创作组组长，广东作协副主席等职。另名叫肖王。	《高粱红了》第一部，广东人民出版社1959年9月初版，1.51万册，1.2元，24.6万字，338页。罗宗海插图。
1959年3月	《在红色队伍中成长》陈茂辞（1912～）	福建上杭人，开国少将。1929年加入共青团，1931年转为中国共产党党员。历任连队政治指导员，营政委，警卫团长，师政委，军政委等职。	中国青年出版社1959年3月初版，5万册，0.4元，172页。张有济整理，封面设计插图：洪炉。
1959年10月	《平原枪声》李晓明（1920～），韩安庆（1932～1967年）	李晓明，原名李鸿升，河北枣强人。18岁加入共产党，历任县委书记。后任湖北省的文艺领导。1959年加入中国作协。韩安庆，1948年参加革命，曾在武汉市总工会、中共武昌区委等单位工作。	上下册，作家出版社1959年10月初版，38.5万字，548页。封面设计：张步。
1959年	《迎春花》冯德英	如前。	解放军文艺社1959年11月初版，559页，1.15元。张德育插图。
1959年	《太行风云》刘江（1918～）	山西和顺人。1937年加入中国共产党，曾任抗日村长，《新华日报》、《太原日报》特派记者，编辑部部长等职。1949年9月起历任《太原人民广播电台》、省文联，省新闻出版局等单位负责人。	山西人民出版社1959年初版，500页，1.8元。
1960年1月	《兰铁头红旗不倒》文秋、柯蓝（1920～2006年）	文秋是柯蓝的夫人。柯蓝，原名唐一正，湖南长沙人。1937年参加八路军，次年加入共产党。先后入陕北公学和鲁迅文艺学院学习，毕业后任延安群众报社记者，主编等职。1949年历任上海电影剧本创作所副所长，湖南省文化局副局长等职。	上部由作家出版社1960年1月初版，15万字，2万册，228页。罗盘插图。1963年再版标题改名为《兰铁头》。
1960年2月	《十月的阳光》周洁夫	如前。	作家出版社初版，3万册，18.5万字，274页，0.5元。

续表

出版时间	作品作者	个人简介(经历、阅读视野以及受教育情况)	版权页以及备注
1960年	《碧海丹心》梁信(1926~)	吉林扶余人。小学肄业,19岁参军,20岁加入中国共产党,曾任某师宣传队长,武工队长,区委书记,广州军区创作组长等职,参加过剿匪战斗。	上海文艺出版社1960年初初版第2次印刷,228页。
1961年6月	《民兵爆炸队》翟永瑚(1921年~)	山东蓬莱人。中共党员。曾任学校教师,1945年参加八路军,1946年开始发表作品。1950年后历任新文艺出版社,山东人民出版社编辑,山东省文联专业创作员等职。	山东人民出版社1961年6月初版,252页;1965年第2版,276页。
1961年7月	《青春似火》吴梦起(1921~)	山东烟台人。中共党员。1937年肄业于威海卫公立中学。1946年后历任《华北日报》记者,大学教师,辽宁省作家协会理事等职。1946年开始发表作品。1980年加入中国作家协会。	少年儿童出版社1961年7月初版,271页,3万册,17.5万字,0.8元。陈剑英绘图装帧(套色木刻)。
1961年8月	《黄水传》冯金堂(1922~1968年)	河南扶沟人。历任村文书,村业余剧团团长,河南省文联常委。1952年开始发表作品。1958年加入中国作家协会。	河南人民出版社1961年8月初版,35万字,3万册,1.3元,509页。
1961年11月	《韶阳花》马忆湘(1923~)	土家族。湖南永顺人。中共党员。1935年参加长征。历任护士,宣传员,指导员等职。1958年在湖南军区从事文艺创作。1961年调广州军区司令部,荣获多种勋章。	中国青年出版社1961年11月初版,24.1万字,366页。王盛烈插图,其中一插图成为1980年版本的封面。
1962年1月	《连心锁》克扬(1926~2005年)、戈基(1927~)	原名薛兑扬,安徽来安人。中共党员。1939年参加新四军。历任营教导员,团长,军副参谋长,兰州军区创作组副组长等职。1963年毕业于南京军事学院。中国作家协会会员。	山西人民出版社1962年1月初版,1972年6月第2版,1973年10月第3版第31印,100万册。
1962年2月	《逐鹿中原》柯岗(1915~2002年)	河南巩义人。中共党员。1937年上海大学毕业后参加抗日救亡运动,历任一二九师情报站长,新华社记者,军宣传部副部长,西南军政文教部副处长等职。1955年加入中国作家协会。	作家出版社1962年2月初版,38.9万字,1万册,1.55元,554页。封面设计:邹雅。
1962年8月	《山乡风云录》吴有恒(1913~1994年)	广东恩平人。中学肄业。23岁加入中国共产党。26岁当选中共"七大"代表,入延安中央党校学习。后任香港地下党支部书记,坚持游击故乡。1949后历任广东省人大副主任等职。	广东人民出版社1962年8月初版。广东人民出版社1979年2月第4次印刷,10万册,347页,25.3万字。

续表

出版时间	作品作者	个人简介（经历，阅读视野以及受教育情况）	版权页以及备注
1962年8月	《晋阳秋》慕湘（1916~1988年）	原名慕显松。山东蓬莱人，省立乡村师范毕业。16岁入党。历任太原栖盟会特派员，太原支队主任等职。1945年后任骑兵支队政委，师政委等职，参加抗美援朝。任装甲兵政委等职。获少将军衔。1980年加入中国作协。	解放军文艺出版社1962年8月初版，41.5万字，2万册，1.55元，549页。封面设计：吴建坤。该小说为《新波旧澜》第一部。
1962年10月	《长城烟尘》柳杞（1920年~）	原名褚凤翥。中共党员。山东邹城人。中学读书时在《大公报》发表小说《胡子》。1937年肄业于临沂师范。18岁参加八路军，历任《抗敌三日刊》编辑，军事指导员，《解放军文艺》副总编等职。1956年加入中国作家协会。	解放军文艺社1962年10月初版，17.7万字，2万册，0.7元，233页，国画插图。1963年8月第2次印刷8万册;1964年3月第3月次印刷14.5万册。
1962年	《小矿工》杨大群	如前。	少年儿童出版社1962年初版，215页。根据1957年同名中篇小说扩充而成。
1963年5月	《破晓风云》臧伯平（1913~2005年）	河北唐县人。北平民国大学毕业。18岁加入共产党。曾任中共唐县县委书记，晋察冀四专署专员等职。1949年后任石家庄市长，二机部某局局长，南开大学校长。教育部副部长等职。	吉林人民出版社1963年5月初版，35.3万字，4万册，1.5元，485页。
1963年6月	《战鼓催春》萧玉	如前。	广东人民出版社1963年6月第1版第1印，33.1万字，489页，1.59元，2.3万册。《高粱红了》第二部，涂宗岳插图，中心设计封面。
1963年11月	《山村复仇记》（上下册）刘玉峰（1929~）	河南上蔡人，1946年高中辍学参加革命，1949年南下工作，任阳朔福利区区长等职，领导当地的剿匪斗争。	广西人民出版社1963年11月印上册，23.5万字，9.03万册，部伟尧插图;下册1965年出版。
1963年12月	《播火记》（上下册）梁斌（1914~1996年）	原名梁维周，河北蠡县人。1930年参加过爱国学潮，游击斗争，1948年随军南下，历任襄樊书记，《武汉日报》社长，中央文学研究所书记，河北作家协会主席等职。	作家出版社1963年12月初版，47万字，2元，15万平装本，1000册精装本，656页。书名题字：郭沫若，封面设计：王荣宪。

续表

出版时间	作品作者	个人简介（经历、阅读视野及受教育情况）	版权页及备注
1964年4月	《板桥树》（上下册）王英先（1920～1993年）	河北涞城人，14岁参加革命，18岁参加八路军和共产党。曾任一二九师营教导员、团政委部长等职。1949年后，历任水电部副部长等职。	中国青年出版社1964年4月初版，1.15元，上册为258页，下册为259～528页。
1964年5月	《隐蔽的战斗》子云（1917～）、苏鹰	子云，原名贾子云长期从事地下革命工作，1949年后任开封市统战部部长。苏鹰，原名李淑英，河南开封人，1949年后任开封市文联副主席等职。该书"文革"中被当做"汉奸文学"批判，苏鹰含冤辞世。	河南人民出版社1964年5月初版，5万册，0.85元，17万字，262页。封面设计：边含真，木俊峰插图。
1964年5月	《野妹子》任大星（1925～）	读过私塾，做过小学教师，1949年参加革命。历任上海少儿出版社编辑、《少年文艺》编审等职。	百花文艺出版社1964年5月初版。
1964年5月	《龙潭波涛》黎白（1930～）	湖南湘潭人。出身于书香人家，16岁参加中国共产党。历任炮兵部队政委秘书、总政治部创作员等职。1958年加入中国作家协会。	中国少年儿童出版社1964年5月初版，14万字，239页。封面插图：贺友直。
1964年8月	《风雨桐江》司马文森（1916～1968年）	福建泉州人。原名何应泉，中学毕业并发表作品，16岁参加革命并加入中国左翼作家联盟（"左联"）。1935年领导上海救亡工作编辑报刊。1944年任中共桂北工委委员，领导抗日武装。1949年任《作品》主编等职。	作家出版社1964年8月初版，9.2万册，1.55元，字数38万字，541页。封面设计：溪水。
1964年9月	《前驱》陈立德（1935～）	湖北天门人，中学毕业，喜欢中国古典文学。1949年参军，恩施军区电台任见习习报务员，1951年开始文学创作。	作家出版社1964年9月版精装本，49.6万字，2.65元，734页。封面设计：溪水。
1964年9月	《小武工队员》江峻风（1926～）	山东文登人。中共党员。1945年参军，毕业于抗日军政大学山东一分校。历任东北军政大学宣传队长、北京军区某文工团团长、创作组长、文化部副部长等职。1983年加入中国作协。	中国少儿出版社1964年9月初版，194页，0.42元，封面插图：王文彬；1978年7月重印，封面插图：孙滋溪。
1964年9月	《颍泉》丁秋生（1913～1995年）	湖南湘乡县人。1930年参加红军，1932年入党，任连队指导员、团政委。长征。抗日战争时期历任团政委、军政委、师政委等职。率部参加孟良崮、沙土集、开封、淮海、渡江等战役。1949年后任北海舰队政委等职。中将军衔。	解放军文艺社和山东人民出版社1964年9月同时初版，6万册，1.2元，26.7万字，381页。封面设计插图：高山。

续表

出版时间	作品作者	个人简介（经历、阅读视野以及受教情况）	版权页及备注
1965年7月	《破晓记》李晓明、韩安庆	如前。	作家出版社1965年7月初版,28.9万字,10万册,1.2元,411页。同年10月初版普及本20万册,出版3个月就已累计印刷55万册。封面设计:柳成荫。
1965年9月	《古城春色》(第1部)林晞(1911～1998年)	原名张东林,山东莱州人。1938年4月参加八路军,次年加入中国共产党。历任连长、营长、团长、师参谋长、副军长,二炮某基地副司令员等职。多次负伤,为二等残军人。2009年,根据该小说改编的电视剧《战北平》播出,编剧范听,导演胡雪桦。	人民文学出版社1965年9月初版,479页,33.6万字,13.4万册,含精装1千册,1.35元。封面木刻:洪波。人民文学出版社1986年11月出版《古城春色》第2部。
1965年10月	《武陵山下》张行(1932～)	在湖南作协主席蒋牧良的指导下,衡阳第47军作家张行修改长篇小说《武陵山下》。后任兰州军区政治部创作组组长。	湖南人民出版社1965年10月初版。
1965年12月	《渔岛怒潮》姜树茂(1933～1993年)	山东莱西人。1949年参加工作,曾任山东省崂山县工作队队员,税收员,文书,调研员,《海鸥》杂志主编,青岛市文化局副局长、文联主席等职。1954年开始发表作品。2008年的中国当代小说藏本就以该书1972年修订本为蓝本。	人民文学出版社1965年12月初版,33.5万字,平装本10万册,精装本5000册,1.35元。封面设计:衰运甫。
1965年12月	《大江风雷》(上、下册)文煓	如前。	人民文学出版社1965年12月初版,5万册(精装2000册),62.1万字,2.5元。896页,上册440页。
1966年4月	《海岛女民兵》黎汝清(1928～)	山东博兴人。上过4年小学,17岁参加华东野战军宣传干事,部队区政院副政委、前钱舞台编剧,军区创作员等职。	人民文学出版社1966年4月初版,19万字,(平)10万册,(精)1千册,0.79元,279页。封面设计:溪水。

注：①赵树理说："评书是正经地道的小说……我一开始写小说的这个主意我至今未变。"（赵树理：《我们要在思绪上跃进》,《赵树理全集》第4卷,北岳文艺出版社,2000,第391页）黄修己说："赵树理要求自己的小说能‘说’,像《登记》,像《灵泉洞》就都是以评书名义发表的。按照这种标准,他的全部小说都可以说都是评书,或评书体小说。"（黄修己：《赵树理研究》,山西人民出版社,1985,第47页）。

群众宣传其合理性、合法性以及必然性，从而使新革命秩序获得所有群众的认同。于是在政治的需求下长篇战争小说开始讲述革命起源、革命经验等问题。而革命文艺工作者的自身经历、革命特质与创作动机无疑使他们成为革命意识形态的代言人。通过他们创作的文学文本来构建真理、解释真理、宣传真理，通过文学的文本传播和艺术改编传播，影响着受众的信仰、趣味、知觉、感觉，并使受众纳入到集体无意识中去。这些小说构成一种对于舆论具有支配和导向意义的公共领域。而这种舆论的传输首先把这些文本打造成经典，而版本修改和出版传播，以及大众化传播等无疑成为经典确立的主要途径。

第三节　战争小说的经典化打造

"十七年"时期的文艺生产体制无疑构成了一种文化生产场域，文艺出版社、文艺刊物、文艺栏目、文艺副刊等出版机制为文学创作的发展提供了空间和平台。因为传播是现代社会发展的重要维度，参与作家的文学生产和经典创作，不仅为小说发表提供表现载体，而且极易重塑小说的表意方式和美学特征。可以说，"十七年"小说经典的确立既是社会语境和文本特质所决定的，更是报刊发表、出版社出版、艺术改编、公共阅读、读者批评、文学史叙事、公共教育以及评奖等多重传播机制共同言说与历史扩张的结果。因此，它一方面把已有意识形态的知识符号进行编码传播，作家对革命起源与革命意义进行文化生产的最终成果在出版社的出版下成为可供流通的范本；另一方面它在政治权力的授意下不断调整意识形态的意义范畴，利用各种文艺形式进行有效再生产、修复与传播这种新型知识。因此，文艺大众化与普及化方式包括文学（小说、诗歌、散文、报告文学、回忆录、杂文等）、电影、绘画、连环画、雕塑、音乐、舞蹈、曲艺、木偶、评书、戏曲、话剧、皮影、杂技、摄影、相声、广播剧等人民群众喜闻乐见的各种文艺形式，它们在文艺权力和话语权力的授意下，不但在日常生活中更是在重大仪式中传播国家意识形态，而且进入教育体制（把文艺置入到语文课本和文学史教材中），从而有效地打造能够进行革命起源和革命意义传输的经典。

　　首先，出版社通过丛书出版推动小说范本经典化，出现过"苏联文艺丛书""中国人民文艺丛书"①"文艺建设丛书"②"解放军文艺丛书"③《文学初步读物》④、"大众文艺丛书""收获创作丛书"《建国十年来优秀创作选拔本》《纪念伟大的抗日战争胜利二十周年》⑤等大型丛书。这种"文学丛书"⑥显然是在现代文学《新文艺大系》和苏联国内文学丛书的启发下出现的，是文艺大众化、革命价值追求、文学范本经典化与出版社结合的产物，它呈现出共产党领导下的新文艺的整体力量和优势，并隐含着引导新生代文艺工作者向其学习的内涵，在发现和培养作家方面起到了积极的推动和鼓励作用。例如，1958 年人民文学出版社开始"选拔优秀新创作"，以显示出社会主义新文艺的强大生命力，其中出版了《保卫延安》《铁道游击队》《变天记》《铜墙铁壁》《在茫茫的草原上》《红日》等长篇小说。到了 1959 年，在大跃进的高歌猛进和为新中国成立十周年

---

① 该丛书由周扬主编，新华书店、人民文学出版社出版。1949 年 5 月开始发行，主要出版 1942 年以来的文艺作品。

② 1950 年初文艺报社组成由丁玲负责，田间、陈企霞、康濯、萧殷等参加的"文艺建设丛书"编委会，一年后编委会增加了老舍、艾青、赵树理、李伯钊、厂民（严辰）等作家。收有徐光耀的《平原烈火》、李尔重的《领导》、陈登科的《活人塘》、郭光的《仅仅是开始》、柳青的《铜墙铁壁》、孙犁的《风云初记》等小说。由生活·读书·新知三联书店、人民文学出版社陆续出版。

③ 解放军总政治部"解放军文艺丛书"编辑部主编，马寒冰任编审处处长，1953 年发行，主要出版新中国成立后的战争题材的文学作品。后来"解放军文艺丛书"编辑部逐渐转化为向各大出版社推荐军队文艺工作者作品的机构。

④ 人民文学出版社在 1953 年开始出版《文学初步读物》，"为了适应广大读者的需要，使他们有适当的初步的文学读物，并从此开始进一步接触更多的文学作品，编印了这套丛书。"第一辑 20 册于该年 3 月出版，包括柳青《铜墙铁壁》中的《沙家店战斗》、徐光耀《平原烈火》中的《周铁汉》、罗贯中《三国演义》中的《火烧赤壁》、丁玲《太阳照在桑干河上》中的《斗争钱文贵》等。

⑤ 1965 年，为纪念"伟大的抗日战争胜利二十周年"，人民文学出版社、作家出版社、中国青年出版社、解放军文艺出版社等联合重印了一批关于抗日战争题材的作品，其中长篇小说包括《吕梁英雄传》《铁道游击队》《敌后武工队》《战斗的青春》《战斗在滹沱河上》《草原烽火》《平原枪声》《太行风云》《野火春风斗古城》《青春之歌》10 部。

⑥ 其他的又如新时期后的丛书。1996 年由中宣部、教育部、文化部、新闻出版署、团中央联合推荐的"百种爱国主义教育图书"开始出版。其中包括《保卫延安》《林海雪原》《平原枪声》《新儿女英雄传》《野火春风斗古城》等。1997 年前后人民文学出版社和花山文艺出版社分别出版"红色经典"系列丛书，如《保卫延安》《林海雪原》《平原枪声》《新儿女英雄传》《野火春风斗古城》等。而 2004 年开始出版的中国当代长篇小说藏本则几乎涵盖了以上这些作品，并容纳了很多其他作品。

隆重献礼的热潮引领下，人民文学出版社为庆祝新中国成立十周年组织评选和出版了"建国十年来优秀创作选拔本"丛书，其中包括小说 30 部（长篇小说 16 部、中篇 5 部、短篇 8 部、兄弟民族作家小说合集 1 部）、诗歌集 16 部、剧本 11 部、散文 5 部、儿童文学 5 部。而在 16 部长篇小说中，战争小说包括《林海雪原》《铁道游击队》《三千里江山》《苦菜花》《战斗在滹沱河上》《草原烽火》《铜墙铁壁》《红日》8 部，革命成长小说包括《青春之歌》《红旗谱》《欢笑的金沙江》《高玉宝》4 部，农村小说则有《三里湾》《山乡巨变》《我们播种爱情》3 部，工业小说只有《百炼成钢》。从上述分布情况来看，长篇战争小说占了一半，而且还不包括在该年受到彭德怀事件影响的战争小说《保卫延安》。在 1959 年之前，由人民文学出版社出版的《保卫延安》一直是最引人瞩目的小说之一，无论其艺术成就还是社会影响都应该列入"建国十年来优秀创作"中，然而这部小说却被排除在外，显然是出于政治因素的考量。这种选拔就是一种经典化范本的打造方式。

其次，各种庆典、比赛、征文、会演、观摩无疑又是一种经典化打造方式。节日庆典（如建党节、建军节、五一节、国庆节等政治性纪念日）、周年纪念（如建党周年、建军周年、建国周年、抗日周年、抗美援朝周年、毛泽东《延安文艺座谈会上的讲话》发表周年等）、革命回忆录（如《志愿军一日》《志愿军英雄传》《红旗飘飘》《星火燎原》等）、群英会、跃进竞赛大会、文艺比赛、战斗故事说唱、文艺评奖、文艺会演、文艺展览、文艺征文、报刊刊登出版成为鼓舞和奖励文艺工作者及征召受众的策略与方式。例如吴强的小说《红日》的章节《吐丝口》被选载于《解放军文艺》1957 年 4 月号，编辑部同期发了一个《编者按》："正当中国人民解放军建军三十周年的时节，作者完成了一部长篇小说《红日》来纪念它。这部小说，可以说是一部记载解放战争历史的作品，它从著名的涟水战役写到莱芜战役，而以孟良崮战役结束。全篇共三十万字，本刊选载其第六、第七两章。题名为《吐丝口》。"这就具有了引导文学创作方向和文学示范的意义。同时，各种文艺权力机构领导和组织戏曲、戏剧、电影等大众艺术的创作和演出，从 1949 年到 1965 年建立不同范围的戏曲演出的"观摩"、"会演"或"群英会"制度。如北京市 1954 年 11

月举办的第一届戏曲观摩演出；总工会 1955 年 6 月举行的戏剧、音乐、舞蹈观摩演出大会；文化部 1956 年 3 月举办的第一届全国话剧观摩演出会；解放军举办的三届文艺会演大会；1964 年 7 月文化部举行的全国京剧现代戏观摩演出大会等。这些会演文艺制度类似于现在的"海选"，把能够直接推动国家意识形态传播的最优秀的作品选拔出来，起到榜样和标杆的作用，从而规训和引导文艺工作者的创作方向。其中不少表演节目都是根据战争小说改编而来。应该说，这种奖励制度激起了文艺工作者的创作热情，推动了文艺的艺术改编与大众化传播，许多长篇战争小说经过艺术改编更受到受众的青睐。1962 年 12 月，中国作家协会创作研究室在河北进行一次"小说在农村"的调查发现，传统曲艺对农民的文化生活有非常大的影响，经过报纸转载、流行媒体二次传播的文学作品也容易得到农村读者的欢迎。① 可以说，"十七年"时期长篇战争小说在 1949～1966 年间的媒介传播语境中是非常合适于意识形态传播的，其传播方式也是多样的。尽管在"文革"时期受到严重干扰，全国主要有 8 个样板戏，其中就有根据《林海雪原》改编的革命样板戏《智取威虎山》。随后 80 年代，长篇战争小说的影视改编继续成为经典打造和文艺化大众的方式。

最后，经典打造的版本修改途径。从作品的询唤功能上来说，"十七年"长篇战争小说主要是把革命象征意义和价值系统的生产纳入到民族国家的建构和想象中，并通过符号系统进入各种艺术样式的意义生产场域，进而对这种意义进行解码和再编码，获得政治权力和意识形态权力的认同与首肯。但是，在不同的语境中，政治权力的收编、阶级斗争的需要、意识形态策略的建立、文艺体制的领导和整改、文学史编写、作家诉求的认同与迎合，以及专家、编辑、读者、公众舆间的纠葛和人事关系的约束等，往往构成了文本变迁的"纠结链"。从而影响经典的重塑和传播。作者在这些压力下，不得不再次进行版本修改。通过文字意义符号修改文本中的价值系统，剔除文本中的多余杂质，提炼革命意义的纯粹性，修复革命意象的形象性，从而精炼意识形态的询唤意义，进而有效地打造

---

① 中国作家协会创作研究室：《记一次"关于小说在农村"的调查》，《文艺报》1963 年第 2 期。

和确立完美的经典文本。十一届三中全会的召开、第四届文代会的召开、"四五"运动的平反、改革开放的进行、外国文艺思想的涌入、文艺工作者的岗位复归，这些因素导致文学又开始走向新的春天。大批"十七年"时期的文艺作品重见天日，长篇战争小说在 1976～1983 年大量修改、出版，并迅速畅销。"文革"禁忌使得广大读者产生了"文化饥饿"，尤其是十余年被迫取消的高考重新恢复，众多的文艺青年在"解冻"后重新如饥似渴地阅读那些久违了的精神食粮，从而获得心理补偿。通过阅读这些文学作品，他们重新确认革命爱国主义教育。因此，版本修改成为革命起源和革命意义提纯的最为有效的经典化锻造方式。

总之，文学成为革命表征的符号修辞，文艺工作者通过控制公共舆论领域发挥文学意识形态、真理意念和符号权力的功能。因此，作为国家体制内的报纸、出版社、刊物、广播、戏剧、电影、电视等大众媒介和各种剧团艺人进入文学话语场，通过对文学的登载、出版、改编、演唱、传播，把内在于文学之中的国家意识形态理念传播到四面八方。从而在潜移默化中改变受众的思维和理解方式，而这种大众喜爱的文学作品则反过来又重新建构了受众的意识形态思维。所以作协体制、教材体制、研究体制、奖励体制、会演观摩体制、出版体制、文艺修改体制、传播体制，特别是文学生产制度和教育制度的控制，使小说文本经典化、常态化，进而承担和发挥文学的社会交往、人际沟通和文学教育的功能。

第二章 革命起源与革命意义的
通俗化传播

　　以革命话语为载体的"十七年"长篇战争小说集世界观、价值观、信仰系统、宗教仪式、思想驯服者、知识体系和文化隐喻于一身，承载着社会转化的文化想象，同时作为意识形态必须为现存秩序辩护，为公众传播乌托邦式的共产主义承诺。例如，新华社记者曾到河北省抚宁县东新寨公社聂口大队图书室，进行革命文艺作品阅读情况的调查："一年来，这座小小的图书室平均每月借书率达到六百多人次，每本优秀文学作品的读者最少在十五人次以上。这里的几十本优秀文学作品，像《红岩》《林海雪原》《红日》《青春之歌》《苦菜花》《草原烽火》《我的一家》《王若飞在狱中》《方志敏战斗的一生》等，几乎都是不等摆到书架上，就给借走了。""革命书籍激励着青年人上进。曾经一度蒙在某些青年心灵上的一些消极的灰尘，已为革命激情冲击殆尽，代之以崭新的革命思想。"在革命精神熏陶下成长并积极入党入团。[①] 这说明战争小说是很受读者欢迎的，因此，其传播也就成为一个重要的问题。自新中国成立以来，阶级斗争和社会主义革命成为社会主义建设的孪生姊妹，如影随形般容置在新中国的政权体制中。文艺工具化自然成为新中国意识形态宣传机器的一种方式，"十七年"长篇战争小说成为当时最主要的文艺化大众和文艺大众化

---

　　① 李萍、祁英：《读革命书做革命者——聂口生产大队图书室建立前后》，《河北日报》1963 年 11 月 14 日；《人民日报》1963 年 11 月 27 日全文转载。

的方式之一。随着 1978 年底中共十一届三中全会关于社会主义经济建设目标的提出,这个革命化的社会主义国度,开始走进后革命时代。"阶级斗争为纲"已经成为历史中的一个名词,市场经济与消费主义开始走入日常生活。尽管文艺的工具性与主体性在 80 年代成为争论的焦点,但是作为一种爱国主义教育,关乎革命起源与发展的"十七年"长篇战争小说,在 80 年代以来的文化生活中,依然以影视改编的形式在传播。

总的说来,长篇战争小说契合了革命意识形态和新政权合法性、有效性传播的需求,一出版就受到文艺体制和相关传播资源的青睐。作为一种大众化的教育资源,也就必然需要借助媒体进行广泛传播,包括文艺报刊、教材等的纸质媒介传播和戏剧、曲艺、影视、连环画等不同艺术形式的改编传播。只有通过这些媒介传播才能促进艺术生产、流通和接受,让小说文本和各种再创造的传播性艺术文本一道,建构起庞大的舆论网络。进而把相关信息输送到读者脑海中,这样才能使受众在无处不在的文化消费网络中获得文艺化大众的认同(尽管"十七年"时期无法称作消费)和所谓思想政治认识的提升。从另一个角度而言,这种广泛性传播无疑有效促进了对原小说的理解、认同与传播。因为,娱乐的匮乏促使受众对这些传播的文艺进行规训性阅读,进而又在全民阅读的文化中建构起小说的经典性。所以,有必要在本节中对阶级斗争和后革命时代背景下的文艺大众化传播进行梳理,从而凸显其文艺化大众的特殊功能。

第一节　战争小说的文艺报刊传播

自近代以来,文艺报刊和文学书籍成为文学场域建构的载体。它们作为历史的参与者,与作者、历史和权力进行交往性对话,形成一种多声部的复调格局,从而传递出文学发展变迁的真实原貌。对于"十七年"时期文艺作者来说,文艺报刊为他们的创作提供了一个施展才华和被意识形态认可的窗口,许多文学作品先由报刊发表再由出版社出版发行,许多作家也是先由报刊编辑挖掘和培养出来的。据茅盾统计,1959 年全国专区级以上的报纸有 456 种,全年总印数 48 亿多份;杂志有 859 种,全年总印数 5 亿多册；出版图书 42000 多种，总印数 20 亿多册。① 几乎所有作家都在文艺报刊上发表过作品。如袁静、孔厥的《新儿女英雄传》最初就连载于《人民日报》的副刊《人民园地》，不少读者读后非常激动，甚至郭沫若也写了一篇文章赞扬该小说，最后这篇文章成为《新儿女英雄传》出版本的序言。可见，文艺报刊的发表推动了战争小说的革命意义的经典化传播。笔者对战争小说的发表情况进行了不完全统计（见表 2）。

表 2　战争小说刊载情况

作者/改编者	发表作品	文学报刊	发表时间
袁静、孔厥	新儿女英雄传	人民日报第 4 版	1949 年 5 月到 7 月 3～12 日连载
柳　青	铜墙铁壁	人民文学	1951 年 1 期
白　刃	血战天门顶——《战斗到明天》之第十六到第十九章	人民文学	第 3 卷第 5 期 1951 年 3 月
白　刃	五月的鲜花	解放军文艺	1957 年 7 月号
杨　朔	三千里江山（长篇连载）	人民文学	1952 年 10、11、12 月号
陈登科	淮河边上的儿女	人民文学	1953 年 4、5、6 月号
陈登科	淮河边上的儿女	人民文学	1953 年 7、8 月合刊号
徐光耀	周铁汉——《平原烈火》	人民文学	第 1 卷 4 期 1950 年 2 月 1 日
海　默	突破三八线——长篇《突破临津江》的最后几节	人民文学	1953 年 1 月号
孙　犁	风云初记（第一集）	天津日报	1950 年 9 月 22 日至 1951 年 3 月 18 日连载
孙　犁	风云初记（第二集）	天津日报	1951 年 4 月 15 日至同年 9 月 9 日连载前 20 节
孙　犁	风云初记（第三集）	天津日报	1953 年 7 月 9 日发表前 5 节
孙　犁	蒋家父女	人民文学	1955 年 6 月号
孙　犁	家乡的土地	天津日报	1956 年 7 月 15 日第 4 版
孙　犁	离　别	新　港	1956 年第 11 期
孙　犁	山路——《风云初记》三集	新　港	1962 年 4 月号
孙　犁	河源——《风云初记》三集	新　港	1962 年 5 月号
孙　犁	风云初记（第三集）	新　港	1962 年 7、8、9、10、11 月号
杜鹏程	长城线上	人民文学	1954 年第 2 期

---

① 茅盾：《为实现文化艺术工作的更大更好的跃进而奋斗》，《人民日报》1960 年 4 月 5 日。

作者／改编者	发表作品	文学报刊	发表时间
杜鹏程	蟠龙镇——《延安保卫战的第二章》	解放军文艺	1954 年第 2 期
杜鹏程	沙家店	解放军文艺	1954 年第 1 期
刘知侠	票车上的战斗	解放军文艺	1953 年 7 月号
寒 风	接防——《东线》选载	解放军文艺	1955 年总第 12 期
玛拉沁夫	在茫茫的草原上	内蒙古文艺	1956 年总第 27、28、29、30 期
玛拉沁夫	茫茫的草原	草 原	1963 年第 1 期
玛拉沁夫	茫茫的草原	草 原	1963 年第 2 期
吴 强	吐丝口	解放军文艺	1957 年 4 月号
吴 强	胜利的序曲	人民文学	1957 年第 5、6 月号合刊
吴 强	前夜（《红日》的一部分）	文艺月报	1957 年总第 53 期
吴 强	红 日	延 河	1957 年总第 12、13 期
吴 强	堡 垒	人民文学	1960 年第 10 期
吴 强	堡 垒	上海文学	1960 年第 11 期
吴 强	春节之前	上海文学	1961 年第 4 期
吴 强	火 光	上海文学	1961 年第 10 期
吴 强	金玉香——长篇《堡垒》	羊城晚报	1962 年 6 月 18、19、23 日第 2 版
吴 强	堡垒——《堡垒》的一节	解放军文艺	1962 年 8 月号
吴 强	火光——《堡垒》的一节	上海文学	1962 年第 10 期
吴 强	党的儿子	雨 花	1979 年 1、2、3 月号连载
吴 强	路遇——《堡垒》的一节	文汇报	1979 年 10 月 10 日第 4 版
陆柱国	战火中的青春——长篇《踏平东海万顷浪》片段	人民文学	1957 年
乌兰巴干	火烧王爷府——长篇小说《草原烽火》中的几章	萌 芽	1957 年第 4 期
乌兰巴干	烈火燎原——《草原烽火》续篇中的几章	萌 芽	1959 年第 4~14 期连载
曲 波	奇袭虎狼窝	人民文学	1957 年第 2 期
曲 波	林海雪原	中国戏剧	1958 年第 10 期
曲 波	山呼海啸	解放军文艺	1959 年 12 月号
曲 波	山呼海啸（长篇选载）	解放军文艺	1960 年 1、2 月号
曲 波	山呼海啸	北京文艺	1960 年 1、2、3、4 月号
曲 波	既能进得来就能出得去	峨 眉	1960 年第 4 期
曲 波	不速之客——长篇《山呼海啸》的一节	人民文学	1961 年第 5 期

续表

作者/改编者	发表作品	文学报刊	发表时间
曲　波	游击队长桥隆飙	浙江日报	1962 年 9 月 8～15 日第 3 版连载
曲　波	桥隆飙	山东文学	1963 年第 1 期
曲　波	桥隆飙	解放军文艺	1963 年 1、2 月号
曲　波	桥隆飙	山东文学	1963 年第 2～12 期连载
曲　波	桥隆飙	山东文学	1964 年 2、4 月号连载
李英儒	野火春风斗古城	收获	1958 年 6 月号
李英儒	金环送信	解放军文艺	1960 年 6 月号
冯　志	巧斗周大拿	解放军文艺	1958 年 6 月号
赵树理	灵泉洞	人民文学	1958 年第 11 期
冯德英	迎春花	收获	1959 年第 4 期
冯德英	山河村——《迎春花》选载	解放军文艺	1959 年第 6 期
杨大群	西辽河传（长篇选登）	北京文艺	1958 年 10～12 月号
杨大群	西辽河传（长篇选登）	北京文艺	1959 年第 1～10 期连载
文秋　柯蓝	蔺铁头	收获	1959 年第 3 期
柯蓝等	秋收起义	湖南文学	1962 年第 1～7 期连载
柯　岗	逐鹿中原（长篇选载）	红岩	1959 年 3、4 月号
冯金堂	智入扶沟破古城——《黄泛区的变迁》的片段	萌芽	1959 年第 24 期、1960 年第 1 期连载
柯　岗	战襄阳——长篇小说《逐鹿中原》第七章	长江文艺	1961 总第 135 期
萧　玉	666 高地——长篇《当乌云密布的时候》中的一章	作品	1959 年第 5 期
李晓明等	平原枪声	收获	1959 第 2、3 期连载
周洁夫	山村火光	长江文艺	1959 年 10 期选自《十月的阳光》
柳　杞	长城烟尘	解放军文艺	1960 年 5～7 月号连载
慕　湘	晋阳秋	解放军文艺	1961 年第 12 期
慕　湘	新波旧澜	北京文艺	1961 年第 3～12 期连载
杨　明	二龙传	上海文学	1960 年第 9 期
杨　明	死亡线上	上海文学	1961 年第 4 期
杨　明	交换——长篇《二龙传》第十五章的片段	上海文学	1961 年第 12 期
杨　明	江海奔腾（即《二龙传》）	收获	1965 年第 2、3 期
翟永瑚	雾里枪声	山东文学	1961 年第 7 期选自《民兵爆炸队》

作者/改编者	发表作品	文学报刊	发表时间
马忆湘	三女找红军	人民日报	1961 年 1 月 15 和 22 日第 7 版
马忆湘	三女找红军(连载)	中国青年报	1961 年 10 月 28～31 日,11 月 1、2、3 日第 4 版
马 烽	刘胡兰传(长篇小说选载)	山西日报	1962 年 1 月 13 日第 3 版
马 烽	刘胡兰传(长篇连载)	火 花	1962 年第 5 期一直连载到 1964 年第 4 期
梁 斌	《播火记》(上下册)	北京晚报	1963 年代连载
梁 斌	锁井风云——小说《播火记》	解放军文艺	1961 年第 4、5 期连载
梁 斌	播火记	新 港	1960 年第 7 期连载到 1962 年第 5 期,1963 年第 3 期连载至第 9 期
梁 斌	《播火记》后记	文汇报	1963 年 9 月 30 日第 4 版
梁 斌	《播火记》后记	新 港	1963 年第 10 期
梁 斌	战寇图	新 港	1960 年第 2 期
梁 斌	战寇图三章	河北文学	1962 年第 1、2 期连载
梁 斌	拿起武器——《战寇图》第三十四章中的一节	天津日报	1965 年 8 月 27 日
王英先	枫橡树	长江文艺	1964 年 5、6 月号
丁秋生	阻击线上——《源泉》选载	山东文学	1964 年第 7 期
丁秋生	源 泉	收 获	1964 年第 4 期
丁秋生	源 泉	解放军文艺	1964 年第 6 期
陈立德	刹那间	人民文学	1964 年第 4 期

由上可知,许多小说都是通过文艺报刊发表而进入公众视野。其发表主要通过三种方式:首先是选载,这是小说出版前发表的主要方式;其次是边写边刊载,报刊特征和时间痕迹非常明显,如孙犁的三集《风云初记》,基本上都是在《天津日报》文艺副刊上发表,报刊和读者的需求塑造了作者的创作方式;最后是修改后再刊载,如白刃的《五月的鲜花》和李英儒的《金环送信》就是修改后的小说片段重新在文艺报刊中发表,通过这种方式接受读者的检阅,也表达自己响应规范重新修改的主观能动性。所以,文学报刊作为一种文学场的媒介,贯串着编辑、作家、读者的互动,并形成互为依托的循环模式。作者根据自身的战斗经历和革命立场撰写了具有历史确证意识和传奇式传记色彩的战争小说,经过编辑的

"二次创造"之后，发表在文学报刊中，从而确立了作家的地位和作品的经典性，引导着文学发展变迁，并参与社会主义文化和日常生活的整体建构和生活改造。而读者也把文学报刊及刊载的文学作品作为理解现实世界、革命世界和日常生活经验的逻辑起点和指导场域。甚至可以这样说，文学报刊不仅是文学的战场，它更是人们生活方式、思维方式、经验方式的"中转站"。但是，这些作品作为单行本印刷的时候，由于受到时代的政治气候、权力规训、历史语境、政治生态、责任编辑和作家有意无意地精神波动的影响，版本被频繁修改。

无论是修改后的作品还是原初作品，通过文艺报刊的传播，更迅捷有效地大众文艺化，进而在读者的反馈中与出版社打造的经典文本互动，从而确立"十七年"长篇战争小说的经典性、规范性与范本性。

第二节　战争小说的艺术改编传播

黑格尔认为在人的所有感官中，唯有视觉和听觉是认识性的感官①。也许正是这个原因，我们把握世界的方式不是视觉就是听觉，抑或视听同时运用。因此，相对于书籍阅读而言，通过改编"十七年"长篇战争小说进行戏剧、话剧、曲艺、影视、连环画等文艺大众化艺术媒介的传播，更容易让受众迅速理解文本的意义，获得政治启蒙，从而达到大众文艺化的意识形态规训效果。正如周扬在第三次文代会上所说："革命的文学、戏剧、电影和其他各种艺术已经深入人民群众的心灵。很多新的文学作品发行几十万册以至百万册。一九五九年电影观众达到 41 亿人次。戏曲、话剧、新歌剧、音乐、舞蹈、曲艺、杂技等各种新节目，越来越多地吸引着观众和听众。美术作品得到广大群众的欣赏，连环图画的印数每年达数千万册。劳动群众感到文艺确实是为他们服务的，它真实地反映了他们的思想、情感和愿望，是鼓舞他们劳动和斗争，提高他们道德品质的'生活教科书'……文学艺术是属于上层建筑的一种意识形态，是经济基础

---

① 转引自周宪《反抗人为的视觉暴力》，《文艺研究》2000 年第 5 期，第 14 页。

的反映，是阶级斗争的神经器官。"①

（1）戏曲、话剧等表演艺术传播

戏曲是中国传统的戏剧形式，王国维将戏曲定义成"合歌舞以演故事"，② 其内涵包含唱念做打，综合了文学、对白、音乐、歌唱、舞蹈、武术和杂技等多种表演方式，它不同于西方的歌剧、舞剧、话剧。在剧种方面包括京剧、昆曲、越剧、豫剧、粤剧、秦腔、川剧、评剧、梆子、黄梅戏等。新中国成立后进行戏曲改革，将传统戏曲形式与现代革命进行融合创新，成为现代戏。由于戏曲自古以来就一直深入人心，因此对"十七年"长篇战争小说进行戏曲改编的现代戏也开始受到观众喜爱。在娱乐业不发达和传播工具简单的"十七年"时期，戏曲成为长篇战争小说传播的媒介方式之一。而话剧是由西方传入中国的表演方式，经历救亡运动和文艺大众化的改造，小说的话剧改编和表演也成为一种重要的意识形态传播方式。

在戏曲改编传播方面，例如《迎春花》改为沪剧、《草原烽火》改编为京剧、晋剧、评剧等。而根据《林海雪原》改编的京剧、评剧更是不胜枚举，1958 年上海京剧团改编的京剧《智取威虎山》不断上演传播，到 1964 年成为京剧现代戏观摩演出剧目，而到了"文革"中则成为全国人民主要精神食粮之一的革命样板戏，在全国进行各种剧种的改编并上演。其他像《苦菜花》改编为评剧、吕剧等各种戏剧剧种，这种艺术传播的意义非常明显。《苦菜花》的评剧改编者薛恩厚就认为评剧艺术的改编有很多好处："《苦菜花》搬上舞台可以使观众受到爱国主义教育，也是革命历史教育；通过《苦菜花》的演出，观众认识到党为了挽救民族危亡，如何领导人民同日本帝国主义进行顽强的斗争，并最后战胜了敌人；理解到外强中干的帝国主义不过是只纸老虎，胜利一定会属于人民；认识到没有过去的艰苦奋斗、流血牺牲，就没有今天的自由、幸福。从而使我们今天的人不要忘记过去，要更加热爱今天，更加热爱党。"③ 而且翟剑萍等改编的山东吕剧《苦菜花》分别在《戏剧丛刊》1996 年第 6 期

---

① 周扬：《我国社会主义文学艺术的道路》，《人民日报》1960 年 9 月 4 日。
② 王国维：《宋元戏曲考》，《王国维戏曲论文集》，中国戏剧出版社，1984，第 3 页。
③ 薛恩厚：《从改编中感到的问题》，《人民日报》1959 年 1 月 14 日。

和《剧本》1998年第7期发表。1997年7月，著名吕剧表演艺术家郎咸芬把吕剧《苦菜花》搬到舞台上演出，受到观众喜爱。随后还以此为蓝本拍摄成四集戏剧电视剧《苦菜花》，既重温当年的革命战争，又使读者获得现代教育。正如郎咸芬分析该剧意义时所说："小说《苦菜花》50年代问世后轰动文坛，电影、戏剧争相改编，时至90年代，为什么又重新炒别人已经炒过的冷饭呢？我们认为，艰苦卓绝的抗日战争，中华民族在逆境中奋起，在压力下抗争，万众一心，坚如磐石，冒着敌人的炮火前进，敢用血肉筑长城，这种撼天动地的英雄气概，震古烁今，在改革开放，大搞市场经济，向小康生活迈进的今天，我们依然需要呼唤抗日先烈们那种大义凛然、无私奉献、为国为民流血捐躯的高尚情操的回归。"[1]

在话剧方面，《保卫延安》《红日》《迎春花》《战斗的青春》《野火春风斗古城》《林海雪原》等都被改编为话剧。其中很多作为样板出版或发表在文艺报刊上，如周军改编的话剧剧本《野火春风斗古城》在春风文艺出版社1960年1月出版，上海戏剧学院实验话剧团改编并上演的话剧《战斗的青春》（八场话剧）发表在《剧本》1961年4月号上。话剧改编显然促进了文本的革命意识形态的传播和教化，当然客观上也促进了小说的销售。

因此，在毛泽东的古为今用、推陈出新的文艺方针下，作为中国传统文艺表演方式戏曲和现代表演方式的话剧成为传播革命意识形态的重要方式。"十七年"长篇战争小说借助戏曲和话剧对故事进行重述，实现文艺化大众的目的。

（2）评书、快书、广播连载等曲艺说唱艺术传播

戏曲和戏剧是古代的同义概念，而曲艺是新中国命名的现代概念，两者是有差异的。曲艺是"语言、音乐、表演三结合，而以语言为主的说唱人物和故事的民族化、大众化的艺术"，[2] 它主要以"说、唱"为艺术表现手段，说的如小品、相声、评书、评话；似说似唱的如山东快书、快板书、锣鼓书、四川金钱板等。曲艺具有鲜明的民间性、群众性特点，因

---

① 郎咸芬：《粉墨春秋五十载，热血浇开苦菜花——在戏曲电视剧〈苦菜花〉座谈会上的发言》，《当代电视》1999年第7期。

② 陶钝：《陶钝曲艺文选》书首"作者手迹"，中国曲艺出版社，1985。

为它的语言生动活泼、精练上口，这种通俗易懂的文艺方式使得文化层次比较低的中国民众能够听得懂，更适应他们的口味，获得了普通民众的青睐，自然也就得到了推广。1951年5月5日，政务院下发《关于戏曲改革工作的指示》："戏曲应以发扬人民新的爱国主义精神，鼓舞人民在革命斗争与生产劳动中的英雄主义为首要任务……中国曲艺形式如大鼓、说书等，简单而又富于表现力，极便于迅速反映现买，应当予以重视。除应大量创作曲艺新词外，对许多为人民所熟悉的历史故事与优美的民间传说的唱本，亦应加以改造采用。"① 因此，为了满足革命大众的文艺需求，文艺管理者更希望借助人民喜闻乐见的传统艺术，将长篇革命战争题材小说改编成各种曲艺节目上演。这也是曲艺"说新创新"运动的主要内容和成就。

我们对艺术家的编演节目进行一下统计，艺术家李少霆、杨田荣、袁阔成、姜存瑞、刘林仙、李鑫荃、单田芳、张贺芳等根据长篇战争小说改编整理的新评书书目有《铁道游击队》《红岩》《林海雪原》《平原枪声》《野火春风斗古城》《烈火金刚》《新儿女英雄传》《苦菜花》《红旗谱》《播火记》《吕梁英雄传》《战斗的青春》《桥隆飙》《红日》《保卫延安》《破晓记》等，绝大部分战争小说都成为听众耳熟能详的评书故事，无疑对小说和革命意义的传播起了巨大的作用。老艺术家傅泰臣改编上演了长篇评书《铁道游击队》，并由山东人民出版社1965年出版评书上册；1957年他参加山东省第一届曲艺汇演，自编自演的《血染洋行》获创作奖及演唱一等奖；1980年他还以九旬高龄登台演出《林海雪原》。根据战争小说改编的短篇精品也不少，例如，苏州评弹演员张效声编演的《真假胡彪》，评书演员袁阔成编演的《舌战小炉匠》等，都深受欢迎。田汉听了《真假胡彪》后，在1961年5月7日以七绝表达自己的感受："江南三月花如海，却整精神写雪原。虎威山头战马喧，贼巢今日子荣掀。"②

曲艺表演简单方便，人多人少皆可表演，表演时艺术家根据曲艺特点

① 周恩来：《关于戏曲改革工作的指示》，《周恩来论文艺》，人民文学出版社，1979，第27~29页。
② 田汉：《真假胡彪》（听评弹四绝之一），《曲艺》1961年第3期。

和对听众接受效果的判断，进行说唱统筹。例如评书，当时茶座书场空间狭小传播效果有限，电视机又很少，城市电影也不多，农村露天电影更加稀少，广大民众只有收听收音机和广播。因而广播电台的小说连播和评书连播成为文艺教化的一种渠道，也是最受欢迎的大众化文艺形式之一。许多老艺术家和年轻新秀根据上级部署和听众需求开始编演和说唱新书。由于曲艺是诉诸听觉的艺术，通过艺术说唱刺激受众的听觉和形象思维，获得审美快感和心理愉悦。因此，评书艺术家在改编和说唱的时候对长篇战争小说的精彩部分进行引人入胜的叙述，通过活泼动人的说唱技巧对人物的喜怒哀乐演绎得惟妙惟肖，使听众在不知不觉中获得革命意识形态的认同。许多评书艺术家通过说唱革命历史题材的新评书教育和感染听众。杨田荣改编并上演了新评书《战斗的青春》，就感动了一位电工听众，"领导上调他去西北酒泉工作，他想不通。他天天上茶馆听书，正赶上杨田荣说现代题材小说《战斗的青春》。他听来听去，听到许凤、秀芬、小曼在敌人监狱里和刑场上一心一意想到祖国、共产党和人民群众，激起了满腔热情，不禁反躬自问：祖国需要我去边远地区，还计较个人得失，实在对不起革命先烈。于是，他决定去酒泉，并且怀着惜别的心情在临走以前来听一场书。这就是评词演员杨田荣说新书教育和感染观众的故事之一。"[1]

可以说，"十七年"时期和新时期，根据革命小说尤其是长篇战争小说改编的新书风靡神州大地，不仅在茶座、书场、书店等地演唱，更在各种国家、省级、市县的广播电台进行朗诵、评书等连播，它们成为几乎所有民众的主要娱乐方式，不仅促进了小说的故事传播，而且培养、教育、陶冶了几代人。但随着20世纪90年代娱乐方式的多元化，电视、KTV等视听艺术冲击着曲艺等传统艺术。

（3）影视动态图像艺术传播

斯大林认为电影是"最重要和最大众化的艺术"和"鼓动群众的最伟大的工具"[2]。正是因为电影具有优越的宣传效果，以致新中国政府大

---

① 金源清：《走红色文艺战士的路——记评词演员杨田荣》，《曲艺》1963年第6期。

② 郭晓惠：《郭小川、水华的倾力之作为何失败》，《炎黄春秋》2007年第6期。

力推行电影拍摄，而被观众喜爱或认可的小说更是通过电影改编进行视觉化传播。因此，"十七年"长篇战争小说的电影改编主要是以受众耳熟能详的故事进行符合时代需求和文化审美的再创作和再阐释。但"文革"的到来使几乎所有的文艺作品都受到批判，只剩下8个"革命样板戏"。"文革"后，电影开始恢复生机，更重要的是，电视开始逐渐走入千家万户，于是，"十七年"文艺作品的影视改编受到许多人的青睐。而且随着改革开放的实施、国家经济的发展，开始进入读图时代，视觉图像作为一种文化符号再次激发起受众的民族自豪感。

可以说，影视形象符号的生产、流通和消费在当代尤为突出。当编演者将作品通过影视进入公众视野时，文化消费者可以发挥主动的译码功能，选择需要的部分，促使文化产品转化为受众所愿意接受的形态。也就是说，视觉文化的受众从"线性阅读"到"视听观看"，到占有视觉符号价值，唤起人类内心潜在的敬佩、恐惧和渴望的集体无意识和视觉快感。因为每个时代都会根据自己的时代审美需求塑造自己的英雄，而英雄的抚慰和崇高的情感可以感染受众，且英雄所拓展的想象空间和精神力量又满足了受众在现实中无法实现的想象，这也正是康德把崇高称为"一种混合了恐惧在内的满足"[1] 的原因之一。所以，革命战争文艺的改编传播自然就填补了观众崇拜英雄的真空，崇高的阶级使命感取代了传统小说而教育大众。

更重要的是，长篇战争小说的改编推动着国家意识形态整合的进一步发展，确立了文本的经典性，使革命意义以通俗化的方式影响大众。因为图像叙事成为民族革命寓言的隐喻性载体，当意识形态丰富的小说作品改编成影视后，平面静态的物像转化为动态立体的图像，更易于作用于读者，达到文艺意识形态传播的目的。因此，意识形态的图像展演，不仅适应读者的文化趣味和社会心理及阅读习惯的改变，而且更方便对受众进行知识扩张和大众宣传。而"十七年"长篇战争小说的影视艺术改编无疑是新中国政权树立国家形象、国家意识形态和宣扬工农兵美学的最重要的艺术形式。

---

① 〔德〕康德：《判断力批判》，邓晓芒译，人民出版社，2002，第107页。

（4）连环画艺术传播

鲁迅非常重视连环画，他一方面扶持连环画画家、木刻家的成长和连环画的出版；另一方面撰文为连环画辩护。鲁迅扶持的艺术家进入解放区后，更促进了连环画的发展。新中国为了巩固革命政权，从思想领域争取广大群众对其政权合法性的理解和支持，继承和发展了解放区文艺，更加重视连环画这一大众宣传娱乐工具。1950 年，毛泽东指示中宣部长周扬："连环画不仅小孩看，大人也看，文盲看，有知识的人也看，你们是不是搞一个出版社，出版一批新连环画。"紧接着，周恩来 1951 年 9 月 15 日为新成立的人民美术出版社题写了社名，并对时任出版总署副署长兼人民美术出版社第一任社长的萨空了说："要尽快多出为青少年和劳动人民服务的好书好画，占领文化阵地。人民的出版事业，主要任务不是为了赚钱，而是为了满足人民精神上的需要，为了培养青少年一代。如果钱赚多了，那就要研究一下是否方向出了问题。"①　于是，大量出版的连环画以其图文并茂、形象直观、通俗易懂、连续故事性等特点更具体直接地把造型艺术图像和简练的文学语言提供给读者。可以说，20 世纪 50 年代到 80 年代风靡一时的连环画是数以亿计青少年、儿童的知识启蒙者，既满足了工农兵的文化需求和学习需求，也达到了通过文艺来教育群众的目的。而改编"十七年"长篇战争小说的连环画因为更符合读者的口味而让无数读者入迷，无疑填补了知识匮乏时代青少年甚至成年人精神食粮的短缺。因为在经济文化水平尚不发达的年代，电影和电视未必人人能够及时看到，即使看到也是一次性消费，无法在记忆中留存太久，且人们的文化水准不高但又急需精神食粮来充实自己的日常生活。于是通俗易懂、物美价廉的革命战争连环画让读者毫不费力地实现了经常性阅读，进而通过阅读认识到革命者的英勇、新中国的来之不易以及敌人的反动，获得新的革命认同和国家认同，有的读者甚至受其影响踏进文艺殿堂。因此，"十七年"长篇战争小说几乎全部被改编成连环画，甚至还获得多种奖项。例如在全国第一届（1963 年）连环画创作评奖中，丁斌曾、韩和平绘制的《铁道游击队》（1~9 册）获绘画一等奖，董子畏改编的《铁道游击队》

---

① 姜维朴：《周恩来与连环画书刊出版》，《出版史料》2003 年第 3 期。

（1~9 册）的脚本获脚本二等奖，洪剑改编的《野火春风斗古城》，赵成章、敦谦改编的《红旗谱》（第 4 册"反割头税"）脚本获脚本三等奖。在全国第二届（1981 年）连环画创作评奖中，汪观清绘的《红日》（1~4 册）和韩和平、顾炳鑫等绘的《红岩》（1~8 册）也获得绘画二等奖。它们以其特有的图文并茂、容量丰富的艺术形式，描绘了共产党领导的无产阶级革命和社会主义建设，创造了许多令人难忘的艺术形象，显示了巨大的艺术魅力。而这种改编既促进了小说与革命史的传播，又潜移默化地询唤着读者的想象方式。

从构图方式而言，连环画主要分为影视版、戏曲版和绘图版。例如人民美术出版社和中国电影出版社出版电影连环画《野火春风斗古城》《铁道游击队》《苦菜花》《地道战》《吕梁英雄传》等，这是直接剪辑电影画面而成的，为小说和电影的传播作出了很大的贡献；戏曲本也都是根据戏曲演唱时拍照者的相片剪辑而成；绘图本是最主要的连环画形式，它以脚本和绘画的形式向读者们展示一个个精彩的故事。因为连环画"充分发挥了文学的故事情节和绘画的视觉形象相结合的特殊功能，广泛地反映了现实生活和革命历史的题材，是对广大劳动人民和少年儿童进行共产主义道德教育的生动有力的工具。许多优秀的连环画作品已成为广大读者的良师益友"。[①] 所以，长篇战争小说连环画的改编和出版成为一种重要的文艺媒介传播工具，备受文艺权力机构和宣传部门的青睐。例如辽宁美术出版社的《烈火金钢》《敌后武工队》《新儿女英雄传》，天津人民美术出版社的《平原枪声》《战斗的青春》《地道战》，上海人民美术出版社的《铁道游击队》等连环画描述了我抗日军民在敌强我弱的情况下惊天地泣鬼神、不屈不挠的革命经历。

就艺术特性而言，连环画是一种文学与美术相结合的通俗文艺形式，文字脚本和图画是相互补充、互为依存的整体。故此，对小说进行连环画改编首先是改编者对小说文本进行脚本编写，认真裁剪小说结构，努力刻画细节，使语言通俗流畅，它为绘画创作提供基础，不仅是对画面的说

---

① 沈柔坚：《谈谈连环画、年画、政治宣传画创作中的一些问题》，《人民日报》1960 年 11 月 9 日。

明，还补充了画面的不足，而绘画者则根据脚本和自己的生活经验进行绘制。在连环画中绘画比脚本的地位更重要，因为连环画画面优美细腻、人物形象鲜明逼真、线条生动流畅、笔墨均匀清晰，这种视觉图像当然受到读者的喜爱，甚至那些不认识字的读者也可以通过这些简单的图像获得知识的补充。麦克卢汉的"媒介即信息"理论将新媒介理解为"人的延伸"，① 这已经成为公认的理论判断。也就是说，无论是传统的纸质媒介还是新兴的电子媒介不仅传递着各种信息，而且本身就是时代信息的反映。而连环画无疑就是文艺大众化背景下革命信息的一种呈现与传递，它以文字语言和图像符号语言表述革命意义，实现革命意义的通俗化传播和经典化生产。而且，连环画改编也遵循着革命斗争中正面人物与反面人物两军对垒的二元对立模式，阶级仇恨和革命激情成为连环画中的主要内容。这就为读者提供了了解革命历史和革命意义的阅读图景，传播着革命历史想象，受到读者的广泛喜爱，作品也随之畅销。例如，董子畏改编，丁斌曾、韩和平绘画的《铁道游击队》共有 10 集，由上海人民美术出版社 1955~1963 年出版，讲述了铁道游击队"降妖除魔"（降侵略者之"妖"、除反革命者之"魔"）的革命故事。每一册刚出版就销售一空，如第 5 集《飞虎队打岗村》（后改为《巧打岗村》）1956 年 6 月第 1 版就印刷了 12 万册，到 1959 年 9 月第 16 次印刷时总数达到 52.2 万册；第 7 集《二烈士》（后改名《两雄遇难》）1958 年出版，到 1962 年该册总印数达到 50.7 万册。而到了新时期，"文革"的禁忌解除，人民群众迫不及待地阅读各种书籍以弥补十年阅读光阴的损失，连环画更是老少皆宜的阅读图书。还是以《铁道游击队》为例，1978 年上海人民美术出版社出版了第 2 版，其销售的速度更成为一种神话。1981 年 9 月 10 册连环画平均各印 133 万册，其中第 1 集《血染洋行》总印数达到 313 万册；第 4 集《杨集除奸》到 1983 年总印数达到 396.4 万册；第 5 集《巧打岗村》到 1981 年总印数达到 372.9 万册；第 7 集《两雄遇难》1981 年 9 月总印数达到 357.7 万册。这种畅销不仅促进了小说原著和革命意义快捷高效的传播，也意味着大众文艺化的功能在潜移默化中逐步实现。因为图片和文字的结

① 〔加〕马歇尔·麦克卢汉：《理解媒介——论人的延伸》，商务印书馆，2000，第 7 页。

合无疑使知识信息更能够全民化传播，可以更广泛地向受众传播思想、理念、知识与信息。

所以，连环画①的革命化、大众化、通俗化特色对读者具有知识普及的作用，周扬在1979年对新中国30年文艺进行总结时就认可了这种效果："曲艺、相声在新时代发挥了轻骑兵的作用，新故事就是说书的一种新形式。少年儿童所喜爱的连环画和儿童剧也卓有成绩……儿童文学、儿童戏剧和连环画一类的儿童文艺读物，对于教育青少年一代，满足他们的文化需要，培养他们的社会主义道德情操，帮助他们健康地成长，具有特别重要的意义。这是关系到培养共产主义事业接班人的重大问题，应该给以高度重视和积极提倡。我们的作家艺术家责无旁贷地应当为此做出自己的贡献。"② 周扬的讲话实事求是地肯定了曲艺和连环画等艺术对青少年教育的重要作用。

总之，戏剧、曲艺、影视、连环画等艺术都是在动态和静态转化过程中的图像视觉艺术，而通过对"十七年"长篇战争小说的艺术改编传播可以实现意识形态的图像询唤的目的，进而对民众进行革命伦理的教育，在客观上又加速了小说在更大范围的传播。

第三节　战争小说的教材教育传播

新中国一成立，周恩来就于1950年6月8日对参加全国高等教育会议的代表阐述了新民主主义教育方针："我们教育的方向，一定要在若干年内从劳动人民中培养出大批新型的知识分子，作为新鲜血液与原有的知识分子一道为我国的建设事业服务。为了使这一教育方向得以实现，就必

---

① 20世纪80年代中后期，随着市场经济的逐步发展、连环画质量的下降以及电视、KTV、卡通等大众娱乐新方式的崛起，连环画逐渐开始衰落。而连环画收藏逐渐升温，革命战争题材连环画成为收藏热点，促进了各出版社重印名家连环画的兴趣。同时，出版社在追求出版的经济利益的同时依然要行使其宣传的职能。因此，为了庆祝世界反法西斯胜利50周年，上海人民美术出版社于1995年推出中国当代文学连环画丛书，重印汪观清倾情绘制的《红日》4100册。2007年，为庆祝建军80周年，上海人民美术出版社再版推出汪观清绘画长篇连环画经典作品《红日》，为了满足连环画收藏迷的爱好，此版为汪观清签名钦印本。

② 周扬：《继往开来，繁荣社会主义新时期的文艺》，《人民日报》1979年11月20日。

须进行教育改革。"① 于是，周恩来在教育改革中逐步健全了各类教育体系和各种教育机构，为了培养合格的社会主义建设人才，必须对教育中各类教材进行审核。布迪厄认为："教育体制其实就是现存的统治秩序、合法文化再生产的基地，社会支配结构……将特定的、合法化的文化形式强置（impose）给受教育者，悄然无声地完成对来自不同文化群体、身体性情和习惯迥异的学生的筛选、剔除、分类。"② 这是有道理的，合格的受教育者才能获得社会主义建设的"准入证"和"资格证"。而人才培养中，听说读写与政治党性是人才合格的前提，这就要求教育体制中的语文或者中文教材能够承担起教育重任。因此，对文学类和历史类教材内容进行革命意义和革命起源的经典化建构是最为重要的。对于中学语文或大学中文的文学教育而言，各种语文课本和文学史教材编写就必须严格审核，因为教材编写首先要考虑和确定哪些文艺作品可以入选，以及对它们的评价和排序等。可以说，课文编写者、文学史家对经典的确认，其实就是行使国家话语权力。所以，语文教材与文学史不仅是话语权力者进行革命历史意义生产的载体，更是教育体制利用价值意义去征询读者的载体。

这就意味着文艺作品要进入语文和文学史教材，首先必须得到读者认可，其次能够得到教育体制的肯定，一旦获得进入，对于作者和作品而言都是一种成功。周扬在1960年7月22日第三次文代会上肯定了描绘和概括革命历史和现实斗争的优秀小说《苦菜花》《铁道游击队》《红日》《林海雪原》等，对作品英雄人物进行了分析："《苦菜花》以敌后抗日根据地复杂的残酷斗争为背景，刻画了一个善良而又勇敢的革命母亲的形象。《红日》刻画了沈振新这样一位高级指挥员，他肩负着一个决定性战役胜败的重担，他从容不迫，指挥若定。在《林海雪原》中的杨子荣身上概括了革命侦察兵的机智勇敢的作风。"③ 周扬的表态无疑促成这些作品成为大中小学语文和文学教材的一部分。

---

① 周恩来：《在全国高等教育会议上的讲话》，《周恩来选集》（下卷），http：//cpc. people. com. cn/GB/69112/75843/75874/75994/5183876. html。
② 张意：《文化与符号权力——布尔迪厄的文化社会学导论》，中国社会科学出版社，2005，第16页。
③ 周扬：《我国社会主义文学艺术的道路》，《人民日报》1960年9月4日。

同时，包括全民教育的各类教材如国文课本、语文课本、大学语文课本、大学当代文学史课本的教材传播，在客观上又无疑成为"十七年"长篇战争小说在文艺报刊、艺术改编之外的又一重要传播路径。教育体制中的教材传播让每一位受教者都获得革命历史知识。当这些小说被置入各种文学教材后，不仅确立了小说文本和教育知识体系的经典地位，而且也通过教育体制把这种知识和意义进行传播，以此熏陶那些没有储备这种革命知识体系的受教育者。因为"文学作品教学的主要目的之一，是要学生从文学作品的形象受到感染，一方面扩大社会生活知识的范围，一方面在潜移默化之间提高品德修养。这就是我们常说的文学的思想教育作用。"① 换句话说，这些教材肩负着建构国家意识形态的使命，只有这样才能对被教育者进行统一的征召，这就要求这些教材必须经过文艺生产和教育部门的统一制订。而且教材更倾向关于中国革命讲述的文学作品，如果古典文学作品偏多，容易受到读者的责难。如 1956 年中学语文教材改革，全国中学语文教材在该年秋季使用分编的文学课本和汉语课本，结果引来了教育者和读者的不满，著名文学史家兼读者张毕来就对该教材进行了批评，认为文学课本中古典文学作品的大量增加容易产生颂古非今的不良后果，并通过课本里的《陌上桑》和《小英雄雨来》的阅读感受进行比较，认为"后者对于在成长中的青少年，无疑的是更有好处的……我们既然要把后一代培养成有社会主义觉悟有文化的劳动者，那么，越是现代的作品，其教养作用和教育作用就越大。"所以作者建议要"把厚古薄今的错误路线变为厚今薄古的正确路线"。② 于是，相关部门又重新进行了改革，使教材更偏重于党领导下的解放区文学、"十七年"文艺作品和领导人的讲话，减少了古典文学作品的分量。

中国共产党领导的革命事业为当代文学提供了知识储备和思想资源，反过来，这种思想资源又在传播过程中对读者和学生进行政治现代性的启蒙。因为政治权力保障了当代文学的合法性，进而建立起教育体制中的革命知识范式，把革命知识进行广泛传播。于是文学成为解释革命合理性和

---

① 张毕来：《中学语文教学中的厚古薄今倾向》，《人民日报》1958 年 7 月 17 日。
② 张毕来：《中学语文教学中的厚古薄今倾向》，《人民日报》1958 年 7 月 17 日。

新政权合法性的主要依据。读者在接受文学知识时自然也接受着革命知识的教育和熏陶，至此，一套严格的文学生产、出版和消费的教育制度形式对文学进行组织，从而规范文学的生产和意义阐释。正如张福贵所说："在统一思想支配下，形成了统一的教学大纲、统编的教材，甚至统一备课的模式。最后，培养出来的就是统一规格的人。统一也是同一，思想的同一是统编文学史教科书的一种政治前提。因此说，教科书文学史也是一种政治文本，而教材的'统编'与'协作'这一行为的最终结果是完成一种思想的共识。"①

"十七年"时期在新文学和现代文学史方面出版了好几部著作，而在当代文学史方面仅有两部，一部是华中师范学院中文系编著的《中国当代文学史稿》，全书65万字，1962年9月由科学出版社出版，这是中国第一部当代文学史著作；另一部是中国社会科学院文学研究所编写组编著的《十年来的新中国文学》，全书13.2万字，作家出版社于1963年11月出版。这两部文学史最初都是为了献给中华人民共和国成立十周年，总结的也大约是新中国成立十年中国文学的成就。但前者较为详细，分为三个文学阶段（即三编）进行全方位的介绍，每一编都有文艺发展状况、文艺批判状况和创作成就，每一个时期的创作成就都包括小说、诗歌、散文、儿童文学、戏剧、曲艺、革命回忆录等文体，每一种文体都有概述和重点作品分析，如同金字塔一样累积而成。其体例奠定了中国当代文学史的典范性样本，以后的重写文学史也都是以此体例为参考对象。而后者《十年来的新中国文学》则对新中国成立十年来文学创作状况进行综合扫描，主要是对小说、诗歌、话剧和新歌剧、散文、儿童文学等文体的创作进行介绍。这两部文学史成为中国当代文学史的滥觞和圭臬之作。

"十七年"长篇战争小说在中国当代文学史中的地位是举足轻重的，文学史教材的编写必然是有选择性的确立经典，进而通过分析和评论引导受教育者的阅读和理解。1962年出版的《中国当代文学史稿》中，长篇革命历史题材小说按时间排序进入该书的有杜鹏程的《保卫延安》、梁斌的《红旗谱》、曲波的《林海雪原》、杨沫的《青春之歌》。而吴强的

---

① 张福贵：《教科书模式与多元化、个性化的学术要求》，《文学评论》2004年第4期。

《红日》、冯德英的《苦菜花》并不是该编者重点分析的对象，只是在小说概述中提到。而《十年来的新中国文学》作者认为："在这十年的小说中，首先必须提到的是反映革命历史斗争的小说。这里有着许多引人注意的长篇作品，这是十年来小说创作中收获较丰、质量较高的一个部分。"①然后逐一重点介绍了吴强的《红日》、曲波的《林海雪原》、陈靖和黎白合著的《红军不怕远征难》、张雷的《变天记》、冯德英的《苦菜花》、孙犁的《风云初记》、梁斌的《红旗谱》、杨沫的《青春之歌》、高云览的《小城春秋》、欧阳山的《三家巷》、李六如的《六十年的变迁》（第一部）等长篇革命历史题材小说。从这个作品排序我们可以看出作品在当时的成就和影响，《红日》和《林海雪原》是编写者最看重的作品，《苦菜花》也是编者看重的作品。这种阶梯式的编排方式无疑确认了这些作品的主次地位。

　　《保卫延安》在不同时期的中国当代文学史中的讲述也是有差异的。该小说在华中师范学院编著的《中国当代文学史稿》第二编的小说类中是作为第一部重点作品加以介绍的，这显然与当时长篇小说不多的背景和冯雪峰非常推崇以及推介有关，但也说明《保卫延安》作为一部小说确实具有自身的价值和意义，该小说被认为是"一部反映我国第三次国内革命战争的优秀作品。它是一部歌颂人民解放军革命英雄主义的光辉诗篇。"②并从"气势雄浑的解放战争的主题""栩栩如生的人物形象""高度的艺术成就"三个方面对作品进行具体分析。这种作品定位、主题和人物形象、艺术成就三角度提法也是重复冯雪峰的评论《论〈保卫延安〉》中所提及的评价，成为不同时代重写文学史中保留的一种文学史写作模式。但有意思的是，一年之后的文学史《十年来的新中国文学》却忽视了冯雪峰和《中国当代文学史稿》非常推崇的《保卫延安》，原因不在于长篇小说《保卫延安》本身，而在于1963年的文艺形势和再次批判彭德怀的政治形势影响了《保卫延安》在文学史的地位，这是编者的一种灵活处置方式。那么，随着"文革"后对彭德怀元帅的平反，1983年

---

① 中国社会科学院文学研究所：《十年来的新中国文学》，作家出版社，1963，第30页。
② 华中师范学院中国语言文学系：《中国当代文学史稿》，科学出版社，1962，第334页。

仍由华中师范学院中文系编写的《中国当代文学史》，对《保卫延安》的分析中则增加了关于彭德怀形象塑造上的艺术成就的评价："《保卫延安》还精心地塑造了人民解放军副总司令、西北野战军司令员兼政委彭德怀的崇高形象。可以说，这一形象的塑造，使这部作品增添了光彩……作为艺术创造，彭总形象的出现，无疑为我国当代文学塑造老一辈无产阶级革命家的艺术形象，提供了可贵的经验。"① 由此看来，作品的文学史准入制度不仅在于编写者和审定者的认定，还往往与政治形势气候的变化有关。

如果知识和知识话语体系的建构是行使意识形态权力的方式，那么意识形态权力的施展就会使知识成为绝对信仰和权力话语的同源物。很明显，中国教育体制建构起了权力的实践运作和规范运行，中小学教育和大学教育都成为权力实施和意识形态话语权力再生产的场所，作为人文学科的语文和文学史不仅具有个人修身养性的教育导向功能，更具有革命经典传播和真理传播的功能，它实施着公共权力和国家意识形态话语赋予的教育功能，正如旷新年所说："一个时代将什么样的作品视为经典，后面隐藏了明显的权力和意识形态，通过经典化对于文学史的控制，最终达到对于当下写作的控制。因此，经典化成为文学制度和权力运作的一个非常重要的策略。经典化是文学制度的一个重要的组成部分，也是文学权威的体现。当经典确立之后，当文学的等级价值和秩序建立之后，自然通过对于文学史的分类而形成了一个引导和压抑机制。因此，每个时代必须重新创造和建立自己的经典，也就是说必须重新经典化。这种重新经典化成为了对于权力的一种争夺和展示。"② 所以，长篇战争小说的教材教育传播促进小说和革命意义的经典性传播，影响着受教育者的心灵结构，成为政治启蒙的一种重要方式。

---

① 华中师范大学编写组：《中国当代文学》第 1 册，上海文艺出版社，1989，第 119～120 页。
② 旷新年：《写在当代文学边上》，上海教育出版社，2005，第 201 页。

第三章　文本发生学现象的发生

　　1949 年，共产党作为新的执政党面临着政权稳固和意识形态被认同的问题。为了使大众认同其政权的合理性和合法性，进而提升大众的道德文化层次，就需要借助文艺大众化去感化大众。所以，革命起源和革命意义的经典化生产与通俗传播策略——出现，革命文艺成为不断打造的经典范本，对之进行生产与传播的最终目的都是革命知识的记忆种植，让后人知道革命历史。于是文学故事作为历史的载体，通过传播与国家共同体产生重构。"新人"之"新"更是思维意识之"新"，也就是说，作为无产阶级意识形态工具的文艺具有询唤的符号功能。如阿尔都塞所说的"意识形态把具体个人询唤（Interpellation）成了具体的主体（Subject）"，[①]利用文艺意识形态询唤受众，进而使其接受和认同无产阶级革命。而长篇战争小说无疑是最好的询唤方式之一。因为"革命文艺是团结人民、教育人民的有力武器。文艺作品以艺术形象的说服力和感染力，沟通人民群众的思想感情，提高人民的觉悟，加强人民的革命团结，鼓舞人民同心同德地和敌人作斗争，同心同德地为革命事业服务。"[②] 而这些作者都是亲身参与革命斗争的经历者，使文本具有一种鲜活的现场感和说教感。它们在告诉人们一个真理：没有共产党就没有新中国，没有共产党就没有社会

---

① 〔法〕阿尔都塞：《意识形态和意识形态机器》，《当代电影》1987 年第 3 期。
② 社论：《为最广大的人民群众服务》，《人民日报》1962 年 5 月 23 日。

主义，没有共产党就没有人民的幸福安康和和平生活。因此，这些文学作为一种意识形态既巩固了历史知识又强化了新政权的合理性，更重要的是，文学通过生产流通机制以及文艺样式的多样化传播和文艺大众化的普及、推广，把国家意识形态的唯一性与确定性灌输到革命大众群体中，使民众对国家权力意志和革命伦理话语产生一种信服感和崇拜感。换句话说，文本发生学过程其实就是"真理"和"经典"的生产、实践、传播与应用的过程。无疑，对新生政权而言，讲述政权的艰难诞生史成为知识经典化和历史确定化的首要前提。所以，讲述共产党革命起源和新政权合法性的战争小说是文学作品中最具有说服力、穿透力和诱导力的。因为战争小说所诉诸的革命更具有鼓动性和宣传性，它是新生政权在较为困顿环境中喜爱的文学样式，它与历史的叙述产生了惊人的一致性和共谋性，从一开始战争小说就是为国家意识形态辩护的，使新生政权走向合法化和权力实施的有效化。而那些没有达到这一目标的作品则通过文本内容的反复修改和再版来完成意识形态的规训。这些修改本现象本身包含着丰富的文学史信息，修改本与初版本之间所存在的裂隙，成为沉淀特定历史时期文艺活动信息的场域与符码。各小说的初版本与再版本在内容上有诸多不协调的异文之处，人物形象往往偏离作家的写作初衷与原有的形象发展轨迹。这种修改反映了作品写作年代的国家意识形态话语对作家个人话语的制约与修正。

所以，"十七年"时期所生产的文艺作品一产生（他们能够产生并出版，说明这些文艺作品是合法的）就面临着各种艺术形式的改编和传播，而且由于不同语境和政策的转变，作家的文艺修改也颇为频繁。如果在文艺形势的变化下小说被读者、权力者或批评家看来无法承担起文艺大众化的任务，那么作者就面临着被迫修改其作品的可能。而改编者也是根据自身的理解与需求进行艺术再加工。尤其是在改编为电影、电视、戏剧、戏曲时，不仅在情节安排、细节表现等方面做出修正，而且运用这些艺术样式所独具的表现手段，如布景、舞台设计、音乐、灯光、镜头等在人物刻画、气氛渲染、凸显主题等方面进行精心营造。同时，"十七年"的长篇战争小说从文本起点的初版本或初刊本开始便面临着不断修改的事实。随着时间的推移更是摆脱不了多种艺术样式改编与传播（包括影视、戏曲、话剧、曲艺、连环画等）甚至版本修改的命运，这种文本发生学现象在当时非常普遍。如《苦菜花》《野火春风斗古城》《青春之歌》《铁道游击队》等都改编成为苏州评弹，"这些节目描写了工农兵的形象，表演说唱相当生动，有思想教育意义，受到了观众的欢迎。"① 再如小说《林海雪原》，先改编为同名电影、评剧和话剧，后《智取威虎山》情节又改编为京剧、京剧现代戏和革命样板戏。每一种改编上演都需要进行各种调整和处理，而这显然是在革命意识形态理念诉求的驱使下所做的润色、打磨与修辞。当然版本修改与艺术改编是两回事：前者是作者自身的行为，更多的是对情节和字词的修补；而艺术改编大多是他者的行为，尽管改编者都接受了鲁迅的忠实原著的改变法则，但由于艺术本性的差异，在情节取舍中为了推动矛盾走向高潮必然会做相应的改动。当然如果改编者是作者本人，那么，这种变动性和差异性就可能就会小得多。

作品一旦成为"经典"，就要求进行文艺政治的启蒙化普及。王淑明认为文艺之所以要普及"是由于群众的现有文化水平与接受程度不高，只有这样做，才能收到普遍的启蒙运动的效果……我们的新文艺，是要反映工农兵和表现他们的生活。而人民的生活，是在发生着巨大的变化，每日每时都在不断变动中，有许多新的问题，需要文艺上予以解决，有许多新的思想和感情，需要通过文艺形式来得到表现，来在这面镜子里人民可以看见自己，同时也受到教育"。② 正是因为普通民众的文化素养与知识储备的相对贫乏，他们需要全方位的文化符码灌输，而中国民间传统文艺样式如相声、戏曲、评书等无疑是最佳方式。而20世纪新兴的文艺样式如电影、现代戏、连环画等无疑也成为占领广大工农兵舆论阵地的意识形态的武器。

于是，笔者认为对于革命起源合法化建构和社会主义国家建构的解释的"十七年"长篇战争小说，就必须在文艺权力的运作下通过多种艺术样式改编进行普及化传播。这种文学艺术作为一种符号资本反复生产和传播，让民众获得意义的重塑，使共产党执政的制度体系和权力运作更加合

---

① 韵真：《苏州评弹的创新工作》，《人民日报》1963年10月13日。
② 王淑明：《也来谈谈普及与提高问题》，《人民文学》第3卷第2期，第42页。

法化、正当化，也就是说，文艺化培养和熏陶，使个体产生对社会秩序和党政规则的信仰。反过来说，社会分配、制度规则、场域竞争等物质性内容及其结构，成为保障符号资本进行意识形态传播的基本维度。我们可以从《人民日报》发表的调查文章看到："一九五八年初春，评书演员两人、西河大鼓演员两人，一齐到门头沟矿区两家书馆演出新书：评书是李鑫荃说《保卫延安》、李荫川说《吕梁英雄传》，西河大鼓是刘田利唱《铁道游击队》、贾连芳唱《林海雪原》。两个月的演出，轰动了门头沟，门头沟的听众，大部分是煤矿工人，这些新书，大大地感动了矿工……在两个月演出结束时，有二十多位矿工，联合送了四位演员一面锦旗，旗上的大字是'全心全意为工农兵服务'。听众送说书演员锦旗，这是史无前例的。"① "据中国曲艺工作者协会的调查，仅在北京等地，艺人们用各种曲艺形式说唱的小说就有四十七部。其中主要是描写尖锐的阶级斗争、故事情节曲折、人物形象明朗、语言生动丰富的长篇小说。《林海雪原》《铁道游击队》《野火春风斗古城》《红岩》《苦菜花》《红旗谱》等文学作品，已分别被编成评弹、评书、鼓书、快板、时调等各种曲艺形式。有的取其一段，单独表演，有的编成许多回目，连续说唱。这些或短或长的曲艺节目深受各地工农群众的喜爱。"② 由此可见，曲艺艺术改编是当时最流行的大众娱乐方式之一，成为文艺化大众的主要阵地。

而且在"十七年"时期，受到读者欢迎的革命历史小说经常被翻译成少数民族文字和外国文字。在国内除汉文版之外，很多被转译成少数民族文字出版，如藏文、维吾尔文、朝鲜文、蒙古文等，从而在少数民族地区进行文化传播、记忆植入和意义规训。而介绍到国外去的作品多数被翻译成日文③、俄文和英文等。

---

① 金受申：《说新书》，《人民日报》1963 年 10 月 12 日。
② 编辑部：《许多现代题材的小说改编成曲艺》，《人民日报》1963 年 4 月 10 日。
③ 如翻译成日文的作品有：冈本隆三译《林海雪原》（曲波著），松井博光译《红旗谱》（梁斌著），三好一译《苦菜花》（冯德英著），鹿地亘译《红日》（吴强著），岛田政雄译《三千里江山》（杨朔著，译作题为《跨过千百山》），伊藤克译《红岩》（罗广斌、杨益言著），石川贤作译《战斗在滹沱河上》（李英儒著），木山舵夫、伊克译《迎春花》（冯德英著），井上隆一尺译《铁道游击队》（刘知侠著），岛田政雄、三好一译《青春之歌》（杨沫著）等。

　　但是，由于文艺政策的不断变化和文艺批判的多次降临，很多作家的作品写出来后反复琢磨，除了出于艺术修改需要之外，更多的是对政治时局的观望。因此有的作品从写作、初稿完成到出版花了很长时间。如晋庆玉的《英雄的乡土》从1958年就开始动笔，直到1976年才出版。但也有的作品命运不济，在文艺报刊连载后，但出版时紧张的政治空气和文艺政策，尤其是20世纪60年代毛泽东的"阶级斗争扩大化"和"大写十三年"说法的出台使得部分作品未能够及时出版。如《刘胡兰传》《山呼海啸》《土地诗篇》《桐柏英雄》《二龙传》等都在"十七年"时期就已经在《火花》《热风》《收获》等报刊连载，甚至曲波的《桥隆飙》、马烽的《刘胡兰》、王希坚的《雨过天晴》等已经分别由人民文学出版社、中国青年出版社、上海文艺出版社在60年代前期印出清样，但尚未发行就在"文革"中被斥为"毒草"。因此，这些作品直到"文革"结束作家被平反后才出版。如孔厥的《新儿女英雄续传》是在60年代前期写的，但在1964年整风运动开始，孔厥就受到批判，并在"文革"中自杀身亡，这部小说直到1980年孔厥被平反后由其家人帮助出版。又如杨明的《二龙传》1965年在《收获》上发表，但是直到1980年才出版，作者在1980年版《后记》中沉痛地写道："这本小说曾经在1965年的《收获》上发表。当时用的题目是《江海奔腾》（第一部）。也曾有过一个粗糙的'第二部'原稿，打算在听听读者对第一部的意见，修改后一起成书出版。很遗憾，那部原稿在一场浩劫里被抄走了，至今未能找到。因此，现在交给读者的这部《二龙传》，有些人物会给人以'没有完成'的印象，有两个人物刚刚出现就被搁下了。"① 这是一种遗憾，更是一种痛苦。

　　笔者把这种战争小说的发生、发展、变化与变异的流变过程称为文本发生学现象，也就是说，这种现象包括初刊初版的出现，以及版本的后续修改，各种艺术样式的改编传播等。这个过程也是意识形态权力话语的生产、积累、流通和发挥功能的过程。通过对故事的重述与转述进行真理生产和意义实践，使之成为文艺化大众的方式，从而确立文艺"经典"。当然，这种"经典"的确立需要通过各种"仪器"去考量，读者、编辑、

---

　　① 杨明：《二龙传》，上海文艺出版社，1980，第610页。

批评家等多数都成为政治化的"仪器"。他们一方面通过"真理"检验作品以确定文学"经典",另一方面通过经典维护真理的有效性意义。

因此,作为一种系统的整体的研究路径,笔者的文本发生学现象研究就是对文本发生变异进行追踪考古。从版本修改、传播策略、影视艺术改编等层面对叙事文本(包括文字文本和图像文本)的版本间性和复调意义进行研究,而"十七年"长篇战争小说的文本发生学现象显然提供了这一研究的阐释空间。我们需要以小说的初刊或初版作为研究原点,关注流动和变化之中的文本修改,挖掘出不同话语、不同文化之间摩擦互动的历史。这不仅包括内容的变异和修改,还包括艺术传播形式的多样化。因为内容和形式在特定语境下都具有意义解码和重新编码的可能,唯有如此通过一种线性叙述的整体考察,才能分析文本生产与流通的特殊意义,揭示当代文学题材的文本演变规律,了解原文本和作家在半个世纪中的悲欢离合,寻找这种流动叙述的背后缘由、动机、意义以及"如何"的原初意义。

中 编

线性时间下的"如何"流变——"十七年"长篇战争小说的文本发生学现象个案研究

"十七年"时期，流行的革命作品成为时髦的圭臬和政治的风标，它们的文学审美价值和艺术成就在今天看来是有缺陷的，这种成就与不足也是需要我们后来者重新进行审视的。但是任何一部作品都是在领导者、编辑、作者、读者之间来回徘徊，呈现着一个特定文学场域内的各种文化心态。因此，上篇论述了"十七年"长篇战争小说在文本发生学语境中进行的革命意义系统的经典化生产和通俗化传播的方式，这就为本篇的研究提供了一个研究的窗口。因为长篇战争小说在作者和他者的表述中被不断地修改和艺术改编及传播，这就需要研究者对此种演化规律进行版本校对和文艺改编研究，从而挖掘这批作品社会学意义上的历史文化价值，还原他们各自的意义功能。所以，本篇主要通过《保卫延安》《红日》《苦菜花》等个案文本的文本发生学现象进行史料学梳理和阐释，试图对"十七年"文学的生产、修改、改变、传播与衍变规律进行一个小切口式的扫描。

第四章　《保卫延安》的发生学现象史料梳理与研究

第一节　文本发生学现象概述

1947 年初，战地记者杜鹏程参加延安保卫战，和战士们同吃同住，逐渐熟悉了他们的身世、经历、性格、生活习惯以及战斗表现等，战友们的崇高思想、英雄行为和光辉业绩，给杜鹏程以深刻教育，为文学创作储备了不少素材。作者暗暗给自己定下了创作目标："一定要写出一部对得起死者和生者的艺术作品。要在其中记载：战士们经历旧世界的苦难和创立新时代的英雄气概，以及他们惊天地而泣鬼神的丰功伟绩。是的，也许写不出无愧这伟大时代的伟大作品，但是我一定要把那忠诚质朴、视死如归的人民战士的令人永远难忘的精神传达出来，使同时代人和后来者永远怀念他们，把他们当作自己作人的楷模。这不仅是创作的需要，也是我内心波涛汹涌般的思想感情的需要。"[①] 后来他就根据自己亲历素材构思《保卫延安》，并专门阅读《战争与和平》《钢铁是怎样炼成的》《日日夜夜》《恐惧与无畏》《铁流》《毁灭》等苏联文学尤其是苏联卫国战争小说，进而获得创作营养和灵感。1950 年初开始动笔。4 年间，《保卫延安》历经 9 次删改，由最初上百万字的报告文学，修改为 60 多万字的长

---

① 杜鹏程：《保卫延安·重印后记》，人民文学出版社，1980，第 514～515 页。

篇小说，继之又压缩为 17 万字，最终修改成除彭德怀司令员和英雄王老虎的名字赫然在目外，其余都隐去了真名实姓的 30 多万字的长篇小说。期间，解放军总政治部还把作者从新疆借调到北京专门从事修改。显然是因为这部小说直接写到伟大的人民军队、解放战争以及军队副统帅彭德怀将军。当然客观上也因为大环境的影响：解放初期文艺界受到一系列批判导致文艺比较萧条，故于 1953 年 9 月 3 日至 10 月 6 日在北京召开的第二次文代会要求各级部门都来关心文学创作。[①] 于是，"这本书从看初稿、定稿、审查、出版，全是由人民解放军总政治部文化部负责的。总政文化部用了很多精力，设法把我从新疆的工作岗位借调出来。因而，从一九五三年春到一九五四年春，我有整整一年时间住在北京，这使我能集中全力，对作品反复推敲修改。总之，没有他们的关怀和帮助，这本书根本不可能和读者见面。《解放军文艺》在此书尚未出版时，就在一九五四年一二月分别选发了《沙家店》和《蟠龙镇》两章。那种对我国文学事业的热情关怀和扶植，是令人难以忘怀的。战争中，我在部队得到锻炼，写作中又得到部队领导机关的帮助。"[②]

1953 年底，杜鹏程把《保卫延安》的打印稿分送有关单位和个人，包括凯旋的志愿军总司令员彭德怀和著名文艺理论家冯雪峰。彭德怀元帅肯定了这部小说并删除了一些美化他的故事情节；冯雪峰对小说激动地拍案叫绝，帮助作者进行大幅度地修改，还向《人民文学》推荐。《人民文学》果然于 1954 年 2 月号选发了《保卫延安》中的一章《长城线上》，《解放军文艺》1954 年 1 月号和 2 月号也分别发表了《保卫延安》中的《沙家店》和《蟠龙镇》。《人民文学》和《解放军文艺》选发的章节没有任何情节的修改，不像《铁道游击队》曾经过《解放军文艺》编辑部的大量修改。发表的《保卫延安》的三章迅速受到读者喜爱，《光明日

---

① 《人民日报》1953 年 10 月 8 日还专门配发社论《努力发展文学艺术的创作》号召各级组织关心作家，认为"缺乏作品或缺乏好作品的文学艺术战线，就如同缺乏武器或缺乏好武器的军队一样。因此，目前文学艺术界最迫切的任务，就是要用一切办法来鼓励创作，帮助有创作才能的作家走上创作的岗位，使作家的创作活动和作品的发表（包括出版、表演、放映和展览）得到必要的便利条件和亲切的关怀，鼓励作家和艺术家坚持经常不断的创作和表演，使好的作品和表演能够受到广大群众的欣赏和得到国家的奖励。"
② 杜鹏程：《保卫延安·重印后记》，人民文学出版社，1980，第 523 页。

报》1954 年 4 月 16 日特意发文对《杜鹏程的〈保卫延安〉》进行介绍，马寒冰在《解放军文艺》5 月号发表了《读〈保卫延安〉的几章》，高度赞扬这篇小说。这为小说的出版作了铺垫，如此成就对于一个年轻的普通新闻记者来说是令人振奋的。

所以，1954 年春，杜鹏程的长篇小说《保卫延安》作为"解放军文艺丛书"由人民文学出版社出清样："第一校清样，我几乎通篇作了大修改，以致只好重排。编辑部的同志说，二校清样千万别大改。可是拿到二校清样，又改得非常乱，于是不少章节又得重排。他们嘱咐我，三校清样，绝对不要大动了。可是我又作了改动，还有一些页码，必须重排。因此，原来这书 3 月份出版，结果 6 月份才改完。"① 由于作者的选题好且受到伯乐冯雪峰的重点推荐，该年 6 月小说甫一出版就好评如潮。马寒冰再一次在《中国青年报》1954 年 6 月 24 日发表《一首壮丽的英雄史诗》；三天后，即 6 月 27 日《光明日报》发表了推荐读者阅读的《描写解放战争的优秀创作〈保卫延安〉出版》；《人民文学》6 月号发表了晋湘等的《一篇鼓舞我们战斗意志的小说〈保卫延安〉》。而 7 月更有冯雪峰、楼适夷、冯健男等在《文艺报》《文艺学习》《中国青年》《光明日报》等报刊发表评论 5 篇，8 月《北京日报》《大公报》《新民晚报》《文汇报》《人民日报》《光明日报》《群众日报》《新观察》等报刊则发表了 15 篇评论，9 月至 12 月则有 12 篇评论。读者和批评家的肯定性评论无疑确证了杜鹏程文学创作的成功，而短短的半年内如此众多的重量级报刊发表相关评论其实也是一种认可《保卫延安》的表态。到 1955 年各种报刊还发表了 12 篇评论，1956 年则只有 2 篇，1957 年有 1 篇，1958 年没有，1959 年则出现 3 篇评论，1960 年和 1961 年各 1 篇评论。随后，因为《保卫延安》受到牵连被禁毁就再也没有评论出现。从这些数字我们可以发现，"十七年"时期的文艺评论与政策舆论导向的关系非常紧密。在 1954 年和 1955 年由于各级文艺领导人冯雪峰等高度重视和推介《保卫延安》，且彭德怀将军抗美援朝胜利凯旋，所以评论文章趋之若鹜、接踵而至。然而 1955 年间冯雪峰开始受到批评和杜鹏程因胡风问题被审查，导致在

① 杜鹏程：《回忆雪峰同志》，《我与文学》，陕西人民出版社，1984，第 136 页。

1956 年写的评论非常少。到了 1957 年和 1958 年冯雪峰被打成"右派"且受到"丁陈反党集团"牵连,《保卫延安》的评论自然更是无人敢应。随后,作品刻画的英雄形象彭德怀元帅在庐山会议受到错误的批判,导致作品受到牵连。于是《保卫延安》随之趋冷,1963 年在文化部的指示下该小说开始被销毁并禁止阅览和流通,更没有人敢写评论自找麻烦。

这些评论中,最重要的评论则属冯雪峰撰写的发表在《文艺报》1954 年第 14、15 期上的《〈保卫延安〉的地位和重要性》,这无疑具有重要的肯定和推介作用。尽管冯雪峰在 1954 年秋天因为《红楼梦》问题"压制小人物"而被撤销《文艺报》主编职务,但依然在各种场合推荐和赞赏这部小说,他以一个敏锐而真诚的著名评论家和文艺领导人的身份为《保卫延安》呐喊。在 1954 年 10 月 1 日的《人民日报》上发文认为:"《保卫延安》不仅是我们描写人民革命战争的作品的代表作,而且是可以代表我们这 5 年中所达到的现实主义的成就的一部出色的作品。从它的根本精神上说,也从它的有独特性的艺术描写上说,是一部具有英雄史诗的精神的作品。"① 冯雪峰还在该月举办的第一届公共图书馆工作人员训练班发表讲话,再次确认了《保卫延安》的崇高地位:"延安文艺座谈会以后的最主要作品是:《太阳照在桑干河上》和《保卫延安》,描写深刻,人物生动,将中国人民解放斗争中的英雄人物真实的写了出来,若与《上甘岭》相比较,《保卫延安》有如醇酒……看过周大勇这一人物,我们可以看出中国人民在革命斗争中如何锻炼成长起来,在党的领导教育下,普通的人物却有着伟大的力量,作出了伟大的事业,所以这部作品的鼓动力很大,不下于《钢铁是怎样炼成的》和《铁流》,图书馆要推荐这一本书。"② 冯雪峰在短暂的一年中反复撰文高度评价《保卫延安》,并在演讲中向听众推荐。这对作品的传播起到了巨大的推动作用。

同时,文艺界的最高领导人周扬在 1956 年 2 月中国作家协会第二次理事会扩大会议上高度赞扬了《保卫延安》。而茅盾对杜鹏程的《保卫延安》评价也很高,在第三次文代会报告中专门就《保卫延安》说道:"他

---

① 冯雪峰:《五年来我国文学创作的发展方向》,《人民日报》1954 年 10 月 1 日。
② 冯雪峰:《中国现代文学作品的宣传》,《雪峰文集》第 2 卷,人民文学出版社,1983,第 672 页。

作品中的人物形象好像是用巨斧砍削出来的。粗犷而雄壮；他把人物放在矛盾的尖端，构成了紧张热烈的气氛，笔力颇为挺发。"① 冯雪峰、周扬、茅盾都是当时权倾一时的文艺领导人和权威评论家，可以说是一言九鼎。不到 30 岁的年轻作者杜鹏程也由此步入文坛，成为中国知名作家。

　　1956 年《保卫延安》修订本出版，冯雪峰作于 1954 年的《论〈保卫延安〉》也由新文艺出版社② 1956 年 5 月出版；而《保卫延安》1958 年再修版本出版的时候，姚文元的《革命的军队，无敌的战士——谈谈〈保卫延安〉的几个特色》③ 也出版。如此文艺评论家的评论与作品同时出版，客观上有着配合的作用。在 1958 年修订本的目次前面，有人民文学出版社编辑部于 1958 年 10 月作的《出版说明》。该说明从小说故事的历史来源、小说内容和意义以及版本源流进行了介绍。尤其引用文艺领导人周扬赞扬《保卫延安》的权威发言作为介绍和宣传："周扬在 1956 年 2 月间中国作家协会第二次理事会扩大会议上特别指出说：'主人公们经受了革命的最严峻的考验，但这小说里没有流露一点个人感伤的情调，也没有表现那种一切都一帆风顺的廉价的'乐观'。由于表现了这种高贵的精神和创造了怀抱这种精神的英雄形象，这部作品就具有了反映这次伟大战争的史诗的意义。小说对全国广大读者起了非常深刻的鼓舞教育作用。"为什么不用冯雪峰的《论〈保卫延安〉》来作《保卫延安》的权威评价呢？因为当时作为人民文学出版社的领导人的冯雪峰已经被打成"右派"④。这对于冯雪峰而言无疑是一种屈辱，对与冯雪峰有关系的人而言更是一种恐惧，一种自我保护的恐惧。因此，人民文学出版社编辑部在《出版说明》中借周扬的言论为自己的出版进行"保驾护航"。这种引用周扬的评论而抛弃冯雪峰的评论表明了人民文学出版社在困境中的无奈选择。其次，在《出版说明》中也没有谈到 1956 年的修订本："本书原系解放军文艺丛书之一，由我社于 1954 年 6 月出版，现经作者修订重排印行"。

---

① 茅盾：《反映社会主义跃进的时代，推动社会主义时代的跃进》，《人民文学》1960 年第 8 期。

② 后改为上海文艺出版社。

③ 读书运动辅导丛书之一，上海文艺出版社，1958。

④ 中国作协宣布了冯雪峰的"反党罪行"，并开除党籍、降低工资，至 1961 年周恩来亲自为他平反。

因为 1956 年的修订本实际上是在冯雪峰的领导下而作的修改，当然 1956 年的"双百方针"也为编辑和杜鹏程的合作修改注入了生机和活力。而经历了 1957 年的"反右"和"冯雪峰的反党集团"之后，人民文学出版社必然要与冯雪峰以及冯雪峰对《保卫延安》的修改引导进行切割并划清界限。所以，在 1954 年初版本和 1956 年修订本的"内容说明"中都直接写明"描绘了彭德怀将军"，这是冯雪峰对《保卫延安》的最高评价之一，但在 1958 年的修改本中则改为"表现了高级指挥员的卓越形象"，隐去"彭德怀"的姓名。因为旅长陈兴允也能够算是高级指挥员，如此故意模糊化，反映出人民文学出版社有意与冯雪峰切割却又无法切割的矛盾心态。

随着杜鹏程受到所谓"胡风反革命集团"、[①] 1957 年冯雪峰的"右派"问题与 1959 年庐山会议彭德怀被批判等事件的牵连，其个人处境愈来愈艰难。尽管小说并没有因为冯雪峰的"被批判"而被牵连，然而，彭德怀被打成"反革命集团"开始牵连这部小说和作者，小说限制出版发行。在 1959 年的国庆献礼优秀选拔本小说评选中，《保卫延安》已经被列入"选拔优秀新创作"目录[②]中。但是，随后公布的"建国十年来优秀创作"[③] 中却没有这部小说，显然是受到该年 8 月彭德怀被批判的影响。1962 年 6 月，彭德怀给中共中央和毛泽东写信申诉，反驳庐山会议强加给他的不实之词，再次受到错误的批判和审查。这种批判延伸到小说《保卫延安》上。1963 年文化部通知《保卫延安》不准再版，接着又先后两次发出禁令："文化部 1963 年 9 月 2 日 ［1963］ 文出密字第 1394 号通知：人民文学出版社出版的小说《保卫延安》（杜鹏程著）应立即停售和停止借阅……立即遵照执行"，"过不久，又急忙发出另一通知：文化

---

① 因为路翎的短篇小说《洼地上的"战役"》出版后，不认识路翎的杜鹏程写了一封祝贺信。但是这件事却影响很大。1955 年 12 月 27 日，中国作协在北京就所谓的"丁玲、陈企霞反党集团"召开各省、市、自治区、部队文艺界、宣传部领导人和作家的传达会议，周扬关于丁、陈反党集团斗争的传达，中宣部部长陆定一作重要讲话。当陆定一谈到"丁陈反党集团"和"胡风反革命集团"互相配合之时，大声问道："杜鹏程来了没有？"杜鹏程坐在中间应声而起，陆定一怒斥道："你给路翎写信，说看了他的作品，恨不得把自己的作品烧了，这是什么意思？你说，现在就说！烧给我看！"而且杜鹏程还被拘留在北京莲花池某处接受审查。

② 编辑部：《人民文学出版社选拔优秀新创作》，《文艺报》1959 年第 3 期。

③ 编辑部：《建国十年来优秀创作》，《文艺报》1959 年第 18 期。

部［1964］文群密字291号补充通知：……关于《保卫延安》一书……就地销毁……不必封存……立即遵照办理。"① 一部较为优秀的小说就此消失了。

"文革"期间，彭德怀、冯雪峰等被打倒，《保卫延安》及其作者杜鹏程厄运难逃②。《保卫延安》被宣布为"为彭德怀树碑立传的大毒草"和"利用小说反党的活标本"。作家杜鹏程大祸临头："抄家、批斗、游街、示众、蹲牛棚、劳动改造……专政方式，名目繁多。早年，戴过'八路'和'解放'的臂章的胳膊上，现在换了一块白布，上写：'反革命修正主义分子'。"③ 与此同时，"杜鹏程专案组"还试图逼迫已身陷囹圄的彭德怀，交代杜鹏程是如何为他树碑立传的。彭德怀以伤残多病之躯，于1970年1月9日写下一份襟怀坦白的证言："我从朝鲜停战签字后，于1953年8月底回到北京，住在中南海永福堂。宿舍办公室桌上，放着《保卫延安》。秘书告诉我，看完提意见退还作者。《保卫延安》是草稿，书中有我当时生活艰苦的一段，我删去了一些字句……我个人没有书上写得那样好，是个'李逵'式的粗鲁人……在当时我觉得《保卫延安》那本书，在政治上没有问题，是一本军事纪实小说。以后我没再看了，如有问题，这个责任应由我负，因为他是送给我审查的。"彭德怀建议作者重新修改言过其实的地方，他说："我是一个渺小的人物，写得太高了我有点儿害怕。"④

---

① 杜鹏程：《保卫延安·重印后记》，人民文学出版社，1979，第519页。
② 1967年8月各种批判文章纷纷而来，《北京日报》1967年8月17日发表了3篇批判文章：张岚等的《剥下彭德怀的画皮——驳大毒草〈保卫延安〉的无耻谰言》、魏金水等的《保卫延安的胜利是毛泽东思想的伟大胜利——批判为彭德怀树碑立传的大毒草〈保卫延安〉》、孙文起等的《清算彭德怀的滔天罪行——从反党小说〈保卫延安〉谈起》。同月25日《文汇报》发表了尤宜的批判文章《〈保卫延安〉为彭德怀唱赞歌》。《解放日报》也于同年10月25日发表两篇批判文章：韦庆生的《〈保卫延安〉是为彭德怀树碑立传的大毒草》、王文炳的《利用小说反党的黑样板》，其批判语言非常荒谬而滑稽，认为这本小说在当时已是罪不可赦。更为可怕的是，由"四人帮"控制的舆论阵地《人民日报》于1967年11月12日以一个整版的篇幅刊出署名为"文红军等"的《〈保卫延安〉——利用小说反党的活标本》。
③ 杜鹏程：《保卫延安·重印后记》，人民文学出版社，1980，第520页。
④ 戴文华：《从彭老总的"三怕"谈起》，《报刊荟萃》2006年第6期，也可参见《彭德怀传记》。

新时期文艺界开始痛定思痛，反思 1949～1979 年这 30 年来的文艺批判现象。冯雪峰获得平反，尤其是革命家彭德怀在中共十一届三中全会上的平反，使得杜鹏程以及《保卫延安》也获得平反。《解放军报》《文汇报》《光明日报》《人民日报》等国家级报纸对彭德怀及《保卫延安》发表了许多平反性的评论。其中《解放军报》1978 年 12 月 11 日发表宁干的文章《〈保卫延安〉——人民战争的一曲颂歌》首开平反之门。《解放军报》特意加了"编者按"："杜鹏程同志的长篇小说《保卫延安》，是一部革命军事题材的优秀作品。它热情歌颂了毛主席的人民战争思想，生动地描写了彭德怀同志等我军高级指挥员的形象。"新华社还在《人民日报》1978 年 12 月 12 日专门转载推介了《解放军报》的这篇文章，为彭德怀和杜鹏程及《保卫延安》的平反提供舆论支持。随后《人民日报》1978 年 12 月 23 日发表文章《彭德怀同志的光辉形象永留人间——推倒对〈保卫延安〉的攻击和诬蔑》，对由林彪、"四人帮"控制的《人民日报》1967 年 11 月 12 日发表的《〈保卫延安〉——利用小说反党的活标本》①进行反驳和批判。因此，1979 年初，中国作协西安分会、《延河》

① 《〈保卫延安〉——利用小说反党的活标本》主要对《保卫延安》进行定罪，其中最主要的有三条：一、所谓诽谤和贬低毛主席，"肆无忌惮地诽谤我们伟大领袖毛主席"，"把毛主席的光辉战略思想，完全移到彭德怀身上"，"偷天换日，将毛主席亲自指挥的延安保卫战的胜利，统统记在彭德怀的名下"；二、所谓给彭德怀贴金，"美化吹捧彭德怀"，"妄图使彭德怀贴金成佛"，"《保卫延安》的炮制者却妄图把彭德怀的反动思想打扮成光辉的毛泽东思想，把彭德怀这个小丑吹捧为我军广大指战员精神力量的源泉，从这里可以充分看出这个大军阀篡党篡军的政治野心！"三、所谓利用小说反党，"中国赫鲁晓夫在文艺界的代理人周扬、冯雪峰之流，更是老早就跳出来大捧特捧反党小说《保卫延安》。文艺黑线的另一个头目林默涵，到一九六四年还说《保卫延安》是'好书'，鼓励作者把它扩充修改成四、五部长篇巨著，妄图使彭德怀永载史册。斗争就是这样尖锐复杂，惊心动魄！这是两个阶级、两条道路、两条路线进行生死搏斗的一个重要方面。"所以小说《保卫延安》是"颠倒历史、贪天之功的大骗局"，是"射向人民群众和人民军队的大毒箭"，是"资产阶级军事路线的代表作"，所以必须"彻底砸烂彭德怀的黑纪念碑"。这种上纲上线的政治权力渗透下的话语暴力和思维逻辑无疑是荒谬的，断章取义成为当时批判文章的最大特色。要想平反，首先必须批驳上述三条所谓的罪状。于是发表在《人民日报》1978 年 12 月 23 日的文章《彭德怀同志的光辉形象永留人间——推倒对〈保卫延安〉的攻击和诬蔑》开始反驳：对第一条，1978 年的《人民日报》文认为："《保卫延安》不仅热情地歌颂了毛主席，而且成功地表现了毛主席在这场保卫战中的伟大历史作用。整个西北战场的战略方针，是党中央、毛主席制订的，这在《保卫延安》的开始和最后，都有非常明确的交代……《保卫延安》雄辩地告诉我们：没有党中央、毛主席的英明战略方针，就不会有西北战场的辉煌胜利；（转下页注）

编辑部召开了座谈会，为《保卫延安》及其作者彻底平反。

　　经过反批判和平反之后，《保卫延安》重新被认为是新中国成立初期，第一部讴歌人民解放战争的名著和描写现代战争的长篇小说的里程碑。1979 年人民文学出版社出版的《保卫延安》的《内容说明》中写道："本书一九七八年十二月，经作者重新修订后再版。卷首冯雪峰同志著《论保卫延安》一文，作为本书代序"，这显然是作者对前辈冯雪峰的纪念与尊敬。但在这个版权页中，关于版本来源则没有涉及冯雪峰受批判后的 1958 年再修版本："1954 年 6 月北京第 1 版，1956 年 1 月北京第 2 版，1979 年天津第 1 次印刷"。按道理，任何一个版本对于作家来说都不可能忽视，作者在《保卫延安》1979 年版本的《重印后记》中写道："这本书，一九五四年夏季出版，那是小三十二开的竖排本。印数较多。这是第一个本子。到了一九五六年，我进行过一次较大的修改，删去数千字，增添了两三万字。这是大三十二开的竖排本，算是第二个本子。到了一九五八年，我又在这个基础上把这本书作了一些修改，以大三十二开的横排本出版，这算是第三个本子。最后这个本子，比起前几个本子，充实得多了。可惜，出版不久即被'烧毁'，因此看到过这个本子的读者比较少。现在出的这是第四个本子。出版前，我虽然以一九五八年第三个本子为基础作了校订，但是按照许多读者的意见，基本上没有动。"①　也就是说，杜鹏程还是认可 1958 年修订本的。这只能有一个解释，是人民文学出

　　（接上页注①）毛主席的英明决策，是延安保卫战取得彻底胜利的根本保证。"对第二条，1978 年的《人民日报》文认为："彭德怀同志作为中国人民解放军的副总司令，作为一九四七年延安保卫战的前线总指挥，对党、对人民立下了丰功伟绩，做出了卓越的贡献……《保卫延安》的成功之处，就在于它生动地真实地再现了延安保卫战的历史。读了《保卫延安》，我们好像重新回到了硝烟弥漫的西北战场，仿佛又看到了彭总从容镇定地指挥作战的雄姿……《保卫延安》通过艺术形象的塑造，歌颂老一辈革命家彭德怀同志的历史功勋，这是杜鹏程同志的一大贡献。歌无产阶级之功，颂无产阶级之德，为无产阶级革命家树碑立传，把无产阶级的光荣革命传统发扬光大，何罪之有？"对第三条，1978 年的《人民日报》文认为："围剿《保卫延安》时，不仅对小说的思想内容任意歪曲，胡乱上纲，而且诬陷作者利用小说反党，为篡党篡军制造舆论……在林彪、'四人帮'一伙横行期间，强权就是真理，指鹿可以为马，林彪、'四人帮'一伙对于《保卫延安》是这么干的，对于其他一大批优秀文艺作品也是这么干的。他们通过诸如此类的手段制造的文字狱，数量之多，罪名之重，情景之惨，在历史上是少见的，给我国的社会主义文艺事业造成了无法弥补的损失！"
　　①　杜鹏程：《保卫延安·重印后记》，人民文学出版社，1980，第 523 页。

版社自己去除了1958年版本的，故意回避它。因为曾做过人民文学出版社社长的冯雪峰德高望重，与周扬的关系不好，在50年代中期"丁陈冯雪峰反党集团"的批判中，周扬是始作俑者之一，而且1958年版本《出版说明》中借用了周扬的话来"护航"。所以，人民文学出版社故意去除了1958年的修订本显然就是对周扬的抗议与不满，并有意避开两难的尴尬语境。

总之，《保卫延安》经过多次修改，其版本流变如下（见表3）。

表3 《保卫延安》版本流变

作品	出版社/刊物	版本	字数（万字）	印数（万册）	定价（元）	页	备注
沙家店	解放军文艺	1954年第1期					《保卫延安》
长城线上	人民文学	1954年2月号					副标题"周大勇和他的连队"。
蟠龙镇	解放军文艺	1954年第2期					
保卫延安	人民文学出版社	1954年6月第1版第1印	34.7	10	16500	608	解放军文艺丛书，竖繁版。
保卫延安	人民文学出版社	1956年1月第2版1958年第16印	36.8	9	1.5	504	解放军文艺丛书，竖繁版，总印数达93万册。
保卫延安	人民文学出版社	1958年12月第1版	33.1	无	4.1	469	有出版说明和后记。
保卫延安	人民文学出版社1979年版	天津人民出版社重印	36	30	1.05	525	冯雪峰代序、后记和重印后记。

《保卫延安》自出版以来一直是畅销之作。仅1959年以前，就重印了多次，发行上百万册，甚至还被翻译成英文、俄文、越南文、哈萨克文等多种文字，流传海外。沙博理翻译的英文版《保卫延安》① 由外文出版社在1958年5月出版，其中四幅插图非常精美：第一幅是彭德怀将军会见三个小朋友的图；第二幅是炊事员孙全厚打水图；第三幅是沙家店战役的炮战图；第四幅是全有等战士与敌人拼杀图，形象生动地传递出解放军官兵的奋不顾身、鞠躬尽瘁的革命情怀。当时，为了进一步普及党的革命

---

① Tu Peng-cheng, *Defend Yenan*，林凡绘图，共404页。

史，还出版了一套文学初步读物，如《铁道游击队》之《飞车夺枪》①，《红日》之《大战孟良崮》，② 《科尔沁草原的人们》③ 以及《平原烈火》之《周铁汉》④ 等。而杜鹏程的《保卫延安》中的两章《大沙漠》⑤ 和《夜袭粮站》⑥ 也列入文学初步读物中，而《保卫延安第一仗》⑦ 则是作为学生课外阅读的语文补充读物出版。不到一年即 1956 年 1 月就重印 19 次，促进了《保卫延安》的大众化传播和普及化推广。同时，由于《保卫延安》描写的是西北战场和革命解放战争的转折点，在国内也被翻译成维吾尔文、蒙古文、藏文、朝鲜文等兄弟民族文字，在各少数民族地区进行"党史"传播。如李弘奎翻译的民族出版社 1956 年 7 月印的朝鲜文版《保卫延安》、内蒙古人民出版社 1956 年 7 月印的蒙古文版、阿布都热索勒·哈德尔翻译的民族出版社 1957 年 5 月印的维吾尔文版等。而在新时期则出版了一些删节本和少年普及本。⑧ 到 90 年代，随着"红色经典"的流行，人民文学出版社等抓住市场机会，重新出版小说丛书版本。⑨

　　延安争夺战成为历史时间叙述中的一个史实。因此，电影艺术也就无须通过对小说《保卫延安》来获取资源，而只需对延安战争的历史进行

---

① 刘知侠著，王里插图，通俗读物出版社 1955 年 9 月初版，26 页，印 45000 册。
② 作者吴强，作家出版社 1959 年 12 月初版。
③ 玛拉沁夫著，徐燕荪插图，人民文学出版社 1953 年 3 月初版，共 35 页。
④ 徐光耀撰，刘继卣绘图，人民文学出版社 1953 年 3 月初版，共 64 页。
⑤ 文学初步读物，李宗津绘图，人民文学出版社 1955 年 3 月初版。
⑥ 由通俗读物出版社 1955 年 2 月出版。
⑦ 安林插图，通俗读物出版社 1955 年 2 月初版。
⑧ 如斗思节编的小图书馆丛书《保卫延安》于四川少年儿童出版社 1987 年 1 月出版，该套小图书馆丛书是国家教委中小学教材审定委员会推荐给全国中小学生的课外读物；红领巾书架丛书的少年版《保卫延安》则是 21 世纪出版社 1991 年 2 月出版；由忠清、锡琳编文、李兆虬绘画的革命英雄主义丛书儿童绘画本的《保卫延安》由 21 世纪出版社 1991 年 10 月印；由赵俊贤缩写的《保卫延安》编入中外军事文学名著缩写中国卷丛书，由解放军文艺出版社 1996 年 1 月印。
⑨ 中国现代长篇小说丛书中的《保卫延安》，人民文学出版社 1954 年 6 月初版 1984 年 10 月印刷，525 页；《保卫延安》选入《杜鹏程文集》（四卷本）1993 年 6 月出版；共和国长篇小说经典丛书中的《保卫延安》，由花山文艺出版社 1995 年 5 月初版 1 印，469 页，印 3000 册；百种爱国主义教育图书中的《保卫延安》，由人民文学出版社 1954 年 6 月出版，1996 年 5 月北京 17 印，525 页，总印量达到 954755 册；中国当代长篇小说藏本中的《保卫延安》，由人民文学出版社 1954 年 6 月初版，2005 年 1 月第 1 印，442 页；中国文库第二辑精装本中的《保卫延安》，由人民文学出版社 2005 年 1 月第 1 版第 1 印。

裁剪。所以,《保卫延安》的艺术改编与传播主要依靠于小说修改与纸质媒介出版传播,评书、话剧编演和连环画改编,尤其是后两者成为小说《保卫延安》唯一的生动的图像叙述。迄今为止,按照小说改编的电影没有出现,因为之前的 1952 年,电影剧本《延安保卫战》就已经问世了,彭德怀还接见了编剧人员。而且随着 1959 年开始批判彭德怀,这部小说以及作者的厄运也随之开始。尽管《电影文学》1959 年第 12 期发表了黎静编剧的电影文学剧本《延安之战》,其开头字幕就是"献给保卫延安的战友们"。但这不是《保卫延安》的改编,虽然也借鉴了《保卫延安》的叙述范式:以一个连队的战争故事为叙述核心,开头就是撤出延安的老百姓遇到敌人飞机的扫射,一位孩子中弹死亡,使去接受任务而路过的连队领导感到非常悲愤,坚定了保卫延安的决心和信心。这是向杜鹏程的小说学习的,但是不少读者在赞叹的同时也提出了很多美中不足的地方。如在《电影文学》1960 年第 2 期发表的上海读者蒋荫安、罗国贤的《谈〈延安之战〉的人物刻画及其他》和鞍山读者双百《读〈延安之战〉后的几点想法》,尤其是后者"希望剧本能在某些情节中表现我们高级指挥员在指挥延安战役的活动,并写出延安战役与全国解放战争的联系,及其世界意义。"这显然是受到《保卫延安》中彭德怀形象的影响。但是,由于1960 年彭德怀已经受到批判,读者和杂志编辑也不可能直接说透。甚至有读者直接把它与杜鹏程小说《保卫延安》进行比较,从而对这个剧本进行批评:"杜鹏程同志的《保卫延安》便是选取了这个伟大的斗争作为题材,写出了革命史诗般的主体。今天,许多群众所喜爱的文学名著都先后改编成了电影,因此人们迫切期待着保卫延安中的壮烈英雄故事也能在银幕上相见。黎静同志的《延安之战》是来得很及时的。《延安之战》这部电影并非是《保卫延安》的改编。"这位读者分析了电影剧本《延安之战》的优点后,毫不客气地指出了在历史深度广度、结构安排、人物形象塑造和矛盾性格冲突上的缺憾与不足。尤其与小说《保卫延安》差距甚远:"这部作品还不是很理想的,它的感染作用并不是那么强烈的。它没有《保卫延安》那么引人入胜、激动人心。也许这样的比较是不大合适,因为它们的体裁是不同的,但我想从艺术的社会作用来比较是可以的,也是应该的。况且《保卫延安》虽是长篇巨著,但着重也是写一个连队。就反映这个历史事件的深刻和广阔来说,《延安之战》较《保卫延安》是逊色的。"① 在这里通过读者对《延安之战》的批评以及当时的创作者们的思想态度,就可以看出特定状况下《保卫延安》的改编难度和导演难度。《保卫延安》的影视改编直到 2008 年。为了迎接建国 60 周年,中共陕西省委宣传部等部门筹划的小说《保卫延安》改编的电视连续剧于 2008 年 4 月 29 日在延安王家坪革命旧址举行开机仪式,目前没有完工。

所以,小说《保卫延安》的主要艺术样式改编如下(见表 4)。

表 4 《保卫延安》的艺术改编

艺术样式改编	改编者、导演等	出版社、拍摄	时间、版权页等	备注
七场话剧《保卫延安》及剧本	鱼讯、周军、王冀北、封恒山、李诗镕	东风文艺出版社 1959 年 12 月初版	7.54 万字;5800 册;116 页	话剧演出很成功,杜鹏程看后发表《略论话剧〈保卫延安〉的改编》
连环画《保卫延安》①	郭宝祥等编,张宇等绘画	辽宁画报出版社 1955 年初版	上、下册	具体不详
连环画《九里山上摆战场》	杨文编文,汪绚秋、徐进绘画	上海人民美术出版社 1957 年 11 月新 1 版第 1 印	1.5 万册,0.24 元,138 页	原福记书局 1954 年初版,后公私合营并入上海人民美术出版社
评书《保卫延安》	袁阔成演播			1995 年袁阔成又改编出评书《转战陕北》
连环画《保卫延安》	雷德祖、雷似祖绘画	浙江人民美术出版社 1984 年 7 月初版	18 万册,150 页	上、下册
连环画《延安保卫战》	王暾改编,李人毅绘画	辽宁美术出版社 1982 年 3 月初版	93.1 万册	上册 166 页,下册 170 页,0.25 元
连环画《保卫延安》(上下)	改编:穆兰,绘画:王胜利、刘白鸿	甘肃人民出版社 1982 年 2 月初版	下册,60.1 万册,174 页,0.23 元	封面上是彭总和战士在交谈
连环画《保卫延安》(上下册)	冯复加改编,侯德钊、赵建明绘画	人民美术出版社 1982 年 11 月初版	上册 142 页,50.1 万册;下册 150 页,50 万册	李恒晨画封面。全部为木刻画作品
电视剧《保卫延安》	编剧是王元平、刘嘉军、王东升,导演:万盛华	西部电影集团、陕西电视台、兰州军区政治部摄制		2008 年 4 月 29 日,电视剧《保卫延安》在延安王家坪革命旧址开机

注:①笔者未找到该版本连环画。

---

① 李厚基:《战火中的英雄——读〈延安之战〉后漫笔》,《电影文学》1960 年第 3 期,第 80~83 页。

第二节　艺术完善与英雄群像的丰满化
——《保卫延安》版本校勘与阐释

小说《保卫延安》自 1954 年出版以来，经历了 1956 年修订本、1958 年修订本和 1979 年修订本的修改。由于作者修改时期的文艺形势较为明朗，所以每一次修改都在前一个版本的基础上更加完善。其修改的核心就是使艺术更加完美，使英雄群像更加生动丰满。下面试作具体分析。

一　1956 年修订本对 1954 年初版本的修改

《保卫延安》出版以后，好评如潮，但不少评论家和读者同时也提出了小说的一些缺点。冯雪峰的《〈保卫延安〉的地位和重要性》在称赞这部史诗性小说时还分析了小说的不足："从整部作品来说，它显然还可以写得更精炼些。如果更精炼些，它的艺术性也一定更提高，更辉煌。以这部作品所已达到的根本的史诗精神而论，我个人是以为它已经具有古典文学中的英雄史诗的精神；但在艺术的技巧或表现的手法上当然还未能达到古典杰作的水平。也就是说，在艺术的辉煌性上，还不能和古典英雄史诗并肩而立。但这部作品有使它的艺术性更提高而达到更辉煌，以至接近古典杰作水平的可能性和基础，因为它已具有坚实的英雄史诗精神，同时在艺术描写上留有今后可以一次一次加以修改和加工的余地。如果作者愿意并认为有必要，在将来是可以再加工的，主要的就是使作品的结构能够更适合于一些主要人物之更集中的描写，以使作品更能在人物的集中描写上去反映战争的精神。这种加工，以及全书描写上更精炼些，我觉得是完全可能的。"并且建议和安慰作者："即使再加工，也不是在现在，应该在作者的才能更成长和成熟的时候。我们现在应该先满意于这样的成就。"很多批评家和读者纷纷发表文章或写信，表达自己对《保卫延安》的赞赏之情以及指出不足之处。于是，1956 年重版时杜鹏程作了修订："一九五六年初，这本书重排的时候，我曾经修改过一番：删去了数千字，增添了两三万字，虽然个别地方改动比较多，但是从总的方面说这些修改都是属于技术性的。"① 在1954年的初版本中，小说中有一幅陕甘宁边区简图，就当时的战争形势和变化进行图文说明，非常形象生动，能够让读者一目了然地了解当时的西北解放战争，连彭德怀元帅抗美援朝回来后阅读这部小说还认为是军事纪实文学。所以，地图的真实性无疑使小说的历史化场景和战争叙述变得更加真实，而且当时不少小说都有地图。例如柳青的《铜墙铁壁》就有地图，《铁道游击队》也有"抗日战争时期鲁南区形势"地图。地图的插入使小说中的文学虚构讲述成为了历史中的真实事件，这对于文化程度不高的读者而言有方便阅读的作用，但在一定程度上又混淆了艺术真实与历史史实的关系。因此在1956年及之后的《保卫延安》版本中这幅地图被删除，小说由此被认为是一种小说故事的叙述与虚构。有意思的是，这幅地图在1979年重新出版的版本中再次恢复。

首先，在修改本中强化了指战员的革命英雄主义和革命乐观主义精神，使英雄形象塑造更加概括、集中和典型。1956年修订版第6~7页对1954年初版中解放军强渡黄河去保卫延安的场景进行了详细修改：

> 大风卷起黄河浪，冲撞山崖，飞溅出的水点子，打在战士们身上、脸上。【河上游，有几只小木船，乘风顺水下来了。它们有时爬上像山峰一样高的浪头，接着又猛然跌下来；有时候被大漩涡卷起来急速地打转转，像是转眼就要覆没了，可是突然又箭一样的破浪前进了。船上的水手，"嗨哟——嗨哟——"地呐喊，拼命地摇桨，和风浪搏斗。】……（略）
>
> 河岸上挤满准备渡河的部队、战马和驮炮牲口。【有许多战士齐声向扳船的人喊："扳哟——加油啊！扳哟——加油啊！"有几头高大的驮炮骡子，被人们的喊声和黄河的吼声惊吓得在河滩里胡跳乱蹦。炮兵战士在追赶跑脱的骡子。】……（略）
>
> 指挥员们都非常急迫地布置过河的事情。【参谋工作人员来回奔跑。通讯工作人员，有的骑着马去传达命令，有的在检查河边刚拉好的电线，有的背着电话机正把电话线从山口向河边拉。】

---

① 杜鹏程：《保卫延安·后记》，人民文学出版社，1958，第469页。

上述黑体字是1956年版修改的部分，形象生动地呈现出解放军战士的焦虑心理和大无畏的英雄情怀。为了迅速渡过黄河早日到延安保卫毛主席，他们与惊涛骇浪进行搏斗，战士、水手、参谋、通讯员等各种人员各司其职，紧张作业，共度时艰，体现出革命者人定胜天的革命气概和坚强意志，从中可以看出指战员面对困境的从容不迫和战士们的顽强拼搏精神。

作者对具体的指战员如陈兴允旅长、周大勇、王老虎、孙全厚等革命英雄形象进行丰富化修改。在1956年版本第207页中，作者对陈旅长的个人经历增加了一段抒情性议论："就仗着这种性情，他一九二七年逃出了家门，当了一名红军战士。【从此，他和他的战友，以革命为职业，以部队为家庭，以同志为兄弟，以武器为伙伴。从此，他和他的战友，转战在大江以南的红色根据地；征战了二万五千里；经历了八年的抗日战争，目前又投入到这空前艰难的爱国解放战争中。】"介绍了旅长陈兴允光荣的革命履历，映现出叙述者由衷的钦佩。而老革命孙全厚的英雄形象也令人感动，他在普通平凡的炊事员岗位上奉献出自己的生命。作者在1956年修订本第168页中增加了一段李诚对革命战士孙全厚的回忆叙述："李诚更熟悉这位头发斑白的孙全厚，在病得昏昏迷迷的时候，怎样有气无力地说：'我……我的……行军锅！'他熟悉老孙把战士们不小心撒在地上的小米，怎样一粒一粒拣起来。也熟悉，一九四一年冬天，部队住在黄河边，没油没菜吃，粮食更缺；那时候，老孙光脚板踏冰雪，人推磨子磨豆腐，还养了十来条猪，为了给第一连战士们改善伙食，有时候，老孙在推磨子中间，肚子饿身上冷，昏倒在地，可是他爬起来，头靠墙壁缓歇一阵，又一圈一圈地推动磨子转。这些困苦他不仅不向人叙说，还抽空儿半夜上山背炭，天明赶到集市上卖掉，赚来钱给战士们买灯油和学习用的纸张。"通过李诚的侧面回忆与细节烘托，凸显了孙全厚的革命英雄形象，使我们更深切地感受到革命者的坚韧不拔和无私奉献的崇高精神。

又如革命英雄王老虎，作者在1956年修订本第107页中增加了他的形象描写："王老虎不出声地笑了笑，向连长敬了礼，说：'我们班有个病号，我去给他搞点酸汤面。酸汤面！'……他稳稳实实地朝一座院落走去……周大勇望着王老虎那比一般人稍高的背影。行军中，战斗中，他多少次望着这背影啊。战士们说：'是兵不是兵，身背四十斤。'这四十斤该有多少东西：枪、子弹带、手榴弹袋、刺刀、饭包、背包……可是王老虎身上这些东西，这些东西就像长在他身上了。走路的时候，你别想听到他身上有什么东西磕碰着响；打仗的时候，他背的东西也不会成为他的累赘。行军中，新战士都望着这位久经锻炼的老战士。他们都觉得他迈步是有尺寸的，脚板怎样着地，也是有讲究的。要不，王老虎怎么能自自然然不费力气，脚不起泡，而且又走得那样快呢？"如果说这是介绍王老虎严谨威武的军人性格，那么下面则是王老虎真正的革命英雄事迹。这些事迹说明了共产党员王老虎的英勇战斗和无私奉献的高尚情怀：

王老虎望着连长撤走的方向慢腾腾地说："为什么？我们把敌人背上走，我们连长就能安全突围。"【他还想说："必要的时候，就用生命换取时间呗！"但是话到口边又咽到肚里去了。因为，他从宁金山那不均匀的呼吸声感觉到：宁金山的心在慌乱地跳，脸在紧张的抽动。一阵不能自制的激动控制了王老虎。他说："金山，不要难过！目下，我们是很危险，可连长跟同志们就得救啦。不要难过！……"】

宁金山说："排长，那我们就是泡上干啦！那我们就是……永远……永远回不去了！"

"什么？"王老虎突然抬起头，凝望着宁金山问。【脸色光辉而刚强；那明亮的眼睛，叫人吃惊，好像，他生平第一次用这样锐利的目光盯着人；好像，那平时被压在心底里的深厚感情，全部从眼里喷出来。】但是，他立即就把自己翻腾的感情，压下去了，尽力保持自己平时那种精神状态。因为，凭多年作战经验，他知道，现在，忠诚、勇敢、智慧的全部内容就【：保持头脑清醒】；沉着，把任何危险都不放在眼里。【只有这样，才能在巨大的危险的阴影里，抓住微小的生还希望。】

王老虎【射击了。】打了五发子弹，放倒三个敌人。他热烈地对身边一个战士说："放倒一个敌人就够本，放倒两个赚一个，放倒十个，二十个……嗬嗬，这账就算不来了！"他【趁照明弹的光亮，】朝左边看：宁金山用衣袖擦眼睛。

王老虎用手背擦擦前额上的汗，爽朗地说："当兵的还能挤鼻流水？你不流眼泪这阵地都够潮的了！不怕，有我就有你。金山，来，跟我趴在一块。"他一边说，一边在拧住一个问题想："要摆脱敌人！"他思量眼前的形势，回想过去的经验，头脑中闪过了各种各样准备撤退的办法。

战斗进行到半夜时分，王老虎率领战士们击退了敌人一次比一次凶的攻击，他手下只有九个战士、五个伤员了。

【敌人又以小股部队，不断地攻击，——说是攻击，不如说吸引我军注意力。王老虎脑子一转："敌人在搞什么鬼点子吧？"他用心观察：除了敌人的机关枪吐出火舌以外，一片黑暗罩住阵地。怪呀，敌人不打照明弹，也不打信号弹了；再说，敌人阵地上也没有先前那种疯狂、混乱的喊声了。他们聚集更大的力量，用老一套的办法举行更猛的正面攻击吗？不。敌人一定是改变了进攻方式——要举行大规模的包围哩。撤退，要战士们赶快撤退！且慢。要是判断错了呢？要是我们一离开自己的有利阵地，敌人乘机直压过来，那不是上当了吗？他正二心不定，猛然看见左边很远的地方有手电闪光。无疑，敌人正在我军侧翼运动哩。

王老虎的决心马上变成命令："撤退！我带四个战士掩护，副排长带上伤员和其他战士先走！"

副排长爬到王老虎跟前，说："为什么让我们先走？死，咱们也死到一块！"

王老虎说："死？你活够啦？我们刚学会打仗，我们的事业刚开始，我们活得正有味哩。不要蘑菇，赶快走！"

副排长把脸捂在胳膊上。王老虎给他说话，他也不搭理。

王老虎嗖地跳起来，抓住副排长背上的衣服，说："我把战士和伤员们的命都交给你了。你要丢掉他们当中任何一个人，我就枪毙你。去！"他毫不留情，说得严厉、可怕而急迫。因为，只有他知道敌人想夹住我军的铁钳，在怎样急急地合拢着。他对副排长说明了撤退路线，又叮咛："不走大路走小路，哪里难走就偏走哪里。记住！"

副排长带上四个战士和五个伤员下去以后，王老虎、宁金山和其他三个战士，射击了一阵，便悄然离开阵地，迅速地隐没在黑暗中。

王老虎率领四名战士，顺着副排长他们撤退的方向，绕来绕去向前走。走了一阵，又顺着一个渠道溜到一条干涸的河槽里。啊呀，河槽里挤满敌人，黑压压的，分不清有多少；端着枪，挤来挤去，想必是要从我军阵地侧后插上去，消灭我军。让这些笨蛋去扑空吧。

王老虎和他的战友，从敌群中挤过去，在一个小渠里蹲了一阵，又爬上了一丈来高的土崖。上去一看，原来有一片开阔地。左后方，王老虎他们刚才坚守过的阵地附近，敌人还在射击，可是这里除了头顶上的流弹啸叫以外，无声无息。同志们都松了一口气，继续往前摸。猛不防，有几十个敌人跑步过来了。

一个敌人逼近宁金山问："什么人？"不等回答，又用手电朝宁金山脸上照。宁金山一枪托把这个敌人打倒了。

"啊呀！"被打倒的敌人叫了一声，其他敌人乱了一阵，盲目地射击起来。转眼工夫，许多敌人从四面八方围上来了。

照明弹和信号弹接连着升起。手榴弹炸起的烟雾裹着枪声和乱哄哄的喊声。】①

上述黑体字是 1956 年修订版中增加的，使革命者形象更加鲜明。为掩护连队顺利撤离，王老虎不顾个人安危，故意反方向前进，把敌人带到更远的地方，告诫恐慌与惊惧的宁金山要有舍命救同志的奉献精神。从中可以看到英雄王老虎身先士卒的革命精神和舍己为人的同志情怀。

同时，作者在 1956 年修订本中突出了战士们的大无畏精神。渴望战斗的情绪多有呈现：

战士们一个个都伸长脖子瞪起眼看，敌人差不多全部进到大沟里了。【他们凝神屏气，好像盯着一个转眼就要剧烈爆炸的什么东西。阵地上罩着让人呼吸困难的闷气。这种闷气掩盖着焦灼、渴望、紧张！】……【随着这枪声，憋在人心里的那股气，一下子给爆发了；那看来寂静和空虚的阵地，也一下子给翻腾了：】青化砭上空，枪榴

---

① 杜鹏程：《保卫延安》，人民文学出版社，1956，第 276～280 页。

弹爆炸了，冒起一团团的黑烟。枪声、炮声一齐吼叫起来。我军各种火力，压在敌人头上。（1956 年版第 59 页）

　　战士们淋着雨，在高山峻岭中经过连续十几小时行军以后，【爬上了陇东高原。这里比起陕北，别是一番天地。这时节，陕北的桃花、杏花刚开过，每年一开春就刮起的大黄风，至今还没停息。中午是有点热，一早一晚还离不了棉袄。可是这陇东高原上，麦梢都黄了，雨过天晴，燥热立刻就包围了人。陕北到处是连绵起伏的黄土山，这里虽然地势高，可是一眼望去还是平展展的。战士们乐啦：在这里走路比陕北容易多啦。其实，这高原让纵横的大沟割裂开了，走起路来要不断地翻大沟。远处看，一条条的部队行列，一会在高原上移动，一会消失了，过一会又在另外一块高原上出现了。这样上呀下呀地翻大沟，】很多战士脚上起了泡。部队行列越拉越长了！（1956 年版第 177 页）

　　从上述增加的黑体字中，我们能够感受到战士们在战斗前夕的紧张心理和保卫陕甘宁边区的无畏精神。

　　周大勇连队在长城线上撤退的时候与主力部队失去联络，在村子里与敌人孤军奋战，情况非常危急。周大勇要"王老虎带一个排担任掩护任务"。在 1956 年修改本中作者对之进行了修改："周大勇率领战士们跑了半里多路，占领了有利的地形。他一面让手边的战士们顶住敌人，一面派人收拢跑乱了的战士们。然后，他跳下了一个垅坎，眼光四处搜索，像找什么人，也像盘算什么重大而迫切的事情。猛的，趁着火光，他看见王老虎顺土坎走过来。瞧，王老虎迈着稳稳实实的步子，一步一步走来，像是生怕把地球踏翻了。他那不着忙的样子，使周大勇起了火，喊：'姿势放低！'王老虎没听见。他还边走边拔了把草，擦手上的泥。他走到周大勇跟前，感觉到脚下有个什么东西，就扔掉手里的草，弯下腰，捡起一板子弹。把子弹在衣服上擦了十来下，装在衣服口袋里……周大勇望着王老虎，立刻把他刚才千头百绪的想法，变成了这样一句简单的话：'老虎，你带一个排担任掩护！'"这就是同志的信赖，王老虎在战火中临危不惧、虎虎生威。所以，相比于 1954 年初版本，作者在 1956 年修改本中增加了很多丰富生动的细节，强化了指战员的革命英雄主义和革命乐观主义精神，使英雄形象更加集中和典型。

其次，进一步强化延安普通民众的革命觉悟。如在 1954 年初版中作者写下了延安群众逃难的情景："三月十九日，太阳刚爬上东山头，部队就进到延安正东百十里的大川里。川道里尘土滚滚，拥挤着撤退中的人、车辆、毛驴……妇女们，背着孩子，老太太们背着包袱，抱着鸡，老汉们，有的背着农具，有的挑着被子、衣物……他们谁也不和谁说话，谁也不看谁，仿佛向来就不认识。他们满脸是尘土，边走边回头望延安的天空。看来，又熬累又难过。"很显然，这种自然主义式的逃难场景叙述是很真实且符合特定战争逻辑的合理描写，杜鹏程在当时的战争日记里就记述了敌人进攻延安时延安群众逃离的无组织状态。应该说，杜鹏程是愿意真实地呈现出战争状态下的普通民众的恐惧心理和内心感受，这是一个军人作家兼新闻记者的主体独立性的呈现。但是，这却被读者尤其是文艺批评者不认可。因此，作者不得不在 1956 年版第 10 页中进行修改，把民众的逃离修改成有组织的撤离：

> 三月十九日，太阳刚爬上东山头，部队就进到延安正东百十里的大川里。川道里尘土滚滚，拥挤着撤退中的人、车辆、毛驴【和耕牛。牲口驮着粮食草料，车辆上装着家具、纺线车和盆盆罐罐。有的车辆上，还有只猫睡在家具旁边……人群中，很少看见中年男人或是年轻小伙子，他们有的去给自己部队带路，有的去抬担架，有的去运粮，有的手执武器去保卫家乡。只有妇女们，背着孩子，挑起全家人的生活担子去逃难；老太太们有的背着包袱，有的抱着鸡，手里还拿着舀水的木瓢。小孩子们，有的扛着放羊用的小铁铲，后面跟着一条狗；有的背着书包、木刀。】老汉们，有的背着农具，有的挑着被子、衣物……【有些人，】谁也不和谁说话，谁也不看谁，仿佛向来就不认识。他们满脸是尘土，看来，又熬累又难过！【有些人，一会儿回头望延安的天空，一会儿又望路两旁的田地和山坡。平时，人们很少注意这身边习见的事物，很少注意这黄土山岭、红土山沟和那家乡上空的云彩。如今，战争来了，人们要和这一切分别的时候，便觉

得，往日那难得的时光并没有充分的利用，许多美好的事物也没有努力去理解它。】

这些黑体字部分是作者增加的，使无序的逃离变成有序的撤退，于是，群众逃难变成妇女、老人、孩子在撤离中的各司其职。这种有计划地组织撤离既说明根据地革命群众的高度觉悟和面对战争的无所畏惧，同时也表明党组织对群众撤离进行了合理安排。又如李振德老汉的小孙子拴牛叫爷爷"快到后山里去躲。"（第43页）在修改本中改成"快到后山上去。这一阵还敢在村子里蹲！"（第46页）这里删除了具有贬义性逃跑成分的"躲"字，然而爷孙被敌人包围："李老汉拉上小孙子拴牛，赶快跑回自己的窑洞，用石头死顶住门。"1956年修订本在这句的后面增加了李老汉痛苦复杂的心理描写："他尽力不让自己的目光和拴牛的目光相遇，何必让孩子从自己的目光中看出什么是危险跟灾难，什么是生离和死别！"[1] 这段心理透视呈现出爷爷李振德的痛苦与无助。同时小说也增加了军民鱼水情的场景，当周大勇和李玉山的母亲老妈妈相遇时，1956年修订版第459页中增加了一个细节，即老妈妈"从怀里掏个谷糠蒸的窝窝头，放到周大勇怀里。那窝窝头上，还带着老妈妈的体温。"

而且，1956年修订版第12~13页中增加了群众受难的场景以及周大勇报仇的决心。一个男孩和他的母亲是被敌人飞机扫射死的，看到此情此景，战士们异常痛苦："周大勇站在那里，右手紧抓住腰里的皮带，左手紧抓住驳壳枪的木套，脸像青石刻的一样，没有任何表情。他全身的血液，像是凝结住不流了；心像被老虎钳子钳住在绞拧。站在离他十几步远地方的指导员王成德，粗粗地出了一口气！"孩子的奶奶直掉眼泪，咬牙切齿地对周大勇说："孩儿，把白军杀人贼的黑心肠掏出来啊！"队伍继续前进，"周大勇五六步远的地方，有一摊血水，血水中放着一个小书包。血水周围有一些散乱的小学课本的页子；还有些书页子挂在路边的枯草上，有些随风飘飞在空中！""田地里到处是被打坏的车子、农具、家具，还有些衣服、被子、棉花，正在吐火冒烟。路边的蒿草燃烧后，变成

---

① 杜鹏程：《保卫延安》，人民文学出版社，1956，第47页。

一堆堆黑色灰烬。"面对此情此景，全体将士无不愤慨，他们渴望去消灭敌人为乡亲们报仇，渴望去保卫延安。这些都是初版本中没有的。所以初版本中"部队飞快地前进着"也在1956年修订版中改成"大路上、小路上、河槽里、山根下，都挤满了飞快前进的部队行列。战士们当中，没有一个人说话，没有一个人咳嗽，像是大家闭住了气，绷紧住嘴。"1956年版本还增加了陈旅长痛恨敌人的动作叙述："陈旅长背着手，脸色是凝固、严峻而阴沉的，一阵很难察觉的激动掠过嘴唇。他眼珠一动也不动地望着急急前进的战士们，再也没吐一个字。"① 这些都是作者在1956年修订本中增加的。通过这种对叙述的修改，更加坚定了解放军指战员同仇敌忾消灭敌人的决心，也能够使读者感受到战争的惊心动魄。

再次，丰富了彭德怀元帅的光辉形象。《保卫延安》的彭总形象是杜鹏程塑造的我军高级指挥员形象。在当时的文学创作中还没有出现过高级领导人的形象，所以《保卫延安》一出版就深受读者好评。林淡秋在《人民日报》1954年8月21日发表文章《读〈保卫延安〉》认为："这部有巨大的教育意义和艺术感染力量的作品，应该说是我国文艺创作中的一个可贵的收获……作者还以谨严而朴素的笔触，描绘出了许多高级指挥员的肖像，特别是彭德怀副总司令的肖像，虽然着墨不多，接触面不广，仍给人以一个平凡而伟大的统帅的亲切印象，这是我们文艺创作上的值得鼓励的尝试。"而《保卫延安》的发掘者冯雪峰也认为："作者描写的彭德怀将军的肖像，如果作为文学作品中的典型人物来看，当然是还不够充分的；作为彭德怀同志的崇高精神以及在这次战争中所表现的全部力量和作用的反映来看，也同样是还不够充分的。这里作者所留下来的余地，是在这部作品中描写彭德怀将军的分量还占得太轻一点，还可以通过对于这位人民将军的描写更多地反映党中央和毛主席的精神，还可以更集中、更突出地描写这位将军忠实于毛主席的战略思想而又有创造性的指挥，对于这位将军性格上的突出而深厚的人民性也还可以在现在描写的基础上更展开。"〔《论〈保卫延安〉》《保卫延安》（代序）人民文学出版社1979年〕正是在评论家的鼓励和建议下，作者专门修改了彭德怀元帅的光辉形象，

---

① 杜鹏程：《保卫延安》，人民文学出版社，1956，第15、17页。

增加了彭总的睿智、指挥若定和关爱下级的智者形象。如 1956 年修订版第 83 页中增加了一段话：

> 彭总望着：走远了的娃娃们，故意踏着泥水，倒退着、跳着向他招小手，他坦然地笑了。
>
> 【彭总转过身，说："敌人主力部队，竟然向北去咯。"
>
> 陈兴允说："谁叫他们急着找我军决战，愚蠢！"
>
> "这就叫按主观愿望办事嘛！"彭总讥讽地说。"决战是要决战，但是要在我们指定的时间和地点决战。"】他向陈兴允问了战士们对最近战局的看法和议论以后，【又非常简明地把全国战争情况讲了一番。然后，】背着手，站在窑门口，眯着眼睛望远处雾沉沉的高山头。

从黑体字中我们可以看出愚蠢的敌人正按照彭总的指挥路线在转圈，凸显彭总的决策果断英明。尤其是彭总非常细致而全面地向陈兴允指出许多战争细节和全国战争情况，让陈旅长感到惭愧，因为这些细节正是他们所疏忽的。在修订本中作者增加了陈兴允听取彭总指示后的心理描写："陈兴允一边听彭总说话，一边想着自己旅的战斗准备工作和对准备工作检查的情况。啊，几个重要环节没有注意到，到处都是漏洞。他心里焦灼不安，很想立刻抓起电话机，对旅政治部主任、参谋长和各个团的干部说：同志，不要说什么都准备好啦，赶快打吧；实际上，我们简直什么都没有充分准备，更不要说严格检查了！"（1956 年修订本第 85 页）通过陈旅长的心理反应，更衬托出彭总指挥战斗及决策的英明与全面，胸中自有百万兵就是这位将军的气魄。彭总不仅指挥若定、胸有成竹，而且非常平易近人、关爱下级。陈兴允第二次去彭总那里接受任务，在修订本中增加了彭总关心下级的温馨场景："彭总凝视着陈兴允的脸，问：'外面很冷吧？'他倒了一茶缸开水，递给陈兴允，又看着他一口一口喝完，然后接过茶缸。"（1956 年修订本第 347 页）正是这种上下级的关爱之情，体现了高级指挥员的崇高精神和共产党员的崭新面貌。对彭总的光辉形象的细致化修改也正是按照批评者冯雪峰的建议实行的，从而使得彭总形象更加丰满。

最后，规范语言和理顺逻辑。随着作者的认识修养的加深和国家权力的民主集中制原则的顺畅实行，在领导人的称谓上进行了一定的修改。如把战士们喊的口号"毛主席万岁！"改成1956年版的"中国共产党万岁！"（第387页）把"毛主席的来电"改为1956年版的"党中央和毛主席的来电"（第359页），把战士们的信念"我们有毛主席！"在修订本中改成"我们有党中央和毛主席！"有的地方把"毛主席"修改为"毛主席和中央的各位首长"或"毛主席和他的战友"。作者还修改了战士们看见毛主席也在行军时的感受，初版本"今天看见毛主席，跟将要进行的什么大战有关系。想到这里，他们又起劲地唱起歌了"改为"今天看见毛主席和中央机关从这里经过，跟将要进行的什么大战有关系。想到这里，他们又起劲地唱起歌了：'没有共产党就没有新中国……'"（1956年修订本第230～232页）中国革命是以毛泽东为核心的共产党领导的革命，是在毛泽东和他的战友们集体智慧下取得的胜利。所以作者没有把功劳全部堆放在毛泽东身上，而且1949～1956年领袖崇拜意识还不明显，民主集中制原则一直是各项工作的基础。因此，作者进行了称谓修改，从而使小说叙述更为合理。同时，作者对句子逻辑不连贯和不通顺的地方进行了修改，如1954年初版中陈旅长批评团长赵劲："你们团党委要让每个同志确实了解：我们敢于胜利，我们就取得胜利！"其中后一句话有点不通顺，在1956年修订本中改成"我们敢于取得胜利，也善于取得胜利！"这样语言逻辑更加合理。作者也对西北方言口语进行规范化修改，例如"约摸"改成"大约"，"浪吃二喝"改成"浪吃浪喝"，"一铺滩"改成"一大堆"，"为了"改成"因为"，"钢洋"改成"光洋"（后在1958年版本中又修改成"银洋"），使全国各地的读者都能够理解小说的语言。

甚至在修改版本中对敌人进行丑化叙述，如把"敌人"改成"蒋贼军"，当团长赵劲率领战士们捉到300多个俘虏，在修订本中进一步增加了俘虏的百般丑态："俘虏们，有的丢了帽子，有的丢了鞋，有的棉衣被酸枣刺挂得稀烂。那些混在俘虏群里的敌人军官，有的疯狂地撕扯自己的头发，用那充血的眼睛瞧着我军战士；有的把帽子压在眼眉上，偷偷丢掉他身上那些可以表明他军官身份的东西。"①

　　当然，也有不少修改得并不好的地方。如 1956 年修订本中第 452 页删除了 1954 年初版中周大勇面对重炮弹爆炸一段对话场景："猛地一颗炮弹爆炸以后掀起的气浪，把周大勇推到垅坎下边去了。一个战士吃惊地叫：'营长牺牲了！'马全有头也不回地喊：'瞎说！同志们，有我在！'周大勇从垅沟下边嗖地爬上来，大声向战士们喊：'同志们！我在这里！'每一个战士，都听到了周大勇的声音。"其实，这段对话是很有意味的，战争中人的牺牲有时候是很偶然的，当周大勇被炮弹气浪推倒，战士以为他已牺牲，这是非常符合常理的。而且在我军战斗中，如果上一级军官牺牲，下一级军官自动代理，所以马全有告诉战士们指挥员还在，因为指挥员是战场上的灵魂和核心，能够稳定战士的心理。这段虚惊一场的战场对话体现了战场上的真实场景和人性心理，但是却在 1956 年修改版中删除了，很是可惜。这与读者不喜欢这种不吉利的话有关。

　　总之，通过对两个版本的修改对校，可以发现 1956 年版本的修改是比较成功的，对革命英雄的刻画更为生动，其形象也更为丰满。

二　1958 年修订本对 1956 年版本的修改

　　1958 年的修订本在 1956 年版本的基础上只修改了 23 处，而且大都是字词句的修改与调整，情节方面则没有什么变动。正如作者在1958 年修改本《后记》中所说："这次重排也在字句方面作了一些小小的改动。"

　　首先，进行了字词句的修改。如 1956 年版第 123 页中解放战士宁金山告诉游击队李玉山队长："我回去要给同志们报告你们"，作者在 1958年版第 114 页中把它修改为"我回去要给同志们报告你们活动的情况"；1956 年版第 125 页中"宁二子看见大伙都瞅宁金山，有些人还低声议论什么。他倒抽了一口冷气。因为他记起国民党队伍枪毙逃兵。"作者在1958 年版第 116 页中最后一句改成"因为他记起国民党队伍枪毙逃兵的惨状。"这两句中分别增加了"活动的情况"和"的惨状"三个字，如此

---

　　①　杜鹏程：《保卫延安》，人民文学出版社，1956，第 61~62 页。

就很通顺,并使口语转变成主谓宾健全的书面语。又如面对敌人烧杀的罪行,作者把连长周大勇的想法"战争的火,在陕甘宁边区烧起来了!"[1]在1958年版中改为"敌人又要在这里杀人放火了!"(第8页)前者在情感修辞中是中性化的表达,而后者显然是对敌人罪行的愤恨与控诉,从而强化了解放军指战员保卫延安的决心。

其次,进行了句子调整。如陈兴允旅长第一次向彭总请示的时候,作者增加了一段彭德怀元帅的肖像描写:"彭总,中等以上的身材,普通工人的脸相,两道又粗又黑的浓眉下一对不大的眼睛闪着严肃刚毅的光芒。这位天才的军事家像普通劳动人民一样质朴、淳厚。"[2] 而这段彭总的肖像描写其实在陈兴允旅长第二次见彭总的时候就有,只不过1958年修订本中把原本在第323页的彭总肖像描写提前到陈兴允旅长第一次见彭总的时候。这样处理让读者能够更早地接触到彭总的光辉形象。

最后,增加了一些心理描写。在长城线上,周大勇连队面临严重困境,连长周大勇给王老虎交代了掩护任务。王老虎知道:"现在,忠诚、勇敢、智慧的全部内容就是:保持头脑清醒;沉着,把任何危险都不放在眼里。只有这样,才能在巨大的危险的阴影里,抓住微小的生还希望。"[3]在1958年修改本中,作者在这句的结尾还增加了王老虎的一段心理描写:"他想:'完成掩护任务算不了什么,还要把战士们带回去!'一种强大的责任感,控制了王老虎。"[4] 从而使王老虎的形象更加鲜明。

尽管1958年修改本修改不多,但作者还是觉得经过修改之后小说变得更加充实。这在杜鹏程1979年版的《重印后记》中有体现:"到了一九五八年,我又在这个基础上把这本书作了一些修改……这个本子,比起前几个本子,充实得多了。可惜,出版不久即被'烧毁'。"

三 1979年修改本对1958年版本的修改

尽管作者认为1979年修改本变动不大:"出版前,我虽然以一九五八

---

① 杜鹏程:《保卫延安》,人民文学出版社,1956,第9页。
② 杜鹏程:《保卫延安》,人民文学出版社,1958,第74页。
③ 杜鹏程:《保卫延安》,人民文学出版社,1956,第278页。
④ 杜鹏程:《保卫延安》,人民文学出版社,1958,第258页。

年第三个本子为基础作了校订，但是按照许多读者的意见，基本上没有动，为的是让没有阅读过此书的读者看一看，被'四人帮'泼了那么多污水的书，到底是什么样子。"① 然而事实上，1979 年修改本却在 1958 年修改本的基础上修改不少，大约改动了 380 余处，范围大到故事情节、人物形象刻画，小到字词句的修改，而且重新恢复了陕甘宁边区图，使读者在阅读时更能够理解延安保卫战的整个路线和过程。

第一，进行了字词句的修改。例如 1979 年修订本把原版目录中第七章标题"九里山上摆战场"和第八章的标题"天罗地网、草木皆兵"分别修改成"九里山"和"天罗地网"，如此使得目录标题更精炼、整齐与和谐。同时，把文中的"陈谢大军"全部改成"陈赓兵团"，因为谢富治是"林彪反革命集团"成员，已不适宜用"陈谢大军"。所以，1958 年修改本第 57 页的脚注"陈谢大军，即陈赓、谢富治二将军率领的部队"改为"陈赓兵团，即陈赓将军率领的部队"②，沙家店战役结束后战士们高呼口号："陈谢大军全部渡过黄河！"也在 1979 年版本中全部改为："陈赓兵团全部渡过黄河！""西北大反攻万岁！"甚至周大勇和陈旅长的阅读书目《恐惧与无畏》和《苏沃洛夫传》也在 1979 年版本中分别改成《铁流》和《孙子兵法》，传递出我军指战员在战斗实践中的军事策略的钻研。而且对方言进行书面语言的修改，如"洋芋"改成"土豆"，"小看敌人"改为"蔑视敌人"。更有意味的是，新版本在领导人谱系中增加了"周副主席"，如 1958 年版第 333 页彭总接到"党中央和毛主席"的电报，在 1979 版本第 362 页中修改为"党中央、毛主席和周副主席"的电报。"文革"结束后，大家都在反思"文革"悲剧及其文艺政策，尤其是民主集中制的领导机制在新中国至"文革"时期逐渐被领袖机制所取代，而新时期中国政治领导体制重回民主集中制，相应的新中国成立前的革命战争领导机制也应恢复到原有的民主集中制上。因此，通过增加"周副主席"而提升了集体领导的政治战略智慧，也凸显了周恩来的革命气魄和领导地位。况且，"文革"结束后，周恩来的文艺讲话成为文艺解

---

① 杜鹏程：《保卫延安·重印后记》，人民文学出版社，1979，第 523 页。
② 杜鹏程：《保卫延安·重印后记》，人民文学出版社，1979，第 72 页。

冻和作家平反的重要理论依据。

第二，突出彭德怀的形象。主要通过陈兴允接受作战任务而三次晋见彭总的视角来刻画彭总的光辉形象。如增加彭总在沙家店战役中的淡定指挥，西北野战军前线指挥所发出了他的作战命令："那用小块白纸油印的彭总的作战命令，在我军阵地上雪片似地飘飞着"，[①] 这在原版本中是没有的。同时增加了很多彭总的指挥细节和肖像塑造："他在专线电话上，向毛主席和周副主席报告了战斗进展的情况"，凸显了毛泽东思想领导西北战役的重大作用。彭总的动作神态修改得更加沉着、冷静，如彭总与前线将士打电话的"平静而缓慢"的声音改成"冷静而刚毅"；彭总"轻轻地笑了"改为"爽朗地笑了"；"悄然地笑了"改为"坦然地笑了"；"静静地讲着"改为"冷静地讲着"。通过这种修改使读者见到了一个胸怀坦荡、沉着冷静的高级指挥者形象，以致陈旅长从彭总处回来后传达上级指示时比 1958 年版本增加了一句话："我们火烧火燎的，总部的人倒像是放了假似地悠闲。"[②] 这反映出彭德怀领导的总部面对强敌已经运筹帷幄、成竹在胸，充满必胜信心，突出了彭总光明磊落、指挥若定的光辉形象。

陈兴允旅长第二次拜见彭总，彭总很详细地向他讲述了敌我战场形势。作者在 1958 年版本第 78 页的基础上进行了认真修改：

　　陈兴允惊奇地想：彭总讲得多么肯定，多么详尽，多么清楚啊！胡宗南的脾气，甚至于胡宗南接到我军攻击蟠龙镇的消息时，那种震惊的样子他也想象到了。

　　彭总【察觉到陈兴允的心情了。他打量着陈兴允，坦率地说："没有什么可惊奇的。你和胡宗南打交道也不少嘛！他历来是我军手下的败将。一九三六年十月山城堡打的那一仗，你参加了，消灭了胡宗南一个主力师。十年内战的最后一战啊！那时候，我们就认识了他，知道他是个运输队长。抗日战争初期——一九三八年，我和几位同志路过西安，住在胡宗南的司令部里，表面上是很客气咯！但是，

①　杜鹏程：《保卫延安》，人民文学出版社，1979，第 405 页。
②　杜鹏程：《保卫延安》，人民文学出版社，1979，第 402 页。

我们知道将来是要和这家伙交手的。吃饭啦，谈话啦，使我们有机会进一步了解这位上将司令长官。你想想看，我们硬是听见他两个小时打了十四次电话，都是讲什么军衣上的扣子怎么钉呀鸡毛蒜皮的事情。和我同行的同志们说，胡宗南是个志大才疏的饭桶。我同意这个看法。因为他无能而又死心塌地追随蒋介石，所以才把几十万军队交给他指挥。拿眼前的情况来说，他在千里之外的西安指挥，而他在前线的兵团司令，不得到他的批准，连一个营也调不动。这样一个独断专行的人，除了葬送他的军队还能干什么？"

陈兴允聚精会神，听得出神了，最后止不住地低声笑了。

彭总手轻轻一挥，说："不能再评论胡宗南了，我们还是研究当前的任务吧！"

彭总指着地图，继续】沉静地讲，敌人在蟠龙镇周围几十里的山头上，除了强大的野战工事以外，还有三十多个重要碉堡。①

上述修改增加的黑体字部分主要是彭总讲述胡宗南志大才疏的纸老虎特性，反映出彭总对敌人的了如指掌以及我军必胜的信念。

陈旅长第三次晋见彭总，作者在1958年版本第328～329页的基础上也进行了认真修改：

陈兴允望着墙上的地图……（略）

【彭总锐敏地察觉到陈兴允的思想活动了。他打量着这破旧的窑洞，说："根据党中央的指示，就在这里，我们前委的同志们，研究了怎么才能打好这一仗。不仅研究了怎么打才能打好，也研究了打不好了下一步怎么办？敌我双方十几万军队集中在这狭小而贫瘠的地区，没有粮食，多雨的季节又到了。搞得好，就能转危为安；搞不好，就得把部队拖过无定河，向西插去，说不定还得再过草地和沙漠。那当然就有一番更艰苦的周旋了。不过，算不了什么噢！"他背着手，来回沉稳地走了几步，又说："陕甘宁边区是个穷地方，但它

---

①　杜鹏程：《保卫延安》，人民文学出版社，1979，第83～84页。

是我们的铁打江山。这里的一百五十万人民，就是一百五十万战斗员，这个'兵力优势'，敌人永远赶不上。人民群众宁愿掉头，也不给敌人泄漏我军的任何情况。他们把自己的一切都献给了革命事业。我们的部队好，不仅觉悟高、作战英勇，而且你在指挥上有漏洞，他们就主动积极地弥补了。这种力量是无法估量的。"他停住脚步，凝视着陈兴允。"有这么好的军队和群众，——陈兴允同志，——我们怕什么？"

接着，彭总又仔细而深有兴致地问陈兴允：跟随贺龙同志长征中在红二方面军当师长和抗日战争中在一二〇师当团长时的种种情况，以及老婆、孩子是不是还在山西兴县住着……

陈兴允一面回答彭总的询问，一面在兴奋而激动地思索着……】

彭总再一次用商量口气问："你看刚才讲的这样打法好不好？"

……

彭总【挪过来一个文件箱子，坐下来，两手放在有很大补钉的膝盖上，望着脚上破烂而有泥巴的陕北老乡做的布鞋子，边思量边】说："如果敌人像我们所判断的：分三路向前推进，那就有大仗打。而且只要这一仗打得好，我们就可以扭转陕北战局，同全国各战场一道进入反攻。"①

从增加部分可以看出彭总像一位循循善诱的教师讲述着作战方案，同时又是一位长者，关心陈兴允的个人家庭情况，显示出彭总和蔼可亲、平易近人的人格魅力和艰苦朴素的作风。所以，当陈兴允旅长第三次告别彭总后，1979 年版本第 361 页比 1958 年版本第 333 页又增加了一段彭总沉思图："彭总站在崖边，他能听见陈兴允往山坡下走的脚步声和沟里战马的嘶鸣声。背着手，巍然地屹立在那里，望了望哨兵的身影，又仰面凝视着北国漆黑的夜空；塞外刮来的风，把他的大衣的一角，微微扇了起来。"如同一幅水墨画凸显了一代伟人的光辉形象。

第三，突出了贺龙形象。虽然在 1958 年版第四章第七节第 215 页中

---

① 杜鹏程：《保卫延安》，人民文学出版社，1979，第 355～356 页。

谈到贺龙将军，但非常简略。因此，作者在1979年版本中增加了贺龙将军的正面形象，如第234页增加了关于贺龙将军戎马倥偬和对党忠诚的光辉事迹：

> 西北野战军，大部分是贺龙同志当年领导的红二方面军——抗日战争年代的一二〇师。几个月前，才归彭总指挥。但是彭总指挥起来得心应手。这里头，包含着党、贺老总和他的战友的几十年辛勤培养的心血啊！贺老总的名言是："我们任何人带领的部队，都是党的军队，调到哪里，归谁指挥，都积极主动，毫无问题。做不到这一点，就不配作共产党领导下的革命军人。"这洪钟似的声音，至今仍在这征途中行进的勇士们耳边轰响……因为远在洪湖苏区时代，赵劲就给贺老总当警卫员；抗日战争开始，李诚这些青年学生参加了部队，于是他们都成了贺老总的部下。贺老总多么喜欢有知识的人啊！当他发现李诚作战勇敢、工作很有创造性，便把李诚从连队的文书，提升为指导员，并对当时担任营长的赵劲说："我交给你一个'墨水罐子'，你要打破了，我可要找你算账！"

由此可见，贺龙元帅对党忠诚、知人善用，显示出其卓越的指挥才能。不但如此，贺总非常平易近人，经常关心和爱护下属，如了解卫毅的情况等。甚至"贺老总曾多次在'晋绥'举行的'群英会'上，拉着王老虎的手，对指战员和民兵英雄们说：王老虎是我们军队的光荣，人民的骄傲，是中华民族英勇不屈的象征。"① 贺龙将军亲自高度评价一位普通士兵，其关爱下属的人文情怀可见一斑。

第四，增加了毛主席的英雄形象和毛泽东思想的革命意义。由于小说没有正面书写毛主席的为人形象，而只是通过侧面叙述来凸显领袖的高瞻远瞩，导致小说《保卫延安》受尽诟病和批判。所以，作者重新进行了修改。例如，彭总把党中央毛主席的指示告诉了陈旅长："毛主席一再指示：延安是要保的，因为我们在延安住了十年，挖了窑洞，吃了小米，学

---

① 杜鹏程：《保卫延安》，人民文学出版社，1979，第332页。

了马列主义，培养了干部，领导了中国革命，全中国、全世界都知道有个延安。但是延安又不可保，因为美帝国主义支持下的蒋介石，调集了几十万军队，有飞机、坦克、大炮，我们只有两万多人，靠的是小米加步枪，这就决定了不可能一下子把几十万敌人消灭。存人失地，人地皆存；存地失人，人地皆失。这是很明白的道理。"（1979 年版第 24 页）毛主席的这段指示在 1958 年版本中是没有的，作者在修改本中进一步说明了彭总对党中央毛主席的指示的坚决服从。因为在"文革"前和"文革"中，作者和小说被认为是美化彭德怀、排斥毛主席，所以通过修改，突出了毛主席的高瞻远瞩和宏伟战略，以及在西北战役中所起的重要领导作用。又如第四章《大沙漠》中，战士向大沙漠进军，1979 年版本第 191 页比 1958 年版本增加了战士们克服高原恶劣环境，以及革命前辈刘志丹、毛主席等在此战斗的情景："时值盛夏，可是这高原上的夜晚，还是冷飕飕的。巷道里，各个院落里，到处都挤满了人。只有偶尔闪亮的手电光和炊事员做饭的灶房里吐露出的灯光，才划破了这漆黑的夜。""当年刘志丹同志曾经率领陕北红军，在这里进行过长期而艰苦的斗争。一九三五年初冬，毛主席率领中央红军首先到达这里；后来，红军三大主力会师后，在这里英勇奋战。这里留下了毛主席、周副主席和许多巨人的足迹。中国工农红军经过举世闻名的二万五千里长征到达陕北之后，中国革命历史的新篇章，实际上是从吴旗镇周围这一带山区开始写起的。战士们沿着红军当年开辟的道路，奋勇前进。"这体现出毛主席率领战士们不畏艰险以及革命者遵循前辈的革命理想向前进的英勇事迹。

第五，突出了中层指挥员的形象。《保卫延安》形象生动地刻画了高级指挥员到基层士兵这一革命英雄谱系，自然，中层指挥员也是必不可少的重要一环。例如，增加了旅参谋长的革命形象，在沙家店战役中"旅参谋长把帽子推在脑后，满头大汗地来回跑着。他在指挥山炮等火力。"这在 1979 年版第 414 页改为："旅参谋长把帽子推在脑后，满头大汗地来回跑着。他把指挥所组织得有条不紊，使指挥员活动时得心应手，而且他还在指挥山炮等火力。作参谋长的人，既要机动勇敢，又要勤奋耐劳，而且还要善于组织各种力量，团结各种各样的人。这位旅参谋长就是这样的人。"一心为党奋斗的旅司令部四科科长陈德在 1979 年版本中增加了他的形象刻画："四科长高大而瘦削。他的一只眼睛，抗日战争被子弹打瞎了……这位经过长征、遍体伤痕的红军老战士——四科长，为了让同志们多吃一口饭，他常常是当着同志们把饭舀到碗里，又背着同志们把饭倒在锅里。"（第 379～380 页）而且还增加了对卫毅的形象评价，1958 年版本中陈旅长称赞团参谋长卫毅说："他应该提起来作副团长。"但在 1979 年版本中改为："他应该提起来作我们旅的副参谋长。一个知识分子出身的干部，这样忠诚朴实，这样勇敢无私，真是难得的很哪！"（第 387 页）同时在 1979 年版本中也增加了旅政委杨克文对卫毅的评价："卫毅乐呵呵地微微耸了一下肩膀。杨克文想：这卫毅不管从哪方面看，都像个勇敢、诚朴和勤奋的工农干部噢！干部们脸上都有特别急切的兴奋的气色。"（第 390 页）通过增加这些生动形象的赞扬式话语，突出了指挥员大公无私、勇敢质朴、对党忠诚的英雄形象。

当然，修改得最突出的应是旅长陈兴允的形象。在 1979 年版本中陈旅长回忆自身经历时把"一九三〇年逃出了家门"改为"一九二七年逃出了家门"，增加他参加了"秋收暴动"并上井冈山的经历，① 使他的英雄履历更加不平凡。在小说开头部队准备飞渡黄河时，陈旅长笑着同战友谈渡河的感受："谁也没说这是讨厌的事啊！"② 在 1979 年版第 3 页中改为"怎么会是讨厌的事呢？相反的，我每次渡黄河，心里总是很不平静。想想看，几千年来中华民族在它身旁进行了多么英勇而艰苦的斗争啊！"1958 年版本第 322 页写道："陈兴允在河槽里下了马，把马交给通信员。他**【那匹久经沙场的骏马，抖了抖身上的汗水，又用一个前蹄在地上刨着。他怜惜地摸了摸马的透湿的鬃毛，便】** 和参谋一道，回答了哨兵的盘问，上到半山坡上的一个破烂的村庄。"③ 通过增加的黑体字可知 1979 年版本增加了陈旅长与马的感情，更富有人性。于是，经过修改，一个立体的英雄指挥员形象出现在读者面前。

总的来说，1979 年修改本对 1958 年版本的修改是很成功的。作者对我军高级指挥员的英雄形象刻画得更加生动丰满，这也主要得益于 1979

① 杜鹏程：《保卫延安》，人民文学出版社，1979，第 209 页。
② 杜鹏程：《保卫延安》，人民文学出版社，1958，第 3 页。
③ 杜鹏程：《保卫延安》，人民文学出版社，1979，第 348 页。

年彭德怀、贺龙、冯雪峰以及作者杜鹏程本人的平反，使得作者在明朗的
形势下更加遵循读者的建议，把这些英雄修改得更加生动。

第三节　由基层英雄塑造转向高级指挥者塑造
——《保卫延安》艺术改编与传播推广

《保卫延安》在50年代的话剧、连环画改编中更注重对基层英雄形
象的塑造，然而80年代的连环画、电视等艺术形式改编开始转向高级指
挥者的英雄形象塑造。当然这是总体而言，具体层面也注入了人性化的新
质素。

一　话剧改编

自从鲁迅关于电影改编应忠于原著的理论诞生后，新中国成立以来的
文学艺术改编即奉之为圭臬，《保卫延安》的话剧改编自然也是遵循了这
一艺术的最高准则。由于文学作品与艺术作品无论在内涵还是外延上都是
有差异的，所以编剧在改编为剧本的时候不是机械地剪接和重复小说中的
情节、场面或材料，而是进行了二度创作。在保留原著精华的基础上对原
文本进行了适度修改，而且导演在编演的时候也会根据具体情境对剧本进
行适当修改。由于当年的表演录像无法得到，笔者只能从剧本改编角度进
行校勘分析。

1958年，陕西省文化局局长鱼讯与军区文工团团长周军等人合作改
编了七场话剧《保卫延安》。周军当时已连续编导了话剧《青春之歌》和
《野火春风斗古城》，连演百场，成为轰动一时的新闻。据《保卫延安》
的话剧改编者之一亘川回忆："1958年春天的一个下午，周军给我看了省
文化局局长鱼讯从医院写给他的一封信，内容是建议省话剧团改编杜鹏程
的著名小说《保卫延安》。并随信寄来了他的一些改编设想。周军接受了
鱼讯局长的建议，立即召集我和李诗镕及导演王冀北成立改编小组开展了
改编工作。周军将已改出的话剧本《保卫延安》投入排演，于1959年春
推上西安舞台。由于顺应了广大观众的心理期盼，加之小说在国内外的巨
大影响，演出广告一经刊登，立即产生了轰动效应，观众如潮，计划首轮

演出的 80 场剧票几天内被订购一空。著名作家杜鹏程看后也发表了《略论话剧〈保卫延安〉的改编》一文，推崇改编演出成功；湖南、沈阳等兄弟院团还来函索要剧本资料排演演出。"①

话剧是表演艺术，观众通过视觉进行艺术转化，无须像小说阅读把语言文字转化为艺术想象，而是直接通过可观的演员扮演的人物形象进行直觉审视。因此，话剧编演更易打动读者并获得第一印象的首肯。1959 年 2 月初，话剧《保卫延安》上演，引起轰动，杜鹏程在 3 月 27 日写的文章《略论话剧〈保卫延安〉》专门对此谈道："西安电影演员剧团的同志们，在为国庆十周年献礼的号召鼓舞下，从改编到公演，日夜苦战了二十几天，话剧《保卫延安》就和广大的观众见了面。二月初，开始演出，在短短的三十多天中，演出了六七十个满场。"②"编、导、演共同努力所创造的那些最普通的人物在平凡的工作中表现出来的伟大思想和高贵品质，使我们时时刻刻难以忘怀；解放军战士们那种团结友爱，视死如归，前仆后继的英雄形象和与人民群众的血肉关系，使我们不时流出了感动的热泪。人们从英雄形象身上获得了前进的力量，英雄的形象策励着我们更加奋发地为实现明天的幸福而奔驰。"③

相比小说而言，话剧《保卫延安》较为忠实于原著。全剧共分五幕：第一幕主要写敌我军之间争夺延安的主要矛盾以及"我军"主动放弃延安的战略方针和战士们、边区人民热爱延安的难舍情怀；第二幕写敌人占领延安后的嚣张与被动；第三幕写"我军"沙漠行军以及思想政治教育工作；第四幕写解放军主动撤退以及军民鱼水情；第五幕则是大反攻的胜利。从总体来说，这五幕只从原著小说中摘取了一条线索，即从延安撤退到沙家店大反攻结束，基本保留了小说中的精彩情节、基本冲突和人物形象刻画。但是，由于 1958 年底正处"大跃进"时期，话剧改编和表演自然具有很浓厚的"政治挂帅"的痕迹。同时，由于话剧艺术的舞台集中和时间集中，必须把几十万字的小说精悍凝练、浓缩在短暂的 4 个小时的表演时空中，所以在某些情节的改编方面也受到了读者和批评家的批评。话剧 1959 年 2

---

① 亘川：《难忘海棠树下深夜不息的灯光》，《当代戏剧》2004 年第 3 期。
② 杜鹏程：《我与文学》，陕西人民出版社，1984，第 43 页。
③ 马川：《试谈话剧〈保卫延安〉的改编》，《当代戏剧》1959 年第 2 期。

月初公演，读者马川观后就开始写《试谈话剧〈保卫延安〉的改编》，该文末尾作者标示了写作时间"1959 年 2 月 14 日初稿，1959 年 3 月 18 日修改"。文章着重论述了话剧改编的优点与不足。他认为五幕剧"形成了一幕一个主角，一幕一个重点。这样做的结果无论在剧本结构和人物刻画方面都给观众以支离破碎的感觉。"而"造成上述缺陷的原因之一，则是改编者在场面安排上忽略了留给人物以充分的可以揭示他们内心世界的余地。例如第四、第五幕中，有一些战斗场面，我认为必要性不很大，我自己这样想，如果能腾出一些'战斗地盘'着重用内景场面来揭示剧中主要人物的内心世界，也许对突出主要人物会有些好处。"该作者还着重从周大勇的刻画缺陷分析话剧逊色于小说的地方和原因。① 应该说，马川从话剧的艺术特色角度论述小说的话剧改编是有道理的。

杜鹏程显然已经看到马川《试谈话剧〈保卫延安〉的改编》的批评，于是开始为话剧改编进行辩护。在 1959 年 3 月 27 日写了《略论话剧〈保卫延安〉》，对话剧改编和上演的成功表示祝贺，对编剧、导演、演员等面对困难迎难而上的精神表达自己的感谢，"要把这部小说改编为戏，又要保持原作的精神风貌，就不能不遇到很大的困难……但是，西影演员剧团的同志们，偏偏选择了这条艰难的道路来走。其结果是，剧作者向我们呈现了那个英雄的时代。"而且，杜鹏程对马川所说的没有一个统一的主角以及各幕缺乏紧密联系的缺点进行辩护："不错，整个戏是极力要绘制巨大的历史画幅，但是在这画幅的展开的顺序上，你能找到描绘的重点。像第一幕第二场是着重塑造英雄人民的化身李振德；三幕一场着重塑造团政治委员李诚；三幕二场则集中力量塑造了炊事员孙全厚；第四幕第一场全力塑造了王老虎；即使周大勇是贯穿全剧的重要人物，已经用了不少篇幅写他，而四幕二场还集中着力地给周大勇这个形象增添了更浓厚的色彩。我觉得，以上种种办法，是改编和演出者创作中的一些重大收获。"杜鹏程在为话剧改编辩护完了之后，还以不点名的方式对马川的批评进行了反批评："也许有人看到这个戏，还感到有一些不满足。不满足的原因之一，就是拿小说来衡量这个戏。这种衡量恐怕不十分合适。""因为小

---

① 马川：《试谈话剧〈保卫延安〉的改编》，《当代戏剧》1959 年第 2 期。

说和戏剧是两种不同的艺术形式，在小说上也许是很生动的情节或对话，而拿到舞台上它就不一定能产生同样的效果，把小说中的每一样东西原封不动的搬到舞台上去是绝对不行的。"所以，"为了适合于舞台表演，就必须有所删削，有所取舍"。同时，杜鹏程还对编剧的反复修改表达了感动之情："参加改编的人在工作过程中是下了苦功夫。据我知道，他们常常演完了一场戏，就根据观众的意见，连夜进行修改。如果没有这种连续苦干的精神，要达到目前这样的水平恐怕是不可能的。这个剧本开始上演时，虽然就具有了目前这样的规模，但是还不紧凑，还有片段连续的感觉。可是在一次又一次的修改中，越来越紧凑，逐渐成为一个完整而动人的作品。因此，可以这样说，一个月来紧张的演出过程，也是一个对剧作不断修改提高的过程。"

由于是演员的表演说唱，不像影视改编一旦上演后就成为一种无法修改的固定化叙述，话剧、戏曲、曲艺等艺术编演可以不断进行修改，以更紧密地连接读者、改编者、表演者、观众的互动，使作品在改编中完善艺术。当读者对话剧《保卫延安》剧本进行批评后，编剧与导演马上就进行了修改。例如马川对话剧《保卫延安》改编中孙全厚和李振德的人物形象改编进行了批评，认为对孙全厚的处理有缺点："这就是看了话剧之后，觉得老孙头似乎有沉重的心事压在心头。"虽然李振德老人的形象是比较成功的，"但是个别地方表现得肤浅一些，例如李老汉跳崖一场，对白显得无力，而李老汉跳崖的时候那种惊心动魄的壮烈气氛也不浓……原著中李老汉的孙子被改编为孙女儿当然无不可，问题在于这两个孩子在小说和戏剧中所表现的性格差异。我们知道原著中拴牛这个李老汉的孙子，是个可爱而幼稚的边区红色少年，他纯洁、善良，通过他与敌匪军的一段对话，充分显示了这个小心灵的爱憎分明……可惜编剧却删掉了，而更可惜的是删掉后并没有创造性地增加新的更生动的对话……我们再看看话剧中孙女儿的形象，这个形象给我们的印象是懦弱的。我们没有听到孙女儿的什么富于戏剧味的台词，而只听到她软弱地害怕地喊着：'爷爷！爷爷！'这虽然引起了观众的同情和对敌人残暴行为的恨，但比起拴牛的形象就差远了。我们再看关于跳崖的处理。原著中是李老汉抱着孙子一块跳崖的；话剧中是随着李老汉之后孙女儿自己也跳了下去……我认为是不恰当的。因为编剧在该表现孙女儿勇敢、倔强的地方没有表现，这里的"勇敢行为"只能认为是编剧强加于小人物身上的。因为话剧中孙女儿的性格软弱、惧怕，这里的跳崖只能令观众认为是小姑娘模仿着老人，而她自己并不知道跳崖意味着什么，并不理解自己行为的意义，显然是减弱了这个形象的作用。而且这里有一个漏洞，孙女儿既这样软弱，李老汉留下她，难道不怕敌人从她口中探到我军线索吗？"针对马川批评中反映出的话剧中的不足，话剧编导演者按照读者的要求又重新进行修改，重点把李老汉和孙女跳崖的情节恢复成李老汉和孙子面对日寇跳崖的故事，使英雄形象更为鲜明和大义凛然。应当说，处在那个特定年代的读者马川，认为炊事员孙全厚的心理情绪和李老汉孙女的懦弱场景没有充分地表达时代激情、战斗情绪。这种批评是比较合理的，国家意识形态生产和建构需要更高的壮志激情和英勇献身的精神来教育读者。但是，在笔者看来，编剧的这种凡人化生活常态的处理方式是比较妥当的，既矫正了小说《保卫延安》中战争生活过于宏大叙事的缺陷，也传递出编者自身对人性的理解态度：上了年纪的孙全厚一心为革命，任劳任怨却已经过度操劳，身体逐渐开始衰弱，当然他的精神状态不可能总是激情饱满的，然而他的这种心理状态却没有获得领导应有的关心和重视，导致累死在革命岗位上。而用孙女来替代孙子拴牛，并让一个弱势的普通女孩面对强势人物的心理畏惧情绪充分表达出来，这是任何一个人都会有的心理反应和认知方式。然而，当时的编剧却并不敢怠慢读者的批评，随之就进行了修改。

因此，编剧在该剧本定稿的最后一页标明了"1959 年 4 月三次修改稿"。也就是说，该稿是 1959 年 4 月编剧经过第三次修改后的定稿本，而这部经过不断修改的 116 页的话剧剧本《保卫延安》的最后定本则由东风文艺出版社 1959 年 12 月初版。那么，这个经过了反复修改的话剧定本在内容上又对小说《保卫延安》进行了哪些修改呢？

第一，人物形象更加精炼、浓缩。编导者把一些对话和矛盾冲突叠加到主要英雄人物和反面人物身上，这是由于话剧特定的时间、空间限制决定的。小说中的人物很多，不可能每一个人物都在话剧中一一登场，所以编者把一些主要故事情节及对话移花接木，更集中地嫁接到几个主要人物身上。例如，编者删除了营教导员，把他对战士的政治宣传嫁接到团领导李诚身上，又把小说中由团长赵劲下达的许多作战命令改为旅长陈兴允直接下达。如引诱蟠龙敌人北上的战斗任务在小说中是团长赵劲下达的，但在话剧剧本中改为陈兴允旅长直接下达给周大勇，如此突出了旅长的英雄形象。因此，剧本塑造的陈兴允旅长比小说更加深刻和鲜明，他不时地出现在战士和群众中间，解决各种困难问题。话剧序幕中，就是由陈兴允旅长进行朗诵，把延安的地位，保卫延安的原因、意义，敌我军严重形势以及党中央的应对政策等进行说明："党中央和毛主席住在延安，延安就成了中国的心脏！延安就成了中国革命的司令部！延安就成了胜利的发源地！"通过序幕说明了敌我矛盾冲突的必然性，表达了解放军战士保卫延安的神圣使命和艰巨任务，增加了视听震撼。所以，陈兴允在给周大勇下达任务时语重心长地说："周大勇同志，任务是非常艰巨的，对你来说，也是一次重要的考验与锻炼！记住，作为一个指挥员，在紧要关头，你的声音，你的动作，你脸上的表情，都是干部和战士们最注意的，勇敢、沉着，就是最大的本领，最大的智慧！"[1] 这种告诫在小说中是没有的，凸显了旅长关心下属的强烈的情感表达向度。

第二，增加了两位女革命者的英雄形象。小说没有正面叙述女革命者，而革命战争并不仅仅是男性的权利，女性同样也是革命中的重要力量，所以话剧进行了修改。在第一幕第一场抢渡黄河时就出现了徐静和林萍两个女战士的身影，她们不畏敌机扫射，在石壁上刷写战斗标语："全边区人民紧急动员起来！保卫党中央！保卫毛主席！保卫陕甘宁边区！保卫延安！保卫土地！保卫丰衣足食的生活！"同时两位女队员还向战士们宣传：

　　林萍：（站在土坎上进行鼓动宣传，说快板）蒋介石，大混蛋。独裁卖国打内战！

　　徐静：胡蛮调兵三十万，一心要把延安占。

　　林萍：同志们一听红了眼，日夜行军往前赶！

　　徐静：翻高山，越平川，一气赶到黄河边。

---

[1]　鱼讯、周军等改编话剧《保卫延安》，东风文艺出版社，1959，第26页。

　　林萍：毛主席，在延安，革命圣地不容犯！

　　徐静：同志们，冲向前，冲向前去保延安，

　　林萍：胡匪胆敢来侵犯，

　　徐、林：就把它消灭在延安的大门前！消灭在延安的大门前！

　　林萍：（大喊）同志们！加油往前赶啊！（二人排入战士们的行列，急步跑下）①

　　宣传鼓动是革命战争的重要武器，两位女革命者徐静、林萍通过标语和快板的宣传，揭露了敌人的罪恶和同志们保卫延安的意义。而这两位女性都是小说中所没有的，女性革命叙事显然弥补了《保卫延安》男性化革命叙事的不足，其革命意义的承载超越了男性，使得话剧的表演更丰富生动、气势雄阔，满足了读者对女性革命者的阅读渴望和期待心理。徐静和林萍不仅宣传革命的意义，还通过革命者的互助呈现她们的无产阶级新境界。在贴标语的路途中见到炊事员老孙找水，主动要求老孙："你把水桶给我们，我们替你担水，你替我们休息。"革命者的无私奉献和高尚的革命情操在细节中呈现。

　　第三，更突出了孙全厚、李振德、王少新、宁二子等革命基层英雄形象的塑造。如上面所述，马川和杜鹏程批评了话剧初稿本中老孙形象的静止问题，而话剧定本则把老孙的形象刻画得更加精细、崇高：

　　　　孙全厚：嗯！……怎么啦？……我是怎么啦？……

　　　　（静了一下，孙吃力地站起，摇晃着走到锅前，欲给葫芦里灌水，又一阵头晕，孙急忙扶住撑锅的木架）

　　　　孙全厚：头……头……怎么也不听使唤了……是不是……不会……不会……我不会，我还能工作，我要工作……（直起身子，继续灌水。猛然倒在地上）

　　　　孙全厚：我……真的……真的……不行啦……水……水……

　　　　（孙爬到锅前，颤抖着，舀起一碗水欲喝，一阵急促地喘息）

---

① 鱼讯、周军等改编话剧《保卫延安》，东风文艺出版社，1959，第6页。

　　孙全厚：不！……水……水留给同志们喝吧！（把水又倒进锅里）

　　（孙全厚用力从身上掏出一个小本子，用颤抖的双手举到面前）

　　孙全厚：（无限亲切地）毛主席！……（孙全厚为人民的解放事业倒下去了！）①

　　老孙舍不得喝一点宝贵的水来延缓自己的生命，而是把它们全部留给了战友，其革命英雄主义的无私奉献精神使他把生的希望献给了保卫延安的同志，自己却为人民解放事业而牺牲。这段心理独白和动作细节令人震撼，衬托出革命者在平凡的工作岗位上为党和革命奉献自己生命的赤胆忠心。

　　同时，对李振德和孙子拴牛跳崖的情节进行了深化，凸显其老边区人民的革命英雄本色。当敌营长用鞭子抽打李老汉叫他带路寻找八路军的时候，老汉坚决不出卖自己的良心："这里的人是跟上共产党用菜刀砍出个陕甘宁边区的人，我活是边区人，死是边区鬼！死！我也要站起来死！你们开枪吧！"敌营长只好用枪对着拴牛，惊慌失措的拴牛很害怕而向爷爷求救。李振德以严厉的目光制止他："拴牛！你什么也不知道。要问什么，爷爷全知道。"于是，李振德带着孙子，在高峰上神色凛然地怒斥敌人："呸！白狗！顽固！你把狗眼睁大，全边区一百五十万人民，一心跟着共产党，决不出卖良心，你休想从我嘴里掏出半个字来！"②然后抱着孙子纵身跳下悬崖，上演了一幕可歌可泣、荡气回肠的英雄舍生取义图景。由于小说中是侧面描写，只是简略的几笔叙述，无法深入地透视李振德的内心世界、言语世界和英雄世界。而编导者在剧本中把它修改为正面叙述，直观地呈现出李振德保卫边区的英雄形象和革命性格，增加了他面对强敌英勇不屈、舍生取义的高风亮节。尽管淋漓尽致地表现出老汉的英雄本色，但也令人扼腕，孙子拴牛的无辜生命却在爷爷的裹挟中结束，确实是遗憾的两难境地。

---

①　鱼讯、周军等改编话剧《保卫延安》，东风文艺出版社，1959，第57~58页。
②　鱼讯、周军等改编话剧《保卫延安》，东风文艺出版社，1959，第18~20页。

警卫员王少新令人感动，小说中他很少出场，而在剧本中，陈兴允成为主角之一，负责陈旅长的安全成为王少新的重要任务。第五幕第一场沙家店战役前期，陈旅长一天没有吃东西，王少新给他带来三个洋芋做晚餐。但旅长坚持要留给病号吃：

　　陈兴允：现在搞不到粮食，全旅都在挨饿，有东西先给病号吃去。

　　王少新：（急了）你是首长，要指挥全旅打仗，饿坏了怎么打三十六军呀？

　　陈兴允：（有些怒意）你怎么光看见我？难道我比别人特殊？去！在哪儿搞的给哪儿送去，真成问题！

　　王少新：……

　　叶参谋：首长，你吃了吧！这是王少新前天分的晚饭，他自己不吃给你留的。

　　陈兴允：（望着王、低声地）你跟我说谎……

　　王少新：我……不能叫你挨饿……（把洋芋放在电话机旁，扭身跑下）①

呵护领导和保护领导成为王少新的责任，为了旅长而宁愿自己挨饿，甚至受委屈，后掩护陈旅长身受重伤。而旅长也为了病号而舍不得吃，甚至错误地批评了小王。于是，革命者无私奉献精神和舍生忘死的人性情怀在细节中呈现。

同时，对兄弟相认的情感细节也进行了修改。小说中，新解放的战士宁金山因开小差而被敌人俘获，后又再次被救出。在解放军的诉苦会上与新解放的战士宁二子兄弟相认，终于认识到敌人的反动，开始为革命奋斗。但话剧剧本修改了这段情节，改成宁金山被俘以后，被在国民党军队当兵的弟弟宁二子认出。于是，宁二子偷偷地把哥哥救出，偕同哥哥宁金山回到解放军阵营，两人都成为光荣的革命战士。通过修改，使宁二子的

---

　　①　鱼讯、周军等改编话剧《保卫延安》，东风文艺出版社，1959，第86~87页。

形象变得更加光明。

第四，增加了军民团结的内容。例如在第二幕第四场中，周大勇连队与主力部队失去联系，从敌人包围圈里杀出条血路，到达长城边上一个村庄的贫穷老汉家里，周大勇不愿睡在老汉家的炕上，以免弄脏了老乡家的被子，并被白匪军发现而连累对方。当周大勇听到小孩饥饿的哭声时，把身上仅有的一点干粮给了老乡，并告诉他："孩子哭得厉害，快给孩子吃点吧！"[1] 当他们夜袭敌人的运粮队时，老汉也自动地参加了战斗。消灭敌人的加强排后，周大勇指挥战士们把粮食分给了当地在饥饿线上挣扎的老乡们。而这在小说中是没有的，话剧的这种内容的增加，无疑衬托了军民一家亲，军爱民、民拥军的革命传统。李振德老汉跳崖后大难不死，又开始参加革命工作，积极拥军支前，带领支前队伍赶着大队毛驴给陈兴允部队送粮食。当陈旅长代表部队感谢陕北人民的时候，李振德告诉他："谢什么！保卫延安、保卫党中央和毛主席，难道没有我们的份儿？"李振德望着消瘦的陈旅长不由感叹："你又瘦了，苦呀！你们可真辛苦啊！"陈兴允则告诉他："不。你们才苦哪！谁也忘不了你们。全中国有几年革命历史的人，谁没吃过你们生产的粮食？谁没有使用你们的毛驴驮过铺盖卷？你们为支援革命，自己不吃给部队吃，自己不盖给部队盖。"战士们不忘陕北的小米，李振德兴奋地告诉他们："我常划算，我要有福气，能活到咱们胜利的那一天，我一定要到全中国去游一转儿。只要我说，我是陕北人，那就处处有亲人。"[2]

第五，更加丑化反面人物。例如小说第 58 页有战士的歌声："蒋介石运输大队长/派人送来大批美国枪"。这句嘲讽蒋介石的俏皮话在话剧剧本第 21 页中修改得更为生动形象："换枪换枪快换枪/快把老枪换新枪/蒋介石运输大队长/派人送来大批美国枪/美国枪，明又亮/助民贼，害忠良/中国人民力量大/夺来了新枪换老枪/同志们快上快上，快上快上/上去缴枪，上去缴枪/个个换上美国枪/哈哈/谢谢蒋队长。"而第二幕也增加了敌军内部之间的貌合神离和相互轻视，当李昆岗所部被解放军消火

---

① 鱼讯、周军等改编话剧《保卫延安》，东风文艺出版社，1959，第 76 页。
② 鱼讯、周军等改编话剧《保卫延安》，东风文艺出版社，1959，第 92 页。

后，小说中许多敌军中层军官的议论全部改为敌军刘军长和钟军长对战局的批评。这种移花接木不仅突出了敌人内部的不团结，也呈现出对方的狡猾性格。小说中敌军钟军长等逃脱的情节，在话剧第五幕第三场进行了修改。指挥所被包围后，凶残与狡猾的钟军长枪杀了下属军官，自己却临阵逃跑，结果被周大勇部擒获。所以，我们发现，话剧编导者通过故事修改故意丑化反面人物，这种模式几乎延续到当时所有的艺术改编中。

第六，删除了彭德怀形象。很有意思的是，在最初的编剧的话剧演出中是有关于彭总的一些侧面描述，因为当时还是 1959 年春天。然而当年的庐山会议决定了这部小说的悲剧命运，勇于直言的彭德怀开始遭到错误批判，并在中共八届八中全会上被错定为"右倾机会主义反党集团"①的首领，免去国防部长职务，开始了他悲情的后半生。编剧和导演把《保卫延安》话剧剧本和表演进行了修改。所以，在 1959 年 12 月版的定稿剧本《保卫延安》中，原有的"彭德怀""彭总"字样全部改成了"总部""总司令"。例如小说原文有一段话："彭总就按敌人的胃口下菜。这就是说，彭总要我们纵队每个团抽出一两个连。"但是在剧本中修改为："总部早算定了，就按敌人的胃口下菜，这就是说，司令员要我们旅每个团抽出一两个连。"②在沙家店战役中，彭总亲临一线到赵劲团进行战斗指挥，而话剧《保卫延安》则改为总部首长三号的电话，在这个代号的背后并没有出现"彭总"字样，而是以"声音"的字样出现在与陈兴允旅长的电话通话中。这种修改显然是避嫌。话剧《保卫延安》自然和小说以及作者杜鹏程一样因彭德怀问题受到牵连。"文革"中，话剧被宣判为"反党大毒草"，编剧和导演受到了打击迫害。1978 年彭德怀平反后，小说和话剧《保卫延安》也随之平反。话剧《保卫延安》在 1979 年初首次由陕西省话剧团在西安重新上演，反映空前热烈。该话剧再次修改了 1959 年的剧本，重点增加并突出了彭德怀元帅的光辉形象，"1979 年建国三十周年大庆，省人艺重新修改、上演了话剧《保卫延安》，剧中增加了彭德怀元帅等老革命家形象，演出又一次引起轰动。实际上为这出曾被打成

---

① 即所谓的彭德怀、黄克诚、张闻天和周小舟的"彭德怀反党集团"。
② 鱼讯、周军等改编话剧《保卫延安》，东风文艺出版社，1959，第 25 页。

'反党大毒草'的剧目平了反。"① 所以,《人民日报》1979 年 3 月 9 日专门发表新华社稿《话剧〈保卫延安〉在西安上演,我国戏剧舞台首次出现彭德怀同志的艺术形象》认为:"这个话剧里出现了彭德怀同志的艺术形象,这在我国戏剧舞台上是第一次。长篇小说《保卫延安》,第一次在小说中塑造了我军高级指挥员——中国人民解放军副总司令彭德怀同志的艺术形象。"这种荣誉对于杜鹏程以及话剧《保卫延安》来说是非常高的。

总之,话剧改编通过形象生动、具体可感的动作语言和对话表演进行人物内心心理的符号化表达,传递出革命者面对艰难险阻的必胜勇气和信念,尤其是塑造了许多基层英雄的形象。

二 《保卫延安》的连环画改编

《保卫延安》的连环画改编在"十七年"时期主要有上海人民美术出版社 1957 年版的连环画《九里山上摆战场》。新时期以后,在 1982 ~ 1984 年间相继出版了 4 种上、下册连环画:一是穆兰改编,王胜利、刘白鸿绘画的甘肃人民出版社 1982 年 2 月版连环画;二是辽宁美术出版社 1982 年 3 月出版的王曒改编,李人毅绘画的《延安保卫战》;三是冯复加改编,侯德钊、赵建明绘画的人民美术出版社 1982 年 11 月版连环画;四是雷德祖绘画的浙江人民美术出版社 1984 年 7 月版连环画。

与杜鹏程的小说原著《保卫延安》一样,这些连环画改编与绘画也都突出了我解放军战士面对强敌的革命英雄主义和革命乐观主义精神。它们没有对小说进行情节的再创造和添加,只是根据编绘者对小说的不同理解而在抽取小说故事情节方面有所不同,但主体情节差不多。尤其重要的是,这些连环画都突出了彭德怀将军运筹帷幄、指挥若定的英雄形象,无论是连环画文字脚本、绘画内容、内容提要还是连环画封面都刻画了彭总的形象。例如,1957 年出版的《九里山上摆战场》的"内容提要"重点谈到彭总:"为了消灭这些敌人,人民解放军副总司令彭德怀将军亲自率领西北野战军主力,日夜南下……由于纵队在九里山阻击敌人,得到辉煌

---

① 亘川:《难忘海棠树下深夜不息的灯光》,《当代戏剧》2004 年第 3 期。

的胜利，彭德怀将军率领的主力部队已经在延安附近布下天罗地网，准备将敌人埋葬在陕甘宁边区。"① 由于彭德怀是1959年庐山会议才开始受到错误批判，而在此之前因其战功显赫威望很高，所以庐山会议之前出版的小说和连环画等都显示出彭总的英雄形象。

集中在80年代的4部连环画作品，封面上都有彭总形象，原因在于"文革"后彭总被平反。所以，无论是1979年出版的修改本小说《保卫延安》还是这4部连环画，彭德怀形象的刻画是作者们在创作中不约而同的共同焦点。例如，甘肃人民出版社的《保卫延安》封面上是彭总和战士在战斗中交谈的形象，人民美术出版社的《保卫延安》下册封面是彭德怀将军的正面形象，辽宁美术出版社的《延安保卫战》下册封面则是彭德怀将军手拿望远镜看着前方的微笑形象，而浙江人民美术出版社的《保卫延安》封面是彭德怀将军手持望远镜在前线指挥战斗的英雄形象。甚至，连环画《延安保卫战》最后一页的画面脚本写道："红旗插上了延安城头，革命圣地又回到了人民的怀抱中！保卫延安的伟大斗争，以我军的彻底胜利、以敌人的彻底失败而告终。在彭德怀将军的指挥下，西北野战军和陕甘宁边区人民，共同谱写了一曲人民战争的壮丽凯歌！"② 虽然小说《保卫延安》对彭总的叙事较少，但"文革"后的连环画《保卫延安》对彭德怀将军的叙述却是很多的，这种重点的突出也说明了改编者对社会文化和审美心态的调整和把握。应该说，这些连环画更加突出了彭总指挥运筹帷幄、神机妙算的谋略胆识和一代伟人的光辉形象。

当然，连环画中也有些情节经过修改，尽管改编不多。例如人民美术出版社1982年版的《保卫延安》上册中就修改了小说的内容。小说中，敌人抓住了李振德老汉和他的孙子拴牛，逼迫他们带路寻找八路军，但李振德誓死不从，抱着孙子跳崖自尽："那老乡手抢了一下，弯下腰抱定孩子，向前纵了几步，跳下了绝崖深沟。"③ 这是通过侦查员的视角进行叙述的。但是该连环画却删除了李老汉的孙子拴牛，直接描述了李振德的斗

---

①　杨文改编，汪绚秋等画：连环画《九里山上摆战场·内容提要》，上海人民美术出版社新1版，1957。

②　王暾改编，李人毅绘：《延安保卫战》（下），辽宁美术出版社，1982，第170页。

③　杜鹏程：《保卫延安》，人民文学出版社，1958，第50页。

争形象，国民党军抓住李老汉，但他最后跳崖牺牲。① 这种修改可能是为了消除血腥，战争与死亡对于一个孩子来说太残酷了。因为拴牛是非常可怜而无辜的，他的死亡更是被动的，小说中他是被爷爷抱着跳崖。而 80 年代随着思想启蒙传统的复现，人道主义也开始回归。因此，编者把小说中的拴牛给删除了。

三 评书改编

广播电台和电视台的长书连播包括小说连播和评书连播，是极受人民群众欢迎的广播节目。《保卫延安》在"十七年"时期被许多艺术家改编播讲，其中又以评书艺术家袁阔成的演播最为丰富。袁阔成先后播讲过《新儿女英雄传》《保卫延安》《敌后武工队》《平原枪声》《野火春风斗古城》《林海雪原》《烈火金刚》等现代评书精品。一些精彩章节如《许云峰赴宴》《舌战小炉匠》《肖飞买药》等深受听众喜爱，其风格就是说演并重、形神兼备、绘声绘色、以形传神。袁阔成回忆 50 年代的曲艺演唱情景时非常动情："我当年讲周立波的《暴风骤雨》和杜鹏程的《保卫延安》时，人家特别激动，感谢我用这张嘴把他们不为人知的作品带了出来。"② 在具体情节和故事内容上，袁阔成没有进行多少修改，主要突出了毛泽东领导延安保卫战的全局指挥作用，增加了毛主席军事思想以及陕北人民支援解放军的部分情节。例如听众金受申就喜欢听袁阔成的评书《保卫延安》，他认为袁阔成"把看的东西改成听的东西，这自然需要一番创造，需要充分运用评书的特点。《保卫延安》中写李振德老人抱定拴牛跳下山涧，是从侦查员眼中看到的，评书演员改为直接描述李老汉如何痛骂白匪，昂然跳入山涧，并丰富了一些细节，辅以表情动作。李老汉那种'活是边区人，死是边区鬼'的气概，就表达得更为动人。这种创造，如果多一些，改编的评书就会更加受到听众的欢迎了。"③ 在 1995 年，袁阔成再次根据小说和评书《保卫延安》改编出 10 回电视短篇评书《转战

---

① 冯复加改编，侯德钊、赵建明绘画：连环画《保卫延安》上册，人民美术出版社，1982，第 31 页。

② 王铮：《袁阔成：请给评书留条活路》，《京华时报》2006 年 11 月 29 日。

③ 金受申：《听书杂感》（二），《曲艺》1961 年第 2 期，第 27 页。

陕北》，突出了敌我双方高级指挥员斗智斗勇的过程，尤其是领袖毛泽东指挥西北战场的磅礴气势和英明决策。

与小说中解放军陈兴允部保卫延安的战斗过程不同的是，评书《转战陕北》几乎没有正面叙述基层战士的战斗，而是突出了毛泽东带领党中央机关300余人（化名为三支队）背着十几万敌人撤离延安、转战陕北的全过程。同时也刻画了周恩来、任弼时、彭德怀以及毛主席身边的工作人员如叶子龙、李银桥等人物形象。为了便于西北野战军各个击破敌人，毛主席率领中央纵队从延安出发撤退到枣林沟、曹庄、白龙庙、梁家岔等地，在陕北和敌人捉迷藏。当毛泽东让敌人摸不清行踪后，请来向导李振德老汉和孙子拴牛，开始向彭德怀西北野战军靠拢。李振德是延安区长李玉山的老父亲，他和孙子拴牛并不像小说中那样跳崖，而且评书中拴牛还从敌人心窝里智取信件，当毛主席得知后非常高兴。这是袁阔成不同于小说和50年代评书的改编之处，突出了毛主席胸中自有雄兵百万的雄才伟略和战略决策，也鲜明地呈现出周恩来等人物形象。

同时，评书也突出了胡宗南及其手下追击我党中央而在陕北的失败过程。尽管蒋介石亲自召见胡宗南部署西北战役，刘勘、董钊部攻克了延安城，但却是一座空城。随后，胡宗南部继续追踪毛泽东和中共中央机关，但却开始陷入解放军布置的天罗地网。

与其说评书《转战陕北》是改编自小说《保卫延安》，毋宁说它是小说的姊妹篇。小说讲述了彭德怀执行毛主席决策的正面战场，而评书则讲述了毛主席转战陕北的决策过程，两者之间相辅相成。当年杜鹏程的小说《保卫延安》受到批评，主要一条"罪状"就是把西北野战军的胜利主要"归功于彭德怀"，而在当时的批评者、读者和历史叙述者看来，西北战场的胜利当仁不让归属"毛泽东"。于是小说《保卫延安》在1963年开始遭到烧毁。而袁阔成50年代的评书《保卫延安》延续了小说原著的主体，直到1995年袁阔成再次改编为短篇评书《转战陕北》才进一步弥补了小说中对毛泽东叙述的不足，讲述了一段鲜为人知的革命故事。同时，袁阔成在改编的时候尽力贴近基本史实，与时俱进，用一些当下的通俗性语言进行播讲，获得读者欢迎。

四　电视剧改编

如果说 60 年代到 70 年代小说无法进行影视改编是合情合理的，因为小说已经受彭德怀庐山会议事件的影响而受到批判并在"文革"中宣判为"毒草"，那么 50 年代中后期没有改编为电影却是非常耐人寻味的。在笔者所能理解的原因只能是，保卫延安作为中共政治斗争史上的一个重大历史事件，在小说出版之前已经有电影纪录片出现，而小说《保卫延安》毕竟是在史实基础上进行了文艺虚构和想象，与我党叙述的"真实"的历史可能会有出入。而且小说塑造的直接领导者是彭德怀将军，而不是毛泽东，况且当时已经有关于文艺宣传和塑造高级领导人形象的硬性规定。因此，导演们可能在电影改编中会出现对毛泽东和彭德怀与保卫延安的关系取舍中无所适从的困境。所以，一直没有改编小说《保卫延安》。但为纪念彭德怀同志诞辰 110 周年和延安保卫战胜利 60 周年，根据杜鹏程小说《保卫延安》改编的 30 集电视连续剧《保卫延安》[1] 于 2008 年在延安拍摄。相比小说而言，电视剧既表现了以毛泽东、朱德、彭德怀等老一辈革命家为代表的党中央在复杂斗争环境中转战陕北、指挥若定、运筹帷幄的大智慧，也展现了周大勇、王成德、谢芳苓等人为代表的我军战士的不惧强敌、浴血奋战的战斗精神，更歌颂了根据地人民如陕北姑娘柳翠翠等对我党我军的有力支援。而独立营营长周大勇、护士谢芳苓、指导员王成德三个角色也分别代表着战神、爱神和足智多谋的智者。不仅爱情成为电视剧中的重点，高级领导人更是电视剧刻画的重中之重。

第四节　历史评价与文艺观念的互动

"十七年"时期，一部作品的出版与畅销及社会认可，不仅取决于作

---

[1]　由中共陕西省委宣传部、陕西电视台和西部电视集团改编、摄制的这部电视剧《保卫延安》已列为陕西省委、省政府的重大文化精品工程，并被中宣部和国家广电总局列为庆祝建国 60 周年的重点献礼剧目。该剧的编剧是王元平、刘嘉军和王东升，导演为万盛华、唐国强、姚居德、耿乐、潘雨辰、闫妮等演员联袂主演，其中，耿乐扮演独立营营长周大勇，潘雨辰扮演护士谢芳苓，朱宏嘉扮演指导员王成德。2009 年上映。

品本身的艺术审美特性以及读者的认可，更取决于是否与国家文艺政策的紧密衔接。同样题材的小说在不同时期的认可度是不一样的。例如战争小说在 50 年代可以说是享尽了读者的厚爱，而到了 60 年代随着"兴无灭资""阶级斗争为纲"和"大写十三年"的兴起，战争小说反而不如社会现实小说那么"风光"。所以说，作品的成功有些时候是靠机遇的，尤其是叙述革命历史的长篇战争小说，因为它要涉及一些历史事件和历史人物，而这些可能导致作品的畅销或者被非难。例如李建彤的《刘志丹》，写的是在毛泽东率领的中央红军未到陕北之前以及到了陕北后刘志丹等本地革命前驱领导的革命斗争，由于牵涉革命者和革命历史事实如何评价的问题，所以该小说被要求反复修改。李建彤写了近 8 年，准备在 1962 年10 月由工人出版社正式出书，并提前在《工人日报》和《光明日报》登载部分章节。但是，该书没有出版就受到批判。毛泽东认为这是"利用小说反党"，一部小说也就彻底消失。

相反，《保卫延安》主要讲述了彭德怀在毛泽东思想的指导下运用谋略保卫了陕甘宁革命根据地的历史事件。之所以短时期内迅速畅销，确实与描述彭德怀元帅的光辉形象这一主题分不开，可以说杜鹏程抓住了机遇，具有天时、地利、人和之优势。天时：到 1954 年还没有真正出现记录大规模军队战争和高级指挥员形象甚至是高级统帅形象的文艺作品。《人民文学》编辑部曾专门在 1950 年 5 月 1 日出版的第 2 卷第 1 期的《编后》中谈到军队题材稿件的不足："很多只着重写下级干部和战士，某一战役的某一角落，或解放战士的觉悟……此外，我们如果也能写到高级指挥员的活动和战略思想，整个战役的策略和部署等，不是将更有意义吗？……本刊二卷三期将在七月出版，为纪念中国共产党二十九周年来的英勇斗争，为了纪念八路军和人民一同的对敌抗战，我们愿意把大部篇幅留给反映这方面的作品，请同志们早日把大作寄来。"[1] 而杜鹏程对彭德怀英雄形象的塑造显然弥补了这一缺陷。地利：杜鹏程是西北野战军的一员，而西北野战军打响了解放战争的第一枪，尤其这样以少胜多的战争案例成为战争的经典。这使得小说能够真实生动地呈现出艰苦时期革命者的

---

① 人民文学编辑部：《编后》，《人民文学》第 2 卷第 1 期，第 88 页。

慷慨悲歌。人和：经历多次战争尤其是抗美援朝战争胜利的彭德怀将军在1954年可以说是功勋卓著、位高权重，在军队中威望很高。而这部小说又是由解放军总参政治部"解放军文艺丛书"编辑部发现并编辑的，显然他们也是有自己的想法和希望的，更重要的是这部小说又得到了彭德怀将军的首肯和文艺界权威冯雪峰的大力推荐。冯雪峰在《文艺报》1954年第14、15期发表了《〈保卫延安〉的地位和重要性》，主要从史诗特色、英雄刻画成就、创作技巧、作品意义、创作精神等角度全面评价《保卫延安》，认为这是一部英雄战争的史诗性的作品，这是第一部以长篇小说形式描绘人民解放战争的辉煌业绩，具有开创性意义的作品。并逐一对小说主要人物和创新成就如周大勇、李诚、彭德怀等形象的塑造进行分析，尤其是高度赞赏作者刻画了高级指挥员彭德怀、革命英雄周大勇和革命政治工作者李诚的英雄形象。冯雪峰认为："周大勇就是这样的人民战士和英雄中的一个典型人物……作者就写出了李诚这样的人物，写出了我们政治工作的精神和政治工作人员的灵魂，把这些人的惊人的革命英雄主义品质，最生动地从一个人物的身上刻画出来了。把政治工作者写得这样深刻、充分、突出、动人，——这也是我们在别的描写我们的战争和我们部队生活的作品中还不曾看见过的……作者在艺术上真正体现出了这样的一个革命英雄主义者的性格，一个党的政治工作者的性格，我重复地说，这是这部作品的一个重要的成就。"评论家给小说以很高的评价，尤其是非常兴奋于作者杜鹏程第一次塑造了高级指挥员彭德怀的战场指挥和爱护群众的英雄形象和崇高精神："作者画出了彭德怀将军的这一幅肖像，使这部英雄史诗更生色，更有重量；同时，这个成就，对于我们今天的文学事业也是有意义的。"① 正是这一天时、地利、人和的优势和历史事件的正面肯定，促使小说《保卫延安》一出版就受到读者广泛欢迎。

　　但问题又来了，在意识形态较为浓厚的"十七年"时期，一旦历史人物和历史评价出现问题，又可能对作品产生致命的打击，甚至改写作品和作家的命运。1959年庐山会议上彭德怀受到错误批判，开始被审查。由于《保卫延安》"在当代文学史上第一次成功地塑造了彭德怀元帅的艺

---

① 冯雪峰：《论〈保卫延安〉》（代序），《保卫延安》，人民文学出版社，1979。

术形象",自然受到株连,甚至到 1963 年,该小说被销毁成为禁书。所以,历史评价与社会观念在不同时期反映出不同方式的互动,在彭德怀将军出事之前,小说进行了两次修改,即 1956 年修改本和 1958 年修改本,总的说来在小说艺术上获得了提升,是比较成功的。但是 1959 年后作者和小说《保卫延安》开始受难。而随着新时期彭德怀将军的平反,该小说又重新恢复了生机。1979 年修订本对 1958 年版本的修改是很成功的,作者对我军指战员的英雄形象刻画得更加生动丰满。可以说,这主要得益于 1979 年彭德怀、贺龙、冯雪峰以及作者杜鹏程本人的平反,使得作者在明朗的形势下更加遵循读者的建议,把这些英雄形象修改得更加生动丰满。这样就更加利于实现文艺化大众的功能,因为传播快捷的文艺能够对受众进行社会主义价值体系和国家意识形态的思维洗礼:"文艺是党和国家对广大群众进行社会主义教育、共产主义教育的强大武器之一……它每天都联系千百万群众,影响千百万群众的精神生活,因为每天,人们都要看戏、听广播、看书。我们党就应当利用这个工具来影响人民的精神生活,提高人民的精神生活,培养人民新的道德品质,建立新的社会风气,要移风易俗。所以我们党一定要抓住这个武器。"[①] 电视剧《保卫延安》当时还正在拍摄,尚未杀青。在当下社会观念更为开放、历史评价也已盖棺论定和消费文化促动的情况下,电视剧《保卫延安》显然会比小说更加大胆,爱情、人性与两军人物的斗智斗勇、高级领导人的形象塑造将会是重头戏,而现有的少数新闻报道也正确证着这种判断。尽管人性化的成分增加,但并不影响文艺化大众的最终目的。

总之,小说《保卫延安》版本修改的主要核心就是使艺术更加完善,使英雄群像更加生动丰满。而《保卫延安》的艺术样式改编则是由 50 年代改编中的基层英雄塑造转向新时期以来的高级指挥者形象塑造。这种修改策略和艺术变迁策略无疑都是随着历史评价与社会观念的互动而相互变动的。

---

① 周扬:《在中国共产党第二次全国宣传工作会议上的发言》,《周扬文集》第 2 卷,人民文学出版社,1985,第 283 页。

第五章 《红日》的发生学现象史料梳理与研究

第一节 文本发生学现象概述

吴强喜欢读《西游记》《水浒传》等古典书籍和《阿Q正传》等新文学作品，并善于讲故事。这使得他对中国民间传统和鲁迅等提倡的五四思想启蒙传统具有了融会贯通的基础。一方面对传统的侠义文化产生浓厚的兴趣，与以后战争中出生入死的为人民"行侠仗义"的革命产生了融合；另一方面新文化的启蒙现代性对一个处于精神断乳时期的青少年来说，无疑是占领了他的思维精神空间，使他对人道主义有了充分的认识，为他以后的创作打下了艺术基础。后来，他参加了"左联"，开始革命文学生涯。对普罗文艺和大众文艺的参与，又使吴强认识了文学对民众教育的重要性。1936年2月初，吴强走进了地处当时的河南省会、七朝古都开封的国立河南大学的校门，在河南大学文学院教育系读书。中原文化的仁爱精神和河南大学经世致用的学术传统及文艺争鸣传统开拓了吴强的视阈。同时，江苏省旅汴同乡会在开封办了一所初级小学，作为江苏老乡的吴强就兼职做了小学校长。每月20元津贴补助生活，解决了他的生存困境，使他有充分的时间进行学习和创作。而且，河南大学自开创以来就有爱国传统，一大批名家在此任教，学生思维也异常活跃。1937年，吴强与王阑西、姚雪垠一起在河南大学创办了抗日救亡刊物《风雨周刊》，积极为抗日救国奔走呼号，从而把自己的文学生涯与中华民族的解放事业紧密地联系在一起。而且求学期间，吴强还在上海《大公报》和茅盾主编的《文艺阵地》上发表了反映抗日战争生活的短篇小说《激流下》、散文《夜行》等，逐渐显露出他的文学才能，一位大学生就这样从文学青年成为文学作家。可以说，河南大学的学术氛围和开封的中原文化给吴强带来了很大的震撼，成为他人生中最为成功的时段之一。因此，吴强在回忆开封两年的生活时就说：“我在开封的时间只有两年多，写的作品不多。在我的人生和文学创作的道路上，却是一段重要的里程。在这个古城和河南的最高学府里两年多的生活，在我的心中，存留着深刻难忘的记忆；生活使我对人，对当时的社会，有了进一步的认识，使我深深地感到作为中国的一代青年知识分子、文学工作者，是应当肩负起改革那个社会和救国救民的责任的，这对我以后的创作生涯和人生观的改变都起了一定的作用。”① 从以上这些可以说明，早年求学经历和学习生涯使吴强具有了较为开阔的阅读视野和思想资源，而这种学养积淀在战争体验中获得了提升。

抗日战争爆发后，吴强弃笔从戎。1938 年参加了新四军，次年加入中国共产党。在战火纷飞的年代，吴强在党的领导下，一方面用手中的枪对敌英勇作战；另一方面他用手中的笔反映部队和根据地的火热生活，写下许多作品，鼓舞战士的士气。解放战争期间，作为华东野战军六纵宣教部部长的吴强，亲历了第二次涟水战役与莱芜、孟良崮、淮海、渡江等著名战役。1947 年 5 月 17 日，亦即孟良崮战役胜利结束的第二天上午，吴强在驻地的村口，目睹了张灵甫这位梦想“立马沂蒙第一峰”的“天之骄子”“常胜将军”，最终躺在一块门板上被解放军战士从山上抬下来的情景。从此，他萌生了要把从涟水战役到张灵甫死于孟良崮这个“情节和人物都很贯串的故事”编织起来，写一部长篇小说。然而，行军打仗使他无暇顾及写作。新中国成立后，生活安定。任华东军区政治部文化部副部长的吴强用了近 3 年的时间写出了自己在战争期间的回忆：“写回忆录的用处有二：第一，为作品结构和情节准备了文字素材；第二，使自己的思维返回到当年的境界和生活气氛里去。由于面对涉及军事、政治和整个战局的重大题材和必须出现的众多的人物，而且有高级领导人员和敌军将领在内，再加

---

① 吴强：《开封两年杂忆》，《河南大学学报》1984 年第 5 期。

上自己没有写长篇小说的经验，怕写不了，写不好；便一再忧虑、延搁，不敢动笔。直到一九五二年春天，才写好了一个故事梗概和人物表。"①

　　1952年吴强转业到上海担任宣传工作，在行政之余挤出时间带着8万余字的《红日》故事梗概、人物简表和相关资料在南京、杭州等地进行小说《红日》②创作。由于吴强没有长篇小说的写作经验，只好先通过中篇小说《他高高举起雪亮的小马枪》和《养马的人》的创作获得一定的经验，并阅读许多作家名著后才开始在1956年动笔："我的写作生活是不经常的。笔下生疏，文学感觉迟钝。为了改变这种情况，使自己浸沉到创作的氛围里面，我在写作过程里，读了一些别人的作品，有中国的、外国的、古典的、现代的。实际上，我是在一边揣摩人家的作品，向人家的作品学习，一边自己写作……许多作家的作品，怎样地以敏锐的政治感觉和文学感觉，从生活里吸取精华，怎样地选择、提炼和运用细节、动作以表现人物性格，对我启发是很大的。"③ 并写了不少评论④以增加自己的语感和小说架构能力。这些前期准备使他获得和拓展了艺术构思、创作视野和写作感觉，为创作《红日》进一步奠定了基础。由于《红日》内容大多是吴强自己的人生经历，具有深刻的生命体验，又在脑海中酝酿了七八

---

① 吴强：《写作〈红日〉的情况和一些体会》，《人民文学》1960年1月号。

② 作者谈到对刘胜的形象塑造时说："但我在初稿里对这个人物写得还不足，没有使他忠心于革命和坚决、果敢的性格得到充分发展。没有写他身临前线，为了巩固和发展胜利而牺牲于敌人枪弹之下。所以如此的原因有二：第一，在涟水城下，牺牲了一个团长苏国英，孟良崮战役又牺牲一个接替苏国英团长职务的刘胜，我心有不忍。我不肯让我所喜爱的人物在我的笔下死去。第二，对这一人物的认识、分析和形象创造的准备不足，对他在全局中应有的作用，思考得不充分。经过反复的考虑，主要是为根据刘胜的气质和性格，为反映孟良崮战役的艰巨性（实际上，在消灭蒋介石反动军队的王牌部队——张灵甫七十四师的战役里，我军是付出了相当多的代价的），我才咬定牙根，作了修改。在第十六章里重写了两节，让我所喜爱的刘胜在战斗的紧急关头负伤，死在野战医院里面。事后考察一下，觉得在这个人物上作了补充描写，是必要的。紧接着刘胜之死，为团长复仇的口号自然地提了出来。在小山洞里，举行火线入党宣誓和追悼刘胜的仪式的时候，干部和战士们唱的国际歌，就显得格外的深沉、激愤。对第二天上午夺取孟良崮主峰，就多了一分精神动力……我在初稿里，对张灵甫丰外貌写得多，没有着力于挖掘这个反革命罪犯的精神世界的本质。检核以后，进行了修改，并且重新写了一章和两个小节。"（见吴强《写作〈红日〉的情况和一些体会》）

③ 吴强：《写作〈红日〉的情况和一些体会》，《人民文学》1960年1月号。

④ 如对《黎明的河边》等进行评论，后在新文艺出版社1956年11月结集出版为评论专著《文艺生活》。

年之久，写起来也颇为得心应手。正如吴强所说："我是这一段生活的参与者，我熟悉它，它激动过我，它深深地刻印在我的脑子里和我的心上。它引起了我的强烈的创作冲动……生活经验积累得多了，丰富了，才能从中进行选择取舍，将我以为必要的有用的原料集中起来。经过自己反复的长时间的思考，到一九五六年春结构成《红日》的故事梗概……我在构思《红日》的故事情节的时候，在我的脑海里奔涌翻腾的，是我所经历过的那几次战役过程中交错繁复的生活中的种种形象……在《红日》里出现的人物中，人民解放军的干部、战士，有二十几个。其中，我写的军长沈振新，是以我所熟悉的一位老首长的形象作为模特儿，又从另外几个熟悉的老首长的形象，吸取一部分糅合上去，集中起来的。"① 其中在南京写作期间，吴强将写好的部分章节念给《红日》中军队高级指挥员原型的江渭清、王必成等老领导听，征求他们的意见。江、王经常给予勉励并提出一些修改意见。吴强经过反复修改，终于在 1956 年完成。1957 年 7 月，经解放军总政治部文化部审定，《红日》正式被列为"解放军文艺丛书"，由中国青年出版社出版。② 这部作品讲述了我军全歼国民党王牌 74 师的故事，洋溢着革命英雄主义、革命理想主义的激情，刻画出许多具有突破性和创新性的典型形象，成为中国当代文学最重要的收获之一。小说尤其着力刻画了张灵甫的形象："我在写作准备期间，对张灵甫这个人物的各个方面，进行过比对李仙洲更多的调查研究，找了一些在孟良崮战役中被我军俘虏的七十四师的旅、团长以及中下级军官、士兵，作过调查，了解有关张灵甫的历史、指挥作战、人事关系和生活习惯等，作为塑

① 吴强：《谈〈红日〉的创作体会》，《文学评论》1978 年第 3 期。
② 由于作品的形象刻画颇为大胆，且不同于当时的创作流俗，定稿送到出版社遭到冷遇，无人敢接手。最后把稿子送给了总政解放军文艺丛书编辑部，但是依然没有消息，吴强找到了朋友沈君默帮忙。1957 年 5 月，沈君默找到中国青年出版社文学编辑室主任江晓天，向他讲述了吴强长篇小说稿的遭遇，并希望中国青年出版社出版吴强的小说《红日》。原本也是新四军的江晓天阅读过 40 万字的稿子后感到非常兴奋，尤其是对国民党军的高级将领 74 师长张灵甫的形象刻画，去除了当时非常流行的漫画式描写，深入到反面人物的内心世界去写他的顽强、狡诈和凶狠。而且，小说还用相当的篇幅写了我军高级干部的爱情，这些都具有开创性。自新中国成立初期错误地批判了碧野的长篇小说《我们的力量是无敌的》、路翎的《洼地上的"战役"》以及百花小说等之后，当时的文学创作几乎清一色地摒除了对爱情生活的叙述。由此，江晓天感到，《红日》是一部有重大突破的军事题材作品。于是，他就把书稿交给了新四军出身的编辑室副主任陶国鉴来做责任编辑。

造这个反面人物形象的参考材料。"① 尽管这段回忆具有特定时段的偏颇，但是作者对所谓的历史反面人物进行实事求是的调查，尽力还原历史人物的真实形象，这在当时丑化反面人物的创作中无疑独树一帜。

所以，《红日》一出版就震撼了中国文坛。《红日》先后被译成英、法、俄、日、德等十多种文字②在国外出版发行。这些外文的出版更说明了小说创作的成功，尽管这种出版有宣传革命和传输国家意识形态的目的。吴强也因该书的出版而出名，先后访问了苏联等国。1961 年电影艺术家瞿白音把小说《红日》改编成电影剧本，电影导演汤晓丹则以此为版本把《红日》搬上了银幕，他们又在小说的基础上进一步还原张灵甫作为国民党将军的真实情况，反响非常热烈。

然而，由于写到人性爱情和反面人物的颇为真实的形象，1965 年夏天，江青到上海把小说《红日》打成"毒草"，扣上"和平主义、修正主义、自然主义"三顶帽子。"文革"开始后，享誉海内外的《红日》更是被"四人帮"二次升级为"大毒草"和"特大毒草"，即"反对毛泽东思想""丑化人民军队""美化反动派"等。③ 作者吴强、小说《红日》

---

① 吴强：《谈〈红日〉的创作体会》，《文学评论》1978 年第 3 期。

② 如俄文版由苏联军事出版社 1959 年 7 月出版，英文版《Red Sun》由外文出版社 1961 年 1 月初版，其他如越南出版社 1962 年 2 月出版了越文译本，新日本出版社 1963 年 1 月出版了日文译本《真红四太阳》，延边出版社 1964 年 11 月出版了朝鲜文版本等。

③ 例如《人民日报》1966 年 5 月 29 日发表《绝不准离毛泽东思想之经，叛人民战争之道!〈解放军报〉陆续发表文章，严正批判影片〈红日〉》，认为小说尤其是电影《红日》"替国民党反动军队谱'光荣史'，为屠杀人民的刽子手树'纪功碑'"，"极力歪曲人民军队的本质，全面丑化我军的英雄形象"，"否定党的领导作用，诬蔑我军的政治工作"，"恶毒歪曲毛主席人民战争的思想"。《人民日报》1966 年 6 月 7 日发表《不准打着"创新"的旗号，贩卖反党反社会主义的黑货——从对坏影片〈红日〉的批判，剖析〈关于电影创新问题的独白〉的反动性》。该文认为："影片〈红日〉同毛泽东思想大唱反调，影片〈红日〉是在反党反社会主义黑线指导下精心制作出来的一株大毒草，是现代修正主义文艺的一部代表作。""它抹煞了正义战争和非正义战争的根本区别。""它抹煞了人民军队和反革命军队的根本区别。""它还抹煞了无产阶级军事路线和资产阶级军事路线的根本区别。"其他还有《人民日报》1966 年 6 月 7 日发表了《铲除反无产阶级建军思想的大毒草——当年在孟良崮战役中立过大功的连队干部战士批判电影〈红日〉座谈纪要》；《人民日报》1967 年 10 月 25 日发表朱兆恒的《反对人民战争思想的黑"样板"——评反动影片〈红日〉》和红延文的《蒋匪黑话是〈红日〉的蓝本》；《人民日报》1969 年 10 月 22 日发表了辛文彤《彻底摧毁银幕上的反革命专政——评反动影片〈红日〉》；《人民日报》1969 年 10 月 25 日发表了解放军某部战士刘守熙的《为哪一个阶级唱赞歌? ——赞革命样板戏〈沙家浜〉，兼评毒草影片〈红日〉》等。

及瞿白音改编的电影剧本《红日》①和汤晓丹导演的电影《红日》在"文革"中都受到批判。直到 1978 年吴强才获得平反。

由于小说《红日》出版后影响很大，作者根据读者、批评家的意见和自己的想法进行了一系列的修改。因此，《红日》的版本流变如下（见表 5）。

表 5　《红日》版本流变

作品	出版社/期刊	版本	字数（万字）	印数（万册）	定价（元）	页码	备注
吐丝口	解放军文艺	1957 年 4 月号					编者按：本刊选载第六、七两章
胜利的序曲	人民文学	1957 年 5、6 月号合刊					吴强生平：1910.2～1990.4
红日	中国青年出版社	1957 年 7 月第 1 版	37.8	4.5	1.6	532	解放军文艺丛书编辑部；武金陵设计封面
红日	中国青年出版社	1959 年 9 月第 2 版	无	1	1.38	546	修订本
红日	中国青年出版社；刘旦宅设计封面。	1978 年 8 月 20 印。以 1964 年修改未刊本为蓝本	37.8	无	1.15	563	有《二次修订本前言》和 1964 年写的《再版的话》
红日	中国青年出版社	1980 年 10 月 21 印	37.8	20	1.15		删《二次修订本前言》和《再版的话》

同时，作为一种意识形态的传播，《红日》的精彩章节还发行过单行本，成为辅助小说畅销的另外一种纸质媒介印刷本。如小说中几个章节合起来冠名的《吐丝口》在《解放军文艺》发表以后，被列入农村图书室文艺丛书第二辑，由上海文艺出版社 1958 年 10 月第 1 版 20 万册，作家出版社 1959 年 12 月又把它列为文学初步读物出版。《大战孟良崮》也被列入文学初步读物中，由作家出版社 1959 年 12 月出版，发行多册，成为许多读者"知识启蒙"和"党史教育"的工具。到了新时期，除了原版

---

①　笔者买到一本由兰州大学中文系六九级学生于 1966 年 5 月 25 日油印的该电影剧本。正文首页写道："电影《红日》是一株反党反社会主义的大毒草，现在刻印这个影片的文学剧本，供大家批判之用。"

出版以外，还改编成各种缩写本出版。如许岱缩写的《红日》由解放军文艺出版社1996年1月出版；红领巾书架之少年版《红日》则由二十一世纪出版社1991年2月出版；闻鼎、黄浩缩写的中外名著缩写丛书《红日》在1991年1月由海峡文艺出版社出版；端木蕻良主编的中华爱国主义文学名著文库也选入由童心缩写的《红日》，由燕山出版社2004年出版。这些简单讲述革命历史的缩写本也成为对青少年进行爱国主义教育的另外一种形式。

当然，在90年代，随着"红色经典"的流行，人民文学出版社等出版单位抓住市场机会，重新出版了几个主要小说版本。如花山文艺出版社出版的共和国长篇小说经典丛书《红日》；中国青年出版社出版的中国当代文学名著精选《红日》；中国青年出版社出版的百种爱国主义教育图书《红日》；人民文学出版社出版的中国当代长篇小说藏本《红日》。这些大众文化消费时代的版本和上述的缩写本、小说原著一起构建起革命历史的知识网络。

《红日》的传播也主要依靠于小说修改与纸质媒介的出版传播和电影、评书、话剧和连环画等艺术载体的传播。其主要艺术改编如下（见表6）。

表6　《红日》艺术改编

艺术样式改编	改编者、导演等	出版社/拍摄	时间、版权页等	备　注
电影剧本《红日》	瞿白音改编	上海文艺出版社	1960年第12期	由上海文艺出版社1961年9月出版，84页，0.26元，5.2万字，5000册
电影《红日》[①]	汤晓丹导演，瞿白音编剧	上海天马电影制片厂	张筏、杨在葆等主演。1961年	插曲《谁不说俺家乡好》瞿白音词，吕其明、萧衍作曲。任桂珍演唱，陈传熙指挥，上海电影制片厂乐团演奏
连环画《红日》（四册）	王星北改编、汪观清绘画	上海人民美术出版社	1962年初版1、2册。1965年初版3、4册	1978年重印四册，视为第2版
电视剧《红日》	王彪、赵锐勇编剧	浙江长城影视公司	2007年	李幼斌、杜雨露、宋佳、耿乐等主演。苏舟导演

注：①并出版了电影连环画《红日》，文飘编辑，中国电影出版社，1964年2月第1版。2005年中央电视台拍摄了电影传奇《曾经燃烧的战场》，由崔永元主演、解说《红日》。

第二节 政治理念的规训与人性情感的洁化

——《红日》版本校勘与阐释

吴强的小说《红日》自 1957 年在《人民文学》《延河》等各大刊物选载,经中国人民解放军总政治部文化部审定,作为解放军文艺丛书之一由中国青年出版社 1957 年 7 月出版(初版本),并在中央人民广播电台的长篇小说连播节目里反复播讲,获得好评。《红日》"受到广大读者的欢迎,这绝不是偶然的。首先,这部小说的气魄很大,好像一幅描写战争的巨幅油画,色彩强烈,人物众多,但结构却简洁而明快⋯⋯作品的成功之处,就在于作者对两大著名战役的敌军司令官作了细微刻画,不仅活绘出李仙洲那种优柔寡断、老奸巨猾的性格,张灵甫那种骄傲自满、刚愎自用的性格,而且通过对他们的描写把敌人那种腐朽残暴,各成派系,总想牺牲异己,保存个人实力的反动军队的本质生动地展现出来。小说除了写战斗之外,还写到战时解放区的后方生活,人民的支援,以及在战争生活中,军长、参谋、战士等主要人物的家庭生活和恋爱生活。"① 然而,在动态变迁的政治语境中,这种反面人物的塑造和正面人物的日常生活描写往往不适合政治的需求。作者吴强不得不先后于 1959 年、1964 年作了重大的改动,分别为修订本和二次修订本。其中 1964 年②的改动最大,几乎把小说中所有的描写爱情的情节全部删除,因为此时已经是"阶级斗争"最为泛滥的"文革"前期了。毛泽东在 1964 年 6 月 27 日对中共中央宣传部递交的《关于全国文联和各协会整风情况的报告》作了关于文学艺术的第二个批示:"各文艺协会和他们所掌握的刊物的大多数(据说有少数几个是好的),15 年来,基本上(不是一切人)不执行党的政策,做官当老爷,不去接近工农兵,不去反映社会主义的革命和建设。最近几

---

① 宁干:《一幅动人的战争油画——评吴强作长篇小说〈红日〉》,《人民日报》1958 年 4 月 5 日。

② 吴强还为 1964 年修订版本写了《再版的话》。然而 1964 年的修订本最终没有成功发行,其主要内容在 1978 年版本中呈现,包括 1964 年的《再版的话》也放在 1978 年版本里。

年，竟然跌到了修正主义的边缘。"① 在这种不切实际的批示下，文艺界再次整风。《红日》因描写"小资"爱情和反面人物开始受到批评甚至批判，致使 1964 年的修订本没有成功出版发行。1978 年初《红日》平反后出版第 20 印次。由于依然受到当时"两个凡是"的极左政治形态的影响，该版本内容沿袭 1964 年未刊修改本，也是内容最为偏激的版本，删改情爱描写是其修改的核心。随着十一届三中全会后思想的进一步解放和政治形势的好转，很快在 1980 年第 21 次印刷时，恢复了作者相对认可的 1959 年修订本。1959 年修订本由于获得了"优秀选拔本"荣誉且是为献给建国十周年而特意修改的，当时作者在 1957 年初版本上进行了较为细致的艺术加工和艺术完善。这个 1959 年的修订本在新时期后成为《红日》出版的蓝本。

在副文本修改层面，1959 年修订本比 1957 年初版本增加了《修订本序言》，1964 年未刊再修本比 1959 年修订本增加了《再版的话》。《红日》1978 年第 20 次印刷本则有《二次修订本前言》和 1959 年的《修订本序言》以及 1964 年的《再版的话》。正文依据的是 1964 年版本，而且《修订本序言》《再版的话》也是 1964 年版本的《修订本序言》《再版的话》（作者写于 1964 年 11 月 6 日常熟）。所以，以此版本代替 1964 年未刊再修本。随着思想解放和改革开放的全面展开，极左的政治思潮开始慢慢隐退，1978 年版的《红日》显得不合时宜。于是，1980 年 10 月人民文学出版社印行《红日》第 21 次印刷本。该版本主要以 1959 年版本为基础，文后有《修订本序言》和《作者附记》。《作者附记》中说："决定依照一九五九年纪念国庆十周年时的版本排印。除个别字句稍有更易，故事情节方面则全未改动。"所以，此版本成为最后定本。在修改的版本变迁中，我们发现，作者的修改特色表现在如下几个方面：政治理念先行，尽量删除爱情描写和人性化语言，进一步丑化反面人物。然而在修改过程中，作者也通过特殊方式隐晦地保留了一些爱情，进行了隐性的人性书写，并在艺术层面进一步完善。

第一，是政治挂帅和政治理念的规训。1958 年，《红日》出版成功后

---

① 《毛主席关于文学艺术的五个文件》，人民出版社，1967，第 12～13 页。

的吴强应邀给上海市群众文艺创作辅导班做了一个《漫谈写小说》的讲座，他认为写小说需要具备三个先决条件："第一个先决条件就是政治挂帅。在我们的社会主义里，一个作家在创作之前要有正确的立场、思想、观点。"① 正是受到1958年"大跃进"以来政治挂帅的影响，1959年版《红日》的修改更注重理清政治层面的不足。小说《修订本序言》谈到作者修改的动机、内容，作者认为修改主要表现在两个方面。一是对敌人的刻画方面："要对敌人着意的真实的描写，把他们当作活人，挖掘他们的内心世界，绝不能将他们轻易放过。"二是关于爱情方面："有人认为战争不能写爱情，但想证明一下事实不是那样，把战争时期的生活比较全面地反映出来，写战争生活也写爱情生活，我便描画了沈振新与黎青、梁波与华静、杨军与钱阿菊他们之间的一些生活中的微波细浪。"事实上，在校对的过程中我们也发现，尽管政治理念先行于创作技巧，但1959年修改版本比1957年初版本在故事情节、战争风云、人物刻画和爱情生活方面更具功力，写得也更合乎战争、爱情与生活的逻辑。但是，这些却被当时的读者和研究者认为过于凸显爱情、美化敌人、歪曲了解放军英雄形象，如不遵守时间等。因此，随着极左思潮的极端化，作者吴强在1964年的江苏，开始完全按照意识形态政治化的需要再次修改1959年的修改本。修改内容主要是减少爱情描写、删改人物的心理变化、去除解放军的农民因素，并把敌人极端丑化，从而凸显正面英雄人物的先进特质。但是，吴强的作家人文关怀仍然隐藏在文本的背后，如黎青写给丈夫沈振新军长的情书等。所以，在1964年版本后有《再版的话》，对修改内容作了进一步的补充："第八、九章，第十一、十二两章，第十六章都有一些情节上和字句上的改动，如华静和梁波的爱情生活部分，则完全删去了。"例如1957初版本、1959年修订本都有华静与梁波的交谈，但在1964年修订本中则删去了。而且，就连华静与话务员姚月琴卧谈爱情以及华静心仪的对象、副军长梁波，也改成卧谈战斗、学习："对！打仗！干革命！不谈恋爱！"完全成为革命宣言，女性的个体情感已经被抹杀了。

---

① 吴强等：《谈谈小说、散文的写作》，上海文艺出版社，1958，第2页。

第二，是爱情的洁化叙述。版本修改中作者逐步删除爱情，在1959年修改本中删除相对较少，因为作者认为战争依然可以写爱情。然而在1964年修订版本中，则大量删除爱情描写。1957年初版本中，黎青写情书给丈夫，说有"五张信纸"，修订版全删去了。而丈夫沈军长的儿女情长的感情生活也被删除。又在1957年修订本、1959年修订本第217页中，写打了胜仗之后，沈军长想起了后方的妻子以及妻子留下的那条围巾："他把它围在脖子里，并且像黎青平时爱围的那种式样，围巾的一头拖在背后，一头长挂在胸口上。"这说明沈振新作为高级军事指挥者也有情感需求和日常生活的一面。因为他爱妻子，爱妻子的一切。但是这在1964年修订本中被全部删除。

1957初版本中，华静写了一封情信给梁波，作家是如此描绘的："没有找到信封，做一个，又没有浆糊。愣怔了一阵，终于把写好的信纸折成很小的体积，包在一块很大的纸里，技巧精娴地把包纸的外部折叠成花瓣丛簇的八角形的样子。她把这些细节做完，不禁失声地独自笑了出来，仿佛她特感觉到在这封信的封裹和装饰上，用去过很多的心机似的。"（第366页）作者绘声绘色地把华静的内心情感和用心良苦细致地表达在信封的折叠上，从而传递出女革命者的细腻、丰富、纯真的情感世界。而在1959年修订本中被删改为："没有找到信封，便随手做了一个，把信封好。"（第366页）这里已经简化了华静的情感世界，写信不再是爱情信物的象征，而且是日常生活的随意表现。对此作者吴强曾进行了辩解："务必处处审察自己是否对人物有了正确的认识、理解，是否生活在人物的心里，是否在设身处地地为人物着想。务必竭力防止自己限制和侵犯人物的自由，随心所欲地任意支配人物的思想行动，使人物做出他所不应该、也不可能做出的事来，说出他所不该、也不可能说出的话来。"华静思念梁波，在深夜里给梁波写信，是华静这一人物可能有的感情行动。把写好的信，折成八角形的花瓣儿，在那封信上花了那么多的心力，就不是当了区委书记的负责领导当前斗争的华静，在当时当地的情况下可能做出的事情。就是说，华静这个行动，不是华静这个人物在当时当地情况下的性格要求，而是作者——我强要华静那样做的。这虽是一个小小的细节，但已足以说明，作者对于所写的对象，是随时可能发生过错的（对华静的这一处描写，在一九五九年新版本里已经作了修改）。"① 而在 1964 年修订本中则完全没有女革命者的情感了，作者把华静写情信改成记录战斗生活感想："华静写道：'生活是烈火，烈火锻炼着我！'她写道：'农民，劳动者的战斗意志，激发了我！他们永远是我的老师'她写道：'我一定要长期地和他们在一起，从他们那里得到营养，受到哺育。'她写道：'在斗争中，我感到充实，我感到愉快、幸福！'"政治性口号完全遮蔽了个体的内心情感，政治豪情洗礼着革命者的灵魂。

随后梁波副军长视察战士过河情况，华静再一次见到梁波，"正是她所想念的梁波……她不由自主地走向花斑马和下了花斑马的梁波身边。"青春年少、情窦初开的女革命者华静看着想念的心上人，内心非常复杂。想念他却又怕见他，喜悦、好奇、惶惑、羞怯的心理变化在作者的笔下非常鲜活："一种难以言说的情感激动在她的心里，使她的脚步轻捷却又有些凌乱。到了梁波面前，惊奇过分的梁波也慌乱了手脚"（第 395～397 页）。当两人要离别时，梁波要与华静握手，但华静却没有回应握手。当梁波登上木排再次与华静握手时，华静却在握手时顺势登上了木排，和梁波并肩而坐。有意思的是，过河后华静再一次没有和梁波握手，而是把信给了梁波。这一系列握手动作传递出爱情的微妙和女性矜持之后的不由自主与主动追求爱情的大胆表现，作者写得细腻柔婉极富情感。这在 1957年修订本、1959 年修订本都没有变动，而在 1964 年修订本中改为："正是她所敬佩的梁波"，"便移动了脚步"（第 415 页），其他的爱情叙述则全部删除。于是，爱情的思念与渴求简化成对革命者的敬仰，而人的复杂世界变得日益简单。

第三，作者也尽量删减人性化语言。通过逐步净化小说内容，使人性化语言走向政治化语言。战士过河攻打 74 师，或坐船或游水，其中许多农民来观看。作者写围观群众的对话："'一个没有淹死！'一个小孩在岸上观看的人群里叫着。他的老祖母在他的头上拍了一下，瞪着他说：'不要死叫活的！说吉利的！'"（第 392 页）祖孙二人的对话很鲜活地传递出民间文化的不同反映。小孩的天性就是快乐活泼而又单纯可爱，所以他说

---

① 吴强：《写作〈红日〉的情况和一些体会》，《人民文学》1960 年 1 月号。

没有人"死"。这种童言无忌的话却在较为迷信的奶奶看来是非常不吉利的，于是敲打了小孙子。这在1957年初版本、1959年修订本都没有变动，而在1964年修订本中全部删除了，也许当时对迷信的反对已延伸到了小说中对迷信的描写。同时，在1957年初版本第497页、1959年修订本第501页中，团长刘胜牺牲之际，眼珠放射出两盏明灯般的亮光，艰难说道："不要……告诉……我的老妈妈！……免得她……难过！"这是多么痛苦的事啊，对一个即将辞世的儿子来说保守秘密是对母亲的最大安慰。团长刘胜的遗言反映出儿子对母亲的敬爱和不能孝敬母亲的痛苦，更呈现出他不希望自己的牺牲让母亲更痛苦的崇高境界，革命军人的忠孝不能两全异常让人悲壮。然而，这种人性化的叙述在1964年修订本中被全部删除，把其人性化的语言变成豪言壮语。

而且，作者对指挥员的形象也进行了修改。例如1957年版第406页中，军长沈振新过河落水，不会游泳，杨军跳下水救了他，1959年修订本没有变动。但在1964年修订本中作者则把它修改为：军长沈振新过河落水，但会游泳，杨军也学他仰泳游过河。于是下级救上级的故事修改成下级向上级学习的故事。如此强化了上级领导人的正面形象。

第四，作者进一步丑化反面人物。尤其在刻画张灵甫的形象时，修改力度颇大。在初版本和1959年修改版本中，张灵甫还是一个比较真实的枭雄，然而在1964年的修订本中，张灵甫则完全被政治概念所遮盖而成为妖魔化的反动派。战士们在路途中谈到孟良崮，不同的版本有不同的说法。如1957年版中，战士秦守本说："这个名字好，孟娘崮！张灵甫梦见他的娘了！"（第410页）而在1959年修订本中则改为："这个名字好，孟娘崮！张灵甫梦见他的爹娘亡故了。"（第411页）在1964年修订本中则进一步修改："这个名字好，孟娘崮！张灵甫梦见他的老娘亡故了。"（第427页）如果说初版本对孟良崮的解释虽然调侃但还不失人情味的话，随着版本的修改深入，利用孟良崮的谐音对张灵甫的谩骂也变得更加尖刻。尽管这体现出战士对战争对手的痛恨，但这种侮辱对手的行为是不理智的。张灵甫的出场更是如此，1957初版本写道："他的身材魁大，生一幅大长方脸，嘴巴阔大，肌肤呈着紫檀色。因为没有蓄发，脑袋显得特别大，眼珠发着绿里带黄的颜色，放着使他的部属不寒而栗的凶光。从他的全身、全相综合来看，虽使人觉得他有些蠢笨而又可怕，但总还是个有气概、有作为的人。"（第419页）而在1959年修订本中则改为："他的身材魁梧，生一幅大长方脸，嘴巴阔大，肌肤呈着紫檀色。因为没有蓄发，脑袋显得特别大，眼珠发着绿里带黄的颜色，放射着使他的部属不寒而栗的凶光。从他的全身、全相综合来看，使人觉得他有些蠢笨而又可怕，是一个国民党军队有气派的典型军官。"（第421页）在1964年修订本中则进一步修改："他的身材魁梧，生一幅大长方脸，嘴巴阔大，肌肤呈着紫檀色。因为他是和尚头，有点秃顶，脑袋显得特别大，眼珠发着绿里带黄的颜色，放射着使他的部属不寒而栗的凶光。从他的全身、全相综合来看，使人觉得他是个娇纵凶悍、蠢笨却又奸险又会装腔作势的人。"（第438页）如果说在初版本中我们能够感觉到张灵甫是个复杂的个性化的人物，那么在修订本中张灵甫则开始简单化。到1964年修订本则完全成为反动阶级的形象符号，张灵甫在这个时候完全成为土匪式的人物，集娇纵、冷酷、虚伪、狡诈于一身。修订本更加直观地丑化了张灵甫。

那么其他的反面人物呢？1957年修订本第420页中，敌74师参谋长魏振钺（后两个版本改为董耀宗）只会拍张灵甫马屁。在孟良崮甚至为张灵甫赋诗："立马沂蒙第一峰"，打算在战胜后请张灵甫题名，接着又摇头晃脑地吟咏："大将军八面威风！大英雄千古流芳！"在1959年修订本、1964年修订本中作者把后一首歌颂张灵甫的诗删除。当孟良崮战役即将失败，敌人开始窝里斗、相互诋毁时。1957年修订本第519页、1959年修订本第524页中，敌军参谋长反驳张灵甫，说道："我是软弱无能，你是强悍无用。"但在1964年版第547页，这句话则变成："我，软弱无能，你呢？一个色厉内荏的蠢将！"通过敌人自身的内斗，更加暴露张灵甫的丑恶面孔，从而增加了剧情冲突，提供了更为强烈对立的渲染语境。这一系列对反面人物的丑化性修改已经不是基于对一个平等对手的描绘，而是一种对反面人物的过度夸张的叙述。

但是，在修改过程中，作者也尽量隐藏个体话语于文本之中。吴强毕竟是在河南大学经过正规的大学教育，而且在国民党统治区的报刊上发表过不少作品，其艺术才能是有积累的。所以，尽管在特殊语境中，作者还是写出了一系列真实的人物爱情、复杂心理和内在矛盾。虽然每一次对

《红日》的修改都要对这些方面进行删减，使革命话语逐渐并完全挤压了小说中的人性话语，但作者的内心深处却依然徜徉着对艺术的崇敬。因此，吴强尽量保留人性中的个体话语，在政治话语的宏大叙事中隐藏自己真实的人性诉求。以 1964 年修订本为例，尽管受到极左思潮的时代语境影响，改动非常大，尤其删除了个人性的感情描写，可是作者还是保留个体话语隐藏于文本之中。通过以退为进的形式来描写爱情，表达作者内心想象的真实情绪。所以，黎青写给沈军长的情书没有删除和改写：

> 新，最亲爱的：
>
> 我离开前方，离开你，已经一个月带二十天！寒冷的冬天，已经过去，你正生活在春天里！春天，会给你温暖，给你愉快……
>
> 真是想念你，越是战斗的时候，越想念你。
>
> ……
>
> 健康，愉快！
>
> 你的青
> 春夜

这封情书，是具有"小资"情调的革命者黎青写给自己的丈夫沈振新的。这种家庭私事与革命显然是矛盾的，从 1964 年的政治形势看，这封情书是最应该被删改的。但作者却以战争中革命者的通信的形式很巧妙地保留了夫妻恩爱的情感信息。黎青通过战斗中对丈夫的惦记和阿菊千里寻夫为家人报仇雪恨的悲惨报告的叙述，完成了自己对丈夫的想念。情书充满了很多爱情语言，如"最亲爱的""想念你""你的青"等，这些各个版本中都没有修改。而在 60 年代这种小资情调的语言本应该要删除的，因为此时人性论已经成为一种修正主义文艺思想而受到批判。茅盾在第三次文代会上做报告认为："修正主义者夸夸其谈资产阶级的虚伪的'人道主义''人类之爱''人性论'来反对阶级斗争，反对无产阶级的党性……我们必须坚决反对这种修正主义文艺思想，彻底揭露和批判它的反社会主义的反动本质，更高地举起毛泽东思想的红旗。"[①] 但是，吴强小

---

① 茅盾：《为实现文化艺术工作的更大更好的跃进而奋斗》，《人民日报》1960 年 4 月 5 日。

说中的这封情书在 1964 年的修改本中依然保留，这也反映出作者在裂缝中坚守文艺中纯真人性的立场。其至张灵甫在孟良崮决战前夕面对强敌产生的复杂情绪，也还是以反面人物的角色典型保留在修改本中。体现出其对解放军的莫测、对自己命运的惊悸、对友军的疑虑和与解放军为敌到底的顽固的偏执又复杂的人性心理。

同时，1957 年初版本、1959 年修订本中姚月琴与胡克恋爱，在 1964 年修订本中仍然保留下来了。只不过姚月琴要求"革命"优先"恋爱"，让胡克很羞愧，并通过内疚式的自我批评来进行洗礼，从而提高认识、冰释前嫌，相约革命胜利后再谈个人的爱情私事。同时，杨军也买了一个绿边鸭蛋形小镜子和化学梳子送给妻子。

所以，尽管时代要求删除爱情与性，即使是在"文革"中，作家吴强还是隐晦曲折地保存着那一丝爱情的甜蜜与幸福，这是非常难能可贵的。

而且，整部小说还写了不少知识分子，无论是军长沈振新、他的妻子黎青，还是中层干部陈坚，抑或姚月琴等，都以自己知识分子的性格出现在文学画廊之中。知识分子叙述在"反右"之后的小说创作语境中往往是许多作家特意回避的。但作者吴强却对其作了足够的书写，体现出作者自身血统中的知识分子情结和本性。在 1957 年版本第 39 页中，新团长刘胜看不起大学生陈坚来做政委，在以后的版本中删去了，完全认可了知识分子的作用。同时，知识分子主动向工农兵学习，自觉认同工农兵的生活、工作和革命方式，但不经意间在革命话语背后的缝隙中还是流露出知识分子的文化特征。如报务员姚月琴是一个中学生，用小洋刀削梨；地方革命工作者华静竟然是燕京大学的大学生，主动参加革命。而连队文化教员田原被描写为小资产阶级知识分子：白皙漂亮，爱画画、演戏、唱歌，爱打扮，还有爱梳子和镜子。作者吴强并未对这些小资情调的知识分子进行丑化，尤其是政治干部潘文藻。潘文藻虽是一个革命政工干部，但却有着常人的怕死和害怕强敌的缺陷。在笔者看来，吴强本意是想描写一个落后的甚至可能会投降敌人的政工干部，通过这种人物的内心复杂的叙述呈现革命时代的艰难性。但是，在小说的情节发展中，吴强又逐渐把这个知识分子不自觉地写成了革命化的诉求。这可能源于吴强内心深处的一种担忧：万一读者不认同这种描写，自己反而要受到批判。因此，对于潘文藻的描写可以说是吴强很矛盾的一个细节。他自己就曾坦诚谈到对这个人物描写的模糊："像潘文藻那样的知识分子出身的政治工作干部，在严重的形势之下，懦弱、右倾，并不是没有的。写这样一个人物是可以的，但我没有按照人物的特点给以适当的行动，写出他的思想变化，因而写来写去，总觉得手笔像给绳子缚住似的，以致在后来虽然经过修剪，这个人物还是隐隐约约，面目不清。"① 杨军和阿菊的后方生活写得较为生趣盎然。断脚伤员梅福能说会道，读过很多武侠小说，这个形象虽然着墨不多，但是极其生动。应该说，这些知识分子和民间文化片段的叙述还是很有意味的。当然，在版本修改中，对上述内容进行修改也是必然的。

总之，《红日》的修改变迁使我们发现，作家吴强不得不通过修改提纯向受众传播革命"世界观"和"价值观"，以便使受众认同这种迥异于以往的自我与实际生存关系的图景想象，进而增加人们对社会的满意和肯定的程度。所以，当政治语境发生变化后，为了帮助构筑一个全新的思想图景，达到意识形态合法化的目的，政治话语和革命伦理反过来再次要求文学作相应的调整。于是，文本就在这种循环中不断进行螺旋式的修改。所以，作者的修改特色主要表现在这几个方面：政治理念先行，尽量删除爱情描写和人性化语言，进一步丑化反面人物。然而，在修改过程中，作者在政治规范的要求下没有生硬的应付。而是通过特殊方式隐晦地保留了一些爱情及人性的抒写，这是非常可贵的潜在写作。反映出作者吴强在内心深处隐藏着的丰富的主体性叙述。

第三节　人性化抒写的边缘探索
——《红日》艺术改编与传播推广

文艺修改和艺术改编一直是新中国文艺体制的核心内容。小说《红日》出版后受到读者的喜爱而成为 本畅销之作，因此，根据小说进行艺术改编也提上了日程。导演汤晓丹和编剧瞿白音于1962年底完成电影

---

① 吴强：《写作〈红日〉的情况和一些体会》，《人民文学》1960年1月号。

《红日》的改编，注重人性探索，反响热烈。而上海人民美术出版社 1962 年和 1965 年出版了王星北改编，汪观清绘画的连环画《红日》，则重回革命伦理中人性形象描写的两极强化。随着政治气氛的极左化和毛泽东的两个批示出现，电影、小说等都受到批评甚或批判。"文革"后，平反了的《红日》在出版之余于 1981 年重印了汪观清的绘画连环画和中国电影出版社出版的电影连环画。当红色经典改编形成热潮后，浙江长城影视公司又把它改编成 40 集电视剧《红日》，对人性与情爱进行了精雕细刻。小说《红日》经过了电影、连环画和电视剧等各种艺术形式的改编。由于政治、革命、文艺权力者和观众对小说及各种艺术改编的不同需求，在不同时代的《红日》的各种改编都是在爱情、亲情、友情、人性与革命中各取所需。

一 《红日》的电影改编

小说《红日》受到读者喜爱，被评为 1959 年庆祝建国十周年的优秀选拔本。因此，电影改编也提上了议事日程。编剧瞿白音执笔改编的电影文学剧本《红日》发表在《电影艺术》1960 年第 12 期（简称初刊本）。然而，从 1961 年正式拍摄却历经三年之久，直到 1963 年才完成。这在当时办事高效的情况下是很少见的，其中情况复杂。仅电影文学剧本就历经多次修改，上海文艺出版社 1961 年 9 月出版了瞿白音在初刊本基础上重新修改过的剧本《红日》（简称初版本）。而以此为蓝本的电影《红日》，在拍摄时又对这个修改剧本进行了再修改。下面试对电影文学剧本初刊本、初版本、电影影片对小说《红日》的故事改编进行分析。

（一）电影文学剧本初刊本的改编

瞿白音改编电影文学剧本时的政治背景不是很明朗。因为在 1960 年前后开始批判文艺领域中的"修正主义"，1959 年 12 月 8 日，中共中央宣传部召开全国文化工作会议，会议认为修正主义、资产阶级思想影响仍是文学艺术上的主要危险，其主要表现是以人性论反对阶级论，以人道主义反对革命斗争。会议错误地提出必须开展一个彻底批判修正主义和资产阶级文学艺术的运动，导致文艺界再次整风。1960 年 7 月第三次文代会在北京举行，周扬报告从"为工农兵服务、为社会主义服务""百花齐放、百家争鸣""革命现实主义和革命浪漫主义的结合""驳了资产阶级人性论"四个角度论述了文艺创作的目的、方式和意义。① 茅盾在此次文代会的报告中谈到要不要"人情味"以及要怎样的"人情味"的问题："我们并不反对文艺作品要有人情味，我们反对的，是修正主义者所宣扬的人情味；我们也不赞成'为了人情味而人情味'的画蛇添足的做法。我们认为人情味是从属于思想情感的，不同阶级的人有对于不同的人情味的喜爱或厌恶、共鸣或抵触。""我们的优秀的文艺作品都是充满了劳动人民的人情味的。到处可见，不胜枚举；至于写亲子之爱、写阶级兄弟的友谊、写男女的爱情等，带着鲜明的阶级性和时代精神的篇章，在我们的优秀的作品中就更多了。"② 第三次文代会坚定了继续推行"双百"方针的方向，对于文艺创作具有重要的指导意义，经历多次批判的文艺在崎岖道路中逐步恢复元气。随后，1960 年 9 月 30 日《毛泽东选集》第四卷由人民出版社出版，全国掀起了学习热潮。例如首都曲艺界掀起学习"毛选"的热潮，"北京市宣武说唱团从国庆节开始在各书场上连续演唱新书，如：《红日》《大江南北》《保卫延安》等，这几部书是反映人民解放军在毛泽东思想指导下取得伟大胜利的作品。"③《毛泽东选集》第四卷收集了毛泽东在全国解放战争时期的重要著作 70 篇，很多是军事指挥的决策，这对于战争文艺的创作与改编无疑具有重要的指导意义。而《红日》讲述的孟良崮战役又是在毛泽东军事思想指挥下的解放战争中的重要战役，于是，两者合拍。正是在这样的背景下，1960 年，导演汤晓丹、编剧瞿白音、作者吴强等多次探讨电影改编的问题。对小说中的人性书写达成共识，并落实到编剧瞿白音执笔改编的电影文学剧本《红日》中。该剧本发表在《电影艺术》1960 年第 12 期（简称初刊本）。改编的最大特色就是在人性的有限择取中，尽量还原反面人物的复杂性形象。

① 周扬：《我国社会主义文学艺术的道路》，《人民日报》1960 年 9 月 4 日。
② 茅盾：《反映社会主义跃进的时代，推动社会主义时代的跃进》，《人民文学》1960 年第8 期。
③ 本刊记者：《首都曲艺界掀起学习毛主席著作的新高潮》，《曲艺》1960 年 10 月号，第13 页。

第一，把反面人物作为较平等的对手来写，尽力还原张灵甫的历史面貌。

在中国传统叙事中一直有"成者为王败者为寇"的叙述方式，"胜王"者在历史讲述中通常大力维护自己的正统性与合法性，也就必然贬抑"败寇"，这主要源于各自不同的立场和角度。因此，"十七年"的小说极少直接把反面人物作为平等的战争对手进行叙述，绝大部分篇幅都是叙述革命领导人如何布局、战士如何坚强以致击败敌人取得胜利等革命事迹，小说《红日》也不例外。但是《红日》电影剧本的改编却一反成规，反面人物分量较重，虽然不可能公平地描写对手，但也强化了战争对手的张灵甫的军事指挥才能和誓死尽忠的个性。剧本甚至多次提到"蒋委员长""美国顾问团"和"国防部"，他们不断鼓励张灵甫率军"效忠党国"，尽管是反面叙事，但也可以说明改编者尽量接近"败寇"的历史。所以，电影文学剧本开头就增加了我军撤退涟水城和国民党军进驻涟水城的细节描写。沈振新部撤离后，张灵甫带领国民党74师进驻涟水，与小说刻画最成功的是正面人物不同，剧本刻画得最成功的则是反面人物张灵甫的形象。这种较少丑化反面人物的叙述在"十七年"电影中是很少见的。剧本改变了小说中第二次涟水战役侧写的角度，直接进行正面的叙述。张灵甫在涟水城的宝塔下照相，立下战功的74师受到蒋介石的嘉奖和犒赏，剧本先声夺人地给胜利者张灵甫及74师涂上了浓浓的一笔。张灵甫两次询问张小甫的下落，并告诉参谋长董耀宗张小甫不会被俘："他一向对我忠心耿耿，绝不会当俘虏……要团部给他开个追悼会。替我写一幅挽联。"事实上，张小甫也确如张灵甫所说，剧本中，忠诚于"党国"和张灵甫的张小甫相比小说的刻画则更不怕死："他头上裹着纱布，遮住了左眼，右眼紧闭着，显出一副桀骜不驯的脸相。"当黄达和胡克叫他回答的时候，他"故意把嘴唇更闭紧了些，不答话"。编剧瞿白音在这里把效忠党国和张灵甫的张小甫刻画得更加活灵活现：

> "你们要杀就杀，我没有什么说的。"张小甫倔强地说，眼睛仍然紧闭着。
>
> ……

"我什么也不知道。"张小甫口气比前更显猖狂地说,"你们对付我一个人容易,对付七十四师……哼!"(第 33 页)

张小甫的拒降确实反映出 74 师的军事素养,这足以说明张灵甫知人善用、体恤下属的军事指挥能力。当受到解放军猛烈进攻的李仙洲向张灵甫求救时,张灵甫冷静地告诉他尽力提前靠拢并已预备美酒痛饮。当解放军的炮弹打到张灵甫指挥所门口时,张灵甫"冷静"地说:"镇静一点,参谋长!"命令部下"快去抵抗!"与小说中张灵甫属下完全是被动挨打而沈振新部则是一次次胜利进攻的叙述不同,电影剧本对张灵甫的军事指挥才能进行了接近历史真实的修改。编剧瞿白音把张灵甫作为一个善于声东击西打硬仗的对手进行刻画,这是难能可贵的。

正如刘再复谈论人物性格组合时认为,一个人的性格是由二重组合构成的:动物性与超动物性、善与恶、真与假、美与丑等,这也是人物形象的前提,"提纯"和"消毒"只会让人物更加平面呆板。反之,那些具有丰富、复杂内心世界的形象才是立体的圆型的鲜活的典型。对此,韦勒克和沃伦合著的《文学理论》第十六章也专门论述了"扁平"人物和"圆形"人物的塑造方式。前者指的是静态的塑造方式,只表现一个单一的性格特征,这种方式可能导致人物的漫画化或抽象的理想化;后者指的是动态的(历史发展的)塑造方式,要求有空间感和强调色彩。这对我们是有启发意义的。人物形象塑造就应该是具有复杂内涵的立体的运动的圆型的人物形象,避免单一的贫乏的扁平的人物形象塑造。所以,当张灵甫74 师胜利的时候,宝塔照相,庆功敬酒,士气大振;当战斗危急时刻,上下请功,提前突围;当垛庄失守,他又命令部队停止下山:"我们要站在孟良崮上,吸引共军,中心开花,内外夹击。现在共军几个军被我们吸引住了,消灭共军主力的战机已经形成,这样的大好时机,不能放过。"[1]当黄伯韬部队离孟良崮只有 5 公里的时候,张灵甫再次布置声东击西的计划。于是又展开了战斗双方的斗智斗勇,甚至在张灵甫"杀身成仁"前的一小时,敌总司令竟乘飞机盘旋于孟良崮上空和张灵甫联络。张灵甫还

---

① 瞿白音:电影剧本初刊本《红日》,《电影艺术》1960 年第 12 期,第 53 页。

立正对着话筒喊道："总司令，总司令！我是灵甫，张灵甫啊！请你指示，请你指示。"报话机立即传来敌总司令的声音："我的飞机到了孟良崮的上空，你处境艰危，我很同情。委员长要我向你慰问……关系重大，要站稳、要站稳。"正是这种政治工作，使孟良崮战役异常惨烈；当解放军冲上山时，山洞里只剩下张灵甫一个人，他仍在用冲锋枪射击，并还枪毙了劝降自己的张小甫。这些描写确实呈现出张灵甫镇定应对的指挥才能，说明了张灵甫并非是浪得虚名的抗日名将。尽管张灵甫被击毙在山洞里："石壁上那张在占领涟水时拍的相片，在猛烈的摇晃，终于下坠，跌得粉碎。"[1] 前呼后应，"记功碑"成为他失败的象征。

第二，凸显女性的革命英雄形象，删改她们的爱情书写。在当时的战争电影中，战争与革命已经压倒一切，战争中的爱情和家庭叙事往往是被排斥的，这既是电影这一表现手法在特定阶段的应用方式，也是电影容量小无法承载太多内容的客观缘故所致。电影文学剧本初刊本《红日》对小说进行了多方面的改写和提炼，基本删除了小说《红日》中的爱情和人性书写。例如把军长沈振新与具有小资情调的医生妻子黎青的爱情叙述加以舍弃，黎青这个人物形象完全删除，军部参谋胡克和机要员姚月琴的爱情书写也完全删除。剧本规避了小说中的情爱叙述，这也是改编者的一种策略和无奈，但是瞿白音还是在隐形层面进行了一些人性化生活描写。小说中，吐丝口战役中华静、葛成富带领支前的担架民工在炮火中抢救重伤员、运送弹药。就在沈振新部准备急行军包围 74 师前，华静带领担架队和民兵来支援搭建军队渡河需要的木排，见到日夜思念正在渡河的副军长梁波，于是把自己写给他的花瓣簇形的情书给了他。与小说中两人的恋情不同，剧本对之进行了改编，对梁波与华静的感情写得非常委婉，例如送手枪等。情感最充足的描写则是："华静对梁波的关心和教导很感激，含情地凝望着他，微微点头。"梁波则告诉华静："打完这一仗，一定来看你，好好谈谈。"然后两人握手告别。这种非比寻常的革命友谊尽管不足以看出两人如同小说描写那样的爱情，但这种革命同志之间的"含情"式的友情还是传递出不一般的感觉。而且剧本对杨军与妻子阿菊的爱情也

---

① 瞿白音：电影剧本初刊本《红日》，《电影艺术》1960 年第 12 期，第 59 页。

进行了删改。小说中，杨军是浙江天目山人，杨军的父亲因不愿写信劝降儿子而被国民党保安队打死。阿菊历经千辛万苦千里寻夫，两人在后方医院度过了一段恩爱而缠绵的生活。但在电影剧本初刊本中，则把杨军的家乡改为苏北，杨军在撤离前和父亲、阿菊告别，杨军不让阿菊参军，叫她在家参加斗争并照顾老父亲，临走杨军还把 5 元钱留给父亲。杨军的这种表达方式确实呈现出一种即将远离而对家庭的关爱，其依依惜别和给父亲钱也传递出未来生死两茫茫的苍凉之感，于是忠孝两难全的人性情感就在这细节动作中一览无遗。当地主还乡团勾结国民党匪军 74 师把杨军父亲打死后，阿菊带着父老乡亲的嘱托希望战士们消灭 74 师以报仇雪恨。杨军鼓励参了军的妻子："到后方要好好工作。现在不是老百姓了。"战士金立忠起哄唱了句京剧《投军别窑》，阿菊生气地告诉他："谁是王宝钏，我是穆桂英！"典故的运用传递出女性主人公欲成为革命巾帼英雄的内心渴望。王宝钏的柔弱与穆桂英的强悍无疑成为一个鲜明的对比，这也是当时追求进步的革命女性的一种主体诉求。

　　第三，提炼正面人物形象，增加了毛泽东思想的内容。小说中，对涟水战役中失败而不得不撤离的沈振新部是侧面描写：班长杨军受伤送往医院，他的战友们张华峰、金立忠、秦守本等在撤退中找不到自己的部队。而在电影剧本中，则是正面描写，增加了基层指挥者和普通战士不愿撤离的情绪波动：副团长刘胜不情愿地执行上级撤离命令，秦守本质问撤离原因时连长石东根发着牢骚："你当我愿意。"显然，小说中的无序溃败对我军来说是个耻辱，所以在剧本中增加了上级要求撤离的命令，而且是"掩护转移"的有序撤退。再如沈振新在和杨军等谈论涟水战役失利的原因的时候，多次提到毛泽东的战略部署："毛主席教导我们，胜败不在一城一地的得失，主要的在于集中优势兵力，消灭敌人的有生力量。"① 电影剧本中增加了战士金立忠的"估计参谋"功能，从侧面上对毛泽东思想进行解析。当我军从苏北撤离到山东的路途中，战士们充满了疑虑，于是，电影剧本就有了一段叙述："'参谋'，你说，咱们走了三天了，什么时候才到？'金立忠回过头来指手画脚地说：'依我的估计……''你还估

<hr>

① 瞿白音：电影文学剧本初刊本《红日》，《电影艺术》1960 年第 12 期，第 32 页。

计！你说要来个回马枪打七十四师，现在都快过铁路了。'周凤山说。
'过铁路又怎么样！这就叫运动战。'金立忠说。"（第34页）当石东根连
队的战斗总结进行之时，金立忠写了一段快板，沈振新鼓励他念出来。于
是"估计参谋"金立忠把代替发言的快板念出来："苏北到山东，思想搞
不通。走路怨大山，吃饭怕大葱。二月麦苗一片绿，莱芜战鼓响冬冬。撒
开大网捉'鲤鱼'，李仙洲五万人马送了终。蒋介石，运输大队长立'大
功'，送来了美国枪、美国炮、美国罐头，还有火箭筒。运动战，真神
通；跑得快，打得凶。毛主席思想定天下，毛主席妙计显威风、显威风。
请问同志们，不从苏北下山东，这样大的胜仗，怎能打成功？"（第46
页）赢得了全场掌声和笑声，军长要求记者第二天把它登报。通过"估
计参谋"的侧面叙述，形象地转译出毛泽东思想在解放战争中的指导
作用。

第四，转化战士的缺点。小说中被胜利冲昏头脑的石东根像国民党军
官一样，骑着缴获的高头大马，戴着大檐帽，两脚蹬着带马刺的长筒黑皮
靴，身穿黄呢军服，腰挂着长长的指挥刀，左手抓住马鬃，右手扬着小皮
鞭纵马飞驰。醉酒既是一种生活姿态，更是一种内心欲望的外在呈现。醉
酒纵马一方面是石东根通过对立面的穿戴展演自己的威风，获取一种功成
名就的快感；另一方面是他的内心对敌人的生活条件和官威形象有着一种
莫名的羡慕感，其粗野形象显然不融于当时主流的革命军人形象。因此，
电影剧本中把石东根的形象进行改编转化为狂欢形象："一手高举指挥
刀，刀上挑着一顶国民党匪军的大檐帽，纵马狂奔而来。"[1] 在这里石东
根没有戴国民党军官的大檐帽和腰挂指挥刀，而是用指挥刀挑着敌人军
帽。这其实就是一种对敌人的蔑视，使得小说中石东根潜意识中存在的羡
慕敌军官的无意识思维在剧本中转化为蔑视敌军的狂欢化图景。如此也消
解了革命军人醉酒纵马的缺点和负面效果。又如剧本中增加了小说中所没
有的新解放的战士李春来的形象，他本是国民党兵，被俘虏后随大流就被
编入了解放军。他的内心一直渴望远离战争，他告诉同为刚解放的战士的
马步生，他打算开小差回家，这也是一个投降士兵最真实的心理反映。就

---

[1] 瞿白音：电影文学剧本初刊本《红日》，《电影艺术》1960年第12期，第44页。

在准备过程中他受到解放军阶级弟兄的优待，发了新毛巾，尤其是阿菊的诉苦感动了他，提升了他的阶级觉悟。于是，向同志们作了自我检讨并发誓要消灭没有人性的国民党反动派。可以说，李春来的心理轨迹变化过程也正是革命发展的变化过程。

（二）电影文学剧本初版本对初刊本的修改

由于 1961 年文艺形势的逐渐好转，导演、作者、编辑在逐渐明朗的文艺形势中也逐步对电影《红日》的人性化改编有了更高的期待和要求。这是由发展变化中的不同的文艺语境所决定了的。因为从 1961 年开始，极左思潮受到遏制。新侨宾馆会议和广州会议上，周恩来讲话强调要发扬文艺民主，尊重文艺规律。1962 年 4 月 30 日，中共中央批准中共中央宣传部定稿的《关于当前文学艺术工作若干问题的意见（草案）》（简称《文艺八条》）。其内容包括：贯彻执行百花齐放，百家争鸣的方针；正确地开展文艺批评；批判地继承民族遗产和吸收外国文化；改进领导作风；加强文艺界的团结等。这极大地促进了文艺的蓬勃发展。同年 8 月大连会议上邵荃麟主张现实主义深化、人物形象多样化，认可了中间人物的写法。这些中共领导人的文艺报告和文艺政策的推行，无疑恢复了一度冷却的知识分子和文艺工作者的文艺创作激情，使文艺从狭隘、单一走向多样化。

而此时苏联电影形势也一片大好。1962 年前后，丘赫莱依、格拉西莫夫、罗姆等电影大师在世界范围内掀起一个电影艺术创新的热潮。其中编导了《第四十一个》《士兵之歌》《晴朗的天空》的苏联导演丘赫莱依发表论文《他们故步自封》反对教条主义，提倡电影尤其是战争电影中的人道主义、和平主义与人性哲学，甚至批评"中国电影是教条主义和反艺术的思想方法的标本。"[①] 正是在此影响下，该年 6 月瞿白音在《电影艺术》杂志上发表了著名的电影论文《关于电影创新问题的独白》。他大声疾呼电影要创新："创'一代之新'的作品似乎必须具备三个要素：新的思想——作家对生活的独特见解；新的形象——生活中正在萌芽滋

---

① 〔苏〕丘赫莱依：《他们故步自封》，参见英国电影杂志《电影和电影制作》1962 年 10 月号，李庄藩翻译，《电影文学》1964 年 1 月号。

长，或作家独具慧眼发现和创造了的性格；新的艺术构思——作家运用想象发现和创造了的新的情境。"进一步认为要"去除思想上的陈言"，我们的文艺是"在作品中复述文件指示、经典著作中讲过千百次的话"，"复述或图解众所周知的思想"，"各类陈言都有理论根据，是陈言，但是很正确，所以它有时被认为'绝对真理'有了神灵的呵护"，要"驱除这些束缚我们的过多的框框"。同时要"塑造新的形象"："英雄人物并非随时随地挺胸凸肚、怒目圆睁；奸恶之徒也并非都鼠目獐头、龇牙咧嘴"，更要有"新的艺术构思"①这些振聋发聩的声音透出了电影改革的呼声。于是，在文艺形势大好和电影理论的指导下，编剧瞿白音对正面英雄人物和反面人物的形象塑造有了进一步认识，加强了电影《红日》的人性化改编。因此，瞿白音重新修改了电影文学剧本的初刊本，并在上海文艺出版社1961年9月出版了该电影文学剧本初版本《红日》。下面分析电影文学剧本初版本对初刊本的修改。

第一，修改的剧本初版本更加强化了张灵甫和74师的"英雄"形象。为了剧本的人性化修改，编剧瞿白音在导演汤晓丹的帮助下专门拜访了一个被俘的国民党中将和张灵甫的秘书，了解此次战役和张灵甫真正的本色个性，并到南京资料馆阅读了蒋介石亲自为张灵甫写的《碑文》和赞语。作为国民党王牌军之一的整编74师师长的张灵甫，原是蒋介石的得力干将。蒋介石曾赞扬张灵甫及74师："有七十四师就有国民党"，"有十个这样的师，就可以坐天下！""张灵甫是真正的军人！"孟良崮战役后，蒋介石从南京到徐州总结此次战役，并为张灵甫亲撰《碑文》，称其"英明果断""蒙骗匪军"，"英勇奋战，临危不惧，光荣殉国"，"杀身成仁堪称国军表率"。这些对张灵甫的赞美之词自然成为瞿白音重新修改剧本的素材来源。修改后的剧本没有采用脸谱化的手法把张灵甫写得不堪一击，而是尽量还原生活的真实面貌，把他当作活人来写。这无疑是文艺明朗形势和瞿白音艺术创新意识在电影改编中的生动实践和具体反映。例如，与初刊本中张灵甫胜利合影一笔带过不同，添加了张灵甫及同僚对弹痕累累而不倒的宝塔进行的议论："肥头大耳的周德生对矮而

---

① 瞿白音：《关于电影创新问题的独白》，《电影艺术》1962年第6期。

瘦小的黄秉钧说：'挨了这么多炮，还没有倒，真怪。说不定里面供着什么菩萨吧。'黄秉钧没来得及表示意见，能说会道的陈处长就接上了话：'周旅长说得对。这是菩萨专意为张师长留着做记功碑的。'"于是，把烟云缭绕的塔座作为他的"记功碑"。初版本删除了初刊本中周旅长允诺派人帮陈处长抓老百姓参加国民党军民庆功大会的细节。初刊本中，74师参谋长私会被关押的张小甫，得知张小甫来劝降和谈判的实情，让董耀宗进退两难，这秘密对话被看守张小甫的两个敌兵偷听到。于是当敌机空投给养落到我军阵地上，我军战士边射击边大嚼空投食品边向敌人劝降："你们快放下武器过来，这里有吃有喝。"这两个敌军看守垂涎欲滴，终于冒死投降到我军阵地，受到优待。然而初刊本的这些细节反映的是国民党74师官兵贪生怕死的性格，与试图表达敌74师强悍的军威不符。因此初版本全部删除了上述细节，更显74师军威齐整，军纪严明。

第二，增加了人性化叙述。急躁的石东根看到敌人举白旗，按捺不住喜悦带头冲锋，导致指导员罗光受伤和安兆丰等战士牺牲。而初版本的修改更突出了石东根的缺点，当杨军提醒连长先把情况弄清楚的时候，他按捺不住喜悦对杨军说："这还不清楚，敌人投降了。"见杨军还在沉思，就大声斥责杨军："你还磨蹭什么！立刻执行命令，带队伍上去捉俘虏。"[①]无话可说的杨军不得不执行命令，结果导致杨军受伤和其他战士牺牲，付出了惨痛的代价。石东根不仅误判敌情还批评革命警惕性极高的杨军磨蹭，其缺点也更显人物形象的凡人化。所以，副团长刘胜在涟水战役失利后才会发牢骚："乱弹琴！这个仗怎么打的？！"而新战士张德来的外貌更是又"胖"又"调皮"又"结巴"。这种指战员的叙述无疑成为电影剧本新修改的重要亮点，反映了瞿白音在人性划画上与苏联电影接轨的渴望。

同时，修改后的剧本初版本还增加了爱情叙述。电影剧本初刊本中，杨军撤离路过自家门口，把5元银币留给了父亲。而妻子阿菊希望通过革

---

①　瞿白音：电影文学剧本《红日》，上海文艺出版社，1961年9月版，第35页。本书中没有特别说明的引文皆选自此版本。

命的洗礼成为穆桂英一样的巾帼女英雄，作为妻子的她也没有对丈夫的依恋性表述。修改后电影剧本初版本则重新恢复夫妻两人的爱情叙述。杨军撤离前"深情地捏了一下阿菊的手"，① 夫妻离别前的身体接触无疑是生离死别前夕波涛汹涌的心理情感的外在传递。当杨军再次与阿菊相遇的时候，杨军从集上为妻子买来了一面小圆镜，阿菊非常喜欢。男性的细腻与女性的爱美之心就在细节中得到生动的呈现，而且编剧还把阿菊希望成为"穆桂英"的这种革命想象进行了删除，重新恢复了阿菊作为一个女人、一个妻子的本能需求。她希望美丽，她渴望丈夫的关爱，爱情的人性化叙述在修改中逐渐增加。这也弥补了剧本对删除高级干部沈振新、梁波、胡克的爱情描写而导致的片面叙述。

　　第三，增加了对高级干部的思想心态和疾病的隐喻。我们不能通过下一次的胜利而忽视上一次的失败，尽管在革命战争叙事中，失败——胜利——再胜利已经成为一种模式，但失败时的内心复杂情感应该是军人形象中最应该表达出来的。但是，"十七年"许多长篇战争小说以及艺术改编往往忽视这种失败者的内心煎熬，以一种简单化的想象方式忽视了正面人物和对立面人物的内心情感波澜，这显然不符合战争事实和人性化心理。所以，电影剧本《红日》的再次修改则增加了初刊本剧本中没有呈现的初始失败者的心理情境，为涟水战役失利负责的军长沈振新异常痛苦，其思想波动和心理负担是如此地折磨着这个患有胃病的军队领导人。当军队北撤到山东的一个凌晨鸡啼的小山村，"军长以缓慢而沉重的步伐，从东墙走向西墙，又打来回。"瞌睡中几乎跌倒的警卫员李尧坐直身子告诉军长："你不睡，我也不睡。"爱护领导的警卫员甚至埋怨军长这么多天来"吃不好，睡不好"，"人又不是铁打的"。当沈振新批评他闹别扭的时候，"对军长的深厚的爱，被误解的委屈和说不清的忧急，使这位还有孩子气的青年警卫员流出了眼泪，声音哽咽但语气仍是倔强：'还说别人闹别扭……你自己跟自己闹'"②。改编者直面军长承担失败责任后的内心情境，他的焦虑、内疚与痛苦在反思中呈现在读者面前。警卫员的爱

---

① 瞿白音：电影文学剧本《红日》，上海文艺出版社，1961，第9页。
② 瞿白音：电影文学剧本《红日》，上海文艺出版社，1961，第16～17页。

护与军长的呵斥传递出鲜明的军人形象。而现代文学中的肺病意象在吴强的笔下转化成军长的胃病，疾病作为一种隐喻方式也承担着军长的痛苦。因此，政委丁元善把总部从上海买来的胃药给他，希望他注意保养，丢掉涟水战役失利的思想包袱。① 这体现了政工人员对每一个革命军人的关心，但药并不是治疗军长疾病的良方，因为胃病是战争的副产品，在他的内心深处更有着通过战争胜利解救疾病痛苦的渴望。正是在这种焦虑与胃病折磨之下，军长沈振新调兵遣将的军事谋略也就凸显出来。在初刊本的吐丝口战役中，主要讲述的是刘胜团，其部解决了吐丝口守敌，然后又去围堵莱芜撤出的李仙洲部。但在初版本中，则把许多情节都放到了军部，在战局不利的时候，沈振新提出把能打硬仗的预备队刘胜团调上去，政委丁元善补充要刘胜团组织突击队迅速解决敌人师部（这在初刊本中本是刘胜想出的方案）。于是就有了石东根连突入敌纵深阵地。当军长沈振新得知南线张灵甫74师对我友军攻势凌厉且预备和北线李仙洲部联合夹击我南线阻敌部队的时候，决定放开一个口子让敌人往北回逃以减缓兄弟部队的压力，命令刘胜团暂停攻击，重新布置伏击方案。因此，军长沈振新的军事战争谋略无疑成为治疗疾病的一种隐喻良方。

　　第四，增加了军民团结互助的情节。在等待上级战斗命令之前，沈振新部上至军部领导下至石东根基层连队战士都在帮助农民割麦子，而此时的兄弟部队战斗正酣，这让沈部指战员心急如焚但又无可奈何。其中两个剧本情节格外有意味：当姚月琴跑来，正在割麦的沈振新赶忙迎上去以为有上级消息，结果她跑过去了，"军长急忙从麦地跑出来，追喊：'小姚！小姚！我在这儿呢。'已经跑过去的姚月琴，转头向军长跑来。到了跟前，问：'你找我，军长？''你找我？''我没有找你呀。'姚月琴忽然似有所悟，笑着调皮地说：'啊！……对不起，今天没有好消息。'军长解嘲地骂了一声：'谁问你这个！小调皮！'姚月琴格格地笑着跑了。军长走回麦地，向朱参谋长喊：'老朱，来，我们俩竞赛。'"反映出军长急于等待上级命令而内心按捺不住的焦虑心态，兴趣盎然的戏剧性处境在剧本中展示出来。另一个情节则是割完麦子的石东根与喝酒老农的对话场景：

---

　　① 瞿白音：电影文学剧本《红日》，上海文艺出版社，1961，第18页。

"喝酒老农看见石东根，殷勤地招呼：'连长，谢谢，辛苦了。''是呀，心上苦呀！''你们都是好把式，帮了我们大忙了。要能再帮我们收大秋，那该有多好。'老农说。石东根一听，心里更不舒坦。他对老农望了一下，说：'对，我们在这儿落户，好不好呀？''那还用说！来，喝一口。'石东根摇手又摇头。'不会喝？'不等石东根回答，老农又殷勤劝让：'这酒自个儿家酿的，醉不了。喝点，解解乏。'酒的香气、心头的郁闷和老农的盛情，都使石东根无法推辞。他伸手接过了酒碗，喝了一大口。"正好被通讯员李全碰见，很是狼狈。"李全一惊，大声说：'连长，你又……'石东根咽下了一口酒，转身放下酒碗，装出严厉的样子，压紧了嗓子：'你嚷什么！'"① 编者通过幽默的戏剧化反映了指战员渴望战斗的决心和勇气。

而且初版本比初刊本增加了战士合作互助的细节。吐丝口战役中王茂生和秦守本两次合作杀敌：第一次，王茂生救秦守本。秦守本向敌人射击，一个躲在暗处的敌人向他瞄准，幸好神枪手王茂生眼疾手快把敌人射倒，救下了秦守本，两人联手抗敌；第二次，两人合作活捉敌副司令李仙洲，王茂生首先射中其坐骑，然后抓住敌酋。当然在初刊本中两人抓住的是敌师长，而今换成了李仙洲。正是在两次亲密合作中，两人的阶级友情和革命亲情更加靠紧。战争结束后，秦守本向王茂生诚恳道歉，并表示要向王茂生学习，而王茂生也向秦守本做自我批评，不该有太多家乡观念。

同时，初刊本中刘胜认为与大学生知识分子出身的政委陈坚搞不好团结，军长沈振新批评了他对知识分子的偏见。修改后的初版本增加了刘胜和军长顶牛的一段对话："'知识分子说的一套，做的又是一套，难搞。'沈振新感到了问题的严重性，情绪不免有些激动，提高了声音问：'所有的知识分子都是这样的？你说人家有缺点，难搞，你就没有缺点，不难搞？'对这一连串的问题，刘胜无法答复，竟使起性子来：'我知道我毛病很大，当不了这个团长。''当不了也要当！毛病一定要改。'沈军长的语气和神色，已经到了恼怒的程度。'自以为什么都对，别人什么都不

---

① 瞿白音：电影文学剧本《红日》，上海文艺出版社，1961，第53～55页。

对，是最坏的毛病。不改，就不能进步，就会影响团结。'沈军长义正词严的话，使刘胜震惊。"① 上级对下级的爱护与批评溢于言表。

从上述修改来看，修改后的电影剧本更具有人性化和人道主义思想的穿透力，体现了改编者瞿白音执著于人性求索的努力。

（三）电影改编

对于电影《红日》的拍摄，导演汤晓丹写了《在学习毛泽东著作中准备〈红日〉拍摄》的文章。主要讲述了对《红日》的理解及导演拍摄意图："这次筹拍《红日》，适逢《毛泽东选集》第四卷出版，它给了我们以最锐利、最有力的思想武器。学习了《毛泽东选集》第四卷，我们的创作思想就比较明确了。我们认为，必须通过华东战场上沈振新部队的艰苦斗争和伟大胜利，反映整个解放战争的艰苦和胜利。我没觉得将来的《红日》应该是一首激动人心的英雄赞歌，一首气魄宏伟的时代颂歌。应当通过影片的典型人物和英雄群像反映出中国人民在党和毛主席英明领导下敢于斗争、敢于胜利的战斗风格。为了能很好地实现这个意图，我们在保持和丰富原小说精华的基础上进行了概括和提炼；同时结合人物成长，结合矛盾冲突的展开，有机地突出毛主席军事思想的伟大指导作用。""我们尽力把军首长都处理成是毛主席运动战思想的体现者，而且还准备塑造一个外号'估计参谋'的战士金立忠，通过他对每一次行军任务的'估计'，反映出广大战士对毛主席运动战思想的深刻理解。"② 汤晓丹在拍摄准备中讲述了毛泽东思想与电影改编的重要关系，尤其是把解放军指战员对毛泽东思想的领略提高到一个新的高度。因此，新华社记者在《人民日报》1961 年 5 月 12 日发表了《上海文化短讯》。其中第一则短讯就是《小说〈红日〉搬上银幕》："根据吴强的小说《红日》改编的宽银幕影片，最近已由上海天马电影制片厂开拍。""《红日》的摄制人员反复地学习了《毛泽东选集》第四卷，他们认为通过学习，更明确了《红日》的时代背景与历史意义，大大有助于影片的艺术创造。导演与演员们还访问了许多直接参加过《红日》所描写的著名战役的军官与战士，并到这

---

① 瞿白音：电影文学剧本《红日》，上海文艺出版社，1961，第 22～23 页。
② 汤晓丹：《在学习毛泽东著作中准备〈红日〉拍摄》，《电影艺术》1960 年第 12 期。

一战役的现场——山东省南部的一个山区，访问目睹全歼敌军的农民们。他们还在中国人民解放军的一支部队中生活了一个时期，并且与战士们一起作战斗演习。"这则消息再次说明编导演人员在理论与经验上继续充实自己。汤晓丹根据修改后的电影文学剧本进行导演，并在拍摄中又对这个修改过的剧本进行了再修改。

首先，凸显了张灵甫的形象。电影中增加了我军对74师军事实力评价的三个描述镜头：刚解放的战士马步生说："打七十四师可不是闹着玩的！……人家都是美式装备啊！"战士张德来说："嗬！这么多炮弹，像下……下饺子一样。"军长沈振新认为："张灵甫是惯于声东击西的！"这几个镜头中的陈述形象地塑造了敌74师这支能打仗的队伍和张灵甫这位有实力的将领，突出敌人的顽固与愚诚。张灵甫因取得涟水战役的胜利俨然以国民党的"英雄"自居，他披着斗篷，提着手杖，在众军官的簇拥下到涟水城宝塔下拍照纪念。在电影文学剧本初版本中，他和众将领品评弹痕累累的宝塔时，黄旅长认为宝塔未倒说不定里边供奉了菩萨。陈处长接着话头认为："这是菩萨专意为张师长留着做记功碑的。"照完相后参谋长拿着电报笑着对张灵甫说："恭喜师长，委座传令嘉奖"，黄旅长还奉承张灵甫："我们出师不到一个月，就把共军在苏北的老窝打得七零八落……师长真是功勋盖世。"① 但是，拍摄后的电影删改了电影剧本中的内容，当黄旅长告诉拍照的新闻处陈处长："这塔一定要拍进去。这是我们师长的记功碑呀！"陈处长马上回答："好的。师长，您再站高点。"于是张灵甫跨上台阶一步。相片洗出正值庆祝宴，黄旅长见了后说道："好，师长照的最好，来呀，敬师长一杯酒。"而这时董耀宗走来："等一等，应该敬师长三杯酒，蒋委员长来了电报，嘉奖张师长和我师全体将士。说我军把共军全部赶出苏北，美国顾问团也很满意。"干杯后黄旅长奉承张灵甫："涟水这一仗下来，共军沈振新的部队算是完蛋了。"而周旅长则说："有美国的帮助，六个月内消灭全部共军，准有把握。"董耀宗则说道："周旅长，我看啦，少不了还要打几个硬仗。这一回要不是我们师长采用了迂回战术，打败沈振新还不是那么容易。"黄旅长也说道：

---

① 瞿白音：电影文学剧本《红日》，上海文艺出版社，1961，第10页。

"正面佯攻，侧面迂回，这是我们师长的英明决策。"应该说，这种电影叙述确实减少了漫画化、概念化的简单电影概念，凸显了反面人物的形象，丰富了他们作为对立面的军人的人性化性格。

孤军深入的74师在孟良崮被解放军包围，张灵甫希望"吸住共军""中心开花"，刻画出张灵甫在孟良崮上的自大姿态。电影中在74师将士漫山遍野攀登孟良崮的背景下，张灵甫一面讥讽解放军不会用兵，一面纵声大笑徒步上山，摄影机仰着镜头在他脚下跟踪拍摄，使他的形象越跨越高，直至山顶。在孟良崮战役中，敌总司令乘飞机盘旋于孟良崮上空和张灵甫联络，为张灵甫打气。电影文学剧本初版本中，张灵甫对着话筒喊道："总司令，总司令！灵甫在这儿，灵甫在这儿；请你指示，请你指示。"报话机立即传来敌总司令的声音："我的飞机到了孟良崮的上空，你处境艰危，我很同情。委员长要我向你慰问……只要再固守几个小时，局面就会改观……关系重大，要站稳，要站稳。"① 电影对此进行了修改。张灵甫立正对着话筒喊道："总司令，总司令！我是灵甫啊，张灵甫啊！请你训示，请你训示。"张灵甫誓死效忠的"军威"刹那呈现。报话机立即传来敌总司令的声音："我在你的上空，我在你的上空，委员长要我向你慰问，这一仗关系重大，务希鼓舞全军，再接再厉！只要再坚守两小时，局面就会改观。只要再坚守两小时。"就是张灵甫毙命时，银幕上呈现出张灵甫人死枪没离手的镜头，实现了他"不成功便成仁"的梦想。

其次，增加了温柔动人的电影插曲《谁不说俺家乡好》②："一座座青山紧相连，一朵朵白云绕山间，一片片梯田一层层绿，一阵阵歌声随风传；哎谁不说俺家乡好，得儿哟咿儿哟，一阵阵歌声随风传，弯弯的河水流不尽，高高的松柏万年青，男女老少一条心，鱼水难分一家人；哎谁不说俺家乡好，得儿哟咿儿哟，鱼水难分一家人，绿油油的果树满山岗，望不尽的麦浪闪金光，丰收的歌声响四方，幸福的歌声千年万年长，哎谁不说俺家乡好，得儿哟咿儿哟，幸福的歌声千年万年长。"这首歌曲一方面展示了一幅幅美丽动人的现代图景，反映了解放区丰收和谐、军民团结的

---

① 瞿白音：电影文学剧本《红日》，上海文艺出版社，1961，第82页。
② 电影插曲《谁不说俺家乡好》，瞿白音词，吕其明、萧衍作曲，任桂珍演唱，陈传熙指挥，上海电影乐团演奏。

盛景，表达了人民对共产党和解放军的感激之情。另一方面在战争年代的这种和平愿景又鼓舞了人民子弟兵保家卫国、英勇奋斗的决心。

尽管电影《红日》从剧本初刊本到剧本初版本再到拍摄公映期间历经多次修改和调整，但导演与编剧在力所能及的情况下尽量真实地呈现两军对垒的平等较量，而非漫画式的丑化描写，并进一步把电影剧本中的情节落实到人性化的叙述中，把张灵甫等国民党军队写得活灵活现、生动传神，他们似乎也有胜利者的姿态和顽强的抵抗。编导者还原历史的真相，真实生动地呈现出革命战争年代共产党军队和国民党军队斗智斗勇的过程，而这也影响到 2004 年的电视剧改编。这种故事的转述既与文艺形势的开明有关，又与改编者自身的艺术修养有关。

二 《红日》的连环画改编

四册本连环画《红日》由王星北改编，汪观清绘画。为了真实表现莱芜战役、孟良崮战役的曲折过程，画家汪观清几度奔赴山东，深入莱芜、蒙阴、孟良崮体验生活，收集素材，其创作历时 3 年。画作中，在形象塑造上，我军首长、战士和干部、民工等众多人物被塑造得性格鲜明、栩栩如生。在技法表现上，画家采用了以粗犷有力的黑白笔触结合细致精到的线条勾勒的画风，使画面气氛浓郁、战斗场景生动逼真。《红日》分别于 1962 年和 1965 年由上海人民美术出版社出版第 1 版，其中第 1、2 册是 1962 年初版，第 3、4 册是 1965 年初版，在"文革"前多次重印，第 1、2 册各达 52.5 万册，第 3、4 册各达 30 万册。"文革"中，《红日》的小说和电影都受到批判，也牵连到连环画的出版，直到"四人帮"结束后连环画才于 1978 年 9 月重印。其内容、装帧都与 1962 年初版相同，出版数量惊人。如第 1 册在 1978 年 9 月第 8 印印刷 90 万册，总数达到 142.5 万册；第 2 册也是第 8 印，印 50 万册，第 9 印印刷 40 万册，该册到 1984 年 6 月第 10 印时总印数已经达到 154.8 万册；第 3 册 1978 年 10 月第 3 印，印数 60 万册；第 4 册是 10 月第 2 印，印数是 50 万册，总印数是 80 万册。连环画畅销是有其原因的，因为连环画图文结合，阅读方便，老少皆宜，尤其是"文革"阅读禁忌达十年，许多读者渴望阅读文艺作品以了解革命者英勇奋斗的光辉历程，一旦新时期作品获得解放，其阅读需求是惊人的。更重要的是，革命历史题材的连环画深受读者喜爱，因为它直观地呈现出革命先烈是如何进行革命和建设的，为读者讲述了革命和政权的合法性与来之不易，而这无疑又受到文艺体制的鼓励，致使印数陡增。因此，多方互动合作共赢，连环画与其他艺术样式一道担负起革命知识传播和思想政治启蒙的重任，成为文艺大众化和文艺化大众的重要载体和传播方式。下面试对《红日》的连环画改编进行分析。

首先，增加了对毛泽东思想的正面叙述和高级指挥者的思想鼓动工作。小说中，杨军班掩护任务结束后开始撤退，但找不到自己所属的部队，只好继续到一个村庄休息。秦守本见到了军司令部作战科长黄达，黄达带他见了军长。在军长的安排下，秦守本、张华峰等四名战士在军部吃了饭，然后和沈军长、丁政委座谈。张华峰流着眼泪向领导汇报了自己部队的作战情况，沈军长听着心里非常痛苦，气氛比较郁闷。丁政委则通过思想工作开导他们。① 但在连环画中，则是秦守本在村庄休息的时候见到了骑马飞奔而来的军长警卫员、自己的老乡李尧，就叫喊起来，"李尧还没答话，一位神采英武的首长跳下马走过来，他对战士们全身上下看了看，问明了他们的姓名、连队和掉队的原因，又亲切地和他们握着手。"（第35页）军长安排他们吃完饭后到司令部进行座谈，"沉默了一会，金立忠忍不住，他说：'我们在苏中七战七捷。第一次保卫涟水，七十四师也给我们打得稀里哗啦。想不到，这一回，给他们进了城，我就不服气。'"（第38页）"张华峰接着说：'我想到很多同志牺牲了，现在又往北走，气恼得真想哭。再想想，革命战士不应当哭，眼泪又缩了回去……'他低下头说不下去。"（第39页）沈振新告诉他们："对，不应当哭！我们要永远记住他们！"并回答了金立忠为什么撤退的原因："你们不服气！毛主席教导我们不跟敌人争一城一地的得失。最要紧的是集中优势兵力，消灭敌人的有生力量。"还微笑着兴奋地告诉他们北面我们的主力打了大胜仗，以此鼓励他们（第40~44页）。如果说小说中与军长相遇是战士们撤退中的歪打正着，那么连环画中军长的主动下马体现出解放军指挥员的高素质。更为重要的是，小说中座谈的气氛是沉重的、抑郁

① 吴强：《红日》，中国青年出版社，1959，第24~26页。

的，而连环画中的座谈则是先抑后扬，战士们在领导的启发下决定化悲愤为力量。通过练兵杀敌、争取胜利来超越失败的痛苦，这种超越是与学习毛泽东思想分不开的。所以连环画的修改显然更加强了与政治的紧密结合。而连环画第 2 册也增加了军长沈振新在参加石东根连战斗总结会时对毛泽东思想的解释。小说中石东根连开战斗总结会，团长刘胜等参加主持，战士们批评了石东根急躁、没有辨清敌人假投降的缺点。连环画中则是军长参加，而且增加了军长对毛泽东思想的解读。沈振新向战士们提出一个胜利是怎样得来的问题，战士们纷纷发言认为是兄弟部队的阻击、上级的指挥、山东老乡的支前，张华峰则补充："要不是毛主席教会我们打运动战，这么大的胜仗，根本谈不上。"（第 109 页）沈振新对此认为："说得好。其决定作用的是毛主席的军事思想。敌人想跟我们在临沂决战，我们也摆出一个应战的架子。可是，等李仙洲一出动，我们就放下南边的鱼头，咬住北面李仙洲这个鱼尾巴，把它吃得干干净净。"[①]

同时，小说中战士们对撤离家乡苏北去山东想不通，喝苏北水时受到秦守本的批评，尤其是王茂生的家乡观念更是让秦守本生气，秦守本跑到排长林平那里诉苦。在电影文学初刊剧本中增加了副军长梁波向他们介绍山东人好地好的情况，但是电影拍摄出来后则又改变了。但连环画显然受到电影文学初刊剧本的影响，描绘了连指导员罗光和副军长梁波给他们做思想工作的情景："这时，突然有人接口说话：'说的对，谁说山东不好？'罗光和战士们回头一看，见一个首长模样的人，骑在马上。这是梁波。前委派他来当这个军的副军长。"（第 75 页）梁波告诉战士们："山东好得很，物产非常丰富。山东的人，那就更好啦。他们勤劳勇敢，爱我们的党，爱我们军队。为了打败蒋介石，他们把吃的用的都省下来支援我们。同志们，前进吧，山东的老乡们正等着你们呢！"（第 77 页）梁波的思想工作打消了战士们的疑虑。

其次，对革命英雄形象的刻画是连环画改编中的重头戏。例如，杨军的形象修改得更加光明，小说里受伤的杨军第一次刺杀受伤的敌军官未果正准备第二次刺杀的时候，敌军官先倒下去了。张华峰、秦守本扶着杨军

---

① 王星北改编，汪观清绘画：连环画《红日》第 2 册，上海人民美术出版社，1962，110 页。本小节未特别注明皆出自此版本。

回到自己的阵地：

> 在走了十多步以后，杨军突然停止下来，说道："把那个军官弄来，他没有死！"
>
> "家伙已经给我缴来了！"秦守本晃着崭新的快慢机说。
>
> "把他弄来，是个军官，他还是活的！"杨军坚决地说。
>
> "不死，也快断气了！"秦守本还是不愿意回去。
>
> "我去！"张华峰说着，跑回到矮墙那里去。①

这里没有任何悬念，敌军官被张华峰跑回去抓住了，但连环画第1册对此进行了修改。受伤的杨军第一次刺杀受伤的敌军官未果，正准备第二次刺杀的时候，"敌军官却抽出身边短剑，拼死直扑杨军。杨军侧身一闪，敌人扑了空，一跤跌倒"。"杨军的头上迸出了豆大的汗珠，扑上去与敌人搏斗。正在这时，张华峰、秦守本和班里的机枪手金立忠、弹药手周凤山赶到了。""他们飞奔过去，把敌军官活活捉住。张华峰扯下他的符号一看，读着说：'少校营长张小甫。'""他们把俘虏交给了后撤的战士，又将杨军扶上担架。杨军流血过多，脸色苍白，闭着眼睛，紧紧握住张华峰的手。只见他颤动着嘴唇，似乎在说：要坚决完成任务。"② 连环画生动形象地增加了敌我双方斗智斗勇的细节，与这些文字脚本相对应的图画，则更加直观地呈现出这种紧张的搏斗过程和杨军与战友依依惜别的感情。再如小说中战士张德来没有牺牲，但是连环画把他修改为牺牲了，石东根连为攻占孟良崮高峰在悬崖下搭起人梯："张德来第一个踩着他们的肩膀向上攀登"，"只见他两手在崖边的石头上用力一按，两腿飞起，呼的纵上了山崖。谁知山头上的敌人向他展开射击，他中弹滑跌下来，牺牲了。"③ 英雄的牺牲更激励了人心。而且还通过反面人物的描写来凸显解放军的正面形象。连环画中，为了对孟良崮74师进行包围，解放军攻占了存放敌人辎重的垛庄，

① 吴强：《红日》，中国青年出版社，1959，第15页。
② 王星北改编，汪观清绘画：连环画《红日》第1册，上海人民美术出版社，1962，第19～22页。
③ 王星北改编，汪观清绘画：连环画《红日》第4册，上海人民美术出版社，1962，第92～93页。

74师参谋长董耀宗也没有告诉张灵甫。这在小说中只是一笔带过，而在连环画《红日》第3册第101～107页中则描述得很详细。当侍从参谋告知张灵甫垛庄失守的消息，他喃喃自语："哪里来的天兵天将？绝不是主力。把他们打出去。要沉着，查清楚，随时报告。"（第107页）张灵甫的自述无疑凸显出解放军的骁勇善战和张灵甫的色厉内荏，但在另一个层面也可以看出张灵甫确实具有稳定的军人素养，面对垛庄失守他依然告诫手下"沉着"应战。

最后，删除了情爱的人性化叙述。连环画删除了沈振新军长的妻子黎青和杨军的妻子阿菊等人，梁波与华静也没有爱情关系，他们俩只是原来认识，在过沙河的时候两人见面说了几句话就握手告别。为什么爱情、日常生活和人性化叙述在连环画中全部删除，这除了与连环画改编者自身的涵养和文艺界对人性论及人道主义的批判有关，还与连环画的特殊阅读对象有关。因为连环画主要是给正在成长中的青少年儿童阅读的，爱情等叙述显然不适合这个群体的阅读，对他们进行革命英雄传统教育和共产主义思想教育是连环画改编的终极目的。

总之，连环画《红日》比小说《红日》更生动形象地强化了解放军官兵的正面英雄形象和敌74师的敌军形象。对于这种改编我们应该给予理解，因为连环画是在1962年和1965年出版的。如果说前者出版时的形势尚开明的话，那么后者出版的时候形势已经极左化，改编者和绘画者是不可能去还原小说中的人性化抒写的。

三　电视剧改编

小说《红日》出版后引起轰动，电影《红日》更是在特定时期挖掘出反面人物的复杂人性。2007年，浙江长城影视传媒集团公司拍摄了革命历史题材电视剧《红日》，[①] 全方位再现了孟良崮战役。展现中华儿女

---

① 由李幼斌、耿乐等主演。赵锐勇和王彪为编剧，电视剧《红日》编、导、演阵容强大。电视剧《红日》是浙江省向建国60周年华诞、向建军80周年大庆的献礼之作，入选浙江省精品工程，同时获上海市"优秀剧本征集活动"奖。它是作家赵锐勇和王彪根据小说《红日》历时2年改编完成的，该剧及剧本被誉为"是展示孟良崮战役的一部全景式、史诗性的作品，具有里程碑般的意义，为国内军事题材的巅峰之作。"

的英雄气概和革命本色的"红色经典"改编在90年代受到热捧,因为它顺应了主流意识形态精神文明建设的需要。改编后的电视剧版《红日》除了大的框架即沈振新部与张灵甫部的生死较量没有改动之外,其他具体的细节和故事全部修改和增加。换句话说,这种改编套用了原著《红日》的外壳,却融爱情、生活、人性、矛盾与缺陷的"新型革命"之实。正是在这种"旧瓶装新酒"的模式之下,改编者用当下的审美视角和思想深度重新演绎和解读解放战争和孟良崮战役中复杂的人性情感,使得剧中的矛盾纠葛更为激烈,不仅有两军对阵中敌我双方的矛盾,也有两军内部的各自矛盾。而对所谓"反面人物"也不再是原来的概念化和单一化描述,使电视剧中的蒋介石、张灵甫等历史人物形象更丰满、更复杂,充分展现了他们的用兵之道和用人之道。可以说,毛泽东的运筹帷幄与大帅风范,陈毅的风趣、幽默与智慧,粟裕的沉静多思与指挥若定,沈振新与张灵甫的斗智斗勇,显现出他们是铮铮铁骨、顶天立地的英雄。

因而,人性化的抒写已经是电视剧改编的主要方式,亲情、友情、爱情、人道主义等都成为电视剧中的应有之义。战争英雄同样也是人生英雄,电视剧改编凸显了人的社会属性、情感属性与战争属性的融合及情感人生的价值与意义,既写出了战争中的人物悲歌,又写出了生活中的平凡人性。小说中沈振新是一位有胆有谋叱咤风云的将军,与妻子黎青的婚姻更多的是革命同志间的情感。而1963年的电影《红日》则因为篇幅的关系在沈振新的塑造中融入了副军长梁波这位知识分子出身的儒雅之气。但是,电视剧中的沈振新无论是大碗喝酒组织敢死队、还是拿着望远镜偷看美女黎青的情节,抑或喝酒自断伤疮,甚至反复写情书不怕黎青拒绝的"厚脸皮",都呈现出豪莽英雄之气和英雄的凡人化性格。于是,小说里面"习惯沉思、眼睛里总是发出乌黑光芒,因为胃病严重脸色苍白"的儒将沈振新成为了电视剧中一口一个老子、大字不识一个的大老粗,以致沈振新结婚时大醉,喜滋滋地说洋包子嫁了个土包子。而"花木兰"黎青最后与敌人同归于尽,留下了对信仰的坚守和对正义之战的义无反顾。

而石东根与红姑的爱情更是代表着一种患难与共、军民鱼水情的革命文化。沂蒙红嫂的感人事迹曾在中国大地上广为流传,刘知侠就曾以沂蒙红嫂用乳汁救活解放军伤病员的故事为题材写出《红嫂》。电视剧《红日》再现了沂蒙红嫂的这种伟大革命精神，哑女红姑用自己的乳汁将受伤的石东根救活，甚至为了救石东根，不得不活活地捂死了自己的亲生孩子，简直是感天地、泣鬼神，这无疑是军民鱼水情深的最典型代表。这种故事的电视文本成了诸多文本的一次复调性转述，从而给受众带来极大的审美张力。

20世纪90年代以来，市场经济、商品文化和消费文化逐渐发展，外来大众文化和后现代主义文化也传入中国，"十七年"文学重新改编再次成为热点。如陈思和所说，90年代是一个由共名走向无名的价值多元、多种文化形态共生共存的文化转型时代。在这种多元化文化语境中，革命伦理规约下的政治一体化走向解体，原有的理想主义价值信念轰然倒塌，大众文化促使欲望化叙事泛滥。因为"大众文化代表了一种贬值的、浅薄的、表面的、人造的和标准化的文化，这种文化削弱了民间文化和高雅文化的力量，并向知识分子对文化趣味的仲裁提出挑战。"① 大众文化与娱乐消费文化的出现，使得经典红色文艺再次成为征召的对象。但与以往不同的是，"十七年"长篇战争小说的影视改编几乎全部转向性欲化叙事和戏谑化解构，以吸引受众的青睐。于是国家权力机器不得不介入，广电总局批文禁止恶意改编红色经典，主流意识形态进一步调整和适当修补。而《红日》就是在调整之后改编的，也就是说，电视剧《红日》对那种消解革命传统的做法进行了批判，从而在21世纪再次确立了革命意识形态的合法性，意在告诉受众新中国是无数革命先烈用鲜血和生命换来的这一历史事实。同时，这种改编在书写革命的同时往往提升和凸显了对日常生活和世俗欲望的抒写，从而以正面形象执著于对人性故事的叙述。

因此，电视剧浓笔重彩地表现战争中的人，表现那个特殊境遇中的人性、情感世界以及面对死亡的态度，无论是解放军还是国民党军队内部之间的矛盾与人性化塑造都真实地道出了时代的转型。沈振新的警卫员王胡子喜欢色情"迷糊戏"，戎马半生，为革命抛头颅、洒热血，但他不是战死沙场，而是丧身在自己部队军纪的枪口下。因为他酒后乱性，强奸了杂

---

① 〔英〕多米尼克·斯特里纳蒂：《通俗文化理论导论》，阎嘉译，商务印书馆，2001，第27页。

货店老板娘，沈振新不得不挥泪斩"马谡"。革命部队的纪律如此严明，赢得了群众的支持。而张小甫的形象也是很复杂的，他坚定地效忠"党国"和张灵甫，然而在沈振新的感化下逐渐转变，最后他背叛张灵甫救走了黎青与红姑，但他自己也实现了"生是师座的人，死是师座的鬼"的誓言。其性格是光明磊落的，其人性是复杂的。他的上司国民党74师师长张灵甫是个知识型的抗日英雄，他凭借出色的军事素养，为国家、民族作出过很大的贡献，其行为举止内敛、威严、愚忠，有着很强的军事才能。电视剧对这个人物没有因政治立场差异而人为丑化，蒋介石的赏识、同僚的妒忌、相互的钩心斗角、自己的政治野心在这位悲剧性人物身上展现得淋漓尽致，不能简单地把他归纳成反面人物。这也是新版《红日》和旧版《红日》在处理这个人物上最大的区别，并尽量还原历史的真实，甚至74师因断水而军心不稳时，张灵甫当着将士们的面喝下一碗马尿以激励斗志。他的决心令将士们动容，军心再次振作起来。尽管走投无路的张灵甫杀身成仁，但手下将士都愿意追随，军威与人性的融合打造出一幕歧路悲歌。

　　总之，电视剧《红日》尽管取材于小说《红日》，但它已经完全摒弃了二元对立的思维模式，而是把两军将士的灵与肉、血与情展现得复杂而又纯粹，这也许就是逼近历史真实的叙述。因此，人性化的书写成为电视剧改编中的最大特色。

第四节　人性萌动与革命伦理的取舍

　　文本发生学现象研究主要考察文本出现之后何为，以怎样的样式与状态继续使文本发生各种变异，因为文本出现之后的发展变化与文本变异的历史过程中包含了很丰富的时代信息和内部裂隙。由上述各节可知，小说《红日》的版本修改和艺术样式改编在不同时期其所取舍的人性内涵各异，这源于社会审美观念和读者需求的变动。从1957年小说出版到80年代是革命伦理充满生活秩序的时段，作为话语霸权的一种表达方式，作者和改编者只能在革命的笼罩下有限度地与无产阶级视野下的爱情、亲情、友情、人性联姻，从中获得意识形态再生产的"许可证"。而到了80年代，随着人道主义和思想启蒙传统的复归，人性的内涵更加丰富，读者的需求也走向快餐式的娱乐消费文化。因此，小说修改和艺术改编如电视剧中就必然包容了广阔的人性因子。所以，在不同的时代，《红日》的版本修改与艺术样式改编在人性萌动与革命伦理的互为消长中进行取舍。

因此，在50年代，《红日》的创作所择取的是有限的人性。在毛泽东理论中，人性是有阶级性的。无产阶级的人性主要是指阶级友情、同志之爱、革命之恋等。例如，将有缺点的英雄人物还原为普通真实的人物，把反面人物写活，丢弃了当时流行的过度脸谱化、漫画化的形象塑造。而且还描写了高级指挥员和普通战士谈情说爱的感情生活。例如，把军长沈振新写得血肉丰满，小说在描写他的革命意志的同时，也写出了作为平常人的七情六欲、欢乐和痛苦。涟水战役失利，沈振新陷入苦恼和情绪低沉中，当爱人黎青出现在他的身边，他才得到慰藉，心理趋于平衡。

而且，《红日》写了不少有缺点的英雄人物，还原普通人物的生活真实感。团长刘胜坚强刚勇，对革命事业忠心耿耿，但直爽粗鲁、好发牢骚，他瞧不起知识分子出身的政委，打了胜仗滋长了骄傲轻敌情绪。连长石东根一方面英勇顽强，另一方面在心理性格上呈现狭隘、急躁的缺陷，在战斗中听不进部下的批评和建议，以致上了敌人假投降的当，犯了"军阀主义"作风的错误。莱芜大捷后的总结会上，当战士们向他提意见指出他指挥失误致使一些同志受伤和牺牲，他竟然再次郁闷生气。这也反映出他的直爽的性格，打了胜仗后更是得意忘形，甚至挑着敌人的大檐帽，穿着国民党军服骑马驰骋。这些英雄的缺点反映出人物的真实心理诉求，也说明作者和改编者们更愿意把这些英雄人物当作普通人来书写，而不是"高大全"式的人物。人性化的诉求洋溢在语言和情节中。

但是，这种人性萌动在《红日》的版本修改与艺术样式改编中却逐渐被删除和修改。这源于革命伦理的逐渐强化。革命伦理在新中国还不是一种超自然的话语霸权，而是在动荡的文学生态场域中借助全民批评，而强化对国家文艺体制和全民思想的控制，使得革命伦理一枝独秀，进而完全垄断了整个文学话语。例如黎青与沈振新的爱情叙述洁化，他们俩的短暂的战地家庭生活作为一种较为稀有的日常生活出现在小说中；而战士杨军和他的妻子阿菊在后方也过上了一段温馨的日常生活。这正如吴强所说："《红日》第十章写的是后方医院的生活，其中大部分篇幅，也是写的杨军和与杨军有关的人物。这一章里没有写战斗，但我却是把它作为一个重要组成部分写的。我这样想，我们的战争生活实际是多方面的、多样的，既有紧张的前线的战斗生活，也有比较安定的后方的生活；有激烈的战斗生活，也有比较轻松的日常生活的情景，我们就应当从各个方面来反映生活全貌。我写了杨军和钱阿菊在后方医院住地团聚的事，就是出于这个意图。"① 家庭叙述在"十七年"长篇战争小说中往往是回避的话题，这可能与家庭拖累和影响战斗有关。但是，吴强却能够独辟蹊径，这与他作为国立河南大学的大学生素养有关。吴强曾回忆在国立河南大学和开封生活的情景，他说："这段时间，作品写得不算多，但在我的人生和文学创作道路上，却是一个重要的里程。生活使我对人对社会有了进一步的了解和认识，作为一个青年知识分子和文学工作者，是应当担负起改造那个社会和救国救民责任的，这对我以后的创作生涯和人生观的改变都起了一定的作用。"然而，在不断的版本修改中作者不得不逐步删除爱情。在1964年修订版本中，几乎删除了所有的爱情描写，把军长沈振新和排长杨军的儿女情长般的日常生活全部删除。而暗恋副军长梁波的华静在初版本中她给他写了一封情书，当时华静"没有找到信封，做一个，又没有浆糊。愣怔了一阵，终于把写好的信纸折成很小的体积，包在一块很大的纸里，技巧精娴地把包纸的外部折叠成花瓣丛簇的八角形的样子。她把这些细节做完，不禁失声地独自笑了出来，仿佛她特感觉到在这封信的封裹和装饰上，用去过很多的心机似的。"② 女性的爱情借自制信封和细心呵护传递出来，八角形的信封里装着的不仅是情书，更是女性对爱人的仰慕与爱情。但是，这种女革命者的细腻纯情的情感世界最后全部被删除。

　　小说《红日》的艺术样式改编主要有连环画、电影、电视剧等，这些都是一种图像文化。它们通过视觉和听觉直接作用于受众，以期达到教化读者的目的。由于政治、革命、文艺权力者和受众的阅读期待在不同时代有着不同的需求，因此，各种改编都是在爱情、亲情、友情、人性与革

---

　①　吴强：《写作〈红日〉的情况和一些体会》，《人民文学》1960年1月号。

　②　吴强：《红日》，中国青年出版社，1957，第366页。

命中根据编者、读者的意见各取所需。例如石东根纵马扬鞭的那股气概，至今已成为军旅题材中草莽英雄的共同基因。甚至在 21 世纪电视剧《红日》中更有强化之势。而情感化的人性书写是电视剧《红日》最着力的地方。诚然，每个时代都有自己的文艺规范、文化积淀、阅读旨趣、创作取向和审美观念，我们不能脱离特定的文艺语境苛求"十七年"的文艺作品，这些作品已经成为那一时代的"阅读记忆"和"集体无意识"。

正是这种持续发展的文艺语境，使得小说《红日》在 50 余年的文本发生学现象中，呈现出人性萌动与革命伦理在不同时期进行不同取舍的特点。

第六章　《苦菜花》的发生学
现象史料梳理与研究

第一节　文本发生学现象概述

　　冯德英出生于革命家庭，父母兄姐都是共产党员，兄姐甚至为革命献出了生命。这种革命氛围对他的成长和创作产生了重要影响："我从童年时代开始所处的革命战争环境。我接触过、看到过、听到过、参加过的激烈残酷的抗日战争、解放战争的人和事。在那如火如荼的斗争中，我周围的亲人，村间邻居，不分男女老少，同仇敌忾，为正义的斗争，献出自己的所有。无数的共产党员，八路军、新四军、解放军指战员，革命干部群众，为了民族和人民的解放事业，浴血奋战，其英雄的壮举，崇高伟大的精神，惊天地，泣鬼神！我得天独厚地有幸生长在那烈士鲜血染红的土地上，耳濡目染英雄人民的可歌可泣的业绩，为我储存了一个开发不完的高尚品德、优美情感、善良性格、坚贞不屈的牺牲精神的宝藏，使我的创作激情和原料，有了用之不竭的旺盛的源泉。"[①] 1949 年 1 月，14 岁的冯德英参加解放军，自学初中课程，如饥似渴地阅读大量中外文艺作品。他常常被书中那些为革命事业而忘我战斗、工作的英雄人物感动得流泪，并与

---

　　① 冯德英：《我与"三花"》，《北京日报》2005 年 6 月 24 日；《新华文摘》2005 年第 16 期全文转载。

自己的革命经历、生活遭遇产生创作共鸣:"他们对我的生活起着莫大的鼓舞作用。我感激用笔墨描绘、记录下革命英雄的伟大业绩的作家们,更加崇敬以汗水和鲜血创造了属于劳动人民的新社会的共产党员和革命战士们。在这种感情的推动下,我要表现自己熟悉的生活的愿望,有了一个更明确的目的:我想表现出共产党怎样领导人民走上了解放的大道;为了革命事业,人民曾付出了多么大的代价和牺牲;从而使今天的人们重温所走过的革命道路,学习前辈的革命精神,更加热爱新生活,保卫社会主义的祖国。"①

于是,1953 年冯德英开始利用业余时间练习写作。由于母亲对冯德英影响巨大:"我自幼和母亲形影相依,行止相随,她的行为,她的眼泪,她的欢笑,她的爱,她的恨……都深深地影响着我,感召着我,启迪而激励着我。"② 因此,冯德英就以母亲为对象写了篇革命回忆录式的传记小说。这篇文艺习作可以说是《苦菜花》的胚胎、雏形,战友读后深受感动,更进一步激发作者的创作欲望,节假日继续创作长篇小说——《母亲》。1955 年秋天完成初稿,作者把稿子和信寄给了解放军总政治部文化部部长陈沂,希望能得到指导。"解放军文艺丛书"编辑部很快回了信。1956 年冬至 1957 年春,作者在编辑部的热情支持下完成了定稿修改工作。当时的解放军文艺出版社主编陈裴琴认为高尔基已有巨著《母亲》,希望作者修改题名,随后冯德英把它改成《苦菜花》。可以说,《苦菜花》的不少情节都是在解放军文艺出版社的编辑指导下修改完成的。对此,作者不无感慨:"在写作中遇到很多困难,甚至曾经气馁停笔,但是一想起那些为革命不惜流血牺牲的战士,又增加了勇气。尤其是得到了解放军文艺丛书编辑部和宁干同志的许多帮助和指教,才得以最后完成了《苦菜花》的定稿。"③ 这本由天津画家张德育作彩色插图的《苦菜花》于 1958 年 1 月初版,是解放军文艺出版社自己编辑出版的第一本长篇小说,之前"解放军文艺丛书"编辑部(解放军文艺出版社的前身)编辑的书都是交给其他出版社出版的。为了表达佳作问世的隆重祝贺之情,也

---

① 冯德英:《苦菜花·后记》,人民文学出版社,1959,第 524 页。
② 冯德英:《我与"三花"》,《北京日报》2005 年 6 月 24 日。
③ 冯德英:《苦菜花·后记》,人民文学出版社,1959,第 528 页。

为了宣传该社出版的第一本书，解放军文艺出版社在《解放军文艺》1958年第1期封底整页打出了《苦菜花》出版预告，包括《苦菜花》的内容提要、插图、出版社、出版时间和定价等，以图文并茂的形式向读者推荐该小说。同时还在该期最后一页对解放军文艺出版社进行了出版介绍："为了更好地反映我国人民革命武装斗争，繁荣军事文学创作，解放军文艺社除出版《解放军文艺》月刊外，从一九五八年一月开始，将出版各种文学形式的军事文学作品的单行本。它的编辑部，就是过去的解放军文艺丛书编辑部。这个编辑部早在一九五三年就建立了，五六年来，它在中国人民解放军总政治部的领导下，曾编辑了许多作家和青年业余创作者以军事斗争为题材的优秀作品，交由各出版社出版。"其中就包括《保卫延安》《谁是最可爱的人》《东线》《上甘岭》《红日》《黄继光》等，"这些作品在国内拥有广大读者，并有若干作品在国外出版了翻译本……一月间将出版第一部长篇小说《苦菜花》。"① 无论是《苦菜花》的出版预告还是解放军文艺出版社的出版介绍，都将读者的目光重点导向了《苦菜花》。这也是在"十七年"时期杂志书籍广告中难得一见的景观。

　　由于冯德英是革命后代，从小参加革命，抗日战争开始"常常偎在干部姐姐和八路军哥哥怀里听胜利消息，同他们一起欢笑；但也有时听到昨天还教我们儿童团唱歌的战士和干部的牺牲情形而痛哭不止……这些平凡朴素又崇高伟大的人民战士的英雄事迹，给我留下了极其深刻的印象。光阴虽然过了十多年，但是他们的名字、面貌，我现在还记得很真切，我能真实地详细地讲出很多他们的故事来。这不是我的记忆力好，而是英雄的形象太鲜明了，它牢固地刻印在我的心里。《苦菜花》这本书，就是以这些真实的生活素材为基础写成的，有部分情节几乎完全是真实情况的写照。"② 所以，《苦菜花》的创作在某种程度上是革命回忆录的改写，而且当时在各大报纸期刊上都开辟了"革命回忆录"专栏，甚至在有关部门的号召下开始出现了"五史"（革命史、家史、厂史、军队史等）创作，而母亲全家的革命形象以及年轻人的爱情故事吸引了读者的目光，无疑可

① 编辑部：《解放军文艺社将出版军事斗争题材的文学作品》，《解放军文艺》1958年第1期，第96页。
② 冯德英：《苦菜花·后记》，人民文学出版社，1959，第526页。

以成为革命史和家史的另一种文艺表达方式。所以，当时第 1 版 20 万册《苦菜花》，立刻销售一空，引起巨大轰动，被誉为"中国版《母亲》"。因主要描写了抗日战争时期胶东半岛一个农民家庭置生死于度外，投身革命的故事，激起读者对艰苦革命的回忆，影响了几代人。尤其是母亲的形象让读者非常感动，该小说先后被译成日、俄、英、越、朝、蒙、罗等多国文字文本介绍到国外。《人民日报》1958 年 3 月 3 日高度评价《苦菜花》："长篇小说《苦菜花》用生动的笔触，极其真实地展示了昆嵛山地区的人民，在党的领导下同日寇、汉奸走狗以及封建势力的斗争，反映了人民的胜利，也反映了人民军队发展壮大的过程和军民亲如骨肉的关系。贯穿全书的是一个平凡而又伟大的母亲。作者非常细腻地刻画了她善良的、坚贞不屈的英雄性格，在读者心目中留下了极为深刻的印象。书中穿插的青年们的爱情故事，也是生动有趣的。"母亲形象可以说是一种文学图腾，自古以来许多文人无不歌咏母爱、赞颂母亲，而中国革命就是由无数个母亲参与实现的，革命母亲形象也就成为了许多作家试图描绘的对象。《苦菜花》无疑成为其中最具代表性的作品。

　　21 岁就参加中国共产党的年轻排长冯德英，因《苦菜花》的成功也开始了他新的人生起点。1958 年由一个普通排长直接调往空军政治部从事专业创作，并加入中国作家协会，成为最年轻的中国作家协会会员，而且同年还受到周恩来的亲切接见。无论是在政治身份上，还是个人事业上冯德英都因《苦菜花》的成功出版而显山露水。当时，冯德英还拿到了第一笔 8000 元的稿费。在国庆时，作者把它全部捐献给家乡建设事业，为此，新华社记者专门报道了这件事。① 针对捐款这件事，《人民日报》1958 年 10 月 30 日署名张弘强的读者抨击稿费制度，对作家高稿酬表示不满。认为脑力劳动与体力劳动的劳动报酬两极分化太大："有的演员月薪一千四五百

---

① 新华社报道如下："《苦菜花》作者、任职解放军空军某部无线电排少尉排长冯德英把八千元稿费全部捐献给山东胶东地区，支援家乡的生产跃进。《苦菜花》一书受到广大读者欢迎。有些剧团把它改编为剧本。现在作者已经把这部小说改编成电影剧本，不久可以开始拍摄。冯德英说，他所以能写出这一部小说，首先归功于党和家乡人民的英勇斗争，所以他决定把稿费全部用来支援家乡的社会主义建设。这位青年战士现在正在积极工作和学习，并且打算在近年内写出他的第二部小说《迎春花》。"（《〈苦菜花〉作者冯德英，捐献全部稿费支援家乡生产》，《人民日报》1958 年 10 月 5 日）

元，而农民辛勤劳动一年才收入六十到八十元，作家写一本书就可以拿到几万元稿费，而工人紧张劳动一个月只得到五十到六十元工资，少尉排长冯德英同志当排长一个月只发七十到八十元的薪金，而他写了一部小说一次就得了两万多元的稿费，相当于少尉排长的二十多年的薪金……这里我们要问：难道演员、教授、科学家、作家的劳动就那样值钱吗？难道直接创造物质财富的工人、农民的劳动就那样不值钱吗？难道同是一个冯德英，他当排长的劳动就那样不值钱吗？而他从事写作的作家劳动又那样值钱吗？我看不见得……这实质上是对体力劳动的轻视。"[①] 提出的问题颇为尖锐。随后，各出版社开始调整稿费。为此，冯德英在1959年秋表示放弃版权费。

　　冯德英的《苦菜花》是在"大跃进"初期出版的。此时文坛在"反右"以及各种批判运动中元气大伤，作家创作都很谨慎。因此，《苦菜花》的版本修改不多。为庆祝新中国成立十周年，人民文学出版社在1959年将1949～1959年全国出版的作品中精选一批"优秀选拔本"出版，长篇小说只有10来部。《苦菜花》出版第一年就成功入选，这实属不易。因此，重印《苦菜花》时作者做了枝节性修改，并把一篇谈该书创作情况的文章收入"后记"："作为一个被先烈们用生命保卫着成长起来的革命后代，我写出这本书，算作对人民英雄的纪念。它比之英雄们的光辉业绩来，是逊色万分的。由于我的能力差，知识浅薄，阅历不广，使这本书存在许多缺点甚至错误之处，为此，我深感内疚。这次重排出版这本书，我趁机做了些修改，但仅是枝节和文字上的。"[②] 这成为1959年修订本的后记，此后出版的各种版本包括外文译本皆是以此为蓝本。1962年，中央人民广播电台邀请冯德英给莫斯科广播电台去做一个针对苏联听众的谈话节目，内容主要是回答苏联读者有关《苦菜花》的提问，许多苏联读者都把《苦菜花》中的母亲同高尔基的伟大的《母亲》相类比。"文革"后不久的1978年，《苦菜花》[③] 再版，作者又做了较大删节。随

①　张弘强：《实质上是对体力劳动的轻视》，《人民日报》1958年10月30日。

②　冯德英：《苦菜花·后记》，人民文学出版社，1959，第528页。

③　在《苦菜花》的成功而激起的创作热情的推动下，同时也为向新中国成立十周年献礼，冯德英用三个多月时间于1959年春完成了45万字的《迎春花》。《迎春花》在《收获》杂志一期全文登出，新华书店征订100万册，因三年自然灾害导致纸张紧缺，解放军文艺出版社第一次出版只印了40万册。然而，"与《苦菜花》的好评如潮不 （转下页注）

着政治形势的好转，作者在 20 世纪 80 年代重新恢复了 1959 年的修改本，并以此作为定本。

综上所述，《苦菜花》的版本流变如下（见表 7）。

表 7 《苦菜花》版本流变

作品	出版社	版本	字数（万字）	印数（万册）	定价（元）	页码	备注
苦菜花	解放军文艺出版社	1958 年 1 月第 1 版	37.8	20	1.7	508	张德育插图；吴建堃封面设计
苦菜花	人民文学出版社	1959 年 8 月	不详	无	1.7	528	加了《后记》
苦菜花	解放军文艺社	1978 年 3 月第 2 版	36.8	无	1.15	524	

《苦菜花》成为畅销之作，其中的精彩篇章还发行了单行本，成为辅助原版本畅销的另外一种纸质媒介印刷本。如《红色的苦菜花》① 被列入文学初步读物中，和小说《苦菜花》一起作为一种崇高的革命母亲故事，

（接上页注③）一样，《迎春花》很快就引起了很大争论。争论的焦点是该书在男女两性关系的描写上，有严重的自然主义倾向，失于色情，有副作用。有些批评者更进一步认为，《苦菜花》也存在这个问题，值得作者警惕！于是，我在有关领导的指示下，对《迎春花》做了局部的修改，篇幅也减少了五万字，于 1962 年再版。'文革'结束不久重新出书时，又对这方面的描写进行了一次修删，以期男女关系的描述更'干净'。但是，随着形势的变化，原来就不赞成这种'干净'的同志们，反对修改，编辑部便又找出第一版的《迎春花》，要按这个版本重新出书，我也同意了。"（冯德英：《我和"三花"》，《新华文摘》2005 年第 16 期）正是由于男女两性关系的描写受到读者批评，作者不得不进行检讨："在我的作品中，有些缺点和错误是由于艺术修养和深入生活不够所致，但是也有的是自己世界观上的毛病造成的……像《迎春花》里的村长江合，现实生活中本来是有这种人：中农出身，在抗日战争中入党，对民族敌人的斗争很积极；但是抗战胜利了，革命进入新的阶段，他的思想却跟不上，只顾眼前的安乐日子，不想继续前进，在党内起了富裕农民代言人的作用。我虽看到了这一现象，却由于自己政治思想水平不高，没有很好地树立起无产阶级不断革命的世界观，所以就不能剖析他，结果在作品中回避了这场斗争，使他成为可有可无的人物……流露了自然主义的色彩。"（冯德英：《创作取得成绩的根本保证》，《人民日报》1960 年 1 月 7 日）1963 年 11 月冯德英完成《山菊花》上集，但极左思潮使得编辑要求作者进行修改，冯德英坚持不按照编辑意图删改人性化情节，作品也无法出版。"文革"中，《苦菜花》《迎春花》及《山菊花》清样受到批判，被定为宣扬资产阶级人性论、阶级斗争调和论、革命战争恐怖的和平主义、爱情至上及有黄色毒素描写的"三株大毒草"。直到"文革"后平反才重新出版。尽管《苦菜花》《迎春花》《山菊花》在某种程度上具有互文性，而且《迎春花》也有多次修改和艺术改编，但本文只着重探讨《苦菜花》。

① 冯德英：《红色的苦菜花》，作家出版社，1959。

成为许多读者"知识启蒙"和"党史教育"的工具。在新时期，除了原版出版以外，还改编成各种缩写本出版，如二十一世纪出版社 1991 年 1 月出版的红领巾书架丛书《苦菜花》；路已缩写的解放军出版社 1996 年 1 月出版的中外军事文学名著缩写丛书《苦菜花》；端木蕻良主编的由北京燕山出版社 2004 年 11 月出版的中华爱国主义文学名著文库《苦菜花》等。这些缩写本因其短小精悍而成为革命知识传播的媒介。当然，在 90 年代，随着"红色经典"的流行，人民文学出版社等出版社抓住市场机会，重新出版了小说丛书版本。①

同时，根据小说《苦菜花》改编的各种艺术作品也受到了群众的欢迎，其中以曲云主演的电影②最为知名，曲艺改编有喜彩莲和小白玉霜③分别排演的评剧版本、魏喜奎的北京曲剧④和苏州市人民评弹团编演的评弹《苦菜花》等。因此，《苦菜花》的艺术改编与传播主要依靠评书、话剧、评弹、电影、电视和连环画等改编和传播。其主要艺术样式改编如下（见表 8）。

表 8 《苦菜花》艺术改编

艺术样式改编	改编者、导演等	出版社、拍摄	时间、版权页等	备注
评剧剧本《苦菜花》	薛恩厚、高深改编	北京宝文堂书店 1958 年 12 月版	80000 册 69 页	后列入北京市戏曲研究所编的北京市戏曲剧目选
评剧剧本《春花曲》	高深改编	北京宝文堂书店 1959 年 10 月第 1 版第 1 印	3.7 万字，11200 册 62 页	根据冯德英小说《苦菜花》中冯花子翻身成长的故事改编。共 13 场

① 中国当代文学名著精选《苦菜花》，人民文学出版社 1994 年 8 月，557 页；解放军文艺出版社精品书系《苦菜花》，解放军文艺出版社 1995 年 12 月；百年百种优秀中国文学图书《苦菜花》，人民文学出版社 2000 年，513 页；中国当代长篇小说藏本《苦菜花》，人民文学出版社 1959 年 8 月出版 2005 年 1 月印刷，474 页；红色战争经典长篇小说丛书《苦菜花》，解放军文艺出版社 2007 年 1 月。

② 王音璇演唱的电影主题歌至今广为传唱。为纪念中国电影 100 周年，中央电视台拍摄了《电影传奇——一个母亲的成长》，由崔永元主演并解说电影《苦菜花》中的母亲形象。

③ 薛恩厚、高深改编的评剧剧本《苦菜花》由中国评剧院导演张玮、陈怀平进行编排演出，筱白玉霜等主演。筱白玉霜，幼年随养母评剧著名演员白玉霜学戏，故又名小白玉霜，唱腔圆润、韵味醇厚，借鉴京剧等在中国评剧院编排评剧现代戏。

④ 所有的艺术改编都是以母亲为第一主角的，但高深的评剧《春花曲》是以花子为第一主角的。同时魏喜奎的曲剧是以娟子作为第一主角的，然而笔者无法查到魏喜奎关于《苦菜花》的改编本或戏剧。

续表

艺术样式改编	改编者、导演等	出版社、拍摄	时间、版权页等	备注
连环画《苦菜花》	翰左、蒙来编，高燕画	天津美术出版社1960年3月出版	上、下册	张德育画封面。人民美术出版社2005年2月重印该连环画
电影剧本《苦菜花》	冯德英改编	《电影文学》1963年第5期		为杂志初刊电影剧本
电影剧本《苦菜花》	冯德英改编	中国电影出版社1966年3月版	5.72万册,4.1万字,74页。	修改初刊剧本,为电影出版剧本
中篇评弹《苦菜花》	苏州市人民评弹团改编、上演	1960～1961年上演	笔者没有找到该评弹全文	其中一节《除奸》发表在夏史编选的《弹词开篇集》①中,体现了杏莉大义灭亲的性格
《苦菜花》电影及分镜头脚本	李昂导演,冯德英原著、编剧	八一电影制片厂1965年1月出品,有分镜头铅印本	62页,共502个镜头	袁霞、王志刚、曲云等主演。中国电影出版社和上海美术出版社分别出版电影连环画
连环画《苦菜花》②	张子固编,张玉敏画	福建美术出版社1985年10月版	上、下册	
吕剧剧本《苦菜花》	翟剑萍等改编	《剧本》1998年第7期	获曹禺戏剧文学奖	翟剑萍、孟令河、徐世起,原发《戏剧丛刊》1996年6期
吕剧舞台表演戏《苦菜花》	编剧:翟剑萍、孟令河、徐世起	导演是王世元、孙杰、陈贻道,郎咸芬等主演	获中国文华奖等	1997年,吕剧名家郎咸芬携山东吕剧院演员把它呈现在舞台上,赢得广泛的赞誉
四集吕剧电视剧《苦菜花》③	编剧:翟剑萍、孟令河、徐世起	中央电视台和山东吕剧院联合摄制	1999年	导演是袁枚女
电视剧《苦菜花》	编剧:兰之光、王冀邢	世纪英雄电影投资有限公司拍摄	2004年,18集电视剧	陈小艺、侯天来、茹萍、谷智鑫等主演,王冀邢导演

注:①苏州市人民评弹团集体改编:《苦菜花·除奸》;夏史编选:《弹词开篇集》,上海文艺出版社,1962年1月版,第41～43页。该小节主要讲述了杏莉向母亲质疑父亲王柬芝的真实身份,她告诉母亲:"(这)大汉奸天良都丧尽,(他)今朝露出了鬼机关,(我要)无情检举在今晚。"

②徐建中:《昆嵛黄花分外香——写在〈苦菜花〉出版50周年暨冯德英文学馆开馆之际》,《威海晚报》2008年9月14日,http://www.fdywxg.cn/Article/ShowArticle.asp?ArticleID=156。

③四集吕剧电视剧《苦菜花》、吕剧舞台表演戏《苦菜花》的剧本底本都是翟剑萍、孟令河、徐世起改编的吕剧剧本《苦菜花》。所以,下文论及艺术改编主要就吕剧剧本《苦菜花》与小说《苦菜花》进行比较分析。

第二节　革命伦理的强化和爱情叙事的删减

——《苦菜花》版本校勘与阐释

一　1959 年修订本对 1958 年初版本的修改

由于冯德英的文化水平较低，尽管《苦菜花》在领导和编辑的帮助下尽力做了调整和修改，但依然有些问题。所以，在人民文学出版社庆祝新中国成立十周年的"优秀选拔本"中，1959 年修订本在 1958 年初版本的基础上修改了 50 多处。主要是在字词方面的修改。

第一，对语言字词的书面化修改。主要是把方言土语、口语改成书面语或进行注释。例如把方言"俺"改成"我"，娟子启发母亲时说"那为什么多人要受少数人的欺呢？"在修改本中改成"那为什么多数人要受少数人的欺呢？"把"多人"口头方言改为"多数人"的书面语，并把口语"大伙都焦急的不行"删除。而且在修改本中增加了对"牛倌"的注释，对"绑票"的注释则进行了修改。在初版本第 27 页脚注中的解释是："绑票——勒索钱财的人。一般有两种性质：一种是流氓组织起的以此为生的土匪，不论穷富见财就掠；另一种即红胡子，专门抢夺财主的。"但在 1959 年修订本第 28 页中则改为："盗匪将人绑去做押，勒索大笔赎款，叫绑票。"主要把"绑票"的后一类"红胡子劫财主"进行了删除。因为，"绑票"是一种违犯法律、破坏社会秩序、危害群众生命的犯罪。显然不能把"革命"中的一类"打财主"作为"绑票"来解释，这容易混淆社会价值观念。

第二，进行艺术完善化的修改。作者对姜永泉领导革命暴动的不足之处进行了修改，使文本更符合革命伦理的需求。在共产党员姜永泉的领导下，德松和七子等人起义并胜利地攻下了王家大院。可是娟子没有找到仇人王唯一，惊问同志们，大家才赶快想办法去抓捕王唯一：

这下提醒了大家。姜永泉指着一个伪军问：

"快说！王唯一哪去了？"

　　"他……他从、从来、不、不在这、这睡……"

　　人们这才恍然大悟，没考虑到这一层。姜永泉把手一挥：

　　"快！到上房去抓。留下几个人由德松领着看俘虏。"①

　　革命者在战斗中竟然忘记了最主要的敌人，这是作为党的领导者姜永泉的指挥失误。所以，姜永泉连忙抓住伪军追问王唯一的下落，并赶快安排人手分头行动。而1959年修订本第27页上述部分修改为："姜永泉和七子也赶来了。'留下几个人由德松领着看俘虏。'姜永泉把手一挥，'快！到上房抓王唯一！'"这样就使党代表姜永泉的形象更加丰满完善，突出了其胸有成竹、指挥若定的英雄形象，去除了初版本中的不足。

　　同时，作者尽力把文本中过度革命形塑的性格描写修改得更为普通真实。如描述娟子形象的时候，作者在修改本中把初版本中的"谁不夸奖她能顶个男子汉做庄稼呢！"这种语言删除了，从而使娟子还原成一个革命道德伦理下的具有女性特征的形象。而且，母亲被伪军王竹等人抓起来严刑拷打，但她仍挣扎着爬起来站在铁硬般的墙边，"鼓起最后的力气，挺直带着血迹的头"。② 这句话虽然能够凸显母亲的坚强，但却无法与事实相符。因此在1959年修改本第260页中改为："带血迹的头沉重的耷拉着。"由"挺直"改为"耷拉"，不仅衬托出鬼子对母亲的严刑拷打，说明酷刑之重，而且也更合理地说明母亲也是一个血肉之躯，而不是一个不怕受难的神。修改后更加符合严刑拷打之后的生命真实。又如秀子放学回来从鸡窝里捡了个鸡蛋，很兴奋地自编自唱："秀子俺拾鸡蛋送给那侯大嫂／叫她吃了身体好／叫她养个好看的小宝宝……"但作者在1959年修改本第193页中则把秀子唱的这段中"好看的小宝宝"改为"胖胖的小宝宝"。因为"好看"是指漂亮的外貌，而外貌在古代乃至"十七年"时期并不受重视，只有"结实""强壮""胖"才是自古以来中国人对出生的后代的集体无意识渴望和"十七年"时代的肖像共名词。所以，"胖胖"不仅说明革命后代的心灵还是身体都是"营养"非常好的，而且也更符

　　① 冯德英：《苦菜花》，解放军文艺出版社，1958，第26页。

　　② 冯德英：《苦菜花》，解放军文艺出版社，1958，第252页。

合中国人的心理需求。

第三，对爱情情绪、心理感觉的修改，更符合人性的需求。娟子到区委开会顺便去看望姜永泉，老大娘告诉她姜永泉来了一位漂亮的客人——可能是其媳妇，这让娟子非常难受，一种女性天生的妒忌心理油然而生。在初版第 146 页中作者写娟子的情感变化："娟子怔怔地站着忘记回答她的话，看着她颠拐着小脚走去，不知怎的，心里一阵不好受。她想转回身走掉，可是怕被老大娘瞧见了。她跨进门槛……"吃醋的娟子本想一走了之，但怕被老太太看见让自己很尴尬，只好无奈进屋。这无法完全突出娟子真正渴望见姜永泉的内心情态。于是，将这种无奈心态很快修改成娟子自愿的心理状态。在 1959 年版第 151 页中修改为："娟子忘记回答对方的话，怔怔地站着呆望老大娘颠拐着小脚走去的背影，不知怎的，心里一阵不好受。她想转回身走掉，可是脚不由心地跨进门槛……"这种修改更加符合女性对情感的敏感而又有点妒忌的心理。尤其是加上了"脚不由心"，呈现出娟子不希望有女性和姜永泉在一起但又渴望看看姜永泉是否爱自己的无意识心理，说明娟子的内心深处是眷恋着这位心上人，使她不自觉地在吃醋中走进了小屋。这种修改更符合女性主人公的内心发展情态。

又如，王东海在爱自己的革命者白芸和花子之间进行选择时有点摇摆。这种情感的摇摆就在于前者外貌更美，后者心灵更美。因此，王东海在脑海里开始比较白芸和花子，从作品透露的男性心理而言，王东海是向往漂亮又志同道合的女兵白芸，但花子舍夫救党的领导的英勇行为让自己太感动、太内疚。这种无私奉献的心灵使王东海把自己的关爱倾向于花子："她的像貌是女人、是母亲，她的行动是战士，是勇敢大义的化身。她是共产党的好女儿。啊！多么坚强美好的女性，使人无不动心钟爱的花子啊！（啊！这样一个坚强而美丽的女性，是应该受到爱慕和尊敬的啊！）"① 最后一句的修改可以看出英雄王东海（包括叙述者）面对女革命者的无意识心理呈现。作者把"美好"改成"美丽"是语言规范化的

---

① 冯德英：《苦菜花》，解放军文艺出版社，1958 年初版本 453 页；人民文学出版社，1959 年修改本 467 页。本文设置为括号前的为原版本，括号中的内容为修改后的内容，下同。

修改，而把"使人无不动心钟爱的花子啊"改为"是应该受到爱慕和尊敬的啊"则包含了男性革命者对女革命者花子舍夫救党的领导者的高度赞扬。在情感向度上，后者的修改无疑强化了王东海选择的思想基础。于是在情与理中选择了花子，这显然违背了王东海真实的内心情欲需求。所以，他的选择无疑只是一种报恩的行为，而白芸听到王东海对花子遭遇的介绍后更是感动，于是主动退出了这种情爱较量，把自己的爱情让给为革命牺牲丈夫的花子。因此，这种爱情的选择也让读者感觉到在革命中情感的艰难抉择。

总之，小说《苦菜花》的修改虽然是有着完善革命伦理化的一面，但是作者冯德英对情感心理、字词句修改以及艺术完善角度的修改使小说内容变得更加合理而真实。所以该次修改还是比较好的。但是，到了1978年的修改，则已经完全是革命伦理的强化和爱情叙事的删减。

二　1978 年修订本对 1959 年版本的修改

由于1976～1978年国家政治上依然推行"两个凡是"的政策，文艺界虽然有所宽松，但是"文革"阴影依然徘徊在文艺界上空。因此，在当时出版的一大批文艺作品中，都进行了政治性修改。1978年修订本对1959年版本的修改达165处。主要是对情节内容、标点符号和简化汉字的修改，尤其在情节上删除了原版中革命者的爱情叙事和人性叙事，进而在政治规训下强化了革命伦理。后两者主要是根据国家推行的标点符号和汉字简化政策而改动。当时，国务院又推行了许多新的简化汉字，如"帮"改为"邦"，"蓝"改为"兰"等，后来国务院又废除了这次的简化字。

第一，对爱情叙事的删改。在不同的政治和文艺语境中，作者对小说中的爱情等人性叙事做过不同的修改，1978年修订本对1959年版本的修改尤为突出。首先表现在娟子和姜永泉的情感关系上，尽量把两人的爱情语言删除，使个人爱情让位于革命激情。在1959年版第352～354页中，革命者娟子和姜永泉由革命同志逐渐成为亲密的革命伴侣，尽管中间有过对赵星梅的误会，但有情者终成眷侣，在同志们的撮合下他们结婚了。结婚当夜两人花前月下卿卿我我：

娟子侧着身坐在炕沿上，垂着头，浓黑的柔发遮着她那血红血红的脸蛋。姜永泉习惯地把手插在衣服里，来回溜达着。过了一会，他坐在她身旁，很温柔地说：

"你累啦？"

"不，不觉累。"娟子的声音有些颤抖。她身子虽没动，心却跳荡起来，像有火在燃烧。

他把手轻轻放在她的圆浑丰满的肩膀上，幸福地微笑着，看着她那赤红的脸腮，光滑的颈项。娟子抬起头，拢了拢头发，她那对明媚的大黑眼睛，在密长的睫毛庇护下，恰似两池碧清的泉水。她紧看着他那消瘦的脸，由于过度劳累，脸上的颜色被灯光一映，更显苍白。过分的激动使他的两颊浮起红晕，眼睛闪烁着幸福的光亮。娟子的心房里充满了对他的热爱，把手紧抚在他的手背上。

灯光渐渐暗下来，光线晃曳着，灯芯爆发出轻微的响声。"不，别管它了！"娟子见他要去挑灯芯，柔情地阻止道。

姜永泉略为一顿。她的眼睛告诉了他一切。他冲动地抱住她的两臂。娟子紧紧伏在他怀里，用那烘热润湿丰满的嘴唇，在他脸上急切地亲吻着……

灯火像个害臊的处女的眼睛，不好意思看眼前的情景似的，忽闪了一下，立刻熄灭了。

"秀娟，你这样爱我，我心里真……"姜永泉紧搂着她，声音有些发颤，"想想在旧社会里像我这样的穷汉子，连个媳妇都说不上。而现在，你，你比谁都疼爱我！"

娟子把脸紧偎在他怀里，用手抚摸着他的臂膀，怀着无比的幸福，温爱地说：

"还提这些做什么呢。永泉！我还不是有你来才走上革命的路吗！这些都是有了党才有的啊！"她忽然鼻子一酸，说不下去了。

"秀娟，你怎么啦？"他觉得有热泪滴在他胸脯上。

"唉，我是想，有多少好同志倒下去了啊！"娟子擦擦泪水，"妈刚说过，星梅是个多好的人呀！她多爱铁功啊！可是……"

"是这样，大娘说得很对很对！"姜永泉很激动地说，"没有这些好同志的牺牲，也不会有咱们今天的幸福，中国也早亡了。秀娟，咱们往后要更加劲工作，才对得起党和死去的同志啊！"

娟子没回答，只是更紧些地靠着他。他更用力地抱着她。两个人都感到对方的身上炙热得厉害，像是在一个熔铁炉里的铁流一样，完全熔化在一起了，永远也分不开了。

白雪皑皑的丛山，屹立在深黑色的星空中，宛如一个个银质的巨人，俯瞰着村庄的动静。山村是一片黑蓝色的夜幕，酣睡在宁静的环山中。就连在新年中最喜欢顽皮的孩子们，这时也甜甜地睡在母亲的怀抱里，做着明天怎样玩耍的美梦。

唯独从那三间茅草屋里，还发出轻轻的、如同潺潺奔流的泉水一样的话语声。两颗紧贴在一起的心，像是糖，似是蜜，在永久地永久地散发着甜香……

革命者姜永泉和娟子的爱情是非常美丽而浪漫的，无论是拥抱、抚摸还是亲吻等身体动作叙事都融合了他们的个体经验感觉。可以说身体叙事成为爱情中人的外在表现，他们的情与爱都是在身体动作中呈现。正如刘思谦所说："身体是一切经验的发源地，是每个人最现实的实体，是个人今生今世只拥有一个的血肉之躯。"[1] 在现代生命哲学看来，身体经验是个人的"能够被直接感觉到的经验"，它构成了个体进入"现实的大门"，"躯体是个人的物质构成，躯体的存在保证了自我拥有一个确定无疑的实体。任何人都存活于独一无二的躯体之中，不可替代。如果说'自我'概念的形成包括了一系列语言秩序内部的复杂定位，那么，躯体将成为'自我'涵义中最为明确的部分。"[2] 因此，上述这段私密性话语对于热恋并刚入洞房的革命伴侣来说是非常激动的，作者淋漓尽致地呈现出女性面临爱情与婚姻的心理状态。娟子对爱的期待、对幸福的期待、对洞房初夜的主动与惶恐，在文本中一览无遗。有意思的是，娟子对姜永泉的亲吻与主动性动作强化了私密性的两性之爱。相比而言，姜永泉却有点畏首畏

---

① 刘思谦：《女性生命潮汐》，河南大学出版社，2005，第9页。
② 南帆：《身体修辞学：肖像与性》，《文艺争鸣》1996年第9期。

尾，且认为旧社会是娶不到老婆的，他的个人幸福是"有了党才有的"。姜永泉的在男性化革命修辞中的非男性化动作叙述使小说中的性爱具有了"强女弱男"的特性，这无疑又溢出了一般性的"革命加恋爱"和"强男弱女"的雄性化情爱叙述，使小说呈现出一种特异的情感表达诉求。这主要是因为娟子把党代表姜永泉作为自己的引路人，他们的爱情与婚姻除了日常革命生活中的志同道合之外，还有着下级对上级的仰慕以及战争对人的异化成分，使党代表变得更具有"坐怀不乱"的人格修养。因此，两人并没有完全沉湎在爱的温暖中，他们想起了牺牲的战友，更激励起努力为党战斗和献身的神圣使命感，于是爱情具有了 $1+1>2$ 的共同革命的意味。不管怎样，冯德英在当时批判人性论的文化场域中能对革命者的爱情加以人性抒写，确实是需要勇气的。而且，一本书的成功出版，涉及的不仅是作者一个人，在文本的背后有着一个很大的文化场，涉及编辑、出版社、读者、领导等，这种人性化革命叙述的出版显然也说明了在当时的文化语境中，不少知识分子也是极力肯定和推动着作者的这种人性书写的。但是，作者在1978年修改本第353页中删除了这部分娟子和姜永泉洞房夜的私密性话语和爱情性抚慰的叙述。这种性叙事的删除暗含了作者不得不对异质化话语的洁净化提纯，进而打造出一个"无性"的文本。原因就在于《苦菜花》和《迎春花》在"文革"中全部受到批判，被认为是"自然主义描写"的"大毒草"，而当时"两个凡是"的推行使作者的思想依然沿袭"文革"的被批判的改造方式。所以，作者对之进行删改，身体经验与躯体叙事就在小说中逐渐消失，而自己也在这种修改中获得自我改造的重生机会。但是，事实上这种修改是一种完全错误的修改。

其次，表现在花子与老起的情感关系上。在封建思想浓厚的乡土文化语境中，婚外恋是违背人伦和大逆不道的行为，与乡土封建秩序不相容的，所以一旦被发现其下场也是最为惨烈的。但是，越是这种隐蔽的情感越容易在文本中呈现。因为这被认为是逾越封建秩序而对自由与幸福的主体性追求，尤其是在五四新文化运动之后的小说文本中。但在"十七年"小说中这种三角式的婚外情是非常少的。而有意思的是，冯德英在《苦菜花》中却有花子与老起、杏莉娘与王长锁两对婚外情的恋爱，他们在革命伦理与封建伦理的较量中最终取胜并获得革命的合法性认定。但作者在新版本中修改了老版本第十五章中花子与老起的爱情，把两人的私通及为怀孕烦恼等私人性话语修改为为革命献身而共同结合的宏愿。于是，私奔也就有了革命的保障和合法性认可。1959 年版第 366 页写道：

一天夜晚，在偏僻的荒山沟里，两个人挨着坐在岩石上。繁密的小星儿，闪着调皮的眼睛。秋夜的微风，通过凉露，吹着草木叶，发出催眠曲似的簌簌声，一阵阵向他们身上扑来。花子不由地打个寒噤。老起忙脱下夹大袄，披在她只穿着一件单褂儿的身上。花子看着他只穿着一件背心的健壮胸脯，没有说话。她那双温柔盈情的眼睛，使他明白了她的心意。老起心跳着挨紧她，她把夹袄披在两个人身上。他感到她那柔软丰腴的身子热得像热炕头……

这个强壮的穷汉子，第一次得到女人的抚爱。他才发现人类间还存在着幸福和温暖。

一朵苦难野性的花，怒放了！

花子一天天觉得难将身子不使别人看出来了。她不管穿怎样宽大的衣服，在人眼前走过也感到别扭了。她在看那出"童养媳翻身"的剧时，觉着肚子里有只小手在紧抓她的心。她后悔不早就提出离婚，搞得现在没法收拾。人家剧里的媳妇是正大光明的，像母亲说的人家走得正啊！可自己这怎么对得起人哪！要被当下流人处置，这多么丢人啊！

不，这不单是自己的耻辱，她更记住自己是共产党员，她的行为是对党有害的。她要被开除，像逐出叛徒那样。她是干部，这对工作起多大的坏影响啊！她痛苦极了，深恨自己对不起党，对不起革命。但她心里又感到抱屈，感到不平，她不知道为什么不该和自己心爱的人结婚，为什么要受别人的横暴干涉。这一点是她至死也不会屈服的。她只责备自己不该有了孩子，为此妨碍了她的革命工作。她气恨急了就要打掉孩子，可是老起抱着她哭，她的心立刻软下来。而有时实在无法，他痛心地劝她把孩子打掉，她反倒又哭着拒绝他。最后互相擦着泪水分开了。

花子虽为耽误工作而痛心，但她再也没法出门，只好躺在炕上装病。其实精神上的挫伤，比真的生病哪里轻些呢！

鸡蛋没有缝还能抱出小鸡来。妇救会长招野汉肚子大了的事，如同夏天的云雨，很快就传播开了。

冯德英的小说文本真实地呈现出花子与老起的情感"私通"之下而面临的恐惧与不安。一夜冲动的婚外情，使有夫之妇的花子怀孕了。革命中的花子越来越觉得丢人现眼，恐惧、无助与绝望煎熬着这个不幸的女子。在封建伦理思想较为浓重的农村和父亲冯四大爷的保守思想管制下，婚外情是犯死罪的，花子更加感觉自己对不起党对不起革命。因为一旦披露，对党的形象将是一个打击，所以花子决定自杀："婆家，我死也不去！孩子我不打，我没那狠心，要死和我一块死！起子，我留着你的脸！死了我情愿……"这是一位女革命者徘徊于传统伦理与现代解放间的内心煎熬，妇女解放对花子来说成为一道无法逾越的鸿沟。作者详细地描绘了花子在革命、私通与死亡之间的复杂心理状态。当花子告诉老起想要寻死以维护共产党的形象，"老起懵怔一霎，猛地把她抱住。两人肉体的温暖，把身上的雪溶化了。"在老起的苦求下，花子无奈地告诉他："在过去，我是想，虽是买卖婚姻，可是那男人还活着呀。就嫌人家傻能是理由吗？再说，我爹哪能依呢？'好马不吃回头草，好女不嫁二男'啊！唉，现在更糟了，后悔也晚了！孩子，都怪这孩子……"于是，对于花子怀孕的责任两人都互相把责任往自己身上拉。爱情是幸福的，但伦理的重压和党员所肩负的责任，让他们感觉到无地自容。就在花子准备自杀的时候母亲救下了她，建议共产党员花子把私通的事向党诉说①，尔后果然得到党的解救。

上述情节叙述的花子与老起相互关爱的情爱感情和花子怀孕以及未来前途的讨论，在1978年版第360~370页中全部删除了，而改为老起和花子在寒风中相濡以沫互相关心的动人场景。花子握着一双布棉鞋在大雪飘飞的打谷场上苦苦等待打柴归来的老起："青年女子忙迎上去帮着放好柴

① 冯德英：《苦菜花》，人民文学出版社，1959，第366~370页。

捆。虽说夜色茫茫，互相谁也没讲话，谁也没拉谁，两人却一齐靠到背风的柴垛跟前。"花子要老起干活悠着点，并把棉鞋递给他换上免得冻脚。①话剧《童养媳翻身》给花子很大鼓励，决定去找老起搬开多年压在她身上的沉重石头，老起听到花子要去离婚很兴奋。花子对他说："别急，起子，咱们的军队一天天加人，这次分下来的被服任务比哪次都多，等忙过这一阵子，我就去。"老起忙说："对，对，你说的对！我落后，光想自己，比不上你……""你对抗战也挺积极呀！上次送公粮，你比谁挑得都多，村长表扬你，不知怎么的，我倒觉得脸红啦……"花子柔和地对老起说，老起不自觉地抓住花子的手口吃地说："花子，等咱俩有那一天，我会更使劲为抗战挑担子，报答咱共产党……"于是，两人革命盟誓，相约学母亲一家为革命出力，温暖与爱就在两人的倾情倾诉中获得了名正言顺的归宿——那就是共同革命。由此看出，作者主要删除了老起和花子偷情并怀孕以及受婆家的胁迫而导致早产的情节，并把花子和老起面对道德伦理约束的困境修改为两人面对革命伦理发誓为革命献身的宏愿。这种修改显然与"文革"中小说受批判有关："党员花子在你死我活的阶级斗争中，不是献身于中华民族和中国人民的解放事业，而是时刻为个人的爱情而苦恼，甚至在顽固的封建势力压迫下，竟悬梁自尽。这还有一点党员的气味吗？"②总的来说，由于花子与老起的婚外情违背了党的相关政策和革命伦理秩序，这种驳杂的情感使共产党干部不纯洁。因此，就必须通过某种措施宣布其婚外情不是"偷情"，而恰好花子私通的前提是不公正的地主的买卖骗婚，于是借助于区委书记姜永泉的代表党的公正审判，判定花子和母老虎的傻瓜儿子的婚姻无效，也就拯救了两位革命干部。所以，革命对女性的解放更重要的就在于对无效事实婚姻的解除，花子的痛苦与宿命在党和革命的介入中获得了逆转与解救。

最后，表现在纪铁功与赵星梅的情感关系上。纪铁功来王官庄看望未婚妻赵星梅，两人一起散步谈心，情调颇为温馨。而挖野菜的孩子们则用

---

① 冯德英：《苦菜花》，解放军文艺出版社，1978，第362页。
② 红代会中国人民大学三红文学兵团、人民文学出版社《文艺战鼓》编辑部1967年10月编印，《六十部小说毒在哪里》，第36页。

清脆银铃般的嗓子唱着民歌:"柳树叶儿嫩又青/桃树花儿鲜又红/一个俊姑娘得了病/样样医生都请过/各种药儿也吃净/就是治不好她的病/嗳哟哟/她得的是相思病/……"从而烘托出两人的爱情。孩童的民歌与两人的热恋无疑成为一种人性化的互文性照应,革命与恋爱并不是冲突的。但是,在1978年版本中,孩子们唱的爱情民歌被修改成英雄赞歌:"柳树叶儿嫩又青/桃树花儿鲜又红/八路军个个是英雄汉/根据地人民热爱子弟兵/……"于是,情歌变成了革命颂歌,纪铁功与赵星梅的相思与爱情也就成为军民相互团结和谐互助的关系。甚至两人的拥抱也被修改。1959年版本原文是:"纪铁功紧紧地搂抱着她那窈窕而健壮的腰肢。他感到她的脸腮热得烤人。她那丰满的富有弹性的胸脯,紧挤在他的坚实的胸脯上。""搂抱""窈窕""腰肢""丰满的富有弹性的胸脯"等两性之爱的语言描写颇为大胆,凸显了爱情的纯真与高贵。但是,这种人性化的性的语言和动作描写显然不适合当时的文化语境。因此1978年版本把它删改为:"纪铁功紧紧地扶着她那健壮的肩膀。他感到她的脸腮热得烤人。"那种性的亲密性或私密性动作也就简化成了普通同志的动作,两性之爱也就成了革命之爱。

当纪铁功告诉星梅希望先革命后结婚时,"纪铁功却又紧紧地抱住她……星梅浑身抽动着,又把脸贴在他的脸腮上,泪水顺着鼻子两边的纹沟淌下来,流进他的嘴里。他觉得有股涩咸味……纪铁功注视着她那挂着泪珠的笑脸——像一朵迎着露水开放的牡丹花,他用力在上面亲了一下。"两性间的爱情描写呈现出赵星梅对婚姻的渴望、无奈与痛苦。但这段描写在1978年版第223～226页中被删除了,作者把它修改为:"纪铁功却又紧紧地握住她的手……星梅用手理理乱发,拭去泪水……纪铁功注视着她那挂着泪珠的笑脸——像一朵迎着露水开放的山花。"爱情的动作语言和星梅愿望落空的痛苦被删除。于是,革命爱人之间的这段谈心经过修改后凸显出他们的爱情在革命战争中变得更加纯净,复杂性的内心反映也被提纯,两性之爱的分歧最终走向统一。

由此观之,1959年版本中透露的两人炽热大胆的爱情,以及"搂抱""胸脯""亲吻""抚摸"等情爱语言在1978年版本中全部被删除,替代以象征性的"手扶""握手"等普通动作。于是,人性化的爱情及其私密性动作修改成为革命同志间的志同道合，这也是特定阶段的必然逻辑。

最后，表现在王长锁与王柬芝的妻子杏莉娘的情感关系上。情爱是人性中的正常需求，任何作家几乎都无法绕过这个原始的本能的欲望叙述，就是在"十七年"创作中依然如此。杏莉娘追求自由爱情的主体欲望在长工王长锁身上获得响应，这可以说是当代文学中的又一个"繁漪"。被父逼婚的花花公子王柬芝不承认有妻子，其新婚妻子杏莉娘自结婚后就守活寡，在情欲需求中逐渐喜欢上了长工王长锁。偷情式的欲望凸显："炽燃在女人心头的野性情火，使她愈来愈大胆的进攻了。这老实人初发觉时，立即逃避，他以为她是在戏弄他，他不相信她心里会真有他，搞不好她会把他一掷，他就要立即粉碎。但受苦人善良的同情心是强烈的，这心情像虫子一样悄悄地爬出来，他感激她，同情她。"① 传统的伦理束缚着他们，他们日久生情但只能偷偷摸摸在一起。小说颇为大胆地叙述了杏莉娘如何诱导王长锁的情爱之事，这无疑与1993年出版的《白鹿原》中田小娥与黑娃的性诱惑有着共同之处。杏莉娘追求人性和爱情的形象跃然纸上。这种"婚外情"的"性本能"叙事无法承担起革命重任，不同于花子与老起在革命中获得了政治认可。因此在"文革"中阶级斗争异常激烈的形势下被认为是"阶级调和"而受到批判："它违反马克思主义的阶级分析观点，用同情甚至欣赏的笔调写地主婆和长工、地主小姐和贫农儿子之间的爱情，完全抹杀了他们之间的阶级矛盾。地主婆把长工王长锁当作她的'命根子，她的一切'，而她的女儿杏莉也执著地热恋着贫农的儿子德强……作者却妄图用超阶级的人性来代替无产阶级的阶级性，宣扬阶级调和。作品不仅赞美了地主婆的善良、钟情，'见义勇为'，恶霸地主王柬芝的机智勇敢，而且大大丑化了劳动人们、党员和党的干部的形象。与旧社会有杀父之仇的王长锁，竟当了地主婆的俘虏，后来还向恶霸地主磕头求饶。"② "文革"中的"大棒"评议震住了作者。所以，作者在1979年版第54页中把杏莉娘追求王长锁导致婚外情的这段话修改成：

---

① 冯德英：《苦菜花》，人民文学出版社，1959，第54页。
② 红代会中国人民大学三红文学兵团、人民文学出版社《文艺战鼓》编辑部1967年10月编印，《六十部小说毒在哪里》，第35～36页。

"这个实际上被遗弃、处境极度孤独的痴情女人，不甘心她二十岁的青春如此完结，她愈来愈大胆地接近她的长工，而越接近他，越使她感到他是她接触到的最好的一个男子，每次她向他吩咐什么或他来找她问什么，他总是站在门口，多冷的天也是如此，从来不进她的屋门。她主动帮他裰补衣服，用了新补丁，他也要买布还她，她不收下他就不让她再帮忙。有次一个讨饭的老人病倒在外面，他扶进他住的下屋里，伺候了一天一宿。"1959年版本突出杏莉娘的情欲需求以及对未婚男人王长锁的进攻，在"文革"中被认为有"自然主义描写"之嫌，而修改后的1978年新版本则突出长工王长锁的善良以及不幸女人对王长锁的好感与帮助，那种性欲化语言和动作完全删除，使之成为"无性"的小说文本。当王柬芝的妻子与长工王长锁偷情被王柬芝发现后，王长锁磕头向王柬芝求饶："掌柜的，开开恩吧！叫我爬刀山过火海我都去。只要你饶了俺们这回。"从此，王长锁不得不成为特务王柬芝的秘密联络人。这种向恶霸求饶的话显然是不符合革命伦理的，所以在1978年版本第59页中删除了"叫我爬刀山过火海我都去"这句。从上述可以看出传统道德伦理与封建思想给农民造成了深度性压抑，而杏莉娘对长工王长锁的爱情却也是在非常态下的一种情感表达方式。这种婚外情也以两个人的革命行动抵消了"通奸"的行为，不仅被革命获得合法性认同，而且最后两人以"报恩"的方式为革命献出了自己的生命。

第二，把反面人物的淫秽式的"黄色语言"进行洁净化。1959年版本中，当母亲被抓后受到严刑拷打，但在隔壁却是并未暴露真面目的汉奸王柬芝偷偷地在和情妇淑花厮混：

> 淑花躺在红花鹅绒炕毯上，高高的胸脯戴着一个水红色的乳罩，一件紫色小裤衩，紧紧绷在她那肥腴的纸一样白的屁股上。她像一只白色的大鹅一样（身上仅穿着乳罩裤衩，像一只白色的大鹅），躬着腿躺着，起劲地抽着鸦片。王柬芝紧靠在她身旁，身上仅穿着短裤，一只毛茸茸的长腿搭在她的大腿上（一面烧烟泡，一面抽烟）……淑花吃吃地笑着丢掉烟，爬到王柬芝身上，搂着他的脖子，在他嘴上呷地亲了一下……隔院传来一声令人寒心的惨叫。淑花吓得从王柬芝

身上滚下来，打着哆嗦。①

淑花与王東芝的性感穿戴和两性动作叙述呈现了反面人物的欲望需求。这种性叙述在"黄色书刊"被禁止的"十七年"时期，无疑也是另一种对反面人物的丑化性的"黄色叙述"。因此从后面括号中修改后的文字可以发现，1978 年的版本进行了删改，把这种"黄色"的性感描写作洁净化处理。当王東芝要与上司发情报的时候，"淑花撒着娇，紧搂着王東芝的脖子不放手，'唉，什么时候不好'约会'，偏偏在暖被窝的时候，使人不好受。'"② 通过作者对王東芝与淑花的这种情欲化的性爱描写和动作体现了"十七年"时期对反面人物的淫荡化的丑化特色，但在批判人性、人情的"文革"前后，这种所谓的"自然主义描写"仍然显得不合时宜，所以作者对之进行了删改。在保留对反面人物的丑化语言的同时，把在当时认为过分露骨的具有色情化的语言给删除了。

而且作者也删除了庸俗粗鄙的语言和动作，如玉珍哼唱的《小妞成长曲》呈现了女性"傍大款"的心理。作者删除了其中的"绸缎被窝两个躺，放个屁也嘭嘭响"两句，玉珍"调戏"孔江子打情骂俏的话"我到底比你媳妇强吧！嘻嘻，老娘心也软了……"③ 也删除了。更把日本鬼子大队长庞文蹂躏 50 多岁的老太婆的变态行为也修改了：在 1959 年版本第 412 页中，庞文"抓到一个五十多岁干瘦的老太婆，他用皮带将她阴部打肿，实行兽性的蹂躏……"。侵略者灭绝人性的奸淫确实令人恐惧，作者在 1978 年版本第 409 页中把它改成庞文"抓到一个五十多岁的老太婆，他也不放过……"。删掉了庞文的"性动作"语言，从而把反面人物的淫秽式的"黄色语言"进行洁净化。又如杏莉母亲自从她和王长锁的事被王東芝抓住后，连惊带怕不敢出门。王東芝逼迫王长锁去送包裹给汉奸王竹后，

---

① 冯德英：《苦菜花》，解放军文艺出版社，1959，第 257 页；人民文学出版社，1978，第 259 页。
② 冯德英：《苦菜花》，人民文学出版社，1959，第 320 页；解放军文艺社，1978，第 321 页。
③ 冯德英：《苦菜花》，人民文学出版社，1959，第 441 页。

垂涎杏莉母亲的宫少尼以此胁迫她。最后，"他像老鹰抓小鸡似的，把她抱上炕……柔弱的女人，已失去知觉，变得像根木头一样麻木了……"①。但是，在1978年版本第67~68页中作者进行了修改。王长锁不再是直接送给汉奸而是把小包裹送到王柬芝的姐姐家去，这样可以减轻贫农王长锁的罪责，而宫少尼胁迫杏莉母亲上床这个过于露骨的情节也被删除。日本人要王唯一组织保安队扩张势力，王唯一很高兴，比过去更威武了三分："按他自己的说法，日本人倒也很讲人情，生来命好该享福，狗到天边改不了吃屎。"②1978年版本删除了这种美化侵略者和反动派的语言。

虽然以上这些性描写和粗鄙化叙述从反面呈现了鬼子、汉奸的丑态和野蛮行径，但是这种露骨的"色情"描写和粗俗叙述在当时不利于革命意识形态的传播与询唤。故此作者进行了删改。

第三，对复杂心理描写的删除。1959年版本第379页写娟子怀孕和母亲对话的情节：

"我有了！"娟子激动地说。

"什么呀？……噢！"母亲惊喜起来。她两手抱着白胖娃娃的影子从脑海中飞快地掠过，"那敢仔好！什么时候起始的呢？"

"才知道。想是有一个多月了……"

娟子像一般的少女那样，她本来只叫别人妈妈，当自己将变成妈妈时，总会产生惶惑不安、神秘欢悦又夹杂着惊慌失措的复杂感情。娟子眼里挤出细小的泪珠。

母亲却老是笑嘻嘻地安慰她，嘱咐她一些事情。似乎她做母亲的已体会到女儿的心情，并不觉得奇怪。

怀孕乃至生育对任何一位女性来说都是非常激动而幸福的事。但是，作为革命者的娟子，她一方面感受到这种幸福，另一方面又为孩子的降临将影响自己的革命工作而担忧。她就在这种矛盾中呈现出心理的复杂性，

① 冯德英：《苦菜花》，人民文学出版社，1959，第67~68页。
② 冯德英：《苦菜花》，人民文学出版社，1959，第25页。

作为过来人且是长辈的母亲，她更愿意看到自己的外孙的诞生，母性亲情溢于言表。但是，这部分关于怀孕的对话以及娟子的心理感受在1978年版第376页中被删除了。这种删除有损于娟子形象，因为革命者也是人，她的生育权是无法剥夺的。

德强参军离开前见到睡梦中的杏莉不由感叹："在这一刹，德强不再觉得吃好的，穿好的，用好的都是罪过，相反，如果是用自己劳力换来的，那是人人应该享受的东西。"德强这段议论在于同情杏莉，同情用劳动换来幸福的地主，这因为有"阶级调和"之嫌。所以作者在1978年版本第130页中把德强的这段心理描写给删除了。同时，在1959年版本第259页中母亲受到汉奸的严刑拷打之后，也有一段复杂的心理描写："啊！共产党八路军，抗战革命！对她这个多子女的母亲有什么好处呢？她得到了什么呢？她得到的是儿女离开她，使她做母亲的替他们担惊受怕，使她山上爬地里滚，吃不尽的苦，受不尽的痛，以致落到这个地步。这，这都怨谁呢？母亲想到这里，突然害怕起来：'我是怎么啦？我在埋怨谁？在埋怨共产党八路军吗?！'她恐惧得忘记疼痛，身子急速地抖动着。'共产党八路军有什么不好？他们做过什么对不起我的事？哥哥一家人的血海深仇，不是共产党给报的吗？没有共产党八路军，我拿什么把孩子拉扯大？没有共产党八路军，穷人怎能翻身，不再受财主的欺压？这不是做梦也想得到的好处吗?'"经历酷刑的母亲对革命进行思考，一方面反思革命给自己带来不幸，另一方面又觉得革命对自己和全家都有好处。这是普通母亲的心灵独白，但是这种心理剖析在1978年版本第261页中删除了，进一步纯化母亲高大的英雄形象。

综上所述，对爱情、情欲、心理、人性描写的删改成为1978年版本修改的主要内容。为了文艺化大众，作者不得不根据时局的演变打造一个纯净的无性的叙事文本。这些删改，虽然使文本更加符合特殊语境，但却损害了人物的丰满程度和历史的丰富性以及人性的复杂性，从而伤害了文本意义的多质性和多层次性。因为一般而言，小说版本修改的目的是提高作品的艺术性，但这次修改事与愿违。1978年版《苦菜花》在内容、艺术上比1959年版本更差。原因在于作者没能摆脱"文革"的影响把复杂性的人性抒写简化成阶级对立的斗争模式。这种修改迎合革命政治的规训，体现出作者思想创作的变化。相反，1959 年版本在 1958 年版本基础上的修改还是比较成功的。

第三节　反特、人性情感与英雄形象的互动及选择
——《苦菜花》艺术改编与传播推广

《苦菜花》的评剧、连环画、电影、吕剧、电视等各种艺术改编在反特、人性情感与英雄形象之间互动，不同时期艺术氛围和文艺政策的变动往往导致艺术改编题材选择的差异。

一　小说《苦菜花》的评剧艺术（《苦菜花》和《春花曲》）改编

小说《苦菜花》一出版便引起轰动，受到各种艺术改编的青睐。最早进行艺术改编并在舞台上演的是薛恩厚、高深改编的同名评剧《苦菜花》和高深根据小说中花子的部分情节，改编的评剧《春花曲》。

（一）评剧《苦菜花》的改编

中国评剧院编剧薛恩厚、高深在 1958 年把《苦菜花》改编为评剧并经该院二团演艺人员排演而走上北京乃至全国舞台，深受观众喜爱。《人民日报》1958 年 8 月 2 日发表的记者专稿《评剧〈苦菜花〉》认为："受到广大读者欢迎的长篇小说《苦菜花》，已经由中国评剧院改编，在北京上演。剧本基本上是按照原著人物情节的发展来编写的。它较好的表现了原著的面貌。在整个演出中，星梅就义和母亲不屈这两场戏，特别使观众感动。"薛恩厚、高深改编的评剧剧本《苦菜花》[①] 由北京宝文堂书店 1958 年 12 月出版。

该剧本以及据此导演的舞台评剧主要是根据反特线索展开的，所以对小说的内容删掉了很多。同时，《苦菜花》的改编者立意要"以一位平凡而伟大的革命母亲的成长为主线，来贯串全剧。"[②] 于是，该评剧就在反

---

① 评剧剧本《苦菜花》后列入北京市戏曲研究所汇编的北京市戏曲剧目选，并由北京出版社 1964 年 4 月重印。

② 薛恩厚、高深：《改编〈苦菜花〉后记》，《苦菜花》，北京宝文堂书店，1958.

特与革命成长中展开，这种成功的改编也存在不足，引起了争鸣。萧甲和薛恩厚相互写信探讨评剧《苦菜花》的反特改编问题，两封信都在《人民日报》1959年1月14日发表。其中萧甲给薛恩厚的信中赞扬了评剧《苦菜花》的改编与上演的成功，并谈到评剧艺术改编的难处："按照这反特斗争的线索改下来，戏会是很吸引人的，但势必削弱母亲的表现，因之也就影响了《苦菜花》这一命题的深刻寓意。不仅如此，写这一条线，还要特别注意不要减弱正面人物的刻画。我感到在小说中，如果以姜永泉、娟子、德松、玉秋等正面人物与反面人物王柬芝相比，后者在小说中描写得比较集中，而对前者的描写，比较起来就不够丰满。更重要的还由于描写正面人物在斗争中建树的地方太少太薄……小说中像姜永泉、娟子、冯德松等人，思想的发展，本身的成长，对根据地的建树都描写得不够，就是在对王柬芝的斗争上也显得不够主动。这是我们研究改编戏的时候，对小说感到不满足的。因之改编戏时就要着意补足这方面。评剧《苦菜花》的改编是有成就的，有些场子戏剧性很强。但是也就失之于松散，在主题、故事方面都没能集中有力地表现。这是一个难题，改编几十万字的小说，把它再创造为一件艺术品，当然不会轻而易举，一蹴而就。看来，碰到这种情况时，那是要写戏的人操起刀剪，给小说动大手术的。"① 而改编者薛恩厚在同月给萧甲写了一封回应《苦菜花》评剧改编问题的信："《苦菜花》的改编有很多缺点，正如你所谈的：失之于松散，主题、故事不够集中。因而，我也谈谈改编《苦菜花》当中一点非常肤浅的体会：戏剧要写故事、人物、冲突，否则不成为一个戏。如果按照小说那样写母亲的成长，是很难结构成一个戏的，也是我们写作水平所不能胜任的。于是我就先抓反特斗争这条线。但抓反特这条线，在结构上依然碰到困难，即按小说的材料很难串起一个完整的故事。怎么办呢？我们就采取了另一个办法，即不敢离小说太远，又有所增删，结构的结果就是今天舞台上演的这个样子。其优点是演出效果还好，缺点是失之松散，主题、故事不够集中。"于是对于《苦菜花》这种"故事、情节、人物本来就不够集中、很难结构成一个统一完整的戏"的小说，"我的想法，干脆

① 萧甲：《谈评剧〈苦菜花〉的改编》，《人民日报》1959年1月14日。

大胆一些，摆脱小说的束缚，取其某点或若干点作为素材来处理和运用，然后根据自己的生活和理想给以更多的虚构和更多的创作，我认为这种作法也可能写出好戏来。用这种方法写成一个好戏有什么不好呢？"① 两位就改编的优点、缺点以及增删问题进行了探讨。可以说，相比于小说，评剧更偏重于英雄形象的集中塑造和对反特斗争剧情的修改，这也适应舞台艺术的需求。

首先，在英雄形象的集中塑造上，小说一出版既受到盛赞，也受到质疑。批评者指责小说"露骨地表现了男女关系"，而且王柬芝的"女儿"杏莉是其母与长工王长锁私生的。不仅如此，正面英雄人物也为情所困：娟子和永泉的爱情是贯穿全书的线索；星梅主动要求铁功和自己成婚；母亲的儿子德强则和王柬芝的"女儿"杏莉谈恋爱；共产党员花子和老起以及八路军干部王东海的爱情等。于是，评剧改编者对诸多爱情都进行了过滤和删除，使正面人物更加革命化。而且，作家冯德英在小说中没有正面描写姜永泉进行地下革命活动，而是直接写了他在农民武装暴动中的领导作用。评剧对此进行了修改。改编者对姜永泉进行了正面描写，当母亲和娟子谈论羊倌姜永泉的长相和人品时，地下工作者姜永泉通过歌唱出场："天宽地也宽/万里好平川/穷人的心连心像锁链/家乡外乡是一般。"这段歌词形象生动地把共产党的宣传主张和穷人的团结紧密联系在一起。而且组织武装暴动也不再是小说中的侧面描写而是评剧中正面叙述的重点内容。因为从表演角度来说，这种革命的肢体语言和枪战动作更容易激发受众的革命冲动。因此，"白底红五星"的袖章也成为革命起义的联络符号。这显然是适应戏剧和舞台艺术的需要，通过视觉和听觉的增加来完成革命意义的生产。在小说中营救母亲的是杏莉母亲、长工王长锁、民兵队长玉秋和玉子。由于评剧的主题更加短小精炼，为了突出正面人物，评剧把杏莉娘等营救母亲的革命行动进行了修改：由娟子色诱敌人，趁敌不备，姜永泉、冯德松把母亲救下。这样就更集中塑造了革命领导者尤其是姜永泉的英勇形象，完成了萧甲和薛恩厚在信中讨论的话题。

---

① 薛恩厚：《从改编中感到的问题》，《人民日报》1959 年 1 月 14 日。

同时，评剧改编者也对母亲形象进行了光明化修改。评剧中，母亲既对地主阶级的压迫和日本帝国主义的侵略怀着彻骨的仇恨，又为自己的女儿参加革命暴动担心。武装斗争胜利后，母亲在党的教育和女儿的启发下积极参加根据地工作，先把大儿子德刚送去参军，最后母亲又在胜利的欢呼中把小儿子德强送去参军。而在小说中大儿子是德强，德强参加了八路军，小儿子德刚并没有参军。这种修改完成了母亲的英雄性格的塑造，表达出根据地人民尤其是英雄母亲无私奉献的光辉行为。

其次，在反特线索上也更突出了亲情与革命的较量与反较量。反特线索是所有艺术种类改编者都无法绕过的情节。这不仅是此种矛盾冲突强化了人民必胜的信念，更与革命的艰难、"十七年"社会主义建设时的特务破坏的现实相符合，而且从适用角度来说它的惊险性更能吸引受众。因此，评剧《苦菜花》也就着重从这一线索出发进行革命意义的再生产。这也符合作者的创作本意："我开始学习文艺创作就是被强烈的阶级感情所推动的。因为，我出生在贫苦的家庭里，饱受过封建地主阶级的残酷压迫和剥削。后来，在党领导的革命斗争中得到解放，在新生的解放区成长起来。从我的切身经历中，深深地体会到新社会的幸福生活得来不易，是党领导的千百万英雄流血牺牲、艰苦奋斗得来的。因而对党、对人民军队，对革命的人民，有着热烈的深挚的爱情；而对敌人，有着深仇大恨，有着誓不两立的情绪。在我描写革命战争的作品里，我力图贯串这两种基本的感情：对人民的爱，对敌人的恨。我在这样做的时候，可以说是本能的，自然而然的。"[1] 所以，与小说中王柬芝直接回到家中不同，评剧中王官庄已经成为成熟的革命根据地，王柬芝受到儿童团尤其是儿童团员杏莉和德强的路条盘查，加剧了女儿杏莉与父亲王柬芝在亲情与革命责任之间的矛盾。而且评剧中删除了小说中杏莉母亲与长工的爱情，把它改为王柬芝抛弃了杏莉母亲，从而成为富少爷抛弃糟糠之妻的一个翻版。这种血缘的相连更加强化了地主女儿杏莉的革命坚决性。所以，没有了小说中的畸形恋情。具有"地主婆"符号语征的杏莉母亲见到王柬芝回家很是高兴，这意味着"陈世美"终于浪子回头：

---

① 冯德英：《创作取得成绩的根本保证》，《人民日报》1960 年 1 月 7 日。

　　杏莉母　啊！你怎么回来啦？你不是说永远不回来吗？

　　王东芝　鸟倦飞而知还，如今国难当头，我对家也是不放心啊。

　　杏莉母　你不是说永远不要我们娘儿俩吗？

　　王东芝　孔老夫子说的对，三十而立，四十而不惑，瑞那我已三十多了，你当还是二十多岁时在外荒唐胡闹，如今收了心了，这次我回来再也不想走了，咱们就好好地过下去吧。

　　杏莉母　（又惊又喜）那你还算有点良心。

　　……

　　王东芝　你过得好吗？

　　杏莉母　唉，自从大哥那院出了事，我天天害怕，不知什么时候要斗我们呢！吓得我除了到娟子娘那里串串门，哪也不敢去，你也要……①

　　在杏莉母亲看来，丈夫的归来无疑使自己在惶惑的乱潮中有了靠山。对于一个女人来说，没有任何东西比丈夫抛弃自己更残酷，也没有任何东西比丈夫回归更让人兴奋。所以，王东芝回家对杏莉母亲来说是幸福的。当王东芝告诉杏莉母亲自己主理家政的时候，杏莉母亲更是高兴地告诉丈夫："只要你回来，我们就有了依靠，就有了主心骨了。"评剧的这种改法把杏莉母亲设置在"地主婆"的身份上，而"地主婆"最后被汉奸所杀也符合读者的认知需要和时代需求，因为"罪有应得"。有意思的是，编剧的这种改法无疑又透露出一丝裂隙：一方面杏莉母亲是作为"地主婆"出现的；另一方面她又是在评剧中被设置为一个受丈夫抛弃的弱女子。作为普通人的弱女子希望丈夫的回心转意，这就使得这段评剧给人一种温馨的日常生活的关爱情调。这也许是革命伦理与日常生活无法调和的内在矛盾导致的结果。

　　王东芝的隐蔽性增加了戏剧的可看性，同时也更能说明革命的艰难，当然反革命者永远逃不出群众雪亮的眼睛。所以，小说中，王东芝发报被

---

　　① 薛恩厚、高深改编评剧《苦菜花》，北京出版社，1964，第20页。由于没有找到北京宝文堂书店1958年12月版《苦菜花》，只好用没有改动的北京出版社的重印本。本章涉及的评剧皆引自此处，下同。

不是亲生女儿的杏莉发现，为了消灭证据，王东芝狠毒地杀死了杏莉，逃
跑时被娟子逮捕，尔后被公审大会处决。而评剧对之进行了改编，使反特
斗争更加惊心动魄和复杂，杏莉已是王东芝的亲生女儿，并由王东芝抚育
长大。这种血缘情感应该是最牢固的。但是，杏莉在革命潮流中逐渐走向
进步。当她发现王东芝发报后，决心举报，血缘亲情被革命伦理所颠覆。
为了阻止女儿"告密"，狠毒的王东芝把老婆和杏莉关起来，准备杀死她
们。于是，又展开了一场血缘亲情与革命阶级情的较量：

　　　　杏　莉　王东芝！你要杀人！你，老汉奸。你杀我，也活不了
你！
　　　　杏莉母　（拦住王东芝）你可不能啊，这是咱的女儿啊！
　　　　王东芝　（持刀逼近杏莉）杏莉，你毕竟是我的亲生女，我也下
不去手！给你两条路，你要不坏我的事，今天夜里送你们到牟平县
去，你要敢告发，可别怪我手下无情！
　　　　杏　莉　除非你到政府去自首，要不然饶不了你！
　　　　王东芝　呸！（逼近前去）
　　　　杏莉母　你不能杀我女儿，你要杀，杀我！
　　　　王东芝　你，你们两人谁也别想活！
　　　　杏莉母　哎呀，你不能杀她！哎呀！杀人啦！
　　　　王东芝　你喊！（用刀刺死杏莉母）
　　　　杏　莉　啊！王东芝杀人了！（王东芝刺杏莉，冯德强冲上）①

　　由于小说中杏莉并不是汉奸地主王东芝的女儿，而是长工王长锁的女
儿，她的革命反叛具有正当性，而汉奸杀死非亲生女，也就没有了血缘的
羁绊。评剧中把杏莉改为汉奸王东芝的亲生女儿，这更加剧了父女反目的
艰难性和杏莉崇高的革命性，说明了革命熔炉陶冶和锻炼着一切有志青
年。从人性角度而言，作为父亲和丈夫的王东芝，他确实不愿伤害自己的
妻儿，所以他很矛盾，希望女儿"不要坏事"。但是，杏莉的阶级观念已

---

　　①　薛恩厚、高深改编评剧《苦菜花》，北京出版社，1964，第 74 页。

经同化了她,她的血缘亲情已经消失,"反革命之父"已经替代了血缘上的"生身之父",父女冲突无法避免,最终评剧结尾以特务王柬芝被处决、杏莉获救结束。一改小说中杏莉被杀害的悲剧结局,从而给读者以大团圆的胜利结局,也符合革命意识形态的传播需求。同时,杏莉母亲保护女儿的天性在这段对话中也暴露得一览无遗,她试图阻止丈夫杀害亲生女儿但自己却被丈夫杀死。如果说王柬芝与杏莉作为革命的对立阶级无法调和的话,那么作为女人、作为母亲的杏莉母亲被杀则是最无辜的。在这里,杏莉母亲确实是改编者评剧再创作过程中不自觉溢出的个案,她对丈夫回归日常生活的渴望,她面对丈夫企图杀死女儿时的焦虑以及保护女儿的母性,无疑使评剧在革命的恒定性中增添了一丝温馨的魅力。

而且,评剧改编者甚至把敌特还设置在其他情节中。在小说中,星梅的未婚夫铁功为保护兵工厂弹药库而舍身扑在即将爆炸的手雷上。在评剧中,则是在兵工厂仓库门口发现了敌特设置的定时炸弹,铁功为保护兵工厂而以身体压在炸弹上牺牲了。这就更加说明了汉奸敌特的残忍、狡猾与革命者的无私奉献和崇高精神。

这种改编一方面打破了小说文本深入人心的读者期待视野,感受到革命亲情与血缘亲情的较量,另一方面又在新的情境中冲刷着读者的感觉神经。总之,评剧改编更偏重于英雄形象的塑造。

(二) 评剧《春花曲》的改编

由于评剧《苦菜花》的改编和上演均获得成功,编剧高深在1959年又根据冯德英小说《苦菜花》中冯春花(即花子)在革命中成长的故事,改编成十三场评剧《春花曲》。评剧剧本[①]由北京宝文堂书店1959年10月出版。

小说中,花子是次要人物,其革命成长也主要是依靠零散的回忆性侧面叙述来告知读者。花子是抗日战争时期胶东区王官庄一个受封建势力摧残压迫的农村妇女,父亲冯四大爷因欠地主王唯一几石地租,在威逼利诱下不得不将花子许配给王唯一的亲戚——山南村小地主母老虎的傻瓜儿子做媳妇,从"人间"堕入"地狱"。花子也由"人"变成"鬼",受尽地

---

① 高深:《春花曲》,北京宝文堂书店,1959。

主虐待。"花子刚过门，就黑天白日像牛一样干活，吃的饭还没有她家的猪食好，净是吞糠咽菜。她婆婆是个有名的'母老虎'，刁得像锥子似地尖。一时做不到，不是打就是骂，谁也不拿她当人待。"① 甚至他的疯丈夫，在小流氓的教唆下扒光花子的衣服。此时，花子的娘家王官庄经历了革命暴风雨的洗礼，区委书记姜永泉带领革命群众进行了武装暴动，惩处了无恶不作的汉奸伪乡长王唯一，建立了抗日革命根据地。在革命暴动中，老起和花子受到革命启蒙教育，参加了革命工作。可以说，花子其实就是另一个"白毛女"，旧社会使她由"人"变成"鬼"，新社会的革命使她由"鬼"变成"人"。老起和花子在革命中逐渐产生了深厚的爱情。但是，这种爱情是一种婚外情，因为花子已经结婚。老起和花子两人私通并怀孕，这在封建守旧的冯四大爷看来显然是违背祖宗人伦，大逆不道的事情。因此，花子不仅得不到父亲的谅解与支持，而且乡土社会的封建性社会舆论也让她求生不能、求死不得。所以，"母老虎"带来一帮人借机闹事，将花子抢走。以庆林为首的大部分村干部并不同情私通的花子和老起，甚至还绑起老起游街。"老起的胳膊被反绑着，头上戴着用白纸扎的大帽子，上面墨笔写着：'我是流氓'四个大字。"② 最后在母亲的帮助下，区委迅速解救了花子和老起，并判决花子和买卖婚姻一刀两断。原有的不合法的买卖婚姻是无效的，婚外恋被革命赋予了正当性与合法性。于是，经上级批准花子和老起结婚，两人共同为革命做贡献。评剧对小说的这些情节进行了改编，评剧改编者高深就抓住了花子在革命中是如何由"鬼"变成"人"这一条主线，进行了丰富而合理的想象与再创造。尤其是把小说中许多没有展开的情节具体化、细致化，把花子的命运与革命的命运连接起来，不仅全面叙述了一个悲苦的普通妇女在旧社会是如何受难的事实，同时也塑造了这位农村妇女在革命的启蒙下如何成长为一个坚强的革命战士的心理、精神转化过程，更传递出共产党是如何改天换地使革命伦理在与封建道德伦理的较量中取得胜利的历史过程。总之，十三场评剧《春花曲》主要讲述了花子被逼嫁——蒙难——共产党解救——报恩

① 冯德英：《苦菜花》，人民文学出版社，1959，第365页。
② 冯德英：《苦菜花》，人民文学出版社，1959，第375页。

的革命成长历程。

第一场与小说不同，冯四大爷因欠地租，被王唯一威逼利诱。要么还租，要么把花子嫁给王唯一的亲戚"母老虎"的傻子儿子，要么送到王唯一家做丫头顶租。而王唯一威逼花子嫁到"母老虎"家是因为他可以得到母老虎家的土地。这种修改和叙述更显示出地主的狡猾与恶毒。在小说中，花子是回到娘家参加革命工作才和曾在王唯一家做长工的老起认识。但是，在评剧第二场中，他们在花子未嫁前就已经在王官庄彼此心心相印，花子和在王唯一家做活的老起同病相怜互生情愫，无奈花子被迫嫁给傻子顶租，老起也就离开王官庄到"母老虎"家做长工。这种对两人爱情时间的前移和老起干活地点的经历置换的修改，无疑使花子的爱情更具有了正当性。不再是小说中两人的私通，而是他们先有爱情，只是万恶的地主威逼骗婚拆散了两人，于是白毛女和大春的爱情故事重现。这种修改加剧了读者对两人爱情的同情和对地主的憎恨，而花子和老起的这种爱情在痛苦的离别中无疑又为再次结合埋下了伏笔，这也为革命的"莅临"储藏了坚实的反抗的种子。所以，当花子和老起偷偷地互诉衷肠时，羊倌姜永泉从王官庄来到山南庄找老起，给他讲述共产党抗日和革命翻身的道理。希望他回王官庄参加革命，准备聚义：

> 姜永泉　（唱）咱穷人都是爱穷人，不用相识也是一条心。穷哥们要想聚聚义，请你回王官庄谈谈心……
>
> 老　起　那敢是好，共产党？共产党都是些什么人啊？
>
> 姜永泉　（唱）共产党是人当中最好的人，全心全意为人民，领导咱抵抗那日本强盗，领导咱除汉奸人人翻身。
>
> 老　起　好，好，我纳闷了这么些年，为什么这么多穷人，就生生的受财主的气，一辈一辈受苦，我总纳闷……
>
> 姜永泉　就是因为没有人领头，大伙心不齐。①

"穷哥们聚义"是中国民间文化传统中一种串联方式，无论是梁山英

---

① 高深：评剧《春花曲》，北京宝文堂书店，1959，第20页。

雄好汉还是铁道游击队员都是民间聚义。评剧《春花曲》无疑借鉴了这一文化方式，成为共产党发动穷人闹革命的方式。因此，在这段对话中，姜永泉给老起和花子进行革命启蒙和阶级诉苦，为他们的解放打开了一扇窗口，老起由此也知道了共产党领导革命的目的与意义。这是小说中所没有的情节，而是评剧改编者特意加工创作的。这种修改是合乎情理的。因为，花子和老起走投无路时，他们需要寻找解决的办法。党的光辉照耀了他们，共产党开始领导他们走上反抗自救的革命道路。

因此，受姜永泉的指示，老起护送花子回娘家参加暴动会商。封建思想浓厚的四大爷见到伤痕累累的女儿老泪纵横，后悔不该把女儿推进火坑。当山南庄人告诉他花子是跟野男人老起一起逃回家的时候，恪守祖训的四大爷怒气冲天，打骂女儿"不守妇道丢了脸"。花子不得不寻短见，幸被嫂嫂和冯大娘救下。娟子、姜永泉又启发她只有革命才能翻身、只有革命才能婚姻自主的道理。就是在这种阶级压迫和仇恨反抗中，花子走上了革命道路。

在小说中，积极参加革命工作的花子被母老虎抢回山南村，受到毒打导致早产。评剧剧本对此进行了修改。当母老虎毒打花子时，山南村妇救会长禁止她打人，母老虎反诬干部打人，并向赶来的区委姜书记控告："女干部仗着政府撑腰板，动手就打得我紫烂毫青"，[①] 更加呈现出地主的狡猾与狠毒。姜永泉当场判定花子和傻子的买卖婚姻无效，批准她和老起结婚。这对终于解放了的革命伴侣花子和老起非常感激党的恩情，他们决定要全心全意为革命服务。花子当场表态："民主政府给咱作了主，共产党真是我永世难忘的大恩人。姜书记，我真说不出地感激你，我从此加紧工作抗敌人，用我的工作报答党，是生是死一条心。"[②] 他们的表态也贯穿在身体力行的革命行动中。果然，在花子报恩的这个环节中，日寇在围剿中为了分辨哪些是八路军伤员和共产党干部，便叫妇女们去认自己的丈夫。花子舍弃了丈夫老起，认走了革命干部姜永泉，结果老起惨遭杀害。评剧则把它修改为老起获救：当敌人刚要杀害老起的时候，八路军和游击

---

① 高深：评剧《春花曲》，北京宝文堂书店，1959，第 52 页。
② 高深：评剧《春花曲》，北京宝文堂书店，1959，第 55 页。

队赶到了，击溃敌人，救了老起，使他们夫妻团圆。这种皆大欢喜的大团圆结局也正是舞台剧所需要的，如此更能激发观众对敌人的仇恨和对革命者的赞颂。

二 《苦菜花》的连环画改编

根据冯德英同名小说改编的连环画《苦菜花》①，由天津美术出版社1960年3月出版（上、下册）。翰左、蒙来改编脚本，高燕绘图，其封面画则由小说《苦菜花》的插图作者张德育绘制。应该说，在《苦菜花》的各种艺术改编中，连环画是最忠实于小说原著的，它只对小说进行了很少的修改。

首先，精炼了小说情节。如小说中母亲受到王唯一骠马车的惊吓和王家狗腿子的鞭打，但连环画对之进行了删改。连环画第 2 页脚本写道："山坡上，母亲和大女儿娟子正在割稻子，忽听一阵马蹄子和铃铛声，有一辆上面坐着两个伪军的大车，向王官庄地主王唯一家那片大瓦房飞驰而去。母亲呆呆地望着这辆车，陷入沉痛的回忆中……"连环画也删除了花子和老起的婚外情，而改之为自由恋爱而结婚。第 42 页脚本写道："敌人要攻王官庄的消息一天紧似一天，村干部挨门逐户地动员人们把粮食藏起来，准备送上山去。大多数人都动员好了，只有执拗顽固的四大爷，不管女儿花子和女婿老起怎样劝说，他听也不听。"这里增加了女婿老起的劝说，在小说中老起和花子是婚外情，不被四大爷接受，所以劝冯大爷逃山的是母亲和花子。在第 86 页中："天快黑了，娟子才从姜永泉那里出来。姜永泉送她到村口，看天色已晚，很不放心，就把一支匣子枪给她防身，并再三叮嘱她路上小心。"编绘者删除了小说中娟子吃醋赵星梅并生姜永泉气的情节，把人性化的情节和冲突进行精炼和删改，符合连环画的艺术特色。

其次，减少了反面人物的复杂性。小说中，王柬芝杀死杏莉后被德强抓住。为抓捕汉奸吕锡铅，德强叫王长锁看守王柬芝。王柬芝趁王长锁不备把他打倒，烧毁密码本，逃跑途中被娟子抓住。这种故事叙述形象生动

---

① 为纪念抗日战争胜利 60 周年，人民美术出版社 2005 年 2 月重印该连环画。

地刻画出汉奸王柬芝的阴险狡猾。但是，连环画中德强直接绑起了王柬芝：
"德强一听，来不及再问，连忙把王柬芝绑起来，交给王长锁看管，自己也
顾不得去看杏莉，就提起枪直奔学校，捉吕锡铅去了。"（下册第 265 页）
这种修改不仅说明德强的心细，也删减了汉奸王柬芝的狡猾特性。

　　张德育绘的封面和高燕的绘画确实给人一种愉悦的快感。张德育绘的
封面，主要内容是王官庄革命暴动前姜永泉给母亲做思想工作。因为母亲
担心女儿娟子的安全，不想让她去，姜永泉就给母亲做工作。自信的姜永
泉、生气的娟子、哀求的母亲，形象生动。正文绘画如上册第 104～107
页，由土匪改编的柳八爷部下马排长强奸民女，于团长得知后命令警卫把
他抓起来。而马排长救过柳八爷的命，是柳的得力心腹。柳八爷拿着枪阻
止捆绑马排长，并威胁于团长："你怎么把他押起来！为了这个女人就值
得这样？快放了他。"其形势非常紧张。于团长开始给他讲道理，柳八爷
逐渐垂下了头，最后用大砍刀亲手处决了马排长，画面中柳八爷的愤怒、
惭愧、痛苦、悔恨的人物形象非常鲜活生动，活脱脱地呈现出一个土匪是
如何在教育中成长的过程。又如下册第 236 页的文字脚本："杏莉的母亲
是一个被王柬芝遗弃、只能吞声饮泣的女人。由于同情和被事实所激动，
她冒着生命危险救出了母亲，但事后又怕王柬芝不饶她，想要自首，又怕
牵连上王长锁。她内心痛苦着，时常背地哭泣。"而画面则是杏莉母亲倚
靠在门背后边痛哭。为了不让别人知晓，她甚至把自己反锁在房间里哭
泣，真实地反衬出她复杂的痛苦的心境。

　　总之，连环画《苦菜花》图文并茂，绘画者根据编者改编的连环画
脚本进行图像绘画，从而勾勒出一幅幅生动的故事情节。连环画《苦菜
花》与小说相比，修改的情节并不多。重要的是它以生动的画面形式直
接呈现出王官庄人民在共产党领导下如何同日寇、汉奸、封建势力进行斗
争的波澜壮阔的丰富图景，贯穿全连环画的是平凡而伟大、善良而坚贞不
屈的英雄母亲，他们的喜怒哀乐、爱恨情仇都在线条勾勒中淋漓尽致地呈
现出来。

三　《苦菜花》的电影改编

　　在评剧改编的同时，《苦菜花》的电影改编也早已提上日程。早在

1958 年 10 月 5 日的《人民日报》便有报道："作者已经把这部小说改编成为电影剧本，不久可以开始拍摄。"到 1963 年，在八一电影制片厂及导演李昂等的帮助下，冯德英把《苦菜花》改编成同名电影剧本，发表在《电影文学》1963 年第 5 期上。该剧本讲述了从王官庄革命暴动到八路军攻打鬼子据点道水城的革命故事，比较忠实于小说原著。其结尾还有冯德英于 1963 年 4 月写的《附记》："拙著《苦菜花》出版以来，不断有读者来信，希望把它搬上银幕。但由于种种原因，我一直没有完成这个期望。如今，在八一电影制片厂同志的热情敦促和支持下，搞成目前这个样子。现在占了《电影文学》的宝贵篇幅，是想求助广大读者的批评。谨向关心此书的朋友致谢！"但是，随着语境的变化和在导演、读者等的批评建议下，冯德英对这个杂志初刊电影剧本再次进行了修改，该修改本在电影公映后由中国电影出版社 1966 年 3 月出版。电影《苦菜花》的分镜头导演本就是以此为蓝本，笔者把它命名为"电影剧本出版本"。由于剧本反复修改及读者对《迎春花》《苦菜花》的"自然主义描写"进行讨论，李昂导演的同名电影《苦菜花》（其编剧就是冯德英）也历经三年。到 1964 年才真正拍摄，1965 年 6 月由八一电影制片厂正式出品。而且导演李昂在拍摄中又对冯德英修改后的电影剧本出版本进行了部分修改，电影《苦菜花》[1] 一公映就引起轰动。下面对冯德英的电影剧本改编、剧本修改和李昂导演的电影拍摄修改试作分析。

（一）杂志初刊电影剧本改编

小说作者是根据小说改编的同名电影的编剧，这种特殊身份不仅决定了电影忠实于小说原著精神的特质，而且会使电影更加创造性地弥补小说叙述中的不足。因此，冯德英亲自改编的电影文学杂志初刊剧本不仅忠实于小说原著，更发展了小说的精彩部分。

第一，增加了与敌特尤其是王柬芝斗智斗勇的故事。小说中王柬芝是在革命暴动成功建立革命根据地之后的一个晚上回到王官庄的，捐献了一些家产的王柬芝被抗日政府任命为小学校长。后做间谍被不是亲生女的女

---

[1] 上海人民美术出版社 1978 年 7 月和中国电影出版社 1966 年及 1983 年 3 月甚至还专门剪辑出版了电影连环画《苦菜花》，让读者感受革命经典的永恒魅力。

儿杏莉发现，杀死杏莉后逃跑途中被娟子抓住，最后处于死刑。然而，电影剧本中对之进行了改编，没有直接丑化王柬芝，而是使其形象变得更为隐蔽、狡猾和狠毒。王柬芝很早就潜伏王官庄，杀死杏莉后逃回到鬼子据点，直到故事结束攻破道水城，母亲才亲手杀死了王柬芝。这种改编，不仅凸显了敌人的狡猾，也凸显了母亲的崇高形象：敌人再狡猾还是逃不脱人民群众的天罗地网。因此，背负有特殊使命的王柬芝是在故事的开始，就跟随去县城搬救兵的王竹偷偷潜逃回来的：

> 一辆搭着席蓬、围着蓬布、两匹大骡子拉着的大车从大道上飞快地驶来。这辆车突然停住了。跳下来的是伪乡长王唯一的儿子——王竹。他向四周巡视几眼，从车上提下一个皮箱。
>
> 车上跟着下来一个穿长袍的人，这人礼帽压得很低，看不清脸面，他接过皮箱，径直走进密林里去。
>
> 王竹又上了车，车开动了。车上，坐着三个伪军。其中之一名叫王流子，是王唯一的远房侄子，他对刚坐好的王竹叫道："何必叫叔叔受罪……"
>
> "你懂个屁！"王竹喊道："快点！"大车飞奔而去。①

王竹在县城没有搬到救兵，却搬来"比兵还能的二叔"王柬芝。为了不让别人知道，王柬芝在村口提前下车潜进村庄。当晚和王唯一把酒问盏时才道出回来真相："去年天伏山共产党起义，给了我们教训。共产党向来多诈，得到穷人拥护，这我在北平念大学时就有体会，单凭武装，不能除根，必须和他们斗智，争取人心，才能找到线索，一网打净！"王唯一很是赞赏："柬芝，你这一回来，真比来了一队兵还强！我的胆子壮啦！明天就扩大保安队。你我弟兄明里暗里，双管齐下，不怕共产党不灭，哈哈！"②狡猾的敌人要和革命群众斗智斗勇，增加了革命的难度。但敌人还没有武装起来，革命暴动就已经开始，王柬芝只好叫王竹和王流

---

① 冯德英：电影文学剧本《苦菜花》，《电影文学》1963 年第 5 期，第 2 页。
② 冯德英：电影文学剧本《苦菜花》，《电影文学》1963 年第 5 期，第 5 页。

子逃回县城，自己潜伏下来。抗日审判大会上，王柬芝讽刺封建守旧的四大爷："哦，你是娟子的四大爷呀！四叔，孙女出人头地，你德高望重，治族有方呀！"故意怂恿他去把族孙女抓下台来，以此破坏抗日大会。一计不成又生一计，王柬芝要求做大会发言，征得同意后他说道："众位乡亲，各位父老兄弟姐妹！我王柬芝昨天到的家，好啊！正逢上共产党领导我们革命，把我们山村解放啦！"并表示要捐献财产为抗日尽力，从而迷惑了许多民众。王柬芝一面以假象示人，一面积极谋划情报，增加了王柬芝拉拢和鼓动吕锡铅和宫少尼积极反共的情节："我与共产党打交道多年，对他们，时时要慎，处处要恨……我们这些人，和共产党穷小子们，却是势不两立，不能共存的。我们要和日本人联合起来，消灭共产党这个洪水猛兽！……只要我们精诚奋斗，大功指日可就！……叫他们闹吧，有掉头的时候！不过，干事业不得人性。"作者冯德英对王柬芝的阴谋伎俩的描写确实呈现出了一个特务枭雄的过人之处。这与当时文艺形势较为开明有关，也可能与受到电影《红日》张灵甫的形象影响有关，作者们把张灵甫和王柬芝塑造成对立阵营有能力的干将。王柬芝甚至策划了宫少尼暗杀娟子的事，当"听到枪声，王柬芝笑了，他以为阴谋告成。关上门，向炕上一躺……"但是，事与愿违，宫少尼被活捉。为毁灭证据，王柬芝借控诉宫少尼败坏学校名声之机而杀死了宫少尼。王柬芝的这种计谋再次迷惑了许多群众，连母亲听到老起关于王柬芝怒杀宫少尼的汇报都说："哦，这人抗战挺卖力气，许是真恨汉奸，也为保全他的名声，知道姓宫的是死罪，落个人情面子。"这些都是电影剧本中增加的，足以说明王柬芝的谋略与狡猾。王柬芝在王官庄获得众人好感，继续探听八路军情报。例如八路军过来休整，他带领学生夹道欢迎，自己却偷偷留心部队的装备和人数。当庞文大队长带领的鬼子被八路军和民兵打得惨败的时候，王柬芝再施苦肉计，把自己的房子给烧毁，于是得以再次保全自己。王柬芝的反革命行为显然具有"道高一尺魔高一丈"的特性，凭借他的聪明才智，一次次化险为夷。而且刺杀杏莉后，王柬芝成功地从根据地逃出来，回到鬼子据点道水城，继续充当汉奸。这与小说中被抓住枪毙是不同的。当听到有共产党进城后，王柬芝亲自带兵到娟子大姨家来搜查母亲。母亲为了让德强去开城门，自己主动吸引敌人并亲手击毙了汉奸王柬芝：

"妈的，是个女的！"王東芝骂着走上来，"刚才谁打枪？"

"我！"母亲坦然回答。"你打的？笑话！"王東芝射出手电光。

母亲刚毅凛然。王東芝惊怖地后退着："是你……"

"你不信吗？"母亲举起枪，勾了两下扳机。

枪响了，王東芝受伤。他咬牙切齿地说："你这老不死的共产党！"向母亲射击。母亲胸部受伤，她扶住了墙，没有倒下去。

王東芝上前，踢母亲一脚，骂道："老家伙，跑这来送死，还认识我王東芝吗？"

闪电划过。母亲怀着深仇大恨，盯住王東芝，使尽力气抬起手枪，又勾了一下枪机。王東芝惨叫，结束了可耻的一生。[①]

尽管母亲受伤，但她终于杀死了作恶多端的汉奸王東芝。从这些情节中我们可以发现，改编者冯德英在剧本中进一步对汉奸王東芝展开复杂描写，令其与共产党斗智斗勇的特务性格一览无遗地呈现出来。

第二，对母亲一家的不幸遭遇在电影剧本中进行了修改。小说中，王唯一杀害了冯仁善一家，为斩草除根，欲杀掉母亲的丈夫冯仁义，仁义不得不逃离他乡，直到革命风起云涌才返回家乡参加共产党。通过地主少爷强奸良家媳妇这一伦理抗拒引入斗争原因，具有较强说服力。但电影需要直接把主要人物与主要斗争置入矛盾冲突中，所以冯德英在电影剧本对之进行改编，删除了冯仁善一家的遭遇。不再是侄媳妇家的冲突牵连，而是母亲家与地主的直接对抗，为要回被王唯一霸占的一亩地，冯仁义被地主王唯一打死。而且，王唯一还要赶尽杀绝。大儿子德刚（在小说中是二儿子）被逼出走，母亲把自己的陪嫁一对银镯子给儿子作盘缠，德刚要了一个留作纪念，隐姓埋名远走他乡。在地主的霸占下，冯家家破人亡，埋下了革命的火种。这种修改强化了母亲一家与地主阶级的不共戴天之仇，使全家的参加革命更具有了正当性与合法性。因为，土地对农民来说是命根子，被地主夺去土地就是剥夺了农民生存的依赖，而去要土地反被地主打死更是违背了人伦秩序，唯有通过革命推翻地主阶级才是农民的求

---

① 冯德英：电影文学剧本《苦菜花》，《电影文学》1963 年第 5 期。

生之路。

所以，电影剧本开头对母亲的遭遇进行了修改。小说中母亲背着谷草回来被王唯一家的骡车撞倒，王家的伪班长郭麻子还打了几枪托，气得母亲直咬牙。电影剧本对之进行了修改，王竹看到母亲后哈哈说道："算了吧！仁义家的，咱们是冤家路窄啊……你大儿子德刚有信么？"并冷笑："你们和我王家记上仇啦！告诉你，老东西，我王竹就等着你大儿子回来较量呐！你闺女也长大了，要是她跟上共产党当土匪，可别怨我王竹手下无情！"王竹的威胁直接加剧了穷人与地主阶级的对抗，也为母亲拥护革命做了铺垫。

但是，娟子参加王官庄革命暴动对母亲来说又是很害怕的事，电影剧本增加了母亲对女儿的担忧。姜永泉等在母亲家开会，母亲除吩咐小儿子德强到房后监视动静外，亲自叫醒秀子一起用被子堵上了开会屋子的窗户，从而使他们的会议更加隐蔽。当革命者出发时，母亲不愿意女儿参加：

> "可千万小心啊！"母亲心神不安，目光仍停留在走过的人们身上："我娟子她……"
>
> "妈，出不了事！"娟子说着正要从母亲面前过去。
>
> 母亲一把拉住她："娟子，难道你真的要去？"
>
> "还是闹着玩怎么的？姜同志不也跟你说了好的……"
>
> "你要遇上凶险……"母亲说不下去了，拭开了泪水。
>
> 姜永泉："大娘，你听我说……""时间来不及，快走！"娟子急得欲跑。
>
> 母亲抓住她的枪："娟子，妈跟前数你是大的！"娟子性急地挣开："有话回来说！"
>
> 母亲更紧地抱住枪："妈不放你去！"娟子跺脚："给我，妈！"
>
> 母亲近似乞求："娟子！"
>
> 娟子气愤地说："妈，你只知疼你自己闺女的命，就不管别人啦！心不正……"
>
> "娟子！"姜永泉打断她的话。

母亲惊圆了双目，思绪万端，她放开枪，说了句："狠心的闺女！"就捂脸哭着向门里去。"大娘，大娘！"姜永泉叫着，要追母亲，他觉得应该和母亲谈谈。

娟子拉着他："别管她，走咱的！"姜永泉责难她："你这么傻，拿这种话伤她！"①

此时母亲的思想觉悟并不高，她担心女儿的安全是一种母性的合理表现。她不想让女儿冒险革命，但娟子批评她"心不正"，让母亲很伤心，这种修改真实地呈现出革命初期普通妇女内心的复杂情绪。娟子的急躁与责备和母亲的担忧与委屈形成了两难的境地，以致姜永泉批评娟子，从中可以看出母亲对女儿担心的亲情流露。当革命成功后，姜永泉和娟子代表抗日民主政府将地主王唯一霸占冯家的一亩地契归还给母亲："母亲的手有些发抖，接过土地证，看着看着，眼泪簌簌流下来，她痛心地说：'为这地，你爹送命，你哥离家……这深仇，这恩情，瞎子也看得明白啊！'"②土地的失而复得源于党领导的革命，母亲就在这种耳濡目染中感受到了革命的幸福。因此，党的恩情成为母亲革命行动的动力。

第三，增加了四大爷守旧思想与母亲的冲突。小说中，母亲被王竹鞭打后四大爷赶来安慰母亲并责备娟子：

他望着远去的大车，叹了一口气："唉，横行霸道的王唯一……伤着没有！"

母亲摇摇头，重新背起谷子要往家走。

四大爷忽然沉下脸，生气地说："仁义家的！"

母亲转过脸纳闷地说："四叔，你……""娟子这丫头，坏啦！"

母亲很惊异："她得罪了你老人家？"

四大爷火气很盛："比打我还难受！这丫头，前晌和姓姜的牛倌钻山沟……"

① 冯德英：电影文学剧本《苦菜花》，《电影文学》1963年第5期，第5页。
② 冯德英：电影文学剧本《苦菜花》，《电影文学》1963年第5期，第8页。

"这当真?"母亲颤栗了。

"我亲眼看着的!"四大爷严厉地,"咱冯家门里人穷,可不能出贱材!"

"放心,四叔,我饶不了她!"母亲激怒不已。她急转身,大步走去。①

在封建道德伦理统治下的乡土社会,男女"钻山沟"无疑和婚外恋一样是禁止的,母亲知道后果,颤栗地告诉四大爷一定会好好管教娟子。在乡土中国的封建伦理思想兴盛时期,作为女性的娟子和男同志一道抗日自然受到封建卫道士的冷嘲热讽。满口三从四德、三纲五常、二十四孝的族长四大爷看到族里闺女娟子抛头露面参与"造反",异常气愤却又害怕娟子手中的枪。只好叱责母亲让闺女造反败坏门风,要母亲把女儿拖回家去,但母亲坚定地拒绝。② 这是母亲为保护革命的女儿同族长的较量,也是她在反抗中成长的第一步。电影剧本对此进行了丰富的描写,使矛盾冲突更加紧张。抗日民主政府开会,四大爷见到娟子在主席台上抛头露面感觉丢人。在王东芝的讽刺和怂恿下,羞愧难当的四大爷要娟子下来,并推开了挡住他去路的德强和秀子:"我和她拼了也好!惹祸精,早晚一门遭在她手里!"但母亲又挡住了他的去路,并耐心解释:"四叔,这不是娟子一个人的事,如今世道变啦……"被儿辈媳妇顶嘴让他颜面无存,大声叫道:"胡说!你让闺女出人头地,惹是生非,回过头满族要遭殃!你眼瞎了不成?"当母亲告诉他这不是娟子的错的时候:

四大爷无法忍受,怒吼道:"你也要反?你不怕家规族法?你不怕活埋沉水?啊?啊?"四大爷一声比一声高,一步紧迫一步。

母亲不能不担心,不能不惊恐,她退后一步,又退后一步……

母亲心中燃烧起愤怒的火焰,她理一把头发,紧盯着四大爷,大声坚定地说:"四叔,我孩子行得端,走得正,跟着共产党,给穷人

---

① 冯德英:小说《苦菜花》,解放军文艺出版社,1958,第 2~3 页。
② 冯德英:小说《苦菜花》,解放军文艺出版社,1958,第 38 页。

报仇雪恨，没有错，没有错，我不管！不管！"

　　四大爷退缩着，又想重新冲锋："你，也变啦！好，我来管！"

　　母亲断然喝道："孩子是我的，别人管不着。要杀，要剐，她妈顶着！"

　　四大爷完全被打垮了，举起的拐棍无力地从手中脱落，他昏厥了过去。

　　母亲一怔，急忙上去扶老人。①

　　这些叙述呈现出革命初期阶段的艰难，因为群众不理解甚至反对革命，尤其是女性在男权中心威权下永远处于社会底层，封建伦理祖训要求"无才便是德"的女子遵守"三从四德"。娟子在革命的洪流中觉醒，参加了革命工作，自然也与封建伦理道德发生了对抗。当守旧的四大爷以族法家规要挟母亲和娟子时，母亲已在革命中逐渐成长，使四大爷的封建族训彻底失败。

　　第四，修改了娟子和星梅的女性情感，使其更加真实生动。小说中，上级派来星梅担任区妇救会长，积极领导抗日工作。娟子到区委开会顺便看望姜永泉，当听到老大娘说姜永泉来了漂亮的客人时，娟子很难受，女性对情感的敏感而又有点妒忌的心理凸显。当星梅和永泉握手告别时，娟子更难受："娟子像傻子似地呆立在那里。她全信那老大娘的话了。你看，自己同他在一起工作这长时间，从来也没握过手，可是她刚来，就……娟子正瞎想着，听到姜永泉说话，她没有吱声。刚才同星梅的接触使她并不愉快，她认为这人太轻放了点，姜永泉的夸奖更使她心里不痛快。"② 于是，娟子把母亲给永泉做的衣服和鞋子给了对方后坚决要回家，永泉无法改变她的固执只好送枪给她防身。而电影剧本对此进行了修改，娟子是在战斗中与女扮男装的赵星梅认识的。③ 随后受伤的星梅转业到地方工作，当娟子看到姜永泉和赵星梅两人交谈显得很亲切、随便，心里很不高兴就告辞了。当永泉要娟子好好照顾母亲时，娟子再次被永泉的热心

　　① 冯德英：电影文学剧本《苦菜花》，《电影文学》1963 年第 5 期。

　　② 冯德英：小说《苦菜花》，解放军文艺出版社，1958，第 147 页。

　　③ 冯德英：电影文学剧本《苦菜花》，《电影文学》1963 年第 5 期，第 11 页。

肠所感动，正待打开包裹把母亲做的衣服和鞋子给他，姜永泉又说到了赵星梅，娟子听到"星梅"两字又把包裹包上了，把本应送给姜永泉的东西也带回家了。非常痛苦的娟子在回家的路上痛哭："天已经黑下来了，山涧的瀑布奔泻而下，发出雷鸣般的轰响。在瀑布的白色闪耀中，可以看到娟子扑在岩石上抽泣。这位少女正经历着感情的折磨。她听见老大娘的话，又看见姜永泉和星梅亲密的关系，她心里非常难过，在这无人的山涧，她用泪水倾出自己心中的愁思。"① 这些娟子面对感情的嫉妒的心理复杂描写都是小说中所没有的，而且还增加了一些反映娟子内心感受的词句，如"怀着狐疑不定的心情""心乱如麻""娟子的情绪有些异样"等。可以说，冯德英的修改使人性抒写变得更加丰富多彩。

又如星梅的爱情。小说中，区妇救会长星梅是次要人物，她只在小说《苦菜花》第八章中出现，第十章就牺牲了。她的未婚夫铁功本是八路军兵工厂的技术骨干，后为保护兵工厂弹药库而献出年轻的生命。与小说正面描写两人的爱情不同，电影剧本中进行了侧面的叙述。当听到兵工厂要转移到王官庄来的消息，星梅非常兴奋，摘了一大束苦菜花准备献给未婚夫纪铁功，而且"她打开柜，找出军装，喷上水，用手熨平衣上的皱褶。她做这些事时，哼着一首悦耳的小调：叶儿青青，/花儿红红，/离开爹妈干革命。/女婿山西，/闺女山东，/突来一阵春风，/刮得心头喜盈盈……"② 爱美之心人皆有之，古语有云：士为知己者死，女为悦己者容。星梅想念着自己的心上人，心情特别高兴，又是打扮又是唱情歌，然而星梅得到的却是铁功为革命牺牲的消息。而英勇献身的铁功竟然是母亲的大儿子德刚（在小说里，德刚是小儿子，德强是大儿子），星梅则是母亲未过门的媳妇。于是就有了一段凄美的婆媳相认的感人事迹，星梅急忙抱住母亲："我的好妈！你别忍着劝我啦！我的丈夫，是你的……妈呀，亲骨肉呀！"③ 德刚的自我牺牲无疑使"婆媳相认"充满了巨大的悲痛和感情的波折。改编者冯德英通过这种修改更加突出了战争的残酷以及人性的伤害，也强化了母亲全家为革命献身的英雄形象和无畏精神。所以，革

① 冯德英：电影文学剧本《苦菜花》，《电影文学》1963 年第 5 期，第 16 页。
② 冯德英：电影文学剧本《苦菜花》，《电影文学》1963 年第 5 期，第 20 页。
③ 冯德英：电影文学剧本《苦菜花》，《电影文学》1963 年第 5 期，第 21 页。

命者星梅的结局也变得更为悲壮。在小说中，日寇包围了王官庄的革命群众，母亲和星梅是被汉奸王竹一同拖出来的，星梅英勇不屈，先被鬼子狼狗咬伤，后被鬼子枪击和铡刀铡死，其状惨不忍睹。而作者在电影剧本中把这种惨状进行了修改，突出了她的勇敢与无畏。王竹准备枪杀母亲和掩护母亲的群众时，星梅挺身而出，怒斥汉奸，最后英勇就义。删除了小说中狗咬枪击和铡死等血腥叙述，对星梅的革命性格进行了意义提纯，突出了她的英勇牺牲与无私奉献的形象。

第五，对杏莉的修改。在小说中，杏莉是王长锁的私生女，王柬芝并不是她的生父。花子与老起的"偷情"、杏莉母亲与长工的"偷情"在电影创作中被修改。由于电影特性中的线索要更为单一且醒目，冯德英在电影剧本中把这些人物的情感纠葛和"偷情"情节全部删除。杏莉也改为是王柬芝的亲生女，甚至连杏莉母亲都没有直接描述，这主要是吸收了1958 年评剧《苦菜花》的改编优点。更重要的是电影剧本修改了杏莉的爱情以及革命经历，强化了德强和杏莉的恋情。为阻止富少欺负贫穷的女同学，冯德强一拳打倒富家少爷，杏莉阻止了汉奸教师宫少尼对德强的惩罚；当德强参军的时候，两人恋恋不舍；当八路军路过王官庄休整的时候，杏莉和母亲逐个询问德强的情况；当两人回家重逢的时候，杏莉更是"含情脉脉"。以致娟子见到他俩说："你们一块回来，真是一对。"[1] 杏莉不仅在爱情上与德强志同道合，就是在革命理念上也成为一个坚定的革命者，杏莉积极参加革命，和秀子一道做假草人及埋设地雷，甚至她不顾父女之情，揭发了亲生父亲是汉奸的事实：

　　杏莉脱口而出："你不要找他，他是……"吕锡铅暗吃一惊："他是什么？你参参呀！好学生，你看到什么，快告诉我！"

　　杏莉毕竟是个单纯的少女，没有斗争经验，脱口而出："吕老师，我参不是人，在家里偷着安电台，不是坏蛋是个什么，快让我去报告政府。"

　　吕锡铅大惊，拉住她："这不可能，你等等……"杏莉："我亲

① 冯德英：电影文学剧本《苦菜花》，《电影文学》1963 年第 5 期，第 27 页。

眼看见的，错不了……"

"我，是汉奸！"王东芝赶来了。杏莉转回身，盯着王东芝："你！"

王东芝背后藏着匕首，抢上一步："你找人来抓我吧！"

杏莉狠狠地看着王东芝说："你要知罪，就投降！"

王东芝软了下来："我再坏，是你亲父亲，共产党杀了我，你忍心吗？"

杏莉悲愤地说："我不要你这汉奸爹！"

王东芝："唉，你是受共产党的毒害太深了，这也怪我，对你关心不够。莉子，你不要听德强和他妈的一片胡言，他们穷，咱们富，两条路的人。共产党不会长，你跟我到牟平城，送你上大学，到美国留洋。"

杏莉："呸，人家穷，有志气。你富贵，狼心狗肺卖祖国！"

王东芝亮出短刀："你不知亲，别怪我无情！"

杏莉："杀了我，也活不了你！"她夺路就跑。吕锡铅堵住大门。

杏莉撕扭着他，高喊："你们是一块的！来人哪，抓汉奸哪！来人哪……"

凶残的王东芝向亲生女儿下毒手，刺杀了杏莉。①

当杏莉发现亲生父亲王东芝拍电报时，偷偷跑出来送信，但被守在大门口的汉奸吕锡铅挡住。在吕的追问下，毫无防备的杏莉披露了父亲王东芝的真实面目，于是杏莉遭到了汉奸的胁迫。面对汉奸父亲的威胁，女英雄杏莉不为所动，一直被汉奸父亲所杀，其革命事迹可歌可泣。

第六，电影剧本进行了更光明化的修改。小说结尾是八路军攻克了道水城，躺在担架上的母亲看着城墙上的五星红旗，又看着女儿送来的生日鲜花，母亲感到非常幸福。而在电影剧本结尾则是即将奔赴革命新战场的一家人向母亲告别，德强向母亲辞行，姜永泉和娟子也向母亲辞行，秀子也向母亲辞行。这个结尾显然是一种革命即将全面胜利的象征。

---

① 冯德英：电影文学剧本《苦菜花》，《电影文学》1963年第5期，第28页。

综上所述，冯德英改编的电影剧本是很成功的，不仅继承了小说的精彩情节，而且合理地发展了小说中的人物性格，使形象塑造得更为丰满多彩而真实生动。尤其是在人性的基础上对正面人物母亲、娟子、星梅、杏莉，中间人物四大爷以及反面人物王柬芝、王竹的心理刻画更为丰富复杂。电影剧本真实地呈现出革命战争时期各类人面对困境的生动图景，去除了人物刻画的漫画化和概念化，既承袭了冯德英一以贯之的人性化书写，也反映出 1961~1963 年文艺政策调整时期百花齐放方针所施加的积极影响。

（二）电影剧本出版本对杂志初刊电影剧本的修改

尽管杂志初刊电影剧本忠实于小说原著，并进一步在人性、心理刻画和反面人物形象层面上弥补了小说的不足，但是 1963 年 12 月 12 日，毛泽东在中宣部文艺处编印的一份关于上海举行故事会活动的材料上，作了对文学艺术不符合实际的第一个批示："各种艺术形式——戏剧、曲艺、音乐、美术、舞蹈、电影、诗和文学等等，问题不少，人数很多，社会主义改造在许多部门中，至今收效甚微。许多部门至今还是'死人'统治着。"又说："许多共产党人热心提倡封建主义和资本主义的艺术，却不热心提倡社会主义的艺术，岂非咄咄怪事。"随后文艺形势骤然逆转，作者冯德英在各种情况纠合下不得不于 1963 年底至 1964 年初再次修改杂志初刊电影剧本，而在 1964 年开始拍摄 1965 年完工的电影《苦菜花》就是以此作为分镜头脚本拍摄。

经过修改后的电影剧本出版本与原小说《苦菜花》和杂志初刊电影剧本在情节设置和细节处理上差别非常大。以反特为主线的情节去除了攻打道水城的内容，故事到王柬芝身份暴露躲藏在母亲家被母亲杀死就结束了。同时，还删除了小说和杂志初刊电影剧本中亲情味浓郁的人性化情感，甚至把地主阶级汉奸王柬芝的女儿、革命者杏莉也删除了。而改为劳动阶级的小姑娘苹莉，她是王柬芝老妈子的孙女。在血统论开始盛行的当时，这种修改使同为无产阶级的德强和苹莉有平等恋爱的可能，而小说和电影初刊本中，德强与地主阶级的女儿杏莉恋爱有违于当时流行的血统论思想。而且，更加突出了普通农村妇女冯大娘是如何成长为一个革命母亲的转化过程，整合了小说和初刊剧本中的多线索情节。这也许与冯德英自

身的革命经历有关。冯德英是在革命家庭中成长的，哥哥、大姐都是共产
党员。因此，在革命氛围的引导下母亲也投身于革命斗争，为中国革命献
出了一切："母亲是累死的，去世前身体已经完全崩溃了。"这使从小跟
在母亲背后的冯德英感到自责，尽管不能完全说这其中有作者的恋母情结
置入，但他需要通过文学作品来歌颂母亲。《苦菜花》就是他为天下的母
亲谱写的赞歌。而母亲形象的成长过程，无疑可以促使读者重温艰难革命
的峥嵘岁月和母亲的坚强不屈、无私奉献的英雄性格。所以，在《苦菜
花》的电影剧本两次修改改编过程中，冯德英在保持小说的革命主义精
神的同时，在很多情节上对小说和杂志初刊剧本进行了加工和修改，删除
和修改了于得海、柳八爷、冯仁义、老起等男性英雄形象。把母亲作为第
一主角进行了空前的提升，电影也就成为一部女性革命成长的英雄赞歌。
下面试对电影剧本初版本和杂志初刊电影剧本进行校勘分析。

　　第一，电影文学剧本的开头部分进行了修改。杂志初刊电影剧本中
母亲被王流子鞭打和被王竹咒骂，而修改后的剧本开头增加了母爱形象。
5 岁的嫚子坚持要把一棵苦菜花栽在院子里，在回家的路上，母亲为保护
女儿嫚子不被王唯一家骡马车碾压，赶忙冲过去救出女儿，致使骡马受
惊，王竹用鞭子狠狠抽打了母亲。剧本的这种修改增加了嫚子和王竹的
戏份，不仅突出了童真的可爱，也突出了侵略者和汉奸地主剥夺童真的
狠毒，更为后文嫚子为革命饱受严刑拷打的坚贞和母亲与王竹势不两立
的斗争埋下伏笔。同时，也体现出母亲保护孩子的无私母爱。而且，电
影往往需要突出一些意象来表达革命的意念。苦菜花和母亲所说的"变
天"显然都有特定意义所指。正如 1965 年的一篇影评所说："影片《苦
菜花》的开头，有一段寓意深长的描写：盛开的苦菜花。一只小手伸来
将它采去。母：'嫚儿，花太小，不能戴，给妈吧，菜根还能吃呢！'嫚：
'不！我把它栽到院子里。'母：'傻孩子，没露水，没太阳，长不大。'
嫚：'我好好养着它，能长大！'苦菜，象征着旧中国苦难的劳动人民。
多少年来，他们在深重的阶级压迫和民族压迫下，就像那苦菜一样，苦
水里生，苦水里泡，过着悲惨的生活。影片中冯大娘一家的不幸遭
遇——丈夫被地主王唯一打死、儿子被逼出走，就是旧中国千百万苦难
农民家庭的缩影。然而，苦难会孕育仇恨的火种，激发斗争的意志。中

国人民在中国共产党的领导下，一旦懂得了挣脱压迫和剥削的枷锁的真理，找到了自己解放自己的道路，这种质朴而强烈的阶级仇恨，就变成了不可抵挡的革命力量。苦菜有着阳光的照射、雨露的滋润，就能开出馨香的花朵；中国人民有了共产党的领导，有了毛泽东思想的哺育，就能变成自觉的革命战士。影片《苦菜花》通过冯大娘从一个平凡善良的普通妇女，变成一个坚贞不屈的革命母亲的成长过程，表现了千千万万中国人民的觉醒。"[①] 初刊本中，革命暴动前夕母亲担心女儿娟子的安全，产生了母女冲突，然而这段人性冲突在修改后的剧本中删除了。因为这有悖于对母亲成长中的坚强形象的塑造，同时增加了姜永泉对娟子的批评："回来好好向大娘认错"，树立起党的领导人的正面形象。因此，起义胜利后，娟子回来向母亲道歉。

第二，删减了王柬芝和王竹等人与八路军"斗智斗勇"的过程，对其形象进行了丑化描写。在初刊电影剧本中，王柬芝和王竹都是在王官庄革命暴动前夜潜伏回来的，开始了和共产党八路军"斗智斗勇"的过程。他们不断地进行破坏，阴谋失败后杀死女儿杏莉的王柬芝逃出王官庄回到了道水据点，直到故事最后才在鬼子据点被潜伏进来的母亲击毙。但这种"道高一尺魔高一丈"的描写在修改后的电影剧本出版本中加以改变。重新以小说原著为原型，王竹并没有在暴动前回到王官庄，王柬芝也是在王唯一被革命政府处决一个多月后才回到王官庄。在修改的电影剧本中增加了王柬芝被监视的情节，反扫荡中，姜永泉指示要密切监视王柬芝。母亲看到王柬芝提着大箱子在山头上停下，便赶过去说："怎么，走不动了，来，我帮你拿箱子。"王柬芝客气地说："不！我自己来。"因为这个很重的箱子是发报机，对箱子的特写为后文苹莉发现他给日寇发电报做了铺垫。所以母亲等对杀死宫少尼的王柬芝也由初刊本中的赞赏修改为电影剧本出版本中的怀疑。电影初刊本中王柬芝怒杀宫少尼的计谋迷惑了许多群众，母亲和老起都夸奖王柬芝对抗战挺卖力气。但是，电影剧本出版本对最初刊本进行了修改：

---

① 蒋荫安：《苦根上开出的革命花——谈影片〈苦菜花〉中的母亲的形象》，《人民日报》1965 年 10 月 18 日。

娟子怀疑地说："他干什么要打死宫少尼？"

母亲："怪，这人平时不糊涂，这是唱得什么戏？娟子，咱得防着他点，财主总是财主，很难跟咱们一条心。"

老起："我看还是把他抓起来再说，怎么说他也是犯政策。"

娟子思索着说："等调查清楚再说。起子叔，你赶紧上区报告给区委。"

这种修改删除了母亲和大众对王柬芝的好感，强化了无产阶级与封建地主阶级的对立。因此在大家的防范中，事情败露的王柬芝在杀死苹莉后，也不像初刊剧本中成功逃回道水，而是在全村老少抓捕汉奸声中如同过街老鼠，无意中跑到母亲院子里躲藏被发现。母亲用家里的猎枪亲手杀死了汉奸王柬芝：

母亲明白了一切，愤恨地说："王柬芝！你这披着人皮的狼！"

王柬芝亮出手枪，威胁道："老东西！你要声张，我送你见阎王！"

母亲，面对着这样一个凶恶的敌人，她一点不慌乱。这除了她的无畏精神之外，还因为她手里有消灭敌人的武器——枪！她虽然是生平第一次拿起枪，而且是支古老的猎枪，就感到了它的无限力量。

母亲紧握着枪，轻蔑地说："狗东西，你敢开枪?!"

王柬芝胆怯了，要花招了："仁义家的，只要你放走我，你要什么都可以……"他明知在这样的对手面前是脱身不得的，边说着边向门口退去。

母亲深仇大恨地说："我要你的黑心！"

"你这老不死的共匪婆！"王柬芝举起手枪。

母亲举起枪，威严地命令："把枪放下！"

王柬芝回身逃跑。枪响。王柬芝结束了罪恶的一生。①

---

① 冯德英：电影文学剧本《苦菜花》，中国电影出版社，1966，第72页。

没有文化的母亲从害怕拿枪到拿枪打死汉奸王柬芝的过程叙述得很生动，成功地塑造了在共产党领导下成长起来的革命母亲形象。正是在这种敌我较量和革命群众的警惕中特务才无处藏身。电影初刊本没有直接叙述吕锡铅的特务行动，而在电影出版剧本中则增加了相关情节，吕锡铅到山岗上刺探兵工厂机器埋藏的情报，被挖坑的母亲发现，正当他要向母亲下毒手的时候，被闻讯赶来的星梅开枪打死。于是，电影初刊本中对立人物的"道高一尺魔高一丈"的特性在修改后的电影剧本出版本中得以改变，这就注定了反革命者的失败。作者不再把他们写得有谋略，而是突出他们的反动与狠毒。

第三，刻画了无产阶级的正面形象。在初刊电影剧本中，革命暴动誓师会议是在山洼里召开，起义成功后娟子把地契还给母亲。但在出版剧本中则是在母亲家里誓师，成功后改由姜永泉把地契还给母亲，还增加了姜永泉做母亲的思想工作："只要咱穷人跟着共产党毛主席走，外国的中国的财主老爷，再也欺负不了咱们啦！"[①] 剧本初版本增加了母亲对从外地回来的王柬芝的怀疑："你知道，他这些年在外头干些什么？"这说明革命使得母亲的革命觉悟和警惕性也日益提高。初刊电影剧本中娟子误会星梅与姜永泉是一对恋人，吃醋后生硬地对待他们俩，也没有把鞋子交给姜永泉，在回来的路上痛哭了一场，个人的感情创伤表现得一览无遗。经修改后，娟子不再是情感上的小家子气的女人，也没有误会姜永泉和星梅，而是把鞋子给了姜永泉后礼貌地离开了区委，说明娟子已经具有了较高的思想觉悟，没有因为情感的波动而影响革命工作。

而且改写了对封建落后势力企图阻挡革命发展的叙述。初刊电影本中，族长四大爷封建守旧，反对女人抛头露面，在王柬芝的挑拨下，四大爷以族长的身份命令母亲和娟子不许参与革命事业。但在电影剧本出版本中，小说原作者兼改编者冯德英删除了对四大爷的这种描写，而是把四大爷当作逐渐成长的革命者进行叙述。所以，初刊本中他对母亲的称呼由原来的"仁义家的"，在电影剧本出版本中被修改为"娟子她妈"。前者称呼凸显男权主义，女性是没有姓名的，后者则表述较为平缓，显示出对女

---

①　冯德英：电影文学剧本《苦菜花》，中国电影出版社，1966，第16页。

性的一定程度上的尊重。

第四，修改了对女性的情爱描写。冯德英的小说被认为有"自然主义描写"之嫌。由于他写了不少正面人物的爱情和婚外恋，可见作者对《苦菜花》中的女性隐约透露出怜悯之情，尤其是对身处地主阶级的杏莉母亲也充满了同情，因为在作者看来她也是封建伦理的受害者。在60年代反对"人性论"的创作思想指导下，爱情描写是忌讳的，而根正苗红的革命者德强和地主阶级的私生女杏莉确立爱情关系，更是让电影改编者所不敢涉猎的。所以，电影剧本和电影都完全舍弃了杏莉母亲与王长锁的巨大篇幅的描述，甚至杏莉也由王柬芝老妈子的孙女苹莉来代替。小说中，名为汉奸王柬芝的女儿、实为王柬芝妻子和长工王长锁的私生女杏莉参加了革命，并和母亲的二儿子德强确立了恋情关系。由于电影剧本中情节线索更为单纯，删除了王柬芝的妻子与长工王长锁等人物形象，因此，杏莉也改为苹莉，她只是王柬芝家老妈子的孙女，是个朴实可爱的贫苦农家女儿。当苹莉受富家少年欺负时，母亲的二儿子德强挺身而出保护苹莉。老师宫少尼偏袒富家子弟要惩罚德强，德强、苹莉和同学们以"解放啦，不准打人"的新型革命理念与宫少尼辩论。说明人人平等的思想已经深入到革命根据地的每一个人的思维深处。

电影剧本初刊本中杏莉是王柬芝的亲生女儿，但王柬芝为了维护反革命利益把她杀了，这与母亲为了革命利益甘愿牺牲自己女儿的英雄行为完全相反。而作者在电影剧本出版本中又再次进行了修改，作为电影中最关键的一环即发现王柬芝通敌的汉奸罪证，就是无产阶级革命者苹莉发现的。因为上级党组织已经推断出王柬芝是汉奸，娟子根据上级指示委派革命青年苹莉回家监视王柬芝的一切行为。而且与小说和初刊本中杏莉被王柬芝用刀捅死不同，在修改本中苹莉被王柬芝在慌乱中用枪柄击晕，所以苹莉并没有被杀死，而是继续参加革命。

电影剧本初刊本中赵星梅是个女扮男装的八路军，其牺牲的未婚夫纪铁功就是母亲的大儿子德刚，但没有呈现纪铁功是如何牺牲的。电影剧本出版本对之进行了修改，删除了初刊本中星梅的战斗形象，直接以小说原著中的出现时间和事件为标准，同时也删除了她即将与未婚夫见面时的激动、兴奋、甜蜜、紧张，而是增加了对未婚夫的英雄行为的回忆：兵工厂一炸药车在转移路途中遭到鬼子飞机扫射而着火，星梅的未婚夫铁功为保护兵工厂其他弹药车，跳上这辆着火的骡马弹药车，把它单独驶离到较远的地方，最后壮烈牺牲。母亲发现自己的儿子英勇牺牲，星梅发现自己的丈夫就是母亲的儿子，巨大的悲痛在婆媳相认中呈现。作者在修改中增加了织布机的特写意象，母亲和星梅都分别通过织布动作，把那种无言的悲痛和压抑呈现出来。

第五，电影剧本出版本修改了杂志初刊电影剧本中的悲剧性书写。小说和电影剧本初刊本比电影更为悲情，七子夫妇舍生取义，母亲的侄女兰子被敌人杀害，小女儿嫚子重伤而死，星梅更牺牲于敌人的铡刀之下，杏莉也被王柬芝杀害。尤其是母亲的小女儿嫚子在电影剧本初刊本中被鬼子残酷拷打折磨而死，母女亲情与革命之情在折磨中较量：

母亲经过长时间的昏迷，现在才苏醒过来，她抱起腿上的孩子，痛心地叫道："嫚子，妈叫你，听到吗？你叫声妈，叫妈！"

重伤的孩子睁开眼睛，直望着母亲，用细弱的声音说："妈，痛！"

母亲流着泪，竭力想法减轻孩子的痛苦："妈知道你痛！妈的心痛得比你厉害。"

……

嫚子挺直了身子，睁开雪亮的大眼睛，沙哑地说："妈妈，你不哭，我……"

"好闺女，你……"嫚子停止了呼吸。这个弱小的闺女，英勇地死去了。绞心的痛苦，使母亲悲愤欲绝。

……

她抚摸着孩子的眼睛，说："孩子，闭上眼，去吧！妈知道你不会怨妈心狠，见你受害不救。妈就陪你一块去！嫚子，有你哥你姐，有共产党八路军，有世上的千千万万受苦人，替咱娘俩报仇！"[1]

---

[1] 冯德英：电影文学剧本《苦菜花》，《电影文学》1963年第5期，第25～26页。

　　尽管英雄的革命情操压倒了个人心头的创伤，将那深厚的母爱升华到对全人类的爱的境界，但是作为母亲面临到骨肉之死给予的创伤时却是非常沉重的打击，这是每一个母亲的人性所决定的。作者冯德英真实地呈现出逆境中母亲的痛苦与坚强这一两难的悖论境地，阴郁的悲情气氛在革命宣言中冲击着我们每一个人的灵魂。但是这种悲剧性的亲情在电影剧本出版本中进行了修改：

　　　　母亲抚摸着孩子，心疼地说："孩子，妈知道你疼，疼，你就哭吧！"

　　　　嫚子望着母亲的脸，细声说："妈，我不哭！妈比我还疼……"
　　　　……

　　　　母亲满怀对革命前途的坚强信念说："苦菜根苦，可开出来的花是香的！"她将嫚子放好在怀里："嫚，闭上眼，睡吧！"①

　　为适应阶级斗争需要的电影剧本出版本必须通过电影视觉告诉受众革命真理，自然在情绪上比小说和电影初刊本更为激昂。七子、兰子、杏莉、杏莉母亲、王长锁等悲剧性人物都被舍弃，尤其作者不想让革命变得过于血腥和悲情，就让天真可爱的嫚子被抢救复活。因为，这种血腥和悲情并不是读者或受众所需要的。事实上电影《苦菜花》公映后还是使一些人不敢看"好人接受敌人的刑罚"的故事情节。例如当年的八一电影制片厂电影调查组在对《苦菜花》放映情况的调查材料中就写道："《苦菜花》在农村放映时，也发现一种值得注意的现象，即：个别经历过敌人残酷扫荡的老年妇女，看后有害怕的表示。有的观众在影片放映到打仗的地方就躲到别处去，等打完了再回来看；有的看到母亲入狱时就走开了。这虽然是极个别的现象，但也代表了一部分人的思想情绪，说明人民中还有害怕斗争和牺牲的人。"② 所以，大团圆结局模式基本是当时所有电影的选择，革命的明天总是那么美丽而光辉。在《苦菜花》电影剧本

---

　　①　冯德英：电影文学剧本《苦菜花》，中国电影出版社，1966，第63页。
　　②　白瑞雪等：《寻找抗战经典影片幕后的故事》，解放军文艺出版社，2006，第124页。

初刊本的结尾，德强回部队，秀子参军，娟子带支前队伍上前线，母亲欢送自己的孩子们："都走吧！把咱们的革命进行到底！"嫚子突然也说道："妈，什么时候让我去革命呢？"[①] 革命自有后来人，在水与火的锻造中，新一代革命者已经整装待发了。所以，经过修改之后，电影剧本出版本更加突出了母亲一家的"革命史"。在当时"五史"编写流行的情况下，《苦菜花》的改编无疑与这种时代主潮融合在一起。

第六，相比于小说和电影剧本初刊本，修改后的电影剧本出版本中置入了四段歌词，成为一种呈现革命情绪的潜在文本，支撑起意义宣传的重任，也表达出革命的必胜决心。其开头部分的歌声沉重而悲愤："苦菜花开在苦根上，乌云当头遮太阳。日本鬼子来侵略，受苦人何时得解放？！"（第 2 页）中间部分的歌声明亮："苦菜花开黄金黄，解放区人民支前忙，前方后方齐动员，军民一心打虎狼。"（第 44 页）星梅就义时的歌声更是悲壮而高亢："苦菜花开在高山上，烈士鲜血洒在青松旁！狂风暴雨不低头，革命花开万年香！"（第 57 页）最后，革命部队开赴前方，歌声激越："苦菜根苦开花香，万朵香花迎太阳。受苦人拿枪闹革命，永远跟着共产党！"（第 74 页）这四段歌词鲜明地表达了革命的发生、发展以及革命者如何应对困境并取得最后胜利的整个过程。

总的来说，冯德英的再次修改受到政治形势的影响，把人性化的生动形象塑造得更加平面化、简单化和漫画化。可以说，与电影剧本初刊本相比，这次修改后的电影剧本出版本是失败的，或者说是无奈的。

（三）电影改编

导演李昂根据冯德英修改后的电影剧本出版本进行电影《苦菜花》[②]的拍摄。尽管电影编剧是冯德英，但在电影拍摄内容上对冯德英的电影剧本出版本又进行了几处修改，删减了人性的复杂，适应了政治规范性的修改。

冯德英改编的电影剧本出版本中，在农民武装暴动的时刻，母亲很为女儿娟子担心而拉住她，以致产生了母女冲突，娟子的急躁与责备和母亲

---

① 冯德英：电影文学剧本《苦菜花》，中国电影出版社，1966，第 74 页。
② 电影插曲《苦菜花开》由王音旋演唱。

的担忧与委屈形成了两难的境地。战斗胜利后的娟子回家向母亲道歉，而母亲早已原谅了女儿并打量女儿是否受伤，①母女之情溢于言表，母爱的力量总是那么令人温馨。但在电影中，这段饱含人性化的情节则被导演删除。

同时，电影简化了对反面人物的复杂叙述。电影剧本中，鬼子包围王官庄，王竹故意拉出王东芝逼问兵工厂下落，但王东芝望着母亲与星梅"露出要她们放心的笑容"，然后破口大骂王竹是"汉奸"。但电影进行了修改，故意设置了特务的暗示，王东芝望着母亲与星梅，然后目光转移，这种目光的"看"就是一种潜在的提示。所以，王竹顺着王东芝的目光也就看到了母亲与星梅。

而且剧本中，正当王竹再次枪杀群众的时候，赵星梅昂然站出叫汉奸住手，王竹断定星梅就是妇救会长。"星梅昂然回答：'卖国贼！你狗眼看清楚！''好，这才是英雄！'王竹禁不住倒吸一口气。敌人扭住星梅。嫚子哭叫：'大姐姐！大姐姐……'敌人用刺刀挑嫚子，四大爷抢上去抱住了嫚子。"②但是拍摄的电影对之进行了删除，星梅没有说话，只是昂着头不理睬王竹。而嫚子在电影中哭叫着喊"妈妈"，并不是像剧本中喊星梅"大姐姐"，而且嫚子是在喊叫要妈妈的时候被王竹推倒的。这种修改是比较符合特定状态和小孩的心态，因为母子连心，当母亲和星梅被抓走的时候，她首先是喊自己的母亲。在监狱中，被鬼子毒打的嫚子躺在母亲的怀里，母亲要她疼就哭，但嫚子告诉母亲："妈，我不哭！妈比我还疼……"③这句话非常感人，但电影把嫚子说的后半句"妈比我还疼"给删除了。因为，尽管这是懂事的女儿对母亲的安慰，但是对一个刚受过敌人毒打的小孩来说，这句话显得不合时宜。

综上所述，可以发现，电影改编经历了一个复杂的过程，小说中的丰富情节在冯德英的改编下充满了张力。但是在语境的压抑与编导者的要求下，修改后的剧本逐渐去除了初刊剧本中的丰富人性，而1965年李昂导演的《苦菜花》再次进行删减。主人公和编导者的主体性就在时间和语

① 冯德英：电影文学剧本《苦菜花》，中国电影出版社，1966，第11~14页。
② 冯德英：电影文学剧本《苦菜花》，中国电影出版社，1966，第54~56页。
③ 冯德英：电影文学剧本《苦菜花》，中国电影出版社，1966，第63页。

境的消磨中一步一步开始缺失，这不是个人的错误，而是特定时代的悲剧。

三　吕剧《苦菜花》改编

20世纪80年代是西方各种文艺思潮和创作方法轮番上阵的年代，"十七年"革命历史小说早已不被关注。直到90年代以后，受众怀旧意识、商业意识与主流意识形态融合，"十七年"革命历史小说作为所谓的"红色经典"被各种文艺样式重新进行改编。山东省话剧院一级编剧翟剑萍、山东省戏剧创作室一级编剧孟令河和乳山市干部徐世起联合改编冯德英的小说《苦菜花》，把其中的保卫兵工厂的反特情节改编为吕剧文学剧本《苦菜花》，发表在《戏剧丛刊》1996年第6期（简称吕剧初刊本）。1997年7月，著名吕剧表演艺术家、时任山东省吕剧院院长的郎咸芬携该院演员以此为蓝本把吕剧《苦菜花》呈现在舞台上，并于该年10月进京演出，赢得广泛赞誉，获得年度"文华奖"等全国大奖。郭汉城、谭志湘还在《人民日报》撰文介绍："根据冯德英同名小说改编的吕剧，撷取小说部分情节，以母亲与群众共同护卫兵工厂为主线，描写崑仑山区在抗日战争中前仆后继、送子参军的故事。郎咸芬饰演的母亲就是抗日民众中的一位代表。"[1]　三位编剧根据演出效果和读者要求再次修改现代吕剧剧本《苦菜花》，并发表在《剧本》1998年第7期（简称吕剧修改再刊本），该剧本又荣获"1998中国曹禺戏剧文学奖·剧本奖"。[2]　随后，中央电视台中国电视剧制作中心和山东省吕剧院根据修改后的吕剧剧本合作录制了由袁牧女女士导演的4集吕剧戏曲电视剧《苦菜花》。也就是说，吕剧《苦菜花》的舞台演出剧和吕剧戏曲电视剧的编剧脚本都是源自翟剑萍、孟令河和徐世起改编的吕剧文学剧本《苦菜花》。因此，笔者只对小说和吕剧初刊剧本以及吕剧修改本进行比较分析。

（一）吕剧《苦菜花》初刊本对同名小说的改编

1997年7月，郎咸芬根据吕剧《苦菜花》初刊本排演成舞台吕剧。

---

[1]　郭汉城、谭志湘：《昔日的李二嫂，今日的母亲——吕剧〈苦菜花〉观后》，《人民日报》1997年12月20日。

[2]　编辑部：《1998中国曹禺戏剧文学奖·剧本奖获奖剧本》，《剧本》1998年第10期。

这个剧本在小说的基础上按照吕剧的特点进行了多样化的修改，在情节、气氛、人性、意象等删改方面借鉴了原有的诸多艺术剧种的优点。

第一，增加了母亲一家对鬼子的仇恨。吕剧文学剧本主要是根据小说中清除内奸保卫兵工厂的情节进行改编的。剧本一开始就把故事推向观众：身着孝服的母亲坐在织机前，一梭一梭地织着农家土布，大儿子德刚抱一杆猎枪跑回家告诉母亲："娘，我打死了一个日本鬼子！""日本人放狗咬死俺爹，我咽不下这口气呀！"母亲听到儿子为父报仇杀了日本鬼子，赶忙取出包袱并摘下手镯嘱儿逃命。德刚声泪俱下："娘！儿这一走，还不知道啥时候才能回来，这镯子留下一只，咱娘俩当个念物吧！"这些都是小说中所没有的情节，是改编者参照电影中婆媳相认的情节进行加工改编的，用寥寥几笔就吸引了读者，把德刚和母亲的性格加以衬托，从而引发对母亲一家人命运的关切。尤其是把母亲一家对日本鬼子的仇恨设置在第一位，在小说或以往戏曲、电影或曲艺改编中母亲的丈夫冯仁义是与地主王唯一有仇。而在吕剧中冯仁义是被鬼子狼狗咬死，德刚杀死鬼子则是复仇的开始。

第二，增加了娟子母女与赵星梅的误会情节，使喜剧性效果更加突出。姜永泉带着兵工厂特派员赵星梅（小说中她是区妇救会会长）来会见母亲和娟子，有一段精彩对话和心理描写是小说中没有的：

> 姜永泉　星梅，你呀，还像小时候一样，机灵鬼加泼辣嘴！
>
> 赵星梅　你不就喜欢我这一点嘛！（与姜永泉同笑）母亲与娟子心中一惊，对视。
>
> 母　亲　姜同志，你们是……
>
> 姜永泉　大娘，我们一块长大，又一起参加革命。
>
> 赵星梅　我们是朋友加同志，就差没在一个锅里摸勺子啦！（二人又笑）
>
> 母　亲　（担心地看着娟子，又陪笑地）赵同志，你跟姜同志说话，我给您做饭去，啊！（恍然入内）
>
> 姜永泉　娟子，星梅同志一来，咱们又增加了力量，你看她还不错吧？

　娟　子　（尴尬地）她……挺好，挺好。

姜永泉　她泼辣豪爽，热情肯干，咱们要配合她完成好任务！

赵星梅　（内喊）永泉，快来帮把手！

姜永泉　哎！（入内）娟子一阵酸楚。母亲暗上，担心地看着娟子……

　母　亲　（感慨地）人家好了也是好，命里不该咱们争。

　娟　子　娘，你别说了。（扑在母亲怀里）

　母　亲　娟子，不能因为自己的事儿，给同志闹生分，啊！①

　　赵星梅与姜永泉的玩笑使得母女俩误会了他们的关系，这让喜欢姜永泉的娟子异常伤心，母亲特意叮嘱她不要因此把关系闹僵。而这个心结直到有了母亲和星梅的对话才解开。赵星梅埋藏完兵工厂机器回家，母亲特意给她煮了鸡蛋，希望她"把身子养得壮壮的，等成了家，先生个胖小子！"星梅很是感动："自幼孤苦无亲近，大娘温情动我心，本是冯家过路客，相处胜似一家人。"母亲又拿出亲手缝制的新衣给星梅，这种问寒问暖更是让星梅异常感激，体现出母亲关爱革命同志的崇高情怀。当母亲又祝愿她与姜永泉幸福的时候，误会随之解开：

　母　亲　是啊，赵同志你人品好，姜同志心眼好，你俩是两好成一好，大娘信得过你。

赵星梅　（一愣）大娘，你说什么呀？（娟子抱军鞋上，听到屋里说话，停下）

　母　亲　你和姜同志的婚事啊！

赵星梅　（恍然大悟）哈……大娘，你弄错了。

　母　亲　（莫名其妙）怎么？

赵星梅　大娘，俺的那个不是永泉，俺正想把娟子妹妹介绍给他呢！

　母　亲　啊！哎哟，我这是胡说些啥！赵同志，你还不知道，俺

娟子她对你……

娟　子　（制止地）娘！（娟子急进门）

赵星梅　好啊，娟子，怪不得这些天你见了我都没个笑模样了，原来你把我当仇人了……（追打娟子，娟子跑出门下）①

第三，增加了婆媳相认的情节。剧本中增加了星梅盼婚嫁问乡俗的情节，冯大娘告诉星梅，将来要热热闹闹地为星梅操办婚事。大娘唱："娟子蒙头红、德刚挑门帘；大娘铺花轿，长刚把轿杆。"画面上呈现出星梅"坐花轿蒙头红"结婚场面，不仅表达了冯大娘和星梅瞬间丰富的心理活动，也为传来德刚牺牲音讯埋下了伏笔。正在母亲和赵星梅谈论未来婚嫁之时，姜永泉却带来纪铁军牺牲的噩耗，并把纪铁军的遗物交给母亲，由她转给星梅。母亲接过包袱发现这是儿子德刚的，而且包袱里掉出的一只手镯和自己戴的是一对，母亲惊呆了：

母　亲　（唱）银镯报凶讯，塌天祸临门！儿啊儿，娘等你盼你三年整，想不到啊，想不到盼来个……只见银镯不见人！

赵星梅　（唱）满腔血泪满腔恨，狗强盗夺走了俺的亲人。铁军啊，铁军啊，你壮志未酬身先去，舍我孤女谁为亲？

赵星梅展信，画外音德刚唱：原名叫德刚；家住王官庄，娟子嫚子两个妹，有个弟弟叫德强。赵星梅惊讶万分。

赵星梅　母亲　（分别互唱）原来婆母咫尺近！/想不到儿媳早进门。

赵星梅　母亲　（同唱）满腹苦水向亲人诉……互至门前又止。

赵星梅　母亲　（同唱）这一声婆母难出唇。

母　亲　（唱）儿媳虽在我的儿不在，只怕她怜我寡母，为我尽孝，迟不嫁人，误了青春！

赵星梅　（唱）灾难应该我承当，怎再让失子之痛离亲之苦折磨老人的心！

---

① 翟剑萍、孟令河、徐世起：吕剧《苦菜花》初刊本，《戏剧丛刊》1996 年第 6 期。

> 赵星梅 母亲 (分别互唱) 好婆母啊, /好儿媳啊,
>
> 赵星梅 母亲 (同唱) 原谅我不能把你认。
>
> 赵星梅 心中喊娘娘更亲!
>
> 母 亲 心中喊儿儿更亲! 星梅默默收起信, 母亲捧包袱进门。①

当鬼子抓捕星梅、冯大娘时, 婆媳终于相认。画外伴唱"情凄凄、泪汪汪, 话未尽, 口难张。送儿送到尽头路, 何时再逢白发娘!"更是增加了压抑、痛苦的氛围, 传递出母亲以泪送行的悲壮场面。于是, 星梅最后吸一口"大地山川清凉气", 与天地告别, "只惜头上无红盖, 常于梦中做新娘", 星梅对幸福爱情的憧憬加剧了牺牲的悲壮感。最后她昂然将鬼子带入地雷阵与敌人同归于尽。

第四, 增加了革命同志自我牺牲的气节。小说中鬼子围剿王官庄, 姜永泉、王长海、娟子、花子、老起等全部被包围。鬼子让他们老婆认丈夫才能离开, 娟子认了王连长, 认完之后才看到姜永泉, 花子认了姜永泉, 但自己的丈夫老起被敌人杀害。而在吕剧剧本中删除了花子、老起夫妇, 改为王长锁以及他的情人杏莉娘。认人过程中, 娟子直接走去认姜永泉, 可姜永泉主动避让, 娟子才不得不认走了王连长。杏莉娘去认王长锁: "长锁就是俺的命, 长锁就是俺的根。俺不认他谁来认, 打断骨头连着筋!"但是长锁拉出姜永泉对杏莉娘说: "妹夫, 我妹妹领你来了。"② 杏莉娘领着姜永泉走了。当鬼子准备杀害王长锁时, 赵星梅主动站出来要求敌人放了王长锁和众村民。然后带着鬼子走向地雷阵, 与敌人同归于尽。

第五, 增加了反面人物王柬芝人格的复杂性。杏莉小时候就和父亲王柬芝离开家乡在城市里生活, 革命爆发后, 又随父亲回到了抗日根据地的王官庄, 而实为汉奸的王柬芝蒙混进革命队伍。被鬼子抓住的杏莉恰巧碰上送情报给鬼子翻译官的父亲王柬芝, 她赶忙向父亲求救, 但王柬芝没有

---

① 翟剑萍、孟令河、徐世起: 吕剧《苦菜花》初刊本,《戏剧丛刊》1996 年第 6 期。
② 翟剑萍、孟令河、徐世起: 吕剧《苦菜花》初刊本,《戏剧丛刊》1996 年第 6 期。

救她，而是凄苦地告诉杏莉真相："我带你养你这些年，也只是为了顾个脸面！我不是你爸爸。"原来杏莉实为杏莉娘和长工王长锁的私生女，王柬芝一直没有捅破是为了"顾脸面"。当王柬芝杀死杏莉正准备逃跑，被母亲用猎枪对准，王柬芝连忙向母亲求饶：

> 王柬芝　啊……冯大嫂别开枪，我们都是多年的好邻居啊。（欲走）
>
> 母　亲　站住！
>
> 王柬芝　冯大嫂！你不要开枪，不要开枪啊！济南还有我的家室，也有我的儿女，你就饶了我吧，饶了我这条狗命吧！
>
> （母亲手中的枪慢慢放下，王柬芝欲逃，母亲再次端起枪扣动扳机）
>
> （枪声奇响，余音缭绕，王柬芝倒地）①

母亲听到王柬芝关于济南家室的诉苦，心里有了一种母性的同感，使她有点不忍去杀害济南某个女人的丈夫王柬芝。但是，革命意志又使她必须为老百姓报仇。这种对心理细节的描写确实呈现出人性化的内心想象。

第五，增加了银手镯和织布机两种意象。银手镯和织布机在剧本中成为了主人公的心理状态和情感表达的载体。剧本开始德刚把母亲摘下的两只手镯又留给母亲一只作为"念想儿"；参加革命后的母亲看到德强和嫚子去上岗的背影，"若有所思地扶手镯"；母亲从德刚的遗物包袱中发现了银镯，才知保护兵工厂的纪铁军就是自己的儿子。再如母亲家中的织布机，母亲和星梅借助织布机呈现出不同的心境和情态。序幕中，母亲背身织布，在沉重的机织声中为丈夫服孝，其心情和生活的双重负担沉重地压在一位女性的肩膀上。而戏尾送小儿子参军中，母亲在痛失了儿子、儿媳、女儿之后，"背身坐在织布机上，缓缓织布"，母亲以织布的方式淡化离别之痛。她的诉说却震撼人心："娘送走了你哥，送走了你星梅姐，又送走了你嫚子妹妹，今儿个，娘想图个吉利，不送你了。（抹泪）"痛

---

① 翟剑萍、孟令河、徐世起：吕剧《苦菜花》初刊本，《戏剧丛刊》1996 年第 6 期。

苦与坚强、悲愤与坚定的情感在心中激荡起伏，最终以坚毅之感凸显母亲的崇高。而赵星梅闻知未婚夫德刚遇难的凶讯之后，"坐上织机织布，织机声撕裂肺腑"，从而呈现出星梅巨大的悲痛。母亲安慰星梅："想哭就哭吧，别憋坏了身子！"① 从同志之敬到婆媳之爱的情感转变，表现了母亲的质朴善良。

（二）吕剧《苦菜花》再刊本对吕剧初刊本的修改

上文谈的是吕剧《苦菜花》初刊本对小说的改编，三位编剧又创作了现代吕剧剧本《苦菜花》。该吕剧再刊本发表在《剧本》1998 年第 7 期，4 集吕剧戏曲电视剧《苦菜花》就来源于此。虽然吕剧《苦菜花》再刊本对吕剧初刊本的修改不是很大，但也做了不少细节上的改动。这也足以看出读者、编者的不同需求。

第一，强化了母亲和嫚子的人性化书写。日本鬼子放狼狗咬死了冯仁义，德刚为报父仇用猎枪打死了一个鬼子，母亲闻听赶忙叫他逃离家乡："德刚，你快跑，奔条活路吧！"② 母亲的这句话在吕剧再刊本中修改为"德刚，你给你爹报了仇，冯家没白养你这个儿子，可你得留条活命呀！快跑吧，奔条活路吧！"当参加革命后的母亲看到儿童团员德强和嫚子去站岗的背影，"若有所思地扶手镯"。但是，后来也修改为"抚看手镯，摇头自叹"③。前者程度较轻，后者显示母亲更加痛苦，更符合一个母亲的内心之痛。

王東芝和鬼子为要挟母亲说出兵工厂机器埋藏的地点，严刑拷打小女儿嫚子，保兵工厂还是保孩子，于是就有了一段亲情与革命阶级情的心灵搏斗和灵魂较量。而孩子的天真无邪与痛苦更是敲碎母亲的心，嫚子告诉母亲敌人用钢针扎她手指："你别动我的手，我的手好疼啊！"母亲告诉她鬼子想要兵工厂，嫚子告诉母亲："你把兵工厂给他们吧，我不要兵工厂，我要娘。"当嫚子睡着了，突然梦呓："娘，我不要兵工厂，我要娘。"对母亲来说孩子永远是她的天、她的地，对嫚子来说母亲永远比兵工厂重要，这是一个孩子、一个母亲的本性流露。吕剧《苦菜花》

---

① 翟剑萍、孟令河、徐世起：吕剧《苦菜花》初刊本，《戏剧丛刊》1996 年第 6 期。
② 翟剑萍、孟令河、徐世起：吕剧《苦菜花》初刊本，《戏剧丛刊》1996 年第 6 期。
③ 翟剑萍、孟令河、徐世起：吕剧《苦菜花》再刊本，《剧本》1998 年第 7 期，第 2～3 页。

再刊本对这段情节进行了修改，加重了母亲对女儿的愧疚之情："啊！我的嫚儿……（泣声）是娘连累了你，娘连累了你呀！"更加重了孩子的童真和天真。她哭着告诉母亲："娘，我受不了啦，实在受不了啦，你把兵工厂给他们吧"，在梦呓中嫚子依然要求母亲把兵工厂给他们："我受不了啦，实在受不了啦！"这种撕心裂肺的痛苦更是让母亲的内心在煎熬。把"嫚子要娘"修改为"嫚子太痛"显得更为真实，也更符合小孩子的天性。

吕剧初刊本中，嫚子被特务王柬芝杀害，悲痛万分的母亲决心要复仇，用猎枪对准逃跑的汉奸王柬芝。王连忙向母亲求饶："冯大嫂别开枪，我们都是多年的好邻居啊……冯大嫂！你不要开枪，不要开枪啊！济南还有我的家室，也有我的儿女，你就饶了我吧，饶了我这条狗命吧！"王柬芝要母亲看在他在济南有家室儿女的份上饶了他。母亲的内心也在搏斗，枪杀了王柬芝就意味着有人成寡妇、有人没有父亲，所以深谙其中之苦的母亲慢慢放下了手中的枪。但是，最后面对血债累累的特务，母亲还是果断地扣动了扳机。吕剧《苦菜花》再刊本对这段枪杀王柬芝的情节进行了修改，当王柬芝要求母亲看在他济南有家室而饶他命时，母亲切齿痛恨地说："你也念妻子儿女？你还讲人间情义？你生在王官庄，长在中国地，可你杀的是同族同宗，害的是乡亲邻居！你，你这个没有人性的东西！"[①] 然后开枪打死王柬芝。

第二，增加了杏莉母亲的革命性和心理复杂性。在修改本中增加了杏莉母亲的革命性：

　　　杏莉娘　娟子，娟子！这是俺做的军鞋，你看行吧？
　　　娟　子　（换作笑脸，收鞋）大婶，你那针线活儿，在咱村里是数得着的，不用检查。
　　　杏莉娘　（似有心事）娟子，呃……
　　　娟　子　大婶，你有事啊？
　　　母　亲　杏莉娘，有事就直说吧。

---

① 翟剑萍、孟令河、徐世起：吕剧《苦菜花》再刊本，《剧本》1998年第7期，第15页。

> 杏莉娘　娟子，你长锁叔……没在这里？
>
> 娟　子　啊，他出去了。
>
> 杏莉娘　俺……俺家里有点力气活儿，想让他……①

杏莉母亲在修改本中和王长锁一起积极参加革命，如做军鞋等。其实她主要是由于自己的心上人王长锁的缘故，所以她来交军鞋其实就是找长锁。

第三，删除了王柬芝的伪装抗日，强化了他的特务形象。例如，在初刊本中，他一回来就到母亲家向抗日干部娟子报到，希望在统一战线中做教书育人的老师。当他听杏莉母亲说杏莉去找德强玩的时候，很高兴："好啊，冯大嫂全家人抗日，应该多亲近他们。"当发现了杏莉娘拿的新衣，语意双关地说："哦，细针密线，里表全新啊！这……不是给我做的吧？这些年不见，长锁成了区政府的干部了，这也有你的一份功劳吧？"并要杏莉娘"给他捎个信叫他来家，就说我很想念他。"后来王长锁果然来找杏莉娘，恰巧被王柬芝碰见，王长锁告辞少东家匆匆回去了。王柬芝含蓄的话语中有着某种暗示，可以说是话中有话。吕剧《苦菜花》再刊本把吕剧初刊本中的这段话全部删除。并增加了王柬芝试探兵工厂的有关情况，王柬芝邀请长锁坐下：

> 长　锁　王先生是开明人士，我们区政府欢迎，欢迎啊！
>
> 王柬芝　多谢，多谢！来来，请用茶，用茶！长锁兄弟，你现在当了区政府的干部，工作一定很忙吧？
>
> ……
>
> 长　锁　全靠八路军，全靠老百姓。
>
> 王柬芝　是啊，是啊。这些天我常见那位女八路干部出出进进，忙里忙外，她是咱县大队的同志吧？
>
> 长　锁　不，不是。
>
> 王柬芝　这么说她是有特殊使命喽？

---

① 翟剑萍、孟令河、徐世起：吕剧《苦菜花》再刊本，《剧本》1998年第7期，第5页。

长　锁　她……（警觉地）她也是保家乡，打鬼子呗！

王東芝　哦……说得好，说得好啊！杏莉娘，快去备些酒菜，长锁难得来家一次，我们要好好地叙谈叙谈。

长　锁　（起身）不不，我忙。王先生，家里有啥力气活儿，你就打个招呼。我走了。①

在王東芝的通风报信下，鬼子包围王官庄，赵星梅为保护兵工厂舍生取义，鬼子与王東芝不得不进行密谋。在吕剧初刊本中，王東芝对鬼子翻译官说道："真想不到，连我的老婆也敢冒认八路，如果我在场，是绝不会出现这种情况的。"翻译告诉他："王先生，不到万不得已，我们是不会让你出面的。"但这段对话在吕剧《苦菜花》再刊本中进行了修改，强化了鬼子对王東芝办事不力的愤怒和王的阴毒：

日队长　我们根据你的情报，兵工厂没有找到，八路的也没有找到，就连你的老婆，也敢冒认丈夫。巴嘎！（抽刀示怒）

王東芝　太君息怒，太君息怒！是太君让我不到万不得已不能暴露身份，才有这个结局呀！

翻译官　现在还不是结局，你应该完成你的使命！

王東芝　请太君放心，我们手里还有一个冯老太婆，我一定从她的嘴里，问出兵工厂的下落。②

第四，在吕剧初刊本的银手镯和织布机两种意象中又增加了苦菜花的意象。吕剧《苦菜花》再刊本结尾，德强告别母亲奔赴前线，母亲告诉儿子："无论你走到哪里，无论你走到什么地方，都不能忘了咱昆嵛山的苦菜啊！"德强则回答道："娘，俺懂。苦菜根是苦的，花是香的！"③

总的说来，吕剧《苦菜花》经过两次修改，促进了文本内部的人性

---

①　翟剑萍、孟令河、徐世起：吕剧《苦菜花》再刊本，《剧本》1998年第7期，第7页。

②　翟剑萍、孟令河、徐世起：吕剧《苦菜花》再刊本，《剧本》1998年第7期，第13页。

③　翟剑萍、孟令河、徐世起：吕剧《苦菜花》再刊本，《剧本》1998年第7期，第15页。

张力，在人性化视角层面重现了革命英雄的慷慨悲歌。通过传统戏剧艺术的现代转化给观众提供了一堂生动的爱国教育课，这在 90 年代消费主义欲望盛行的时期无疑具有振聋发聩的警醒作用，有利于建构社会主义核心价值观。

四　电视剧《苦菜花》改编

2004 年，电视剧《苦菜花》增加了很多爱情化和人性化情节。导演王冀邢曾声言："原著《苦菜花》中的感情戏很丰富，电视剧比电影版更忠实于小说原著。"剧情围绕着小说中出现的 8 个女性形象展开。通过讲述那个特定历史时期女性的故事，构成一组女性群像图，并借此反映革命历史时期阶级斗争的残酷性、复杂性和艰巨性。该剧在尊重原著的前提下，"感情戏"大幅度增加，强化了那个年代对敌斗争的复杂性。以致有批评者指出，电视剧编造了汉奸王柬芝与英雄母亲的感情戏，"有悖原著精神"。小说原作者冯德英审看了该剧样片后，对该剧大力称赞："有吸引观众的观赏性，又能使人们感受到那场民族解放战争所带来的激情的回忆和怀恋，艺术审美的享受，从而对今天的时代精神增添点什么，我想这和小说原著的精神是一致的。"①

90 年代以来的"红色经典"影视改编中，都加入了人性复杂化的现代元素。编剧和导演在改编策略上置入复杂纠葛的爱情戏，从而使小说中的主人公更加普通化、平民化和人性化，甚至有的通过三角恋爱或者英雄的缺陷来吸引受众的注意，满足读者在快节奏的现代文化社会中的心理期待，进而获得审美愉悦的宣泄。电视剧《苦菜花》增加了三角恋爱等人性情节，使人性更加复杂。如姜永泉、娟子与宫少尼，宫少尼爱慕和追求娟子，但娟子暗恋着姜永泉，最后把少女的初吻献给了姜永泉；娟子爱上姜永泉，但却误会赵星梅横刀夺爱，又是一场情感较量。王柬芝的妻子杏莉娘在丈夫离家出走后逐渐喜欢上了长工王长锁，趁王柬芝探亲后生下女儿杏莉，而王柬芝又喜欢上了母亲，母亲对他也颇有好感。这些三角恋爱

① 刘江华：《扩充了感情线〈苦菜花〉原作者认可电视剧改编》，《北京青年报》2004 年 7 月 13 日。

情节把人性中的复杂与本真演绎得淋漓尽致。正如黑格尔所说:"每一个人都是一个整体,本身就是一个世界,每一个人都是完整的、有生气的人,而不是某种孤立的性格标志的寓言式的抽象品。"德强与杏莉的爱情是那么纯真,然而德强送给杏莉的手绢上有女人香味时,杏莉拒绝了手绢,其复杂的心理描写也非常真实。王柬芝虽然是特务,但他的形象并不是原来的模式化、脸谱化。高尔基曾经尖锐批评苏联文艺中简单化、漫画化的毛病:"人——同志,被描绘的多么光辉夺目,已经使人完全看不见他;而人——敌人,通常是用单一的黑色勾画出来,几乎永远被描写成混蛋。我不认为,这样的做法是正确的。那里是两个彼此交锋的敌对者,那里也是两个英雄。"[①] 首先,王柬芝绝食抗婚,在丫环和母亲的帮助下,终于逃出了旧家庭,上演了一幕地主少爷反叛封建旧家庭的故事;其次,王柬芝忍辱负重,默认"奸夫淫妇"和私生女的存在;再次,当特务案曝光后,王柬芝自知罪不容赦,要求最后见母亲一面,母亲给他做了他喜欢吃的烫面蒸饺及小米红枣粥,烫了一壶老酒,王酒足饭饱后跪求母亲放他生路,被母亲怒斥,万念俱灰的王柬芝撞墙亡命,结束了可悲可耻的一生。这与小说和电影中冯大娘端枪杀死王柬芝的情节不同,这里更加凸显出王柬芝的复杂的内心心理和人性化的渴求,尽管这种复杂被特务形象所掩盖,然而在裂隙深处,我们依然看到了一个正常人的无奈。甚至鬼子大队长庞文得知打入八路内部的未婚妻淑花已经自杀身亡,他看着两人合影泪如雨下,其形象也不再是原来小说中的那种脸谱化形象。

　　而且,扑朔迷离的谍战情节是近几年来红色经典电视剧改编的热点。小说《苦菜花》的主要内容就是反特,即揪出了王柬芝这个大特务。自然,电视剧《苦菜花》更是顺应了当下改编的潮流增加了很多反特谍战情节。如王柬芝、淑花、白芸等分别是特务、日本间谍和八路军特工,展开了一场斗智斗勇的生死大战,特务的奸猾和日寇的残酷在电视剧中更为凸显。同时,最大的改动应该是王唯一的女儿、汉奸王竹的妹妹玉珍。在小说中她是一个淫荡的女人,但电视剧把她改编成革命烈士,色狼宫少尼

---

① 〔俄〕瓦伊斯菲尔德编《电影剧作问题论文集》第 1 集,中国电影出版社,1961,第370 页。

试图强奸玉珍，她坚决不从命并参加妇救会，最后还参加革命诱降特务王竹。大义灭亲的玉珍最后却因娟子的失误而被庞文杀害。

总的来说，人性情感已经成为电视剧改编中的重头戏，这是审美观念和社会观念变迁的结果。

第四节　家族叙事、三角恋爱与革命伦理的多重变奏

共产党对无产阶级国家的社会想象和社会主义制度性预设，使处于社会底层的草根大众，在革命中获得了政治权力所赋予的公共交往的自由权力。这些工农兵们，从封闭的底层空间进入权力空间和社会空间等各种公共场域、公共活动和公共仪式之中。因此，群众的自发性意愿与共产党的政党政治和现代化民族国家构建预设模式产生融合，"人民"与"我们"也就具有了革命政治权力赋予的合法性，开始表述自己的政治见解、愿望以及利益诉求，成为言说的主体。所以，《苦菜花》其实也是一部关于全家抗战的家族小说。母亲一家以及母亲的本家花子一家，包括母亲及丈夫冯仁义，女婿姜永泉，女儿娟子、秀子、嫚子，儿子德强（包括德强爱着的杏莉）、德刚以及花子、柱子、冯四大爷和花子的两位丈夫老起、王长海等都是共产党领导下的革命者。他们为革命奋斗、流血甚至牺牲，开始在各种公共场域获得话语权，由底层者逐渐转变为革命管理者，不仅追求自己作为"人"的合理性诉求，也追求作为管理者的政治权利也就成为"人民"和"我们"的一部分。他们的爱、恨、情、仇都在家族叙事与革命叙事中呈现，自然，革命爱情也成为小说中叙述的核心内容，而围绕这个家族的还有其他革命者以及反革命者的纠缠迎拒。

美国学者弗·杰姆逊认为有两种时间观念差异的文学样式：一种是荷马诗歌式的叙事型，另一种则是《圣经》式的启示录型。① 前者重在全面复原历史事件自身，后者重在预示某种历史线索的走向。新中国的文学大

---

① 转引自吴翔宇《〈保卫延安〉宗教情怀与战争叙事的现代性想象》，《理论月刊》2007年第3期。

多属于后者所说的进化观模式，其实这种模式自从西学东渐以来就已经基本确定。达尔文的进化论演绎了人的进化，在五四新文化运动中催生了"一时代有一时代之文学"的"文学进化论"或"文化进化论"，促进了人的解放。而十月革命输入的马克思主义社会进化论又催生了共产党及其领导的革命斗争。因此，毛泽东的《在延安文艺座讲会上的讲话》显然综合了社会进化论和文学进化论的优长，所以"十七年"战争小说在革命历史的叙述中重复着纵向"进化论"的时间观念：从失败到胜利，从胜利走向更大的胜利。黄子平对此认为，西方的进化论时间观取代传统的循环论时间观，从而为革命历史小说确立了一条革命不断走向成功与胜利的叙事线索，甚至影响到人物关系，人物形象也大体呈时间化。① 纵向的"历史时间"与横向的"自然空间"相互转化，革命者的成长性也就在时空变奏中成为渐进的螺旋上升的时间进化过程。于是，在共产党的领导下由最初的受压迫的无产者成长为坚定的无产阶级革命战士，由自发走向自觉，由盲目走向理性，由个人主义走向集体主义，这种"成长"过程见证了革命"起源"的诞生。而文艺工作者的任务就是要通过文艺形式把这种革命的"历史起源"与"源流进化过程"进行"历史代述"，从而向广大的工农兵群众读者进行宣传和规训。作为革命历史亲历者的冯德英通过对母亲及其家庭成员的革命成长来叙述革命的诞生和发展，这种发展又是以母亲为核心的，而母亲已经成为民族恋母情结的集体无意识。

　　母亲是崇高和博爱的，她以自己的乳汁抚养着一辈辈人，自封建社会以来母亲就成为中国慈孝传统的源头，无数文人墨客都通过诗文来吟诵母亲这一人间最伟大的形象。最具代表性的就是孟郊的《游子吟》："慈母手中线，游子身上衣。临行密密缝，意恐迟迟归。"母亲又是苦难的化身，不仅源于中国封建伦理中对女性的贬抑和地位漠视，更源于中国农耕社会母亲所承受的双重苦难，既要主内抚养孩子操持家务，又要主外操持农务。所谓"男主外、女主内"只是对于有产阶级或权贵而言，而对于占中国绝大多数人口的贫苦的农村家庭而言，母亲同样是主外务农的主要力量。可以说，生为女人在中国社会一直是苦难的化身，男权中心主义逻

---

① 黄子平：《"灰阑"中的叙述》，上海文艺出版社，2001，第25页。

辑总是作为一种集体无意识的凝视方式无情地歧视女性。而无产阶级革命开始解放了女性和母亲。恩格斯认为："妇女解放的第一个先决条件就是让一切女性回到公共的劳动中去。"① 在乡土宗法社会的封建势力范围内，女性只是男权的附属物。从五四新文化运动开始，在女性解放的倡导下，女性得到了一定程度的解放，从家庭解放出来开始走向社会劳动。尤其是在共产党领导下的根据地，女性更是获得了解放，她们从屋里人成为屋外人，从附属的无姓名状态走向独立的有姓名状态。因此，歌颂母亲逐渐成为文艺新方向的一个主要内容，如高尔基的《母亲》等。但是，新中国歌颂母亲的作品不多。《人民文学》1955 年 11 月、12 月号连载发表了海默的电影文学剧本《母亲》，讲述了一位名叫王淑静的普通劳动妇女逐渐成长为光荣的共产主义战士的历程。"这个作品反映了我国工人阶级在解放前走过的一段斗争道路，是最近时期出现的比较优秀的电影文学剧本之一。"② 后该剧本由凌子风导演成电影，轰动一时。钟惦棐在《人民文学》1956 年 1 月号发表了《和〈母亲〉作者谈〈母亲〉》，一方面赞扬了海默的这部电影文学剧本，同时也对其中的缺点进行了批评。他谈到当时的母亲情节："记得两年前（1954 年），胡朋同志对我说过，她希望能够在银幕上创造出一个比较完整的母亲的形象；这母亲，当然是指解放前在根据地的。而你的《母亲》却是另一种类型，她们自始至终和工人阶级的命运相联系着，在敌人的威胁下，她坚定地抚育着自己的同志，也锻炼着自己。"③ 也就是，电影《母亲》中的工人母亲无法代表大多数农村母亲，即胡朋对钟惦棐所说的新中国成立前根据地的农村母亲形象。这个时候，冯德英的《苦菜花》出版了。《苦菜花》正好塑造了这样一位伟大的根据地母亲，从而填充了这一空白，因此，《苦菜花》也就迅速获得广大读者的心理认同和喜爱。因为它表达了一个重大的革命诉求——关于母亲在革命风雨中如何成长的故事，而革命成长的故事本身就在当时成为一个集体无意识，"母亲"形象自古以来就成为文学诉求中的关键词。所以，《苦菜花》很快就被各种艺术样式改编并上演，母亲开始代表着无产阶级革

---

① 〔德〕恩格斯：《家庭、私有制和国家的起源》，人民出版社，1972，第 72 页。
② 编辑部：《编后记》，《人民文学》1955 年 12 月号，第 124 页。
③ 钟惦棐：《和〈母亲〉作者谈〈母亲〉》，《人民文学》1956 年 1 月号，第 114 页。

命下的新型母亲形象。

　　文学表述着知识精英们的梦想、追求、奋斗和价值观。而在"十七年"时期，知识精英往往是政治精英或者是政治精英的代言人，不少文艺上追求人情人性的知识精英被烙上"小资"烙印而被改造，以去除不纯净的"杂质"。因此，这种知识精英的文学知识表述又往往是政治精英们的思想复制品。各种艺术样式的改编又使这思想复制品再次多层次多角度复制，并广泛传播到所有读者当中，甚至向不识字的人传播政治精英和知识精英的理性。实际上，这些小说更是作者本人对于革命起源合法化建构和社会主义国家建构的认同。根据董之林的考察，早在毛泽东《讲话》之前，赵树理就一直大声疾呼和倡导文艺大众化，并身体力行写群众喜闻乐见的通俗化作品，而且还认为毛泽东的《讲话》实际上是大众化倡导的理论主张。① 通俗是指世俗的大众的普及的流行的和易于接受的事物。可以说，革命战争小说是通过对武侠与言情进行改造而成为"革命 + 恋爱献身"的新通俗小说。通过革命话语的张扬而压制了个人话语的出场，尽管这种恋爱是为了奖励革命者的身体祭献。但是，个人话语往往又通过依附于新通俗文艺模式而获得发展。因为恋爱就是一种个性话语的张扬。例如小说《苦菜花》中，作为宏大叙事的革命话语张扬的是母亲等农民如何在斗争中成长为革命战士，而乡村政治中的家族叙事、道德伦理所不容许的三角恋爱关系与革命伦理产生多重变奏，既相互制约又相互推动，形成独特的个人话语场。这也是年轻作家冯德英奉献给广大读者的厚礼。

　　家族叙事自然也包括了日常世俗生活，而日常生活又包括对物质的欲望和对身体的欲望的获取与满足。因此，对于爱情的渴望是每一个人的追求目标。"十七年"小说尤其是战争小说中自然也叙述了很多革命者的爱情。在这种革命历史小说显性文本当中，有不少被时代共名话语所遮蔽的裂缝、悖论。这些裂缝、悖论构成了潜文本。而情爱叙述作为一种潜在的涌动的河流也诉说着他们在特定语境中的卑微、复杂和痛苦，这并不是作家的有意识的行为，而是文学想象、历史想象和国家利益维护之间的矛

---

① 董之林：《关于"十七年"文学研究的历史反思——以赵树理小说为例》，《中国社会科学》2006 年第 4 期。

盾，同时也反映出横跨新旧两个时代的作家们处理情爱问题所呈现的困惑、疑虑和努力。《苦菜花》及其修改和艺术改编无疑能够成为一个绝佳的样板，从中可以看出三角恋爱和道德伦理在革命伦理下的双重变奏，而且家族叙事与日常生活也呈现在小说文本中。陈思和认为："人类原始的生命力紧紧拥抱生活本身的过程，由此迸发出对生活的爱与憎，对人生欲望的追求，这是任何道德说教都无法规范，任何政治条律都无法约束，甚至连文明、进步、美这样一些抽象概念也无法涵盖的自由自在。"①

而且，这种妇女解放政策在新中国更加强化，男女平等和女性解放成为《婚姻法》等各项法律的核心之一。尽管在社会主义革命和社会主义建设中，女性获得了主人翁的地位，但是由于中国几千年来的封建思想观念已经成为一种集体无意识内化在每一个男性和女性的思维深处，无法对其进行祛魅。所以，男女平等只是一种理念预设和价值迁移的精神风向标。在革命的强塑下女人作为一种功能符号又走向了雄性化，具有同体双性的符号功能。正如西蒙·波伏娃所说："女人不见了，这样的女人在哪里？今天的女人根本不是女人！"② 革命和劳动的本质剥夺了女性意识和女性性征，并没有使女性走出男权传统的藩篱。因为"世界范围内的妇女解放运动一开始其实是一场抽取了女性性别意识的运动，亦即女性的觉醒仅仅意味着她们意识到了自己如何才能在充分的意义上成为与男性平起平坐的人，却没有使她们意识到如何才能使自己成为充分意义上的女人。"③ 所以，在社会实践的具体物质层面，妇女解放永远是一个可望而不可即的海市蜃楼，充其量只是给人获得快感满足的符号外设和精神幻象。那么妇女解放在文本意识形态创作方面又是如何呢？正如孙先科所说："宏大叙事就是一种男性化叙事，是一种优势性别的权力话语，劣势性别的真实生存关系、生存状况无法得到体现。"④ 也就是说，"十七年"革命历史小说文本其实仍然具有一种性别歧视，政治话语和男权话语的宏

① 陈思和：《鸡鸣风雨》，学林出版社，1994，第35页。
② 〔法〕西蒙·波伏娃：《第二性》，陶铁柱译，中国书籍出版社，1998，第231页。
③ 赵勇：《怀疑与追问：中国女性主义文学能否成为可能》，《文艺争鸣》1997年第5期。
④ 孙先科：《〈白鹿原〉与〈创业史〉的"互文"关系及其意义阐释》，《杭州师范学院学报》2004年第4期。

大叙事作为一种共谋霸权已经剥夺了女性话语的力量，消解了人性中最本真的情爱欲求。用意识形态话语标签把纯粹的情爱钉死在耻辱柱上，同时赋予了男女双方"革命（建设）＋献身英雄"的政治诉求和两性理念，这是时代共名状态下政治话语对个体倾轧的结果。从另一个层面思考，尽管有两性之间的不平等，但在"十七年"艺术编导者们的艺术改编中，他们尽量会通过自己的艺术性去化解两性间的差异，使读者在阅读中感觉不到男权中心主义的强势。然而到"新时期"尤其是 90 年代，革命英雄主体的男权逻各斯中心主义非常显明，女性成为男性战争的"花瓶"，成为了欲望化的对应物，她们的革命在男性征服之后走向弱化。这个问题早在小说《苦菜花》中就已经提出来了，娟子担心结婚怀孕会影响革命工作，因此感到痛苦。所以，如果我们把"新时期"以前和以后的艺术改编进行对照，我们会发现男权中心主义思维在当下更加严重。因为"十七年"时期女性的公共事务的参与一定程度上消减了男女不平等的男权模式。

总之，那个特定时代所反映的文本《苦菜花》中的情爱发展及其叙事悖论，在不同时代中呈现家族叙事与革命伦理的多重变奏与取舍，在男性作家和男性主人公的男权中心主义视角下，女性的情感是脆弱且被遮蔽的。而三角恋爱与婚外情的坚挺，在政治规训的裂缝中也暗含着女性对情爱的主动争取与反抗男权的人格勇气。从而消解了男性逻各斯按照男性形态"改造"女性的单向度压抑，这是值得我们赞许的。只可惜，大众消费文化在缺乏监督和自律的情况下，又重新操纵起男权中心主义，使得艺术改编走向了另一极端。

下　编

空间场景中的"如何"变幻——"十七年"长篇战争小说的文本发生学现象研究

第七章 "十七年"长篇战争小说的修辞功能

中国封建王朝政权的建立，离不开跟随这个政权奋力厮杀的忠实的跟随者。因此，一旦政权确立自然就得奖励功臣：分享权力、封妻荫子，而这些受到奖励的功臣者自然就会更加忠实于维护新政权的合法性和稳固性，这些权力个体与政权成为一个稳定的政治、经济等方面的联合体。同时，对于功成名就者来说，时势造英雄的历史情结、转战沙场戎马倥偬的生活享受补偿情结和名垂青史的英雄情结，使他们希望自己的献身生涯能够和政权的历史一样进入史册，供后人流传。而新政权治理者也希望这种历史能够被广泛抒写和流传。在这种合力下，完成对政权和权力者个体情结历史叙述的任务自然就落在那些服膺于政治权力下的史家身上，他们要通过自己的历史叙述（不管这种历史是否真实，他们自认为这是和生活真实相类似的历史真实）去告诫社会公众政权建立的原由及合法性。而詹姆逊认为资产阶级要成为统治阶级，就必须建构起历史新任务："对所有国家资产阶级来说，如果他们要意识到他们现时中的历史任务，要成为统治阶级、胜利了的阶级，要取消旧式的贵族阶级并且代之以新的价值体系，那么就必须有自己的历史感，必须知道自己的资产阶级的过去，了解自己从什么地方而来。"① 由上可以看出，封建王朝和资产阶级政权在建

---

① 〔美〕弗·詹姆逊：《后现代主义与文化理论》，唐小兵译，陕西师范大学出版社，1986，第205～206页。

立后都希望通过历史叙述确定自己的位置。而共产党建立新中国政权也有自己与前两者不同的历史感：从什么地方来，到什么地方去，为什么要通过革命推翻反动的国民党政府，建立一个怎样的社会秩序，这都是新生的无产阶级政权所应考量的目标。所以，建立历史感和通过文艺修史成为1949 年政权建立之后的迫切需要和重要指标，尤其是通过革命暴力和民众鲜血换来的革命历史需要凝固成一种集体记忆，进而宣传使之成为所有中国人、社会主义同盟以及同情革命政权的一切友好政权的共识。而建立新的历史感必然要对中国历史、暴力革命和共产党历史重新叙述及重写，①扭转国民党反动政府对共产党的"歪曲"和"匪化"宣传。进而寻找自己的合法性落脚点，以建构共产党革命的合法起源和新政权领导的唯一性。因此，这种历史感的叙述也就需要史家去完成，而历史学家的叙述是比较枯燥的纯叙述，它无法在微观层面对受众进行细致的生动叙述，无法胜任对公众记忆的革命历史知识"种植"。更重要的是，文艺宣传是推翻旧政权、建立新政权和传播政权新秩序及规则的法宝之一。新生的政权理所当然地要求文艺宣传为新政权提供有效性服务。因此，生动形象的大众文艺被赋予了神圣的历史重任，而长篇战争小说的历史叙述无疑又成为文艺作品中的主要题材类型。因为新政权的建立是通过革命实现的，许多"革命者"就在这战争中牺牲了，成为了革命英雄。所以，经历了炮火硝烟洗礼的新中国政权就需要通过战争小说的诉说告诉民众新中国是如何诞生、新政权的建立和和平到来的不易，并建构革命英雄艺术形象谱系，对公众普及有关新政权从形成到建立的历史知识。因此，受到毛泽东思想洗礼的文艺工作者不仅成为了文艺创作的崭新视角的叙述者，而且成为掌握历史经验的史家。他们创作的大众文艺具有历史性意义，对革命战争史的阐释与叙述被国家意识形态赋予了目的性：历史代述、党史宣传和神话隐喻，而在这种顺应性叙述背后又有一种反修辞，那就是底层审美裂隙的显现。所以，通过大众文艺作品的生产与传播为共产党领导的人民革命斗争，推翻国民政府的"正当性"和无产阶级国家的社会秩序的"合

---

① 例如对农民起义、晚清的腐败、康梁变法的失败、孙中山三民主义的失败、国民政府的腐败等进行重写，就是为革命正名。

法性"提供文本确证、意义体认和公众认同。尤其是对那些缺少革命基础和革命认同并对之持有怀疑态度的公众，进行革命的心理认同教育。显然，这种文艺作品的宣传功能是明显具有功利性。但是，在那种特殊的复杂的年代，我们一方面对之持以同情和默认，另一方面这种文艺的功能化不仅对文学的审美和主体进行祛魅，可能也形成了舆论空气的封闭性。①

第一节　革命伦理与身体叙述

社会是由人构成的，人的生命存在的基础是身体，身体成为了一个对幸福自由想象的试验场域，它包含着个体拥有的外在服饰（包括衍生出的日常礼仪和举止）、依托的肉体（包括生理部位以及延伸出的欲望等）和内在的精神主体（人的心理、价值判断和精神追求）三个层面。在不同时期，身体三层面的表现方式和体认角度也不尽相同。而人和身体永远都处于群体和身体之中。于是，身体成为人际关系协调中的首要问题，由于人际关系的规范和制约主要靠伦理来维持。因而，个体在社会交往中，身体往往受到伦理的制约，成为承载和体现伦理的工具符号。如福柯所说："在任何一个社会里，人体都受到极其严厉的权力的控制。那些权力强加给它各种压力、限制或义务。"② 但同时，身体既是意义生成的中心也是抵抗的场所，身体往往不愿意被伦理所制约，又形成冲突，从而改写伦理的内部范畴和外部边界。《说文解字》曰："伦，辈也；……理，治玉也"，前者引申为人际关系的规范与化约；后者引申为治理事物的纹路

---

① 权力催生文艺，文艺反过来又推动权力的实现。所以，朱国华在《文学与权力——文学合法性批判考察》认为权力是文学合法性的根本条件，权力"是文学得以兴盛的原因，因为文学构成了一种符号资本或话语权力、意识形态权力。""那么，我们必须讨论文学自身是如何构成一种特殊形态的资本或权力的。这就必须分析文学权力的构成条件及其作用方式。这种分析无非可以从两个方面加以推论。即第一，从文学话语内部的叙事特征来把握文学作用于人的感觉知觉、影响人的意识和无意识的范围和限度。这需要论证，文学作为一种特定意识形态是如何发生功效的。第二，从文学话语外部来认识文学是如何进行话语垄断、控制表征领域的。这涉及文学作为一种特别的权力，其符号资本是从何处获得，又是在何种层次上发挥作用的。"（朱国华：《文学与权力——文学合法性批判考察》，华东师范大学出版社，2006，第13页）

② 〔法〕米歇尔·福柯：《规训与惩罚》，刘北成、杨远婴译，生活·读书·新知三联书店，2003，第155页。

和规律。所以，伦理（Ethics）是指社会成员互动交往产生的事实规律和在此基础上形成的人际关系规范体系。具有"互主体性"与公共性，包含民间伦理、道德伦理、革命伦理三个维度：民间伦理不是阶层意义上的底层民间或乡村，而是指一种自由自在的自己支配自己身体的伦理规范；道德伦理是传统社会延续下来的以善和恶、正义和非正义、公正和偏私、诚实和虚伪等道德价值尺度为标准调整社会、个体行为的伦理规范；革命伦理是指在无产阶级领导下按照革命的原则与标准行事的伦理规范。在几千年的社会进化和文明重组过程中，伦理的内涵和外延或放大或缩小或置换或变形。正如刘小枫所言："伦理问题，就是关于一个人的偶然生命的幸福以及如何获得幸福，关键词是：个人命运、幸福、德行（如何获得幸福的生活实践），都围绕着一个人如何处置自己的身体。"① 也就是说，伦理问题的关键就是如何处置自己的身体，是双手供奉给别人主宰，还是让渡给属性之上的群体，抑或紧紧掌握在自己手中？因此，一部几千年的社会史、文化史其实就是一部身体与伦理相互纠缠、博弈、规训、整合与变异的历史。

　　自封建社会以来，在儒释道合一的家国同构下，向往个性自由的民间伦理存在边缘性语境之中，道德伦理毫无疑问占据显位，成为人伦规范的核心。道德伦理利用向善的社会属性抑制了人的自然属性，使身体在集体无意识的皈依、家国权力的规训、传统文化的规范下成为虚拟的幻象和控制的对象。个体无法拥有终极的身体，因为"我是属于父权/君权的"。所以个体成为忠孝节义和修身齐家治国平天下的文化符号，寻找身体也就成了陌生的不知所终的旅行。封闭的强化思维使道德伦理慢慢发展走向极端，成为桎梏人的封建礼法纲常。尼采说："与自由放任相比，任何道德是对'本性'、也是对'理性'的一种专制……道德是一种长久的强制。"② 而福柯则在此基础上更进一步，发明了"规训权力"，把权力看作是一种网络关系，将身体定位在不同的权力话语模式及其运行机制中，从而描述身体被权力管理、改造和控制的现状。他认为身体是权力的目标和

---

① 刘小枫：《沉重的肉身》，上海人民出版社，1999，第71页。
② 〔德〕尼采：《善恶之彼岸——未来的一个哲学序曲》，华夏出版社，2000，第93页。

对象，不管外化为惩罚与规训制度的权力如何显现自身，"最终涉及的总是肉体，即肉体及其力量、它们的可利用性和可驯服性、对它们的安排和征服。""肉体也直接卷入某种政治领域；权力关系直接控制它，干预它，给它打上标记，训练它，折磨它，强迫它完成某些任务、表现某些仪式和发出某些信号。"① 所以，原始儒学之"食色性也"经历了被儒释道合一的帝制统治文化改造再到宋明理学"存天理灭人欲"的规训和改写，身体/性成为被政治和意识形态训练和控制的重点。因而，对性的罪感意识成为了一种文化禁忌，与之相归属的主体——身体/伦理也就遭到了封闭的悬置和价值的剥夺，成为一个为种属延续而存在的虚无缥缈的远景和空洞的能指。而且宋明理学的父权/男权制文化强化了男/女性别的等级差异性，"男女授受不亲"的价值伦理判断使身体只能在意念之中看与被看。这个互动图景也被单向度地规约成男性对女性的看，男性成为道德归罪的施动者，女性则是被看的对象，如苗条、裹脚、穿绣花鞋等。而这一切的来源都统归于伦理规范的无所不在。同时男性/女性的身体被置换成父母/君王惠赐的物品：不孝有三，无后为大；身体发肤，受之父母。所以，处于社会核心位置的伦理问题也就成为几千年来一直被关注、填充和改写的焦点。

但是，一旦王纲解纽，伦理维度在内涵或者外延上又相互变形，随之而变的则是身体的文化身份和主体姿态。到五四时期，身体与伦理的博弈更是启蒙知识分子首要解构和建构的问题，民主和科学、自由和启蒙、独立和平等的倡导惊醒了无数沉睡的魂灵，启蒙者提倡新道德、反对旧道德，个性解放、走出家庭、自由平等、反抗父权、恋爱自由成为青年男/女冲破封建道德伦理的号角。因而，道德伦理走向边缘，而追求个性解放的民间伦理则在青年者反叛的旗帜簇拥下走向广场中心，身体重新回到我们的手中。身体的自然属性解构了道德文化的负重，个体在尚"真"的内驱力下追求我欲、我思、我愿并自由自在地拥有肉身、自在自为地承担生命和自我的存在，其口号就是"我是我自己的"。尤其是女性，更是在

---

① 〔法〕米歇尔·福柯：《规训与惩罚》，刘北成、杨远婴译，生活·读书·新知三联书店，2003，第27页。

最沉重的地狱喊出了"我是我自己的"口号，"男女平等""同工同酬"的呼喊也使女性获得了一定的社会地位。女性的身体意识逐渐复苏：个体抛弃道德伦理，从民间伦理张扬身体的主体空间和自由维度，进而思考和探询人生价值、功能意义和生活幸福的可能性。如果说这是女性精英知识分子对自己的处境进行营救的话，那么随着马列主义的传播，共产党领导下的革命政权对底层妇女进行了实质性的解放，女性终于有了自己的革命话语，冲出家庭的囚笼走向庙堂和广场。但是，问题远没有结束，男权文化和传统道德伦理依然存在于现实之中。

随着共产主义思想的深入传播，马列主义与中国革命实践相结合而诞生的中国特色的革命伦理也逐渐走向了历史舞台。哲学家弗兰克·梯利认为："假如伦理学是至善的科学，国家就是要实现这个目的，那么政治学就要依赖于伦理学，因为我们只有知道至善是什么才能阐明国家应当做什么。但是，如果国家就是至善，那么行为只有就它们服务于国家利益而言才有价值，伦理学就直接成为政治学的分支，或者像亚里士多德宣称的那样，是政治学的另一个名称。"① 而伦理学与政治学的结合体就是革命伦理。1949 年的"解放"是革命伦理登上政治舞台之时，其核心原则就是"集体主义""全心全意为人民服务"和"我是属于现代民族国家及无产阶级政党的"。革命伦理解放身体，革命在身体的解放进程中找到栖身之所和意义之途，使身体从隐秘浮出历史地表，被无限的敞开、透明。身体在革命的鼓动下，崇尚革命政治豪情的大"美"，具有鲜明的为无产阶级革命与建设献身的革命激情。因而心甘情愿为革命而奔走：抛头颅，洒热血。同时，作为元话语的革命伦理对身体不断地阐释、演绎、净化，身体已经不完全属于拥有者自身，逐渐被国家意识形态规训整合。于是，身体与伦理的纠缠迎拒逐渐从博弈走向合谋。

因此，作为他律的伦理秩序，革命伦理通过过滤、净化的过程造成对个体自律的民间伦理的价值剥夺，民间伦理的自由想象和个体张扬已经完全被遮蔽和失语，个体的生命偶在性、欲望自然性和日常生活的差异性都被清除出场。但是任何一个人的欲望自由都是无法消灭的，它以一种隐性

---

① 〔美〕弗兰克·梯利：《伦理学导论》，何意译，广西师范大学出版社，2002，第 11 页。

的方式存在于边缘语境之中，存在于革命话语和个体话语的夹缝之中，逢合适的场合和时机必然会显现出来。道德伦理也进一步被规训化，其封建糟粕被批判，而忠孝节义善的精华则保留为革命服务，同时也不再指向家国同构的父权制，而是指向无产阶级意识形态及其政党、国家①成为革命伦理的一个部分。一个时期革命伦理抑制了民间伦理、道德伦理，作为一种霸权元话语与身体相互博弈、互动、整合。于是，个人躯体的社会形象主要来自对他者的美化与丑化。

"十七年"文学想象中的身体与伦理相互共谋，但也溢出缝隙。黄子平认为："革命是用暴力改变社会体系的社会行为，革命也改变了人们在历史时空中的位置，革命也可能改变了人们的身体（《头发的故事》《三寸金莲的故事》），革命也可能改变了人们谈论和阅读自己身体的方式。"②人本身的意愿和行动全部纳入和裹挟到无产阶级革命政党领导的现代民族国家建构的历史进程中，而不管你同不同意。在这样一个自始至终合目的性的世界洪流中，一个自由自在的创造物成为了身不由己的东西，个体的差异性和立体性被平面化、呆板化所取代，身体与伦理的博弈逐渐成为单向度的博弈，也成为作家、读者、政治之间的交换客体和欣赏对象。因为"在庞然大物面前，一个身怀感激的人，一个不能确定个人为何物的人，除了服从和牺牲，还能有别的选择吗？"于是服从和牺牲而且是无条件的服从和牺牲成为一道无形的道德训令，吞没了个体对自由的渴望，使个体以逃避自由为代价换来一种稍纵即逝的虚幻的道德感和强大感甚至是崇高感。③

战争文化规范下的革命伦理作为本质性内涵制约了个体发展的方式，并进一步规训了新中国文学秩序的建构和范式的转型：身体成了一个整齐划一的透明空间，没有任何隐私存在；民间伦理作为意识形态规训的对象被删除在文学书写当中，以致成了显现的失语存在。但是，作为心灵的一部分，自由与尚真永远是人类高贵的动力所在。因而，高扬个性精神的民间伦理更多的是通过变形的方式隐藏起来，如宗璞《红豆》中江玫对爱

---

① 这似乎依然是另一种家国同构的父权制的改写和替代，因为父的形象被国家形象置换。
② 黄子平：《"灰阑"中的叙述》，上海文艺出版社，2001，第66页。
③ 刘思谦：《女性生命潮汐》，河南大学出版社，2005，第96页。

情的复杂心态,《红日》中黎青对小资情爱的渴望,《苦菜花》中婚外恋的凸显。正如陈思和认为的,由于"民间话语"的在场或隐蔽在场,才使得"十七年"文学在集体话语的狂欢背后还有一丝个性十足的个体话语在边缘处坚守;道德伦理一方面作为封建的糟粕受到批判,另一方面被无限放大,成了英雄主人公"高大全"的基础。"十七年"作家及其笔下的主人公都有一种道德归罪感,他们觉得共产党拯救了自己和国家——由旧社会的"鬼"变成新社会的"人",而"知恩图报"便成了补偿的母题。正如刘小枫所认为的:"道德归罪是依教会的教条或国家意识形态或其他什么预先就有的真理对个人生活作出或善或恶的判断,而不是理解这个人的生活。"① 文学是人学,必然要写人的身体,当身体走向政治,个体的合理要求和日常生活也被国家话语和政治生活所置换,由此又陷入了虚无主义的边缘,人成了无主体的存在。

因而,在"十七年"时期的文学书写中,革命伦理无处不在,作家必须抑制作品主人公本然的身体欲望。因为欲望的身体是堕落的身体,凡一切有可能刺激这种欲望的描写(感官、性爱、欲望、器官等)都要严加审查以致完全删除。而与此同时,一切有助于激励革命理想和行动的身体描写则得到大力提倡,因为"我是属于无产阶级政党的",全心全意为人民服务和献身是"我们"这一想象共同体的光荣责任。所以,"十七年"文学在革命伦理的规训下其身体书写表现为献身型、纵欲型和欲望追求型。前两种是作家服从革命伦理规范而创作的正、反典型,作为一种阶级论书写叙述,他们在社会处境中或者献身或者纵欲。后一种则是作为生活在世俗世界中的作家发现自己鲜活的日常生活经验和革命伦理存在着缝隙,这种缝隙渗透着个人经验却又无法言说,从而使民间伦理无意识地流诸笔端而塑造出人物形象。他们是革命伦理一统天下之后民间伦理潜隐、变形的真实想象,他们比献身型、纵欲型更具"世俗人"的合理性和真实性。

首先,我们看献身型。那些不为七情六欲、私心杂念所动,而为革命理念受难献身和因革命而神勇的英雄行为成了当时身体描写的主要内容。

---

① 刘小枫:《沉重的肉身》,上海人民出版社,1999,第158页。

如《红日》中战士张德来与敌人肉搏的过程写得惊心动魄:"变得凶猛如虎的张德来……用他那尖利的大牙齿,猛力地撕咬着敌人的脸肉,这样,敌人便痛急的惨叫起来。敌人这一声惨叫,给了张德来一股新的力量……两手狠狠地卡住敌人的脖子,敌人便再也不动了。"① 这种暴力不仅是革命者战无不胜的生命力和生命意志的较量,更是说明新中国的来之不易和革命的合法性,它放大和彰显了我军英雄人物生命里郁积的生命强力。所以,孙先科先生在考察林道静的身体和政治的文本修辞时认为:"女性身体是一个修辞符码,她的取舍向背实质上表达的是政治上的取舍向背。"② 同时,革命伦理遮蔽了日常生活中个体的自由、隐秘的空间和真实而又复杂的人性。如一些有过谨慎而优美的爱情描写的作品《青春之歌》《红豆》等,虽只涉及极有分寸的感情而谨慎回避欲念,但最终还是被当作"资产阶级情调"遭到了批判,以致吴强在1960年版的《红日》中主动删除爱情描写。而大规模的"洁本"运动也开始了,以"三红一创,保林青山"为主的几乎所有小说都开始删除可怜的一点正常的欲望。连现代文学名著茅盾的《子夜》、巴金的《家》、老舍的《骆驼祥子》等在50年代再版时也删除了涉及性以及女性身体特征的内容。即使保留了一些身体的描写,也是指向反动派对无产阶级革命者行刑的残暴。以致"文革"时的样板戏主人公全都是"寡妇鳏夫",身体在革命伦理的规训下蜕化为纯粹的革命机器。波伏娃认为:"女人不是天生的,而是后天形成的。"③ 人没有了个体性隐私,导致了女性精神主体的缺席、消融和变异。于是脸谱化、角色化的人物典型就出现了。而这种脸谱化、角色化的身体书写自然也削减了人物形象的复杂性、多义性、鲜活性和立体性,导致"十七年"文学主人公成为扁平的凝视化符号。

其次,我们看纵欲型。对于那些破坏革命,仇视社会主义,与人民为敌的特务、反动分子、地主、富农等反面人物,小说对其身体和行为的丑化描写甚至达到了极致。因为这些反面人物反对、破坏革命伦理的权威与

① 吴强:《红日》(初版本),中国青年出版社,1957,第450页。
② 孙先科:《〈青春之歌〉的版本、续集与江华形象的再评价》,《河南大学学报》2005年第2期。
③ 〔法〕西蒙·波伏娃:《第二性》,陶铁柱译,中国书籍出版社,1998,第309页。

秩序,他们在黑暗的角落里施虐、纵欲,他们所做的一切都是为了满足损人利己的私人欲望。当然,对此类人物的书写在某种层面上是以"坏男人/坏女人"作为反面教材来描写的。而反面女性往往是妖魔纵欲型的性资源对象。如雪克的《战斗的青春》中的小莺、小美,孙犁的《风云初记》中的俗儿,曲波《林海雪原》中的女匪首"蝴蝶迷"。作者对"蝴蝶迷"的身体进行了想象性叙事:"脸长的有些过分,宽度与长度可大不相称,活像一穗包米大头朝下安在脖子上。她为了掩饰这伤心的缺陷,把前额上的那绺头发梳成了很长的头帘,一直盖到眉毛,就这样也丝毫挽救不了她的难看。还有那满脸雀斑,配在她那干黄的脸皮上,真是黄黑分明。为了这个她就大量地抹粉,有时竟抹得眼皮一眨巴,就向下掉渣渣。牙被大烟熏得焦黄,她索性让它大黄一黄,于是全包上金,张嘴一笑,晶明瓦亮。""这个妖妇从许大马棒复灭后,成了一个女光棍,在大锅盔这段时间里,每天尽是用两条干干的大腿找靠主。"这样一具丑陋肮脏的身体死的时候也令人发呕:"蝴蝶迷从右肩到胯下,活活地劈成两片,肝肠五脏臭烘烘地流了满地。"① 在作者的叙述中,失去了主体姓名的"蝴蝶迷"不仅长得丑陋不堪,而且这外号也充满欲望色彩,成了被土匪们包养和发泄性欲的对象,甚至连她被杀的惨状作者也细致淋漓和充满快感地表述出来。由此可知,在"十七年"文学的身体写作中,作者通过革命伦理的道德叙事和二元模式来控诉反面人物的反动行为,以引起读者利用群众权力对作家进行认同。但是,这类反面人物对欲望的渴求是否完全不合理呢?他们作为对立面是否被过分妖魔化了呢?我们是否漠然地剥夺了这类人物自身的人权呢?作家在叙述的时候是否夸大了反面人物的反革命性而忽视了人道主义的立场呢?这都值得我们深思。正如葆敏先生所说:"革命伦理首先从人民这个整体中清理出许多非人民来,使他们成为非人,然后从'革命'的核心开始,一层一层地给围绕它的人民套色,这个金字塔一样的结构之巅,祭起绝对值一元的标准颜色,并且以这颜色去整饬它的子民。这个标准颜色是一把锋利的刀子,它切开了'无产阶级'

---

① 曲波:《林海雪原》,作家出版社,1958,第22、413、538、308 页。

和'资产阶级''红五类'和'黑七类'。"① 因此,身体的外在服饰也成了革命或反革命的套色工具和标记符号,搽脂抹粉的打扮是反革命者的特征,而"红色"服饰成了革命者纯洁献身和思想觉悟的标志。《红旗谱》中运涛的恋人春兰,是个追求进步的女孩:"那条扎着红绳子的辫梢儿,在脊梁后头一甩一甩乱摆动"。春兰成了坚定的革命者,"红绳子"就是其革命行为的符号外化,《苦菜花》中的娟子、《林海雪原》中的白茹等皆如此。这说明作家为了支持革命伦理,通过红色服饰表明自己和革命主人公的革命立场,并以此立场为依据纳入到革命伦理范畴当中。由此可见,革命已经成为一座天平,它度量着社会的每一个个体。个体的日常生活也被纳入到革命生活造就的巨大的权力话语场中,"人民"成为阶级、进步与革命的专有名词,具有了红色色彩的褒义词,而"红色"也不仅是颜色的能指,更是革命和进步的标志性所指。

最后,我们看欲望追求型。人的需求大量的是对日常世俗生活的追求,这种具有鲜活私密的日常欲望的民间伦理通过中间或落后人物的身体书写存在于作品中。如杏莉母亲、加丽亚、满儿、小腿疼、梁三老汉、吃不饱、素芳等边缘性人物,其实这批人才是"十七年"文学作品中最为真实的人,他们是作家游离不定的复杂灵魂的体现,他们真实的社会渴求是基于人性生存和世俗欲望的角度按照自己的生活逻辑和个体欲望来为人处世的。但是,最后却被革命伦理所规训,被裹挟到大一统的革命洪流之中而走向失语。《苦菜花》中杏莉母亲是地主王柬芝的妻子,守活寡之后在欲望的折磨下把视角伸向了长工王长锁,并大胆地追求王长锁而获得了爱情,于是,一曲婚外恋的挽歌在惆怅中弥漫。又如邓友梅的《在悬崖上》叙述了道德试错的婚外恋故事,虽然具有小资情调的女主人公加丽亚拒绝了设计院技术员的求婚,技术员也悬崖勒马,其中隐藏的民间伦理的情欲追求还是反映出了现代女性的自主诉求和知识分子的审美取向。但是,在那个滑稽时代,罗曼蒂克似的爱情,被认为是资产阶级个人主义腐化堕落的生活方式而被放逐。只有当合乎道德伦理和革命伦理的爱情主体与爱劳动、爱先进、爱英雄的社会情感相统

---

① 莜敏:《成年礼》,太白文艺出版社,2001,第120页。

一，才能被集体所认同和赞赏。

总之，身体与伦理不断纠缠、博弈、置换、变形，最后产生共谋，共同指引"十七年"文学的创作，而其中革命伦理的集中体现就是天使型和妖魔型形象的身体书写，在夹缝中生存的民间伦理的体现就是生活型形象的身体书写。他们或隐或显地承担了时代风云的文学想象，于是，幸福、痛苦、欢乐、不幸、敏感、多疑等复杂情绪也洋溢于文学的社会镜像之中。不管我们持何种价值立场，无论是自由主义还是新民主主义价值立场，我们都不能简单地以人道主义、人性的缺失或者政治意识形态下民族国家建构来分化考察"十七年"文学。我们应站在社会学历史主义的角度去逼近复杂的历史情境，寻找文学内外状态胶着下的常与变、优与劣、点与面。

第二节　历史代述与知识种植

中华民族作为 56 个民族的共同组合莅临社会主义大家庭，当以工农兵为主体的新政权走向合法化之后，现代民族国家建构与共同体想象结合而成的共产主义图景自然也就溢出了水面。因此，"共产主义"与"民族国家"成为 1949 年以后的现代性诉求，这种诉求的成功不仅需要物质实践的社会支持，更需要文化符码和全民总动员的支持。因此，这种图景是作为一幅革命理想的图画而加以理解、把握和传播的，作家及其创作自然也成为"全民总动员"的主体之一，通过这种有效的运作方式构建一个新的现代民族—国家想象的政治共同体的方式。因为"任何社会的有效性都必须以依赖一套能够提供其正当性基础的语言，藉着这套修辞国家的一切行动策略方能产生神圣化的效果。"① 于是，革命历史小说也就被赋予了神圣化的意义生产职能，它们需要对民众进行革命起源和发展以及民族国家的未来建构目标进行解释。这种需要解释的功能性目的就赋予了长篇战争小说的主题性修辞力量，历史代述与知识种植成为这种力量的核心。

---

① 王宇：《性别表述与现代认同》，上海三联书店，2006，第 16 页。

战争给人类带来了巨大的毁灭，不仅物质居住的家园消失殆尽，就是美好人类的精神家园也一片荒芜，在秩序毁灭的同时也毁灭了人性的底线。战争使得普通民众失去了安全感，由生存恐惧衍生出世俗渴望或者灵魂希冀，人的最真实的存在就是对日常生活的坚守，而人存在的终极意义是对生活质量和自我价值的追求。在那贫穷的时代，当战争的火焰燃烧了历史的天穹，当人的生产、生活都无法保障的时候，生命的坚硬与温柔总是如影随形。战火中的青春变得如此多娇，在责任意识的洗礼下变得更加圣洁，自然对未来的幸福与期待也就遥遥无期。在这个时候，人的本能的反抗叛逆性面对走投无路的人生自然就凸显出来。对自己的拯救与救赎在对生的渴望中成为首要的追求与奋斗目标。所以共产党领导的革命政权使他们实现了人的最初的社会性，革命的动力与幸福的期待被想象成为一个相互协作的整体，从而消除了民众的不安全感、恐惧感、焦虑感，使他们获得了最切己的利益优势。因此，民众也愿意献出自己的灵魂主体，托付给党和国家进行统筹。因为暴力革命的主体是穷困无助的农民，并连构起工农兵等底层民众，每一个农民都是孤独的个体，在强大的贫穷、阴暗甚至绝望的社会困境面前，他们在被支配的悲惨境遇中无法夺取走向幸福场域的支配权。当共产党领导的军队以自己的口号和行动向压在这些底层民众的巨大障碍进行攻击并使底层民众翻身做主的时候，感恩的底层民众不惜以自己的身家性命去回报这个政党，而且个体的孤独和弱小使他们渴望一种强大，一种集体联合的强大。因为我们每一个人都渴望有自己的靠山，在靠山面前人类才不害怕自己的孤独、弱小、无助。而且这个群体不仅给个体以保护，而且给个体荣誉和身份以及话语权力，因此，"我"就在"我们"之中。詹姆逊认为："第三世界的知识分子执著地希望回归到自己的民族环境之中。他们反复提到自己国家的名称，注意到'我们'这一集合词。"[①]"我们"这个概念就代表着所有能量的总指。正是这种心理状态给政党、社群、组合体各种扩充机会，革命也就成为无数生活的弱者希冀走向生活的强大的一种前提和工具。于是，共产党执政让各个阶层

---

①　〔美〕詹姆逊：《处于跨国资本主义时代中的第三世界文学》，《新历史主义与文学批评》，北京大学出版社，1993，第230页。

达成了共识：在旧秩序毁灭的同时，新的秩序比自由和权利更重要。

因此，英雄成为时代的文化表征和民众的偶像崇拜，成为话语叙述中频率最高的语符。刚刚逝去的战火硝烟和人民军队的光辉业绩，以及无数可歌可泣、感天动地的英雄事迹鞭策与激励着文艺工作者用文学叙述人民革命战争之历史，进而缅怀革命先烈。50年代中后期，由国家意识形态和权力话语大力倡导并组织编撰的大型革命历史回忆录《志愿军英雄传》《红旗飘飘》《星火燎原》等陆续出版，以及为纪念建军30周年和建国10周年而在全国组织的群众性征文活动等，为新老作家和业余作者提供了表达和倾诉的平台。因为，作者大多为战争的亲历者，大多在社会主义现实主义和革命现实主义基础上开展准自传式的文艺创作。经过新老作家、专业和业余作者的共同努力，当代战争文学的英雄主义创作被推向了当时可能达到的艺术巅峰，不仅影响了新中国成立以来的文学走向，而且引导和规范着新中国建设者尤其是青少年的人生观、价值观、审美观以及思想、情感、信仰乃至行为规范与认知模式。

所以，陈涌曾谈到《新儿女英雄传》受到读者欢迎的原因："中国八年的抗日战争，毕竟太伟大了。它打败了一个强大的敌人，壮大了自己的力量，造成了这次更伟大的人民解放战争的物质基础。直到它快结束了四年的今天，我们对它还保持着新鲜的记忆。但遗憾的是，我们至今还没有一部适合广大干部和群众需要的抗日战争的历史。在文艺作品方面，比较成功地反映抗日战争中一个地区或一个运动的全貌能够给读者以一种比较完整的观念的长篇小说，却只有我们已知的两三部，而作为创作的源泉的现实生活的丰富程度和我们读者的需要程度，都是远超过于此的。这时候，反映了冀中一个地区八年敌后抗战的整个过程的《新儿女英雄传》便适应这种需要而出现了，加上它生动丰富的行动性和故事性和形式的大众化，使每个接近它的读者都感到兴趣。每一个稍有阅读能力的人大体上都可以没有什么阻碍的把它读完，这便是这个作品受到欢迎的原因，也是这个作品成功的地方。"① 同时，陈涌还谈到长篇小说的优势："只有这样的长篇小说，才能教给我们以比较完整的现实的或历史的知识，才能完

---

① 陈涌：《孔厥创作的道路》，《人民文学》1949年第1期（1949年10月25日出版）。

整的反映社会发展的规律或者现实中间一个运动的规律……这书的另一个优点：形式的大众化。本来大众化的问题不只是形式的问题，例如前面说到的生动丰富的行动性和故事，便是大众化的一个重要的标志，但我们这里说的是形式的大众化，主要是语言的大众化。"一个青年学者认为"文学的文化资本正是来源于它可以通过体制的认同而成为一种符号权力或意识形态，在潜移默化中影响社会行动者（Agent）。"[1]

其实我们可以发现，在战争中，中国共产党领导的人民军队或采用游击战术，或采用大部队运动战。于是就衍生出了两种长篇战争小说的创作模式：一种是写小部队游击战的，可称之为革命英雄传奇，如《林海雪原》《铁道游击队》《烈火金刚》《敌后武工队》《平原烈火》《吕梁英雄传》等；一种是写大部队运动战的，可称之为革命战争史诗，如《保卫延安》《红日》《逐鹿中原》等。前者重视人物的英雄传奇色彩，后者追求宏大叙事和历史的深广度，他们的故事都是大团圆结局，表达出光明压倒黑暗的革命战争必胜主题。这些小说对读者的革命教育是颇为震撼人心的。如读者李秋发写信给《人民日报》"读者来信"栏目进行忏悔："编辑同志：我曾两次参加北京市图书馆举办的小说《平原烈火》《吕梁英雄传》的读者座谈会。在我听了作者徐光耀、马烽关于创作的报告以后，思想上受到很大的启示和教育。我深深感到，只有从思想感情上改造自己，才能深刻理解文艺作品中的新人物的新品质，一个利欲熏心的自私自利者，既不可能理解具有崇高品质的人物，也永远不会正确地创作出优秀的共产党员的形象来。过去，在这方面我缺乏认识，经常片面注意作品的技巧，不大注意作品的思想性。我阅读作品不是想从中得到一些教育，而是单纯地为了'欣赏'。今后我要纠正这种错误看法。"[2]

文艺的宣教功能使它必须走向大众化，只有利用广大民众通俗易懂的文艺样式才能使相关的革命知识和历史记忆进行传播，才能使文艺去感化大众，从而使宣教的功利性目的得到实现。因此,，文艺大众化与文艺化

---

[1] 朱国华：《文学与权力——文学合法性批判考察》，华东师范大学出版社，2006，第12页。

[2] 李秋发：《欢迎经常举办文艺作品读者座谈会》，《人民日报》"读者来信"1951年11月29日。

大众的结合确保国家意识形态传播到民众的思维意识深处。而要完成这个任务首先是要通俗化的文艺。而"十七年"文艺所谓的大众化其实就是一种世俗化和通俗化。应该说，在那个特定的充满激情的年代，革命已经俨然成为一种思维定势和社会时尚，这种时尚必然需要配合自身逻辑发展的文艺。因此，当工农兵文学成为革命文艺的主流之后，必然要走向世俗化，世俗化不是庸俗化，而是指符合特定时代的特定氛围和精神状态，即文学创作需要围绕每一个人内心革命的进步的成长的思想动态、精神状态、心理趋向。当我们谈论"日常生活审美化"这个话题的时候，其实那些作品更多的是日常生活的"时尚化"，无论战争、革命还是成长，都是一种时尚的脚步。因为只有革命，只有进步，只有成长才是革命"时尚"，甚至连每一个个体的衣食住行都成为了"时尚"。革命干部、普通群众、革命者、军人都有着他们自身的年轮和轨迹。所以，"十七年"文艺创作者自然抓住了日常革命生活中的世俗化，其作品也都指向这种革命世俗化和革命历史化，从而传播四方，而备受读者和意识形态权利掌控者的青睐。于是，文学就具有了叙述历史的代述功能，它俨然成为一种过渡性的中介，负责把此岸的世界泅渡到彼岸的世界，并使读者在享受彼岸的愉悦中获得满足、认同和感激。

所以，文学述史，历史是一种镜像，是过去、现在、未来的一种互文性对照。因此，认识历史就是认识现在。只有认识历史才有资格对当下发言，尽管这种历史只是权力者过滤过的"历史"。当政治、革命和阶级是一个个体进步与否的分水岭之时，每一个人都渴望认识历史这一超级能指。为政治服务的作家自然更是历史的忠实拥趸，在他们的笔下，文学的虚构、想象与方法只是"历史代述"的一个美丽的表白，无论是巴尔扎克所说的"法国社会将要作历史学家，我只能当它的书记"，还是列宁称赞托尔斯泰为"俄国革命的一面镜子"，叙述历史已经成为革命作家的政治重任。因此，赢得了政权的权力拥有者开始总结历史，总结战争的正义和英雄牺牲的价值，这些战争小说也就成为了一种传记式写作，英雄传记和革命历史传记充满了整个"十七年"文学之中。作家吴强谈到《红日》的写作时总结道："透过这些血火斗争的史迹，描写、塑造人物，既可以有所依托，又能够同时得到两个效果：写了光彩的战斗历程,又写了人物。看来,我不是只写战史,却又写了战史,写了战史,但又不是写战史。战史仿佛是作品的基地似的,作品的许多具体内容、情节、人物活动,是在这个基地上建树、生长起来的。"①　也就是说,文学按照特定秩序和模式对历史事件进行重新分类、整理和鉴别,尤其是通过一种故事叙述和形象化建构进行历史挑选、知识剪裁和符号解码,从而对历史时间和历史空间重新编码。当作品写出来后,文学生产体制需要对这些作品进行文学检疫,通过的作品则进入排版制作,而没有通过的则重新修改,以符合需求。因此,文学写作成为一部分人进入庙堂获得进入特定社会阶层和权力阶层的入场券和身份标志。我们不能否认,这些作家真实的自觉的革命文艺追求。然而,在客观层面上,当一部文艺作品一举成名之后给自身带来名利双收的现实利益,因为这种结局是多数创作者梦寐以求的目标之一。社会结构对这些多数出身于底层的工农兵的作家进行塑造,他们大部分人在半封建半资本主义社会中,是无法获得话语权的。进入社会主义之后,他们通过文学创作获得了话语权。但是,其创作的文学作品首先必须被承认、被阅读、被流通。所以,他们必须考虑阅读主体——工农兵的阅读趣味、爱好等,而工农兵的阅读兴趣是与自己的利益攸关的,他们需要获得一种狂欢的快感和集体这一共同体的认同。文学与权利体制的合法认同是一种互为因果的关系,文学促进社会体制和权利体制的合法化、永久化和自然常态化,只有拥有了这种权力赋予的符号资本,文学才占有了符号权力和话语权力。文学从贵族精英转向大众精英,它们被书写成符合当时最为流行的主题观念的大众化小说。它们一方面建构了社会秩序和社会结构,从而教育和感化民众;另一方面它以一种狂欢化的姿态宣传着革命历史图景和民众想象的共同体以及共产主义胜利美景。

列宁1905年在著名的《党的组织和党的文学》中,进一步提出了党的文学的口号,指出:"文学事业应当成为无产阶级总的事业的一部分",社会主义文学应当"为千百万劳动人民服务"。对此,我们可以用布迪厄

---

①　吴强:《红日·序言》(修订本),中国青年出版社,1959,第2页。

的观点进行解释:"国家就是垄断的所有者,不仅垄断着合法的有形暴力,而且同样垄断了合法的符号暴力。"① 诚然,"新中国文艺"在渐进的文艺争鸣、文艺批判与权力规训中越来越纯真,最后在"文革"中成为"阶级"斗争的附庸工具。如周扬所说:"文学艺术是属于上层建筑的一种意识形态,是经济基础的反映,是阶级斗争的神经器官……我们的文艺应当成为以社会主义、共产主义精神,以无产阶级国际主义精神教育人民的锐利武器。"② 因此,在革命的权力中,人与人的关系在阶级专政中逐渐成为一种阶级关系。阶级编码工具建立了一套身份识别系统,不仅文艺工作者是身份识别的对象之一,而且文艺作品也是身份识别的对象。

所以,历史与人民的记忆成为一种可以置换的双重编码,或许说,作为不言自明的信念与常识,历史是对人民记忆的真实记录与呈现,它具有唯一的不可更改的真理的价值。然而实际上,历史永远是相对的概念,文学作为历史叙述以及教科书的形象化符号编码的文化资本,本身便是特权化了的权力话语,是国家意识形态所认可、支撑的知识。于是,"十七年"文学具有了历史代述和知识传播的修辞功能。黄子平认为革命历史小说"在既定意识形态的规限内讲述既定的历史题材,以达到既定的意识形态的目的:它们承当了将刚刚过去的'革命历史'经典化的功能,讲述革命的起源神话、革命传奇和终极承诺,证明当代现实的合理性,通过全国范围内的讲述与阅读实践,建构国人在这革命所建立的新秩序中的主体意识。"③ 因此,将先烈和前辈的战争事迹记载和流传是吴强创作《红日》的直接动机:"我认为莱芜战役、孟良崮战役都是战争艺术中的精品、杰作,毛泽东的战略战术思想,在这两个艺术品上焕发着耀目的光华色泽,就是我军受了挫折的涟水战役,到后来,都起了成功之母的积极作用。我珍爱它们,我觉得我有义务有责任表现它们。"④ 其实透过文本的深层结构,我们能窥见作家想通过作品建构一种自己的文学书写历史的

① 〔法〕布迪厄、华康德:《实践与反思》,李猛、李康译,中央编译出版社,1998,第302页。
② 周扬:《我国社会主义文学艺术的道路》,《人民日报》1960年9月4日。
③ 黄子平:《"灰阑"中的叙述》,上海文艺出版社,2001,第76页。
④ 吴强:《红日·序言》(修订本),中国青年出版社,1959,第2页。

观念:战争的狂欢化精神倾向是在特定的红色激情时代产生的,在这个充满了革命浪漫色彩的"红色时代"里,革命浪漫主义精神是通过近似狂欢的状态呈现的。这是特定时代作家对革命历史记忆的一种时代想象方式。这种狂欢的倾向自革命文学延伸到延安文学、"十七年"文学甚至"文革"文学当中。读者通过革命故事的阅读,自然也就被潜移默化。正如北京大学中文系教授孙楷第先生在 1951 年所说:"人民是喜欢听故事的,并且听故事已经习惯了,我们要教育人民,必须通过故事去教育。故事组织得愈好,教育人民的效果愈大。若是以故事性不强的小说去教育人民,人民一展卷,就知道是教育他。他若是不愿在小说中受教育,索性弃去不观,则作小说的一片好意,一时化为乌有,岂不可惜?"① 于是,战争的狂欢化叙事就在这种时代氛围和创造意图中应运而生。当文学成为历史的讲解员和叙事者,再现的历史永远不是历史本身,只能是历史中的媒介表象与叙事呈现。因为历史随着时间的流逝和空间的变迁已经无可挽回,表征着权力话语的历史与国家意识形态走向同构,并向受众传播革命历史记忆,进而在他们的思维深处种植革命知识和党史知识。而知识在福柯、布迪厄看来是一种文化象征资本的权力叙述,这已是著名的论断。利奥塔断言:"知识和权力是同一个问题的两个方面:谁决定知识是什么?谁知道应该决定什么?在信息时代,知识的问题比过去任何时候都更是统治的问题。"② 因此,这种霸权使得进化论时空进程的叙事逻辑成为所有作家的创作目标,革命在"渐进"的时间进化进程中成为一种话语修辞,它给予了掌握这种话语的个体者以权力,自然作为追求者或者一直参加革命的作者来说更需要通过自己的经验和想象传播这种话语。因为基于普遍的历史记忆,普及民众对民族国家合法化的心理,作为历史代述的《红日》必须要塑造出"赋予历史以秩序"的革命英雄典型和战争意识形态话语。于是,《红日》历史叙述具有了一种重复的线性时间进步观:从暂时的失利到胜利,从胜利到迎接更大的胜利。也就是说时间的进化演变成为革命的进步和战争的胜利。所以,小说开篇是阴暗的:"灰暗的云块,

---

① 孙楷第:《中国白话小说的发展与艺术上的特点》,《文艺报》1951 年第 4 卷第 3 期。
② 〔法〕利奥塔:《后现代状态》,生活·读书·新知三联书店,1997,第 14 页。

缓缓地从南向北移行，阳光暗淡，天气阴冷，给人们一种荒凉寥落的感觉。"语境的阴暗喻示了战争的失利，那么这种时间的挫败感在小说文本的叙述中开始走向转折，最后走向胜利。作者在结尾写道："军首长们，指挥员、战斗员们，红旗排、红旗班的英雄战士们，屹立在巍然独立的沂蒙山孟良崮峰的最高处，睁大着他们雄鹰一样的光亮炯炯的眼睛，俯瞰着群山四野，构成了伟大的、崇高的、集体的英雄形象。"集体英雄主义走出了战争挫折和压抑后终于获得了浪漫的想象共同体，时间成为一种霸权式的胜利意象，象征着经历了艰难的革命最后终于获得成功。因此，面对革命、历史与个体的纠缠，我们不禁要问，存留在个人生命记忆中的历史与集体记忆中的历史的边界是什么，个人记忆以什么方式铭刻历史时间。当历史时间与个人时间产生重叠的时候，个人时间不仅有了历史时间赋予的原初事实，更具有了个体亲身体验的此在的生命存在感觉。然而，在国家意志和集体意志的强势干预之下，个体放弃了个人时间记忆，走向了集体记忆构成的社会记忆。

第三节　神话隐喻

由于中国特殊的封建社会形态和家族宗法制度，使得财富集中在少数有产者手中，他们或通过经营或通过巧取豪夺或通过权力馈赠财富越来越大，国家权力也保障了有产者的权利和利益，而绝大多数人占有微小的一点财富。就是这一点财富在动荡的生活以及天灾人祸中无以自保甚或消失殆尽，再加上中国缺少公众保障福利制度，很多人往往沦为无产者且生命得不到保障。人总是在命运中孤独地生活，因为任何一个人都无法把握自己的命运。因此缺少信仰的民众渴望获得援助，这也就是中国几千年来儒释道宗教文化盛行的原因。而共产党"为穷人打天下"的宣传无疑使无产者获得了一线生机。民众的翻身成为革命者和革命群众参与革命的最直接动力，通过革命不仅可以使参与者获得生存的生产资料、物质资源的再分配和生产关系的主体性，更使参与者在精神上获得了扬眉吐气的主体自豪感、人际关系中的尊重感和个体的满足感。所以，个体的自尊和生命价值获得了利益最大化的实现，翻身和分地主浮财成为他们原初的革命动力，革剥削者的命也就顺理成章地成为无产阶级革命的目的和任务。因此，共产党成为拯救世界和引导人类幸福生活的指南。于是，对共产党的企盼成为每一个个体最温暖的救赎和神圣的希冀。当共产党夺取了国家政权之后，无产者通过分配获得了生产资料和身份地位，人民民主专政的国家保障机制也赋予了他们一定的权力，于是油然而生翻身感、解放感和自豪感。为了让更多的民众"吃水不忘挖井人"和"饮水思源"，就有必要通过文艺生产和文艺传播对读者和受众进行革命教育和记忆种植，让子孙后代都知道当年先辈们是如何取得革命战争的胜利的，文艺作品也就成为一种载体。而这种意识形态的传播无疑更加强化和牢固政权的合法性，使更多的民众获得党的知识和族群记忆。梁斌在谈到《红旗谱》系列创作时说："今天在文学作品里写起来，主要是写广大工农群众在阶级斗争中的英勇，这样便于后一代学习。"① 对语言、文化、道德、观念、常识甚至思维的革命知识体系进行改造，文学成为文以载道、舆论宣传的工具。如王蒙所说："在中国现当代，作家是一个很受注目的职业，文学曾经时时成为社会关注的焦点，成为发动大的政治斗争阶级斗争的由头或借口，文学成为政治的风向标、晴雨计。作家的戏剧性经历后面隐藏着的是中国的社会变迁史，也是人性的证明。"②

　　自古以来，我国民间文化活跃，不仅儒家传统源远流长，迷信神卜也是比较发达的。而宗教神如佛教之佛祖、道教之天师、基督教之上帝更是在晚清以来的动荡格局中被视若神明，神性救世、神灵意象、宗教叙事不仅在现实生活中，而且在文学创作中也获得了舒张。"十七年"小说尽管也有这种宗教叙事，但都是以一种稀疏的远影来作为文本背景的。如曲波的《林海雪原》，梁斌的《红旗谱》，欧阳山的《三家巷》《苦斗》，李晓明、韩安庆的《平原枪声》等。但更为重要的是，虽然在人物形象和故事中都有着宗教道庙背景，然而这都是作为一种半批判、半文化保护的对象物而存在。黄子平在《"灰阑"中的叙述》中专辟一章《"革命历史小说"中的宗教修辞》，他发现"革命历史小说"中的庙宇祠堂等场景安排

---

① 梁斌：《笔耕余录》，湖南人民出版社，1982，第288页。
② 王蒙：《人证与史证·序言》，陈徒手《人有病天知否》，人民文学出版社，2000，第3页。

得颇为有趣:"一旦有这等场景出现,多安排为'阶级敌人'作奸犯科之处所。"① 可以说,宗教的神性救世已经被"革命创世"所替换,这是历史的必然,因为宗教可以成为一种信仰,但无法建构一种"救世方式"。而革命是打碎落后国家机器的一种手段,可以拯救民众于水火之中,因此,"十七年"文学中包容着许多隐在的或显在的"革命创世"和"民主圣地"的想象,如杜鹏程的《保卫延安》、杨沫的《青春之歌》、吴强的《红日》、罗广斌等的《红岩》、刘知侠的《铁道游击队》等,"正面"的"我军""我党""工农兵"等成为拯救人类的"救世主"化身,而"反面"的"日本侵略者""国民党反动派""敌匪顽"等则成为了摧毁人类的"魔鬼"。于是,在军事战争文化规范下,"十七年"文学作家自然在创作上是紧紧守护这根红色的"敌我线"。这就需要我们去考察作家、文本与宗教、历史、革命的关系产生的方式、原因以及宗教叙事与现实想象的张力关系。

《林海雪原》中神河道人王宝森是个沾满人民鲜血的汉奸特务,他把真正的道人杀害,在庙里建构起反动的特务网络,最后被小分队彻底捣毁。《平原枪声》讲述的是共产党领导下的游击队,在极端恶劣的艰苦条件下与日本鬼子和汉奸伪军进行斗争并获取胜利的故事。当日军大队长中村的司令部就驻扎在衡水县城的西街耶稣堂里,而且还带着干女儿、大汉奸杨百顺的人尽可夫的妻子红牡丹,这本身就是一种亵渎与嘲讽。不仅县城的耶稣堂被占用,就是在故事的主战场肖家镇也是如此,"肖家镇出现了一种畸形的繁荣。几天之后,在镇南耶稣堂里,修起一座三层炮楼"②,很显然,在华北平原上,基督教是比较繁荣的。但它终究抵挡不了日本侵略者的铁蹄,也拯救不了中国人民。日本鬼子把侵略中国人民的指挥枢纽安置在教堂,作为"红部",喻示着日本侵略者希望能够替代基督教而成为所谓"拯救者"的意义,然而这种寓言不攻自破。教堂成为日本鬼子队长中村荼毒生灵、作奸犯科、金屋藏娇、藏污纳垢、杀害革命者的地方。作为一种政治隐喻,日本侵略者最后是被以马英为首的游击大队彻底消灭在耶稣教堂里,这就说明只有共产党领导的革命才能拯救中国。

---

① 黄子平:《"灰阑"中的叙述》,上海文艺出版社,2001,第91页。
② 李晓明、韩安庆:《平原枪声》,人民文学出版社,1978,第184页。

如果说，以上作品在描写风云际会的革命斗争的时候，自觉或不自觉地描写出作家内心对基督宗教的两难心理和复杂反应：一方面，把基督作为一种迷信，一种帝国主义控制中国人灵魂和精神的愚昧工具，是应该描写出它的所谓侵略本性；另一方面，基督教及其教会学校、医院在战争年代做出了很大贡献，收留、救济、医治了很多中国人，包括共产党员和革命者。如《红旗谱》中的张嘉庆在保定"二师学潮"护校失败后被抓，受伤的他被送到了教会医院医治。

当然，作家们大都具有坚定的共产主义信仰，那么在"十七年"文学中，宗教已经不具有拯救和启示意义。正是在这种取代之下，共产党、人民军队等成为拯救民众的革命者。所以，作为国家意识形态和为工农兵服务的文艺自然都充满了的英雄崇拜，"革命创世"和"圣地想象"成为"十七年"文学的两个最基本的关键词。正如小说《苦斗》中周炳认为："三家巷本来可以成为一个圣地，但是后来没有成了。现在是：腐败。肮脏。混乱。荒唐。感慨极深，不能忍耐！"① "圣地"成为革命者神圣化的地方。显然，周炳所说的"圣地"就是针对革命而言。因为当年三家巷的青年在五四运动和国共合作热潮启蒙下，为了中国的未来胜利前景而共同拯救中国。同时，这个圣经语汇在作家笔下也借用来比喻代表光明和中国未来走向的共产党机关及其领袖毛泽东等指挥、居住的地方——延安，追求和谐、平等、民主的延安以其神圣的革命圣火点燃了中华儿女的心。"圣地"也就成了基督教修辞的政治无意识的文化迁移。于是，杜鹏程在《保卫延安》中就专门描述了解放军指战员保卫圣地延安的情景："（周大勇）指着黄河喊：'同志们，我们马上要渡河……敌人正向延安进攻。同志们，延安，那是我们党中央和毛主席住了十几年的地方呀……民主圣地延安，全中国全世界谁不知道……'一道道的手电光，划破了无边的黑暗。战士们趁着手电光，看那城墙上、石崖上写着的字：'中国共产党万岁！''毛主席万岁！''我们要把蒋胡匪军埋葬在延安！''民主圣地延安是我们的，我们一定要回到延安来！'"② 延安不仅成了敌占区、国统区追求进步的青年

---

① 欧阳山：《苦斗》，作家出版社，1962，第705页。
② 杜鹏程：《保卫延安》，人民文学出版社，1958，第5~19页。

甚至全中国人向往的"民主圣地"和"革命圣地",更成了革命战士人人敬礼和保护的革命心脏。而欧阳山《一代风流》第四卷《圣地》也专门叙述了以周炳为首的三家巷革命青年奔赴革命圣地延安后所经历的革命风雨及其成长过程。因此,我们也就不难理解黄子平所说的话:"'圣地'一词的修辞运用,就更鲜明地显示政治权威的凝聚、集中和确立的过程……"① 所以詹姆逊认为:"第三世界的文本甚至那些看起来好像是关于个人和力比多趋力的文本,总是以民族寓言的形式来投射一种政治:关于个人命运的故事包含着第三世界的大众文化和社会受到冲击的寓言。"②

于是,沸腾的革命群众排山倒海的革命歌曲,使民族主义空前高涨。泛政治化和泛道德化的阶级斗争对人与人建立的各种关系进行强制性劫持和伤害,个体的思想、情感和良知已经开始被支配,革命意识形态话语对文学话语也进行着改造。例如《铁道游击队》中,铁道游击队通过传统文化去祭祀死难的烈士:供奉神牌,给死难的烈士献上一桌好酒菜,这是传统民间文化赋予乡土中国的日常生活情景,应该是无可厚非的。但是,后来在修改中却把这种宗教性文化进行了删除。当然,革命有时也是一把双刃剑,它既建构了一种新的秩序意义,也解构了原有的文化秩序。唐小兵认为:"革命的最终意义,正在于彻底取消所有其他意义,完全抹煞构成意义所必需的差异和界定(时空的、社会的、语言的、人体的);而暴力的原始构成,便是对于他人的否定,强使他人构成行为的对象和纯粹的物质。因此暴力带来的恐怖和残忍,同时也给予一种'直接现实意义'的动人幻象,诱发一种趋近于崇高的乌托邦式美感。这正是暴力革命的核心逻辑,是和一个回荡着'危机''存亡''解放''新纪元'的时代密不可分的。暴力的辩证法,则在于以肯定人的价值为出发点的暴力,其实正是否定了作为主体的人,而最终却仍将唤起新的、更强烈的主体意识。"于是,有的研究者从革命起源角度去论述战争小说的宗教情怀:"基于种植普遍的历史记忆,普及民众对民族国家合法化的心理,作为民族国家的战争叙事文本《保卫延安》必须要塑造出'赋予历史以秩序'

---

① 黄子平:《"灰阑"中的叙事》,上海文艺出版社,2001,第94页。

② 〔美〕詹姆逊:《晚期资本主义的文化逻辑》,张京媛译,生活·读书·新知三联书店,1997,第523页。

的自己的英雄典型和战争意识形态话语,于是战争的宗教情怀在这样一种时代氛围和创造意图中应运而生。"也就是说,长篇战争小说通过革命意识形态话语和宗教性修辞进行无产阶级价值和信仰的传播,整合文化内部之间的个体性关系以及秩序,进而让所有人都确认和尊重政权的来之不易与唯一合法性。

总之,由于中国共产党领导的革命斗争的主体是以农民为基础的工农兵,只有通过文艺的大众化、通俗化宣传,才能启蒙和感化大众的革命感情和阶级素养。无产阶级的政治意识形态代表着无产阶级的利益的意义系统和价值信仰系统。通过文艺意识形态话语实践载体传播到公共领域和私密空间中,使个体的趣味、习惯、道德和公共社会的习俗、宗教、教育、媒体、文化、政治、社会关系相互确认,并充满这种秩序。因此,政权、国家意识形态、文艺工作者等合力打造和传播新型社会的政治理念,文学被纳入党的事业的一部分,文艺工作者被赋予了革命教育的功能。这种工具理性使得作品形成了一套规范,即文学主人公的主体成长体现在精神上的自信,他们是和历史进步、意识形态的逐步扩展、民族国家的现代建构产生互文同构的,共同确证新民主主义革命和人民民主政权建立的逻辑必然。从而使个体时间与历史时间、个人话语与集体话语、私人身体与肉成道身相辅相成、共同进退、互为因果。也就是说,"十七年"文学对工农兵典型的成长塑造和革命圣地的追寻不仅确证了革命的合法性,也反映出了民众对革命的认同,从而成为时代共名的主题。

第四节 深层审美缝隙的显现

如上所述,文学生产体制的高度集中化对文学的审查建构起了合法性文学规范,使得"十七年"文学逐渐走向"清一色",即洪子诚所说的"一体化"格局。① 于是,长篇战争小说作为一种历史代述和神性修辞的载体注重着革命利益的最大化和最优化。但是,小说是典型的聚合和艺术

---

① 洪子诚:《问题与方法——中国当代文学史研究讲稿》,生活·读书·新知三联书店,2002,第188页。

创造，作为一个由情节、故事、语言、人物、叙事等要素组合而成的完整的作品，依然暗含了艺术创作的普世价值。当这种审美意义释放出来的时候，文学作品在时空交错的文化网络中也就具有抚慰心灵的创伤、缓解情绪的紧张与焦虑的功能。正如一青年学者所说："一方面，文学作为一种重要的话语实践，通过二元对立的叙事，通过作用于我们的感知、体验和观念，通过促使我们积极回应意识形态这一主体向我们发出的质询，通过在人的意识或无意识层面上改变人们的信念，而使自己成为一种具有隐匿性质的意识形态装置，成为一种符号权力；但另一方面，文学对于自己审美形式的追求又可能会使自己成为特定意识形态的离心力量，文学话语的文学性可能会掏空、肢解和撕裂意识形态的整体性、具体性和连贯性，并导致它所由出发的符号权力遭到削弱，甚至归于解体。也就是说，文学可以被确认为一种话语权力，一种符号权力或意识形态，但却远不是一种严密、稳定和完善的权力。"① 于是，文学作为一种审美意识形态，其叙事功能具有化约甚至消解权力的力量。同时，文学是作家的个体行为，而作家的社会角色是由自己的想象和公众对自己的要求构成的。两种不同的元素建构的社会角色极易产生分裂，当这种矛盾的社会角色渗透到文本的无意识当中，自然也就影响到文本的内部对抗。而且权力机构、公众与作家自身对自己的政治期望往往会产生差距，因此社会角色和个人政治期望的差异性既相互兼容又相互冲突，极易导致文本内部的意义裂变，并与流行的政治文化产生裂隙。因此，作者在艺术生产过程中，其个体的艺术审美的主体性总是不自然地突破自己设置的防线，溢出文本语境的规范，成为一种潜在写作。陈思和的《中国当代文学史教程》无疑就是这种深层审美裂隙研究的重要成果。

也就是说，任何一个个体首先是世俗生活中的人，尽管他在政治的锻炼中已经开始革命化追求，但是，人的享乐心理与审美愉悦总是不自然地改写作者的思想边界和创作边界。他的思想抵御防线无法坚守纯真的无欲无求，但是又不能在作品中去表现自己的欲求，这既不符合当时的文学要

---

① 朱国华：《文学与权力——文学合法性批判考察》，华东师范大学出版社，2006，第21页。

求，也不符合自己的思想改造，只有将其深深地压抑，而这种压抑又通过变形了的潜意识重新进入文本当中。而掩盖的本质是一个作家人格的坚守和对世界的尊重。因为文本不仅仅是个客体，更是主体，尽管作家受到外界权力的干预，但其创作自身是作家赋予权力秩序下的行动或过程。所以，洪子诚用"一体化"概念概括当代文学的组织方式和生产方式以及由此建立的"高度组织化的文学世界"，但其实"一体化"并不是凝固的，而是"文化'分层'的现象，不同力量的矛盾冲突并没有消失。"①这就意味着，这些演绎国家意识形态的文本，在其叙事裂隙中还存在着无数耐人寻味的无意识前文本，一个环抱着一个，循环往复。正如一位年轻学者所说："'十七年'小说文本为我们提供了十分生动的文学现象，帮助我们分析那个时代在表层运作的政治权力话语和深层运作的审美自觉。从某种意义上说，'十七年'文学的宝贵价值恰恰在于这种政治权力话语与艺术审美自觉在对接时形成的叙事裂缝，并保留了其他任何社会历史文献中都不会出现的张力因素。"②因为文学是由情节、语言、故事、叙述等构成的有机体，通过逻辑连接建构起强大的意义系统，形成一个具有弹性的圆形封闭系统。一方面消融外界社会赋予文本意义的教化功能，使得文本成为一种客体世界的反映；另一方面这种圆形封闭系统对施压于文学自身的压力和强塑进行反弹，使得作家创造的文学世界成为一个自足的整体世界，彰显着文本的诗意激情与审美意。况且文学又是个体对此在世界的一种审美认识和文本反映，在载道之余也必然具有审美功能。正如董之林所说："如果把故事套路也看作是一种叙事规则，那么故事中无数生动的、横生恣肆的细节，不仅使读者忘了套路，使叙事规则的边界十分模糊，也使小说很难完全受某一种文艺观念驱使，做某一时期文艺政策的驯服工具。"③

具体说来，作为一种意义网络的生产与阅读，文学文本构成意识形态的表意策略，作者、读者和文本主人公产生了内在的同一性。同时，文学固有的虚构性、想象性、多义性、审美性往往又突破意识形态的价值预设和独白陷阱。因此，研究者必须探究每一个字的意象和隐喻，从而获得意

---

① 洪子诚：《问题与方法》，生活·读书·新知三联书店，2002，第210页。
② 王宇：《性别表述与现代认同》，上海三联书店，2006，第189页。
③ 董之林：《关于"十七年"文学研究的历史反思》，《中国社会科学》2006年第4期。

义的各层结果。因为任何作品都是一种象征行为，这导致作者的书写方式、作品的叙述视角、话语的潜隐程度、叙述的层次结构等既有共同的目的论追求：革命的合法性和集体性；同时也各有差异：任何一个人的欲望自由都是无法消灭的，它会以一种隐性的方式存在于边缘语境之中，存在于革命话语和个体话语的夹缝之中，一旦遇到合适的场合、时机必然会不屈不挠地显现出来。因而民间伦理的游移、身体欲望的无意识呈现、作者想法的真实流露都可能使文本涌动着日常生活的鲜活和复杂。如此，形成了作品的阅读张力，存在着许多空白需要读者和研究者在话语叙述的夹缝中挖掘、填充。因为任何一个文本都存在着意义的不确定性和意义空白，而这种空白往往是所指与能指之间产生矛盾所致。罗兰·巴特进一步指出："当人们视文本为一种多义的、多种潜在意义交叉的空间的时候，就已经有必要将意义从独白的、合法的身份中解放出来并且将其多重化：内涵意义的概念或大量的第二意义、引申意义、联想意义那些连接在指示意义上信息之上的语义'振动'就是向上述解放提供帮助。"① 这种叙事使文本的多义性、空白与文学的母题或原型产生重构。而这一点在接受美学中也有表达。接受美学认为，文学作品的价值常常是由两极组合而成，一极是具有未定性的文学文本，一极是读者阅读过程中的具体化。这两极的合璧才是文学作品的完整价值。任何文学文本都具有未定性，因为它们是意义方面的意向性的投射，文本中不可能使用尽可能多的细节来填补所有的"间隙"和"空白"。所以，文本是一个多层面的充满空白的图式结构。因此，文本的意义产生需要靠读者来排除或填补未定点、空白和文本中的图式化环节。对这个过程英加登称之为"具体化"，通过阅读的具体化过程使文本意义及其表现世界从图式化结构中呈现出来。历史如何讲述意义的产生，讲述战争给人以恐惧，作家从硝烟笼罩的战场与人类的生死两茫茫中走出，感受到人的生与死的可能。根据弗洛伊德的心理学分析，人有求生与求死的本能，当人达到极限的时候容易爆发出藐视死亡的潜能。生命的无常给人恐惧，而超越生死界限的本能反应与心理沉寂却是如此的荒谬与悖常，历史的寻找与追寻在战争的无序中失落，人生的渺茫感

---

① 〔美〕罗兰·巴特：《文本理论》，《上海文论》1987 年第 5 期。

也油然而生。这是人性的正常反应。很显然，这在"十七年"小说中都已经被过滤或者被屏蔽了，就是仅有的一些也被当作自然主义和否定党的领导而受到批判。例如王林的《腹地》就被停止出版和销售。

　　同时，在历史代述中，其文本中的传统文化因子和武侠化的通俗借鉴又消解了受众被规训的可能。如《红日》中的团长刘胜、连长石东根等英雄成长过程成为吸引读者的要素之一，"作家没有把他们写成十全十美的完人，而是在表现他们的英雄行为时，也十分注意表现他们的七情六欲，挖掘他们自身的性格弱点，以及在战争进程中人物精神上的自我斗争。作家对团长刘胜和连长石东根的形象塑造虽然并不排除借鉴外国文学作品的因素，但在50年代战争文学形象中仍然是独特的。作者不仅写出了他们作为我军基层指挥官的一面，还写出了来自他们的农民出身的性格弱点……比如作为一团之长的刘胜对知识分子（政委陈坚）的偏见，他的时间观念的淡薄。又如连长石东根在胜利后醉酒纵马，身着缴获而来的敌军军官的装束，狂奔乱喊，这叫人想起《水浒传》中的阮小七在征方腊获胜后的醉酒细节，把农民阶级造反的某些特性展露无遗。吴强这样的描写显然不是对《水浒》的单纯模仿，而是隐含了对农民文化传统的批判意味，从而一定程度上显示了作家作为一个知识分子的启蒙主义立场。尽管作家的这一立场在强大的时代共名下显得有点游移不定，但其探索仍然是难能可贵的。"[1] 革命话语、个人话语和通识普及话语相互影响、相互强化，致使读者在革命化的言情和武侠中也感受到另外一种快感。而这种快意恩仇式的思维叙事在一定程度上又消解了战争小说与英雄形象的革命崇高性。

　　总之，大众话语与政治精英话语共同抵抗和改编知识分子话语，使其成为潜在的地下话语，而知识分子话语往往又溢出政治话语，不自觉地显露在文本当中。所以程光炜认为："'十七年文学'在其发展中，体现出一种双重性格和两个相互矛盾的主题：正面与反面，审美与反审美。它们经常处在相互纠结、缠绕的一种比较紧张的状态。"[2]

① 陈思和：《中国当代文学发展史》，复旦大学出版社，1999，第63页。
② 程光炜：《文学想象与文学国家——中国当代文学研究（1949~1976）》，河南大学出版社，2005，第12页。

第八章 "十七年"长篇战争小说的正文本修改

　　古代校勘学主要是考察文本在传抄过程中的讹误、妄改，通过校勘、辑佚、训诂寻找原始正宗版本。而"十七年"小说版本校勘则主要是寻找版本变异的内容、意义及背后原因。因为它无需如古典文献一样辨真伪，它的每一个版本都是成立的，都是在各种原因下进行的修改，都具有自身的合理性。正如荷兰学者佛克马所说："所谓重写（Rewriting）……与一种技巧有关，这就是复述与变更。它复述早期的某个传统典型或者主题（或故事），那都是以前的作家们处理过的题材，只不过其中也暗含有某些变化的因素——比如削删、添加、变更——这是使得新文本之为独立的创作，并区别于'前文本'（Bretext）或潜文本（Hypotext）的保证。"① 这也就是说，每一次修改其实都是一次独立的再创作。所以，我们首要的目标就是对校"十七年"长篇战争小说版本的异文并进行阐释。由此分析时代特色、作家动机、作家的心理累积与认知程度、政治印记、意义变化等文本背后隐藏的潜在内容。

第一节　版本修改时空图

　　新中国诞生伊始，为确立文艺方式，树立创作标杆，1948～1950 年

---

　　① 〔荷兰〕佛克马：《中国与欧洲传统中的重写方式》，范智红译，《文学评论》1999 年第6 期。

新华书店出版了一套集解放区优秀文艺作品之大成的"中国人民文艺丛书"。这是毛泽东的《延安文艺座谈会上的讲话》成为新中国文艺发展纲领的反映,更成为新中国作家在新的时代创作、模仿、学习的榜样。尤其是从国统区过来的作家通过学习和进行思想改造,他们纷纷开始按照新的主题、新的人物形象和新的艺术样板修改作品。1951 年和 1952 年开明书店出版了一批新文学选集,当时成立了由茅盾任主编的"新文学选集编辑委员会",出版两辑。第一辑 12 本包括鲁迅、瞿秋白、郁达夫、闻一多、朱自清、许地山、蒋光慈、鲁彦、柔石、胡也频、洪灵菲、殷夫等作家的选集;第二批包括郭沫若、茅盾、叶圣陶、丁玲、田汉、巴金、老舍、洪深、艾青、张天翼、曹禺、赵树理等,这些都是进步作家。1952 ~ 1957 年人民文学出版社出版一大批新文学作家选集、文集和单行本。这些作品都被作者或他人按照解放区文艺传统和毛泽东文艺讲话进行修改。对于"十七年"小说作品而言,他们本身是来自解放区的革命作家,是新政权的享有者和保护者,他们主要通过版本修改对作品进行艺术上的自我完善,使作品更适应意识形态的传播。当然,其修改也包含有知识分子自我再改造、再进步的意味。笔者对"十七年"出版的长篇战争小说及其版本修改次数进行了大致归纳,其版本修改见表 9。

由表 9 可以看出,"十七年"长篇战争小说在中国当代的文学生产和文化传播中,经历了五次重要的长篇小说修改浪潮:第一次是在 1955 年百花齐放时期,当时文艺风向标不断调整;第二次是在 1959 年新中国成立十周年前后,需要为国庆十周年献礼;第三次是在 1964 年"文化大革命"来临的前夕,如吴强的《红日》在 1964 年的修改;第四次是 1976 ~ 1978 年,虽然"文革"结束,大部分作品重见天日,但由于政治上当时依然推行"两个凡是"等极左政策,所以作品的修改依然延续了"文革"的文风;第五次是 1979 年到 20 世纪 80 年代,十一届三中全会和第四次文代会的召开,扫除了极左障碍,作家和作品几乎都被平反,在新的时代面前,作家们选择了修改。这几乎都是"十七年"长篇战争小说作家的最后的修改定本。正如沃夫尔冈·凯塞尔所认为的:"一个可靠的版本,我们可以下这样的定义,就是一个能够代表作家意志的版本……这个版本是作者曾经亲自处理的,所谓'最后修订的'版本,它因此代表他最后决定

表9　长篇战争小说版本修改流变

修订版时间	作品，作者	关于修改的说明文字以及其他内容	版权页备注，包括出版社、印数、价格、页码等
1949年5月	《吕梁英雄传》马烽、西戎	《后记》："最近，我们又抽空校阅，修改了一遍，共编成了现在的八十回。初版上部中所存在的一些主要缺点，也进行了一些修改。"	1949年新华书店初版，《晋绥大众报》1945年连载95回，1946年在吕梁文教出版社、东北书店等印行上部37回
1951年5月	《平原烈火》徐光耀	根据版本比较，修订颇大	人民文学出版社1951年5月1版，1954年5月7印，13.8万字，1万册，6900元，242页
1954年7月	《领导》李尔重	《内容提要》："本书曾由三联书店出版，现经作者修订，重排出书。"1950年初版	作家出版社1954年7月1版，1.9万册，7100元，14.4万字，252页
1954年	《老桑树下的故事》方纪	《内容说明》："原书曾于1950年由三联书店出版，现经作者修订，重排出书。"	作家出版社1954年8月修订第1版第1印，2.1万册，10.7万字，5400元，186页
1955年8月	《铁道游击队》知侠	《后记》："《铁道游击队》出版以后，曾接到不少读者来信，给了许多鼓励，有的读者并提出宝贵的意见。这次再版，我综合了这些意见，作了一次文字上的修改。"	新文艺出版社1955年8月普及本第1版1印、40.8万字，50020册，1.16元，352页。封面作者：罗工柳
1955年10月	《燕宿崖》（竖繁版）周而复	正文末尾标示了写作时间："一九四七年十二月二十七日香港"，《本书出版说明》："原著曾由群益出版社和新文艺出版社先后出版过。现根据作者修正本重排出版。"	作家出版社1955年10月1版1印，16.9万字，7500册，0.82元，296页。封面作者：沈荣祥
1955年	《风云初记》孙犁	《内容说明》："本书原分两集（即第一集、第二集——笔者注）印行，现经作者修订，合为一本，重排印行。"	人民文学出版社1955年1版
1956年1月	《保卫延安》杜鹏程	1958年版《后记》写到："1956年初，这本书重排的时候，我曾经修改过一番：删去了数千字，增添了两三万字。"	人民文学出版社1956年1月2版，36.8万字，9万册（精装3万册），1.5元，504页

续表

修订版时间	作品、作者	关于修改的说明文字以及其他内容	版权页备注,包括出版社、印数、价格、页码等
1956年11月	《新儿女英雄传》袁静、孔厥	《出版说明》:"这部小说……现经作者之一袁静同志作了修改,由本社重排出版……孔厥,后来由于道德堕落,为人民唾弃;但这并不影响这本书存在的价值。"	人民文学出版社1956年11月横排第1版1印,1万册,0.65元。黑白水墨插图6幅,彦涵插图
1958年12月	《保卫延安》杜鹏程	1958年版《后记》:"这次重排也在字句方面作了一些小的改动。"1979年版《重印后记》:"到了一九五八年,我又在这个基础上把这本书作了一些修改……这个本子,比起前几个本子,充实得多了。可惜,出版不久即被'烧毁'。"	人民文学出版社1958年12月第1版,33.1万字,469页,4.1元
1958年12月	《吕梁英雄传》马烽、西戎	《出版说明》:"最近作者根据出书以来读者所提意见及作者自己所感到的问题,将书中时间前后有矛盾的地方和较为难懂、生僻的方言土语,以及个别不妥的词句,做了一些删改,现在重排印行。"	人民文学出版社1958年12月北京第1版,27.9万字,2000册,309页,2.1元
1959年1月	《野火春风斗古城》李英儒	根据版本比较,修订颇大	作家出版社1959年1月1版1印10万册,同月加2印10万册,1.15元,32.4万字,445页。封面作者:王荣宪
1959年3月	《在斗争的路上》夏阳	《后记》:"根据各方面提出的批评在原有基础上作了修改。同时为了使篇幅压缩得短些,删去了约五万字,原来是三十章,删并为二十四章。"	修改本由江苏文艺出版社1959年3月初版,5月第4印,10.07万册,0.9元,21.5万字,286页
1959年4月	《浅野三郎》哈华	《三版题记》:"尊重多方面的意见,有许多处的修改。"原华东新华书店印7000册,新文艺出版社印3.722万册	上海文艺出版社1959年4月新1版1印,18.3万字,1.4万册,0.8元,299页
1959年5月	《铁道游击队》知侠	经过比较,修改颇大	人民文学出版社1959年5月新1版1印,39万字,2万册,2.2元,566页

续表

修订版时间	作品、作者	关于修改的说明文字以及其他内容	版权页备注,包括出版社、印数、价格、页码等
1959 年 9 月	《林海雪原》曲波	这是责任编辑龙世辉修改过的版本。版权页:"本书原由作家出版社于 1958 年 7 月出版,现增加了后记,由本社根据作家出版社再版本印行。"	人民文学出版社 1959 年 9 月北京 1 版 1 印 3 万册,11 月 2 印 5 万册,2.2 元,39.2 万字,559 页
1959 年 9 月	《红日》吴强	《修订本序言》道:"为了回答好些同志的关注,对这(爱情描写)一部分,都作了一下,在前次和这次的版本里,对这(爱情描写)一部分,我都作了一些修改……每次再版,改动得更多一点。"句上的重作推敲,改动得更多一点。"	中国青年出版社 1959 年 9 月第 2 版 1962 年 4 月第 1 印,1 万册,1.38 元,546 页
1959 年 10 月	《草原烽火》乌兰巴干	扉页的版权页上注明:"本书原由中国青年出版社 1959 年 1 月出版,现经作者修订并增'序言'及后记各一篇,由本社重排印行。"	人民文学出版社 1959 年 10 月初版 1 印,35.5 万字,2.05 元,499 页
1959 年 10 月	《变天记》张雷	版本比较修订颇大。本书 1955 年初版,总数已达 274.5 万册	中国青年出版社 1959 年 10 月新 1 版,1964 年 2 月 4 印,417 页,90 万字,27.8 万字,普及本定价 0.87 元,无插图
1959 年	《苦菜花》冯德英	《后记》:"这次人民文学出版社重排出版这本书,我趁机做了些修改。"	人民文学出版社 1959 年,528 页
1960 年 6 月	《战斗的青春》雪克	《内容提要》:"本书初版于一九五八年九月。初版出书后曾引起文艺界热烈的讨论。作者听取了各方面的意见,进行了重大的增补和删改,使小说中的人物形象更加丰满完整,内容更加充实。因此新版本无论在思想上艺术上都比初版本有了进一步的提高。"	上海文艺出版社 1960 年 6 月新 1 版 1 印,40.3 万字,3 万册(含精装 2000 册),总印数达到 15 万册(精装 2.2 元),574 页
1961 年 3 月	《战斗的青春》雪克	《后记》:"按照情节发展,英雄人物必然要壮烈牺牲了。而根据读者'愿意英雄活下来和我们共同建设社会主义'的强烈愿望,为了发扬革命乐观主义,我大改了一下,使英雄出平意料地活下来了。"	上海文艺出版社 1961 年 3 月新 2 版 2 印,40.7 万字,5 万册(含精装 3000 册),马鹏、叶公贤,周小根插图

续表

修订版时间	作品、作者	关于修改的说明文字以及其他内容	版权页备注，包括出版社、印数、价格、页码等
1961年12月	《野火春风斗古城》李英儒	《序》："这次修改本中，正面添补了一些情节，充实了一些描写。使地下斗争力量有了复线，避免孤军作战，修改了某些不妥善的爱情纠葛，改变了某些偶然与巧合的情节。"	作家出版社1961年12月第2版1963年3月第1印1963年20万册，1.5元，33.6万字，472页。裴沙插图
1961年	《迎春花》冯德英	《内容介绍》："此书一九五九年由本社出版，一九六一年再版时，作者曾作了局部修改；这次再版作者又重新作了修订。"	解放军文艺出版社1961年
1962年6月	《铜墙铁壁》柳青	《出版说明》："本书原由我社于1951年9月出版，1958年9月曾重排印行，现根据本书经作者修订后重印。"	人民文学出版社1965年4月第3印，17.2万字，8万册，0.75元，238页
1963年7月	《敌后武工队》冯志	《内容提要》："这次再版前，作者在文字上又作了较大的修改和润色。"	解放军文艺出版社1963年7月第2版第13印，33万字，5万册，1元，467页，总印数已达93.1万。路坦插图和封面设计
1962年9月	《林海雪原》曲波	有修改	作家出版社1962年9月第2版，8.33万册，40.4万字，598页
1962年12月	《战斗的青春》雪克	《后记》："又坚决地做了这第三次的修改。其中改动最大的是：恢复了英雄壮烈牺牲的结尾；使英雄人物的感情自然流露，心灵更向读者敞开，使反面人物的行为的发生和发展更含蓄一些；在语言上尽力去掉了一些老朽的东西。"	收获创作丛书，上、下册，上海文艺出版社1962年12月新3版11月2印，8.1万册，2.05元，824页。钱君匋装帧
1962年12月	《太行风云》刘江	《内容说明》："本书原于一九五九年由山西人民出版社出版，此次经作者全面修订、增补后，改由我社出版。"	作家出版社1962年12月版7万册，1.3元，37.5万字，534页。潘世勋装帧插图
1962年	《铜墙铁壁》柳青	《出版说明》："本书原由我社于1951年9月出版，1958年9月曾重排印行，现根据重排本经作者稍作修订后重印。"	人民文学出版社1962年第2版1965年4月3印，8万册，17.2万字，0.75元，238页

续表

修订版时间	作品、作者	关于修改的说明文字以及其他内容	版权页备注，包括出版社、印数、价格、页码等
1963年7月	《山乡风云录》吴有恒	《内容说明》："本书曾由广东人民出版社印行，现经作者校订，由我社重排出版。"	作家出版社1963年7月版，平装本4.22万册，4万册，1元，24万字，343页。封面画：柳成荫
1963年7月	《新儿女英雄传》袁静，孔厥	根据版本比较，修订颇大	作家出版社1963年7月北京第1版第1印，10万册，17.9万字，262页，0.64元，封面作者：溪水，无插图
1963年7月	《敌后武工队》冯志	《内容提要》："这次再版前，作者在文字上又作了较大的修改和润色。"	解放军文艺出版社1963年7月第2版1965年2月第1印，10万册，33万字，404页，1元
1963年9月	《茫茫的草原》玛拉沁夫	《内容说明》："本书初刊于1957年，现经作者重写，该书现为排新版印行。"1957年4月初版为《在茫茫的草原》（上部），此次改为《茫茫的草原》	作家出版社1963年9月出版修订本，28.1万字83100册，1.4元，402页。插图：官布，封面图：官其兄
1963年12月	《烈火金刚》刘流	中国青年出版社1958年9月第1版和1963年12月第2版有过修改	上下册，1978年11月第9印，封面设计：孙世涛，565页，20万字，37.3万字，1.15元
1964年1月	《林海雪原》曲波	经过比较，有大的修改	作家出版社1964年1月第3版第7印。40.2万字，（平）5万册；（精）0.1万册，1.2元，572页。封面设计：吴作人
1964年8月	《红日》吴强	1978年版《三次修订本前言》："一九六四年我在江苏常熟参加'四清'运动的时候，对这本书再次作了修改。"	中国青年出版社1964年刊本
1965年4月	《铁道游击队》知侠	经过比较大修改	作家出版社上海编辑所1965年4月新1版1印，40.2万字，9.8万册，1.6元，571页
1972年4月	《海岛女民兵》黎汝清	《内容说明》："以主人公女民兵连长海霞讲故事的方式写的，所以读来亲切感人。这次再版，曾经作者进行了一些修改。"	人民文学出版社1972年2月第2版第1印，305页，0.6元，封面画：寇洪烈

续表

修订版时间	作品、作者	关于修改的说明文字以及其他内容	版权页备注,包括出版社,印数,价格,页码等
1972年6月	《连心锁》兑杨、文基	该书1962年1月第1版,本次出版有修改	山西人民出版社,1972年6月第2版
1972年	《渔岛怒潮》姜树茂	《内容说明》:"这次再版,又经作者进行了修改。"	人民文学出版社1972年,537页,0.9元
1973年9月	《难忘的战争》孙景瑞	《内容提要》:"本书原名《粮食采购队》。这次重版作者努力学习和运用革命样板戏的创作经验,进行重大修改。经过修改,作品在深化主题思想、创造无产阶级英雄形象等方面,比原著有显著的提高。"	上海人民出版社1973年9月新1版1印,24.7万字,30万册,0.67元,365页,增加7万字,次印刷了50万册
1973年10月	《连心锁》兑杨、文基	《内容提要》:"这部小说,我于1962年出版后,这次重版,作者根据工农兵群众的意见作了重要修改。"	山西人民出版社1973年10月第3版第3印,100万册,0.87元,24.3万字,374页。封面设计:董辰生
1976年2月	《铜墙铁壁》柳青	《内容说明》:"本书于一九五一年初版,一九五八年再版。这次再版,作者在文字上作了不少修改。"1973年8月1日修订到。"(245页)	人民文学出版社1951年9月第1版,1976年2月第2版第13印,17.2万字,0.49元,245页
1976年3月	《武陵山下》张行	正文末尾标示:"一九五九年3月初稿于东江;一九六五年十月改于长沙;一九七五年六月重订于表峰。"	湖南人民出版社1976年3月第2版,1977年8月3印,20万册,61.4万字,948页
1976年4月	《不息的浪潮》孙景瑞	《内容提要》:"这次重版,作者努力学习和运用革命样板戏的创作经验,进行了重大修改。作品在深化主题、塑造无产阶级英雄形象方面,比原著有显著的提高。"	上海人民出版社1976年4月初版1印,0.9元,32万字,493页。(初版名为《红旗插上大门岛》)
1977年8月	《吕梁英雄传》马烽、西戎	《再版后记》:"我们日以继夜进行校阅修改工作。虽然时间仓促,我们还是想把此重排再版出来的一些宝贵意见,做一番认真的校改。"	人民文学出版社1977年8月第22次印,27.9万字,7万册,427页,0.81元,封面设计:高燕
1977年9月	《铁道游击队》知侠	《重版说明》:"这次再版,只在个别情节和文字上作了一些删改。"删除铁道游击队护送胡(刘少奇)同志过铁路的情节	上海人民出版社1977年9月新1版1印,39.6万字,1.1元,610页

续表

修订版时间	作品、作者	关于修改的说明文字以及其他内容	版权页备注、包括出版社、印数、价格、页码等
1978年1月	《晋阳秋》慕湘	《出版说明》:"《晋阳秋》是长篇小说《新波旧澜》的第一部……这部小说写于一九六二年由我社出版。这次再版,作了修订。"	解放军文艺出版社1978年1月第2版
1978年3月	《苦菜花》冯德英	扉页版权页标明:"该书1958年1月由本社出版。这次再版,作者又重新作了修订。"	解放军文艺出版社1978年3月第2版,36.8万字,1.15元,524页。封面设计:吴建坐
1978年4月	《战斗的青春》雪克	《后记》:"这次上海文艺出版社重印此书,我只在个别字句上作了一些修改。"	上海文艺出版社1960年新1版,1962年12月新3版,1978年4月第5印,42.3万字,1.25元,651页
1978年4月	《小矿工》杨大群	《内容提要》:"本书初版于1957年,现在根据1962年第二版作修改重印。"(1957年中篇小说扩充为1962年版长篇小说)	少年儿童出版社1978年4月初版1印,14.4万字,0.41元,240页,范一辛绘图
1978年6月	《前驱》陈立德	《内容说明》:"本书初版于1964年,现经作者修订,重印出版。"本书为"大革命三部曲之一"	人民文学出版社1964年8月第1版1978年6月第3印,49.6万字,1.45元,734页。封面设计:溪水
1978年8月	《红日》吴强	《三次修订本前言》:"趁这次重版,考虑了读者们的意见,又将书中的个别情节和字句作了一点改动和修饰。"	中国青年出版社1978年8月第20印,37.8万字,563页,1.15元。封面设计:刘旦宅
1978年9月	《红色交通线》袁静	该书《后记》写道:"今年,作者对原作进行了修改,交给我社……予以重新出版。"	河南人民出版社1979年1月第1版,17.2万字,13万册,0.51元275页,封面设计:刘吉成
1978年10月	《平原枪声》李晓明、韩安庆	《内容说明》:"本书初版于1959年,现经作者修改,重排印行。"	人民文学出版社1978年10月第1版,38.3万字,1.1元,589页,封面设计:张慈中
1978年10月	《野妹子》任大星	《再版说明》:"现在,作者又对《野妹子》进行了一些必要的加工和修改,重排再版,供广大青少年读者阅读。"	百花文艺出版社1978年10月第2版,13.8万字,0.7元,255页,装帧插图:董辰生
1978年12月	《长城烟尘》柳杞	《内容提要》:"该书一九六二年十月由本社出版,这次再版,作者又重新作了修订。"正文末尾标示:"1962年3月重新修改;1978年3月重版前略过。"	解放军文艺出版社1978年12月第2版第1印,19.2万字,0.6元,282页,无围画插图。封面设计:织并

续表

修订版时间	作品、作者	关于修改的说明文字以及其他内容	版权页备注：包括出版社、印数、价格、页码等
1978 年	《青春之歌》杨沫	《重印后记》："除了明显的政治方面的问题,对某些有损于英雄人物的描写作了个别修改外,其他方面改动很小。"	人民文学出版社
1978 年	《红旗谱》梁斌	《后记》："我把这本书在第三个版本上又做了一些修改。"	中国青年出版社
1979 年 2 月	《桥隆飙》曲波	1966 年出版未发行就受批判。《后记》："《桥隆飙》一定有若干缺点乃至错误,我虽然作了点调整充实,难免有所疏漏。"	人民文学出版社 1979 年 2 月出版,10 万册,502 页,32.6 万字,0.96 元
1979 年 2 月	《枫香树》王英先	《内容提要》："这次再版,作者做了大量的修改,充实。书名《枫橡树》改成《枫香树》。"	中国青年出版社 1964 年初版 1979 年 2 月第 3 印,38 万字,10 万册,1.25 元,632 页
1979 年 4 月	《保卫延安》杜鹏程	《内容说明》："本书一九七八年十二月,经作者重新修订后再版。"《后记》："华国锋......卷首冯雪峰同志著《论〈保卫延安〉》一文,作为本书代序。"	人民文学出版社 1979 年 4 月天津第 1 印,30 万册,36 万字,1.05 元,525 页
1979 年 6 月 1964 年初版	《源泉》丁秋生	《内容提要》："这次再版,作者作了修订。"《后记》："华国锋同志为首的党中央......一举粉碎了'四人帮'......风和本书再版的机会,我今后总为各方面的意见,对本书作了又一次的朴充和修改。"	解放军文艺出版社 1979 年 6 月第 2 版 1980 年第 1 印,0.91 元,12.4 万册,26 万字,451 页,封面设计:杨合昌
1979 年 10 月	《迎春花》冯德英	《内容介绍》："此书一九五九年由本社出版时,作者曾作了局部修改;这次再版作者又重新作了修订。"	解放军文艺出版社 1979 年 10 月第 3 版第 1 印,39.3 万字,10 万册,1.5 元,683 页。封面设计:王立志
1980 年 5 月	杨明《三龙传》	《内容提要》："发表于《收获》双月刊一九六五年第二、第三期,这次出版,经作者修改增补,改用现名。"题名《江海奔腾》。	上海文艺出版社 1980 年 5 月第 1 版 8 月第 2 印,41.4 万字,1.25 元,612 页
1980 年 9 月	《山村复仇记》刘玉峰	《内容说明》："《山村复仇记》初版时分上下两册。现经修订,在正文上作了一些加工与删节,将章节标题统一体例,并为一册。"	广西人民出版社 1980 年 9 月新 1 版 1 印,18 万册,39.6 万字,1.2 元,523 页

续表

修订版时间	作品,作者	关于修改的说明文字以及其他内容	版权页备注,包括出版社,印数,价格,页码等
1980年10月	《铁道游击队》知侠	删除了《二次修订本前言》和《再版的话》,恢复了铁道游击队护送刘少奇同志过路的情节	中国青年出版社1980年10月第21印,37.8万字,20万册,1.15元
1981年2月	《浅野三郎》哈华	《前言》:"我作了一些修改,增加了日本青年反法西斯活动和朝鲜青年、台湾青年在日本的革命活动,使本书更具有国际主义精神,更符合当时的历史真实。"	上海文艺出版社1981年2月第3印,9.7万册,348页,21.2万字,0.75元,封面设计:张辰
1981年12月	《无声的战场》张少庭	经过比较大的修改。小说原名《大青山的地下》	中国青年出版社1981年12月第2印,13.6万册,11.1万字,0.41元,185页。封面设计:何洁
1982年9月	《乌云密布》萧玉	初版名为《当乌云密布的时候》。《高粱红了》为第三部。第三部《紧锁关山》为第一、第二部。这三部书——重新修订了第一、第二部,将由春风文艺和花城两个出版社联合出版。"	花城出版社1982年9月新1版,24.8万字,1元,9万册,341页
1982年9月	《战斗催春》萧玉	《高粱红了》第三部,1963年6月初版。	花城出版社和春风文艺出版社1982年新1版,32.9万字,1.25元,9.1万册,452页
1983年5月	《西辽河传》杨大群	《内容提要》中写道:"此次再版,作者又作了文字校正。"	解放军文艺出版社1983年2版4.4万册,23.2万字,384页,1元
1983年6月	《在昂美纳部落里》郭国甫	《内容说明》:"本书曾于1958年由作家出版社出版。这次经过修改,由我自重新出版。"	人民文学出版社1983年6月再版,4.45万册,1元,26万字,433页
1985年	《腹地》王林	《后记》:"这次加工修改,几乎等于重写,希望对于冀中平原根据地军民粉碎日寇冈村宁次亲自指挥的'五月大扫荡'斗争的英雄史迹能表现其万一。"	解放军文艺出版社1985年第1版第1印,32.2万字,2.15元,11万册,475页,封面设计:袁银昌

的意志。"① 凯塞尔把最后的定本作为作家的代表作是非常有道理的。但是，这也忽视了作品修改的文化意义。任何一个作家都是在特定时空场和话语场中成长的，他的文化性格也是在这种变异中建构起来的，因此，其修改的每一个版本都具有自身的时代性特色和文化性格。对于"十七年"长篇战争小说作家而言，重要的不是最后修订的版本具有多少艺术的沉淀，而是为什么每一次都有不同的修改，这种异质化的外在变迁说明了什么。

第二节 版本修改原因

文艺体制化之后的政策、思想和秩序影响了作者对现实和历史的文学感受，也影响了读者对文学经验的解读。当一部小说出版后，读者们往往根据自己的感受以"我注六经"的方式想当然地去解剖作家的经验，瓦解文学的内在规律与秩序。其阅读经验悬置了作品的艺术审美性，在功利实用性层面成为左右作品是否成功与畅销的达摩克利斯之剑。因此，他们通过自己的阅读和批评权力一方面表扬符合政治规范的作品，另一方面批评、警告甚至直接批判和禁止有偏离和悖逆倾向的作品，从而促进文学的生产、流通和接受，确立当代文学生产体制意义的合法性与纯洁性。正是在不同时期的不同读者群的建议下，"十七年"长篇战争小说经历了五次修改浪潮，进而与新的国家意识形态和新的文学规范以及新的汉语规范接轨。当然，他们的修改原因和修改内容在不同的语境下是各异的。一般而言，版本修改原因主要有三方面：一是中外修改传统的当代影响；二是外部环境如意识形态、审查制度、传播方式、语言规范、文学成规、政治主体的召唤、读者的批评等不断变化的影响；三是作者自身出于艺术完善的考虑、认知水平的提高、作品字词句的校正等。下面择而述之。

第一，中国文艺修改传统的影响和作者对艺术完善的要求。自古以来中国文学就有着诗文苦吟与反复推敲的传统，这种修改方式的集体无意识

---

① 〔瑞士〕沃夫尔冈·凯塞尔：《语言的艺术作品》，陈铨译，上海译文出版社，1984，第23、26页。

自然影响着中国现当代作家。每一个作家都希望自己的作品能够尽量至善至美。于是，不断对自己的作品进行修改，尤其是在畅销以后，对读者和批评家的批评更是非常在意。"十七年"小说作家就继承了这种古典修改传统，秉承文章不厌百回改的原则，追求精益求精。同时，作为体制内的作家，他们有着自己的责任意识和时代使命感，其严谨的创作态度促使他们强调对作品的反复修改。如杨沫认为作品好比自己的孩子，不光要把他生下来，还要把他教育成人，所以作品应该反复修改；浩然说不能把自己的作品当作"嫁出的女，泼出的水"，而应该对作品负责到底修改到底。对于长篇战争小说而言，人物形象、情节安排、细节描写、文字语言和标点符号都成为修改的目标，这些修改很多是成功的，艺术上更加精湛了，但有些地方的修改可能还不如原版本。而且，这些作家都是来自于工农兵群体中的"兵作家"，他们有丰富的战斗生活经历，却缺少艺术构思的能力，也缺少驾驭长篇小说的能力。因此，在小说正式出版前往往数易其稿，甚至是在评论家、朋友读者和编辑的共同努力下完成修改和再创作，以提高作品的艺术水准，把握好政治方向和时代特色。就是在出版后，也往往根据读者的要求和建议进行修改。正是这种修改导致有了当代文学"无定稿"的说法。但在笔者看来，其实每一次修改后的版本都是定稿，都代表了当时作者的艺术水平、思想修养和读者的期待以及文化语境的需求。吴强在1959年版《红日》"修改本序言"中就说："文章是不怕改，改了还要改的。"作家梁斌也非常强调对作品的精品化修改："艺术没有止境，修改必须不厌其烦。反复修改加工，是文学作品逐步提高的过程……修改是为了提高，好的、闪光的地方，要展开来写。缺乏生活的地方，写也写不好，要逐渐压缩。删去繁文缛节，才会使好的章节更加突出。和主题、人物、故事游离的东西，一定把它删去。好的东西逐渐写进去，加以发展、补充、站立起来。无用的东西，加以压缩，或是删去，文章就提炼、升华了。这样，一遍、两遍、三遍地修改下去，文章渐次起着蜕变，新陈代谢。每修改一次，使它褪去一层腐皮，生长着新肌，文章会更显得新鲜。"① 他的《播火记》"这部书，在1956年完成初稿中间的一

① 梁斌：《复读者来信》，《梁斌文集》第6卷，人民文学出版社，2005，第318页。

大部分，1957年写成前头的几章，直到1963年春天才完成最后的几章，结上尾，共经历了八个寒暑。"① 因为"文章修改的过程，也是作者进一步熟悉自己的故事和人物的过程……一部长篇很难没有缺点，社会生活是多方面的，作者不能都那么熟悉。不过经过几个年头，多次修改，有的地方加以回避，会达到较高的水平。"② 正是作者这种锲而不舍的修改精神，使他的作品通常都有好几个版本。其代表作之一《红旗谱》就有四个版本（1957年、1960年、1962年、1977年版），学者郭文静对这四个版本进行比较后发现："一九七七年新版本改动最大。从人物形象到情节安排，细节描写乃至文字语言、标点符号都有不少改动。其中对于朱老忠、严志和、小魏和二师学潮的描写最为突出。总的说来，这些修改是成功的，艺术上更加精湛了。但有些地方的修改，也未必妥当，还可以进一步商榷。"③

第二，苏联的文艺作品修改传统的影响。由于中国的文艺政策基本上是学习甚至照搬苏联的文艺政策，因而苏联的修改传统自然影响到同为社会主义大家庭的中国文艺的修改方式。例如，托尔斯泰对自己的创作反复修改，《复活》有四次未定稿，手稿足够装满一只箱子。又如果戈理，他不满足于自己写的《死魂灵》，两次把写好的稿本烧掉，然后再次重写。④ 如果说这两位天才作家是在作品出版前反复修改自己的作品，那么出版后的文学作品呢？法捷耶夫的《青年近卫军》1945年第1版受到读者和布尔什维克党的批评，指出其最大的缺点是："小说中漏掉了最主要的事物——决定共青团员的生活、成长、工作的特性的事物，这就是党和党组织的领导作用、教育作用"，⑤ 后来他依据这些批评于1951年出版了修订版，受到苏联读者的热烈欢迎，尤其是修改刘季柯夫和普罗庆柯两个布尔什维克形象获得成功，《人民文学》1952年第5期第82页专门转引了苏

---

① 梁斌：《播火记》，百花文艺出版社，1963，第857页。
② 梁斌：《播火记》，百花文艺出版社，1963，第867～868页。
③ 郭文静：《〈红旗谱〉新旧版本的比较》，《河北师范大学学报》1983年第3期。
④ 罗还：《加工和修改》，《人民文学》1956年12月号。
⑤ 〔俄〕查尔尼：《还是第二种版本好些——关于法捷耶夫〈青年近卫军〉的两个版本》，达霞等译，苏联《文学报》1957年1月12日；译文出版社编《保卫社会主义现实主义》第一辑，作家出版社，1958，第323页。

联《文学报》1951 年 12 月 22 日发表的 K. 西蒙诺夫进行版本校对研究的《青年近卫军》。西蒙诺夫在这篇关于《青年近卫军》的版本修改比较研究中，详细地分析了修订版相对于初版本的修改重点、修改意义和成功原因，并认为："这个成功使第二种版本成为一部更符合我们的伦理要求和审美要求的作品。"① 无疑，法捷耶夫的这种自我修改的精神感动了中国的文艺工作者，西蒙诺夫的文章在《人民文学》的全文转载显然对中国作家具有警示性和借鉴性的示范作用。所以，该期杂志第 79 页专门发表了署名为"北大荒"的文章《仅只"检讨"而已吗》，文章从苏联作家卡达耶夫对《拥护苏维埃政权》的修改和法捷耶夫对《青年近卫军》的细致修改来反证中国作家只接受检讨而不做修改的缺陷。所以作者希望中国作家要向苏联作家学习，当作品出现错误时不仅要自我检讨，"更重要的是要继之以实际的行动。像苏联作家那样重新修改自己有错误的作品以及不再重复过去的错误的行动"，"我们的作家在原稿纸上修改作品，大约是很习惯的。但同样也可以在作品出版后做到。这样，不是汲取更多的群众智慧吗？"② 正是在苏联修改传统的影响下，"十七年"作家加速了对自己作品的修改，使其更符合革命伦理和时代审美的需求。

第三，编辑的修改。版本修改主要是作者自身的修改，同时我们不能遗漏另外一种权力者的修改——编辑。韦勒克和沃伦在《文学理论》中谈到版本问题："一个版本几乎包括了每一项文学研究工作。在文学研究的历史中，各种版本的编辑占了一个非常重要的地位：每一版本，都可算是一个满载学识的仓库，可作为有关一个作家的所有知识的手册。"③ 编辑具有三重身份：既要做好作家作品的编辑"清洁工"，又要维持国家意识形态赋予出版社以及这些编辑的政治权利，更重要的又要保持作品出版的畅销性。应该说，1949 年到 20 世纪 80 年代作品的畅销与此前民国时期的畅销和 90 年代市场经济之后的畅销并不相同。前者畅销是为了完成

---

① 〔俄〕查尔尼：《还是第二种版本好些——关于法捷耶夫〈青年近卫军〉的两个版本》，《保卫社会主义现实主义》第一辑，译文社编，作家出版社，1958，第 325 页。

② 北大荒：《仅只"检讨"而已吗》，《人民文学》1952 年第 5 期，第 79 页。

③ 〔美〕韦勒克、沃伦：《文学理论》，刘象愚译，江苏教育出版社，2005，第 56 页。

文艺的神圣任务，能够在更大范围受到读者的喜欢、认可并教育读者的神圣职能，经济效应的追求不是他们最需要的；而后两者畅销则相对更注重经济效应。为了让作品畅销，编辑都会认真修改作品，《林海雪原》能够畅销与责任编辑龙世辉的认真修改不无关系。《战斗的青春》原名《凤姐》，但编辑刘金审稿后觉得许凤、李铁"他们的青春年华，是火焰般热烈的青春"，建议改书名为《战斗的青春》，得到作者的同意。为了编排《战斗的青春》，刘金还对小说初稿进行了加工和修改："初稿语言，丰富而生动，有很浓郁的生活气息和地方色彩，但文字比较粗疏，方言土语也太多。因此编辑工作是相当繁重的。每天的大部分时间，我都埋头在原稿上，以致休养所的管理员不得不出面干涉……现在我得承认，那时我对作者的语言风格的把握和尊重是不够的。我常常不经意地把自己的绍兴官话的语调和语汇掺杂了进去。所以1963年5月5日雪克来信说：'我曾对许多同志说过，这本书实际上是刘金同志帮助我写的。掀开书本，随处可指出你的字句。这并非夸张。'日后回想起来，从这段相当夸张的赞语里，我领悟到的只是教训，而非沾沾自喜。作为一个文学编辑，本当非常注意保持作者语言文字的风格，而我却大意了，甚至，有点粗暴。"① 这是一个编辑的真实独白，反映出编辑的真实心态。《战斗的青春》问世后在广大读者特别是青年中引起巨大反响，被认为是一本"培养共产主义品德的教科书"，"反映革命历史斗争的好作品"。在同类题材作品中"具有新的开拓的意义"，深受读者欢迎，一印再印，至1966年6月，累计印数90多万册。1979年，在全国第四次文代会上，该书被列为新中国成立以来优秀长篇小说。但是，编辑的修改往往是在作者认可的情况下进行的，龙世辉在1959年没有征得曲波的同意擅自修改《林海雪原》，导致中国当代编辑史上最早的一场版权风波。总的说来，"十七年"的小说出版往往不重视编辑，在当时讲求奉献的情况下，甚至责编的名字也不在作品的版权页中显现。自然编辑的修改更是成为一道被历史遗忘甚至难以说清的工作。所以，我们谈论版本修改一般只能归为作者的修改，因为历史的迁移已无法厘清责编和作者的不同修改。

---

① 刘金：《〈战斗的青春〉出版的前前后后》，《编辑学刊》1987年第4期。

　　第四，政治主体的召唤。周扬在第二次文代会中认为："文艺作品是应当表现党的政策的。文艺创作离开了党和国家的政策，就是离开了党和国家的领导。政策是根据社会发展的客观规律制定的，是集中地反映和代表人民的根本利益的。作家在观察和描写生活的时候，必须以党和国家的政策作为指南。"① 公共政治与革命伦理的共谋使得作家有意迎合国家意识形态的秩序与法则，由此出发重新进行版本的创作和修改。因此，政治事件和作者思想认识水平的提高直接影响作者的修改，孙犁在 1954 年答《文艺学习》编辑部时认为："在今天，无论是反映一种生活或是一次运动，不借助于党的政策与马克思主义理论的指导，那是不能想象的。即使是细微的生活部分，也是如此。例如写抗日战争，如果不研究抗日期间毛主席的全部著作和党在抗日根据地的各种政策，是没有可能反映一个抗日根据地的形成和发展的。但作者必须有丰富的生活体验，如果没有体验，只是政策和理论解决不了创作上的问题。"② 所以说，在一定程度上，尤其是 1957 年"反右"后，国家意识形态已经征用了所有的公共空间和私密空间，版本修改也就成为意识形态运作的一种叙事方式，作者的主体性逐渐淡出创作视野。如修订本《茫茫的草原》相对于初版本《在茫茫的草原上》就突出了人物的阶级性。而国统区老作家的文本修改更是为新作家的创作和修改提供了参照与借鉴。老舍曾于 1954 年 9 月在《骆驼祥子》1955 年修改版后记中说："此书已经出过好几版。现在重印，删去些不大洁净的语言和枝冗的叙述……十九年后的今天，广大的劳动人民已都翻了身，连我这样的人也明白了一点革命的道理，真不能不感激中国共产党与伟大的毛主席啊！在今天而重印此书，恐怕只有这么一点意义：不忘旧社会的阴森可怕，才更能感到今日的幸福光明的可贵，大家应誓死不许反革命复辟，一齐以最大的决心保卫革命的胜利。"③ 这些国统区老作家在新中国经过思想改造后纷纷修改自己的作品，这种行为对"十七年"新作家而言，无疑是一种警告，甚至可以说对新作家而言，老作家无疑是

① 周扬：《为创造更多的优秀的文学艺术作品而奋斗》，《人民日报》1953 年 10 月 9 日。
② 孙犁：《答〈文艺学习〉编辑部问》，《文艺学习》1954 年第 9 期。
③ 老舍：《骆驼祥子·后记》，人民文学出版社，1955 年 1 月北京第 1 版，1962 年 10 月印，第 214 页。

先期到达的一种自我镜像。① 所以，从战火中走出来的新作家在创作和修改的时候都会尽力向革命意识形态靠拢，以维护革命政权的合法性与永久性。那么，提高英雄人物的政治觉悟和历史责任感、突出反面人物的政治反动性和荒淫腐朽性也就是许多作家修改的共同目的。如柳杞的长篇战争小说《长城烟尘》发表于《解放军文艺》1960 年 3 月号。作者经过修改后，由解放军文艺出版社 1962 年出版。中国文学艺术工作者第三次代表大会进一步明确了我国文学艺术的首要任务："是通过各种文艺形式，提高全国人民的社会主义和共产主义的思想觉悟和道德品质，彻底肃清资产阶级的政治影响和思想影响，积极地为我国的社会主义革命和社会主义建设服务。全国文艺工作者必须加强艺术实践，努力掌握革命现实主义和革命浪漫主义相结合的艺术方法，表现我们的伟大时代，塑造这个伟大时代的英雄形象。"② 李英儒于 1960 年 5 月 9 日写了《关于〈野火春风斗古城〉——从剧作到修改》，对自己的版本修改进行了细致的解说，并认为："修改后的面貌如果说比原本有了进展，得感激帮助与关心我的同志，是他们不厌其烦地从多方面发表评论文章、组织座谈，写信鼓励批评，从巨至细，提供了很多宝贵又中肯的意见，借着修改本出版的机会，我向这些同志表示由衷地感谢。一想到感谢同志，就必须首先感谢我们亲爱的党。写这本小说首先是党的培养和党的文艺政策的感召，书中的内容是党领导人民创造的事业，今天得到大家的帮助，更是由于在党领导下的社会才能够做到。没有共产党就没有一切革命的文艺作品，没有共产党就没有新中国的一切……我个人多年受到党的严父般的教导、慈母一样的爱护，整个身心都蒙受着党的恩泽，沐浴着党的雨露阳光。在这大跃进大飞腾大变革的时代，要下决心争取写出较好的作品来，报答党的培养和同志们的关怀。"③ "文革"结束后，由于 1977 年依然在推行"两个凡是"的思想，李英儒在该年对小说《野火春风斗古城》又进行了修改，删改了

---

① 这是孙先科教授在研究王蒙《组织部新来的年轻人》中提出的一个术语，在此借用，非常感谢。
② 记者：《中国文学艺术工作者第三次代表大会决议》，《电影文学》1960 年 9 月号，第 7 页。
③ 李英儒：《关于〈野火春风斗古城〉——从剧作到修改》，《人民文学》1960 年第 7 期。

很多内容，并在小说《重印记》中表达了自己要跟随英明领袖的决心。但是，随着新时期的思想解冻，醒悟过来的作者开始对自己的这种修改行为进行反思："作家要爱人民爱社会主义祖国，要对生活忠实，说老实话说良心话，不说假话，不说违反自己心意的话。我在前个重印记里说过违心的话。说什么跟随'英明领袖'新的长征之类的话。都怪自己头发白了见识浅，人云亦云，今后要引以为鉴。"① 李英儒的自我反省印证了版本修改中受时局影响的制约。而1979年国家政策的调整和第四次文代会的召开，作家们又再次对作品进行修改。

　　第五，批评家和读者的批评甚至批判。当文艺作品经过文艺报刊的发表和出版社的初版以后，它还必须通过消费才能完成其意义的生产，从而进一步获得读者的认可。读者消费不仅是文学价值实现的终极意义诉求，同时参与甚至改写文学意义的发生。尤其是在当代中国，读者的权力被政治权力和意识形态话语赋予了绝对的权力。毛泽东在《讲话》中认为："文艺界的主要的斗争方法之一，是文艺批评……文艺批评有两个标准，一个是政治标准，一个是艺术标准。"② 因此，批评成为革命思想工作的一部分，而非仅仅是为了促进艺术的自我完善。对于作家而言，艺术又是其自我考量的重要一极。因此批评的权力规训和作家主体的地下隐形在"十七年"文学版本修改中是一个矛盾的两极。对作品而言，能够获得主流批评家的认可，能够获得读者大众的认可，这个作品其实就已经成功了，至少在大众层面满足了民众对文学内涵的期望。但是，如果从我们时下认可的"精英话语"或"纯文学"或人性立场来说可能就并不成功。所以，当我们谈论"十七年"文学的阅读对象性的时候，必然是指向那个时代的大多数阅读群众而言，这是一个不争的事实。当然，我们现在回过头可以说，这些阅读群众在意识形态权力的规训下可能成为政治的蹂躏品和文化的愚昧者，因而在高压状态下不得不表态。如果沉默，就可能给自己带来无穷无尽的麻烦甚至惩罚。所以，批评家也好，阅读群众也好，他们的表白可能并不是自己的真实的独白，而可能是政治游戏下的狂欢化

---

① 李英儒：《野火春风斗古城·重印后记》，人民文学出版社，1981年12月，第527页。
② 毛泽东：《在延安文艺座谈会上的讲话》，《毛泽东论文学与艺术》，人民文学出版社，1958，第72页。

的声音。如果作品不符合读者眼中的革命纯洁性，那么就面临着版本修改的可能。因为读者的视野和喜爱决定了作品畅销与否以及被接受程度，也决定了作品的政治性与真实性。所以，几乎所有的作家都希望能够接受读者的批评。任大星在小说《野妹子》的"再版后记"中写道："趁这次重新排印的机会，我尽力作了一番修改，想使它比原来有所提高。不过，限于水平，它肯定还有不少缺点，等待着我的老师——读者的批评。"①

　　受教条主义的影响，在革命政治的纵容下，批评和批判成为粗暴的代名词，这与萨义德所界定的知识体系不符："批判必须把自己设想成为了提升生命，本质上反对一切形式的暴政、宰制、虐待；批评的社会目标是为了促进人类自由而产生的非强制性的知识。"② 因此，作家与批评家的关系除了和谐的一面还存在着紧张的一面："批评家同作家之间的关系常常是弄得十分尴尬的。一个作家凭生活体验辛辛苦苦写成了他的作品，而有些批评家对这生活却是陌生或完全无知的，他使用一个理论的套子去套活生生的创作，对作家产生它的时候那种甘苦滋味也不能够有所分尝，这样作出来的批评很难中肯，更难叫作者心折。作家不看重批评，甚至对它起反感，和批评家彼此对立起来讽刺他们。"③ 所以，1953年第二次文代会专门就此进行讨论，周扬在报告中批评了文艺批评的不良倾向：有些批评家"常常不是从实际出发，而是从教条公式出发，他们常常武断地笼统地指责一篇作品这样没有描写对，那样也没有描写对，但却很少指出究竟怎样描写才对，批评家往往比作家更缺乏对于生活的基本知识和深刻的理解，同时缺乏对作品作具体的艺术分析的能力"④。孙犁在1956年8月30日也批评了读者的粗暴批评："在很长的一段时间里，批评界流行着这样一种风气：从创作里摘取一句一段，再加以主观的逻辑，就给作者定下了这个那个的罪名……它常常并不是群众的意见，而是从来也不理解作品的生活实际、只会板'正确'面孔的个人武断。"针对这种教条主义的粗

①　任大星：《野妹子》，百花文艺出版社，1978年10月第2版，第256页。
②　〔美〕爱德华·萨义德：《知识分子论》，单德兴译，生活·读书·新知三联书店，2002，第2页。
③　臧克家：《批评家要懂得生活、联系群众》，《人民文学》1950年第11期（总第3卷第1期）。
④　周扬：《为创造更多的优秀的文学艺术作品而奋斗》，《人民日报》1953年10月9日。

暴批评，作家们也提出了许多解决办法，如把作品和读者评论放在一起发表，再由读者进行评判，"一经对照谁是谁非，是否粗暴，就会弄清楚了"，"这样做，就可以使创作和批评站在平等的地位，而免除多年来的批评好像是在审判，创作好像是在受审的感觉"。① 很有意味的是，孙犁的这篇在20世纪50年代写的文章并没有拿出去发表。从中我们既可以看到作家对于粗暴批评的不满，又看到作者没有把它发表的原因是怕惹祸上身。

读者也好、批评家也好，他们在和作家作品的交流中显然占据了主导地位。社会的交往关系中产生各种微观权力，不只是指社会政治才是权力的运行场所。按照福柯的观点，权力之网遍布所有领域，甚至连"交流关系意味着决定的活动（即便只是将意义成分正确地投入使用），而且通过修正同伴之间的信息域，产生权力效应。"② 所以，"十七年"时期文艺权力实施者之所以对读者的器重，是因为读者的权力在非正常时期具有独特监督、矫正的效能，一定程度上分担了文艺权力阶层的监督职能。而读者的这种监督往往获得报刊传媒以及文艺工作者的支持，其批评的发表也满足了读者的再创作欲和享受欲，并通过舆论获得了道义上和权利技术上的支持，影响着作家和其他读者的阅读思考。所以，批评的权力规训着作家的创作和文本的修改。

而且，作家的任务是献身于新秩序并为之辩护和服务，其知识分子本性与政治责任的关系是非常暧昧的。因为编辑、接受者（读者、评论家、改编者、传抄者）对小说版本的变迁有着直接的改造功能。作者不得不按照读者口味、批评家情趣、国家意识形态以及社会主义现实主义（后来包括革命现实主义和革命浪漫主义的结合）的艺术成规修改自己的作品。这种读者至上的现象压抑了作家的主体意识和艺术深度，体现出作家迎合国家意识形态的自我规训和知识分子的自我改造的特质。

第三节　版本修改内容

"十七年"长篇战争小说作家的版本修改，不完全等同于那些经过高

---

① 孙犁：《左批评右创作论》，人民文学出版社，2004，第291页。
② 〔法〕米歇尔·福柯：《主体与权力》，〔美〕拉比诺编《超越结构主义与解释学》，光明日报出版社，1992，第283页。

等教育的现代文学作家进入 50 年代后的政治规范化修改。由于他们的文化素养知识储备较低,其艺术创作尚有不足,因此不断对小说进行修改。所以,版本修改内容主要包括方言土语的修改、语言的精炼、艺术的自我完善、复杂元素的人性净化、人物谱系的两极强化、爱情与日常生活的洁化叙事和意义提纯等。

一 语言的精炼和艺术的自我完善

从上编第二章长篇战争小说的作家作品时空坐标图可以看出,这些军人出身的作家在新中国成立前都经历了战火的洗礼,有的是在新中国成立后参加过抗美援朝或保卫边疆的战斗。他们一边做战斗宣传鼓动工作,一边参加对敌战斗,只有少数是地方基层党政部门出身,而当时的地方党政工作者也都是军事化或半军事化管理,尤其是处于战争边缘的区域。因此,战争思维和军人规范已经成为他们人生体验和个体成长的集体无意识。而且,他们不同于接受高等教育和国外留学经历的现代文学作家。如鲁迅、郭沫若等现代文学作家基本上都接受了正规私塾教育和西式教育,甚至大部分都是留洋学习的"海归派",在中西比较文化视野和知识分子独立诉求的启蒙文化思潮中获得熏陶。而"十七年"文艺工作者却从贫困的草根底层文化中历经苦难寻找光明,尽管有少部分在家庭的艰难支持下读过中学和大学,但他们大部分都来自贫穷的底层——农民或工人阶层。出身低微的他们饱尝生存的苦难,贫穷和苦难成为其成长记忆的体验资源,同时家境贫困的他们也无钱继续上学,很多都是小学文化或者文盲。只是在革命实践中通过自学逐渐提高自身文化,这种成长中的角色模型形成了他们的思维方式和行为方式,从而在革命战斗中获得超越苦难的力量和乌托邦想象的资源。波伏娃有句名言:"女人不是天生的,而是后天形成的。"① 其实不光是女人,每个人都是后天形成的,在生长过程中每个人都有自己的角色定位。可以说,角色模型塑造了这些半军人化作家的日常行为和公共行为,他们在苦难中寻找解决矛盾困境和缓解心理焦虑的方法。刘小枫认为:"苦难应该成为一个普遍范畴,既是一种主体精神

---

① 〔法〕西蒙·波伏娃:《第二性》,陶铁柱译,中国书籍出版社,1998,第 309 页。

素质，也是一种历史意识，一种与人的存在和人的命运息息相关血肉相连的主体性痛苦。"① 当参加革命之后，生存的苦难在群体生活中逐渐去除，而这种面对苦难的解决过程使这些作家们努力面对革命带来的喜悦，努力去呈现革命年代个人成长的真实遭遇，从而对后来者进行革命熏陶和记忆种植。因此，"苦难"成为了"忆苦思甜"和"仇恨敌人"的资源，而不再是个人成长超越苦难的主体性思考途径。正如刘思谦所说："说出事实也就是说出自己生命时间的深层遭遇，就是记住并思考苦难，这同时也是对冷漠的貌似公允的历史时间的反抗，对遮蔽个人苦难和伪饰人的真实生存处境的权力话语回答一个强有力的'否'。"② 因此，革命者们渴望参与意义的建构获得苦尽甘来的利益，通过革命获得利益的幻想，对隶属于剥削阶级的富人集团进行革命，使其非法剥削所得归还人民，革命也就替代了苦难，成为一种本源参与个人成长。而且，这些作家很早就成为了革命者，很多都是在 20 岁前后加入共产党的，其革命记忆和少共精神成为他们的光辉的精神资源。但另一方面他们的文化水平低，没有受过正规而完善的国民教育，其艺术涵养和写作功底不足，导致他们在新中国成立后的创作往往出现了很多问题。例如语言不精炼、语病太多、方言太重、艺术不完善等。在全民监督（读者和批评家）的背景中，这些不足很容易就被读者发现。同时作者在创作和学习中其个人的艺术修养也是在时空变迁中逐渐成熟，当他回过头来重读自己原来的小说，往往就会有一种"悔其少作"的冲动。因此，在读者和自我的双重监督下，作家们开始修改自己的作品，使其在艺术层面更加完善。尤其是在 1959 年之前的修改更为明显。因为 1949～1959 年新中国的文学创作一直处于探索当中，尽管政治变化的干扰对作者冲击很大，但作为呈献给新中国成立十周年的厚礼，他们往往在艺术上修改自己的不足。例如前文中论述的《保卫延安》和《铁道游击队》，就在修改中不断进行语言的精炼和艺术的自我完善；但是在 1959 年之后，随着阶级斗争的强化和极左思潮的牵连，作品的修改更多的是进行人性化的删减。例如《苦菜花》的作者冯德英就出自革

---

① 刘小枫：《我们这一代人的怕和爱》，生活·读书·新知三联书店，1996，第 39 页。
② 刘思谦：《女性生命潮汐》，河南大学出版社，2005，第 39 页。

命家庭，他的许多亲人为革命献出了生命，他也没有受过什么教育，其《苦菜花》1959年修订本比1958年初版本更加精炼和完善。但是，1978年修订本在政治规范下却修改得很差。当然不管政治如何变化，对语言的精炼化修改是所有作家孜孜以求的目标。

正是由于作品初版的不足，才导致作家的艺术完善化修改。鲁迅对作品修改要求极高，他认为作品"写完后至少看两遍，竭力将可有可无的字、句、段删去，毫不可惜。"① 鲁迅的这段诤言是每位作家都应遵循的。但在"十七年"时期，"有一些作品本来是可以避免失败的，有一些作品甚至是可以写得更好一些的，却常常由于作者的懒惰、匆忙或者过于自信，对写成了的原稿缺乏仔细的检查，缺乏加工和修改，其结果，不是使得作品全盘失败、变成'文学工厂'里的废品就是使得印刷出来的作品里出现了大大小小的各种错误和毛病，造成了所谓美中不足的缺点。"这就要求作家需要认真修改，"对创作的加工和修改，从根本上说，这是产生于作者对自己的艺术作品的一种无比严格的要求，这是一种对艺术和对读者的自觉的高度责任感的流露……对创作的加工、修改的过程，不但是劳动过程，而且是作者不断进行自我批判、自我斗争的过程。"② 这种说法是非常有道理的。因为自新中国成立伊始，经历过战争的血与火的淬炼的作家们迫切希望通过文艺抒发自己的创作愿望。他们对革命战争记忆犹新，他们创作的革命战争小说实质是一种革命回忆录的艺术加工，其艺术修养多数是不够完善的。正如评论家侯金镜在1958年评论《林海雪原》所总结的："这些作品其实就是介入历史和文学体裁之间的革命传记。"③但在这种自身回忆资源的文学创作的同时，作家们也需要完成机制下组织所给予的文学为政治服务、文学为工农兵服务的任务。因此，战争小说叙事需要完成符合革命需求的革命者历史形象谱系塑造的革命性"叙述"。作家的叙事除追求生活真实外还需要为革命进化论服务，即把"大革命""第一次国内革命战争""长征""抗日战争""解放战争""社会主义革命"甚至"文化大革命"等概念通过文学叙事串联成时间和空间的集合

---

① 鲁迅：《答北斗杂志社问》，《鲁迅全集》第4卷，人民文学出版社，1981，第364页。
② 罗荪：《加工和修改》，《人民文学》1956年12月号，第45～46页。
③ 侯金镜：《一部引人入胜的长篇小说——读〈林海雪原〉》，《文艺报》1958年第3期。

体，所以他们强调自己叙述的是"革命"的"历史"。这两种战争小说叙述方式也印证了热拉尔·热奈特"所指"时间与"能指"时间的分析："叙事是一组有两个时间的序列……被讲述的事情的时间和叙事的时间。"①

　　而且，战争小说的叙事是为革命服务的。如冯德英所说，《苦菜花》之所以能够成功，是他始终有一个强烈愿望，"我想表现出共产党怎样领导人民走上了解放的道路"，"从而使今天的人们重温所走过的革命道路"。② 而作家艾煊也说："入伍后，有一段工作给我留下了很深的印象。那是 1940 年春，华中地区第一次大规模反摩擦战斗胜利结束，我们一批同志由新四军江北指挥部派到刚被我军解放的定远城。在这里建立了华中地区第一个县抗日民主政权……这一年多的斗争生活，一直在我心中激荡。这就是后来写长篇小说《红缨枪》（《红缨枪》出版时易名《大江风雷》）的原因。"③ 这也就是说，作家们自新中国诞生伊始就有了"叙史"的欲望，因为国家走向统一，必然需要讲述自己的诞生史，从而确立新中国政治的新传统、新规范，并以此询唤普通民众。这也是新中国成立初期文艺工作者在歌颂中特别喜爱"新"的原因，进而导致了"十七年"革命历史小说的"史诗化"倾向，而这种倾向又是从"革命回忆录"开始的。"十七年"作家大多是从战争中厮杀出来的，经历了生死与恐惧之后的军人作者叙述自己亲眼见证的革命是如何成长的。这不仅具有历史史料价值，更有文艺传播的现实价值，因此革命回忆录便成为这些军人出身的作者进行自我革命倾诉的一种文艺载体，而这种叙述又符合国家意识形态和权力话语的需求。杜鹏程的《保卫延安》最初就是按照革命回忆录来写的："我写《保卫延安》的时候，最初并不是按文艺创作的要求来写，而是要写一部真人真事的长篇报告文学作品……后来，我又把这部报告文学变成小说，那当然又得按文艺创作的要求去进行工作。"④ 杜鹏程所说

① 〔法〕热拉尔·热奈特：《叙事话语新叙事话语》，中国社会科学出版社，1990，第 12 页。
② 冯德英：《我怎样写出了〈苦菜花〉》，《苦菜花》，解放军文艺出版社，1986。
③ 转引自范伯群：《善于发现和开拓自己的题材新领域》，《艾煊作品研究》（徐采石主编），中国文联出版公司，1987。
④ 杜鹏程：《岁暮投书》，《我与文学》，陕西人民出版社，1984，第 148 页。

的"报告文学"显然就是革命回忆录,也就是说,杜鹏程通过对革命回忆录的艺术化修改而成为小说,从而达到讲述革命历史和记载革命功臣的目的。世界上最残忍的莫过于看到自己的亲朋战友一个个在自己的身边受伤甚至牺牲。"我在《保卫延安》里写的好多人,就是我身边的战友。其他人名字是假的,王老虎是用了真名,这个同志实际上牺牲了,就牺牲在我的眼前。但是在书中我只写了他负了重伤,并未牺牲,因为这样好的同志,我真不忍心写他牺牲。他是在西北战场上有名的英雄。周副主席和彭副总司令都知道他,和他握过手,谈过话……我在书中就是照他的原样描摹的。战斗是残酷的,我去的那个连队先有九十多个人,半年之后就剩下十几个人了——有些牺牲了,大部分负伤了!有的战士到了连队,面孔还没有记熟,就和我们分别了。这一切对我震动很大,使我初步懂得了什么叫革命,也使我更加深了对他们的热爱。"① 这种革命回忆录式的小说其艺术肯定是有限的,更重要的是这些小说家自身的学识修养和创作素质并不像现代作家那样深厚和精纯,他们的低学历化和战斗实用化决定了他们的作品一诞生就在语言运用和艺术构架上会出现缺陷和错讹。所以,作品在畅销的同时,对小说的反复修改就成为一种集体无意识。通过作者、读者、批评家和编辑及上级修改者的帮助,减少问题。可以说,不仅作品的创作是"集体性"的,就是作品的版本修改也是"集体性"的。"集体"作为一种超能力的政治运作方式,构建出版本修改的动员模式。例如,吴强谈到自己的初稿修改以及反复交给朋友们阅读并提出修改意见的情景:"我写的《红日》,开始写的时候是十二章,最后觉得十二章不行,就十六章。写好以后,自己看看,好像还过得去。打印出来,送给很多同志,一看,觉得需要修改,有很多毛病。这样我又花了三四个月的时间,把有些地方全部丢掉,重写。例如,当时我写刘胜团长的时候,原来写他没有死,后来改写他在火线上牺牲了。改了以后,又看一遍,觉得在他死的时候不够生动。最后又加了一段,写他临死以前到医院去,在医院里没有死的时候,把他身上的钢笔、过去收藏的苏维埃票子统统交给党。我经过一再思考,重新改过,还有其他一些地方也是这样。改好以后,又重新打

---

① 杜鹏程:《生活与写作》,《我与文学》,陕西人民出版社,1984,第 121～122 页。

印，又请些同志看，我自己又看，经过大大小小的修改，现在，每次重印的时候，都要再改一次。文章不管写到什么时候，也不管改了多少遍，还是有可改的地方。所以多看几次，多改几次有好处，这就像生产上从矿石变成铁，从铁变成钢一样，必须千锤百炼。"① 如果说吴强的自述是一种内在压力的自我修改，那么更多的修改还有外在压力的不断催促。尤其是随着不断地锤炼和读者的批评，这些作品语言和艺术上的缺陷暴露出来。于是，作家通过不断修改自己的作品，对作品艺术作进一步完善。

同时，不少小说直接删除修改方言土语。例如人民文学出版社 1958 年 12 月出版修改本《吕梁英雄传》，该书"出版说明"中写道："1952 年 4 月由我社重版；1957 年由通俗文艺出版社再版；最近作者根据出书以来读者所提意见及作者自己所感到的问题，将书中时间前后有矛盾的地方和较为难懂、生僻的方言土语，以及个别不妥的词句，做了一些删改，现在重版印行。"

总之，小说修改主要在具体历史语境、流行文风、文学时髦、作家心态的变异中不断修改字、词、句、作品情节、结构、人物乃至题旨等。如此反复，也就形成了当代文艺史上不断修改的景观。正如金宏宇在考察现代小说版本校评时所说："长篇小说版本的变动之处不仅在字、词、句、段、章节，更渗入人物、细节、情节、结构甚至题旨。其版本变迁包蕴着更为丰富的语言学、修辞学、写作学、美学、心理学甚至社会学、政治学的内涵。"② 这对笔者考察"十七年"小说版本校评无疑具有参考意义。

二 复杂元素的人性净化与人物谱系的两极强化

毛泽东在 1940 年就指出："在五四以后，中国的新文化却是新民主主义性质的变化……所谓新民主主义的文化，一句话，就是无产阶级领导的人民大众的反帝反封建的文化。"③ 这新的民族文化的建立过程也就是对破坏新秩序、新的民族想象共同体的异己力量和杂质重新编码进而不断铲

---

① 吴强：《漫谈写小说》，选自《谈谈小说、散文的写作》，上海文艺出版社，1958，第 9～10 页。
② 金宏宇：《中国现代长篇小说名著版本校评》，人民文学出版社，2004，第 7 页。
③ 毛泽东：《新民主主义论》，《毛泽东选集》第 2 卷，人民出版社，1991，第 698 页。

除异质、他者化的纯洁化过程，这就要求通过小说的修改来建构新文化工程。因此，通过长篇战争小说的创作与修改论证"新中国"的合法性，意在打造示范性的"经典"和"样板"。进而建构合法有效的可供广泛传播的文学"真理"，并在传播过程中引导和规训读者，如此反复循环运作，真理源源不断地输入到大众读者的思维深处，成为一种个体无意识，当排斥了世俗生活经验之后每个人相类似的个体无意识，通过聚合构成了集体无意识。然而，文学的真理是种不存在的幻想和悖论，因为文艺"处理的都是一个虚构的世界、想象的世界。小说、诗歌或戏剧中所陈述的，从字面上说都不是真实的；它们不是逻辑上的命题。""小说中的人物，不同于历史人物或现实生活中的人物。小说不过是由作者描写它的句子和让他发表的言辞所塑造的，它没有过去、没有将来，有时也没有生命的连续性。"[1] 如果要说存在真理，那就是永恒的人性和真善美。尽管解放后文学的工具理性已经远远高于文学的人文审美理性，但不少作家在小说中也叙述了不少人性化的人物形象和故事情节，使凝重而崭新的时代又有了一丝诗意的温暖和仁慈的宁静。所以，"十七年"小说在政治规训中不断删改复杂元素，进行人性净化，将人物形象剪裁为符合大众审美标准和政治审美标准的人物谱系。南帆在考察林道静、朱老忠、梁生宝的人物形象后认为："修改或者压制的指令正是来自那个先在的'客观整体性'。通常，修改或者压制的理由是，让这些性格更为充分地体现历史，然而，这样的历史不过是理论虚拟的历史幻影。"[2] 阶级范畴化约了纷繁驳杂的历史景象和个体欲望。

因此，作为新的他性能指的革命女性和作为具有革命主体身份的革命男性都是历史主体的一种镜像，"因为只有民族国家才是唯一神圣主体。在这一神圣、绝对主体面前，男权秩序事实上已经沦落为一种虚幻的'能指'，民族国家才是唯一本质化的'所指'。但这以'能指'在服从和接受'所指'压抑的同时也分享、挪用'所指'的威权。"[3] 所以，

① 〔美〕韦勒克、沃伦著《文学理论》，刘象愚等译，生活·读书·新知三联书店，1984，第13~14页。
② 南帆：《文本生产与意识形态》，暨南大学出版社，2002，第110~111页。
③ 王宇：《性别表述与现代认同》，上海三联书店，2006，第243页。

"十七年"小说规避了个体主人公性别的多重自我身份而确立其阶级的、民族的、集体的身份，使得主人公的革命成长变成为一个通过革命意识形态把个体询唤为主体的过程，即主流话语对个体的不断询唤规训的过程。周扬在《新的人民的文艺》中认为："对人民的缺点，我们是有批评的，但我们是抱着如毛主席所指示的'保护人民，教育人民'的热情态度去批评的。我们不应当夸大人民的缺点，比起他们在战争与生产中的伟大贡献来，他们的缺点甚至是不算什么的，我们应当更多地在人民身上看到新的光明。这是我们所处的这个新的群众的时代不同于过去一切时代的特点，也是新的人民的文艺不同于过去一切文艺的特点。"① 李英儒的小说《野火春风斗古城》出版之后，在 1960 年进行了修改，对杨晓冬的生活作风问题的描述进行了修改，突出革命领导人的形象，并重点增加了金环的正面形象描述。初版本中的革命者金环性格倔强、泼辣，缺少对同志的关怀体贴，她甚至把梁队长剋了一顿。这种风风火火而又大胆坦率的性格也正是中国妇女的性格。但在修改本中，作者为了使金环的形象更加丰满，特为金环增加了一章，"突出了她对敌斗争的顽强机智，描绘了武工队和她唇齿相依的血肉关系，增强了她对梁队长和武工队员们的关怀体贴，删掉了她同赵医生的某些生活瓜葛；从而也勾销了杨晓冬对她私人生活方面的不够谅解。"② 应该说，这种修改有其成功的一面，但也削减了人物形象的复杂性，使金环的复杂心理和性格变得单一。再如张雷的《变天记》，其 1955 年版本中写了很多主人公李黑牛自己挣扎创家业的情节和受到地主妻子的个人照顾，及由此延伸出的一些暧昧成分，他的人性本真在小说中悄悄显露出来。但是，在 1959 年修改本中却把这种人性的复杂性给过滤和删除了，增强了主人公的革命纯洁性。

又如《战斗的青春》刻画了坚强、富有个性的英雄人物的同时，又成功地刻画了隐藏在革命队伍里面的内奸和叛徒形象。尤其是叛徒胡文玉的刻画摆脱了当时反面人物的公式化、脸谱化的窠臼，对他的心理复杂性进行了细致的剖析。他在大扫荡的生死关头动摇变节，公开投敌。当鬼子

---

① 周扬：《新的人民的文艺》，《周扬文集》第 1 卷，人民文学出版社，1984，第 518 页。
② 李英儒：《关于〈野火春风斗古城〉——从创作到修改》，《人民文学》1960 年第 7 期。

据点即将被游击队攻克之时，他又想打死日军大队长渡边以自赎，期望获得人民的宽大。结果，渡边没有打死，自己反被渡边打死。这种写法确实比较符合人性的生存挣扎境况。然而《战斗的青春》出版后不久，就有评论认为这本书存在比较严重的"问题"。综合起来有如下几点：一是巾帼英雄许凤不该和叛徒胡文玉相爱（其实此时的胡文玉是党的区委书记，并未叛变）；二是许凤被捕后，胡文玉去诱降，许凤听了胡文玉痛哭流涕的表白以后，"心如刀刺，热血沸腾"。所以，认为这是感情动摇而影响了革命斗志；三是许凤在狱中对秀芬说："活着是多么好啊"，认为这是一种"活命哲学"，这种断章取义并没有顾及下文许凤对此的清楚阐释："活着是为了战斗"；四是认为小说美化了叛徒，宣扬了叛徒也会回心转意的"叛徒哲学"。为此，上海作家协会专门召开了几次座谈会讨论这部小说，绝大部分人都批判这部小说，"有的同志甚至认为：把胡文玉写成这个样子，'是这个作品的致命伤'，'是涉及思想原则的问题'。最后一次座谈会，姚文元匆匆地来了，又匆匆地去了。他只留下一句结论性的话：'这小说至少有政治性的错误。'"① 这使得小说前景开始黯淡。但责任编辑刘金觉得这部小说是有成就的，在刊物上发表了《试评〈战斗的青春〉》和《再评〈战斗的青春〉》等文章为它辩护。正当批评与反批评愈演愈烈之时，中共上海市委宣传部副部长陈其五肯定了该小说，于是对《战斗的青春》的批判性讨论结束。随后作者雪克对小说中反面人物的人性抒写与欲望需求进行了修改。

所以，作家在革命伦理的规训下通过文本技术操作不断修改文本，削减复杂元素，对人性不断进行提纯与净化。但是，作家们在二元思维对立模式和文艺形势吃紧的状态下又不断把人物谱系进行两极化：革命者越来越英雄，对立者越来越丑化。这是有原因的，由于"十七年"作家多数都受到刘少奇《论共产党员的修养》的影响："个人的利益要服从革命的利益，但归根到底，个人利益是与革命利益相结合的。"② 为了记录当年革命者打江山的英雄行为并教育新中国读者，让

① 刘金：《〈战斗的青春〉出版的前前后后》，《编辑学报》1987年第4期。
② 刘少奇：《论共产党员的修养》，人民出版社，1962，第42页。

大家有一种主人翁的高度责任感和幸福感，同时也为确保革命政权，许多亲身参与革命斗争的经历者开始进行文学创作，凸显革命利益，抑制个体利益，使文本具有一种鲜活的现场感和说教感。自然文本中正反人物谱系的两极强化也就顺理成章，既巩固了历史又强化了新政权的合理性。

对正面人物形象的强化塑造是许多作家的刻画目标，如李英儒在《野火春风斗古城》修改本中对革命领导人杨晓冬和他的母亲的描写，重点突出了杨晓冬在"舌战伪省长吴赞东""送首长过路智斗兰毛""反抢粮夜入伪商会"情节中的正面光辉形象。对杨老太太的修改也增加了她的政治觉悟的强度，把她的革命自觉性和政治见解提到新的高度。正如作者所说："这次修改本中，正面添补了一些情节，充实了一些描写。着重修改的地方，是地下斗争力量要有个复线，避免孤军作战；内线工作避免盲动冒险的举动；修订了某些不妥善的爱情纠葛，改变了某些偶然与巧合的情节。"①

雪克也根据读者的要求对正面英雄人物进行了改写。在初版《战斗的青春》中，攻克枣园据点时，许凤、秀芬、小曼三人越狱未成而被敌人杀害。许多受到传统大团圆结局影响的读者看完小说后写信给作者，要求"让三姐妹活下来，和我们一起建设社会主义"。而雪克又很看重读者的意见，他曾认为"读者要我这样做，我就这样做。读者是最公平的，也是最热情的。"② 在读者的要求和批评下，上海文艺出版社和作者重新研究这部小说修订重版的问题，该出版社给作者提出了一份长达四五页的"修改意见"。1960年2月，雪克同志按照出版社和读者所提意见，对作品进行了细致修改："主要是要使书中的一句一字都能鲜明地为无产阶级的政治服务，具体点说，就是要达到鼓舞青年一代的革命斗志，保持和发扬我们党的民族的伟大的战斗风格，对帝国主义的侵略毫不妥协，拿起枪来战斗，直到最后胜利的战斗风格；同时，坚决地反对那种卑鄙可耻的个人主义。为了这个目的，我把已经发现的稍微带有自然主义味道的关于战

---

① 李英儒：《关于〈野火春风斗古城〉——从创作到修改》，《人民文学》1960年第7期。
② 雪克：《战斗的青春·后记》，上海文艺出版社，1962，第825页。

争的描写，都砍了去，而竭力如实地从本质上反映人民革命战争的乐观主义；同时，对英雄人物尽力使他更加光彩，对反面人物狠狠地加以鞭打，暴露其可憎的丑恶面目。使人们从正面、反面受到教育。当然，这是修改时的主观愿望，不一定能够做好。其次，我尽力摸索着把作品的艺术性提高一些，力求把结构搞的完整一点，但由于自己是业余的文艺学徒，水平又低，恐怕费了力而不一定做好。为了帮助修改这本书，几十位同志写了评论文章或书面意见，更多的同志参加了座谈，使我深深感到我们这个社会的无比优越性和幸福。我反复地吸取了其中的宝贵意见，尽力去实现那些正确的指示。所以，如果修改以后能有一些提高的话，其实是大家的集体劳动的结果，应当感谢那些热情的同志们。如果还有缺点，那就是我没有做好，我愿意继续接受批评，积极改正缺点，在党的教导下，在同志们的帮助下，不断前进。"① 《战斗的青春》修改本在 1960 年 6 月印行新一版。由于作者不忍拂逆广大读者良好的愿望而在修订本中让英雄活下来，于是三姐妹在千钧一发之际，被冲进据点的战士从枪口下抢救出来，英雄的被救满足了读者的大团圆结局。而这种唯读者论显然也导致了修改的盲目性，因为修改本出版后又有读者来信认为初版本英雄壮烈牺牲的结尾很悲壮而备受感动，但修改本没有这种感觉："本来我读到三姐妹牺牲时非常激动，改成现在这样，反而不感到激动了。"于是作者在新三版中不得不又根据读者的意见把结尾再次修改回来："又坚决地做了这第三次的修改。其中改动最大的是：恢复了英雄人物壮烈牺牲的结尾；使英雄人物的感情自然流露，心灵更向读者敞开，使反面人物的行为的发生和发展更含蓄一些；在语言上尽力去掉了一些芜杂的东西。"作者雪克终于从中领悟到："读者对生活和人物的愿望，同作品中人物和情节的逻辑发展，是两回事，不能混为一谈。"②

　　同时，作家们也不得不把生活型的人物或中性的战争对手逐渐修改成贬义的妖魔型人物。所以，"十七年"小说中的女反革命者往往是漂亮妖艳、窈窕风骚的，男反革命者往往是狡猾而又愚蠢的，通过道德归罪使反

---

① 雪克：《〈战斗的青春〉作了哪些修改》，《读书》1960 年第 13 期。
② 雪克：《战斗的青春·后记》，上海文艺出版社，1962，新 3 版，第 823～824 页。

面人物走向同一。如《红日》中的张灵甫，该小说有 1957 年、1959 年、1964 年三个版本，对张灵甫的形象修改力度很大。在初版本中，张灵甫作为一个参加过抗日战争获得很多胜利的国民党少将，有其自身独特的个人魅力："他的身材魁大，生一幅大长方脸，嘴巴阔大，肌肤呈着紫檀色。因为没有蓄发，脑袋显得特别大，眼珠发着绿里带黄的颜色，放着使他的部属不寒而栗的凶光。从他的全身、全相综合来看，虽使人觉得他有些蠢笨而又可怕，但总还是个有气概、有作为的人。"① 但在 1959 年修改版本中，由于"反右"等极左思潮进一步泛滥和文艺界向国庆十周年献礼的政治热情膨胀，作家吴强对张灵甫的形象修改由中性逐渐向左转，但总的来说还是很尊重事实中的张灵甫这个枭雄："他的身材魁梧，生一幅大长方脸，嘴巴阔大……他的全身、全相综合来看，使人觉得他有些蠢笨而又可怕，是一个国民党军队有气派的典型军官。"② 然而在 1964 年修订本中，张灵甫则完全被革命伦理的政治概念所遮盖而从一个真实人物修改成为妖魔化的反对派："他……和尚头，有点秃顶，脑袋显得特别大，眼珠发着绿里带黄的颜色，放射着使他的部属不寒而栗的凶光。从他的全身、全相综合来看，使人觉得他是个娇纵凶悍、蠢笨却又奸险又会装腔作势的人。"③ 如果说在初刊本、初版本中我们能够感觉到张灵甫是个复杂的个性化的历史人物，那么在 1959 年修订本中张灵甫则开始简单化，但作者还是比较实事求是地描写出历史进程中的真实人物的身体特征。而到 1964 年修订本中张灵甫则完全刻画成为反动阶级的形象符号和土匪式人物，集骄纵、冷酷、虚伪、狡诈于一身的妖魔纵欲型形象。于是在革命伦理的需求下，一个中性的真实人物逐渐被修改成为妖魔型人物，人物谱系向两极强化发展。而且有意思的是，在这种反面人物妖魔化的改写和叙述中，他们往往是越来越病态的。作家们通过极端丑化和病态化去描述这类形象，从而成为一种疾病隐喻式的政治修辞意象。对此，苏珊·桑塔格认为："疾病隐喻还不满足于停留在美学和道德范畴，它经常进入政治和种族范畴，成为对付国内外反对派、对手、异己分子或敌对力量的最顺手的

① 吴强：《红日》（初版本），中国青年出版社，1957，第 419 页。
② 吴强：《红日》（修订本），中国青年出版社，1959，第 421 页。
③ 吴强：《红日》（重新修订本），1964 年未刊本，中国青年出版社，1978，第 438 页。

修辞学工具。"① 显然，"十七年"小说对"敌人"的身体叙述往往是通过表象的疾病叙述来完成，即把"敌人"被描绘成疾病缠身的破坏美好家园、和谐秩序的外来的"他者"，而疾病也就成为给"他者"贴上贬义或者使其身败名裂的道德标签。于是，"病敌人"在道德政治上低人一等，这种等级制又进一步促进了敌人的妖魔化病象，"现代疾病使一个健全社会的理想变得明确，它被类比为身体健康，该理想经常具有反政治的色彩，但同时又是对新的政治秩序的呼吁……疾病源自失衡。治疗的目标是恢复正常的均衡——以政治学术语说，是恢复正常的等级制。"② 所以说，疾病被当作隐喻性修辞手法使用，这种隐喻性思考和书写方式建构起象征领域秩序和革命联动效应的幻想机器想象。

总之，文学的杂质化去除和提纯是一个依次解决的过程。在时间的流动和空间的变换中，文学生态场域不断变化，各种小场域不断淤积成大的场域，并形成思维惯性。作家在这种惯性中也不断调整自己的创作方向，努力追求自己的革命文艺和革命作家的正当性，对生活和作品反复提纯和修改，以适应革命利益的需求，唯恐歪曲和损害革命历史以及英雄形象。

三　爱情与日常生活的洁化叙事和意义提纯

百年中国文学由五四的文学革命转向 20 世纪 20 年代末的革命文学，并经过无产阶级的进一步修正，经由"左翼"文学转向了新中国成立后的社会主义文学，与这种范式变革始终伴随的是伦理革命向革命伦理的转变。万俊人认为革命伦理是"源于战争时代'革命道德'和'共产主义道德'的经验积累与有效利用，依靠'领袖权威'和'道德英雄主义精神'而树立起来的社会'信念伦理'或道德理想主义精神，以及在某种程度上受到原苏联影响的共产主义道德的思想宣传和理论建构。"③ 所以，随着 1942 年文艺整风和 1949 年的第一次文代会以及历次文艺运动，革命伦理开始支配作家的文学创作，自由的民间伦理已经被压抑在无边的角落

---

① 〔美〕苏珊·桑塔格：《疾病的隐喻·译者卷首语》，程巍译，上海译文出版社，2003，第 5 页。

② 〔美〕苏珊·桑塔格：《疾病的隐喻》，程巍译，上海译文出版社，2003，第 68 页。

③ 万俊人：《现代性的伦理话语》，黑龙江人民出版社，2002，第 180 页。

中。因此，在政治规训和版本修改过程中，尊重个人主体性的人性思想逐步被扼杀，革命加恋爱也转变成恋爱服从革命，到最后革命"革"掉了恋爱。导致在现实政治与文学想象中个体完全服从集体，个体自由伦理也就绝对认同并臣服于革命伦理，日常生活也被驱逐。甚至包括爱情和私人情感领域，都被革命动员起来，不仅成为革命的动力，同时也成为文学政治和新中国想象的一种诉求方式。

那么，从性别而言，革命根据地和新中国的妇女解放使女性具有了参与社会性交往的权利，这是几千年来被族权、夫权、政权所压抑的全面解冻和主体复活。但是，这种主体并不是真正意义上人性觉醒、自我主宰的主体，而是被部分引导、想象的主体，其目标是指向妇女的政治化激情参与。国家意识形态通过权力政治进行侵蚀，使女性个体放弃了个体自由幸福的经验感受和世俗生活的追求，因为私人空间被公共空间吞噬并全面曝光在公众面前。李银河认为："长期以来，妇女所面临的选择或者是被排除在权力机制之外，或者是被同化在男性的阴影里，妇女独特的价值一直难以实现。"①"十七年"文学中的妇女解放其实是一种革命伦理一元化背景下的"新妇德"，她们从家庭伦常中被植入到社会政治结构中，其私密性空间逐渐被国家权力渗透。于是，女性在"祛"男权附庸之"魅"中重新建构另一种"魅"，而女性所得到的政治解放、活动空间、职业需求与社会权利，只不过是新父权主义机制下的"性别改造"，通过一种雄性化的外塑，获得一种与男性平等的较为虚幻的权利、荣誉与赞誉。因为女性是被男性以及代表父权机制的强权文化所认定的他者，于是，通过女性的他者化改造成为男性化符号，并强调女性的社会性责任参与意识来摆脱文化象征对女性之于民族国家主体建构的弱质性、异质性的指认，在性别上模糊和悬置性际特征及性别差异。也就是说，所有的努力不是为了证明女性作为性别存在的合法性，而是当作复制并服膺于男性的想象性话语上的性别镜像和次主体而存在的。

例如，雪克的《战斗的青春》出版以后深受读者的喜爱。女主人公

---

① 李银河：《女权主义围绕性别气质问题的争论》，载《中国女性文化》第 2 辑，中国文联出版社，2001，第 16 页。

许凤的三角爱情尽管在爱人胡文玉成为叛徒后一刀两断，但爱情的温柔也总是若隐若现地映现在文本中，况且另一位革命英雄李铁又成为了她的新爱人。虽然叛徒受到惩处，但女英雄许凤也壮烈牺牲，因而引起了一些读者和批评家的意见，作者根据这些建议和意见重新修改《战斗的青春》，删去4万多字，增加了10多万字。雪克为此专门在《读书》杂志1960年第13期发表文章《〈战斗的青春〉作了哪些修改》："胡文玉是党的优秀干部许凤的鲜明的对立面。他是一个由于某种不满足而抱着个人目的来参加革命的知识分子，资产阶级的劣根性暂时隐蔽起来了，他一帆风顺地得到发展，在工作中取得了一定成就，于是他冲昏了头脑，盲目乐观，错误地估计了敌我斗争形势，又加上他又没有真正树立起革命的人生观，于是，在被俘后自首变节了。在这以后，他进入了一种反复无常的矛盾状态，有时想靠近党，但由于他的严重的个人主义和敌人的引诱，他的反动的阶级本能终于爆发，他由于地位得不到满足，不能实现个人欲望而抱怨、仇恨党，以至决心叛党。以后他投到了敌人的阵营，决心与党为敌，发誓要消灭党，消灭游击队，抓捕许凤，征服许凤做他的姨太太。敌人充分利用了他这种反革命疯狂性。于是反复曲折的以许凤和胡文玉两个人物为主线的斗争，越发展越尖锐，直到最后以许凤将被杀而获救、胡文玉将逃脱而被杀，以敌人全部被消灭、我们大胜利结束全书……至于其他人物，围绕着以上这条主线大概有十多个人物，此次都有不少变动，主要是补充了一些描写，使他们的性格更突出一些。也删掉了几个人物和一些不必要的情节，使文字更精炼一些。"这次修改主要是对许凤以及她的爱人、后来的叛徒胡文玉的修改。初版本中女主人公许凤最后英勇牺牲，这种带有悲剧性故事结局的方式洗刷着当时颇为流行的大团圆故事结局模式，因此受到读者批评。所以，作者根据读者的意见修改了牺牲的英雄许凤，使其在战斗又活下来，并获得了新的革命爱情。但这次改编又受到读者批评，只好重新恢复许凤牺牲的结局。纵观这几次修改，作者主要是对小说女主人公许凤和他的第一个爱人胡文玉的反复修改，尤其是删除了女英雄主人公的三角爱情和她面临爱情背叛时的犹豫与痛苦。胡文玉叛变投敌肯定是应该鞭笞的，但他也是具有知识分子式的小资浪漫情怀，对许凤的爱情还是很真诚的，以致当许凤被捕后他还是向许凤痛哭流涕进行忏悔，尽管这种说服有软化和诱降许凤的成分。这种心灵的复杂和灵魂的冒险在小说初版本中还是颇为浓厚的，但再版时对他们爱情中日常生活的描写的删改使作品失去了初版本中较为复杂的人性与爱情。经过洁化叙事与意义提纯后的作品在艺术层面显然受到破坏，也反映出作者在创作和修订这部作品时创作思想的改变，以及面对外界压力时的无可奈何和无所适从。

任何一个人，都无法摆脱日常生活的羁绊，人的幸福也往往是让自己的日常生活变得更加美好。日常生活主要是指饮食男女、吃穿住行、爱恨情仇以及生老病死、交往言行等普通人的生活内容，是与公共社会活动、精神生产相对的私人活动领域。A. 赫勒将它界定为"那些同时使社会再生产成为可能的个体再生产要素的集合。"[1] "成为认识和身份源泉的是经验，而不是传统、权威和天启神喻。甚至也不是理性。经验是自我意识——个人同他人相形有别——的巨大源泉。"[2] 然而，个体在革命伦理的启蒙下却放弃了对经验世界、世俗人性、感性生活的守护，不断地删除和修改文本中的日常生活和爱情叙事。例如竹可羽批评了《新儿女英雄传》中主人公牛大水、杨小梅、张金龙的三角恋爱关系和故事过于追求曲折的缺陷，[3] 随后作者在再版中就把小说中的爱情进行了修改，强化了叛徒张金龙的狡猾和狠毒。甚至《红日》第二个修改版本干脆删去了华静和梁波的爱情生活部分。正如刘禾在分析萧红的《生死场》时所说："民族主体根本上是一个男性空间……民族主义似乎是一种深刻的父权制意识形态，它将主体位置赋予到男人身上，促使他们为领土、所有权，以及宰制的权利而战。"而女人"并未自动地共享着那种男性中心的领土感。"[4] 因此，在革命道德观和洁化叙事成规的指引下，爱情和日常生活成为革命动机下共同进步的阻碍力量，它会使革命者沉湎于个体利益无法自拔，而性更是成为国家意识形态下"黄色"的代名词，成为一种新的道德禁忌。

① 〔英〕A. 赫勒：《日常生活》，衣俊卿译，重庆出版社，1990，第3页。
② 〔美〕丹尼尔·贝尔：《资本主义文化矛盾》，赵一凡等译，生活·读书·新知三联书店，1989，第137页。
③ 竹可羽：《评〈新儿女英雄传〉》，《人民文学》1949年第1卷第2期。
④ 刘禾：《跨语际实践》，宋伟杰译，生活·读书·新知三联书店，2002，第285页。

但是在 20 世纪 80 年代，有的小说在修改中又增加了人性化的爱情叙述和日常生活抒写，这也是顺应了 80 年代思想启蒙传统的复归和人道主义的回归。哈华的小说《浅野三郎》在 50 年代出版的时候，对小说里的男女主人公的爱情叙述非常稀薄，尤其是没有直接的性意识的书写。但是经过修改后，在 1981 年 2 月该书由上海文艺出版社出版，其中专门增加了革命军人王凌和张雪红的爱情和性描写：

> 当张雪红和王凌单独相处，开始同居生活的时候，她激动得不能自持，这生活怎样开始、怎样结束，不知如何是好了。她又像小妮子一样，两手抱着王凌的脖子，踮着脚，噘着嘴，一副滑稽的微笑，等着他吻她，说："我就喜欢你把我吻得透不过气来，像几年前我们在河神庙里一样。"
>
> 王凌抱着她的腰，在她嘴唇上、脸颊上、眼睛上吻了几下，两人似乎都感到对方跳动的心交融在一起。她软瘫了似的，把头埋在他怀里。他看着她黑白分明的眼睛，她充满了第一次做妻子的温柔和难以言说的惊惶不安，真像一个受惊的小妹妹。当他紧紧抱住她的时候，她羞涩得满脸通红，噘着嘴，柔顺的眼色看着他说："你放开我，我用日语唱个日本民歌给你听。"
>
> ……（略）
>
> 王凌强壮有力的肩膀一下紧紧地抱着张雪红，使她感到他身上的热力烘熨过来，透过她的全身，一阵使人心醉的柔情把她淹没了。面前站着她多年相处有时日夜厮守过的王凌，他是一个成熟的革命军人，他有坚强不屈的性格，政治上很敏感，对革命事业十分热心，这些是她所熟悉的，也是她所爱的。她又情不自禁的踮着脚，用她湿润的嘴唇去探索他的嘴唇，喃喃地说："我真愿意你紧紧搂着我，把我吻得喘不过气来。""你就会玩这种小妮子的把戏。"王凌没有吻她，强有力的一下把张雪红抱了起来，"我们睡吧！"
>
> 张雪红一下感到发自姑娘内心深处的不安，笼罩了她的全身，惊惶的小声说："你真坏，放我下来。"
>
> ……（略）

　　张雪红吃吃地笑了，她细巧的身体不断在他手臂里挣扎，可是什么用也没有。她最后心里升起一种对他的一缕难于言说的温情，情不自禁地搂着他的脖子，黑白分明的眼睛似睁非睁地看着他，微笑了。①

　　这部小说是哈华的最后修改的定稿。作者通过不少性描写重新恢复和增加了人性中的自然需求，而且还是女革命者张雪红主动探求自己的爱情，使王凌和张雪红的"革命＋恋爱"获得了高度的一致。而这在"十七年"时期显然是一种必须修改的犯忌行为，因为当时小说中的爱情往往是洁化的。正如王宇所说："尽管传统革命叙事中，革命英雄也能获得革命与爱情的双丰收，但革命英雄作为个体的男性的肉身总是在场缺席，个人世俗的幸福被置于无限的延宕中，他们的性别是被悬置的'空洞能治'。革命英雄主义是集体主义、国家意识形态的产物，它强调的是个人超常的品质对民族国家集体主体的意义。革命英雄只能用一个身份，那就是民族国家、革命共同体的成员，此外任何其他身份都是非法的，包括性别身份。"② 所以，哈华之所以能够重新修改《浅野三郎》中的性爱叙述，原因就在于80年代文艺复兴和思想启蒙传统逐渐打破了文艺禁忌。爱情与日常生活经历了60年代的洁化叙事和意义提纯之后，又重新复归到人性传统。

　　总之，对于"十七年"长篇战争小说的有效阐释性而言，正文本修改未必就缺乏作家的主体意识。尤其是1963年以前，作者在进行革命叙述的提纯的同时，也有文字的推敲、语言的精炼和艺术的改进。但是，1964年开始文学的修改更多的是思想的跟进、人性的净化与日常生活的洁化。同时，与之相对应的小说副文本也在修改当中。

_____

① 哈华：《浅野三郎》，上海文艺出版社，1981年2月第3印，第339～344页。
② 王宇：《性别表述与现代认同》，上海三联书店，2006，第113页。

第九章　"十七年"长篇战争小说的副文本变迁

　　法国文论家热奈特谈到跨文本类型的文章中提出"副文本"概念①，它是相对于正文本而言，正副文本作为一种符号系统已经连为整体，不仅具有历史价值和文本价值，也具有史料学价值。"副文本"包括封面、插图、标题、题词或引言、序、后记、注释、附录等正文本之外的文字内容和图像内容，它们成为作家的人生延伸、知识意义的发生与作品的世界参与的方式之一。正如金宏宇所说，新文学的副文本"不仅成为新文学版本物质结构层面的因素，还是新文学版本的内容构成，参与新文学文本的阐释和理解……所有这些副文本内容与正文一起构成一个生命整体，形成了不同的版本本性，留下了特定的历史印记，任意地将它们剥离开来或乱加调整都无法让我们看到一个版本的本来的历史容颜。"② 因此副文本中的插画、定价、文学作品内容等都反映出时代的变化、历史氛围的变迁、审美的转向、人与社会的不同追求。自然，当代"十七年"文学也和新文学一样通过正副文本呈现一种人生意义，但与新文学不一样的是，"十七年"文学的正副文本更多的是建构政权的合法性和正当性，呈现革命者的革命浪漫主义和革命英雄主义的崇高精神，进而教育、宣传和鼓舞读者。而且随着历史语境的变迁与差异，副文本和正文本一样也会随之修改

---

　　① 〔法〕热奈特：《热奈特论文集》，史忠义译，百花文艺出版社，2001，第71页。
　　② 金宏宇：《新文学的版本批评》，武汉大学出版社，2007，第8、18页。

和出版。例如张雷的小说《变天记》，通俗读物出版社 1955 年竖排版出版后，中国青年出版社 1959 年出版了经过修订的《变天记》横排版本，不仅正文本进行了修改，就是副文本中的封面、插图和内容提要都全部修改。同时竖横排版和繁简字体也发生了变化，更突出了革命化的生动形象和英雄性格，使读者更易阅读，进而通过革命意义化的符号资本在头脑中的入驻，对受众进行思维净化。尽管现代文学研究非常重视史料传统，但更多的是对正文本、文艺报刊等史料进行研究，除金宏宇对新文学副文本之"九页"进行分析外，甚少有人研究文学的副文本。当代文学研究更是如此。因此，这为笔者的"十七年"长篇战争小说的副文本研究提供了可能性和有效性。笔者主要对封面画、插图、内容提要、序言、引语、排版、繁简字等副文本的生成以及变迁进行考察，进而触摸文学和历史的互动关系和话语缝隙。不仅为人们提供了当年看待文学和社会的眼光和方式，也为后来者了解新中国"十七年"的社会文化语境提供了有效的途径和角度，更为我们当下的社会文化建设提供了一种参照。

第一节　封面画与插图画的镜像展览

人从出生接触世界开始，各种视觉经验就逐渐在心里积淀，世界与社会的各种视觉信息冲击我们并在大脑的神经元中产生镜像，成为我们进一步接受新的视觉刺激的前提，心理学把它称为心理图式。同时，视觉图像使受众在阅读中减少了思考时间和脑力消耗，无需通过文字转化成为思维图像，也增加了美学快感。可以说，通过视觉图像符号传递意义的视觉文化无处不在，影视、戏曲、话剧、连环画以及报刊书籍和教科书，甚至第四媒介——电子媒介等，这些都充斥在我们的日常生活中，建构起人与人、人与世界、人与自然的想象方式。正如海德格尔所说："世界图像……并非意指一幅关于世界的图像，而是指世界被构想和把握为图像了……世界图像并非从一个以前的中世纪的世界图像演变为一个现代的世界图像；不如说，根本上世界变成图像，这样一回事情标志着现代之本质。"① 显然，

---

① 〔德〕海德格尔：《林中路》，孙周兴译，上海译文出版社，1997，第86页。

在印刷文本中,读者的阅读首先是视觉的阅读,并经由视觉转化为思维,而对图像的视觉阅读比文字视觉阅读更便于理解和更迅捷。因此,在对文学作品的阅读中,有图像进行辅助将使读者更易于理解文本,从文学中获得知识的营养和教育的动力。

我国在文学作品的插图方面有优良的传统,古代文艺作品往往是诗画结合,而元刊平话和明清小说、戏曲也有丰富的绣像插图。鲁迅曾说:"宋元小说,有的是每页上图下说,却至今还有存留,就是所谓'出相';明清以来,有卷头只画书中人物的,称为'绣像'。有画每回故事的,称为'全图'。"① 这种画文合一的方式不仅实现意境层次上的"诗中有画,画中有诗"的传统儒学审美趣味,而且实现外部表象层次上的视觉审美愉悦。现代文学也是如此。很多作家都很重视插图和封面,鲁迅早年就大声疾呼:"插画的艺术应当提倡。"② "我并不劝青年的艺术学徒蔑弃大幅油画或水彩画,但是希望一样看重并且努力于连环图画和书报的插图;自然应该研究欧洲名家的作品,但也更注意于中国旧书上的绣像和画本,以及单张的花纸。这些研究和由此而来的创作,自然没有现在的所谓作家的受着有些人的照例的赞赏,然而我敢相信:对于这,大众是要看的,大众是感激的。"③ 他自己的作品也大都有很精美的插图与封面设计,例如1923年的第一个小说集《呐喊》封面就是鲁迅亲自设计的,充满力量的红色字体"呐喊"印在深红色的书面纸上,沉重有力的红色元素渲染着受害者沉重的血迹和反抗者勇猛的呐喊,暗示着革命者的斗争和光明。丰子恺曾为《阿Q正传》等9篇小说作过插图,陶元庆设计了《彷徨》的封面,朴素、大方,意蕴深刻而令人难忘。可以说,插图和封面是对文字语言信息的重新阐释和艺术放大的图像语言符号,对读者来说这是被吸引阅读的前提。因此,新中国成立后,"十七年"文学也继承了鲁迅传统和解放区传统,非常重视文艺中的封面画和插图画,这些画面既给读者以美的艺术享受,又成为一种辅助文艺教化读者的重要宣传手段。插图主要是

---

① 鲁迅:《连环图画琐谈》,《鲁迅文集》第6卷,黑龙江人民出版社,1995,第22页。
② 吴作桥等编《再读鲁迅——鲁迅私下谈话录》,时代文艺出版社,2005,第354页。
③ 鲁迅:《"连环图画"辩护》,《鲁迅文集》第4卷,黑龙江人民出版社,1995,第390页。

通过线条勾勒就某个精彩情节、细节、动作、形象进行生动描绘，进而图解文学文本，在客观上促进作品的销售。封面主要是揭示书的主题与书的内容，使读者一看就感觉出小说的内涵与分量。新文学作品封面的设计有两种类型：一种是装饰性的，一种是图解式的[①]。钱君匋认为，图解式封面设计是"把书的内容高度概括成为形象的那种手法"，[②] 从而提升作品的身价与艺术魅力。对于 20 世纪的绝大多数作品而言，插图画和封面画对文本内容高度概括，通过图像和色彩进行语言转换和符码释义，编码与解码的双重视阈转换成为封面提供给读者和阐释者的一种想象方式，正如维特根斯坦所说："想象一种语言就是想象一种生活方式"，[③] 图像语言自然也赋予我们无穷无尽的想象和差异性解释，尤其是不断修改的绘画。可以说，插图画和封面画已经成为小说正文本的一种镜像隐喻，既体现出革命话语对小说和绘画者的规训，也体现出艺术审美的抗拒与渗透。

"十七年"小说的插图画和封面画在新中国伊始因各种原因的制约是被忽视的，因此也受到读者和评论家的诟病。随着权力关系的逐步理顺和文艺秩序的逐步建立，这种情况得到改观。军人读者丁贵池对 50 年代初期文艺作品的封面与插图状况首先发难："一、目前新书的封面装帧不够讲究，封面画的设计有公式化、简单、粗劣的现象。我常看到这样的封面：书名大致是用宋体字，另加印一张照片，或加印一些与书的内容没有多大关系的常见的图案，或者是窗花。如《鲁迅小说集》、人民文学丛书中的《吕梁英雄传》《王贵与李香香》，以及最近出版的人民文学丛书《铜墙铁壁》《火光在前》等一套书的封面，都是那么平板、乏味。有些翻译的文艺书籍的封面也是如此。我觉得出版者、作者以及美术工作者都应注意书的封面设计的思想性和艺术性。应该根据书的内容绘画和设计多彩多样的有艺术价值的封面。像鲁迅先生对待一些书刊的出版那样地注意。二、书中应多加些插画。"[④] 1953 年 5 月 4 日《人民日报》发表了王朝闻的《谈文学书籍的插图》和文化生活简评《改进文学书籍的插图和

---

① 金宏宇：《新文学的版本批评》，武汉大学出版社，2007，第 5 页。
② 钱君匋：《钱君匋散文》，花城出版社，1999，第 183 页。
③ 〔英〕维特根斯坦：《哲学研究》，陈嘉映译，上海人民出版社，2001，第 13 页。
④ 丁贵池：《应注意书籍的封面装帧和插画》，《人民日报》1953 年 4 月 13 日。

封面设计》，对文学读物缺少插图或插图画得粗糙、潦草，以及封面设计一般化、单调乏味的现象提出了批评。王朝闻认为读者需要欣赏文学书籍中的插图，但却很少有插图的版本。即使有，也很少是令人满意的。如人民文学出版社尽管出版了有插图的《文学初步读物》，但"有些画得不大好。例如《斗争钱文贵》（司徒乔作）、《地雷阵》（孙信作）、《罗才打虎》（顾群作）、《沙家店战斗》（冯真作）的插图，有的形象空虚、呆板，甚至丑恶，有的笔墨油滑、潦草、干瘪、单调乏味，以致不但不能使小说中的形象更加具体化，甚至连装饰书籍的作用都很不够。""插图工作中普遍存在着的这种情况：掌握不住小说的精神，抓不住能够阐明小说主题和便于运用绘画的形象来表现的情节，单是为了容易画，就随便抽出一些字句，给文字作肤浅的翻译；加以造型性很差，乏味，因而不能使图画和小说紧密配合，集中地突出地表达了小说主题，而是成为可有可无的附属品。"而真正的插图应该具有"形象清晰、明确、动人，给人不能忘却的印象，具有概括性，有利于启发想象和联想，它才是既不依赖文学作品的文字来做注解，而且更能辅助文学原作。"[1] 王朝闻对文学插图进行批评。《人民日报》的专栏编辑则认为"插图的艺术质量很差，在描写上显得粗劣、简单，很少艺术加工，人物呆板，缺乏生动的表情。这样的作品，不可能有助于提高文学形象的明确性和增强文字描写的力量。"[2] 随后，《人民日报》于该年 5 月 8 日召开了由北京各大权威出版社、期刊负责人以及中华全国美术工作者协会的画家参加的书籍插图和封面设计座谈会。与会者反映了读者对文学读物的插图和封面工作的要求："许多出版社、杂志社都常接到读者的意见，他们要求有优秀的插图出现在文学读物中，并有美观而又与书刊内容、性质吻合的封面设计。"会议对出版者、编辑者和部分领导人不重视插图艺术的现象以及对培养专业的插图人才、组织创作力量等问题都提出了意见，需要"培养插图人才，组织创作力量"。[3]

---

① 王朝闻：《谈文学书籍的插图》，《人民日报》1953 年 5 月 4 日。
② "文化生活简评"专栏编辑部：《改进文学书籍的插图和封面设计》，《人民日报》1953 年 5 月 4 日。
③ 编辑部：《关于改进文学书籍插图和封面设计工作的座谈会记录》，《人民日报》1953 年 6 月 23 日。

于是，出版社和美术家致力于提倡和发展插图和封面画，有的读者甚至建议"努力学习苏联画家在插画创作上的先进经验，对于帮助和提高我们的插画创作，无疑地是有很大益处的。"① 随后，出现了封面和插图非常兴盛的局面。《文艺报》1959 年第 18 期（9 月 26 日出版）是"庆祝建国十周年专号"，对新中国成立十年来的各类文学艺术进行了总结，其中专门刊载了彩色《文学作品插图九幅》，从 9 部优秀小说中选出了 9 幅最优秀的插图。它们分别是：吴静波画的《三里湾》和《山乡巨变》插图各 1 幅，古元作《灵泉洞》1 幅，侯逸民作《青春之歌》1 幅，俞沙丁作《草原烽火》穷人反抗图 1 幅，孙磁溪作《林海雪原》杨子荣智战小炉匠图 1 幅，张德育作《苦菜花》母亲喂奶图 1 幅，黄润华《红旗谱》贾湘农农协演讲图 1 幅，涂克、刘旦宅作《红日》首长骑马图 1 幅。这 9 幅插图分别是从 9 部小说插图中抽取出来的代表作品，不仅呈现出各位艺术家的最高水平，而且呈现出正面形象的英勇果敢与坚强不屈的革命性格。可以说，封面画和插图画建构出绘画个体对时代与文本的自我认同和价值诉求。通过图像语言和文学语言的转换与交融，在文本内容的表达、文学形象的丰富、艺术审美价值的独立性上都有各自特色，促进小说文本的传播和认同。

但是，不少封面和插图在革命话语的规训与改造中不断进行修改。如马忆湘的小说《朝阳花》由中国青年出版社 1961 年出版，由艺术家王盛烈做 4 幅国画插图：第一幅画的是主人公"我"因父欠债被迫抵押给地主烂眼公公、油嘴婆婆家做童养媳，受尽欺凌，被关在柴房里没有饭吃；第二幅是"我"逃出来参加了贺龙的红军，成为一名红军护士，受到贺龙将军的接见；第三幅是三位红军女护士在长征途中因病弱原因被迫就地潜伏，但她们一心向党，披荆斩棘在风雨里追赶红军，她们三人分别生病、怀孕、营养不良，坚强不屈的革命性格促使她们在崇山峻岭的暴雨中顽强前进，这幅风雨中的新军雕像实在令人感动，作者通过对三位女红军的内心刻画揭示暴风雨中人物的性格和心理状态，把栩栩如生的人物和生动的情节展示给读者，从而呈现出长征时期艰难困苦的革命生活环境和红

---

① 王琦：《学习苏联插画家的创作方法》，《人民日报》1954 年 12 月 15 日。

军战士一心追求共产党的永恒决心,进一步补充和丰富了小说叙述;第四幅是三位女红军终于追上了红军主力,陈真梅生下了孩子,大家兴奋地看着未来的小红军。四幅国画形象生动、线条细腻,不屈的眼神、幸福的笑容和彩色的图画建构起一幅幅震撼人心的图像,叙述了万里长征中革命战士的忠诚与不屈。但是,到1963年再版的时候,该书插图全部删除。"文革"后,被打成"毒草"的《朝阳花》平反,1980年1月中国青年出版社出版该书,其封面"三女雨中追红军"就是上述王盛烈的第三幅国画。然而,插图却换成丁世弼、詹忠效联合画的7幅素描:第一幅是"我"做童养媳的受难图;第二幅是参加红军的"我"戴军帽的兴奋图;第三幅是"我"向贺龙将军敬礼图;第四幅是三女追赶红军图;第五幅是老大爷父子掩护三女过河图;第五幅是红军过雪山图;第六幅是战友牺牲图;第七幅是战友送粮图。尽管后面的插图要比初版本多,但显然初版本王盛烈的国画比后者的素描更震撼,画法上也更好。例如后者第三幅中的贺龙从气质、神态来说画得就没有前者第二幅好。又如后者第七幅中,"我"掉粮食了,战友们纷纷匀自己微薄的粮食给"我",按理说"我"应该非常激动,但是图画中却没有在神韵和动作情感表达上充分呈现。

画家、小说、插图和读者往往是多位一体相互依存的。插图和小说既是独立又是从属协作的,插图必须具备一般绘画艺术的条件,使图像造型鲜明生动,同时必须忠实文学原作,与小说内容紧密结合。如果不从小说作品出发,片面强调绘画特质,那就不是小说插图。所以,作为不同符号的插图与文字其功能与目的都一样。绘画者在绘画之前,首先要熟悉作品中所描写的具体生活环境,深刻理解作品中人物的性格和精神状态,仔细揣摩小说作者的情感爱憎,然后根据自己的经验感受进行创作,尽力还原文学作品的精彩情节,创作出的插图自然就使文学作品中的故事与人物形象更加直观化、具体化,不仅传递出绘画者对作品的理解和图像转换解读方式,还勾引起读者的阅读兴趣,帮助读者加深对作品人物、环境和事件的理解和把握。而且在绘画技巧上也是对读者的一种熏陶和传授,画面构图的处理、人物地位的安排、物体明暗的布局、色调笔法的准确以及水墨性能的把握本身就具有一种绘画创作技巧,绘出的图画也就具有了艺术审美特性。因此,透过图画可以看出画家在艺术技法上的修养和对作品的理解角度，阅读图画又容易影响读者的绘画审美方式。例如，冯德英小说《苦菜花》初版本中的张德育作的优美插图不仅为作品增添光彩，也成为优秀的美术作品。当时读者丘耳就认为："最近出版的一批优秀的长篇小说，如《红旗谱》《红日》《青春之歌》《林海雪原》《苦菜花》等，都是鼓舞我们前进的好书。但是在这些书中，只有冯德英的《苦菜花》附有几幅比较好的插图，它使原作的形象更加具体、生动、鲜明，帮助读者形象地看到书中人物的性格和外貌。这是值得高兴的事！而其余几部作品却都没有插图，使人有美中不足之感。亲爱的画家们，请给我们这些描写新英雄人物的文学作品多画些精美插图，让这些为广大读者所热爱的作品变得更加丰富多彩，发挥更大的艺术力量吧！"① 其他读者也很认可这种看法："新近出版的几部优秀作品，如《林海雪原》（曲波著）、《山乡巨变》（周立波著）、《红日》（吴强著）、《红旗谱》（梁斌著）、《青春之歌》（杨沫著）、《百炼成钢》（艾芜著）等拥有广大读者的小说，读者是多么愿意看到其中的插图！失望的是一幅也没有。""文学作品的插图，当然还不是起着绝对作用的。但那作用实在有辅助的效力。这在普及的意义上讲，也或多或少会有益的。尤其对于少年读者和文化水平较低的读者。它虽比不了电影，看了《白毛女》电影的人会比看《白毛女》剧本所得到的印象深刻得多，形象也鲜明得多；但用来说明插图的作用，还是有些道理的。"②

在读者们的批评、监督和建议下，出版社对小说插图更加重视，许多作品再版时都加上了插图，例如《林海雪原》就加上了吴作人、孙滋溪为其作的封面画和插图，吴作人的封面画主要是小分队战士在林海雪原中滑雪前进，形象生动。孙滋溪的插图画共有8幅：第一幅是少剑波带领小分队去鞠县，但村庄里到处都是乡亲们的尸体，少剑波异常悲愤；第二幅是小分队队员白茹为蘑菇老人治病，凸显军民一家亲；第三幅是栾超家飞越奶头山，那绳索下飘荡的英雄身姿给人一种崇敬感；第四幅是二道河桥头小火车被匪徒包围，高波最后掩护，弹尽粮绝，手持枪刺在敌丛中拼

---

① 丘耳：《给文学作品多画些插图》，《人民日报》1958年6月26日。
② 时常曙：《欢迎文学作品插画》，《人民日报》1958年12月23日。

杀，战况激烈；第五幅是小分队雪中行军图；第六幅是杨子荣临危不惧巧语座山雕；第七幅是青年猎手姜青山带领神犬赛虎滑雪图；第八幅是匪首侯殿坤、谢文东、李德林酒肉密谋图。这些图绘法细腻，形神兼备，惟妙惟肖，凸显出革命英雄主义和革命浪漫主义的英雄豪情，因而获得读者的喜爱："一部好作品，如果没有好的插图，就好像缺少了什么似的，总使人感到有些不满足；反之，好书如有好画相辅，对于读者，不独于阅读的兴趣会有所添益，对丰富人的想象力，提高人的欣赏水平，也有帮助……吴作人、孙滋溪为长篇小说《林海雪原》作了插图和封面画，使这部书更突出了它强烈的气氛……作家与美术家的这种合作，尤其应该感谢美术家们为书籍插图付出的辛勤的劳动。他们的画，为书籍的美增添了绚烂的异彩，给了读者以更丰富的美感享受。"① 但也有读者对《林海雪原》的封面画修改有意见："不少书的封面，不仅色彩鲜艳，而且富有象征意义，比如《红旗谱》《六十年代的变迁》等书就是，庄严的红色笼罩，揭示革命历史的转折，使读者为之神往。每次看到这类封面，就给我一种美的感受。还有一些书的封面，花样太多，每出版一次，都要改变一次，造成读者错觉，以为内容变了。比如《林海雪原》《红日》等书，每次再版，都以不同的封面出现，有些同志看了就这么说：'书的封面为什么一会这样，一会那样，我以为内容改变了。'"②

长篇战争小说的插图不仅再现了小说故事的风云变幻，更是作者对作品进行再创作的阐释和编码。或许可以说，插图成为文学作品的重要组成部分，成为读者与文字文本进行有效沟通的符号转换的桥梁。由于每部作品都有多幅插图，各插图之间也是相互联系，事实上构成了一帧简易的连环图画，插图截取的都是小说文本中最富有意义的人物情节、故事内容、重点场景。对此进行可具阐释性的符码转换，进而补充文本的意义想象，延伸拟想读者和现实读者的文本接受，从而填充小说文本中的空白，补充文字的意义形象。如致力于呼吁各种读物、文学、教材需要插图的鲁迅先生所说："书籍的插图，原意是再装饰书籍，增加读者的兴趣的，但那力

---

① 洁泯：《书籍插图的百花齐放》，《人民日报》1961 年 8 月 26 日。
② 滕振声：《谈书的封面》，《人民日报》1961 年 10 月 24 日。

量，能补助文字之所不及。"① 郑振铎也在《插图之话》中谈插图的作用："插图是一种艺术，用图画来表现文字所已经表白的一部分意思。这因为艺术的情绪是可以联合的激动的。"② 任大星的小说《野妹子》的封面画和插图画都是由著名画家董辰生所绘，生动传神地画出一个带着银项圈却成为小革命者的乡间女孩的纯真与机灵。以致作者任大星在"再版后记"谈到封面插图时很是兴奋："董辰生同志为它所作的封面，我实在太喜欢了！它比我头脑中的野妹子，鲜明、生动地形象化了，比我这只拙劣的笔所能做到的，超出很多。"③ 又如张雷的小说《变天记》，通俗读物出版社1955 年版和中国青年出版社 1959 年修订版的封面和插图都发生了变化。前者的封面是主人公李黑牛在路边看着正在行军的八路军，而后者的封面却是主人公李黑牛带着游击队和八路军在炸毁鬼子碉堡后兴高采烈地扛着胜利品向前进。从意义上来说，无疑后者更具有革命化的意义图景，呈现出八路军和游击队共同抗日取得光辉胜利的无比喜悦之情，而前者显然无法向读者呈现出革命必胜的信念。在插图方面，有两幅王永恒作的插图，第一幅是李黑牛带领长工兄弟们和地主算破天的爪牙崔满成进行斗争，长工们的团结一致和地主爪牙色厉内荏、张牙舞爪却又惧怕的神态形成了鲜明的对比。第二幅插图则是群众们团结一致向破坏减租减息的地主算破天作斗争，地主在人民大众的指责声中垂下了肥硕的头颅。形象生动地勾勒和惟妙惟肖的刻画让读者领略到了民众的觉醒、团结，与反动派的纸老虎特性。但是在 1959 年版小说中却把插图删除了，这是非常遗憾的。

　　同时，解放区以来的大众文艺如木刻也成为"十七年"文学绘图的圭臬。因此，有的小说封面和插图不仅用绘画，甚至用木刻画、年画、素描、剪纸等民间传统艺术造型来作封面或插图，具有鲜明的时代意义和泥土气息。如柯岗的小说《逐鹿中原》由作家出版社 1962 年 2 月出版第 1版，其封面是由邹雅雕刻的木刻。内容颇为震撼：炮弹轰炸引起烟雾弥漫和气浪掀天，而战士们却在这种枪林弹雨中冲锋陷阵。在新时期，人民文

① 鲁迅：《"连环图画"辩护》，《鲁迅文集》第 4 卷，黑龙江人民出版社，1995，第388 页。

② 郑振铎：《插图之话》，《小说月报》第 18 卷第 1 号。

③ 任大星：《野妹子》，百花文艺出版社，1978 年 10 月第 2 版，第 256 页。

学出版社 1980 年 12 月再版该小说 15.5 万册,封面和插图改为俞沙丁雕刻的木刻,都是彩色印刷,封面内容是逐鹿中原的刘邓大军在行军。这个封面木刻较为平淡,不如初版本的封面震撼,但正文中的木刻插图颇具吸引力。如第三幅,刘邓大军攻打国民党将军康泽扼守的襄阳城,肖红军和战友们用炸药炸掉了西城门半边城墙,然后千军万马穿越城墙上去,气势恢宏,滚滚硝烟与战士英雄形象相互辉映。这种木刻插画使小说的人物形象更加鲜明突出,使小说情节更加生动具体。画面上的线条、明暗、位置经营,都打上了作者的情感烙印和情绪色彩,使得读者通过图画阅读不仅能够理解作品,感受图像的视觉张力和感染力,更能够了解特定时代或作家的思想心态及存在状态,使读者在阅读中接受教育。正如让·拉特利尔在《科学和技术对文化的挑战》中所说:"不能低估图像文化,尤其是动态图像文化,由于它们通过图像作用于情感,从而已经并将继续对表述与价值系统施加的深远影响。"①

因此,插图和封面同时也是一种宣传画,它们不仅提高小说的艺术品位,更能传播革命价值意义系统,帮助读者了解作品内容、拓展审美视野。例如袁静、孔厥合著的小说《新儿女英雄传》于 1949 年由上海海燕书店出版初版本,竖排繁体。著名艺术家彦涵做 24 幅彩色素描插图,大致分为三类:一类是我游击队战士的英雄形象和革命气概;再一类是反动分子的狡猾;另外一类是日本鬼子的残忍。例如第十四回《结婚的谜》中绘画表现的是小水假扮新娘杀死鬼子饭野小队长的精彩情节,生动形象。第十六幅是历经苦难的革命战士大水和小梅终于花好月圆,在喜字洞房握手促膝谈心,洞房里挂着对联画:"战斗伴侣",显得非常温馨。而1956 年 11 月由人民文学出版社出版经过作者之一袁静修改的横排本,彦涵也重新修改了插图和封面,只有 6 幅黑白水墨插图:第一幅是大水站在树上瞭望放哨;第二幅是游击队打沉鬼子汽船;第三幅是双喜在申家庄断墙胡同杀死汉奸何狗皮等;第四幅是大水和小梅在喜字洞房握手促膝谈心;第五幅是老铁匠为游击队撬锁开城门;第六幅是游击队凯旋进城门。

---

① 〔法〕让·拉特利尔:《科学和技术对文化的挑战》,吕乃基等译,商务印书馆,1997,第 124 页。

而且封面也被修改，初版本的封面只是装饰性的红色四方形花边，而1956年修改本的封面画则是一幅两人摇船的水墨图：荷花淀中，两人划船，风起，芦苇摇动，水鸟飞，神韵和谐，革命者的浪漫就显示在封面中。正如钱君匋所说，书籍装帧等于歌剧的序曲，也应该有旋律，有节奏与和声；是以形象色彩等造型手法，向读者揭示作品的内容和精髓。优秀的装帧使人在阅读之前已准备好阅读的心情和态度，善于装帧的人能择取书籍的内容或精神，通过形与色，构成能够表达该书内容或精神的艺术作品①。

然而，到了90年代，随着大众消费文化的兴起和市场经济化的推动，无论是出版社出于市场利益驱动考量还是绘画者无心插图创作的浮躁心理，小说插图已经离读者越来越远。小说《林海雪原》插图作者孙滋溪曾想把《林海雪原》的插图重新修改补充，待再版时用上，即使不给稿费也可以②。可是，《林海雪原》在各大出版社再版时却连原先的插图也删除了。

第二节　内容提要、引语、序言、 地图等标识变化

一　内容提要

内容提要主要是简短而生动地介绍作品的故事内容、时代背景、情节意义、主题思想和人物性格特征及艺术特色的优秀书评。它通常都放在扉页上，对于购买和初读某书籍的读者来说，打开书籍首先看到的就是内容提要，而这种简介能够使读者对作品有初步的了解，帮助读者选择作品。所以，内容提要的写作就需要编写者精练的语言概括能力和生动活泼的书写能力。但是新中国成立后，许多文艺作品的内容提要比较单一，"当我们翻开一本书来，首先看内容提要，而内容提要是千篇一律的几句话，不

---

① 舒文扬：《历久弥新"钱封面"——记钱君匋先生和书籍装帧艺术》，《人民日报》1996年6月6日。
② 戴慧文：《文学书籍呼唤插图》，《光明日报》1998年8月1日。

超过二百字。如果要寻找典型的八股文字，我提议诸位不妨去领略一下各书的内容提要。"① 读者张国华也认为："现在各个出版社出版的文学作品都有'内容提要'或'内容介绍'。这对于读者来说是很需要的。但是，写法上却近于千篇一律，总是什么'语言精练、通俗易懂'，'具有一定的艺术水平和教育作用'，'对青年有一定的帮助'。""我们希望出版社注意一下内容提要的写法，使它短小精干、文字有生气。"② 而长篇战争小说的内容提要也是如此，读者成志伟认为："我每次去买书，总要先看一下书籍扉页上印着的'内容提要'，根据书的内容，再抉择是否买这本书。但是，近来不少书的扉页上再也见不到内容提要了。像影响巨大的小说《红岩》，一打开封面就是正文，既无序跋，也无'内容提要'。我觉得这对读者选购书籍是不方便的。此外，在许多长篇小说中都不印人物表，这也是个大毛病。长篇小说人物繁多，彼此关系又很纷纭复杂，有时看完后，都搞不清楚书中人物之间的关系。如果能印一张人物表附在书中，费事不大，对读者却大有好处。"③ 读者的这些批评也自然引起了注意。

随后出版社和作者开始重视内容提要的写作，因为内容提要对于想了解该书或买书的读者来说是具有很重要的提示意义，也影响着读者的购买和书籍的销售。北京师范学院的读者夏振文认为："长篇小说的读者，大多数是青年学生、工人、干部。由于时间、文化程度、兴趣等不同，其中很多人不能阅读长篇论文或书评。那么，要首先对某些作品有一个轮廓的了解，才能选择买什么。这借助于书前的'内容提要'（或内容说明）是很便利的。以往出版的小说大多没有'内容提要'，最近，特别是1958年出版的一些长篇小说都有了内容提要，这给读者带来很大方便，而且有的写得很好，颇受读者欢迎……去年出版的几部长篇小说，我以为写得最出色的要算《苦菜花》的'内容提要'了。它在简短的五百多字的介绍里，全面、清楚、生动活泼、扼要地介绍了这部小说的特点。在介绍时代背景、主题思想时只用了不到六十个字，就介绍得一清二白。在介绍主要

① 若望：《也谈买书》，《人民日报》1956年11月2日。
② 三明：《千篇一律的内容提要》，《人民日报》"读者中来"栏目，1956年7月15日。
③ 成志伟：《"内容提要"和"人物表"》，《人民日报》1962年9月21日。

情节时是这样写的：'阴险的告密、毒辣的陷害、疯狂的屠杀和人民坚决的抵抗'。在这简短的几句话里把那些生动的情节都概括进去了。在介绍人物时尤其写得好：'这当中，有双双受难、至死不屈的夫妻，有在敌人的刀口下，宁愿牺牲自己的丈夫，却挽救八路军干部的农村妇女，有为了坚持抗日而被自己的汉奸父亲杀死的、聪明勇敢的青年学生。'……在这短短的文字里几乎把主要人物及其性格特征都清清楚楚地介绍出来了，对人物性格概括得很好，语言精练。"① 这位读者非常推崇《苦菜花》初版本的内容提要，尤其是最后一段："在这些如火如荼、可歌可泣的斗争里，穿插着青年们的爱情、八路军部队的发展壮大、军民关系等许多生动有趣的情节。而贯串全书的，是一位平凡而伟大的母亲。作者着重刻画了她的崇高的气质，善良的品德和坚贞不屈的英雄性格。"② 但是到了1978年小说再版的时候，该"内容提要"也进行了删改，只剩下第一段："这部小说以胶东半岛的昆嵛山区的农村为背景，描述了人民群众和八路军在中国共产党的领导下，同日寇、汉奸走狗以及封建势力进行的可歌可泣的英勇斗争。"③ 之所以删改，与正文中很多爱情情节的删改、英雄事迹的修改等有关，而经过修改的内容提要显然没有初版本中那么细致生动，使读者对小说中的具体内容也无从了解。

又如张雷的小说《变天记》，通俗读物出版社1955年版和中国青年出版社1959年修订版的内容提要是不一样的，前者更真实地表达了小说中的内容，后者则更精炼化地凸显了革命者英雄伟岸的形象。1955年版本的内容提要写道："主人公李黑牛，是个纯朴、善良、勤劳的雇农。他曾想靠自己辛勤劳动挣个'小家业'，在地主算破天剥削下，虽百般努力挣扎，但他所能得到的只有被迫害与被侮辱，终于被迫逃走外乡……通过李黑牛这个人物的经历，描绘了党艰苦地领导农民向敌人斗争，描绘了农民的觉醒。这里有血有泪，有复仇的火焰，有纯朴的爱情，形象地概括了新旧交替时代的农村面貌。"这里写的内容颇为全面，甚至有浪漫主义的煽情成分。但到了1959年社会主义改造结束，人性论也正受到批判，所

---

① 夏振文：《写好长篇小说的"内容提要"》，《人民日报》1959年5月12日。
② 冯德英：《苦菜花·内容提要》，解放军文艺出版社，1958年1月版。
③ 冯德英：《苦菜花·内容提要》，解放军文艺出版社，1978年3月第2版。

以"李黑牛"的"小家业"和爱情在"兴无灭资"及反右语境中已经不合时宜，作者对之进行了删改。因此，上述内容在中国青年出版社1959年版的内容提要中全部删除。

二　引语

引语表达的是一种特别强调的功能诉求，"十七年"长篇战争小说主要有两种模式：一种是"献给某某某"的呈献体，另一种是毛泽东的语录体，当然也有极少数借用经典话语、格言、谚语等进行表意的。金宏宇认为这类引语"除了表示作者与这种某某有一种特殊感情之外，对正文本并没有什么意义，至多对研究作者的人际关系有用。"[①] 这种推断是值得推敲的，因为引语对正文本和读者起着很大的作用。可以说，引语是那个时代流行文化在小说文本中的时髦反映，这些语录体和呈献体表达了中国革命与新中国政权的正当性与合法性。

曲波的每部小说都有呈献体式的引语，在小说《林海雪原》中他深情地写道："以最深的敬意，献给我英雄的战友杨子荣、高波等同志。"就是在1977年出版的《戎萼碑》中依然写道："以最深的敬意：敬献给在抗日战争中，战场行医、火线办院、医疗战斗、战斗医疗英雄的医务工作同志们。"古立高的《屹立的群峰》是"献给祖国的优秀儿女——中国人民志愿军"的，玛拉沁夫的《在茫茫的草原上》的引语是"献给察哈尔草原的牧民们"，《红旗插上大门岛》的引语则是"给相识的和未相识的海防战士们"。这些呈献体引语起到了感谢和强调的意义，同时也表达了小说中将要讲述传奇性的革命战争的内容，从而吸引读者的好奇与阅读。甚至可以说，它们起着为革命中的某一英雄群体进行历史代述的作用。

如果说上述祭献性文字是对革命战友的一种情感表达，那么不少小说都愿意以毛泽东的语句作为引语，这不仅是为小说作注脚，而且可以说是一种"保护伞"。因为小说的故事内容可以与毛主席的思想相呼应，在作者看来，两者可以相互印证。例如萧玉[②]《当乌云密布的时候》的引语是

---

① 金宏宇：《新文学的版本批评》，武汉大学出版社，2007，第15页。
② 20世纪80年代出版的书都落款为"肖玉"。

毛主席《目前我们的任务》:"当着天空中似乎是黑暗的时候,我们就指出,这不过是暂时的现象,暴风雨即将过去,曙光却在前头。"王林《站起来的人民》的引语是毛泽东的《论持久战》:"战争的伟力之最深厚的根源,存在于民众之中。日本敢于欺负我们,主要的原因在于中国民众的无组织状态。克服了这一缺点,就把日本侵略者置于我们数万万站起来了的人民之前,使它像一匹野牛冲入火阵,我们一声唤也要把它吓一大跳,这匹野牛就非烧死不可。"刘江《太行风云》也是引用了毛泽东的话:"他们将冲决一切束缚他们的罗网,朝着解放的路上迅跑。一切帝国主义、军阀、贪官污吏、土豪劣绅,都将被他们葬入坟墓。"柳青《铜墙铁壁》的扉页也有毛泽东语录的引语:"同志们,真正的铜墙铁壁是什么?是群众,是千百万真心实意地拥护革命的群众。这是真正的铜墙铁壁,什么力量也打不破的,完全打不破的。反革命打不破我们,我们却要打破反革命。在革命政府的周围团结起千百万群众来,发展我们的革命战争,我们就能消灭一切反革命,我们就能夺取全中国。"于是,语录体作为一种小说中的理论前言,预告了小说的内容,而小说正文本内容则成为这种理论的现实实践。

在另一个层面,这种引语也体现出作者们在学习国家文艺政策和毛泽东文艺思想方面的成就。刘知侠在《铁道游击队》的扉页中引用了毛泽东的《抗日游击战争的战略问题》中的一段话作为引语:"整个游击战争,在敌人后方所起的削弱敌人、钳制敌人、妨碍敌人运输的作用,和给予全国正规军和全国人民精神上的鼓励等等,都是战略上配合了正规战争。"毛泽东所论述的游击战争与刘知侠写的铁道游击队的战争无疑是种相互呼应的指导与被指导的关系。而且有意思的是,在1977年版《铁道游击队》中,出版社把毛泽东的这篇文章的标题《抗日游击战争的战略问题》改为"毛主席语录",这种方式呈现出"文革"结束后"两个凡是"意识的继续,当然也是出版社和作者利用流行的形式进行自我表白。

总之,语录体和呈献体引语有着如下功能:第一,引经据典也是文化权力的象征,战争小说经常引用毛泽东等领导人或者相关文件的经典内容作为小说引语,因为知识也成了权力,战争用语成为作家创作的修辞,明显的具有上级领导的威权意识;第二,引经据典式的引语往往高度概括和归纳了小说的内容,也就是说,小说中的情节故事其实就是引语在现实斗争中的延伸或具体实践的表达方式,如果更进一步说,它就是毛泽东思想在战争小说中的直接呈现;第三,这种语录体是一个金钟罩,向世人展示小说作者对毛泽东思想的灵活运用,更起着保护小说不受批判的作用;第四,这种语录体其实也在向读者表达文中的意义和作者的期待,因为它传递出正文本的革命主旨、意义特色等内容;第五,呈献体表达了作者内心的感谢之情,也预示了小说中的内容。

但是,这些引语尤其是语录体到80年代小说再版时却纷纷删除。因为语录体在新时期文艺语境中已经不合时宜。

三 序言

序言可以是别人作序,也可以是自己作"自序"。它的内容主要包括解释书名、概括内容、评论得失、介绍作者生平以及叙述作品成因、诞生过程、作者构思、写作动机、作品主旨和版本源流等,这成为作家创作的最珍贵史料,也是研究者进行研究的重要路径。现代文学作品具有较为厚重的序言,鲁迅就经常给年轻作家写序,例如为萧红、萧军等主编的"奴隶丛书"作序,鲁迅还常在杂文集后面写《后记》来说明作品写作时的心境以及遭受的命运等。但是当代文学作品却序言较少,这可能也与作序者的自保意识和当代名家太少有关。

"十七年"文学在新中国伊始还偶有序言,主要是受到现代文学的影响。例如《人民日报》1949年9月18日第5版发表了郭沫若的《读〈新儿女英雄传〉》,后成为小说《新儿女英雄传》初版本的序言。所以,1949年由上海海燕书店出版的袁静、孔厥的《新儿女英雄传》初版本有郭沫若和谢觉哉分别做的序。但1956年的修改本删除了谢觉哉的序言,因为谢觉哉写到了作者夫妇俩:"孔厥袁静两同志结婚时,正在写《蓝花花》剧本,我写给他俩的贺词,是:曾歌树叶叶,又谱蓝花花;明年新纪录,创作加娃娃。到北平,看到他俩,娃娃尚未抱着,创作却有了——《新儿女英雄传》。"但是1954年袁静与孔厥离婚,而且孔厥因为所谓的玩弄女孩而被中国作家协会开除并被判刑两年。该书的"出版说明"写道:"小说的作者之一——孔厥,后来由于道德堕落,为人民唾弃;但这并不影响这本书存在的价值。孔厥在小说的创作过程中，实际参加过一定的劳动，因此仍然保存了原来的署名。"所以谢觉哉的序已经不合时宜，故此删去。而郭沫若的序言第二段在修改本中也被删除，原文写道："这的确是一部成功的作品，大可以和旧的《儿女英雄传》，甚至和《水浒传》《三国志》之类争取大众的读者了。"因为《新儿女英雄传》在1949年出版，当时小说并不多，可以说该小说是新中国最早的小说之一，当时过境迁，郭沫若的序言把该小说与中国著名古典小说相提并论未免有点夸张，故为了实事求是他删除了这种比喻。

但是后来小说就很少有序言，这主要是茅盾作序反倒为自己带来麻烦的影响。白刃的《战斗到明天》是写抗战争时期我根据地军民的对敌斗争和小资产阶级知识分子如何克服自身的弱点、而成长为自觉的人民战士的革命改造过程。1951年初的一天，白刃拜访茅盾请其为《战斗到明天》做序。茅盾一贯热情扶掖青年作者，便于1月8日出席了中央文学研究所开学典礼后回家写序："读了《战斗到明天》，我很受感动。这部小说对于知识分子，是有一定的教育意义的……知识分子的小资产阶级意识、优越感、自由主义，都是前进路上的绊脚石，作者是以这一点作为主眼来写这部小说的，他获得了成功。"具体分析了小说中主要知识分子的性格，称赞作者对孟家驹"处理得颇为细心"，"林侠、辛为群、沙非，这三个人物，作者写的比较多，也写得有声有色。"又指出，对焦思宁"写的较少，而且形象也比较模糊。"还批评作者对"这几个正面人物的思想改造的过程都表现得不够多。形象性似嫌不足。"最后，他写道："尽管有上述的这些美中不足，这部小说对于知识分子还是具有一定的教育意义的。自五四以来，以知识分子作主角的文艺作品，为数最多，可是，像这部小说那样描写抗日战争时期敌后游击环境中的知识分子，却实在很少；我觉得这样一种题材，实在也是我们的整个知识分子改造的历史中颇为重要的一页，因而是值得欢迎的。"① 序言随同作品于1951年在中南军区出版，可是在1951年6月开始的对资产阶级、小资产阶级创作倾向的批判运动中，这部作品就同肖也牧的《我们夫妇之间》、碧野的《我们的力量是无

---

① 茅盾：《战斗到明天·序》，中南军区出版社，1951。

敌的》、方纪的《让生活变得更美好罢》等一道受到了严厉的粗暴批判和有组织的围攻。而为这部小说作序的茅盾也受到了牵连。1952 年 3 月上旬,《人民日报》编辑部转给茅盾三封读者来信,指名批评他为《战斗到明天》作的序。茅盾并不同意读者来信中指责的没有以工农兵为主角,而是以知识分子为主角的这种观点。茅盾给《人民日报》写了复信,他承认自己为《战斗到明天》写的序没有写好,是"匆匆翻看了一遍,就写了一篇序。""序文本身亦是空空洞洞,敷衍塞责的。这又是不负责的,不严肃的表现。"他还承认,这篇序写得不好,"又与我之存着浓厚的小资产阶级思想意识是不可分离的"。但在信的结尾,茅盾以大无畏的勇气指出题材的教育意义,希望作者鼓起勇气把小说改好:"文艺工作者的思想改造过程是长期的,艰苦的,要勇于接受教训,勇于改正;我接受这次教训,也希望白刃同志在接受这次教训后,能以很大的勇气将这本书来一个彻底的改写。因为,这本书的主题(知识分子改造的过程)是有意义的,值得写的。"过了几天,即 1952 年 3 月 13 日,《人民日报》以《茅盾关于为〈战斗到明天〉一书作序的检讨》这样的标题登出了茅盾给编辑部的复信,并加上了编者按。

1956 年党中央提出"双百方针"使白刃放下了沉重的思想包袱,随后,他按照茅盾先生的教诲和批评家以及读者的意见,彻底修改了《战斗到明天》第一部,由作家出版社 1958 年出版,作品封面上的题字还是茅盾先生的手迹。可作者在该修订版《后记》里对当年的错误批判作了辩解:"一个初生的婴儿,被掐死在摇篮里,还指责母亲生的是怪胎。母亲痛苦地分辩说,婴儿长得不漂亮,生理上可能有缺陷,却不是怪胎。然而族长专横地讲,不是怪胎也是毒瘤!权掌在族长手中,谁敢不服? 母亲只好打掉门牙连血咽,暗自饮恨伤心!"结果书是出来了,没让广泛发行,而人又继续挨整,下放到农村锻炼改造去了。"文革"中,白刃以及《战斗到明天》遭到无情的批判。粉碎"四人帮"之后才得到了平反。1982 年,《战斗到明天》的第 3 版出版,白刃特地在《前言》中写进一段话:"十分抱歉!当《战斗到明天》第一次遭到围攻之时,茅盾同志也受到了连累。(这件事至今想来,心中仍感到不安。)但是茅盾同志仍以长者之风鼓励后进的精神,在报上公开指出这个题材有教育意义,要我鼓起百倍勇气把小说改好。"①

　　茅盾为白刃的小说作序最后却以在权威报纸《人民日报》作检讨而结束,这使得其他作家更是不敢给别人写序,就是自序也不敢写,以免被读者认为是自恋的吹嘘。这种无序言的状况也招致读者的不满:"过去出的书,一般的在卷首都有一篇序,有的是别人写的序;如果没有序,在书后有'跋'或'后记'之类。这对于买书的人有很大的好处。卷首有序就好比穿衣裳有领子一样。近几年来,却很少看到有序或后记。'序'或'后记'可以告诉读者这本书怎样写成的……据说出版物上面不写'序'或'后记',倒并不是为了节约,而是著作人本身有顾虑:怕在'序'和'后记'中流露自我欣赏的情绪;如果请别人写吧,别人也感到赞扬知己朋友的作品,恐有小圈子之嫌;如果赞扬不当,该书受到批判,连代序的人也得一同连累,谁愿意招惹是非,多此一举呢?……我倒并不主张每本书一定要有'序'和'后记',有些书是可以不写序或跋的。我只是为了买书的人着想,作者不妨在卷首和书后大胆地向读者直接说话,要说什么就说什么。请人写序也未始不可,写得有偏颇不妨展开讨论。"② 总的说来,在现代文学中不仅有他人为作者所作的他序,还有很多作者的自序,鲁迅就给自己的很多杂文集做自序,但是"十七年"文学很少有自序和他序。因为,在革命者看来谦虚是一种美德,他序尚且有歌功颂德之嫌,更何况自序就更有不谦虚之嫌,这对于当时的作家来说是必须避嫌的,所以战争小说也就没有自序。1958年出版的《野火春风斗古城》就是如此,后来作者李英儒对小说进行了修改,他在《人民文学》1960年第7期发表了《关于〈野火春风斗古城〉——从创作到修改》,专门详细阐述了小说修改的原因和内容。后来作者把这篇文章的标题《关于〈野火春风斗古城〉——从创作到修改》改换成《序》,于是就以"自序"的方式出现在1961年出版的小说修订版中,但事实上这并不是作者的自序,仅仅可以算是"修订本前言"。如同吴强的小说,他在1959年出版的《红日》修订本中增加了"修订本序言",但

---

① 白刃:《战斗到明天·前言》,人民文学出版社,1982年第3版,第2页。
② 若望:《也谈买书》,《人民日报》1956年11月2日。

在1978年的第2次修订本再次增加了"二次修订本前言"。所以，与其说是"序"，毋宁说是"前言"。

四　地图和注释

由于读者的文化水平不高，而长篇小说故事人物和线索又多，导致读者阅读的时候容易出现头绪混乱和阅读混淆的现象。因此，长篇战争小说出版的时候，作者或者出版方通常会在小说正文前加上一幅小说主人公战斗区域的地图。例如《铁道游击队》就在初版本的基础上增加了一幅抗日时期鲁南战区图，使读者的阅读更加清晰明了。历史地图的出现无疑确认了小说想象中的铁道游击队战斗史与共产党领导的现实当中的战斗历史的吻合，从而增加了小说的历史厚重感和故事的真实性。所以，这幅地图一直延续到当下出版的《铁道游击队》版本中。《保卫延安》中的西北战场地图被黄子平认为："这幅地图不单可读成政治—军事地图，也可读成经过宗教修辞的寓意图。"[1] 另外，注释也是副文本要素中的一种，很多小说具有不少地方方言、风俗和战场顺口溜，随着事过境迁，读者对此不是很理解，因此需要特别注释。例如《苦菜花》中的"绑票"，作者冯德英就此进行了注释，1958年初版本第27页脚注中解释为："绑票——勒索钱财的人。一般有两种性质：一种是流氓组织起的以此为生的土匪，不论穷富见财就掠；另一种即红胡子，专门抢夺财主的。"从而使读者对同一词语的不同内涵更为清晰，而不致产生混淆。因此，副文本中的地图和注释成为文艺大众化和通俗化接受的前提。

第三节　竖横排版与繁简字体的转化

上述两节考察的是"十七年"长篇战争小说的绘画、引语、序言等艺术特性。根据金宏宇的考察，新文学的版本特性主要包括版本的物质形态和版本的内容构成，前者涉及文字、制作材料、制作方法与结构形态。后者则包括正文、序、跋、目录、附录、牌记、图像内容、封面画、题词

---

[1]　黄子平：《"灰阑"中的叙述》，上海文艺出版社，2001，第96页。

或引言、广告等①。那么本节着重探讨小说在权力机构的规范下进行竖横排版与繁简字体的转化。

古代文言合一，繁体和文言成为贵族的专利，书籍往往是上层知识分子或富贵人家才能阅读。20世纪初期，由于文言被认为不能表达现代的思想、情感与情绪，不如白话便于普及，五四新文化运动中的"文学革命"和白话运动把文言改成了白话。而繁体字也被认为是民族落后的原因之一。因此在20世纪进行了多次文字改革，有官方的，也有民间的。如辛亥革命后的切音字运动、读音统一和国语运动、汉字简化运动、注音字母运动、新语文运动、国语罗马字运动、拉丁化新文字运动等，对于汉字改革和民众文化扫盲都起过一定的作用。但还是有很多文字对大众传播是不利的。就是到了新中国成立前，阅读书籍也只是知识分子才能够实现的，而对于大多数民众及其子女来说，读书这种奢侈的愿望是很难实现的，能在私塾或新式初等教育进行简单学习就相当不错了。这种循环往复使得两极分化颇为严重，自然也阻碍了社会的发展。而经历了新文化运动洗礼的读者，其阅读习惯也逐渐开始由竖排转向横排阅读。1949年后，中共中央和国家出版总署已经就语言和标点符号的规范化问题作过多次指示，而大规模的现代汉语规范化运动的展开则在1955年以后，如简化汉字、推广普通话、制订和推行《汉语拼音方案》等。1955年10月，全国现代汉语规范化问题学术会议召开，《人民日报》发表社论号召作家们重视语言："语言的规范化必须寄托在有形的东西上。这首先是一切作品，特别重要的是文学作品，因为语言的规范主要是通过作品传播开来。作家们和翻译工作者们重视或不重视语言的规范，影响所及是难以估计的，我们不能不对他们提出特别严格的要求。"② 在这种要求之下，很多作家开始重新修改作品，在语言精练化方面进行文字修改。于是，汉语和普通话（个体叙事的语言）成为一种统一的民族化的语言开始传播。在西方语言学转向中，语言就是文化，就是一种生活方式，通过语言的统一，让民众都能够获得受教育的机会，而长篇战争小说的语言规范，在传播的过程中

---

① 金宏宇：《新文学的版本批评》，武汉大学出版社，2007，第4~8页。

② 社论：《为促进汉字改革、推广普通话、实现汉语规范化而努力》，《人民日报》1955年10月26日。

使阅读者获得革命意识形态询唤的可能。

但是,仅仅有语言规范是不行的,因为繁体字和汉字竖排对于那些未受过教育或教育程度较低或正在进行识字教育的普通民众来说,识字看报读书是很不容易的。所以,1955年10月,全国文字改革委员会作出八项决议,通过汉字简化方案和"推广报刊书籍横排"的决议。吴玉章在会议上认为:"汉字本身存在的缺点,确实成为儿童教育、成人教育和扫盲工作的沉重负担……要是保持汉字的现状,不加以改革,就会严重地妨碍人民文化教育的普及和提高,对于国家工业化和整个国民经济的发展,也会有间接的不利的影响。"① 于是汉字简化改革、横排印刷和推广普通话成为同时并进的改革方向。第一、第二、第三批简化汉字共517个实行分段推广,而且还要给"汉字注音,帮助教学汉字、小学教科书、扫除文盲用的课本、通俗读物、字典和词典上,都用这套拼音字母来给汉字注音。"② 1956年全国开始推广汉语拼音方案和以北京语音为标准音的普通话。同时自1956年1月1日起,全国推广报刊和书籍的横排,372种期刊全部改用横排③。尤其是文艺作品的横排无疑促进了作品的普及,而作品的普及又可以更广泛地实施文艺化大众的目标。但是也有读者还愿意阅读竖排版,出版社为照顾各种读者,偶尔也会出版竖排版小说。例如《铁道游击队》1954年的初版本是繁体竖排版,而此时的读者阅读水平和认字水准并不高,大多数读者对繁体字无法阅读,而竖排阅读不符合大众读者的阅读习惯且费时间,自然阻碍了小说文本的大众化传播。因此,新文艺出版社于1955年8月出版了横排简体的物美价廉的小说普及本《铁道游击队》。但是由于出版社和报刊全面推行横排排版的实行时间是1956年1月,很多读者还是怀念竖排本的阅读习惯。竖排本依然具有市场价值,故新文艺出版社为了迎合很多知识分子对竖排版的喜爱,于普及本出版两个月后即1955年10月出版了繁体竖排的《铁道游击队》精装本3000册,其定价是2.3元,既满足了部分读者的需要,而高价格自然也使出版社能够获得一部分利益。梁斌的小说《播火记》也

---

① 吴玉章:《文字必须在一定条件下加以改革》,《人民日报》1955年10月24日。
② 吴玉章:《中国文字改革的道路》,《人民日报》1956年1月1日。
③ 吴玉章:《中国文字改革的道路》,《人民日报》1956年1月1日。

是如此，作家出版社 1963 年 12 月横排印刷 15 万册，而同年百花文艺出版社又出版了《播火记》竖排本 1 万册，以满足一些读者的需求。但总的说来竖横排版与繁简字体的转化已是大势所趋，成为文艺大众化前置性的有效途径。

因此，新中国成立后，政府鼓励广大受教育者读书识字，通过各种文艺传播实现全民扫盲，而且国家推广简化汉字，进行文字注音，把竖排印刷改为横排印刷，顺应读者的阅读习惯，让广大知识教育比较缺乏的普通民众在扫盲教育后能够进行有效阅读。这一系列改革使文艺作品成为最有效的意识形态传播工具。可以说，汉字的发展变迁是一种文化史、心理史的变迁演绎。长篇战争小说的竖横排版与繁简字体的转化，无疑使文艺真正走入千家万户。但是回过头来看，简化字对全民扫盲起了重要的作用，但同时也带来了不少负面影响。如对繁体字的简化是否导致了传统文化的衰退，这已引起更多的关注。

总之，正文本和副文本共同合成作品的意义内涵，封面画、插图、内容提要、序言、引语、排版、繁简字等副文本标识都有着自身独特的作用。副文本的生成以及变迁无疑建构起在革命英雄谱系中光明与伟岸的叙事策略，使正文本实现意义增值，从而让读者"未见其人，先闻其声"，预先获得对小说的心理认同、审美期待和阅读快感。促进了体现革命意识形态价值观念的小说的加速传播。

第十章 "十七年"长篇战争小说的艺术改编策略

　　文艺工作者和文艺作品必须以"文以载道"的形式对民众进行政治宣教。这不仅要求文艺创作必须通俗易懂,更需要利用广大民众熟悉的文艺样式进行改编传播,这样才能使相关的革命知识和历史记忆通过大众化方式走进万家万户,才能使文艺去感化大众。因此,文艺大众化与文艺化大众其实是一个问题的两个方面。而为了实现这个目的就必然需要通俗化的文艺样式对"十七年"长篇战争小说进行改编。一部长篇小说首先是艺术家对其进行加工,改编成戏剧、曲艺、影视和连环画等各种艺术脚本,当脚本改编完成后,则是艺术家播讲、表演或者导演拍摄。而不同的艺术样式是有不同的改编特点的,正如吕文所说:"小说是供读者阅读的,话剧剧本是供演员在舞台表演,然后才和观众见面的(当然也可以读,但主要是为了表演)。电影剧本可以和其他文学形式一样供读者阅读,但它主要是为拍摄影片的。所以它是一种既不同于小说,又不同于话剧剧本的独立的文学形式。"① 因此,就需要对改编的特点进行了解。同时在社会发展迁移中,艺术改编的审美原则与社会文化又是互动的。因为审美观念的变迁要求与之相配套的意识形态形象演绎方式,这就是说不同时期需要有不同的艺术改编样式。那么它们的改编规则、方式、要求又是

---

① 吕文:《电影文学的语言浅探》,《电影文学》1962 年 2 月号。

怎样的呢？下面择取"十七年"时期的电影、曲艺与90年代以来的影视改编作艺术种类个案加以比较分析。

第一节　二元对立的性格强化
——"十七年"时期电影艺术改编

　　新中国电影是以苏联电影为圭臬的，"要求艺术家从现实的革命发展中真实地、历史地、具体地描写现实。同时，艺术描写的真实性和历史的具体性必须与用社会主义精神从思想上改造和教育劳动人民的任务集合起来。"[①]　这就是说电影改编的效果功能要富于艺术审美性。1949年8月中共中央宣传部在《关于加强电影事业的决定》的通知中也指出："电影艺术具有最广大的群众性与普遍的宣传效果，必须加强这一事业，有利于在全国范围内及在国际上更有力地进行我党及新民主主义革命和建设事业的宣传创作。"[②]　在党的号召和领导下，1950年，北京电影制片厂出品了第一部故事片《吕梁英雄》，由林杉编剧、吕班和伊琳联合导演。同年，吕班又和著名导演史东山联合执导战争片《新儿女英雄传》。这两部电影都是通过对小说的改编，树立了新中国电影的榜样，获得了很大声誉。1953年底，中央人民政府颁布了《关于加强电影制片工作的决定》，特别强调电影艺术"具有对群众的教育和文化娱乐的重大作用"，应该"真实地表现我国人民过去和现在的各方面的生活和斗争，特别表现人民的新生活，创造新的先进人物的光辉形象"。这其实就要求电影编导者在创作过程中需要对正面人物和反面人物分别对待，从而建立一种有矛盾冲突的、正义战胜邪恶的电影观。在这种编导原则下，许多长篇战争小说都改编成了电影，例如《红日》《林海雪原》《苦菜花》《海霞》《战火中的青春》（根据陆柱国小说《踏平东海万顷浪》改编）、《野火春风斗古城》等，而二元对立的强化无疑是改编中不同于原著的最显眼之处。

　　在小说或小说改编的电影等各种文艺样式中，革命和成长成为新中国

[①]　人民文学出版社编译《苏联作家协会章程》，《苏联文学艺术问题》，人民文学出版社，1959，第25页。

[②]　转引自胡菊彬《新中国电影意识形态史》，中国广播电视出版社，1995，第5页。

文艺创作的关键词,它赋予了创作者和作品叙述谱系中清晰可辨的能指系统:好人与坏人,并围绕这种能指系统建构起大团圆式的象征符码:正义必将战胜邪恶和美女配英雄。正义的英雄和主体是革命者,而邪恶的敌人和反对者始终是蒋匪军、日本鬼子、汉奸、伪军、匪徒等,陈思和在《中国当代文学史教程》中非常详细地对此进行过阐释。而电影又是以直观的方式向受众传播革命的经验化和新政权的合法性,更是在改编的基础上强化战争的二元对立。因此,为了强化这种正面的英雄形象,许多电影在改编中总是把小说中的人性情感和非革命化气氛进行删改。例如,根据陆柱国长篇小说《踏平东海万顷浪》中的一节《战火中的青春》改编的同名电影《战火中的青春》,塑造了现代花木兰式的革命者高山的英雄形象。小说中存在着一抹淡淡的忧伤和遗憾,小说结尾一段写道:"雷震林现在明白了:这支动人的歌曲里,埋藏着她比任何伤口都要沉重的痛苦……可是,他只有无能为力地坐着、坐着、坐着……"这段结尾展示了薄暮景色下难以排遣的内心郁悒,这源自雷振林与高山分别的遗憾。而小说里隐约地写着高山和她的爱人一块儿从事革命,而爱人牺牲,后来父亲又牺牲,在内心的苦楚中从游击队转到了正规部队。然而王炎拍摄的电影把这些全部删改,并把小说中的一缕忧郁情调改变成青春的热力和激动的欢愉气氛。因为导演王炎希望拍摄成"战斗中的抒情片",他在导演阐述中甚至告诫自己"不要在男、女性别上做文章,但也不要忘了高山的确是女的。这就要求把女性中能以美化高山的因素还给高山。"而且"要不露一点爱情布置,却又深深地种下爱情的种子",使"他们无形中播下情种",[①] 从而凸显出男女英雄的纯洁,而这种纯洁是以牺牲小说中的艺术审美为代价。例如,小说中有一段雷振林发现受伤的高山竟然是女性的叙述:"雷振林搬着凳子,两只脚仿佛被一斧头钉在地下,他呆住了。在宽大的白内衣下面,像雾中远山似的,朦胧起伏着少女胸膛的轮廓……"这种对女性乳房性征的朦胧而抒情般的叙述在电影中全部删除,而改为高山向雷振林辞行并主动告诉对方自己是女性,以致雷振林无法相信:

---

① 王炎:《〈战火中的青春〉导演阐述》,《电影文学》1959 年第 10 期,第 95~98 页。

　　　　高　山　看你，有多傻呀，你还不知道，我是女的！

　　　　雷振林　（震惊，看着高山，大惑不解地，半晌）　　嗳，你别扯了，你，你要是个女的，我雷振林不抹脖子，也得上吊去！

　　　　（这时，高山拿出自己过去的女装照片，雷振林看后，相信她是女的。）

　　　　高　山　（惋惜地安慰他）　　要是你们永远都不知道我是个女的，那该多好呵！

　　　　雷振林　你怎么能是个女的呢？你为什么是女的呢？

　　　　高　山　你看，你又看不起我了，我为什么不能是女的？

　　　　雷振林　不，不……我知道你是个女的，我怎么也不能叫你为了我，负这么重的伤！

　　　　高　山　为了你，那你又为了谁呢？①

　　两人的真挚、纯真的革命情谊和深厚的阶级友爱就在影片中徜徉开来，心与心的相通就在这种内疚与遗憾中获得交流。从小说到电影，尽管删除了人性化的描写，但却通过雷振林的反问使高山的形象更加丰满和理想化，也使电影更具有革命浪漫主义气息，充分体现出中国千百万觉悟了的劳动妇女，在革命斗争中的英雄气概和坚强的革命意志。电影编导者显然是借这段对话来呈现高山和雷振林都是共同的革命者。但是仔细分析，我们发现这段电影对话最为典型地呈现出男权中心主义特质。雷振林根本就不相信高山是个女战士以及他的反问尽管是处于一种不可置信和内疚的心理，而这种心理就来源于他内心的男权主义，而高山之所以女扮男装也是一种对强势男性的攀比心理。但是，一旦她的性别被暴露出来，那么她就必须调离战斗岗位而走向后勤工作。

　　同时，电影改编在人物处理上是不对等的，在二元思维模式的延续下，为了衬托正面人物形象，就需要把反面人物进行漫画化和丑化，正面人物是英雄，但反面人物不是人，而是草包。这种不对等改编原则对意识形态传播而言是有效的，但对改编后的艺术内涵而言是无效的。正如著名

---

　　①　见陆柱国、王炎改编的电影文学剧本《战火中的青春》，《电影文学》1959年第10期，
　　　　第92页。

电影导演崔嵬在《〈青春之歌〉创作中的几点体会》中所说:"小说改编为电影剧本,不仅要严格地受到影片容量的限制,而且不得不割爱那些凭借小说所独有的手段而获得魅人的效果,并且还必须弥补删节后不可避免地出现的'缝隙'。"① 这就使得正面形象更加光明,也容易完成党所赋予编导者的神圣任务。例如,小说《林海雪原》在心理描写上还是不错的,在智取威虎山这一情节里,杨子荣的勇敢、机智就是用心理描写的方式表现出来。如匪徒们怂恿杨子荣讲蝴蝶迷和许大马棒的淫秽勾当,杨子荣恰恰不了解这些,其形势是非常紧张。在这一刹那,杨子荣是想了许多事情,小说进行了从容的心理描写。当座山雕为考查杨子荣,命令匪徒假扮小分队佯攻威虎山,而杨子荣的冷静、果断与机智也是通过心理描写的方式呈现。甚至对杨子荣身在匪窟夜不能寝的心理描写也非常生动,尤其是在舌战小炉匠上,曲波尤为细致地刻画了正面人物与反面人物攻防的心理活动。应该说,心理描写的运用反映了匪徒的无能,突出了杨子荣的孤胆英雄性格。而八一电影制片厂摄制的电影《智取威虎山》却把匪徒们怂恿杨子荣讲蝴蝶迷和许大马棒的淫秽勾当一节删去了,杨子荣身在匪窟夜不能寝的心理描写在影片中也被删掉了。而舌战小炉匠只采用了两人相互攻防而环环相扣的对话,但把心理描写删去了,无法呈现一个正常人面对紧急情况时的心理波动。更重要的是,这种漫画化的方式更无法呈现小炉匠当时复杂的内心情境。因而贾寿禄就曾批评过这种现象:"在描写反面人物,尤其是写敌人的时候,我们有些剧本依然没有完全摆脱那种'脸谱化'的简单创作方式,仍然有一写敌人不是'张牙舞爪''龇牙咧嘴'就是'一盘散沙''狼狈逃窜'的毛病。"他也以电影《智取威虎山》为例,认为在刻画以座山雕为首的匪徒的时候只重视人物外表的、漫画式的嘴脸的勾勒,"对他们牛鬼蛇神的复杂、狡诈的心理却缺乏深入的挖掘",致使杨子荣的英雄形象逊色不少。但如果"把敌人当'英雄'来描写,恐怕这是许多剧作家难以下笔的,也是从来没有想过的。"② 这确实是"十七年"长篇战争小说改编的悖论与困境。

---

① 崔嵬:《青春之歌——从小说到电影》,中国电影出版社,1962,第247页。
② 贾寿禄:《杂谈电影剧本中的次要人物》,《电影文学》1962年第3期,第60页。

第二节 惊险传奇的悬念设置
——"十七年"时期戏剧、曲艺艺术改编

曲艺"是一种由文学、音乐、表演等要素构成的综合艺术",① 它以"说、唱"为主要艺术表现手段。说的如小品、相声、评书、评话;唱的如单弦牌子曲、扬州清曲、大鼓鼓曲等;似说似唱的如山东快书、快板书、锣鼓书、四川金钱板等;又说又唱的如山东琴书、云南扬琴等;又说又唱又舞的走唱如二人转、凤阳花鼓等。曲艺的语言不仅生动活泼、通俗易懂,还精炼上口,具有鲜明的民间性和群众性,受到普通民众的喜爱。于是,旧的"曲艺瓶"加上新的"革命酒",自然就成为一种最富有宣传和鼓动性的民间文化形式。因此,"十七年"长篇战争小说也就成为"革命酒"的来源之一,而对其改编就必须根据曲艺特点进行惊险传奇的悬念设置。

曲艺艺术家在长篇战争小说的曲艺改编过程中不能简单机械地搬演故事,而应根据曲艺的艺术特点进行脚本改编。改编之后根据自己的声音个性去再现原著故事和塑造原著人物,使英雄形象更加鲜明,内容情节更加惊险曲折,从而吸引听众。陶钝于1961年1月参加北京宣武说唱团长篇新书座谈会,对长篇小说的评书改编进行了阐述:"要大胆地来描写人物。大胆到什么程度?大胆到可以掌生死之权。可以让某一个坏人死。如《野火春风斗古城》中的金环,就可以让她不死,可以把她救活。如《苦菜花》中可以让许多人不死……一位说山东快书的演员在《铁道游击队》中发展了一箭双雕打死两个坏人的情节,很生动,我看这是可以的。情节可以改变,可以发展,不同艺术有不同的手法,可作不同的处理,可以大变。"② 由于长篇战争小说故事脚本以及各种曲艺连播都注重悬念,使得听众读者更加青睐长篇战争小说改编的艺术表演。国家领导人陈云甚至从欣赏习惯和艺术观的角度,对长篇评弹《苦菜花》"一共十三回书,七回书是好人倒霉"提出批评,指出"老是好人倒霉,就会使人感到不舒服。

---

① 戴宏森:《论曲艺的艺术特征》,《曲艺特征论》,中国曲艺出版社,1989,第27页。

② 宋香林:《鼓足干净,说好新书,宣传共产主义思想——北京宣武说唱团座谈长篇新书》,《曲艺》1961年第2期,第61页。

反映革命斗争历史的小说,要让青年人看,知道革命斗争的艰苦性和革命胜利来之不易。小说和评弹是两种不同的形式,小说改编为电影、戏剧、中篇评弹,都是在一个晚上看完或听完的。而改为长篇评弹,就要研究。老是好人倒霉,不合乎历史规律。历史规律是坏人倒霉,革命胜利。局部的事实,有时并不反映历史规律。文艺可以在符合历史规律的前提下进行虚构。"而且"改编时,要对小说进行改组,人物、情节、结构都可以改变。要组织'关子',这是很重要的。评话《林海雪原》中,加上了《三试杨子荣》《真假胡彪》,小说中是没有的,很好。现在的问题是演员胆子小,不敢动,不敢加。我看不要怕,加得不好,改得不好,可以再修改。"[1] 对于《林海雪原》的改编,吴宗锡认为:"改编长篇小说,也不等于按原著的故事情节照搬,艺人们在改编《林海雪原》时,增加了《打虎进山》《赠马》《三试杨子荣》《真假胡彪》等回目,这除了是由于他们学习了原著对人物情节的刻画之外,也更是由于他们深入工农群众,熟悉了他们的思想感情从而获得了丰富的想象。"[2]

曲艺改编需要重新进行故事再加工,尤其要增加矛盾、悬念和"扣子",以此突出矛盾冲突,强化故事的戏剧性,从而吸引听众。这是小说和曲艺的差异性导致的,恰如学农所说:"小说和评书、评话不是一回事。小说是文学作品,评书、评话有说书人自己的路子。这种改编事实上也是创作,不能低估改编的价值。""改编并不仅仅是改变语句使之适合于说。改编要有情节的变动,要有人物的增减,甚至生者可以要他死,死者可以要他生。因为不同的文艺形式就有不同的艺术处理。改编不是轻而易举的事,最好从片段入手,从故事情节紧张处入手,从人物形象突出的地方入手。如改编《林海雪原》首先改编了《智取威虎山》一段,受到听众欢迎了,又从首尾扩张。改编《红岩》就从江姐上船、上山入手,也抓住了听众,再继续编写下去。"[3] 我们以《红岩》为例,虽然它不属

---

① 陈云:《〈珍珠塔〉的整理及其他》,《陈云同志关于评弹的谈话和通信》(增订本),中央文献出版社,1997年6月第2版,第38页。

② 吴宗锡:《大跃进以来上海曲艺的继承、创造和革新》,《曲艺》1960年第9期,第32页。

③ 学农:《坚决拿好书新书支援农村——谈长篇和中篇书的整旧创新工作》,《曲艺》1963年第1期,第28页。

于战争小说，但其中也有双枪老太婆劫刑车的战斗故事。《红岩》中的劫刑车这个情节，只是双枪老太婆带人下山，解除了乡丁和敌警察局长的武装，劫了刑警车，目的在于救江姐。而改编成曲艺就需要增加"扣子"，使老太婆处于矛盾冲突之中，从而凸显革命者在惊险中临危不乱的英雄本色。因此，四川曲艺工作者邹忠新根据革命回忆录《烈火中的永生》（《红岩》的前身）的部分章节创作了金钱板作品《双枪老太婆》，于1957年风靡巴蜀。作品唱词优美，押韵传神，富有传奇色彩的双枪老太婆领导游击队打击土豪劣绅的故事通过老百姓之口进行叙述："老张开言问老贺：'今年的收成差不多？''哎呀，穷苦百姓遭灾祸，收成再好也难活！哎，到处闹得很热火，有好多都睡不着。''是呀，游击队的英雄一个赛一个，内中有位老太婆。两把双枪两把火，红光闪闪照山河。要烧毁千年铁枷锁，要烧毁万载苦折磨，要烧毁妖魔与鬼怪，要烧毁人间活地狱！……六月太阳红似火，嘉陵江水闪金波，华蓥山下桥一座，小小幺店卖吃喝。桥头站着人几个，怀抱步枪两头梭，黄色军装绑腿裹，头上顶个乌龟壳。桥边安起检查所，过桥要把包包摸……'老太婆冷笑一声忙离座：'嘿嘿嘿嘿，你两个又何必狗咬狗的脚！阴谋诡计我早识破，哪管你们调虎离山金蝉脱壳……'甫志高吓得打哆嗦，飞身逃跑想跳河。局长一看事不妥，伸手正要把枪摸。游击队员们个个急如火，双枪老太婆敞声笑呵呵：'逃到哪里，哪也不能躲，我今天要把你们的鬼皮剥！'唰啦啦，拉开短衫亮家伙，高举双枪，气贯山河，怒目圆睁，双眉倒锁，老太婆像宏鹰展双翅，横蹬八字脚。枪声齐响'啵啵！'——'啵啵！' '嘿嘿！'——叛徒命结果！'啊呦！'——局长枪打落！"1960年1月，邹忠新带着金钱板《双枪老太婆》去北京参加全国优秀曲艺节目汇报演出，遇上了天津广播曲艺团的快板书演员李润杰，他也正根据《红岩》中双枪老太婆劫刑车的故事创作快板书《劫刑车》。于是，李润杰根据快板的特点，借鉴金钱板《双枪老太婆》的改编特色对《劫刑车》的内容进行了反复斟酌和修改，终于在1962年正式演出了快板书《劫刑车》："滑竿上支着一个白布棚，棚下边端坐着一位老太婆。嘿，这位老太太可真阔：黄澄澄大赤金的首饰头上别着，身上穿肥大的裤褂是银灰色，这个材料本是九丝箩，手里摇着鹰翎扇，胳膊上带着透明碧绿的翡翠镯，钻石的戒指

放异彩,闪闪发蓝把眼夺。脸上看慈眉善目精神好,腰板儿不塌背不驼,
不晕不喘不咳嗽,年纪就在六十岁,看样子能活二百多,这还是少说。您
要问她是哪一个,这就是我们地下党武装纵队司令威震川北的双枪老太
婆!"① 快板书《劫刑车》一开始就神话般地对双枪老太婆的外貌和下山目
的进行说明,为了救江姐和惩戒叛徒甫志高,老太婆亲自下山到大石桥边
准备劫刑车。而敌警察局长妄想凭他带来的爪牙和乡丁捉拿双枪老太婆,
破坏劫刑车的计划,那知道爪牙们早被游击队缴械,他只好自认不是"小
诸葛"而是一条"菜花蛇"。而押解的刑车竟然是空车,狡猾的敌人已经暗
度陈仓,老太婆随手一枪就枪毙了想跳水逃跑的叛徒甫志高,使老奸巨猾
的特务魏不活不得不说出改由水路押解江姐到重庆的秘密,而老太婆也早
已在水路布置了天罗地网。这些都是小说原作《红岩》所没有的,它们使
故事的发展更加跌宕曲折,情节惊险传奇,给听众以出乎意料的悬念变化,
但又符合观众的心理快感。这种丰富的改编和处理,使情节更精彩细腻富
于说服力,同时语言的精致更增加了读者的欣赏兴趣,鲜明地塑造出双枪
老太婆机智灵活的英雄形象,表达出改编者对小说《红岩》中英雄人物的
热爱和对敌人的憎恨。虽是取材于同一小说双枪老太婆的故事,但经过两
种各具地域特色的曲艺样式改编,却演绎出了不同的风味,也传递出一段
相互学习的佳话。同时,很多曲艺改编会根据读者需求对原作中的爱与恨
进行强化。如艺人邓碧霞把《在烈火中永生》和《红岩》中革命烈士江姐
对敌斗争的事迹改编为四川清音(曲艺的一种)《江竹筠》,并在上演的过
程中根据读者的建议进行了修改:"如在第一部分中她见到爱人的头颅挂在
城门上的一段,把夫妻感情的过分悲痛减少了,加强了她对革命力量受到
损失的沉痛,化悲愤为力量,同时充实了在狱中对敌人斗争的部分。作品
中出现的反面人物,除了必要的以外都删了。这样一来,作品较前更完整。
最后一次修改,又增添了江竹筠就义前,对革命事业的伟大理想与愿望。
这就加强了作品的思想性,塑造了江竹筠的英雄形象。我们在演出中不断
地修改、加工、提高,从创作到现在已修改十余次了。"②

---

① 李润杰、夏之冰:快板书《劫刑车》,《曲艺》1962 年第 5 期,第 22～27 页。
② 邓碧霞:《清音高唱英雄歌——〈江竹筠〉的创作和音乐改革》,《曲艺》1960 年第 4
期,第 53 页。

可以说，"十七年"长篇战争小说的曲艺改编和表演已经成为民众娱乐生活的重要方式。陆定一在1960年7月22日第三次文代会上的祝词认为："我国文学艺术工作的首要任务，就是用文艺的武器，极大地提高全国人民社会主义和共产主义的思想觉悟，提高全国人民共产主义的道德品质。"① 为了使曲艺说唱的题材从传统曲目转向革命曲目，以便更好地实现文艺化大众的目的，文艺界组织各种活动引导曲艺工作者改编和说唱革命新书。例如"说新创新"运动、"讲故事"运动等，于是，"一支红色的曲艺演出队伍和创作队伍，正在逐渐形成。目前，在曲艺阵地上，越来越多的社会主义新曲艺，代替了封建主义、资本主义的旧曲艺；越来越多的工农兵革命英雄形象，代替了帝王将相、才子佳人……长篇评书的创作和改编工作发展也很迅速"，"如被改编为曲艺说部的小说有《林海雪原》《青春之歌》《红旗谱》《红岩》《红日》《苦菜花》《迎春花》《野火春风斗古城》《铁道游击队》《敌后武工队》《平原枪声》《平原烈火》《吕梁英雄传》《新儿女英雄传》《踏平东海万顷浪》《桥隆飙》等。""根据曲艺工作者协会一九六三年春季召开的十二个省市长篇新书演员座谈会上的统计，仅小说就有四十七部被改编为评书上演过。其中，《林海雪原》《铁道游击队》《野火春风斗古城》等书在十二个省市都有演员说唱，《红岩》《红旗谱》《苦菜花》《平原枪声》等书有十个以上的城市说唱过。可以说明，这些书目的流传是相当普遍的。"②

第三节　英雄与凡人的悄然置换

——消费文化背景下的影视艺术改编

对于以"十七年"文学为指称的"红色经典"这个概念我们很多人一直在误读它，所以，只有用"经典红色"文艺才能够消除各种误读。

---

① 陆定一：《陆定一同志代表中共中央和国务院在中国文学艺术工作者第三次代表大会上的祝词》，《中国文学艺术工作者第三次代表大会资料》，中国文联，1960年北京编印，第13～14页。

② 《曲艺》记者：《社会主义新曲艺正在蓬勃发展》，《曲艺》1964年第1期，第24～25页。

“红色经典”这个概念是个特定称谓的动态词，是个不断丰富、变化、填充的词语。20世纪90年代后期人民文学出版社重版了五六十年代的一批长篇小说，并命名为“红色经典丛书”，它关注的核心是原生态意义上的革命文学，也即“红色”符码。而当时，为了迎合大众化、世俗化和消费化的口味，影视生产商开始情欲化、戏谑化改编，戏说和解构“红色经典”，故意设置宣传迷宫与圈套，试图以此作为商业卖点、广告策略来诱导受众，从而获取利润。这种行为受到一部分受众的响应，但遭遇到了许多具有怀旧情结和红色记忆的群众的讨伐和阻击。尤其是消费文化下革命话语、商业话语与政治话语的共谋是有一定限度的。90年代后期到2004年以前的电视剧改编在“度”的把握上片面追求收视率和娱乐性，过度编织情感纠葛和言情戏，通过浪漫情调的开发来挖掘人物性格的多重性，追求反面人物的人性化，更有的是通过亵渎和歪曲人性达到消解崇高的目的，甚至使电视剧成为“桃色经典”或“黄色经典”，严重影响了小说原著的完整性、革命性和严肃性。从而引起掌管主流意识形态的国家权力机构的注意，广电总局在2004年连续发文禁止情欲化改编、戏说“红色经典”，认为改编必须忠实于原著，需要审批。而这种连锁反应又引起了学者关于“红色经典”是不是经典、经不经得起历史和经典标准的考验的热烈争论。

“红色经典”有四重含义：第一重是原生态的没有任何附加意义的共产党领导的革命斗争的革命文学或者红色文学；第二重是作为特定称谓的革命影视歌曲生产商命名的“红色经典”；第三重是意识形态权力机关对影视生产商命名的“红色经典”进行了修正，没有任何附加意义的“红色经典”被赋予了严肃的政治内涵和革命意义，“红色经典”成为了不能随意触动的代名词：“‘红色经典’是以中国共产党领导下的全国人民的国内革命战争和民族解放战争为题材的一批文学艺术作品，包括小说、诗歌、散文、戏剧、电影、音乐、舞蹈、美术、摄影等方面的作品”；最后一层含义就是在此基础上引发了学者关于“何谓经典”的学理化论争，红色经典成为了知识分子争夺的对象，① 与主流意识形态相近的学者赞同

---

① 王春艳：《“红色经典”研究综述》，《海南师范学院学报》2006年第1期。

不能随意改变"红色经典"的主张，因为"红色经典"是那一个时代的历史见证。但是，这个观点受到了另一批人性论学者的讨伐。这些学者认为"经典"不是随便可以用的，尤其是文学经典，它是中国文化和中国文学的准则、法则和结晶，具有文学性、审美性、艺术性、永恒性和超越性，是应该被后人所敬仰、所推崇的作品，也唯有人性化的人道主义文学才能够得到这种评价，而"十七年"文学还不足以达到这个高度。因为"十七年"文学是规范一体化的革命文学，它缺少了人文关怀和启蒙温暖，它还不足以被称之为具有浓厚的人文关怀和启蒙精神的文学。所以革命式的红色文学不能被称做"经典文学"，因而"红色经典"这个"十七年"文学的代称概念是有问题的。这一论争到现在还在继续。

现在，无论学界、受众还是读者都误读了这个概念，按照各自理解扭曲了它本来的真正意义。"红色经典"概念最初是影视书籍出版商营销策略的运用，他们抽取的是"红色经典"中的激情尤其是改编后的激情戏的商业元素。而主流意识认同那一代在新民主主义革命和社会主义革命建设中立下汗马功劳的革命英雄者，而且这些英雄人物通过史的叙述已经定格在我们的记忆深处。因而他们抽取的是"红色经典"中的革命教育意义背景下的政治元素。而对于一些知识分子来说，是尊重"红色经典"历史境遇下的革命叙述，还是坚定地认为它的自由立场和人性论的缺失？这是两种意见以及两派学者的学术分野，他们抽取的是"红色经典"中的文化元素。但是在笔者看来，无论商家也好、政府以及学者也好，他们对待的问题本来就不是一个层面的，分别是商业元素、政治元素和文化元素，然而现在我们却混为一谈。三种元素的纠缠迎拒与话语争锋导致国家权力话语的介入，从学理的角度来说我们还需要真正寻找这个症结的源头，也就是说，我们关注"红色经典"应该回到原生态的"红色经典"这个概念上来——"红色"是革命政治范畴词语，是一种具有强势地位的意象。"经典"是艺术美学范畴词语，是超越政治色彩具有审美价值的代词。所以，"红色经典"重视的是政治性文本意义再创造的"红色"，而非艺术审美范畴中的永恒性的"经典"，或许我们可以倒过来，用"经典红色"文学这么一个术语来表达党领导的革命斗争的文学可能更为恰当、准确。因为"红色经典"不是真正文学史上具有永恒意义的文学经典，"红色"和"经典"是不能拆开的，它们作为特定称谓必须连为一体。而"经典红色"文艺就能够在学界、受众还是意识形态生产者之间找到一个人人接受的平衡点，唯有如此，"红色经典"的误读才能消除。

"十七年"小说巩固革命意识形态的合法性，放逐日常生活和生命经验，而代之以阶级生活、革命话语、革命事业等公共生活。然而"摆脱和逃避日常生活就像私奔一样，一开始就决定了，一定会回到原先的出发点。"① 因此，80年代文学影视又重新回到世俗日常生活的经验世界中。"日常生活是以传统习俗、经验、血缘关系、自然情感等自然主义、经验主义因素为立根基础的。"② 因此，"经典红色"文艺改编的影视剧一方面通过承载的革命话语和革命意识形态保留了人们的集体记忆；另一方面恢复了日常生活，使得英雄与凡人在两个不同时代中悄然置换：英雄不再是"十七年"时期无欲无求的纯粹革命者，他们首先是日常生活中的凡人，凡人也可以成为英雄。通过对革命历史故事的多重叙述讲述人性中的常情，正如一学者所说："90年代以来，新中国成立后的这批红色文艺作品以'红色经典'的名义再次掀起改编的热潮。《新儿女英雄传》《红岩》《红旗谱》《林海雪原》等作品相继被拍成电视连续剧，改编后的这些影视作品引发了不小的争议。不过这一次的改编已不是五六十年代那种在同一意义系统下的提纯与再加工，而是在当代大众审美趣味、商业运作以及主流意识形态宣传等多种因素错综复杂的纠合下的产物。"③

在消费主义和大众商业文化的逻辑驱使下，政治话语、革命话语、消费话语与人性话语产生共谋，使得长篇战争小说的改编、电视定位和受众认可度按照市场经济运作。女英雄在革命掩饰下透露出娇媚的时尚，男英雄在革命掩饰下透露出浪漫情怀与豪莽性格。但是，从电视剧改编者和电视剧畅销的角度看，只有编织情感纠葛和爱情戏，才能吸引受众，只有增加复杂人性和谍战情节，才能通过强烈的戏剧冲突获得更高的收视率。但

① 〔德〕霍克海默、阿多诺：《启蒙的辩证法》，洪佩郁等译，重庆出版社，1990，第133页。
② 王宇：《性别表述与现代认同》，上海三联书店，2006，第229页。
③ 郭剑敏：《共和国初期打造红色记忆的传播策略与阐释机制》，《理论与创作》2006年第5期。

是，改编也不能过度进行"性开发"，这也有违改编者和电视剧的职业精神，尤其是没有进行影视分级的当下中国。例如电视剧《林海雪原》融入言情特色，把少剑波与白茹的爱情放大，让革命英雄杨子荣陷入"三角恋"，有了情人槐花，还有"私生子"，而其情敌竟然是座山雕，座山雕不仅有"养子"，且是重情义的好爹，儿子不认他这个爹就难过得老泪纵横。虽然商业化元素的参与导致电视剧改编中祛神圣化之魅、祛英雄化之魅，英雄虽然更具有凡人的情爱感受和心理性格，但却又物极必反，使得英雄杨子荣俨然像是真正的土匪，他不仅在纪律上自由散漫、流里流气，更是哼唱着黄色小调。所以，电视剧《林海雪原》①在还原生活、表现人物的复杂性上比小说原著要更加"精彩"，但是这种人性卑微化、卑俗化、放纵化、人格缺陷化设置显然没有尊重观众的心理期待。其改编过于"时尚化""性取向化"和"商业化"，在戏说和性说中过多地违背原著精神。这就导致广电总局于 2004 年发出部分禁令，反对过度消解崇高，反对戏谑化、"性激素"与"流氓化"改编。

　　广电总局的通知施行后，影视剧改编《红日》《苦菜花》等都开始实现着革命与商业、消费、政治、经济的共赢。张东林 1965 年出版的长篇战争小说《古城春色》被改编为电视剧《战北平》。该剧真实地再现了我军官兵在解放北平过程中智勇双全、英勇善战、可歌可泣的战斗故事。改编后的电视剧在小说的基础上增加了亲情、爱情、知遇情与谍战等现代元素。例如，小说中我军连长乔震山在战斗中打回到故乡，担任民兵队长的弟弟孙二宝也就随之参军了。但是，电视剧却把这个情节改编成悲欢离合的故事。革命军人乔震山在战斗中意外与已成为敌方将领李昌毅贴身卫士的弟弟孙二宝相遇，孙二宝在危难之时由李昌毅所救。对长官的感激和愚忠与对兄长的牵挂和思念让孙二宝在忠诚和亲情之间左右为难。于是，人性的复杂凸显出来。又如国民党军医柳繁瑜是李昌毅的养女，被乔震山所

---

　　① 《林海雪原》播出以后，《林海雪原》作者曲波的夫人指责电视剧"胡编乱造"，杨子荣的父老乡亲以"家乡人民"的身份表达对电视剧的"不满"，而杨子荣的养子更是向法院提起诉讼，状告电视剧"侵犯杨子荣名誉权"，原因在于他们一致认为电视剧改编丑化了小说《林海雪原》和革命英雄杨子荣的形象。参见人民网 http://www.people.com.cn/GB/yule/1083/2437692.html。

俘，逐渐被乔震山的机智勇敢和我军严明纪律所感动，爱情也油然而生。这在小说中都是没有的。由此可以看出，革命话语在消费文化背景下淡化阶级属性、张扬人性，人性与爱国主义、理想主义、集体主义、奉献精神等革命价值信仰体系相互融通。

总之，"十七年"小说大都弘扬集体英雄主义，批判个人主义，平面单一化的英雄往往都是不食人间烟火，由凡人被提纯为英雄；而电视剧正好可以从中挖掘英雄多重性格和人性中的七情六欲，消解英雄的崇高，使其置换成普通凡人。应该说这两种故事的讲述方式在不同时期都契合了受众的心理期待，从而都获得受众的喜欢。但同时，在消费文化背景下，"十七年"长篇战争小说的影视剧改编也呈现出矛盾的悖论：一方面，大众消费文化和市场经济消解了我们的价值信仰，使得社会出现了道德滑坡、信仰弃置和价值沦丧等现象，而影视剧改编无疑使英雄主义、献身精神和道德情操重新出现在我们的生活当中，同时政府部门也可以以此为纽带增加国情教育和实现文艺教化的功能；另一方面，这类影视剧的改编偏重凡人的日常生活，受众阅读的过程中也会呈现出民主化的倾向，因为它不可能解决价值信仰的核心问题。正如英国学者费瑟斯通所认为的，消费性的文化特别是视觉文化，对社会具有三种功能，一是文化的削平功能，二是文化的民主功能，三是特有的经济功能。民主化使得所有人都有可能接受同样的形象消费，但形象本身也在不停地创造中产阶级的消费意识形态和生活方式，于是，处于其他地位的群体必然追求这种形象消费，以实现自己的情感满足和优越体验。这表明，形象在导致商品化和消费意识形态霸权的同时，也使得文化日趋民主化。[①]

---

① 转引自孟建《文化帝国主义的全球化传播与影视文化反弹》，《现代传播》2001年第1期。

余论　关于文本发生学现象研究、红色资源再利用及现当代文献学学科建立的思考

　　"十七年"文学正成为研究的热点,笔者本文主要从历时性和共时性角度对"十七年"长篇战争小说的文本发生学现象研究进行分析,侧重从版本修改与艺术改编两个维度探讨四个个案文本的发生学现象演变规律。因此,文本发生学现象的研究、红色资源的再利用及现当代文献学学科的建立是笔者还需思考的目标。

　　第一,"十七年"长篇战争小说的文本发生学现象

　　我们很多人都看不起"十七年"文学,认为这是被政治规训化了的失去了作家灵魂主体和知识分子价值立场的文学,是为政治服务的理论预设的文学。当然,这种说法是有一定道理的,但是,我们不能否认这段时期产生了不少优秀作品,而且"十七年"作家在主动迎合意识形态与保存自己的生存的困境中采取这种灵活务实的生活姿态是应当首肯的,我们不能以现在的思维去推论那个时代的文艺问题。况且几千年来的传统儒家学说把"识时务者为俊杰"和"文以载道"作为一种集体无意识深化在历史在场的每一个个体的思维深处。因此,整个时代出现的这些问题不能只由作家来承担。而且,这种概念和理论预设又主要是来自文学史的叙述。文学史家利用话语权力根据自己的思维逻辑、价值判断和研究立场给"十七年"文学"量刑",先入为主地剪裁"十七年"文学的价值尺度和艺术边界。这种"度身定做"的方式虽然能够体现

"十七年"文学的总体状态，但它作为一种话语方式却已经权力化、凝静化了。诚然，文学作为人学离不开政治语境，然而当政治和语境被假设为文学的前提之后，权力的规训和政治意识形态的价值预设使得"十七年"文学成了规范化的一体性存在——文学成了政治的工具和奴隶，成了规训和惩罚作家的陷阱或者圈套，从而化约了文学与人性的丰富性和复杂性，作家的创作个性也就逐渐消失，文学史也成了政治史和社会史的附庸。而对文学史进行叙述的文学史家又受到其历史观、知识构成、视界、政治和史实等内外因素的制约，很难站到一个较高的视角和维度去观照文学和历史。因而文学史被操纵生杀大权的文学史家经过一番砍伐和修剪之后，原有的枝繁叶茂的文学及其生存状态变得单调僵硬，作家的个性独异的声音也成为缺席的存在。

所以，我们既要尊重"十七年"作家在特定时代的努力，也要看到他们自身的不足和局限，我们更需要设身处地去思考"他们之所以为他们"的生存处境，而不是想当然地去苛求前人。这就要求我们在同情的理解的基础上进行"视界融合"，去研究小说文本的原意、引申义和缝隙中的意义，寻找"本义"和"意延"。相对主义阐释学代表人物伽达默尔主张融合文本中作者原初的视界和读者现今的视界而达成更高更新的视界，即所谓的"视界融合"说。而客观主义阐释学的坚持者赫施（Hirsch）将阐释的正确性、有效性看作文学批评的头等任务，努力重建作者的原意，坚持发掘作品客观存在的意义。他的理论中两个关键词"Meaning"与"Significance"，有人分别译为"本义"和"意延"。赫施认为"本义"是作者意欲表达的并且是文本中稳定不变的含义，"意延"则是"本义"与其他阐释意义的叠加，是处于变动不居的历史演变之中的。① 唯有如此，才能全面客观地评价一个时代的文学。因此，我认为，文学研究的意义更重要的是从经验与教训中去启示当下与未来。我们在进行文本阐释和价值重估时，价值倾向、价值立场、主体姿态不能过度单一和决断，既不能先验地确定一种因果悬置，更要去除二元对立的思考方式和价值判断。或者说，不能片面肯定文本或单纯否定文本，而要深入到历

---

① 转引自金宏宇《中国现代长篇小说名著版本校评》，人民文学出版社，2004，第29页。

史原初的细节场景和矛盾张力中，抽丝剥茧、条分缕析、具体问题具体分析，寻找问题的源头。同理，这不仅是对于静态文本的一种方法，也是对于动态文本的行之有效的研究方式。"十七年"小说尤其是长篇战争小说都经历了作者的反复修改和艺术样式的多种改编。作者和改编者通过这种对革命故事的裁剪、润色与修整，产生出多重故事讲述和复调对话场域，在对话中他们的最终目的就是文艺化大众，但形式的变异也导致了文本的变异，这种异质化的内涵就需要重读。

　　因此，笔者对"十七年"长篇战争小说的考察也主要是把它放置在历史和政治大格局中，寻找小说在流动变迁中显示的本质化和异质化的内涵。这里就必然涉及小说的编辑出版、大众传播、版本修改、艺术改编[①]等这一系列流水线式的文本发生学脉络。显然，通过小说的文本发生学现象变迁梳理研究是走进"十七年"小说的一个较为可行的入口，而版本修改和艺术改编两个研究维度又是这种入口的重中之重。或许可以说，探寻"十七年"长篇战争小说的文本发生学过程其实就是探询文本中在不同时期的故事重述和转译中被压抑、被粉饰、被遮蔽和被遗忘的异质元素的过程，就是探询艺术、审美、政治、历史的多重对话和复调叙述。所以，通过对校版本异文、对校小说和艺术改编文本的内容变动，进而阐释异文自身的意义滑变以及这种修改对作品语义系统、文化系统和艺术系统的影响，探寻局部修改与整体变动、小说正文本与副文本的关系，探寻修改变动与作者心态、流行文风、文学规范、历史语境、文化背景的关系。每一个作家和艺术改编者都有自己坚持的方式，无论《铁道游击队》中的侠义情感与民间文化的革命转化，还是《红日》中人性萌动与革命伦理的取舍，抑或《苦菜花》中家族叙事、三角恋爱与革命伦理的多重变奏，这一系列长篇战争小说作家都尽力在政治规范的裂隙与文学创作的坚守中寻找潜在写作的可能。而且"十七年"长篇战争小说的修辞策略、正文本修改、副文本变迁、艺术改编策略在文本发生学现象迁移中都有着各自共时性特色。作家与艺术改编者在特殊语境下通过文

---

① "十七年"长篇战争小说的版本修改与艺术改编主要集中在"文革"前十七年所产生的各种"重述"和"转述"，尽管"文革"之后也发生了"转述"，但都不及"文革"前繁密。

化象征符码和革命意象体系的建构去生产读者所需要的相关革命知识，尽管文化资本在不同语境中会产生变异性的重构，但本质性内核不会发生变化。

第二，红色资源再利用

审美观念的迁移影响了战争小说的艺术改编，一个时期占主导地位的文学观念、批评标准总是与创作原则的要求相对应的。在"十七年"时期的创作原则是凡人走向英雄，对凡人进行提纯，把提取出的英雄元素无限放大，成为那个特定时期几代人的精神乳汁，书刊、报章、出版、广播、教材等现代传播手段和电影、电视、话剧、戏曲、曲艺、连环画等艺术改编传播手段建构起一个强大的"媒体帝国"。长篇战争小说文本就在这"帝国"中纵横捭阖，传播着国家意识形态话语、共产主义信仰和革命价值体系，实现"文以载道"的文艺化大众功能。而到了新时期尤其是90年代以来，则又把凡人的日常生活和普通心理感受置于文艺改编的前台，于是英雄又走下神坛成为凡人，"十七年"长篇战争小说再次打造成影视作品传播着革命历史的风雨悲歌和英雄豪情。这种不同视角的凝视方式也反映出不同时期对文艺的不同要求以及审美观念的变化，当怀旧、消费与日常生活欲望产生碰撞，战争与人性的有限性反思在卸却政治纤尘之后也就自然在经典红色文艺改编中流露，文艺大众化与文艺化大众再次走向共赢。当然这种双赢结果主要源于文艺大众化与娱乐大众化、国家意识形态与大众消费文化的博弈，以及逐步被解构的文学规范一体化与市场经济一体化的相互协作。而在21世纪，主流意识形态话语、大众消费娱乐心理、精英艺术追求以及民间传统文化的尚奇旨趣等更是构成了经典红色文艺改编的多元价值诉求，它们守护着中华民族的精神信仰和道德情操。当然也获得了权力机构、商业机构与受众的青睐。由上可知，在"十七年"时期，长篇战争小说作为一种有充足营养的红色资源，经过各种传播渠道和改编渠道推广这种红色资源，实现着文艺化大众和革命价值体系传播的目的。在当下远离革命、经济扩张、金钱吞噬真善美的时代，大众文化和金钱崇拜解构了人的价值信仰，而"十七年"文学本身具有革命意义的爱国主义和道德情操内涵，在这种灵魂的真空中更需要通过"十七年"文艺进行信仰重构，坚守道德底线，进而建构起社会主义核心价值体系。

所以，为了重建大众消费文化侵吞和挤压下的现代传统和社会主义核心价值体系，我们需要把"十七年"文学作为一种经典红色资源进行再开发，或者说进行红色资源的当下化应用。因为红色资源作为符号资本进行征用具有重要的意义和作用，自然，长篇战争小说的电影、电视、话剧、戏曲、曲艺、连环画等艺术改编的出版、演唱、公映、广播以及小说出版可以再次在国家相关部门的规划下一一登场，进行符号资本的再利用和再推广，进而把道德情操、爱国传统、先烈精神等再度传播到受众群体中，抵抗金钱对人性的诱惑，进而再次感化大众，建构国人的精神价值信仰。当然，这需要各种合力共同推动红色资源的循环再利用。

第三，现当代文献学学科的建立

当下大多数研究者撇开对文本的写作过程、版本源流、异文对校、作家思想变迁的史料探究，甚至对文本也不作全面性解读和梳理，单纯根据通行本进行演绎、阐释和文本细读，根据当下时尚消费观念和西方文论思潮去"我注六经"，挖掘、比附彼时的革命观念，把克罗齐的"一切历史都是当代史"作为至理名言，这种没有史料依据、蹈空阐释的所谓"文本细读"或"重读研究"确实具有创新的意义。但是，由于忽视了特定情况下的具体分析和文本的异文差异，以致研究具有"时效性"但却缺乏恒定性，一旦文论潮流已过，研究成果也就不再具有学术推动性。而版本研究和史料研究却弥补了这种研究范式的缺陷。在研究"十七年"长篇战争小说的文本发生学现象的过程中，史料与文献是笔者无法避免的阅读前提，众多学术前辈对史料文献的爬梳、整理与研究给笔者提供了研究的路径。中国现代文学有一个重视史料的好传统，从现代文学先驱者胡适、鲁迅、郑振铎、朱自清，到学科的重要创立者王瑶、唐弢、任访秋、李何林等，都很重视史料工作。20世纪80年代以来，出版了规模宏大的"中国现代文学史资料汇编"甲、乙、丙三套大型丛书和中国当代文学研究资料丛书，为后人研究提供了很翔实的史料。我们试以版本校勘研究为例，作为"版本学"进行新文学考证的是20世纪三四十年代，阿英、唐弢等几位新文学专家主要从事新版本的搜集和考证，因此被叶圣陶先生誉为"开拓了版本学的天地"。朱金顺在《新文学史料引论》等论著中呼吁建立新文学校勘学这一学术概念。但是，在西方文论东渐的热潮中，这一呼应回应聊聊。倒是研究者出版了很多关于文学出版史料方面的书籍，马良春、樊骏、严家炎、姜德明、龚明德、倪墨炎、黄裳等推动着这项工作。而新时期开始零星的校勘研究论文也逐渐出现，如杨芝明的《关于〈女神〉的初版和一九二八年版本》、史承钧的《试论解放后老舍对〈骆驼祥子〉的修改》、秦川的《谈曹禺对〈原野〉的修改》、赵康太的《现代文学研究中的版本问题》、陈开鸣《也谈现代文学研究中的版本问题》、龚明德《巴金〈家〉的版本变迁》、黄淳浩的《现代文学研究需要注意版本——从郭沫若〈文艺论集〉的版本说起》、卜庆华的《郭沫若的诗编成多少诗集出版过——敦沫若著作版本考之一》、王锦厚的《谈〈死水微澜〉的修改》① 等，应该说在 80 年代对文学的版本研究还是较为重视的。因此，随同这类研究出现的现代作家全集、文集、名著的校勘本和汇校本也相应出版。只可惜因 1991 年《围城》汇校本的版权官司而结束。所幸的是，2013 年又有现代文学汇校本《边城》等出现②，这无疑说明版本研究和汇校本已经越来越受到研究者重视。

从史料研究的学术条件而言，贾植芳、陆耀东、吴福辉、刘增杰、朱金顺、谢桃坊、温儒敏、陈思和、陈平原、陈子善、曾枣庄、刘增人、王中忱、王锦厚、汤炳正、解志熙、朱正、关爱和等在新文学的版本学、校勘学、文学史料学方面颇有建树，刘增杰教授更是致力于现代文学史料学的建立。北京大学和河南大学等高校的史料学术研究传统以及史料学会的建立都促进了文献史料研究的发展。河南大学、清华大学等相继举办了中国现代文学的文献问题座谈会，会议呼吁重视史料学研究。《新文学史料》《中国现代文学研究丛刊》等刊物也成为史料学研究的学术发表平台。而中华文学史料学学会近现代史料学分会于 2006 年在河南大学成立，

① 这 9 篇版本校勘的学术论文分别发表在如下刊物：《安徽师范大学学报》1978 年第 4 期；《中国现代文学研究丛刊》1980 年第 4 期；《四川大学学报》1983 年第 2 期；《文学评论》1983 年第 6 期；《贵州文史丛刊》1984 年第 2 期；《华西师范大学学报》1985 年第 2 期；《人文杂志》1986 年第 2 期；《零陵学院学报》1988 年第 4 期；《贵州社会科学》1986 年第 4 期。
② 彭林祥：《又见汇校本》，《读书》2009 年第 2 期。

且每年举办一次学术年会，更是直接推动了学科的发展。所以，无论是研究者、研究单位还是学术平台都直接或间接地推动着文献史料研究的发展。现代文学文献史料学尤其是版本修改研究越来越受到学者、研究生的重视，出现了一些中青年学人的较为优秀的史料研究成果，如金宏宇的《中国现代长篇小说名著校评》《新文学的版本批评》，陈改玲的《重建新文学史秩序——1950~1957年现代作家选集出版研究》和姜涛的《"新诗集"与中国新诗的发生》①以及李楠的京海派小报研究等。这种史料研究主要集中在对现代文学文献史料以及文本异文的校勘阐释上。而且，从80年代以来，学者们倡导的文学史料学、文学文献学、文学目录学等研究方向都是指向现代文学的。其实，当代文学蕴含着非常丰富的文献史料，更需要学者们进行当代文学文献史料研究和版本校勘研究。除本文所涉及的"十七年"文学的版本校勘和艺术文本校勘之外，新时期的文学依然需要版本校勘，例如《白鹿原》就有3个版本：《当代》杂志1992年第6期发表了初刊本，1993年6月人民文学出版社出版了初版本，但在茅盾文学奖评委的建议下，作者又对性描写等进行了修改，1997年12月再次由人民文学出版社出版，其修改的内涵及原因也是意味十足的。所以，对于20世纪的中国文学我们不能忽视这种版本变异，就是艺术改编的各种演唱性文本其实也是另外一种非纸质性的文本变异，我们也不能忽视对其进行文本校勘。

　　基于上述各项准备工作的进行，由此笔者想现当代文学是否可以建立一个现当代文学文献学学科。因为在中文一级学科内，古代文学和古典文献学是两个并行的二级学科，而现当代文学是一个二级学科，但改革开放近三十年来现当代文学文献学也开始备受学人关注。因此，建立现当代文献学作为古典文献学的现代延伸自然就提上了议事日程。正如周立民在《〈寒夜〉的修改与中国现代文学文献学问题》中所说："一部部作品修订本的出版已经形成了中国现代文学研究中不容回避的版本问题，以及由此而生的校勘和目录编订等问题，也就是说中国古典文学研究者的文献学问

---

① 4本学术专著的出版单位和出版时间分别是：人民文学出版社，2004年；武汉大学出版社，2007年；人民文学出版社，2006年；北京大学出版社，2005年。

题同样存在于中国现代文学的研究中。"① 刘增杰教授的《中国现代文学史料学》无疑开了首创之功，从源流、形态、应用等篇章上对中国现代文学史料学进行了细致梳理和充分论证，以高格调和开阔视野论证了这一学术增长点及学科成立的可能性和必要性②。

当然，现当代文学文献学学科的建立这种想法还需要认真思考和仔细确证。20世纪风云已经过去，但它留与后人的是纷繁复杂的历史纠葛。对于文学文献学研究来说，文学作品、报刊、作家创作、日记、传记、回忆录、研究文章、档案、作家年表、著作目录、经验谈、手稿、书信、写作计划、草稿、印刷作品的修改校样、传记、评传、口述史等史料和小说的版本修改及艺术样式改编等文献史料，建构起了一座丰厚的学术研究大厦。当下许多学者、博士、硕士都开始从中吸取学术营养。如程光炜教授较为关注文献史料，通过"解密"后的档案和口述史还原历史现场，寻找被遮蔽的文艺缝隙，甚至专章谈论"历史文献的解密"③。因此，现当代文学文献学研究成为一个新的学术增长点。试以文献校勘为例，20世纪文学的版本校勘与古典文献学校勘的目的、方法等都存在差异。校勘是古典文献研究的一种方式，通过勘比、核对进行辨伪、辑佚，改正因各种原因形成的字句篇章的错误，使之恢复或接近本来面目。然而，我们现当代文学版本校勘不是通过异文校指出文本错误，而是寻找为什么这样修改，修改后的版本与原版本在意义阐释方法上有哪些差异。因为每一个文本都是在特定语境下出现的，通过印刷之后都是可以流通的有效文本。因此，通过现当代文学版本的校勘，目的是把握特定时代的精神烙印和作家思想变化的轨辙。这里，笔者特别要表达对现代文学文献学家所作工作的敬意，特别是对他们在研究中所体现的谨慎、严谨的治学态度的钦佩。当然，版本考证与研究只是文本研究的基础，不能孜孜于文本版本的枝节考证而遗忘了对思想的总体关注。否则，与撇开版本、单纯依进行文本重读一样都不是完整的文本研究。

---

① 周立民：《〈寒夜〉的修改与中国现代文学文献学问题》，《巴金研究》2006年第2期。
② 刘增杰：《中国现代文学史料学》，中西书局，2012。
③ 程光炜：《文学想象与文学国家——中国当代文学研究（1949～1976）》，河南大学出版社，2005，第178～194页。

　　"十七年"小说的各种史料文献无疑更是需要我们关注的,因为那是一个历史大转折的时代,其留下的丰富文献更是我们从事文学研究或是从事历史研究的学人所应关注的对象。可以说,它们是新中国"十七年"文学和历史生成和发展的重要佐证,构成了一幅中国"十七年"历史和文学史的清晰脉络。而由此深入挖掘,更多的多义性、复杂性与异质性的内涵都可以敞开在我们面前。这是笔者的期待,也是本书研究的起点,更是笔者未来研究的方向。

参考文献

（一） 主要报刊

《人民日报》《文汇报》《光明日报》《文艺报》《中国青年报》《解放军报》《解放军文艺》《人民文学》《收获》《读书》《文学评论》《新文学史料》、出版史料等。

（二） 中文研究资料

刘增杰：《中国现代文学史料学》，中西书局，2012。

刘增杰：《云起云飞——20 世纪中国文学思潮研究透视》，上海文艺出版社，1998。

孙先科：《颂祷与自诉》，上海文艺出版社，1997。

孙先科：《叙述的意味》，经济日报出版社，2000。

刘思谦：《文学研究——理论方法与实践》，河南大学出版社，2004。

刘思谦：《娜拉言说——中国现代女作家心路纪程》，河南大学出版社，2008。

耿占春：《叙事美学——探索一种百科全书式的小说》，郑州大学出版社，2002。

程光炜：《文学想象与文学国家——中国当代文学研究（1949～1976）》，河南大学出版社，2005。

洪子诚：《中国当代文学史史料选》（上下册），长江文艺出版社，2002。

洪子诚:《二十世纪中国小说理论资料》第5卷,北京大学出版社,1997。

洪子诚:《问题与方法——中国当代文学史研究讲稿》,生活·读书·新知三联书店,2002。

洪子诚:《1956:百花时代》,山东教育出版社,1998。

洪子诚、孟繁华:《当代文学关键词》,广西师范大学出版社,2002。

姜德明:《新文学版本》,江苏古籍出版社,2002。

唐文一、沐定胜:《消逝的风景——新文学版本》,山东画报出版社,2005。

黄曼君:《中国20世纪文学理论批评史》(上下册),中国文联出版社,2002。

朱晓进:《非文学的世纪——20世纪中国文学与政治文化关系史论》,南京师范大学出版社,2004。

孟繁华:《传媒与文化领导权——当代中国的文化生产与文化认同》,山东教育出版社,2003。

黄子平:《"灰阑"中的叙述》,上海文艺出版社,2001。

董之林:《追忆燃情岁月——50年代小说艺术类型论》,河南人民出版社,2001。

董之林:《旧梦新知——"十七年"小说论稿》,广西师范大学出版社,2004。

姜涛:《"新诗集"与中国新诗的发生》,北京大学出版社,2005。

陈改玲:《重建新文学史秩序——1950~1957年现代作家选集出版研究》,人民文学出版社,2006。

李杨:《50~70年代中国文学经典再解读》,山东教育出版社,2003。

李杨:《抗争宿命之路》,时代文艺出版社,1993。

蓝爱国:《解构"十七年"》,华东师范大学出版社,2003。

余岱宗:《被规训的激情——论1950、1960年代的红色小说》,上海三联书店,2004。

杨厚均:《革命历史图景与民族国家想象》,湖北教育出版社,2005。

唐小兵:《再解读:大众文艺和意识形态》,北京大学出版社,2007。

唐小兵：《英雄与凡人的时代：解读 20 世纪》，上海文艺出版社，2001。

陈顺馨：《中国当代文学的叙事与性别》，北京大学出版社，2007。

李遇春：《权力·主体·话语——20 世纪 40～70 年代中国文学研究》，华中师范大学出版社，2007。

陈徒手：《人有病，天知否——一九四九年后中国文坛纪实》，人民文学出版社，2000。

陈建华：《"革命"的现代性——中国革命话语考论》，上海古籍出版社，2000。

张景超：《文化批判的背反与人格》，黑龙江人民出版社，2001。

费孝通：《乡土中国》，北京出版社，2005。

南帆：《隐蔽的成规》，福建教育出版社，1999。

南帆：《双重视域——当代电子文化分析》，江苏人民出版社，2001。

丁亚平：《百年中国电影理论文选》，文化艺术出版社，2002。

王建刚：《政治形态文艺学》，中国社会科学出版社，2004。

杨守森：《二十世纪中国作家心态史》，中央编译出版社，1998。

许纪霖：《中国知识分子十论》，复旦大学出版社，2003。

陈思和：《中国当代文学关键词十讲》，复旦大学出版社，2002。

温儒敏：《新文学现实主义的流变》，北京大学出版社，1988。

李书磊：《1942：走向民间》，山东教育出版社，1998。

钱理群：《1948：天地玄黄》，山东教育出版社，1998。

陈顺馨：《1962：夹缝中的生存》，山东教育出版社，1998。

丁帆、王世诚：《"十七年"文学："人"与"自我"的失落》，河南大学出版社，1999。

张学正：《文学争鸣档案：中国当代文学作品争鸣实录（1949～1999）》，南开大学出版社，2002。

王一川：《中国现代卡里斯马典型》，云南人民出版社，1994。

刘再复：《性格组合论》，上海文艺出版社，1986。

李泽厚：《中国现代思想史论》，东方出版社，1987。

涂光群：《五十年文坛亲历记》，辽宁教育出版社，2005。

吴俊、郭战涛：《国家文学的想象和实践》，上海古籍出版社，2007。

金宏宇：《中国现代长篇小说名著校评》，人民文学出版社，2004。

金宏宇：《新文学的版本批评》，武汉大学出版社，2007。

朱向前：《军旅文学史论》，东方出版社，1998。

曾思广：《战争本体的艺术转化》，巴蜀书社，2005。

房福贤：《中国抗日战争小说史论》，黄河出版社，1999。

朱晓东：《通过婚姻的治理》《身体的文化政治学》，河南大学出版社，2004。

刘小枫：《沉重的肉身》，上海人民出版社，1999。

刘小枫：《现代性社会理论绪论》，上海三联书店，1998。

王晓明：《20世纪中国文学史论》（修订版），东方出版中心，2003。

王本朝：《中国当代文学制度研究》，新星出版社，2007。

张均：《中国当代文学制度研究》，北京大学出版社，2011。

陈伟军：《传媒视域中的文学》，广西师范大学出版社，2009。

陈晓明：《表意的焦虑——历史祛魅与当代文学变革》，中央编译出版社，2002。

程文超：《欲望的重新叙述》，广西师范大学出版社，2005。

蔡翔：《日常生活的诗性消解》，学林出版社，1994。

伍蠡甫：《现代西方文论选》，上海译文出版社，1983。

龚金平：《开放视野下多维对话关系的构建——作为历史与实践的中国当代电影改编》，光明日报出版社，2007。

周海波、杨庆东：《传媒与现代文学之间》，中国社会科学出版社，2004。

陈顺馨：《1962：夹缝中的生存》，山东教育出版社，2002。

杨鼎川：《1967：狂乱的文学年代》，山东教育出版社，1998。

毛泽东：《毛泽东选集》（第1~4卷），人民出版社，1991；《毛泽东选集》（第5卷），人民出版社，1977。

毛泽东：《毛泽东文艺论集》，中央文献出版社，2002。

毛泽东：《毛泽东论文艺》，人民文学出版社，1966。

周扬：《周扬文集》，人民文学出版社，1990。

冯雪峰：《冯雪峰论文集》，人民文学出版社，1981。

胡风：《胡风全集》，湖北人民出版社，1999。

《中国新文艺大系理论史料集》（1949～1966），中国文联出版公司，1994。

《中华人民共和国出版史料》（1～8辑），中国书籍出版社，1995～2001。

宋应离、袁喜生、刘小敏：《中国当代出版史料》，大象出版社，1999。

《中华全国文学艺术工作者代表大会纪念文集》，新华书店，1950。

刘禾：《语际书写——现代思想史写作批判纲要》，上海三联书店，1999。

刘禾：《跨语际实践——文学、民族文化与被译介的现代性》，生活·读书·新知三联书店，2002。

叶维廉：《中国诗学》，生活·读书·新知三联书店，1992。

（三）西方文论

〔法〕皮埃尔—马克·德比亚齐：《文本发生学》，天津人民出版社，2005。

〔法〕罗布尔·埃斯卡皮：《文学社会学》，浙江文艺出版社，1987。

〔法〕皮埃尔·布迪厄：《艺术的法则》，中央编译出版社，2001。

〔法〕皮埃尔·布迪厄：《关于电视》，辽宁教育出版社，2000。

〔法〕米歇尔·福柯：《规训与惩罚》，生活·读书·新知三联书店，2003。

〔法〕米歇尔·福柯：《知识考古学》，生活·读书·新知三联书店，1998。

〔法〕米歇尔·福柯：《性经验史》，上海人民出版社，2000。

〔法〕西蒙·波伏娃：《第二性》，中国书籍出版社，2004。

〔美〕布鲁克斯：《身体活——现代叙述中的欲望对象》，新星出版社，2005。

〔德〕尼采：《善恶之彼岸——未来的一个哲学序曲》，华夏出版社，2000。

〔美〕弗兰克·梯利：《伦理学导论》，广西师范大学出版社，2002。

〔英〕费正清：《剑桥中华人民共和国史：革命的中国的兴起（1945～1965年）》，中国社会科学出版社，1990。

〔美〕斯蒂文·小约翰：《传播理论》，中国社会科学出版社，1999。

〔美〕迈克·费瑟斯通：《消费社会与后现代主义》，译林出版社，2000。

〔英〕雷蒙德·威廉斯：《文化与社会》，吴松江、张文定译，北京大学出版社，1991。

〔德〕恩格斯·卡西尔：《人论》，上海译文出版社，1985。

〔英〕安东尼·吉登斯：《社会的构成》，生活·读书·新知三联书店，1998。

〔英〕安东尼·吉登斯：《民族—国家与暴力》，生活·读书·新知三联书店，1998。

〔英〕弗·哈耶克：《通往奴役之路》，中国社会科学出版社，1997。

〔英〕彼得·卡尔佛特：《革命与反革命》，吉林人民出版社，2005。

〔美〕爱德华·萨义德：《知识分子论》，生活·读书·新知三联书店，2002。

〔美〕安德森：《想象的共同体：民族主义的起源与散布》，上海人民出版社，2003。

〔美〕杰姆逊：《后现代主义和文化理论》，陕西师范大学出版社，1986。

〔法〕莫尼克·卡尔科—马赛尔等：《电影与文学改编》，文化艺术出版社，2005。

〔法〕克里斯丁·麦茨等：《电影与方法：符号学文选》，生活·读书·新知三联书店，2002。

〔德〕黑格尔：《美学》，商务印书馆，1979。

〔俄〕巴赫金：《巴赫金全集》，河北教育出版社，1998。

〔法〕本雅明：《发达资本主义时代的抒情诗人》，生活·读书·新知三联书店，1992。

〔英〕丹尼尔·贝尔：《资本主义文化矛盾》，生活·读书·新知三联书店，1992。

　　〔捷克〕米兰·昆德拉：《小说的艺术》，上海人民出版社，1995。

　　〔德〕马克斯·韦伯：《新教伦理与资本主义精神》，生活·读书·新知三联书店，1992。

　　〔美〕韦勒克、沃伦：《文学理论》，生活·读书·新知三联书店，1984。

　　〔美〕王德威：《想想中国的方法》，生活·读书·新知三联书店，1998。

　　〔美〕李欧梵：《上海摩登》，北京大学出版社，2001。

（四）文学史

　　刘增杰：《中国解放区文学史》，河南大学出版社，1988。

　　钱理群、温儒敏、吴福辉：《中国现代文学三十年》（修订本），北京大学出版社，1998。

　　华中师范学院中文系：《中国当代文学史稿》，科学出版社，1962。

　　山东大学：《1949～1959中国当代文学史》，山东人民出版社，1960。

　　郭志刚、董健等：《中国当代文学史初稿》，人民文学出版社，1981。

　　22院校编写组：《中国当代文学史》，福建人民出版社，1985。

　　朱寨：《中国当代文学思潮史》，人民文学出版社，1987。

　　王庆生：《中国当代文学》（修订本），华中师范大学出版社，1999。

　　杨匡汉、孟繁华：《共和国文学50年》，中国社会科学出版社，1999。

　　洪子诚：《中国当代文学史》，北京大学出版社，1999。

　　张钟、洪子诚等：《中国当代文学概观》（修订本），北京大学出版社，2002。

　　陈思和：《中国当代文学史教程》，复旦大学出版社，1999。

　　金汉：《中国当代文学发展史》，上海文艺出版社，2002。

　　朱栋霖、丁帆、朱晓进：《中国现代文学史1917～1997》，高等教育出版社，1999。

　　张炯：《新中国文学史》，海峡文艺出版社，1999。

　　孟繁华、程光炜：《中国当代文学发展史》，人民文学出版社，2004。

董健、丁帆、王彬彬：《中国当代文学史新稿》，复旦大学出版社，2005。

（五）论文类

孙先科：《〈青春之歌〉的版本、续集与江华形象的再评价》，《河南大学学报》2005年第2期。

刘增杰：《建立现代文学的史料学》，《中国现代文学研究丛刊》2004年第3期。

刘增杰：《对现代文学文献问题的几点意见》，《河南大学学报》2005年第1期。

马良春：《关于建立中国现代文学"史料学"的建议》，《中国现代文学研究丛刊》1985年第1期。

陆耀东：《现代作家全集的编辑与文学史料学问题》，《河北学刊》2006年第6期。

钱理群：《重视史料的"独立准备"》，《中国现代文学研究丛刊》2004年第3期。

徐鹏绪、赵连昌：《中国现代文学辑佚述略》，《山东社会科学》2004年第7期。

颜敏：《历史记忆与英雄传奇——"十七年"战争小说论》，《江西师范大学学报》2002年第4期。

徐鹏绪、李广：《鲁迅学考证文献类型述略》，《鲁迅研究月刊》2005年第9期。

陈圣生：《欧美的中国现代文学研究点滴（四）：中国现代文学文献目录学》，《中国现代文学研究丛刊》1985年第2期。

朱金顺：《辑佚·版本·"全集不全"》，《中国现代文学研究丛刊》2004年第3期。

王风：《现代文本的文献学问题》，《中国现代文学研究丛刊》2004年第3期。

张桂兴：《老舍资料研究与史料学》，《中国现代文学研究丛刊》2004年第3期。

解志熙：《刊海寻书记——〈于赓虞诗文辑存〉编校纪历兼谈现代文

学文献的辑佚与整理》，《中国现代文学研究丛刊》2004 年第 3 期。

　　谢泳：《建立中国现代文学史料学的构想》，《文艺争鸣》2008 年第 7 期。

　　郭剑敏：《革命·历史·叙事——中国当代革命历史小说（1949 ~ 1966）的意义生成》（吴秀明教授指导），浙江大学 2005 年博士论文。

　　刘为钦：《建国初期抗日战争题材长篇小说论（1949.7 ~ 1955.12）——系统解读文本的一种尝试》（王庆生教授指导），华中师范大学 2003 年博士论文。

　　陈翠平：《身体、革命与性别——"十七年"小说中的女性书写》（艾晓明教授指导），中山大学 2004 年博士论文。

　　姚丹：《从小说〈林海雪原〉到革命样板戏〈智取威虎山〉——对当代一个文学现象的个案考察》（钱理群教授指导），北京大学 2000 年博士论文。

　　逄锦波：《论中国现代文学文献学的理论构成》（刘增人、徐鹏绪教授指导），青岛大学 2002 年硕士学位论文。

　　《河北学刊》2005 年第 5 期发表杨义、严家炎、王富仁、黄修己、吴福辉、刘增杰、秦弓等先生关于抗战时期战争文学的笔谈文章。

　　黄发有：《中国当代文学的版本问题》，《文艺评论》2004 年第 5 期。

（六）作品类

《新儿女英雄传》《保卫延安》《铁道游击队》《红日》《林海雪原》《敌后武工队》《战斗的青春》《烈火金刚》《苦菜花》《迎春花》《平原枪声》《风云初记·一集》《风云初记·二集》《风云初记·三集》等。其他略。

后　记

本书根据博士论文修改而成，如今能够出版，首先感谢江西省社会科学界联合会领导，感谢"江西省哲学社会科学成果出版资助项目"和评委，感谢井冈山大学科研处和人文学院的领导，是你们的敬业精神和提携后学情怀让本书能够顺利付样。同时，本书亦为教育部人文社会科学研究青年项目"《人民日报》与新中国60年文学的生产"（编号：10YJC751020）和江西省社会科学规划项目"红色文艺的经典化打造和革命记忆的大众化传播——'十七年'小说的文本发生学现象研究"（编号：11WX52）成果。

回想从学以来，幸运的是，自己一路遇到了很多优秀、宽容的老师，他们引领着我走向正规的学术训练和深度的学术探究，无论是硕士生导师王远舟教授还是博士生导师孙先科教授，都对我呵护有加。自在井冈山大学工作以来，更受到了陈东有教授、吴海教授、公仲教授、赖大仁教授、颜敏教授、余悦教授、夏汉宁教授、陈政社长、黄振林教授、李萃茂教授以及我校张泰城教授、桂国庆教授、曾建平教授、周松教授、刘德清教授和刘晓鑫教授等很多前辈学者的帮助。如今，在中国人民大学做"西部之光"访问学者，又得到金元浦教授的指导和鼓励。饮水思源，因此，本书能够出版首先应归功于他们。

博士求学给了我很大的快乐。母校河南大学典雅、美丽、端庄的校园和古朴、浑厚的近现代建筑群让我敬畏，而现当代文学研究的学术传统更是让我们翱翔其中。虽然导师们具体的学术理路不一样，但都非常善良，富有人格魅力，尽量提携、帮助弟子，这让我们非常欣慰。作为地方大学的河南大学有这么一批有思考深度、脚踏实地、孜孜以求的学者，确实是河南大学学子的骄傲，而我们能够进入河南大学获取他们的滋养，也是我们的福分。自任访秋先生以降，河南大学现当代文学专业历经几代学人的学术积累和薪火传承，已经形成了一种史料研究与理论阐释刚柔并济的学术传统：刘思谦教授富有激情的人性价值立场的思考，刘增杰教授和吴福辉教授卓有成就的史料学研究范式，关爱和教授的近代文学研究的学术推演，孙先科教授深度话语分析的理论阐释，耿占春教授悲悯且富有理性思辨的社会学视角，梁工教授和张云鹏教授博广的中外文化理论视阈。这些学术传统给我们提供了广阔的学术视野、学术方法和学术熏陶，成为我们学习的对象。我和我的同学就徜徉在这种学术传承的氛围之中，而这种史料与阐释兼容碰撞的研究范式自然也就成为我博士论文写作的基础与平台。假使论文成功的话，那么功劳首先要归功于各位导师。因为你们的精彩与卓越，让我们三年求学更加其乐融融。在论文评阅和答辩期间，程光炜教授、吴秀明教授、吴俊教授、席扬教授等诸位先生提出了许多中肯的意见和建议。在此，感谢各位老师的辛勤指导与帮助。

尤其要感谢博士生导师、河南师范大学副校长孙先科教授的指点和帮助。每次周末，我和师兄妹们都愿意跑到孙老师的办公室去海阔天空地聊天，他都微笑着略或安静地倾听我们幼稚的梦想、学术想法甚或烦恼。在他的影响、指导和给予的充分发展空间中，我的思维得到极大的激活。感谢孙老师的宽容和师母黄勇老师的关心，让我在研究小说的同时也怀揣着一颗诗歌之心。如今，老师又在百忙之中写序，感谢老师的提携与厚爱，学生永远铭记于心。

每到周末，开封旧书市场和河南大学西门旧书街是我温暖的归宿，我愿意在这两个地方慢慢溜达，每当淘到一些好书时，我都兴奋不已，那种发现的喜悦总是让我激动、让我快乐。正是这种淘书寻宝的乐趣，让我每到一个陌生的地方，首先想去的就是旧书市场或旧书店，因为我想去闻闻旧书的味道，从中寻找历史的痕迹。

回忆在河南大学攻读博士学位时的时日总是充满快乐与喜悦，我和师兄姐与师弟妹祝欣、赖翅萍、裴艳艳、孙宝林、程晓娟、于昊燕、陈啸、李勇、张舟子、郭晓霞、惠萍、刘骥鹏、陈由歆、吴国如、郝魁锋、郭宝军、孙达等经常聚在一起，在古城墙，在铁塔湖，在小吃街，在开封古城风景点，都留下了我们快乐的身影和讨论的声音。而河南大学现当代文学学科聚集着很多在国内颇为优秀的年轻学者，我们也经常向刘进才、白春超、侯运华、刘涛、武新军、孟庆澍、胡全章、杨萌芽、李国平等亦师亦友的青年才俊讨教，感谢他们的不吝赐教。毕业后，先后得到了刘德清、刘晓鑫、李裕福、欧阳杰、邓声国、邱斌、康永等领导和廖伦忠、马玉红、赵庆超、郑乃勇、汪剑豪、郑建军等同仁的帮助，在此表示感谢。我的妻子黄梅跟着我南来北往，我的岳父母无私奉献般地照顾我女儿，他们一直和女儿梓鑫在背后默默支持我，成为我向上的精神动力。我也要用此书献给我劳累了一辈子的父亲母亲，母亲瘦小的身影、羸弱的双肩和坚韧的情怀总是不断鞭策着我前进，愿她在天堂里幸福平安。

同时，必须感谢社会科学文献出版社，感谢本书责任编辑孙燕生同志，孙编辑是一个非常富有编辑经验和高度负责的编辑，他的认真、细致令我感动，正是他的辛勤劳动和细致缜密的工作，减少了本书的不少讹误，在此表示衷心的感谢。本书的部分内容已经在《文艺理论与批评》《当代文坛》《新文学史料》《小说评论》《内蒙古社会科学》《井冈山大学学报》《理论与创作》等刊物发表，感谢这些刊物及其编辑的厚爱。

最后，感谢无私帮助过我的老师、朋友和家人，感谢我任教过的09汉本2班、10汉本1班、11汉本1班、11汉本2班等的所有同学。你们的支持与宽容不仅使我度过了愉快而又难忘的青春时光，更是我前进的动力。愿好人一生平安。

龚奎林

2009 年 6 月 10 日初稿

2013 年 10 月 1 日二稿

图书在版编目（CIP）数据

"故事"的多重讲述与文艺化大众："十七年"长篇战争小说的文本
发生学现象/龚奎林著. —北京：社会科学文献出版社，2013.12
（江西省哲学社会科学成果文库）
ISBN 978 - 7 - 5097 - 5259 - 3

Ⅰ.①故… Ⅱ.①龚… Ⅲ.①长篇小说 - 小说研究 - 中国 - 当代
Ⅳ.①I207.425

中国版本图书馆 CIP 数据核字（2013）第 265164 号

·江西省哲学社会科学成果文库·

"故事"的多重讲述与文艺化大众
——"十七年"长篇战争小说的文本发生学现象

著　　者／龚奎林

出 版 人／谢寿光
出 版 者／社会科学文献出版社
地　　址／北京市西城区北三环中路甲 29 号院 3 号楼华龙大厦
邮政编码／100029

责任部门／社会政法分社（010）59367156　　责任编辑／孙燕生
电子信箱／shekebu@ssap.cn　　责任校对／高忠磊　卫　晓
项目统筹／王　绯　周　琼　　责任印制／岳　阳
经　　销／社会科学文献出版社市场营销中心（010）59367081　59367089
读者服务／读者服务中心（010）59367028

印　　装／三河市尚艺印装有限公司
开　　本／787mm×1092mm　1/16　　印　　张／25.5
版　　次／2013 年 12 月第 1 版　　字　　数／402 千字
印　　次／2013 年 12 月第 1 次印刷
书　　号／ISBN 978 - 7 - 5097 - 5259 - 3
定　　价／88.00 元

本书如有破损、缺页、装订错误，请与本社读者服务中心联系更换
▲ 版权所有　翻印必究